# 王瑶全集

卷二

李白
中国诗歌发展讲话
中国文学论丛

王瑶 著

河北出版传媒集团
河北教育出版社

# 编辑说明

本卷收入《李白》《中国诗歌发展讲活》《中国文学论丛》三本集子。

《李白》曾于1954年9月由上海人民出版社初版，1957年8月由日本三一书房出版日译本（译者吉田惠泽），1978年5月经作者"略加校改"，于1979年4月由上海人民出版社再版。本卷按上海人民出版社1979年4月再版本排印，凡与1954年初版本相比有重要变动处，编者均加注说明。

《中国诗歌发展讲话》中部分章节曾在《文艺学习》月刊上连载，1955年5月由作者修订增补成书，于1956年5月由中国青年出版社初版，并有香港富壤书房1972年1月的重印本。1981年11月由作者在孙玉石同志帮助下，"对内容和文字都作了一些修改"，于1982年6月由中国青年出版社重版。本卷按1982年中国青年出版社重版本排印，凡与1956年初版本相比有重要变动处，均由编者加注说明。

1952年2月作者将"最近三四年已经发表过的文字""删汰荒芜，得十一篇"编成《中国文学论丛》一书，由平明出版社于1953年2月初版，为"新时代文丛"第三辑。1956年4月作者在《中国文学论丛》一书中，选留了《什么是中国诗的传统》《中国文学批评与总集》《反美运动在中国近代文学上的反映》《晚清诗人黄遵宪》四篇，加上在此以后所写的《论考据在古典文学研究工作中的地位与作用》等六篇论文，共十篇，编成《关于中国古典文学问题》一书，由上海古典文学出版社于1956年9月初版。作者晚年曾有在《中国文学论丛》与《关于中国古典文学问题》二书基础上，增补部分已发表、散见各报刊上的文章及部分未刊稿，另编一本中国古代文学论文集的计划。并具体布置助手将1954年"《红楼梦》批判"及"胡适文艺思想批判"运动中所写的几篇文章（即收入本集中的《从俞平伯先生对〈红楼梦〉的研究谈到考据》《论考据在古典文学研究工作中的地位与作用》等文）按照"删去错误的政治批判部分，保留学术上的不同意见的商讨"的原则，进行重新整理。遗憾的是，以上工作与计划均未及完成，作者即遽然去世。为实现作者的遗愿，《王瑶全集》编辑小组经过慎重研究，重新编选了《中国文学论丛》一书，原作者亲自编定的《中国文学论丛》与《关于中国古典文学问题》中的文章，除《念朱自清先生》与《辟胡适的所谓"历史进化的文学观念"》（即"关于'历史进化的文学观念'的理解"一文）已由作者编入《中国现代文学史论集》一书、《鲁迅对于中国文学遗产的态度和他所受中国古典文学的影响》已收入《鲁迅与中国文学》一书、《真实的镜子》论及现代文学拟另收入集外，全部收入本集（共十三篇）；编辑小组又从报刊佚文中选录了《谈传统批评习语的含义辨析》《文学的新和变》《汉魏六朝文学概述》等篇，从作者未刊稿中选编了《读陶随录》，全书共计二十七篇，按内容大致分为七辑。原《中国文学论丛》与《关于中国古典文学问题》二书的"后记"也附录于后。需要说明的是，收入本书中有关批判俞平伯《红楼梦辨》与胡适的文章，尽管作者生前有明确的修改意见，但由于作者已经去世，编者不便擅自修改，只得仍保持原貌——正如作者生前所说，这是任何人都难以避免的"时代印记"；读者或能从中窥见时代学术风貌之一面。

1990 年 12 月

# 目　录

## 李　白

- 人民热爱的诗人 ……………………………………… 3
- 蜀中生活 ……………………………………………… 8
- 仗剑远游 ……………………………………………… 22
- 长安三年 ……………………………………………… 38
- 李杜交谊 ……………………………………………… 49
- 十载漫游 ……………………………………………… 59
- 从璘与释归 …………………………………………… 75
- 凄凉的暮年 …………………………………………… 88
- 诗歌的艺术成就 ……………………………………… 99
- 后记 …………………………………………………… 113

## 中国诗歌发展讲话

- 前记 …………………………………………………… 117
- 诗经 …………………………………………………… 120
- 楚辞 …………………………………………………… 134
- 乐府诗 ………………………………………………… 144
- 魏晋五言诗 …………………………………………… 153
- 唐诗（上） …………………………………………… 164
- 唐诗（下） …………………………………………… 174
- 词 ……………………………………………………… 187

宋诗 197
散曲 209
晚清新派诗 220
新诗（上） 232
新诗（下） 248

## 中国文学论丛

中国文学批评与总集 267
谈传统批评习语的含义辨析 273
文学的新和变 281
说喻 286
什么是中国诗的传统
　　——《祖国十二诗人》代序 297
汉魏六朝文学概述 306
读史记司马相如传 331
颜谢诗之比较 339
陶渊明 343
读书笔记十六则 353
读陶随录 370
反美运动在中国近代文学上的反映 405
晚清诗人黄遵宪 419
关于黄遵宪的补充说明 433
论考据学 442
从俞平伯先生对《红楼梦》的研究谈到考据 456
论考据在古典文学研究工作中的地位与作用 472
新中国对古典文学的整理和研究工作 514

从学习古典文学遗产说起·················519
谈古典文学研究工作的现状·················523
谈古文辞的研读·················533
关于"李白研究"书目答问·················538
陶渊明研究随想·················541
评林庚著《中国文学史》·················545
评冯友兰作《新理学底自我检讨》·················558
《中国文学论丛》后记·················572
《关于中国古典文学问题》后记·················574

# 李 白

# 人民热爱的诗人

李白是我国伟大的诗人之一，他的诗篇和事迹长期地为人民所传诵，得到了广大人民的欢迎与爱戴。只要是读过唐诗的人，很少人不知道"黄河之水天上来""白发三千丈""蜀道之难难于上青天"这些名句的；像"床前看月光，疑是地上霜。举头望山月，低头思故乡。"(《静夜思》)以及"众鸟高飞尽，孤云独去闲。相看两不厌，只有敬亭山。"(《独坐敬亭山》)这一类的绝句小诗，更是流传得极为广泛的。这种情形也可以从关于他的事迹的传说中看出来，我们如果翻一下《方舆胜览》或《大清一统志》等书中关于地方名胜的记载，那关于李白的楼榭遗址的古迹，几乎布满了大半个中国。这固然是因为他游历的地方很多，"凡江、汉、荆、襄、吴、楚、巴、蜀，与夫秦、晋、齐、鲁山水名胜之区，亦何所不登眺"[1]。他诗中的一个重要主题就是对于祖国的壮丽山河的歌颂；祖国的很多重要地方，他都去过，也都有诗篇来歌咏。但这并不是最重要的原因，因为到过那些地方的或者做过诗的人也多得很，而后人特别尊重李白的遗迹游踪，用建筑来指明和保护，用诗文来题咏和记载，那就充分地说明了人民对这样一位诗人的景慕与爱戴，他们是以李白在他们那个地方流连过而引为光荣的。

关于李白的许多传说也说明了同样的道理。唐朝就有人说他是"太白星"托生，又说他是"岁星"落世，又说他腰间生有"傲骨",不能屈身。这当然是由于他的"安能摧眉折腰事权贵,使我不得开心颜"这样的诗篇精神,以及他反庸俗的傲岸态度所引申出来的。他对皇帝自称是"倨塞(倨傲的意思)臣"[2],让当时为很多公卿大夫巴结的太监高力士替他脱靴,这些都是人民所喜欢的。《醒世恒言》中有《李太白醉写吓蛮书》一篇(也收入《今古奇观》中),可以说就是集中了关于李白的事迹和传说而写出的,由此更增加了这些故事的普遍性。因为唐玄宗曾请他写过《答蕃书》,因此到由传说形成的小说里,《答蕃书》便变成《吓蛮书》了。又如根据前人记载,在我国著名画家所绘的图画作品中,以李白事迹为题材的也非常多,如《李白脱靴图》《李白泛月图》等就是;从这一事实中,也可以看出后人对他的景慕来。此外,他的诗写得特别好,那当然是经过刻苦学习所致,因此不只各地有好些李白读书台之类的古迹,而且也形成了一些传说。《方舆胜览》记李白在四川眉州象耳山读书,想要中途放弃,后来在山下小溪旁遇见一个姓武的老媪正在那里磨铁杵,李白问她干什么,回答是"要作针"。李白很感动,遂归山终业。那小溪因此被称为磨针溪。至今民间还有"铁杵磨成绣花针,功到自然成"的谣谚。《酉阳杂俎》记李白曾前后三拟《文选》,因为不如意,都烧了,只留下《恨赋》和《别赋》(今只存《拟恨赋》一篇)。这些就好像传说李白是"锦心绣口,明月肺肠"一样,都可以看作是对于他的刻苦钻研和艺术成就的一种歌颂。

　　李白"醉后水中捉月而死"的传说是最富于浪漫情调的,也是最能代表人民对于李白的怀念和向往的。王定保《唐摭言》中记载说:"李白着宫锦袍,游采石江中,傲然自得,旁若无人,因醉,入水中捉月而死。"那地方还因此筑了一个"捉月台"。这当然不是事实,李白病剧时还把手集草稿交给了他的族叔李阳冰,赋《临终歌》才逝世的。但这个传说本身却是很能说明李白的性格的。李白本来爱漫游,"偶乘扁舟,一日千里,或遇胜境,终年不移"[3]的豪迈行为是常有的;另外他与崔宗之"尝月夜乘舟自采石达金陵,白衣宫锦袍,于舟中顾瞻笑傲,旁若无人"[4],这个表示他的傲岸性格的故事也是为人所传诵的;他自己在诗中也曾说"解我紫绮裘,且换金陵酒"[5],再加上他在诗中所常写的关于明月的歌颂,就自然会形成那个"捉月而死"的传说了。对于李白说来,明月是一种皎洁真率的象征。他自己的字是太白,他的妹妹叫月圆,他的孩子叫明月奴,叫玻璃,都是皎洁透明的象征。他说"欲上青天揽明月","永结无情游,相期邈云汉";正因为他厌恶了社会上的污浊和庸俗,要求纯洁清新,才对明月有那么多的赞颂。乔仲常绘有《李白捉月图》,蔡珪题诗说:"寒江觅得钓鱼船,月影江心月在天。世人不能容此老,画图常看水中仙。"正因为当时的社会不能容纳这样狂傲地蔑视礼法制度的人,像他自己所说"我本不弃世,世人自弃我"[6],他才对"明月"(一种理想的寄托)寄托了那样多的深情。

类似这样的传说还有很多,酒店的牌子上写着"太白遗风",戏里面有《太白醉酒》,甚至在和他没有什么关系的《打金枝》这一出戏中,郭子仪也在他的唱词里表白了李白曾经赏识过他的故事,而这些都是为人所常常传诵的。

这位诗人的性格是很卓特的。他不只会作诗,而且会论兵击剑,还曾为打抱不平杀过人。又善书法,黄山谷说他草书的风格"大类其诗"[7]。善饮酒是不用说的了,当时人就叫他"醉圣";并且还会鼓琴,又健于谈论,当时人称赞他的谈论叫"李白粲花之论"[8]。据唐朝诗人魏万(即魏颢)的记载,说李白"眸子炯然,哆(大貌)如饿虎",崔宗之在《赠李十二》诗中也说他"双眸光照人";这样一位神采奕奕、两只大眼睛、傲岸豪迈的诗人,怀着满身的才能,但在社会上得不到应有的待遇和重视,而那些权贵们却又有哪一点长处能入得我们诗人的眼睛呢!因此他"谑浪赤墀青琐贤"[9],无情地嘲笑了这些人;而对于当时一种社会风习所加给人的束缚和羁绊,他感到很大的愤懑;因此他甚至有时憧憬于一种无拘束的世界。这种心情是可以理解的;历代人民就用他们的理解来创造了和丰富了许多关于李白的传说,这些传说尽管并不一定和实际的史实相符合,但它们却是与李白的主要精神相符合的。例如最为人所称道传诵的,就是他的使高力士脱靴和杨贵妃捧砚的故事;而这和他的"安能摧眉折腰事权贵,使我不得开心颜"的精神是完全一致的。苏轼《李太白碑阴记》说他"戏万乘若僚友,视俦列如草芥"。方孝孺《吊李白》中说他"脱靴力士只羞颜,捧砚杨妃劳玉指"。王穉登在《李翰林分体全集序》中曾赞美他说:"沉湎至尊之前,啸傲御座之侧;目中不知有开元天子,何况太真妃、高力士哉!"这些都说明了人民对他的热爱,也说明了人民之所以热爱他的原因。曹学佺《万县西山太白祠堂记》中对于这些传说曾加评论说:"事在有无,语类不经;人心爱之,夸诩为真。树若曾倚,其色敷荣;泉若曾酌,其声清泠。"这几句话是说得极其中肯的。正因为人民热爱他,才形成了一些关于他的美丽的传说;树木和泉水也好像都与他有关了，优美的山河也好像因为曾有过他的登临和题咏而更壮丽了；这都表示了历代人民对于我们伟大诗人的景慕和爱戴。

至于他的诗，那更是有定评的。韩愈说："李、杜文章在，光焰万丈长。"[10]自从中唐以后，李、杜的高下常常是历代文人们的话题，这就说明了他的诗的艺术已经达到了很高的成就，在中国文学史上只有屈原、杜甫等一、二位第一流的作家才可以与他并论，而且也是具有各不相同的风格和特色的。当然，要了解这样一位古典作家和他的不朽的诗篇，仅仅依靠我们所熟悉的关于他的一些传说的知识是很不够的；那只能给我们一个轮廓的、但同时也是模糊的印象。我们应该更详细地了解他一生中的经历和遭遇，看他在生活中究竟有些什么事迹，他究竟是在什么样的情况下才创作了那些诗篇的。这将对我们了解他的作品和他的为人会有不少的帮助。

\*　　\*　　\*

[1] 刘楚登：《太白酒楼记》。
[2] 《送岑征君归鸣皋山》。
[3] 范传正：《唐左拾遗翰林学士李公新墓碑》。
[4] 《旧唐书》本传。
[5] 《金陵江上遇蓬池隐者》。
[6] 《送蔡山人》。
[7] 黄庭坚：《题李白诗草后》。
[8] 见《天宝遗事》。
[9] 《玉壶吟》。
[10] 韩愈：《调张籍》。

## 蜀 中 生 活

李白生于公元701年（唐长安元年），卒于公元762年（唐宝应元年），活了六十二岁。李白诞生的时候，唐朝还在武则天的统治下，他五岁的时候，唐中宗才复位，他十三岁时，唐玄宗开始当朝，以后就是所谓开元、天宝的全盛之日。一直到他五十四岁，唐代历史上发生了安、史之乱的重大事件，玄宗奔蜀，次年唐肃宗即位于甘肃灵武，再过七年李白就死了。因此他一生中重要的活动，大体上都是在唐玄宗开元、天宝这四十多年当中的；这时期就是我们习惯上所说的盛唐，是唐代社会最繁荣富庶的时期。而且和这相应的也产生了高度的文化，唐代有名的大诗人王维、杜甫都出现在这一时期。杜甫《忆昔》诗说："忆昔开元全盛日，小邑犹藏万家室。稻米流脂粟米白，公私仓廪俱丰实。九州道路无豺虎，远行不劳吉日出。齐纨鲁缟车班班，男耕女桑不相失。"《旧唐书·玄宗本纪》也说开元末年"频岁丰稔，京师米斛不满二百"。这时唐朝统一已有一百年。由于隋末全国性的农民大起义的影响，利用农民战争取得了政权的唐朝统治者，为了巩固新的封建统治和恢复生产力，不能不在一定程度上执行一些减轻剥削的政策，这就给生产力的发展和社会经济的繁荣带来了有利的条件。又由于唐朝结束了自汉末以来四百年的混乱割据的局面，唐初四十年又积极对外发展，因此唐朝国势很强盛；疆域东、南到海，西至咸海，北到贝加尔湖和叶尼塞河上游,东北到外兴安岭以北和鄂霍次克海,西南到云南、广西,成为世界上一个很强大富庶的封建国家。到开元时代,社会上就形成了一种太平安定的景象,政治统一,经济繁荣;当时,除农业生产的发达以外,由于交通的方便和人民生活的需要,手工业和商业也有了相应的发展。长安在当时可以说是一个带有国际性质的大都市,聚集着许多亚洲国家的商人;这里也是当时中外文化交流的中心,亚洲各国为了吸取中国的先进文化,派遣子弟和僧人到长安来学习的很多,这对中国文化的发展也发生了一定的影响。这时,人民的眼界开阔了,他们富有一种青春奋发的情绪,因此他们的创造力也就蓬勃地发展起来了。当时的音乐、歌舞、绘画、工艺,都以新颖的风格蓬勃地发展起来。而作为唐代文化最丰富的表现的诗歌,在摆脱了六朝以来追求词藻声律的形式主义的束缚以后,也创造了新的真正能够反映那个时代的健康的作品。李白的诗歌,在这一方面是有杰出的贡献的。在他以前,虽然也有陈子昂、张九龄这些人发出过同样的要求,但作品既少,也没有发生应有的影响;而李白的主要作品,却以其清新豪放的风格,鲜明地反映了盛唐那个时代。

  李白的少年时代是在四川度过的。西蜀在唐代是很富庶的地方,农业、手工业都有高度的发展,像蜀锦、大邑瓷器等都是远近驰名的。它虽然交通困难,周围有险峻的山川,但国内外的商人们仍然聚集得很多;成都在当时是除长安、洛阳以外的有名的大都市。另外,四川山明水秀,又是自然风景非常美丽的地方,像峨眉、青城这样的名胜,也对诗人的培育发生了相当好的影响。李白后来有许多的诗篇都表示了对蜀中的怀念,"朝忆相如台,夜梦子云宅","三春三月忆三巴",他对四川一向是非常恋念的。

李白家世的详细情形我们不十分清楚。据李阳冰《草堂集序》及范传正《唐左拾遗翰林学士李公新墓碑》的记载,都说他的先世是陇西成纪人,晋时凉武昭王李暠的九世孙,和唐朝皇帝是同宗;隋末多难,流落到西域,改易姓名,到神龙初才回到西蜀广汉。他父亲名李客(大概因为是从外地来的,因此本地人才称他为李客,并不是本名),没有出仕过。李阳冰写序的时候,李白还在世;范传正是他的朋友范伦的儿子,按道理讲,这些记载应该都是可靠的。神龙是唐中宗复位时的年号,神龙元年(公元705年)李白已五岁,据此则他是五岁时才到了四川的[1]。李白对蜀中一直抱有很深的感情,我们可以认为他实际上的故乡就是四川。至于所谓陇西成纪,那是指李氏的郡望而言,并不是实际的籍贯,就好像姓王的自称琅琊临沂人一样。唐时重郡望,联宗之风很盛,李氏共十三望,而以陇西为第一;姓李的人都自称是汉李广之后,源出陇西。李白《上韩荆州书》中说"白陇西布衣",《赠张相镐》诗中说"本家陇西人,先为汉边将",都是就郡望说的,不能认为他的籍贯就是陇西。

至于他是否李暠之后,与唐朝皇帝是否同宗,历来也有各种不同的说法。其中怀疑的人主要是根据两点:第一是《新唐书·宗室世系表》里没有李白的一支;第二是就李白赠酬诗篇中所称的同宗诸人的辈分及称谓考查起来,矛盾甚多。——如就这些人与李白的关系来考查,李白的行辈似应在李暠后九世至十二世孙之间;当时以九世孙的辈分最高,因此也以称九世孙时为多。这些都可以作为怀疑的根据,但还不能根本解决问题:第一,《新唐书·宗室世系表》的那些记载就不一定靠得住；仅乾隆殿本《新唐书》所附考证已摘举其错误数十条，近人据唐人碑板遗文又继续有所考订。虽然这表是根据唐朝官书旧文写成的，但也并不是完全没有问题的。第二，李唐自己的先世就不是西凉李暠之后。陈寅恪先生考证李唐氏族的结果说："据可信之材料，依常识之判断，李唐先世若非赵郡李氏之'破落户'，即是赵郡李氏之'假冒牌'。至于有唐一代之官书，其纪述皇室渊源间亦保存原来真实之事迹，但其大部尽属后人讳饰夸诞之语"[2]。他考订李唐也是自改其赵郡的郡望为陇西，而伪托为西凉李暠的嫡裔的。因此李白即使与唐朝皇帝是同宗，也不是李暠的后裔了。就他与唐朝皇室的关系说，他的世系既不列于属籍，则当然至少也不是皇室近支，而到那个时候，远支宗室的政治社会地位已与一般人无大差别了。《新唐书·宗室世系表》说："唐有天下三百年，子孙蕃衍，可谓盛矣。其初皆有封爵，至其世远亲尽，则各随其人贤愚，遂与异姓之臣杂而仕宦，至或流落于民间，甚可叹也。"因为宗室已成了虚名，没有什么实际的权利，因此当时姓李的人自称是宗室的也很多，成了一种风气，统治者也并不加干涉。明杨慎《升庵全集·李姓非一条》中考证说："盖唐人十三望之李，皆冒称宗室。既不封以禄位，惟虚名夸人，曰天潢仙派而已。唐帝亦乐其族姓之繁，不暇考其真伪也。"这在当时已成了一种社会风气，大家都不以为怪。例如令狐楚做了宰相以后，连姓胡的都改姓"令狐"了；温庭筠曾戏为词说："自从元老登庸后，天下诸胡悉带令。"宰相犹如此，何况是皇帝呢？因此李白作诗留别徐王李延年也扳兄称弟，《寄上吴王诗》也说"小子忝枝叶，亦攀丹桂丛"，这都是当时盛行联宗的一种习惯，或者说是

"礼貌",并不能证明他的家世。譬如杜甫在《重送刘十弟判官诗》中,因为"刘""杜"古来是一姓,就也据此来称兄道弟了。而且据《唐会要》记载,天宝元年七月唐玄宗曾下诏将李暠后嗣的宗室都隶入宗正寺,编入属籍;而李白于公元743年(天宝二年)即入长安,此诏颁布不久,但并没有把他编入属籍。可知李白与唐朝皇室也是没有什么瓜葛的。由以上所述,至少可以说明一点,就是李白是否与皇帝同宗,对于李白的一生是没有什么关系或影响的。

但他的家的确不是四川的土著,而是由外地迁移去的。至于他来自什么地方,也就是李白的出生地点,李阳冰《草堂集序》说是条支,范传正《唐左拾遗翰林学士李公新墓碑》说是碎叶;据郭沫若同志《李白与杜甫》一书中考证,碎叶是属于"条支都督府"的一个城镇,即中央亚细亚伊克塞湖西北的碎叶城;条支是唐代"西域十六都督州府"之一,"皆属安西都护统摄",李白就出生在碎叶城(原苏联吉尔吉斯北部托克马克附近)。碎叶是当时中国的边疆城镇,唐玄奘《大唐西域记》称碎叶城为素叶水城,记云:"城周六七里,诸国商胡杂居也。土宜糜麦、蒲萄,林树稀疏。气序风寒,人衣毡褐。"碎叶是多民族杂居的地方,李白一家在碎叶的时候是"隐易姓名"的,到四川后才复姓李。[3]李白在《上安州裴长史书》中又说他"本家金陵,世为右姓",金陵当然是不可能的;因此《全唐文》于此篇下注云:"金陵或系金城之讹。"金城在今甘肃西部,唐时敦煌以西的地方即称西域;这里可能只是西域的泛指。总之,我们可以说他的家是在武后统治年间(神功或神龙),由他父亲从西北边疆一带迁移到四川去的。[4]至于《旧唐书》说李白是山东人、他父亲做过任城县尉的记载，是完全靠不住的，那是本于杜甫的《苏端、薛复筵简薛华醉歌》中"近来海内为长句，汝与山东李白好"而来的；但杜诗只是指当时李白流寓的所在，并不是指他的籍贯。而且山东也不专指齐、鲁，而是与关西相对峙、泛指太行山以东的地方。

除了出生地点外，李白的童年和少年是在蜀中度过的，他自己也以蜀中人自称，说他"家本紫云山"[5]；紫云山在四川绵阳县境，那时的绵州彰明县南四十里。《唐诗纪事》引东蜀杨天惠《彰明逸事》说，李白曾读书于蜀之匡山，"今大匡山犹有读书台，而清廉乡故居遗址尚在，废为寺，名陇西院"。因此我们可以认为李白是西蜀绵州彰明县的清廉乡人。唐时绵州又叫巴西，在汉时属广汉郡，因此有的记载说他是"客巴西"或"广汉人"的，其实都是一个地方。李白《悲清秋赋》说："余以鸟道计于故乡兮，不知去荆、吴之几千。"《上安州裴长史书》也说："见乡人〔司马〕相如大夸云梦之事，云楚有七泽，遂来观焉。"又《代寿山答孟少府移文书》说："近者逸人李白自峨眉而来"，可知他一贯都是自称为蜀人的。其实唐时别人也是这样看法。苏颋《荐西蜀人才疏》云："赵蕤术数，李白文章。"项斯《经李白墓》诗说："游魂应到蜀，小碣岂旌贤。"姚合《送李馀及第归蜀》诗说："李白蜀道难，羞为无成归。"此外的记载还多，因此我们说他是四川人是没有错误的。

关于他的家世情形，因为李白诗文中谈及的地方绝少，因此我们只能根据已知的材料做一些推测，还很难作出确凿的论断。他父亲既是在李白出生后才移居蜀中的，那自然不是当地的土豪地主；而且又从来没有出仕过，自然也不是官僚。但他的家庭却非常豪富，李白《上安州裴长史书》中说：

"曩昔东游维扬，不逾一年，散金三十余万。有落魄公子，悉皆济之。"这是指他二十五岁后初次由家出蜀、辞亲远游时的情形的，可见他家里是很有钱的。照这种情形推测，他的父亲李客可能是一个大商人。商人的流动性本来是比较大的，当时西北与长安的商业关系很密切，而成都与长安又都是货物常常交流聚集的地方。而且因为唐代与西域的交通商业很发达，西北经商的人也特别多。魏颢《李翰林集序》说李白"少任侠，手刃数人"，李白自己也说"托身白刃里，杀人红尘中"[6]；游侠之风在唐代很盛，本来就和商业的发达有关系，而西北一带人民的生活习惯，据陈寅恪先生的考证，本来是"融合胡、汉为一体，文武不殊途"[7]的。这种"文武不殊途"的情形在李白的少年时代已经养成，他自己说"十五好剑术"[8]；又说"十五观奇书，作赋凌相如"[9]，像这样的教育不能不说是和他的家庭环境有相当的关系。李白的草《答蕃书》也恐怕和他父亲久居西北，他或者也通晓西域文字有关；因为西北一带民族杂处，风俗习惯已在互相影响了。由西北迁居到四川，而又那样有钱，那恐怕只有商人才有可能。这种家庭出身对于李白性格的形成，是有一定影响的。

从五岁到十五岁，是李白在家里读书学剑的时期，教他的大概就是他的父亲。他曾说："余小时，大人令诵《子虚赋》，私心慕之。"[10]又说："五岁诵六甲，十岁观百家。"[11]"六甲"是计算年月日的六十甲子，"百家"是诸子百家的各类杂书；他涉猎的范围很广，所谓"轩辕以来，颇得闻矣"[12]。到十五岁时，就开始学剑术和学写文章了；据王琦的考证，现在李集中的《明堂赋》就是他十五岁时所作[13]。从他诗文中所引的词章典故看来，他读的书的确是很多的；除中国的经子古籍外，也包括佛经、道书等等。而就他生平的经历看来，这种"开口成文，挥翰霞散"的基础，主要还是由二十岁以前的少年时期苦学得来的。击剑的技术也是在这时期学的；他生平常常把剑带在身边，遇着酒酣或有感慨时，就抚剑扬眉，起舞或吟啸，来寄托他的抱负。崔宗之说他"袖有匕首剑"[14]，他自己说"高冠佩雄剑"[15]，"锦带横龙泉（剑名）"[16]，又说"醉来脱宝剑，旅憩高堂眠"[17]，可知剑是常常佩在他身边的。崔宗之说他"起舞拂长剑，四座皆扬眉"，他自己也说"抚剑夜吟啸，雄心日千里"[18]，"长剑一杯酒，男儿方寸心"[19]。剑是他的武器，也是他的壮志的象征，悲愤情绪的寄托。"三杯拂剑舞秋月，忽然高咏涕泗涟"[20]，"抽剑步霜月，夜行空庭遍"[21]，他一生几乎和剑没有分离过，他对剑是十分有感情的。从这里也可以了解他的"剑术"大概是很不错的，而这也是在少年时期就学习了的。

在二十岁以前，他曾和一位隐士东严子共同隐在岷山，就是现在成都附近的青城山，一连住了几年都没有进城市。在山中他还养了好些奇异的禽鸟，他自己说这些鸟都被他训练得一叫就能到手掌里来吃东西；广汉太守还特地来参观过，并因此荐举他们二人出仕，但被拒绝了。明杨慎《李诗选题辞》，以为东严子就是当时著名的隐士梓州人赵蕤。李白后来有《淮南卧病书怀，寄蜀中赵征君蕤》诗，其中说"故人不可见，幽梦谁与适"，可知他们的交情是很深的。这几年的隐居生活对于李白来说，大概主要的事情仍然是读书学习。

到二十岁的时候，他开始了一些社会活动。刘全白《唐故翰林学士李君碣记》中所谓"性倜傥，好纵横术；善赋诗，才调逸迈"等，就是记的这时候的情形。那时尚书苏颋到成都来做益州长史，苏颋在当时是颇有文名的，李白就在路上向他请见。苏颋曾对他的僚属称赞李白说："此子天才英丽，下笔不休，虽风力未成，且见专车之骨；若广之以学，可以相如比肩也。"[22]大概他少年时已经写过好些作品，虽然现在留传下来的并不多。又据《唐诗纪事》引东蜀杨天惠《彰明逸事》记载，有一次李白从彰明县令观水涨情形，有一女子溺死在江上，那个县令看见后便"苦吟"起诗来了："二八谁家女，飘来倚岸芦。鸟窥眉上翠，鱼弄口旁朱。"李白即应声续之说："绿发随波散，红颜逐浪无。何因逢伍相？应是怨秋胡。"县令很不高兴，李白恐，遂离去。看来他是很不满意这种歌咏"翠眉""朱口"的昏庸县令的。这是李白对当时官僚们感到不满意的开始，他是看不惯这种不合理的事情的。

二十岁以后，他开始在蜀境以内游览。他在成都登过散花楼，有《登锦城散花楼》诗：

日照锦城头，朝光散花楼。金窗夹绣户，珠箔悬琼钩。飞梯绿云中，极目散我忧。暮雨向三峡，春江绕双流。今来一登望，如上九天游。

祖国的名胜给他一种优美壮丽的感觉，他的胸襟开阔了，诗的技巧也进步了。此外他还游历过峨眉山，"蜀国多仙山，峨眉邈难匹。周流试登览，绝怪安可悉"[23]。听过峨眉山上的蜀僧弹琴："蜀僧抱绿绮（琴名），西下峨眉峰。为我一挥手，如听万壑松。客心洗流水，遗响入霜钟。不觉碧山暮，秋云暗几重。"[24]我们知道李白是会弹琴的，他自己在诗中常常提到，如"横琴倚高松，把酒望远山"[25]；"手舞石上月，膝横花间琴"[26]；"功业若梦里，抚琴发长嗟"[27]。特别是在对月与独酌的时候，常常是同时也抚弦弄琴的。他的朋友崔宗之曾送过他一张"孔子琴"，崔宗之死后，他抚之潸然，作诗感旧。他对琴的爱好与学习，也许就是从少年时期在峨眉山听到蜀僧弹琴时开始的。他平生很喜爱音乐，除弹琴外，也会歌与舞。他不只写的歌诗很多，而且自己也是会唱的。"与君歌一曲，请君为我倾耳听"；"一笑复一歌，不知夕景昏"，而且常常歌舞起来。"我歌月徘徊，我舞影凌乱"；"歌声送落日，舞影回清池"；因此杜甫赠他诗说"痛饮狂歌空度日"[28]。他对歌舞的爱好大概是在早年就养成了的。在游峨眉时他还写过有名的《峨眉山月歌》：

峨眉山月半轮秋，影入平羌江水流。夜发清溪向三峡，思君不见下渝州。

这是为人传诵的一首七言绝句，二十八字中有五个地名，但读起来仍很自然，可见这时他作诗的锤炼功夫已经很深了。我们讲过，李白认为月亮是一种清新皎洁的象征；他从年幼时就很爱月，诗中提到月亮的地方也特别多。他说："小时不识月，呼作白玉盘。又疑瑶台镜，飞在青云端。"[29]而峨眉山的月给他的印象更深，他后来在武昌作的《峨眉山月歌送蜀僧晏入中京》诗中说："我在巴东三峡时，西看明月忆峨眉。月出峨眉照沧海，与人万里长相随。"因此以后每当他看见明月时，就不禁会有一种思念故乡的感情。他把月亮当作一种理想的寄托，在那里是没有一点污浊和黑暗的；这种情绪在《把酒问月》一诗中表现得最清楚：

> 青天有月来几时？我今停杯一问之！人攀明月不可得，月行却与人相随。皎如飞镜临丹阙，绿烟灭尽清辉发。但见宵从海上来，宁知晓向云间没！白兔捣药秋复春，嫦娥孤栖与谁邻？今人不见古时月，今月曾经照古人。古人今人若流水，共看明月皆如此。惟愿当歌对酒时，月光长照金樽里。

他想"攀"明月，是为了明月的"皎"和"清"；他就运用关于月亮的神话来驰骋他的想像，他爱好这样一个皎洁清新的世界。而峨眉的秀丽的山景，大概把明月映托得格外清皎，因此他的印象也就格外深了。

除峨眉外，他还到过戴天山，有《访戴天山道士不遇》诗："犬吠水声中，桃花带雨浓。树深时见鹿，溪午不闻钟。野竹分青霭，飞泉挂碧峰。无人知所去，愁倚两三松。"诗中细腻地写出了幽美寂静的山林景色。他还登过巫山最高峰，有《自巴东舟行经瞿塘峡，登巫山最高峰，晚还题壁》诗。"江行几千里，海月十五圆"，这时他已经将蜀中的名胜都游览遍了；他说"巴国尽所历"，又说"历览幽意多"。这种游历使他饱览了四川的优美壮丽的自然景色，也使他多接触了各地的社会生活。这对他眼界的开阔和他豪放自然的诗歌风格的形成都是有关系的；唐朝诗人皮日休说他"五岳为辞锋，四海作胸臆"[30]，这种风格的形成虽然和他的一生经历都有关系，但少年时的蜀中生活已经为此培植好了根基。他后来写的著名诗篇《蜀道难》中有好些关于四川形势的奇险壮美的描写，这种奇险壮美的感觉也影响到了他的诗歌的艺术风格。

他对于四川的故乡是怀有浓厚的感情的；而这种感情与

思念家庭的关系并不大；主要的还是怀念蜀中的优美的自然景色。他自从二十五岁出蜀以后，就没有再回去过，现存的作品绝大部分都是离蜀后所作的。但其中除曾说过一句他少年时的"辞亲远游"以外，就再没有任何思亲的句子；可能在他出蜀后不久他的父母就逝世了。集中所称的兄弟等也都是同族的从兄弟，只有晚年在浔阳狱中所写的《万愤词投魏郎中》里提到"兄九江兮弟三峡"，似乎是亲兄弟；但即使是亲兄弟的话，也都已流落他方，不在彰明故乡了。据《唐诗纪事》引《彰明逸事》说，李白只有一个妹妹月圆嫁在本县，县中有她的坟墓。他自己是出蜀后才结婚的，妻子根本没有到过四川；那么他留在蜀中的亲属也仅有一个已经出阁的妹妹，但诗中也并没有怀念她的文字。那么他究竟怀念蜀中的一些什么呢？《郢门秋怀》诗中说："郢门一为客，巴月三成弦。朔风正摇落，行子愁归旋。"《江西送友人之罗浮》诗中说："尔去之罗浮，我还憩峨眉。"《淮南卧病书怀，寄蜀中赵征君蕤》诗中说："国门遥天外，乡路远山隔。朝忆相如台，夜梦子云宅。"有名的《宣城见杜鹃花》一诗说：

蜀国曾闻子规鸟，宣城还见杜鹃花。一叫一回肠一断，三春三月忆三巴。

他最怀念蜀中的是峨眉、山月、子规鸟、杜鹃花、司马相如台、扬雄故宅，而并不是家里的什么人或产业。从这里可以看出"巴国尽所历"这一段少年时的游览生活对于他的重要性：四川锦绣壮美的山河初步地培养了他的壮阔的胸怀，形成了他自然豪放的诗歌风格。

他在二十五岁的时候（公元725年），为了找寻机会来发展自己的抱负和才能，就离开了他所喜爱的四川。他说："故知大丈夫必有四方之志，乃仗剑去国，辞亲远游。"[31]他是先由三峡到湖北的，在途中他写了《荆门浮舟望蜀江》的诗，"正是桃花流，依然锦江色"；"逶迤巴山尽，摇曳楚云行"；他不胜依恋地离别了四川的山水，走上了漫游的长途。他的著名七绝《早发白帝城》就是在这次出蜀途中离开白帝城（在今四川奉节）到江陵时所作的：

朝辞白帝彩云间，千里江陵一日还。两岸猿声啼不尽，轻舟已过万重山。

在李白那个时代，向下游行驶的轻舟是当时所可能有的最快的交通工具；清晨还在四川奉节，晚上已到江陵，一日千里，沿岸的景色都无暇迎接和欣赏，就已经穿过三峡天险了。从此，他就离开了他的家乡，开始了长期的漫游生活。

\*　　\*　　\*

〔1〕魏颢《李翰林集序》中说李白"因家于绵，身既生蜀"；据此则李白应该生在蜀中，与李阳冰、范传正所记载的"神龙初"不同。因此有人疑"神龙"是"神功"之误，"神功初"是武后当朝的第十四年（公元697年），在李白出生的前四年；魏颢虽与李白交往很深，但"神功初"的说法并无准确可靠的证据。我们只能说李白幼年从五岁起是在蜀中度过的。

〔2〕〔7〕陈寅恪：《唐代政治史述论稿》，三联书店1956年版。

〔3〕本段文字中从"至于他来自什么地方"至"到四川后才复姓李"，系1959年新版作者根据郭沫若《李白与杜甫》一书中的考证重写的，与上海人民出版社1954年9月初版本不同。初版本这一段文字是："不过记载中所说的

西域的两个地名'碎叶'和'条支',在隋末都不属于中国的势力范围,不可能成为窜谪罪犯的地方。而且李阳冰《草堂集序》说是逃归蜀中后才'复指李树而生柏阳'的,范传正《李公新墓碑》又说'公之生也,先府君指天枝以复姓'。因此他的家世情形是很不清楚的"。——编者注。

〔4〕"由他父亲从西北边疆一带迁移到四川去的"一句,上海人民出版社1954年9月初版本为"由他父亲从西北甘肃新疆一带迁移到四川去的"。——编者注。

〔5〕《题嵩山逸人元丹丘山居》。

〔6〕《赠从兄襄阳少府皓》。

〔8〕《与韩荆州书》。

〔9〕〔18〕《赠张相镐》其二。

〔10〕《秋于敬亭山送从侄耑游庐山序》。

〔11〕〔12〕〔22〕〔31〕《上安州裴长史书》。

〔13〕见《李太白年谱》开元三年下注。

〔14〕崔宗之:《赠李十二》。

〔15〕《忆襄阳旧游赠马少府巨》。

〔16〕《留别广陵诸公》。

〔17〕《冬夜醉宿龙门觉起言志》。

〔19〕《赠崔侍御》。

〔20〕《玉壶吟》。

〔21〕《江夏寄汉阳辅录事》。

〔23〕《登峨眉山》。

〔24〕《听蜀僧浚弹琴》。

〔25〕《春日独酌》其二。

〔26〕《独酌》。

〔27〕《早秋赠裴十七仲堪》。

〔28〕杜甫:《赠李白》。

〔29〕《古朗月行》。

〔30〕皮日休:《七爱诗》之一,《李翰林》。

## 仗剑远游

李白在《上安州裴长史书》中说:"以为士生则桑弧蓬矢,射乎四方,故知大丈夫必有四方之志,乃仗剑去国,辞亲远游。"就在二十五岁的时候,他怀着很大的抱负,离蜀出游了。他对自己的才能向来是很自负的,他曾说:"怀经济之才,抗巢、由之节。文可以变风俗,学可以究天人,一命不沾,四海称屈。"[1]又说:"虽长不满七尺,而心雄万夫。"[2]为了要给自己的才能找寻一个适当的施展机会,为了事业心的驱使,他开始了漫游的生活。刘全白《李君碣记》说他"不求小官,以当世之务自负",这是的确的;他不只是拒绝了广汉太守的引荐,就连唐朝一般读书人所热烈追求的进士考试,他也从来没有想到要参加。他想的只是"投竿佐皇极"[3],"奋其智能,愿为辅弼"[4],"出则以平交王侯"[5],像谢安似的"起来为苍生"[6],"使寰区大定,海县清一"[7],以后,就"功成拂衣去,摇曳沧州旁"[8]。这种"以当世之务自负",想一举而至卿相,"相与济苍生"[9]的思想,虽然看起来有些夸诞,但它的产生并不是没有原因的。一方面是盛唐富庶安定的社会环境培养了青年人对事业前途的强烈追求的愿望,一方面是他对自己才能的高度自负。他所见到的一般官吏都很庸俗,他以为一个富有才能的人是应当并且也一定能够得到别人的尊重和施展才能的机会的。他常常以大鹏良骥自况,作有《大鹏赋》。他在诗中也说:"大鹏一日同风起,扶摇直上九万里。假令风歇时下来，犹能簸却沧溟水"[10]，"骅骝本天马，素非伏枥驹。长嘶向清风，倏忽凌九区。"[11]他的朋友范伦的儿子范传正写的《唐左拾遗翰林学士李公新墓碑》开头就以"骐骥筋力成，意在万里外"和"大鹏羽翼张，势欲摩穹昊"来譬喻他的才能，这是很了解他的抱负的。这种带有一点浪漫气息的少年人的情怀，使他在开始漫游时所抱的理想很高，也认为事情很容易；"不屈己，不干人"[12]，只要以自己的才能在社会上树立声誉，就可以有机会得到成功。抱着这样的大志，他带了很多钱，离开了家乡，出三峡而到襄阳。

"任侠"是李白诗歌和性格中的一个重要部分，特别是在开始漫游的这一时期，他的豪放的性格和任侠的行为是表现得更其突出的；他很不像一个普通的文士。他当然也读书作文，而且很多、很好，但他曾明说过："鲁叟谈五经，白发死章句。问以经济策，茫如坠烟雾。"[13]甚至还说"《凤》歌笑孔丘"[14]，他是不肯接受传统的经典书籍的限制的。他作诗也不肯如当时一般文人那样"拘于声律俳优"，而且说："梁、陈以来，艳薄斯极，沈休文（沈约）又尚之以声律，将复古道，非我而谁？"[15]总之，在一切方面，他都不肯受一点封建社会既成规法的拘束，要求创造；因此就感到"儒生不及游侠人，白首下帷复何益"[16]了。他所钦佩的古人也多半不是什么诗人或学者，而是鲁仲连、诸葛亮、谢安一类为国家建立奇勋的人物。《赠何七判官昌浩》一诗中说："有时忽惆怅，匡坐至夜分。平明空啸咤，思欲解世纷。心随长风去，吹散万里云。羞作济南生，九十诵古文。不然拂剑起，沙漠收奇勋。老死阡陌间，何因扬清芬！"他觉得自己的才能是应该得到很好的施展机会的,"抚剑夜吟啸,雄心日千里",他不愿受任何妨碍他向前发展的压力和拘束。就这种富有理想和创造的精神说,确乎是表现了盛唐那个社会经济繁荣富庶的时代的。就这样,他仗剑出游了,首先到了湖北的襄阳。

  在襄阳,李白大概流连了一个短时期,《襄阳曲》和《襄阳歌》,就是这时写的。后来他回忆说:"昔为大堤(在襄阳城外)客,曾上山公楼(晋时山简作襄阳太守的遗迹)。开窗碧嶂满,拂镜沧江流。"[17]他对名胜区域都是尽情游览的。这时他已很能饮酒了,《襄阳歌》中说:"清风朗月不用一钱买,玉山自倒非人推。舒州杓,力士铛,李白与尔同死生。"他在湖北安陆住的时期最长,他自己曾说是"酒隐安陆,蹉跎十年"[18],可见在漫游时期,他已经很爱饮酒了。但这时的饮酒与后期的"愁多酒虽少,酒倾愁不来"[19]的情形不同;倒是"酒酣益爽气,为乐不知秋"[20]的。他这时生活很豪纵,对前途充满了乐观进取的精神:[21]"黄金白璧买歌笑,一醉累月轻王侯"[22]。他在醉后可以毫无忌惮地表现他的傲岸的态度,这种"轻王侯"的想法实在是他当时的真实感情。因此他这时的饮酒是和任侠的行为不可分的,都是一种豪放情绪的表现,[23]与离开长安以后的晚年情形有所不同。他在襄阳流连了一个短时期以后,就至荆门,到武汉。《秋下荆门》诗说:"霜落荆门江树空,布帆无恙挂秋风",大概是秋末由汉水坐船走的。以后又泛洞庭湖,"南穷苍梧",游历各地的著名山川。这时和他同行的是一位蜀中友人吴指南,在洞庭时吴指南病死了,他很伤心;他自己记载这事说:"白禫服恸哭,若丧天伦。炎月伏尸,泣尽继之以血。行路闻者，悉皆伤心。猛虎前临，坚守不动。"[24]他暂时把尸体埋在湖边，就又游历去了。后来过了许久，又去看吴指南的尸体寄埋的地方，那时尸体的筋肉还没有全腐烂，他就亲自用刀子洗削完毕，把尸骨正式安葬在鄂城（今武昌）之东；可见他对朋友是很讲义气的。他曾"东涉溟海"，游扬州等地，不到一年，"散金三十余万"，都救济了所谓"落魄公子"[25]，大概都是一些怀才不遇的人，李白对他们是很同情的。他在《赠友人》诗中说："人生贵相知，何必金与钱！""黄金逐手快意尽，昨日破产今朝贫"[26]，"归家酒债多，门客粲成行"[27]，他饮酒挥霍，都是为了结交豪侠的知心朋友。他曾说"结发未识事，所交尽豪雄"[28]；他少年时期的朋友大概尽是豪侠一流人，而这是必须要轻财重义的。魏颢《李翰林集序》还说他曾"手刃数人"，原因大概也是为了打抱不平；他曾说"感君恩重许君命，太山一掷轻鸿毛"[29]。任侠的风气在唐代很流行，像李白在《侠客行》中所说的，"纵死侠骨香，不惭世上英。谁能书阁下，白首《太玄经》（扬雄故事）"。他诗中的歌咏任侠的内容很多，如《东海有勇妇》《侠客行》等，因为他自己就是"少任侠"的。这当然和他幼年时关于剑术的训练有关系，而在远地漫游时生活上也有结交知心朋友的需要；何况他本来就在找寻知音和正在企图建立声誉呢！

从离开四川以后，大约游历了有三年的光景，到二十七岁时，他到了湖北的安陆。这里是司马相如在《子虚赋》中所艳称的云梦泽所在的地方。他说："见乡人相如大夸云梦之事，云楚有七泽，遂来观焉。"[30]到了这里以后，他就和以前在唐高宗时当过宰相的许圉师的孙女结了婚，暂时定居在安陆。他的妻子也是一个很有才情的女人,《柳亭诗话》记载李白曾作《长相思》乐府,最后的句子是"不信妾肠断,归来看取明镜前"。他妻子看后说,武后的诗中已有"不信比来常下泪,开箱验取石榴裙"的句子,李白爽然自失。可知他妻子也是读书很多的。李白《赠内》一诗说:"三百六十日,日日醉如泥。虽为李白妇,何异太常妻(后汉周泽的故事)。"大概就是婚后与妻子戏谑的一首诗。此后从二十七岁到三十五岁(公元727年—735年)将近十年的期间,他虽然也仍然在各地漫游,但大体上是比较经常地定居在安陆这个地方的,这就是所谓"酒隐安陆,蹉跎十年"的时期。在安陆他大概是颇为建立了一点社会声誉的,结婚的一事就可以说明。他又说那里的郡督马某曾许他为奇才,对别人称赞说:"诸人之文,犹山无烟霞,春无草树;李白之文,清雄奔放,名章俊语,络绎间起,光明洞彻,句句动人。"[31]可见他仍是以他的文章来树立声誉的。而且因为走的地方多了,看到了许多壮丽的景色和新奇的事物,接触到一些社会上实际的遭遇,眼界开阔了,生活经验多了,自然对于诗歌的创作也增添了丰富多彩的内容。盛唐诗的一个主要特点就是充满了一种浪漫豪放的风格,而其具体表现的一方面,就是对于任侠和求仙的向往和赞颂。这当然是唐代几十年来社会富庶和商业交通发达的结果[32],而李白的诗就是这种时代的精神风貌比较集中的反映,可以说是盛唐诗歌的代表。在他三十岁前后的漫游时期,他的诗歌风格可以说已经完全成熟了。他在江陵时遇到隐士司马承祯,司马承祯曾说他有"仙风道骨"[33],他又和道教中人胡紫阳、元丹丘等来往过,诗集中也有许多关于游仙学道的诗。如《怀仙歌》说:"尧、舜之事不足惊，自余嚣嚣直可轻。巨鳌莫载三山去，我欲蓬莱顶上行。"因此他倜傥不羁，看不起尧、舜，有时也菲薄孔子。这可以说是他歌咏求仙[34]的主要原因。当然，求仙访道之中也含有一些迷信的成分，但道教可以说是唐代的国教，是统治者所提倡的，在社会上的影响很大；当时许多人都和道教有一点瓜葛，这是不足怪的。而就李白来说，求仙访道也是他进行社会活动的一种手段。这些歌咏求仙的诗当然并不是李白诗篇中的主要部分，而且是比较消极的部分，但即使在这些诗篇中，逃避现实与幻想未来的成分也是很稀薄的；因此若就求仙的积极方面的意义说，那和任侠的原因是一致的，二者都表现了一种豪纵浪漫的生活内容和对于一种自由自在的生活的期望。

他在三十岁的时候，曾积极地进行了一些希望当时要人们给他援引的活动；他希望能建立更大的声誉，得到一个施展自己才能的机会。"高冠佩雄剑，长揖韩荆州"[35]，当时的荆州长史韩朝宗以能"识拔后进"在士流中享有盛名，李白在《与韩荆州书》中说："所以龙盘凤逸之士，皆欲收名定价于君侯。"他在这封信中说明自己的经历和才能，愿意呈献自己的诗文。他说："三千宾中有毛遂，使白得颖脱而出，即其人焉。"他希望韩朝宗能像战国时平原君的提拔毛遂一样，使他"扬眉吐气，激昂青云"。可以想见，这当然是没有结果的。这期间他还有《上安州裴长史书》，也是陈述自己的经历才能和轻财重义的美德的。书中叙述他已经和裴长史见过八九次，但"谤言忽生，众口攒毁"，他觉得很冤屈，希望再见一次。最后说："若赫然作威，加以大怒，不许门下，逐之长途，白即膝行于前，再拜而去。……

何王公大人之门不可以弹长剑乎！"同时期又有解释他醉后失礼、希求原宥的《上安州李长史书》，其中说："白孤剑谁托，悲歌自怜。迫于栖惶，席不暇暖。寄绝国而何仰，若浮云而无依。南徙莫从，北游失路。"又说："何图叔夜（嵇康）潦倒，不切于事情；正平（祢衡）猖狂，自贻于耻辱。"最后是请求原宥，并送上了他的一些作品。这些裴长史、李长史之流都是当时的州佐官吏，详细情形虽不清楚，但并不是当时最显赫的人物；可是他们在地方上骄纵凌人的气焰已经很可观了，使诗人惟恐受到他们的迫害，进退维谷，哪里还能谈得到使他"扬眉吐气"呢！宋洪迈在《容斋四笔》中曾为此叹息说："大贤不偶，神龙困于蝼蚁，可胜叹哉！"可以看到，他在为自己树立声名、希望得到别人援引的活动中，一方面固然碰到了许多挫折，弄得"悲歌自怜"，"若浮云而无依"；但另一方面也使他认识到这些官吏的面目并不比蜀中的那些稍微好一点点，他们是同样的庸俗和可憎。这时期他也常常到周围一带的名胜区域栖息小住，《山中问答》诗云："问余何意栖碧山，笑而不答心自闲。桃花流水窅然去，别有天地非人间！"碧山即在安陆境内，今碧山上尚有桃花岩名胜，桃林小溪，宛然在目；《安陆县志》称之为"谪仙桃岩"。又在今安陆与应山二县间有寿山，李白在《代寿山答孟少府移文书》中说他乃"蚪蟠龟息，遁乎此山"；由文中看来，他在寿山也是住过一个时期的。《代寿山答孟少府移文书》是一篇用戏谑的答辩口气来说明自己的志向和做人态度的文字，他借用寿山的口气来回答扬州的孟少府，其中说："昨于山人李白处，见吾子移文。责仆以多奇，鄙仆以特秀，而盛谈三山五岳之美；谓仆小山，无名无德而称焉。观乎斯言，何太谬之甚也！吾子岂不闻乎？无名为天地之始，有名为万物之母。假令登封禋祀，曷足以大道讥耶？然能损人费物，庖杀致祭，暴殄草木，镌刻金石，使载图典，亦未足为贵乎！"这里李白当然是以寿山自况的，"多奇"和"特秀"是不入别人眼中的，因此他不如那些庸俗官吏们有盛名，但那些"损人费物"的盛名又有什么可贵呢？因此诗人傲岸地答道："何太谬之甚也！"下面他说明自己"不屈己，不干人"的品德，和"使寰区大定，海县清一"的志向；他并没有让现实消磨掉了他的远大的抱负。他虽然受到了这些官吏们的压迫和歧视，但他从心里鄙视他们；他知道那些官吏和他不是一种人。"珠玉买歌笑，糟糠养贤才"[36]，他感到了一种有才能的人得不到应有重视的不平和孤寂；"弹剑徒激昂，出门悲路穷"[37]，他对现实怀有了浓厚的不满情绪。后来他回忆这段生活时说："少年落魄楚、汉间，风尘萧瑟多苦颜。自言管、葛（管仲、诸葛亮）竟谁许？长吁莫错还闭关！"[38]他在长期的漫游中是受到了不少的挫折和歧视的。

他住在安陆的期间，也仍然是常到各处漫游的；不过以安陆为中心，有一个比较固定的居处罢了。这期间他在湖北认识了当时的著名诗人孟浩然，孟浩然比他大十一岁，这时已经归隐了，过着饮酒作诗的生活。李白的《赠孟浩然》一诗说："吾爱孟夫子，风流天下闻。红颜弃轩冕，白首卧松云。醉月频中圣，迷花不事君。高山安可仰，徒此揖清芬！"他对孟浩然的退隐饮酒的行为是很钦佩的。唐代诗人中和李白有过交谊的人并不多，只有孟浩然、王昌龄、杜甫、贾至等几个人；和他同时代的大诗人王维，我们就找不出关于他们之间的交游的记载来；而受到李白赞誉的人尤其少。孟浩然的志趣和当时李白的所谓"少年不得意，落魄无安居，……常时饮酒逐风景，壮心遂与功名疏"[39]的心境是很相投合的，因此就得到他的爱慕了。李白的《黄鹤楼送孟浩然之广陵》一诗说："故人西辞黄鹤楼，烟花三月下扬州。孤帆远影碧空尽，惟见长江天际流。"这首七绝是很著名的，陆放翁在《入蜀记》中曾称赞这首诗描写帆樯照映远山的入微，说是"非江行久不能知也"。另外他还有一首《春日归山寄孟浩然》诗，他们的交谊是很亲密的。

大概在他三十五岁的时候，他离开安陆，北游到山西的太原。《忆旧游寄谯郡元参军》诗中说："君家严君（父亲）勇貔虎，作尹并州（太原）遏戎虏。五月相呼渡太行，摧轮不道羊肠苦"；"海内贤豪青云客，就中与君心莫逆"。从诗中看来，元参军和他是很要好的朋友，他们曾在一处游历过多时，这次他就是和元参军一起经太行山到山西的。元参军的父亲大概是在山西守边防的武官，他去太原就是在元家作客的；"琼杯绮食青玉案，使我醉饱无归心"，主人的招待是很殷勤的。他在太原就畅游周围的名胜："时时出向城西曲，晋祠流水如碧玉。浮舟弄水箫鼓鸣，微波龙鳞莎草绿"；后来他回忆说"此时欢乐难再遇"，这一段时间在他的漫游生活中是很畅快的。就在太原，他认识了唐朝后来的名将郭子仪；郭子仪那时还是一个小兵，因为犯了过失，要受责罚，李白看见他很有才能，就替他说情给免罪了。据说后来李白因从永王璘获罪，那时郭子仪已经是中兴名将，曾经出力解救过李白。从这个故事中也可以看出李白平常是很看重人才的。他是夏天到太原的，大概到秋天就离开了。《太原早秋》诗说：

>　　岁落众芳歇，时当大火流。霜威出塞早，云色渡河秋。梦绕边城月，心飞故国楼。思归若汾水，无日不悠悠。

此后不久就离开太原了。

接着他就东游齐鲁，最常住的地方是任城和沙邱（今山东的济宁和掖县），而且他就在沙邱安了家。他后来的《寄东鲁二稚子》诗说：

>　　我家寄东鲁，谁种龟阴田？春事已不及，江行复茫然。南风吹归心，飞堕酒楼前。楼东一株桃，枝叶拂青烟。此树我所种，别来向三年。桃今与楼齐，我行尚未旋。

由他别后三年而所种的桃树已经有楼一般高的情形来看，他在山东住的时间是相当长的。"我家寄在沙邱旁，三月不归空断肠"[40]，他大概从这时起就居住在沙邱了。这时他和孔巢父、韩準、裴政、张叔明、陶沔五人共同隐居在泰山南边的徂徕山，常常一块饮酒酣歌，当时人称为"竹溪六逸"。他在《送韩準、裴政、孔巢父还山》一诗中，翔实地描述了他们之间的隐居生活与志趣：

>　　猎客张兔罝，不能挂龙虎。所以青云人，高卧在岩户。韩生信英彦，裴子含清真。孔侯复秀出，俱与云霞亲。峻节凌远松，同衾卧盘石。斧冰漱寒泉，三子同二屐。时时或乘兴，往往云无心。出山揖牧伯，长啸轻衣簪。昨宵梦里还，云弄竹溪月。今晨鲁东门，帐饮与君别。雪崖滑去

马，萝径迷归人。相思若烟草，历乱无冬春。

从"三子同二屐"中，可以看出他们间的交谊是极亲密的；从"长啸轻衣簪"中，也可以看出这些以龙虎自比的人们的傲岸的气概。他在《五月东鲁行答汶上翁》诗中说："顾余不及仕，学剑来山东。举鞭访前途，获笑汶上翁。下愚忽壮士，未足论穷通。我以一箭书，能取聊城功。终然不受赏，羞与时人同。"他的傲岸自负的气概是常常受到别人的讥笑的，但他并不因此减低他的自信心和乐观情绪；对于那些满足于现状的庸俗的人们，他是像鲁仲连一样，羞与这些人相同的。这种情形在《上李邕》一诗中表现得更明显。李邕是当时有名的书法家，做过北海太守，比李白大二十多岁，李白见他时他已经六十多岁了；可以想像这样一位有名望的老年人当然是看不惯李白那种傲岸态度的，可能也有过一些劝告，于是李白在《上李邕》一诗中回答说：

大鹏一日同风起，扶摇直上九万里。假令风歇时下来，犹能簸却沧溟水。时人见我恒殊调，闻余大言皆冷笑。宣父（孔子）犹能畏后生，丈夫未可轻年少！

前面讲过，从少年时起，李白就喜欢以大鹏来自况；也只有用像庄子所形容的那种大鹏的气概，来比喻李白的抱负才显得恰当。但在现实社会中他却不能不受到一般人的嘲笑和误解；而且因为他"羞与时人同"，当然就更容易招来"时人见我恒殊调，闻余大言皆冷笑"的待遇了。和李白最常接触的"时人"是些什么样的人呢？最多的当然就是一些地方官吏和努力想得到一官半职的读书人,这些人都是遵循着封建社会的成规来安排自己的命运的;而李白则不是这样,他是要一举而成辅弼,能"起来为苍生"的,这在那些"时人"眼中,当然就不能不认为是夸诞的"大言"了。

李白离开山东后就南下了,漫游于江苏、安徽、浙江等地。经过了十余年的社会磨炼,他对当时的政治现实是认识得比较清楚了。他写的《丁都护歌》说:

> 云阳(江苏丹阳)上征(行)去,两岸饶商贾。吴牛喘月时(暑天),拖船一何苦!水浊不可饮,壶浆半成土。一唱《都护歌》,心摧泪如雨。万人系(一作凿)盘石(大石),无由达江浒(江边)。君看石芒砀(产石的山),掩泪悲千古!

这大概是他在江苏写的。当地的官府在山上采取大石,用拖船来搬运,天旱水浅,千万的劳动者用力牵拉着,也很难到达江边;但监督的官吏(都护)却限令极严,使劳动者无由喘息。李白想到这些石头使人民长久地从事苦役,不禁感叹地说:"君看石芒砀,掩泪悲千古!"《丁都护歌》是乐府旧曲,相传是"其声哀切",李白以之歌咏新事,就更悲恻感人了。从这里可以看出诗人对社会现实的关注和对劳动者的同情态度来[41]。此外,他因为看到战争带给人民不少苦痛,所以对唐玄宗这时期在西北发动的战争,也表示了很大的不满。公元738年—739年(开元26年—27年),正当李白南游江苏、安徽诸地的时候,唐玄宗依仗社会经济的富裕和国力的强盛,对西北的契丹、突厥等发动了好几次战争,虽然这些战争有的是胜利了，但人民的征役却也频繁起来，离妻别子的情况很惨，并且也影响了农业的生产。李白的《乌夜啼》就是写征役所带给人民的流离远别的痛苦的：

> 黄云城边乌欲栖，归飞哑哑枝上啼。机中织锦秦川女（用晋窦滔妻怀念她丈夫远去流沙的典故），碧纱如烟隔窗语。停梭怅然忆远人，独宿孤房泪如雨。

后来李白初到长安时，贺知章读了这首诗，曾叹赏苦吟，认为"可以泣鬼神矣"[42]；可知这是在进京前写的。此外如《古风》第十四首，大概也是这时写的。其中说："赫怒我圣皇，劳师事鼙鼓。阳和变杀气，发卒骚中土。三十六万人，哀哀泪如雨。且悲就行役，安得营农圃？不见征戍儿，岂知关山苦。争锋徒死节，秉钺皆庸竖；战士涂蒿莱，将军获圭组（一本无以上四句）。"除了同情人民以外，他对那些驱使兵士来发动战争，以迎合皇帝好大喜功的心理、博取皇帝欢心的将领们，也表示了深切的不满；这些人是常常用兵士的生命来获取自己的功劳的。他这时对社会现实已有比较深一层的认识了。

公元742年（天宝元年），李白四十二岁。这年春天他曾游过泰山，集中有《游泰山》诗六首[43]，其中除了歌颂天门、日观诸峰的壮丽景色外，也以一种游仙诗的风格来描述了他的丰富的想象。就在这一年，他说"自爱名山入剡中"，他到了浙江的会稽，与道士吴筠共居剡中。唐朝的道士实际上就是隐士，吴筠也会作诗，这时正在会稽游览；恰好唐玄宗召他入京，他就在唐玄宗前推荐了李白。另外唐玄宗的妹妹玉真公主也听到过李白的声名，很愿他到长安。玉真公主是出家了的道士，号持盈法师，在长安筑"玉真观"以居；李白集中有《玉真仙人词》《玉真公主别馆苦雨，赠卫尉张卿二首》，大概就是他到长安以后的酬献之作。段成式《酉阳杂俎》说："李白名播海内，玄宗于便殿召见。"李白自己后来也说，当时他"名动京师，上皇闻而悦之，召入禁掖"[44]。可见这时李白的声名已经很大，唐玄宗自然也听说过，遂接连三次下诏召他入京了。他后来曾说："惟昔不自媒，担簦西入秦。攀龙九天上，忝列岁星臣。"[45]他对"不自媒"一点很得意，表示自己并没有去设法钻营；可知他的入京是应唐玄宗的直接征召的。但"愿为辅弼"是他一向的抱负，与皇帝见面的机会到了，他自然很高兴，以为此后就可以顺利地施展自己的才能了。这时他的家已移在安徽南陵，他写了一首《南陵别儿童入京》诗：

> 白酒新熟山中归，黄鸡啄黍秋正肥。呼童烹鸡酌白酒，儿女嬉笑牵人衣。高歌取醉欲自慰，起舞落日争光辉。游说万乘苦不早，著鞭跨马涉远道。会稽愚妇轻买臣，余亦辞家西入秦。仰天大笑出门去，我辈岂是蓬蒿人！

由这首诗知道他入京的时间是秋季。他又有和妻子戏谑的《别内赴征》诗三首，也是临行前写的；下边是其中的第一、二首：

> 王命三征去未还，明朝离别出吴关。白玉高楼看不

见，相思须上望夫山！

出门妻子强牵衣，问我"西行几日归"？"归时倘佩黄金印，莫见苏秦不下机！"

这时他已经四十二岁，虽然感到有点"游说万乘苦不早"，但实现他的用世志向的机会终于来到了。于是怀着极大的希望，为这就要实现的幸运而欢乐；"仰天大笑出门去"，他"著鞭跨马"走向长安了。

\* \* \*

〔1〕《为宋中丞自荐表》。

〔2〕《与韩荆州书》。

〔3〕《酬坊州王司马与阎正字对雪见赠》。

〔4〕〔7〕〔12〕《代寿山答孟少府移文书》。

〔5〕《冬夜于随州紫阳先生飡霞楼送烟子元演隐仙城山序》。

〔6〕《赠韦秘书子春》。

〔8〕《玉真公主别馆苦雨赠卫尉张卿》其二。

〔9〕《送裴十八图南归嵩山》其二。

〔10〕《上李邕》。

〔11〕《赠崔谘议》。

〔13〕《嘲鲁儒》。

〔14〕《庐山谣寄卢侍御虚舟》。

〔15〕孟棨：《本事诗》。

〔16〕《行行且游猎篇》。

〔17〕〔35〕《忆襄阳旧游赠马少府巨》。

〔18〕《游庐山序》。

〔19〕《月下独酌》其四。

〔20〕《过汪氏别业》其一。

〔21〕上海人民出版社 1954 年 9 月初版本此处还有"他饮酒只是为了一种精神上的解放"一句，1979 年新版删去。——编者注。

〔22〕上海人民出版社 1954 年 9 月初版本"豪放情绪的表现"之前尚有"要求自由与解放的"一修饰语，1979 年新版删去。——编者注。

〔23〕《忆旧游寄谯郡元参军》。

〔24〕〔25〕〔30〕〔31〕《上安州裴长史书》。

〔26〕《醉后赠从甥高镇》。

〔27〕《赠刘都使》。

〔28〕〔37〕《赠从兄襄阳少府皓》。

〔29〕《结袜子》。

〔32〕上海人民出版社 1954 年 9 月初版本在此句以下有"任侠表现了一种对于自由快意的生活的追求和对于一些不合理现象的反抗；求仙就其积极方面的意义说，是表现了一种对于现实生活的蔑视，要求在精神上解放自己"一段，1979 年新版删去。——编者注。

〔33〕《大鹏赋序》。

〔34〕上海人民出版社 1954 年 9 月初版本以下有"蔑视一切束缚人的既定社会秩序"一句，1979 年新版删去。——编者注。

〔36〕《古风》其十五。

〔38〕《驾去温泉宫后赠杨山人》。

〔39〕《赠从弟南平太守之遥》其一。

〔40〕《送萧三十一之鲁中兼问稚子伯禽》。

〔41〕上海人民出版社 1954 年 9 月初版本为"从这里可以看出诗人的人道主义精神和对于劳动者的同情态度来"，1979 年新版将"人道主义精神"改为"对社会现实的关注"。——编者注。

〔42〕见孟棨《本事诗》。有说贺知章读的是《乌夜啼》的，也有说是《乌栖曲》的；《乌夜啼》较好，今从此说。

〔43〕古本《游泰山六首》题下有注云："天宝元年四月，从故御道上泰山。"

〔44〕《为宋中丞自荐表》。

〔45〕《赠崔司户文昆季》。

# 长 安 三 年

长安是唐朝的京城,规模宏大,商业发达,宫殿园林,都非常富丽;它不只是当时全国的政治中心,也是全国的经济中心。唐诗中歌咏长安的篇章很多,诗人们差不多都在长安逗留过,也都对长安怀有很大的兴趣。可以想像,"仗剑远游"的李白既已经到过许多著名的地方,他当然很早就会想到要去长安的。但傲岸的性格使他觉得那应该是他的最后目标,应该是别人特别请他去,而一去就可以施展抱负的地方;他不能随便地到那里去漫游一下,平白地受一些有权势的人们的白眼。因此他虽然已经游历了十多年,但并没有到过长安。现在机会来了,而且正如他所想望的,是皇帝连着三次下令征召的,他当然很高兴;一方面固然是为了个人的名利荣禄,但重要的却是他以为这一下可以有机会来施展自己的才能,为国效劳了。当初到长安的时候,他也的确很显赫,据说唐玄宗亲自降辇步迎,"以七宝床赐食,御手调羹";而且还说:"卿是布衣,名为朕知,非素蓄道义,何以得此。"[1]并且还"问以国政",请他起草过一些诏诰文件,还请他写过《答蕃书》,让他做翰林供奉。唐代翰林院在禁中,是收罗一些文词经学之士,以备皇帝顾问的;玄宗时又选文学之士,设翰林供奉,与集贤院学士分掌书敕文书等事务。后又改翰林供奉为学士,别置学士院,专掌内命。马端临《文献通考》说李白入翰林是"但假其名,而无所职";宋程大昌《雍录》说："如李白辈供奉翰林，乃以其能文，特许入翰林，不曰以某官供奉也。"因此所谓翰林供奉只是一种以文学词章被顾问的侍从职务，没有实际的官职。乐史《李翰林别集序》中说："上尝三欲命李白官，卒为官中所捍而止。"魏颢《李翰林集序》说李白"年五十余，尚无禄位"。李白自己也说"布衣侍丹墀"[2]；他一生是没有正式做过官的。唐朝的制度规定，学士初入翰林院，可以领到一匹厩马，叫做"长借马"。李白自己所谓"揄扬九重万乘主，谑浪赤墀青琐贤。朝天数换飞龙马，敕赐珊瑚白玉鞭"，就是他初到长安时生活的写照。他的确想作一番事业，这在《驾去温泉宫后赠杨山人》一诗中表现得最清楚：

少年落魄楚、汉间，风尘萧瑟多苦颜。自言管、葛竟谁许，长吁莫错还闭关。一朝君王垂拂拭，剖心输丹雪胸臆。忽蒙白日回景光，直上青云生羽翼。幸陪鸾辇出鸿都，身骑飞龙天马驹。王公大人借颜色，金章紫绶来相趋。当时结交何纷纷，片言道合惟有君。待吾尽节报明主，然后相携卧白云。

唐玄宗在早年本来是一个颇为精明的皇帝，但这时他已统治了三十年，觉得天下太平、社会富庶，统治地位很稳固，就一心追求骄奢无度的享乐生活和长生不死的道士方术了。政府中最有权力的人是中书令李林甫，这是一个"口蜜腹剑"的阴险的人。当时社会虽然表面上还很安定，但政治已日渐腐化，阶级矛盾和民族矛盾也已逐渐显露和深刻化了；但玄宗却仍然终日沉溺声色，追求享乐的生活。这时李白已在社会上树立了比较广泛的声誉,关于他的诗和他的事迹已经流传得很多,唐玄宗也觉得这个人物很新奇,可以做升平的点缀,于是就请他到长安来了。玄宗对李白表面上虽很重视,但并不是要李白参预国家政事,其实这时连玄宗自己也已并不怎么专心图治了;他只希望李白能够像清客一样,作些行乐的诗词,增加他宫廷生活的乐趣。我们只要看一下李白在长安最受宠的几件事情就可以知道了。孟棨《本事诗》记载,玄宗"尝因宫人行乐,谓高力士曰:'对此良辰美景,岂可独以声伎为娱?倘时得逸才词人咏出之,可以夸耀于后。'遂命召〔李〕白。时宁王邀白饮酒,已醉,既至,拜舞颓然。上知其薄声律,谓非所长,命为《宫中行乐》五言律诗十首。……白取笔抒思,暑不停缀,十篇立就,更无加点。笔迹遒利,凤跂龙拏,律度对属,无不精绝。……常出入宫中,恩礼殊厚"。现在李集中还存有《宫中行乐词八首》,都是对偶工整,歌咏宫廷享乐生活的五律,其他两首大概已经散佚了。又有一次宫中牡丹盛开,玄宗和杨太真妃一块赏花,命李龟年领着梨园子弟唱歌,李龟年是当时最擅长唱歌的人,他拿着檀板正要领梨园子弟开始唱,皇帝忽然说:"赏名花,对妃子,焉用旧乐词为!""遂命李龟年持金花笺宣赐翰林供奉李白,立进《清平调》词三章。"这时,李白酒醉尚未醒,就应命作词了;于是梨园子弟调抚丝竹乐器,李龟年唱起新词来,皇帝自己也吹笛相和,自是"顾李翰林尤异于他学士"[3]。下面就是李白的《清平调》词三章:

> 云想衣裳花想容,春风拂槛露华秾。若非群玉山头见,会向瑶台月下逢。

一枝红艳露凝香，云雨巫山枉断肠。借问汉宫谁得似？可怜飞燕倚新妆！

　　名花倾国两相欢，长得君王带笑看。解释春风无限恨，沉香亭北倚栏杆。

此外还有说他曾作过《白莲花开序》或《白莲池序》的记载[4]。总之，他所特别受到皇帝宠爱的故事，都是这一类帮闲的类乎清客倡优的事迹。杜甫《寄李十二白二十韵》中说："笔落惊风雨，诗成泣鬼神。声名从此大，汨没一朝申。文采承殊宠，流传必绝伦。"他的朋友任华也说他做翰林时："新诗传在宫人口，佳句不离明主心。身骑天马多意气，目送飞鸿对豪贵。承恩召入凡几回，待诏归来仍半醉。"[5]可知唐玄宗只是把他当作御用的文人看待，让他写作一些华丽的点缀升平的新词，增加宫廷生活的乐趣而已。这种"入侍瑶池宴，出陪玉辇行"[6]的生活，开始时他自然也觉得很扬眉吐气，但很快就感到寂寞和凄凉了；原来以前一切的希冀仍然是幻想，事实上并没有施展才能和建树事业的机会，皇帝和近臣的庸俗并不下于他以前所接触过的一些官吏，他怎么能耐得住这样的清客生活呢！他在长安只住了三年，但已经觉得太长了，"彷徨庭阙下，叹息光阴逝"[7]，他最后感到非离开不可了。

　　但李白当然不是终日都在宫廷侍从的，他在繁华的长安也找到了一些能谈得来的朋友，可以一起饮酒酣歌，寄托他的狂傲与愤懑。他和贺知章、崔宗之等常常在一块饮酒游览，当时人称他们为"酒中八仙"。这些人的地位虽各有不同，但都喜爱一种放纵浪漫的生活情调；他们的饮酒当然包含着追求及时行乐的消极因素，但同时也有要求用酒来摆脱现实社会羁绊的情绪，酒后就高谈阔论，用傲慢的态度来睨视一切。杜甫的《饮中八仙歌》就生动地给这些人画了一幅素描，其中说："李白一斗诗百篇，长安市上酒家眠；天子呼来不上船，自称臣是酒中仙。"自然，经常地在酒后表现傲慢的态度，唐玄宗也是不能容忍的；他的离开长安可以说是必然的结果。"酒中八仙"之一的贺知章也是一位诗人，自号"四明狂客"，在长安做太子宾客的官，这时已八十余岁，但仍很喜欢饮酒。杜甫《饮中八仙歌》中说："知章骑马似乘船，眼花落井水底眠。"贺知章对李白的才能是特别赞赏的，李白刚到长安时，和他在紫极宫相会，他就赞赏李白是"天上谪仙人"，并解下身上佩带的金龟来和李白换酒吃。他读了李白的诗《乌夜啼》，曾叹赏苦吟说："此诗可以泣鬼神矣。"[8] 贺知章是天宝三年正月告老归乡的，李白还为他作诗送行。他对李白的称誉和重视在当时是起了很大的影响的。李白后来回忆他说："四明有狂客，风流贺季真。长安一相见，呼我谪仙人。"[9] 杜甫赠李白的诗也说："昔年有狂客，号尔谪仙人。"[10] 对"谪仙人"这个名词李白显然很喜欢，因为这表示了他的一种厌憎庸俗的精神。他曾自称说："青莲居士谪仙人，酒肆藏名三十春。"[11] 贺知章死后，李白还一再怀念说："昔好杯中物，翻为松下尘；金龟换酒处，却忆泪沾巾。"又说："人亡余故宅，空有荷花生；念此杳如梦，凄然伤我情。"[12] 可见他们感情的深厚。"八仙"之一的崔宗之也是李白在长安时的好朋友，崔宗之在赠给李白的诗中说：

> 凉秋八、九月，白露空园亭。耿耿意不畅，梢梢风叶声。思见雄俊士，共话今古情。李侯忽来仪，把袂苦不早。清论既抵掌，玄谈又绝倒。分明楚、汉事，历历王霸道。担囊无俗物，访古千里余。袖有匕首剑，怀中茂陵书。双眸光照人，词赋凌《子虚》。酌酒弦素琴，霜气正凝洁。平生心中事，今日为君说。[13]

这首诗是很能写出他们的交谊和李白的风度气概来的。李白在《酬崔五郎中》诗里也回答说："奈何怀良图，郁悒独愁坐。杖策寻英豪，立谈乃知我。"对他是很引为知己的。杜甫《饮中八仙歌》里形容崔宗之是"宗之潇洒美少年，举觞白眼望青天，皎如玉树临风前"。"白眼望天"表示狂放傲岸的态度，"玉树临风"表示醉后摇曳的样子，可见崔宗之也是一个和李白性格很相近的人物。李白在长安时应诏所作的诗文，都是醉后叫去才写成的；可知和他经常来往的，是"酒中八仙"这一班朋友。因此在贺知章要离开长安的时候，他就感到有点怅然了。

这时期他的生活在表面上是很得意的，生活享受也很豪奢；像他自己后来所说："昔在长安醉花柳，五侯七贵同杯酒。气岸遥凌豪士前，风流肯落他人后！"[14]这种地位也使他感到人情的冷热，"当时笑我微贱者，却来请谒为交欢"[15]！但这些生活享受毕竟掩盖不住他内心的苦闷，这在《翰林读书言怀，呈集贤诸学士》一诗里表现得最清楚：

> 晨趋紫禁中，夕待金门诏。观书散遗帙，探古穷至妙。片言苟会心，掩卷忽而笑。青蝇易相点，白雪难同

调。本是疏散人，屡贻褊促诮。云天属清朗，林壑忆游眺。或时清风来，闲倚栏下啸。严光桐庐溪，谢客临海峤。功成谢人间，从此一投钓！

他在翰林院中已感到自己曲高和寡，要受别人的猜忌（"青蝇易相点，白雪难同调"），因而只能用读书来慰藉自己。他开始感到这种生活的不自由，"本是疏散人，屡贻褊促诮"；因此想还是赶快立功后离开，像严子陵、谢灵运一样地游览山水名胜去罢！他受不了朝廷中的那种拘束，刚下朝后他就作诗说："何由返初服，田野醉芳樽。"〔16〕他已经想要离开了。但为了事业心的驱使，起初他还想能够"功成谢人间"，多少做出一点有意义的事情来；但不要好久，他就知道这根本是不可能的了。"离居在咸阳，三见秦草绿"，前后不过三年，他最后只有离开了。

在这三年中，因为生活在长安，耳闻目睹，使他对唐朝中央统治集团的腐化和罪恶，有了比较清楚的认识。《古风》第二十四首说：

大车扬飞尘，亭午暗阡陌。中贵多黄金，连云开甲宅。路逢斗鸡者，冠盖何辉赫！鼻息干虹霓，行人皆怵惕。

《新唐书·宦者传》记载开元、天宝中仅宦官所占的甲舍名园和上腴之田就有长安的一半。因此像高力士那样的人，在当时，气焰是极其凌人的。唐玄宗喜欢斗鸡的游戏，在长安设有"鸡坊"，选六军小儿五百人，饲养和训练成千的雄鸡；其余诸王家、外戚家、公主家、侯家，都用高价买鸡，成为一种社会风气。对于擅长斗鸡的人，皇帝特别爱幸，都赏做大官。当时的歌谣就说："生儿不用识文字，斗鸡走马胜读书。"陈鸿作的传奇《东城父老传》中对这种情形有很详细的描述。这些不学无术和荒淫骄奢的统治阶层的人们，气势熏天，欺压人民，李白感到很气愤。这时是唐朝号称盛世而乱世已在萌芽的时期，政治腐化，权臣弄奸，宫廷中过着极端荒淫奢侈的生活，官吏贪污成风，人民的生活却日渐凋敝，生产力也渐趋衰落。富有正义感和同情人民的诗人对这种"行人皆怵惕"的现象不能不感到愤怒。李白在《叙旧赠江阳宰陆调》一诗中，一本有下面几句："我昔北门厄，摧如一枝蒿。有虎挟鸡徒，连延五陵豪。邀遮来组织，呵吓相煎熬。君披万人丛，脱我如猨牢！"据此则李白自己也在长安北门一带遭遇过这些鸡徒之流的威胁和煎熬，而是由朋友陆调来救出去的；那他怎么能不感到愤怒呢？在《行路难》第二首中，他说："羞逐长安社中儿，赤鸡白狗赌梨栗！弹剑作歌奏苦声，曳裾王门不称情。"他在长安也实在住不下去了。《古风》第四十六首里对这些斗鸡蹴鞠（一种踢毯的游戏）的人们可以左右国政也极表愤慨："斗鸡金宫里，蹴鞠瑶台边。举动摇白日，指挥回青天"；而深叹"一百四十年，国容何赫然"的国家，就要糟蹋在他们的手里。他对唐玄宗也批评说："彼希客星隐，弱植不足援"[17]；皇帝只希望有才能的人都像严子陵一样做隐士，那还能对他寄托什么希望呢？《古风》第三十九首说："白日掩徂晖，浮云无定端。梧桐巢燕雀，枳棘栖鸳鸾。且复归去来，剑歌《行路难》。"他对于像"燕雀"一样的人能够当权而像"鸳鸾"一样的有才能的人却反而只能流离失所的黑暗情形，感到很大的愤慨；他到长安以前的那些理想全部破灭了，这怎么能使他不起"归去"的打算呢？于是只好上疏请求离开了。

　　唐玄宗对他的请求自然是答应的。孟棨《本事诗》说唐玄宗"以其非廊庙器，优诏罢遣之"。李白的傲岸态度使他看着不顺眼，这就是他所谓"非廊庙器"的评语的实质。同时，那些权臣大吏和斗鸡蹴鞠之徒自然也很讨厌李白，他们在皇帝面前的经常的谗言当然也会发生作用，这也是使他不能不离开的原因。魏颢《李翰林集序》说张垍就是谗害李白的一人；张垍是旧丞相张说的儿子，玄宗的驸马，在翰林院做中书舍人的官，后来曾投降安禄山；这样的人自然是会谗害别人的。另外就是宦官高力士，他是皇帝的近侍和心腹，权力极大，"资产殷厚，非王侯所拟"，四方进奏的文表都要先经过他看；李林甫、杨国忠、安禄山这些人都是通过他才取得了将相高位的。连唐肃宗在未登帝位前都叫他"二兄"，诸王公主都叫他"阿翁"，其余的官吏怎样巴结他那就不用说了[18]。但正如后人所赞美，李白"目中不知有开元天子，何况太真妃、高力士哉"[19]！因此他在皇帝筵前吃醉了，就引足让高力士脱靴；李白把高力士只看成可供驱使的奴仆，高力士怎么会不忌恨呢！据说杨贵妃很喜欢李白的《清平调》词，高力士就进谗言说："李白用赵飞燕来比您，太看不起您了。"于是杨贵妃也就恨起李白来了。释贯休《古意》一诗中的"一朝力士脱靴后，玉上青蝇生一个"这两句，就是咏这事的。当然，实际上谗谤李白的也不只一二人，李阳冰《草堂集序》就说："丑正同列，害能成谤，格言不入，帝用疏之。"刘全白《李君碣记》说他为"同列者所谤"；李白自己也说："浮云蔽紫闼，白日难回光。群沙秽明珠，众草凌孤芳。"[20]可知谗毁他的人是颇多的。这也很容易理解，李白自己既"戏万乘如僚友，视俦列如草芥"，极端鄙视那些权贵大臣和斗鸡蹴鞠之徒，那他们怎么会看得惯李白对他们的傲慢态度呢？

这在李白的诗中也表现得很清楚。他说："早怀经济策，特受龙颜顾。白玉栖青蝇，君臣忽行路。"[21]又说："白璧竟何辜，青蝇遂成冤。"[22]又说："谗惑英主心，恩疏佞臣计。彷徨庭阙下，叹息光阴逝。未作仲宣诗，先流贾生涕。"[23]他受到别人的谗毁是没有问题的，他也不愿再在长安过这种生活了，遂自动上疏请求离开；皇帝也乐得做顺水人情，遂赐之金，"优诏罢遣"。他的朋友任华在《杂言寄李白》中写道："权臣妒盛名，群犬多吠声。有敕放君却归隐沦处，高歌大笑出关去。"这是写出了当时的真实情形的。李白自己也说："北阙青云不可期，东山白首还归去。"[24]又说："浮云蔽日去不返，总为秋风摧紫兰。角巾东出商山道，采秀行歌咏芝草。"[25]就这样，他"高歌大笑"地离开了长安。

在离开长安时，他对"翰林诸公"写了一首留别的诗。其中说："一朝去金马（宫门），飘落成飞蓬。宾客日疏散，玉樽亦已空。才力犹可倚，不惭世上雄。"[26]他毅然摆脱了长安的那种豪华生活；而且经过了这次波折，他的豪放乐观的情绪也并没有被消磨掉，他对自己的才力仍是有高度自信的。并且在和那些权贵要人们接触了一个时期以后，他更觉得自己"不惭世上雄"了。因此他很自然地又走上了漫游的旅程。

在长安他住了还不到三年，以后也没有再到过。这三年是他一生中在表面上生活最得意的时期，但也是使他对当时政治社会有了比较清楚认识的时期。

\*　　\*　　\*

〔1〕李阳冰：《草堂集序》。

〔2〕《赠崔司户文昆季》。

〔3〕这事出于唐韦叡所撰《松窗录》；《松窗录》今不存，见《太平广记》中所引。今人颇有怀疑《清平调》词三章为伪作者，但无确证。

〔4〕《太平广记》引《摭言》及范传正《唐左拾遗翰林学士李公新墓碑》。

〔5〕任华：《杂言寄李白》。

〔6〕《秋夜独坐怀故山》。

〔7〕〔23〕《答高山人兼呈权、顾二侯》。

〔8〕孟棨：《本事诗》。《乌夜啼》或言是《乌栖曲》。

〔9〕《对酒忆贺监》其一。

〔10〕杜甫：《寄李十二白二十韵》。

〔11〕《答湖州迦叶司马问白是何人》。

〔12〕《对酒忆贺监》其二。

〔13〕崔宗之：《赠李十二》。

〔14〕《流夜郎赠辛判官》。

〔15〕《赠从弟南平太守之遥》其一。

〔16〕《朝下过卢郎中叙旧游》。

〔17〕〔22〕《书情赠蔡舍人雄》。

〔18〕见《旧唐书·高力士传》。

〔19〕明王穉登：《李翰林分体全集序》。

〔20〕《古风》其三十七。

〔21〕《赠溧阳宋少府陟》。

〔24〕《忆旧游寄谯郡元参军》。

〔25〕《答杜秀才五松山见赠》。

〔26〕《东武吟》。

# 李 杜 交 谊

　　李白离开长安之后，先到了河南，在开封和洛阳都停留了一些时候。就在公元 744 年（天宝三载），李白刚刚由长安到洛阳的时候，产生了中国文学史上永远令人忆念的一段佳话——李白与杜甫见面了，而且从此开始了这两位伟大诗人之间的亲密的交谊。这一件事情的意义和它在后人心目中的地位，闻一多先生曾在《唐诗杂论》里这样地描述过：

　　　　我们该当品三通画角，发三通擂鼓，然后提起笔来蘸饱了金墨，大书而特书。……我们再逼紧我们的想象，譬如说，青天里太阳和月亮走碰了头，那么，尘世上不知要焚起多少香案，不知有多少人要望天遥拜，说是皇天的祥瑞。如今李白和杜甫——诗中的两曜，劈面走来了，我们看去，不比那天空的异瑞一样的神奇，一样的有重大的意义吗？[1]

但最有意义的还不仅是这两位诗人的伟大和他们竟然邂逅在一起了，更值得我们深思的是他们还建立了那么亲密的和彼此一直关心的友谊。在这以前，李白走过很多地方，结识过各种人物；杜甫虽然比较年轻，但也已经有过吴、越、齐、赵的十年漫游，两人在一起相处的时间也并不算长，但在他们平生的交游中，彼此竟在对方的情感中占有了非常重要的位置，那是不能不从这两位伟大诗人所共同具有的精神来理解的。自从曹丕的《典论·论文》流传以后，我们仿佛觉得"文人相轻"是"自古已然"的传统，其实哪里是如此！我们的确曾听到过历史上许多"文人相轻"的故事，像傅毅、班固这些人物的事情，而且这类故事差不多每个朝代都有；但这不只不是一种美好的品德，而且也并不是所有的文人都是如此的。屈原、宋玉的交谊我们虽不十分清楚，但李、杜的交谊是清楚的，元微之、白居易的交谊也是清楚的，这样的例子还有很多；他们所建立的彼此关心、爱护以及互相规劝的亲密友谊，才真正是文学家之间的一种正常关系的优良传统，而且直到现在也还可以做我们的典范。这些伟大的作家都是胸襟开阔的，具有强烈的正义感的，对艺术也是真正爱好的，因此他们就能互相尊重和关心，建立起亲密的友谊来。李、杜的交谊的基础是只能由这两位伟大诗人所共同具有的精神来理解的；简单地说，那就是一种对于某些不合理事物的憎恶态度和彼此间对于对方才能与特长的尊重的精神。如闻一多先生所说，这才更是值得"大书而特书"的。但历来也的确有许多特别喜欢"文人相轻"的人，他们是完全不能理解这一点的；他们只能用自己褊狭的心胸来揣想，总以为李白与杜甫一定是彼此不服、互相讥刺的。譬如唐《本事诗》中记载李白有这样的一首诗："饭颗山头逢杜甫，头戴笠子日卓午。借问因何太瘦生？只为从来作诗苦。"据说这是李白讥刺杜甫作诗过于苦思和拘束的；但李白集中并没有这首诗，洪迈《容斋随笔》说这是"好事者所撰"；清仇兆鳌注杜诗也说："李、杜文章知己，心相推服，断无此语。且诗词庸俗，一望而知为赝作也。"这首诗当然是所谓

"好事者"假托的[2]；但偏就有这样一些"好事者"不相信诗人之间也会"心相推服"，这就是所谓"文人相轻"的那种不好的习惯在作祟的缘故。我们还可以举一个故事来说明我们的看法：崔颢有《题武昌黄鹤楼》的诗写得极好，而歌咏名胜河山的雄伟壮丽本是李白诗的一个重要方面，但李白登黄鹤楼后就说"眼前有景道不得，崔颢题诗在上头"。后来李白有《登金陵凤凰台》诗，就是学崔颢诗的作法的。后人常常评论这两首诗说"未易甲乙"，"真敌手棋"；而且叹息李白的"服善"。这就说明像李白、杜甫这样的诗人是并不像有些人所想像的那样褊狭的。因此虽然关于他们交往的情形我们知道得并不够详细，但还是应该尽可能来加以特别叙述的。

杜甫这时三十三岁，是由山东漫游归来后暂时定住在洛阳的。洛阳是当时的大都市，在这里，社会生活中占重要地位的当然也是一些贵族和富商，杜甫对这些人感到非常厌烦。他一见李白就好像贺知章说李白是"天上谪仙人"一样，就被这位比他大十一岁、社会经历比较丰富的诗人的风采吸引住了；他在《赠李白》诗中首先叙述了对洛阳生活环境的憎恶心情，说："二年客东都，所历厌机巧；野人对膻腥，蔬食常不饱。"他所遇到的尽是虚伪的"机巧"和臭味的"膻腥"，他厌烦透了，忽然遇见李白摆脱富贵退隐了，他大为佩服，说："李侯金闺（指宫门）彦，脱身事幽讨（指寻讨幽隐）。亦有梁、宋（开封、商邱一带）游，方期拾瑶草。"[3]他希望能和李白偕隐，一块去求仙访道。后来他在寄给李白的诗中曾叙述说："乞归优诏许，遇我宿心亲。未负幽栖志，兼全宠辱身。剧谈怜野逸，嗜酒见天真。"[4]可见他们是在李白刚离开长安后会晤的，而且一见就定交了。李白的豪爽明朗的性格把他吸引住了，他对李白离开长安的举动、健谈嗜酒的习惯，都非常喜欢。于是他们一块游历，饮酒作诗。接着又都去开封，在那里又遇到了诗人高适，他也正在这一带流浪，于是就结合在一起了。《新唐书·杜甫传》说："甫少与李白齐名，时号李、杜。尝从白及高适过汴州（开封），酒酣登吹台，慷慨怀古，人莫测也。"杜甫《遣怀》诗也记载说："昔与高、李辈，论交入酒垆。两公壮藻思，得我色敷腴（喜悦貌）。气酣登吹台，怀古观平芜。"他们在一起"慷慨怀古"的时候，当然是有许多对现实政治和社会的不满及批评的。这几位极其关心现实的诗人，他们已敏锐地感觉到在这号称盛世的时代潜伏着国家很深的危机。李白在这时写的许多诗歌都流露出他对国事的隐忧；《古风五十九首》中有好些篇都是这时写的，在"游仙"的外衣下隐藏着他对国家社会的深切的关心。但能遇到彼此有同感的可以谈得来的朋友，毕竟是一件称心的事情，因此他们饮酒赋诗，高歌游猎，过了一阵豪放的富于浪漫情调的生活。李白描写秋天在孟诸游猎的情形说："骏发跨名驹，雕弓控鸣弦。鹰豪鲁草白，狐兔多肥鲜。邀遮相驰逐，遂出城东田。一扫四野空，喧呼鞍马前。归来献所获，炮炙宜霜天。"[5]孟诸是山东单县一带的一片五十多里的大泽，很适于游猎，李白所写的正是他们在一起游猎时的情形。游猎完了以后，就把狐兔等胜利品烧炙出来，大家共同饮酒谈论，"慷慨怀古"，这就是他们在一起时的常有的生活。杜甫《昔游》诗中说："昔者与高、李，晚登单父台（单县有琴台）。寒芜际碣石，万里风云来。桑柘叶如雨，飞藿去徘徊。清霜大泽冻，禽兽有余哀。"这是描述他们秋天黄昏登单父琴台远眺时的情形的。

天宝四载,高适南游楚地去了。李白和杜甫一起到了山东齐州(济南)。他们常常在北海太守李邕那里饮酒聚会。李邕这时已快到七十岁了,由于在书法和文章方面的成就,他在社会上享有很大的盛名;他又喜好交游,来往的名士很多。齐州的太守是李邕的从孙李之芳,也常常和李白他们来往。李白这时和杜甫的交谊已非常亲密,他们常常在历下亭和鹊山湖边上的新亭相会。杜甫的《与李十二同寻范十隐居》诗中说:

> 李侯有佳句,往往似阴铿。余亦东蒙客(蒙山在沂州,近兖州),怜(爱)君如弟兄。醉眠秋共被,携手日同行。更想幽期处,还寻北郭生(指范十)。入门高兴发,侍立小童清。落影闻寒杵,屯云对古城。

这里对李白的诗作了评价,说他的佳句可以比得上六朝时以五言诗著名的阴铿。也叙述了他们"醉眠共被"和"携手同行"的兄弟般的亲密关系。这诗的最后两句是"不愿论簪笏,悠悠沧海情"。他们看不起冠簪持笏的那些官吏贵族,可以说正是他们的亲密交谊的基础。李白也有记载《寻鲁城北范居士》的诗,和杜诗所说的当是一件事情;李白这首诗中还记载了中途失道,走在苍耳(有刺的卷耳菜)丛里的情形。诗中说:

> 忽忆范野人,闲园养幽姿。茫然起逸兴,但恐行来迟。城壕失往路,马首迷荒陂。不惜翠云裘,遂为苍耳

欺。入门且一笑,把臂君为谁!酒客爱秋蔬,山盘荐霜梨。他筵不下箸,此席忘朝饥。酸枣垂北郭,寒瓜蔓东篱。还倾四五酌,自咏《猛虎词》。

这位主人的住所的确是充满了乡村风光的;门前垂着酸枣树,篱架上挂满了自种的寒瓜,招待客人的有酒和秋蔬,还有解酒的霜梨;他的殷勤的招待使我们的诗人兴致很高,于是他们饮酒谈论,自然国家社会的大事都是题材,到酒酣耳热,愤懑不满和慷慨悲壮的情绪越发浓厚了,于是"自咏《猛虎词》",来寄托自己的抱负和感慨。这以后李白曾到过任城(济宁)一次,大概他的家这时又由安徽移至山东,他是去安置他的家庭的,因此和杜甫有过一个短时期的离别。到秋天再见面时,杜甫写了下面一首诗来规劝李白:

秋来相顾尚飘蓬,未就丹砂愧葛洪。痛饮狂歌空度日,飞扬跋扈为谁雄?[6]

这是一个知己朋友的衷心的规劝:不要再那么"飞扬跋扈"地傲视一切了,最好收敛一点。虽然李白有和杜甫不同的遭遇和心境,他的年龄大、社会经历多,两个人在性格上也不相同,李白对人的傲岸态度是有他的原因的;但杜甫的规劝不只完全是善意的,而且也是中肯的。因此他们的友谊越加亲密了。不久,杜甫要到长安去,李白也要开始他的新的漫游,两人在兖州(曲阜)的石门分别了,李白送了杜甫一首诗:

醉别复几日,登临遍池台。何时石门路,重有金樽开?

秋波落泗水，海色明徂徕。飞蓬各自远，且尽手中杯！[7]

他们痛饮后就分别了；以后也再没有见面，再没有找到"金樽重开"的机会。

在李、杜来往的这一时期，李白已经完成了许多著名的诗篇，"笔落惊风雨，诗成泣鬼神"[8]，已经"名播海内"了；但杜甫的创作生活才刚刚开始，我们熟悉的许多名篇还都没有写出来，因此就他们之间的相互关系说，李白对杜甫的影响要比较大一些。李白的诗具有自然豪放的风格，比起当时一些沿袭六朝的绮靡纤弱而又内容空虚的诗来，对于杜甫有很大的吸引力量。譬如说歌咏游侠和求仙，是李白诗中的两个重要题材，也是他的一种要求解脱社会羁绊的精神的寄托，在杜诗中就表现得很少；但在这一时期，在李、杜交往的这一时期，杜诗中也有了歌咏游侠和求仙的风格比较豪放的诗歌，这应该说多少是受了李白的影响的。杜甫的《饮中八仙歌》对李白那些人的生活和风度的描述，无疑是带着一种近乎企羡和赞美的态度的；而这和我们所了解的杜甫一生的生活态度以及杜诗的主要精神，是不大相合的。这就说明在李、杜交往的这一段时间内，杜甫是为李白的风度气概所吸引了，于是他也痛饮高歌，求仙访道；他喜欢李白的那种豪放和热情。他们分别以后，杜甫虽然写了很多著名的诗篇，完成了自己的风格，但他却仍一直对李白的诗给予很高的评价；在以后所写的怀念李白的诗里，常常谈到李白的才能和他的诗歌的价值，而且都是推崇备至的。这一方面说明了李白诗的艺术成就的确是很高的，另一方面也说明了他们之间的交谊是极其真诚无私的。

他们虽然分别了,但彼此却常常怀念着。杜甫在长安时有《春日忆李白》的诗,也有《冬日有怀李白》的诗;"竹溪六逸"之一的孔巢父由长安归游江东,杜甫临别时再三嘱托他,说"南寻禹穴见李白,道甫问信今何如?"[9]他对李白是"寂寞书斋里,终朝独尔思"[10]的。到李白因从永王李璘事获罪,流谪夜郎以后,更表现了他的深切的关心和同情;这时他在秦州(天水),他的《梦李白二首》就是这时写的。他说"三夜频梦君","故人入我梦,明我长相忆";对李白的遭遇表示了很深的愤慨:"冠盖满京华,斯人独憔悴。孰云网恢恢,将老身反累。千秋万岁名,寂寞身后事。"但他对李白可以有"千秋万岁名"还是深信不疑的。另外还有《寄李十二白二十韵》和《天末怀李白》二诗,都是这时在秦州写的;前者对李白的生平才能以及他们的交谊作了较详细的叙述;后者对"文章憎命达,魑魅喜人过"所给予李白的遭遇寄托了深厚的同情。杜甫到了成都以后,打听不着李白的消息,又写了《不见》一诗,其中说:"不见李生久,佯狂真可哀!世人皆欲杀,吾意独怜才。"从这些诗篇里,可以看出杜甫对李白的诚挚浓厚的友情。同样的,李白也是很怀念杜甫的,下面是他在沙丘(山东兖州境)所写的《沙丘城下寄杜甫》诗:

　　我来竟何事,高卧沙丘城。城边有古树,日夕连秋声。鲁酒不可醉,齐歌空复情。思君若汶水,浩荡寄南征。

他对杜甫也同样是像汶水一样地怀着无穷无尽的思念的;不见杜甫,觉得饮酒唱歌都好像很少兴致了。他们的友谊因为是建立在互相尊重和关切爱护的基础上的,所以就久而弥笃了。

　　杜甫对李白诗的艺术成就,也是非常推崇的。他曾致简薛华说:"近来海内为长句,汝与山东李白好"[11];对李白的乐府歌行极为称赞。《春日忆李白》诗中说:"白也诗无敌,飘然思不群。清新庾开府(庾信),俊逸鲍参军(鲍照)。"他以清新俊逸作为李白诗的独特的风格,认为李白的成就完全可以比得上六朝诗人庾信和鲍照。对李白的运思敏捷和语句豪壮他也深致赞美;说李白"敏捷诗千首"[12],又说"笔落惊风雨,诗成泣鬼神"。我们知道李、杜在诗的艺术上都是有自己独特的创造和风格的,但这并不妨碍他们对别人创作成就的推崇和尊重;"何时一樽酒,重与细论文"[13],可以想象当他们在一起饮酒论文,彼此坦率地发抒自己对诗文的意见和评价时,得到对方同感的那种欢畅愉快的情景。虽然他们在一起相处的时间还不到两年,但这段文学史上的佳话的确已经是永远值得人忆念的了。

\* 　　\* 　　\*

　　[1]《闻一多全集》第三册:《唐诗杂论·杜甫》。
　　此段引文中被删节处上海人民出版社 1954 年 9 月初版本是原文照引的。被删去的原文是:"因为我们四千年的历史里,除了孔子见老子(假如他们是见过面的),没有比这两人的会面,更重大,更神圣,更可纪念的。"——编者注。
　　[2]这首诗的不可靠是不成问题的。旧说"饭颗山"在长安,但无确实记载可据;王定保《摭言》记这诗,"饭颗山头"一作"长乐坡前",长乐坡在长安附近,就是天宝三年满朝官吏送别贺知章的地方。但自从李、杜会晤以后,李白就再没有到过长安,那如何会在长安附近遇见杜甫呢!

〔3〕〔6〕杜甫:《赠李白》。
〔4〕〔8〕杜甫:《寄李十二白二十韵》。
〔5〕《秋猎孟诸夜归置酒单父东楼观妓》。
〔7〕《鲁郡东石门送杜二甫》。
〔9〕杜甫:《送孔巢父谢病归游江东兼呈李白》。
〔10〕杜甫:《冬日有怀李白》。
〔11〕杜甫:《苏端、薛复筵简薛华醉歌》。
〔12〕杜甫:《不见》。
〔13〕杜甫:《春日忆李白》。

# 十 载 漫 游

  李白自从公元 744 年（天宝三载）离开长安以后，一直到公元 755 年（天宝十四载）安禄山乱起，就是从他四十四岁到五十五岁的时候，一共有十年的时间，又都是在各地漫游中度过的。但他已有四五十岁了，又经历了在长安一段的生活，诗人的豪迈和乐观自信的精神虽然并没有改变，但心境毕竟和上一次漫游时有些不同了。游侠和求仙本来是李白诗中的两个重要的方面，但在上一次的漫游中，歌咏游侠的诗占的分量很多，在这时期则相对地减少了，而描述求仙的诗则比较的多了起来。虽然那根本精神还是相同的，但少年时的豪壮的情感是多少沉炼一点了[1]。上一次漫游的中心是在湖北的安陆，这一次则更为流浪和飘泊了，生活很不安定。他自己虽然说"一朝去京国，十载客梁园"[2]，但这只是因为梁园（开封）是来往各地的交通要道，他的家又在山东，因此无论到河北、山西或陕西，都常常经过这里而已，那和前一期以安陆为中心的情形是不同的。这十年当中他走过的地区很广，也遭遇到社会上的各种冷落和白眼；"一朝谢病游江海，畴昔相知几人在？前门长揖后门关，今日结交明日改！"[3]他是在实际生活中感到人情的冷暖的。一方面他这时的生活情况也和上次漫游时不同，在初出蜀的时候，他大概带了很多的钱财，因此那时生活很豪纵；但"黄金久已罄，为报故交恩"[4]，由于一贯轻财重义的任侠和挥霍的结果，他当然是早已没有钱了。诗中也没有再提起四川的家来，他大概也已和它没有什么关系了。在刚离开长安的时候，皇帝是送给了他一些钱财的；但时间一长，生活困难的情形就来临了。"归来无产业，生事如转蓬"[5]；"余亦不火食，游梁同在陈"[6]！在开封过的日子简直像孔子在陈绝粮时的情形一样，他开始感到生计的窘迫了。因此这十年中他在各地漫游，可能也含有一些解决生计问题的实际因素在内。集中常常有一些和地方官佐赠酬的诗，那多半是在别人的招待后酬谢主人盛意的作品。那些人职位并不怎样高，其中很多人，我们已无法考得他们的事迹。而李白在当时是很有盛名的，又得到过皇帝的礼遇，于是在他到了以后，那些官吏就招待他一些日子，临走时送些程仪，诗人就回送一首诗，大概就是这样的一种交情。有时他也很慨叹没有人帮助他："故友不相恤，新交宁见矜。"[7]光景过得极苦；有时得到别人的一些馈赠，他也表示很感激："鲁缟如白烟，五缣不成束。临行赠贫交，一尺重山岳。"[8]就这样，他在各地游历名胜，登临山水；同时当然也饮酒、作诗，来发抒自己的感触。时间一天天地过去，他所到的地方很多，所费的时间也很长。十年过去以后，天宝之乱来了，社会的安定局面打破了，举国都陷在一种动乱的生活里，那情况和他少年时期所经历的完全不同，而诗人自己也衰老了。

离开长安以后，他在开封、济南等地和杜甫、高适等朋友欢乐了一阵，"醉舞梁园夜，行歌泗水春"[9]；他的情绪仍然是很豪壮的，这当然和遇到几个谈得来的朋友也有关系。在齐州时，由他的从祖陈留采访使李彦允介绍，他曾请北海高天师授道箓于齐州紫极宫。紫极宫是老子的庙，唐代皇室尊崇老子为祖宗，提倡道教，高宗时还追崇老子为玄元皇帝，因此当时相信的人很多。开元中曾诏令两京及诸州各置玄元皇帝庙，天宝三载又改天下诸郡玄元庙为紫极宫。道箓是道教的典册，高天师是当时著名的道士高如贵，李白有奉饯他的诗，其中有"道隐不可见，灵书藏洞天"[10]等语。唐朝统治者提倡道教，一方面是为了老子姓李，可以在宗教中培植李姓帝室的统治威严；一方面也是为了祈求长生不老，使自己的地位能够巩固地延续下去，不受自然规律的支配。这种提倡在社会上产生了很大的影响，求仙学道成为一种时代风尚。皇帝还常常召见一些隐修的道士，对他们很优待，因此文人学士间出家修道的人也很多。李白的求道，其中当然也含有一些在社会上进行活动和树立声誉的要求以及某些迷信的成分，像当时的很多人一样；但由诗中所表现的看起来，逃避现实和幻想未来的成分相当稀薄，主要的还是一种对于解除社会束缚的渴望和对于自由自在的生活的憧憬；他并不能算是虔诚的宗教信徒。范传正《唐左拾遗翰林学士李公新墓碑》说："脱屣轩冕，释羁缰锁，因肆情性大放宇宙间。……好神仙非慕其轻举，将不可求之事求之，欲耗壮心遣余年也。"他诗中的歌咏求仙的内容，主要也只是用一种游仙的形式来驰骋自己的想像力，借以发抒愤懑。因此就这些诗的积极方面讲，也仍是有其一定的现实意义的。《怀仙歌》中说："尧、舜之事不足惊，自余嚣嚣直可轻。巨鳌莫载三山去，我欲蓬莱顶上行。"《悲清秋赋》中说："人间不可以托些，吾将采药于蓬邱（蓬莱）。"因为他看不惯世间的庸俗和污浊，因此才以神仙为寄托。"奈何青云士，弃我如尘埃"[11]；"仙人如爱我，举手来相招"[12]；他的才能在社会上得不到应有的重视，于是他才想像到理想的仙人是会爱戴他的。"我本不弃世，世人自弃我"[13]，"人生在世不称意，明朝散发弄扁舟"[14]，都说明他的歌咏求仙乃是以仙境来与现实世界作对比的，其中含有对现实的一定的批判意义。"海客谈瀛洲，烟涛微茫信难求"[15]，"仙人殊恍惚，未若醉中真"[16]，他对神仙的存在实际上是有怀疑的。"扰扰季叶人，鸡鸣趋四关。但识金马门（宫门），谁知蓬莱山"[17]，他的求仙在一定意义上可以说是对一些趋炎附势的官吏们的抗议。"不向金阙游，思为玉皇客"[18]，在这里也寄托了他的傲岸自负的情绪。我们看他所描写的仙人生活是什么样子的呢？"一餐历万岁，何用还故乡！永随长风去，天外恣飘扬"[19]，"八极恣游憩，九垓长周旋"[20]，仙人过的就是这样一种没有任何束缚的生活，而这正是反映了诗人自己的愿望的。在另外一篇文章里他说得更清楚："吁咄哉！仆书室坐愁，亦已久矣！每思欲遐登蓬莱，极目四海，手弄白日，顶摩青穹，挥斥幽愤，不可得也。"[21]这里明白地说明他有忧愁，而求仙的目的正是为了"挥斥幽愤"的。

但神仙毕竟是一种幻想的存在，并不能解脱他日常生活中的忧愁和愤懑。"仙人有待乘黄鹤，海客无心随白鸥"[22]，"仙人殊恍惚，未若醉中真"，他其实是并不完全相信神仙的；于是和求仙属于相似的原因，他这时期更沉湎于酒了。他说："贤圣既已饮，何必求神仙"[23]，"蟹螯即金液（仙药），糟丘是蓬莱。且须饮美酒，乘月醉高台"[24]，因此他比以前更加豪饮了。但这时和以前不同的是除了有时他仍然歌咏饮酒的酣乐以外，很多地方他更认为酒是可以消愁的了。他说："穷愁千万端，美酒三百杯。愁多酒虽少，酒倾愁不来！"[25]又说："涤荡千古愁，留连百壶饮"[26]，"谁能春独愁，对此径须饮"[27]，足见他很烦闷，而饮酒是为了消愁的。到酒酣兴发的时候，他就慷慨高歌。他由长安到梁园后不久写的《梁园吟》，是很能表现他这时候[28]的情感的：

> 我浮黄河去京阙（长安），挂席欲进波连山。天长水阔厌远涉，访古始及平台（汉梁孝王所游览的地方）间。平台为客忧思多，对酒遂作《梁园歌》。却忆蓬池阮公咏，因吟渌水扬洪波（用阮籍《咏怀诗》语）。洪波浩荡迷旧国，路远西归安可得！人生达命岂暇愁，且饮美酒登高楼。平头奴子摇大扇，五月不热疑清秋。玉盘杨梅为君设，吴盐如花皎白雪。持盐把酒但饮之，莫学夷、齐事高洁！昔人豪贵信陵君，今人耕种信陵坟。荒城虚照碧山月，古木尽入苍梧云。梁王（汉梁孝王）宫阙今安在？枚、马（枚乘、司马相如）先归不相待。舞影歌声散渌池，空余汴水东流海。沉吟此事泪满衣，黄金买醉未能归。连呼五白行六博（赌酒胜负的棋类游戏），分曹赌酒酣驰晖。歌且谣，意方远，东山高卧时起来，欲济苍生未应晚！

这首诗是说明了他这时候的复杂心情的；他有"忧思"，但他是一个豪放的人，不愿把自己浸沉在忧思里。于是一方面饮酒行乐，慷慨怀古，叹息人事的无常，为自己解怀；一方面他仍然有高度的自信，像他自己所说的"天生我材必有用"，觉得以后还是会有机会来施展自己的才能和抱负的，正不必自居隐退，终日忧愁烦闷。这也同时说明了李白的饮酒行乐，并不完全是一种颓废享乐的态度[29]他的《鸣皋歌送岑征君》一诗也是在梁园作的，那时天正下雪，他在附近的清泠池上送朋友，作了这一首诗。诗中对当时的社会有如下的描述："鸡聚族以争食，凤孤飞而无邻。蝘蜓（蝎虎）嘲龙，鱼目混珍。嫫母（古之丑女）衣锦，西施负薪。若使巢、由桎梏于轩冕兮，亦奚异于夔龙蹩躠（跛行）于风尘！"《古风》第五十首也说："流俗多错误，岂知玉与珉！"他感到当时的社会现实实在无法容忍，这就是他的忧思的主要内容。他虽然想"济苍生"，但目前这只能是空话，于是就更沉湎于酒了。

他也不愿逃避到山林里去做隐士；虽然作为一个封建社会的读书人，如果不出仕则实际上就是归隐，因为本来也只有这两条路。但他不欲以清高自命，他还想"济苍生"，他说："苟无济代心，独善亦何益！"[30]因此他"不树矫抗之迹，耻振玄邈之风；混游渔商，隐不绝俗"[31]。这样，他就在各地流浪，也和一些遇到的地方官吏来往，他是"隐不绝俗"的。他虽然心中有苦闷，对现实感到不满，但并不是终日唉声叹气，倒是很旷达的。他说："问我心中事，为君前致词：君看我才能，何似鲁仲尼？大圣犹不遇，小儒安足悲！"[32]他看到一个有才能的人在社会上得不到应有发展的情形并不只是他个人如此，是一种普遍现象[33]。他感到这种"鱼目混珍"的社会很不合理，但又没有办法来改变；因此对于自己个人的遭遇说来，也就觉得没有什么可悲的了。在《远别离》中他描述当时的政治社会情形说："日惨惨兮云冥冥，猩猩啼烟兮鬼啸雨，我纵言之将何补？皇穹窃恐不照余之忠诚。雷凭凭兮欲吼怒，尧、舜当之亦禅禹。君失臣兮龙为鱼，权归臣兮鼠变虎。"这简直很像屈原的《离骚》了。他对李林甫、安禄山一班人掌握内外大权，必将引来国家覆灭的危机，感到非常痛心；他的忧思并不仅仅是为了个人的不遇的。"君王制六合，海塞无交兵。壮士伏草间，沉忧乱纵横"[34]，他在当时表面上还很太平的局面中，已预感到社会矛盾的严重，有了大乱就要起来的感觉。这时正是天宝之乱起来的前几年，后来事情就真的演变成如他所沉忧的那样了。

这期间他以梁园为中心，北边去过赵、魏、燕、晋，西边去过陕西的邠县和岐山，也到过洛阳，回过寄寓在山东的家里，但都没有长久停留，只是一过再过地到处流连和盘桓。他虽然仍过着痛饮高歌的生活，但这是因为他根本不爱惜钱财，并强自解怀的缘故，实际的光景是相当窘迫的。他在邺中（河北临漳）所写的诗中说："一身竟无托，远与孤蓬征。千里失所依，复将落叶并。"[35]在新平（陕西邠县）所作的诗中又说："而我竟何为，寒苦坐相仍。长风入短袂，两手如怀冰。故友不相恤，新交宁见矜。摧残槛中虎，羁绁韝上鹰。何时腾风云，搏击申所能。"[36]他到处漂流，在得不到别人的帮助时，连御寒的衣服都是成问题的。因此即使是在饮酒酣乐的时候，他对当前的现实和自己的遭遇所引起的忧愁实际上也不能完全摆脱；一种不愉快的情绪是会不断地袭击来的。他在《行路难》第一首中说：

> 金樽清酒斗十千，玉盘珍馐直万钱。停杯投箸不能食，拔剑四顾心茫然。欲渡黄河冰塞川，将登太行雪满山。闲来垂钓碧溪上，忽复乘舟梦日边。行路难，行路难，多歧路，今安在！长风破浪会有时，直挂云帆济沧海。

尽管目前的遭遇很偃蹇，甚至有无所适从之感，但他对生活的态度仍然是积极的、倔强的；他相信自己有施展抱负的机会！"大贤虎变愚不测，当年颇似寻常人"[37]，他永远是有很高的自信的。

在北方盘旋了几年，他就南下了。他的著名诗篇《梦游天姥吟留别》一诗，一作《别东鲁诸公》，就是在南下前写的。他对于浙江的天姥山、天台山等名胜早已想去游览，以至做梦都在游玩天姥山的景色。这首诗气象恢廓，"千岩万转路不定，迷花倚石忽已暝"，也的确是梦游的景象；充分显示了诗人的想像力的丰富。诗中最后说："且放白鹿青崖间，须行即骑访名山。安能摧眉折腰事权贵，使我不得开心颜！"他批判了那种"摧眉折腰"的仕途生活，他要自由地游览各地壮丽的河山名胜，过一种没有拘束的生活。于是离开东鲁南下了，先到了江苏一带，在广陵（扬州）和金陵都游览了好久。他说："暝投淮阴宿，欣得漂母迎。斗酒烹黄鸡，一餐感素诚。"[38]这是写在淮阴受人招待的情形的。这时他的家还寄寓在山东，他在金陵有《寄东鲁二稚子》一诗，其中说"我家寄东鲁，谁种龟阴田"，慨叹家中生计困难，对他的女儿平阳和小儿伯禽非常怀念，说他"肝肠日忧煎"。有朋友到鲁中，他也嘱托去看一下他的稚子伯禽，说"我家寄在沙邱旁，三年不归空断肠"[39]，他心中是很挂念的。以后他就"蹉跎游吴、越"，漫游浙江的会稽、永嘉和天台等山水名胜去了。他的朋友任华在《杂言寄李白》中说："繁花越台上，细柳吴宫侧。绿水青山知有君，白云明月偏相识。"就是叙述他在吴、越的漫游的。"会稽风月好，却绕剡溪回。云山海上出，人物镜中来"[40]，这是以前山水诗人谢灵运所遨游歌咏过的地方，自然景色是很美丽的，引起了诗人的很高的兴致。但他在游历中所接触到的人物，却很少知音，在同一诗篇中就慨叹"苦笑我夸诞，知音安在哉"！他的心境是很寂寞的。

公元754年（天宝十三载），他又回到广陵，在那里他却遇到了一位近乎崇拜他的知己朋友，那就是魏万。这时李白已五十四岁，魏万还很年轻，但他们"一长复一少，相看如弟兄"[41]，由春至夏，很亲密地过了几个月。魏万后改名魏颢，隐居在王屋山（在山西阳城境），号王屋山人。他为了慕李白的名，想和李白会晤，从前一年的秋天起，到过开封和山东；知道李白南下了，就又找到江苏和浙江，乘兴游览了吴、越的名胜，重复李白的游踪。一直找到广陵才遇见李白。李白说他"东浮汴河水，访我三千里"[42]，夸奖他爱文好古，说一见面就知道不是"伿儑（固滞貌）人"。他们以前并不认识，这次李白对魏万的印象是"身著日本裘，昂藏出风尘"[43]；魏万对李白的印象是"眸子炯然，哆如饿虎；或时束带，风流酝籍"[44]。于是二人谈得很投机，"相逢乐无限，水石日在眼"[45]，常常在一块游览。李白说魏万将来必著大名于天下，到那时不要忘了他和他的儿子明月奴；于是把他的文章都交给魏万，让他给编集。上元中魏万中了进士，就编成了《李翰林集》，并写了一篇序。那时李白尚未逝世，这可以说是李白诗最早编成的一个集子；但现在除了那篇序文外，集子并没有流传下来。他们在广陵盘桓了一阵以后，就同舟入秦淮，至金陵；最后是在金陵相别的。李白写了很长的诗送魏万，说"黄河若不断，白首长相思"[46]；魏万也有诗回赠，说"此别未远别"[47]，但以后他们就再没有机会见面了。

　　李白在金陵时的游兴是很高的，他曾和以前"酒中八仙"之一的崔宗之在月夜溯流过白壁山玩月，他穿着宫锦袍坐在船里，两岸看的人很多，但他"顾瞻笑傲，旁若无人"[48]。他有一首诗写这次的游览，其中说："沧江溯流归，白壁见秋月。秋月照白壁，皓如山阴雪"，[49]描写得非常之美丽。另外有一首写他与酒客数人在金陵酒楼玩月，日晚乘醉泛舟由秦淮河访友的诗[50]；也说他"草裹乌纱巾，倒披紫绮裘。两岸拍手笑，疑是王子猷（晋时名士）"，可以看出他的狂傲不羁之态，是很引人注意的。在《金陵江上遇蓬池隐者》一诗题下，他自注说："时于落星石上，以紫绮裘换酒为欢"；所谓"宫锦袍"或"紫绮裘"，大概还是他在长安做翰林供奉时的旧物，这时也拿来换酒吃了。从这里可以看出他的豪兴，但同时也可以看出他实际生活的窘迫来。

　　这时已经是大乱的前夕，他离开金陵之后，就到了安徽的宣城；安禄山起兵的时候（公元755年），他正在宣城。十载的漫游，就这样结束了。"清霜入晓鬓，白露生衣中"[51]，诗人也日渐衰老了。

　　由于年岁大了，社会经历多了，这时期他对当时政治社会的认识就比较更清楚了，对唐代统治集团的不满也更明显起来了。公元751年（天宝十载）四月，杨国忠发动了征云南的战争，在云南大理附近的西洱河，遭遇到强烈的抵抗，结果将兵全部死亡。这本是唐朝统治集团实施穷兵黩武政策的结果。人民苦于征役，不只家庭离散，赋税增多，而且出征的人也都在战争中牺牲了。李白对于这种战争表示了强烈的反对；《古风》第三十四首说：

> 羽檄如流星，虎符合专城。喧呼救边急，群鸟皆夜鸣（以上说征兵紧急）。白日曜紫微，三公运权衡。天地皆得一，澹然四海清（以上说天下本太平）。借问此何为？答言楚征兵！渡泸（金沙江）及五月，将赴云南征。怯卒非战士，炎方难远行。长号别严亲，日月惨光晶。泣尽继以血，心摧两无声。困兽当猛虎，穷鱼饵奔鲸。千去不一回，投躯岂全生？如何舞干戚，一使有苗平（用舜服有苗的故事。意思是说何如用礼乐文化来感化其他民族呢）？

当时人民都不愿应募，"杨国忠遣御史分道捕人，连枷送诣军所"，"于是行者愁冤，父母妻子送之，所在哭声振野"[52]。后来军队不战而败，杨国忠反而掩藏败状，虚报战功。公元754年（天宝十三载）六月又出兵征云南，结果又在西洱河全军覆没，二十万人无一生还。从前年起，关中一带就水旱相继，老百姓多没有饭吃，这年（公元754年）秋天又霖雨达六十余日，长安附近的房屋都倒塌了好多；物价暴涨，粮食缺少，天灾人祸一起来，人民苦不堪言。这就是天宝之乱前夕的社会景象，李白对此感到了很大的愤慨；他写道：

> 云南五月中，频丧渡泸师。毒草杀汉马，张兵夺秦旗。至今西洱河，流血拥僵尸。将无七擒略，鲁女惜园葵。咸阳天下枢，累岁人不足。虽有数斗玉，不如一盘粟。[53]

在这首诗的后边，他说他自己是"霜惊壮士发，泪满逐臣衣。以此不安席，蹉跎身世违"。他对人民的灾难与自己的无力感到了很大的痛苦。我们知道李白并不是无原则地反对一切战争的。天宝之乱起来以后，他就渴望能消灭安禄山的胡兵，而且反对唐玄宗的逃跑办法；但他出于同情人民遭遇的精神[54]，认为"乃知兵者是凶器，圣人不得已而用之"[55]；如果并非"不得已"，像唐朝统治集团所发动的征伐战争，他是一贯反对的。"穷兵黩武今如此，鼎湖飞龙安可乘？"[56]这些统治集团人物一面这样穷兵黩武，一面又想望长生成仙，这不是一个很大的讽刺吗？他描写战争的悲惨景象说："野战格斗死，败马号鸣向天悲。乌鸢啄人肠，衔飞上挂枯树枝。"[57]他还有更多的诗篇是写男子出征后妇女在家庭的痛苦的；例如下面的一首：

> 青天何历历，明星如白石。黄姑与织女，相去不盈尺。银河无鹊桥，非时将安适？闺人理纨素，游子悲行役。瓶冰知冬寒，霜露欺远客。客似秋叶飞，飘飘不言归。别后罗带长，愁宽去时衣。乘月托宵梦，因之寄金徽（军队所驻的边疆地名）。[58]

这里表现了一种强烈的同情人民不幸遭遇的鲜明的态度，我们从这些诗篇中明显地看到了当时人民的痛苦和他们的愿望。在《答王十二寒夜独酌有怀》的长诗中，他更对当时的政治现实提出了深刻的批评，表示了非常的愤慨，而且也说明了自己的处境和态度[59]：

> 昨夜吴中雪，子猷（晋时名士王子猷）佳兴发。万里浮云卷碧山，青天中道流孤月。孤月沧浪河汉清，北

斗错落长庚（太白星）明。怀余对酒夜霜白，玉床（井栏）金井冰峥嵘。人生飘忽百年内，且须酣畅万古情！君不能狸膏金距学斗鸡（以狸膏涂鸡首，以金芒施鸡距，皆斗鸡术），坐令鼻息吹虹霓；君不能学哥舒，横行青海夜带刀，西屠石堡取紫袍（唐将哥舒翰，天宝八载以攻取青海石堡城功升官）！吟诗作赋北窗里，万言不直一杯水。世人闻此皆掉头，有如东风射马耳（世俗鄙视文人）。鱼目亦笑我，谓与明月同（明月珠）。骅骝（良马）拳跼不能食，蹇驴得志鸣春风。《折杨》、《皇华》（古时不好的歌曲名）合流俗，晋君听琴枉《清角》（《清角》是好的乐曲，而晋平公不配听）。巴人谁肯和《阳春》（高的乐曲），楚地由来贱奇璞（美玉）。黄金散尽交不成，白首为儒身被轻。一谈一笑失颜色，苍蝇贝锦（指谗言）喧谤声。曾参岂是杀人者？谗言三及慈母惊（用曾子故事）。与君论心握君手，荣辱于余亦何有？孔圣犹闻伤凤麟（叹息君子不遇），董龙（以佞幸而做大官的人）更是何鸡狗！一生傲岸苦不谐，恩疏媒劳志多乖。严陵高揖汉天子（东汉严子陵隐居不仕），何必长剑拄颐事玉阶（何必做官）？达亦不足贵，穷亦不足悲！韩信羞将绛、灌比，祢衡耻逐屠沽儿（不与流俗为伍）。君不见李北海（李邕），英风豪气今何在？君不见裴尚书（裴敦复），土坟三尺蒿棘居！少年早欲五湖去，见此弥将钟鼎疏（早就不愿做官，现在更其如此了）。

李邕和裴敦复都是当时有声名的比较正直的官吏，因为受到李林甫的猜忌，就被罗织罪名来杖杀了。而一些斗鸡之徒反而盛气凌人，扬扬得意。哥舒翰攻青海吐蕃（藏族）时恣意屠杀人民，但这样的人却升官受赏了。那么所谓仕宦或富贵还有什么值得夸耀的呢！鱼目笑珠，楚人贱璞，有才能的人却受尽了这些人的鄙薄和歧视，"吟诗作赋北窗里，万言不直一杯水"，特别是像李白这样"一生傲岸"的文人，那么又何必要做官呢？"且须酣畅万古情"，就饮酒漫游好了：这就是他所得到的结论。

在他到了宣城的时候，安禄山起兵了，唐代历史的转折点的天宝之乱发生了。

\*　　\*　　\*

[1] 上海人民出版社1954年9月初版本在此以后还有一句："他把一种对于自由解放的要求、合理世界的憧憬多半和游仙的想象结合起来，从中寄托了自己的傲岸的不满现实的情绪"，1979年新版删去。——编者注。

[2]《书情赠蔡舍人雄》。

[3]《赠从弟南平太守之遥》其一。

[4]《赠别从甥高五》。

[5]《赠从兄襄阳少府皓》。

[6]《送侯十一》。

[7][36]《赠新平少年》。

[8]《送鲁郡刘长史迁弘农长史》。

[9] 杜甫：《寄李十二白二十韵》。

[10]《奉饯高尊师如贵道士传道箓毕归北海》。

[11]《古风》其十五。

[12]《焦山望松寥山》。

[13]《送蔡山人》。

[14]《宣州谢朓楼饯别校书叔云》。

[15]《梦游天姥吟留别》。

〔16〕《拟古》其三。

〔17〕《古风》其三十。

〔18〕《草创大还赠柳官迪》。

〔19〕《古风》其四十一。

〔20〕《赠嵩山焦炼师》。

〔21〕《暮春江夏送张祖监丞之东都序》。

〔22〕《江上吟》。

〔23〕《月下独酌》其二。上海人民出版社 1954 年 9 月初版本在此句后面还有一句:"求仙只给他一种对于理想生活的企望,而饮酒则可以直接寄托他的傲岸情绪,使他得到一种豪纵的快感。"1979 年新版删去。——编者注。

〔24〕〔25〕《月下独酌》其四。

〔26〕《友人会宿》。

〔27〕《月下独酌》其三。

〔28〕上海人民出版社 1954 年 9 月初版本在此句以下还有一句:"借以得到一种精神上的解放的愉快。"——编者注。

〔29〕上海人民出版社 1954 年 9 月初版本在此句之下还有一段文字:"他的'忧思'中当然含有他个人失意的成分在内,但也绝不是专为自己而发的;虽然对于一种有才能的人在社会上得不到应有重视的愤懑是他诗中的一个重要主题,但那主要也是就当时社会的一般情形说的;他看不惯那种是非贤愚不分的昏暗的现实"。——编者注。

〔30〕《赠韦秘书子春》。

〔31〕《与贾少公书》。

〔32〕〔53〕《书怀赠南陵常赞府》。

〔33〕"是一种普遍现象"一句,上海人民出版社 1954 年 9 月初版本原文为"连孔子也不例外"。——编者注。

〔34〕〔35〕《邺中赠王大,劝入高凤石门山幽居》。

〔37〕《梁甫吟》。

〔38〕《淮阴书怀寄王宋城》。

〔39〕《送萧三十一之鲁中,兼问稚子伯禽》。

〔40〕《赠王判官,时余归隐居庐山屏风叠》。

〔41〕〔47〕魏万：《金陵酬翰林谪仙子》。

〔42〕〔43〕〔45〕〔46〕《送王屋山人魏万还王屋》。

〔44〕魏颢：《李翰林集序》。

〔48〕《旧唐书》本传。

〔49〕《自金陵溯流过白壁山，玩月达天门，寄句容王主簿》。

〔50〕《玩月金陵城西孙楚酒楼，达曙歌吹，日晚乘醉著紫绮裘、乌纱巾，与酒客数人棹歌秦淮，往石头访崔四侍御》。

〔51〕《赠崔司户文昆季》。

〔52〕《通鉴》天宝十载夏四月条。

〔54〕"同情人民遭遇的精神"一语，上海人民出版社1954年9月初版本为"一种人道主义的精神"。——编者注。

〔55〕〔57〕《战城南》。

〔56〕《登高邱而望远海》。

〔58〕《拟古》其一。

〔59〕诗中写有李邕、裴敦复及哥舒翰事迹，按李邕、裴敦复在天宝六载被杀，哥舒翰在天宝八载攻吐蕃，则此诗当作于天宝末，"十载漫游"的后期。

## 从璘与释归

公元755年（天宝十四载）十一月，安禄山率部十五万人，起兵于范阳（北京附近），这就是天宝之乱的开始。一直到公元762年（宝应元年），唐朝军队会同了请来的回纥（维吾尔族）兵，才结束了这次延长到差不多八年的大乱。安禄山起兵的时候，李白五十五岁，正在安徽宣城；到天宝之乱结束的那年，他就在当涂逝世了，活了六十二岁。因此他的大半生虽然是在所谓"开元盛世"度过的，但他在暮年却也饱受了乱离的苦难。从他的诗里可以知道，在天宝之乱以前，唐朝统治集团的腐化奢侈和人民所遭受的天灾人祸的痛苦，已达到了从唐朝成立以来的最高峰，社会上已远不是像他少年时代所经历的那种富庶繁荣的景象了，而安禄山的起兵就使得一切的社会矛盾都表现出来了。从此唐朝的历史面貌就和以前显然不同了，生产力降低，人民生活贫困，也抵抗不住安禄山的兵力，这就结束了历史上所谓"盛唐"的时代。在文学上也有同样的表现，像以前那种富有浪漫精神和追求理想的缤纷多彩的诗歌比较罕见了，更多的是表现社会痛苦和个人得失的悲叹的声音。这次变乱给唐代的历史划了一条界线，也给文学带来了前后不同的特色。

安禄山是唐朝镇守东北边疆的平卢、范阳、河东节度使，拥有强大的兵力，他又大量招收东北各少数族降兵，组成了一个以少数族为主的军事集团[1]，在当时的河北地区实际上处于割据状态。安禄山自己原是营州柳城的胡人，他利用唐朝统治者和边疆各族之间的矛盾，乘唐玄宗晚年政治腐败的机会，企图夺取唐朝的政权。他的起兵是地方领兵将领对朝廷的叛变，是统治阶级内部的斗争，但也带有民族斗争的性质。这时国内太平日久，内地的兵很少，战斗力也很差。因此叛军没有遇到什么抵抗，不到两个月，安禄山就攻下洛阳，在那里做了大燕皇帝。公元756年（天宝十五载）六月九日，安禄山攻进潼关，守将哥舒翰率领的二十万人全军覆没，哥舒翰自己也投降了；附近的官吏都潜逃了，叛军直逼长安。安禄山的兵将到处抢掠财物，屠杀人民；唐玄宗并不计划怎样平叛，而于六月十二日夜里，带着杨贵妃、杨国忠等偷偷地向四川逃跑。途中发生马嵬坡事变，唐玄宗镇压不了士兵的愤怒，才将杨国忠和杨贵妃处死，他带领一批官吏逃到了成都。长安失守了；七月十三日，太子李亨在甘肃的灵武即位，就是唐肃宗，当时朝廷的官吏还不足三十人。叛军进入长安后，对人民任意杀戮，抢掠财物，焚烧住宅，长安成了一座恐怖的城市。人民原是不满意唐朝统治者的，但对叛军的残暴尤其痛恨。他们起先还以为这些皇帝大臣们为了自己的地位总不会扔下不管了罢，但结果这些人却都跑掉了，剩下的一些官吏不是向叛军投降就是被叛军杀死。长安一带的人民受不了叛军的骚扰，就自动起来抵抗，唐朝的军队也策划着反攻。公元757年（至德二载）正月，安禄山被他的儿子安庆绪杀死；到九月，唐将郭子仪率领队伍和一部分回纥兵反攻长安得胜，接连收复了长安和洛阳；这年十月，唐肃宗回到了长安。但叛军的势力并没有根本消灭，变乱仍在继续。而且一直到李白逝世，这次变乱还没有完全结束；差不多整个北方都遭受到战乱的骚扰，而所谓"盛唐"的局面也就从此一去不复返了。

李白对于这次变乱感到非常愤慨，他说："俯视洛阳川，茫茫走胡兵。流血涂野草，豺狼尽冠缨。"[2]对当时人民所遭受的灾难也感到很痛心，他说："俗变羌、胡语，人多沙塞颜。申包（以亡国的申包胥自比）惟恸哭，七日鬓毛斑。"[3]为什么会成了这种情况呢？他也认识得很清楚："贼臣杨国忠，蔽塞天聪，屠割黎庶。女弟（杨贵妃）席宠，倾国弄权。九土泉货（各地财富），尽归其室。怨气上激，水旱荐臻，重罹暴乱，百姓力屈。"[4]这样，他对当时的官军无能和两京失陷感到非常不满：

汉甲连胡兵，沙尘暗云海。草木摇杀气，星辰无光彩。白骨成丘山，苍生竟何罪？函关（潼关）壮帝居，国命悬哥舒（哥舒翰）。长戟三十万，开门纳凶渠！公卿奴犬羊，忠谠醢与菹（正直的人被杀）。二圣（玄宗、肃宗）出游豫，两京（长安、洛阳）遂丘墟。[5]

"白骨成丘山，苍生竟何罪？"人民是没有罪的，负责任的当然应该是所谓"二圣"的皇帝和哥舒翰那些庸朽的将领们！在《北上行》一诗里，他也写出了在那"杀气毒剑戟"的环境中的北方人民的苦难；"惨戚冰雪里，悲号绝中肠。尺布不掩体，皮肤剧枯桑！"而结以"何日王道平，开颜睹天光"的感叹和愿望。他不赞成唐玄宗的那种逃跑的办法，他的著名诗篇《蜀道难》就是为唐玄宗逃难入蜀写的[6]，因此说"问君西游何时还"？"锦城虽云乐，不如早还家"。诗中竭力描写蜀中自然形势的险恶，"蜀道之难难于上青天"，然后说"嗟尔远道之人，胡为乎来哉"！而且剑阁虽然险要，但也可"所守或匪亲，化为狼与豺"！并不能把它当作可以苟安的保障。最后说"侧身西望长咨嗟"，他对此是深有感慨的。

他希望对胡人能采取抗击的政策，他相信这种抗击一定可以得到胜利；"敌可摧，旄头灭，履胡之肠涉胡血。悬胡青天上，埋胡紫塞旁。胡无人，汉道昌。"[7]这种爱国精神也使他自己很想去参加平乱的工作："抚剑夜吟啸，雄心日千里。誓欲斩鲸鲵，澄清洛阳水"[8]，"过江誓流水，志在清中原。拔剑击前柱，悲歌难重论！"[9]他也自信如果他有权力，对平乱是会有一些办法的；他说："三川北虏乱如麻，四海南奔似永嘉（西晋末永嘉之乱）。但用东山谢安石（以谢安自况），为君谈笑静胡沙。"[10]就是这种满腔热忱的爱国精神，促使他参加了永王璘起兵事件。

当唐玄宗逃难到汉中（陕西南郑）的时候，为了整顿官军的力量，就下诏命永王璘为山南东路、岭南、黔中、江南西路四道节度采访使及江陵大都督，保卫东南一带。永王璘是唐玄宗的第十六子；他接到命令后就到江陵，招募将士数万人，并领了舟师顺江东下，想取金陵。这时唐肃宗怕他和自己抢帝位，就命令他到四川觐见唐玄宗，他不从命。于是唐肃宗就调动军队对永王璘采取了包围的形势，不久，他的兵便被消灭了，他也被执受戮。李白就因为从璘获罪，流放夜郎。

唐代的皇位继承权一向很不牢固，有时太子虽已立定，但也可能在复杂的政治斗争中被废，而为他的弟兄所取代。

像唐玄宗就不是嫡长,只因为他功业显著,才代替了已立为太子的睿宗嫡长子"成器"而取得帝位。唐玄宗最初立的太子是李瑛,以后又想立寿王瑁,最后才立了唐肃宗。但唐肃宗也是乘安禄山乱时分兵北走,自立为皇帝的。当时中原扰攘,永王璘作为亲王,想乘机建立功业,谋取帝位,那也是很自然的事情。这本是统治者内部的矛盾,是很难说谁正谁逆的。而且当时永王璘是以准备平乱为号召的,东南一带的人很希望能有这样一支抗敌的军队,李白就说:"二帝巡游俱未回,五陵松柏使人哀。诸侯不救河南地,更喜贤王远道来。"[11]《新唐书·永王璘传》记载永王璘部下将领季广琛在失败后曾对诸将说:"吾与公等从王,岂欲反耶?上皇播迁,道路不通,而诸子无贤于王(永王璘)者,如总江淮锐兵,长驱雍、洛,大功可成!"当时有许多人都是为了抗敌才参加了永王璘的幕下的。李白也是这样,因此当永王璘请他为僚佐的时候,他就答应了[12]。后人对这事议论极多,有许多人为李白的"从逆"而叹息或分辩,其实这都是不必要的。明王穉登《李翰林分体全集序》云:"嗟呼!禄山篡乱,翠华西幸,灵武之位未正,社稷危如累棋。璘以同姓诸王,建义旗,倡忠烈,恢复神器,不使未央井中玺落群凶手。……夫璘非逆而从璘者乃为逆乎!"这话是说得颇有道理的。

安禄山初起兵的时候,李白正在宣城,公元756年(天宝十五载)春,他就到溧阳,在那里和善作草书的张旭相遇,他有《猛虎行》一诗,就是记"溧阳酒楼三月春"与张旭宴别的情形的。其中说:

旌旗缤纷两河道(河南、河北州郡),战鼓惊山欲倾倒。秦人半作燕地囚,胡马翻衔洛阳草。一输一失关下兵(指高仙芝兵),朝降夕叛幽、蓟城(指常山太守颜杲卿起兵事)。巨鳌未斩海水动,鱼龙奔走安得宁!"[13]

又说他自己"有策不敢犯龙鳞,窜身南国避胡尘。宝书玉剑挂高阁,金鞍骏马散故人"。他对国家危急而自己无所用力的情形是感到很悲愤的。这以后他又到剡中,当时向南避难的人很多;他说:"洛阳三月飞胡沙,洛阳城中人怨嗟。天津(洛水上桥名)流水波赤血,白骨相撑如乱麻!我亦东奔向吴国,浮云四塞道路赊!"[14]他对北方人民所遭的苦难是很怀念的。以后他就到庐山屏风叠暂时住了下来。"大盗割鸿沟,如风扫秋叶。吾非济代人,且隐屏风叠。"[15]他对自己的只能逃难和隐居是很不甘心的。他在庐山的时候,正好永王璘起兵后东巡到浔阳(九江),因为知道他的声名,就重礼请他去做僚佐。李白在《与贾少公书》中说:"虽中原横溃,将何以救之?王命崇重,大总元戎(指永王璘奉命督师)。辟书三至,人轻礼重,严期迫切,难以固辞。"可见永王璘是再三要请他出来的。李白本有用世和平乱的要求;永王璘既是以抗胡平乱为号召的,他自然也希望能借此贡献出自己的力量。"试借君王玉马鞭,指挥戎虏坐琼筵。南风一扫胡尘静,西入长安到日边!"[16]因此他之参加永王璘的幕中,完全是出于一种爱国心的驱使,是想去消灭敌人的。在永王璘军中,他作有《在水军宴赠幕府诸侍御》一诗,写他从军后的心境最清楚:

月化五白龙,翻飞凌九天。胡沙惊北海,电扫洛阳川。虏箭雨宫阙，皇舆成播迁。英王（永王璘）受庙略（兵谋），秉钺清南边。云旗卷海雪，金戟罗江烟。聚散百万人，弛张在一贤。霜台降群彦，水国奉戎旃（军旗）。绣服开宴语，天人借楼船。如登黄金台，遥谒紫霞仙。卷身编蓬下，冥机四十年。宁知草间人（自谓），腰下有龙泉（宝剑）？浮云在一决，誓欲清幽、燕！愿与四座公，静谈金匮篇（兵书）。齐心戴朝恩，不惜微躯捐。所冀旄头（胡星）灭，功成追鲁连（如鲁仲连一样功成身退，不受爵赐）。

他的"灭旄头"和"清幽、燕"的心是很坚决的；他不惜牺牲，不为爵赏，只愿尽量贡献出自己的力量。这就是他开始参加永王璘幕中时的心情。

不久，永王璘兵败了；军心涣散，参加的人死亡了很多，余下的也都逃散了。"主将动谗疑，王师忽离叛！自来白沙（今江苏仪征）上，鼓噪丹阳岸。宾御如浮云，从风各消散。舟中指可掬，城上骸争爨。"[17]李白自己也由丹阳匆匆地向南逃，"草草出近关，行行昧前算。南奔剧星火，北寇无涯畔。"[18]这时是公元757年（至德二载）二月，他在永王军中只有两三个月的样子，这位五十七岁的老诗人就经历了这样的一番灾难。他逃到彭泽，但随后就被捕入浔阳狱中。据说按罪本是当诛的，因为有郭子仪的援救，才改为流放[19]；到第二年，他就受到了长流夜郎的处分。

他在浔阳狱中的时候，经过当时的宣慰大使崔涣和御史中丞宋若思的推复清雪，认为罪薄宜赦。那时宋若思正率兵赴河南，还请他参谋军事，并上书唐肃宗荐李白可用，但唐肃宗不允。李白在浔阳狱中有上崔涣的诗，说"能回造化笔，或冀一人生"[20]，又有《上崔相百忧草》，其中说："星离一门，草掷二孩。万愤结缉，忧从中催！"又有《为宋中丞自荐表》，用宋若思的口气上表说："臣所管李白，实审无辜。……岂使此人名扬宇宙而枯槁当年！"他对自己的遭遇感到非常悲愤，"哀哉悲夫，谁察余之贞坚！"[21]他希望这些人能帮忙把他释放。在狱中他还作有《万愤词投魏郎中》，其中说：

兄九江兮弟三峡，悲羽化之难齐。穆陵关北（指东鲁）愁爱子，豫章（南昌）天南隔老妻。一门骨肉散百草，遇难不复相提携。树榛拔桂，囚鸾宠鸡！舜昔授禹，伯成耕犁（用伯成子高故事）。德自此衰，吾将安栖？好我者恤我，不好我者何忍临危而相挤！

他的儿子仍在东鲁，妻子大概是在他去庐山时一块到江西的。这时一家星散，他觉得很凄然；想到这种"囚鸾宠鸡"的黑白颠倒的社会，也感到非常气愤！这年虽然长安和洛阳都收复了，但国事也并没有可以乐观的地方。当初回纥派兵帮助反攻的时候，就和唐肃宗约定，两京收复后土地人民归唐朝，金帛妇女归回纥。因此洛阳收复后，回纥曾连续地抢掠了三天，而且也带来了以后长期的祸害。同时吐蕃也趁这时占领了西北的地方，强大的唐朝已一变而为一个孱弱的国家了。国家的局势和自己的遭遇，都引起了他的愤懑，但他只能在狱中作作诗，读点书，听候别人的安排。据《送张秀才谒高中丞诗序》，那时他正在狱中读《史记·留侯传》，他的愤慨是很深的。他想他的妻子一定会来看他，并一定正在设法营救；他写了《在浔阳非所寄内》一诗：

>     闻难知恸哭，行啼入府中。多君同蔡琰（后汉董祀妻），流泪请曹公（蔡琰曾向首操求赦其夫）。知登吴章岭（在浔阳附近），昔与死无分。崎岖行石道，外折入青云。相见若悲叹，哀声那可闻！

这景象确实是很凄凉的。

公元758年（乾元元年），五十八岁的老诗人终于受到了长流夜郎（贵州遵义一带）的处分。他由浔阳出发，泛洞庭，上三峡，抛妻别子，走上了流窜的长途！他说："我愁远谪夜郎去，何日金鸡放赦回！"[22]又有《流夜郎题葵叶》一诗："惭君能卫足，叹我远移根！白日如分照，还归守故园。"触物增慨，他有点伤感，觉得自己还不如向日葵似的可以用叶子来卫护自己的根株！刚刚走到常德附近的木瓜山，他就说："客心自酸楚，况对木瓜山。"[23]木瓜的味是酸的，但他的心更酸！"远别泪空尽，长愁心已摧。三年吟泽畔，憔悴几时回！"[24]他感到自己的遭遇竟和我们伟大的诗人屈原的被放逐相同了。

他走的时候，他妻子的弟弟宗璟送他，到乌江（浔阳江），他作诗留别说："惭君湍波苦，千里远从之"；又对宗璟说他很对不起他的妻子："我非东床人，令姊忝齐眉。浪迹未出世，空名动京师。适遭云罗解，翻谪夜郎悲。"[25]据魏颢《李翰林集序》，李白始娶许氏，生一子一女，子名明月奴，女出嫁后就死了。后来又娶刘氏，刘氏死后又在东鲁娶过妻，生一子名玻璃，大概就是诗中常常提起的稚子伯禽。最后又娶的是宗氏。他从宣城到庐山，大概就是与宗氏相偕的。以后宗氏即留居在豫章（南昌），他对这次离别感

到很难过,在途中又写了《南流夜郎寄内》一诗:

> 夜郎天外怨离居,明月楼中音信疏。北雁春归看欲尽,南来不得豫章书。

这种流放的确是不知道何时才能回来的,"夜郎万里道,西上令人老"[26],他这时已经五十八岁了;因此心中充满了生离死别的凄凉的感觉。

流放后的第二年,他还没有到达夜郎,在刚到了巫山的时候,就遇赦了。这也并不是因为知道他有冤屈,而是为了册立太子和天旱而施行的全国一般的大赦,不过他也总算被赦在内了。万里流徙,一旦释归,他当然是很高兴的。他说:"去国愁夜郎,投身窜荒谷。半道雪屯蒙(遇赦),旷如鸟出笼。"[27]又说:"传闻赦书至,却放夜郎回。暖气变寒谷,炎烟生死灰。"而且立刻就想到"安得羿善射,一箭落旄头"[28],他对当时的国事仍然很关心。释归后,他就经江夏、岳阳,最后又到了浔阳。他在江夏时所作的诗中说:"天地再新法令宽,夜郎迁客带霜寒!""有似山开万里云,四望青天解人闷。人闷还心闷,苦辛长苦辛!愁来饮酒二千石,寒灰重暖生阳春。"[29]经历了这次苦难,他的心境又和以前相似了,他恢复了酣饮高歌的生活。对于郭子仪等的克复两京,他感到很高兴;"愧无秋毫力,谁念矍铄翁!"[30]但也感到自己老了。在岳阳,他遇到贬在长沙的诗人贾至,他们在龙兴寺里坐赏过雨后湘湖的景色[31],也一块乘舟泛过洞庭。在他正要流向夜郎的时候,他们曾经见过面,但那时的留别是很凄然的,"割珠两分赠,寸心贵不忘。何必儿女仁,相看泪成行!"[32]这时又见面却不同了,一方面个人的灾难已过,而南方环境在当时毕竟还是比较安定的;一方面两京收复,国家的局面也有了转机。于是他们诗酒盘桓,都恢复了一种愉快的情绪。李白在与贾至游洞庭的诗中说:

> 南湖秋水夜无烟,耐可乘流直上天!且就洞庭赊月色,将船买酒白云边。[33]

贾至也有与李白同泛洞庭湖的诗,因为他们不只游过一次,当然也不一定是同时作的;但我们从诗中,是可以看出他们这时的心境来的:

> 枫岸纷纷落叶多,洞庭秋水晚来波。乘兴轻舟无近远,白云明月吊湘娥![34]

李白已恢复了他一贯的乐观情绪。这年他遇到了一个十一岁的孩子韦渠牟,觉得很聪明,便授以"古乐府之学"[35];李白待人一向是很热诚的。这时他对国事也仍然很关心,因为胡兵的变乱仍未平定,他说:"中夜四、五叹,常为大国忧。"[36]因此他也很希望能再出来做一番事业,他相信他仍是可以贡献力量的。"今圣朝已舍季布,当征贾生。开颜洗目,一见白日"[37];他还希望朝廷能够征召他,但这希望自然是只有落空了。当时的统治者是不会这样尊重人才的。

自释归后,最后他又回到了浔阳。在那里住了一些时间以后,他就泛长江重游金陵,往来于宣城、历阳诸地;以在宣城流连的时间较久。以后从公元760年(上元元年)到公元762年（宝应元年），这三年间的漫游，可以说是他生平最后的漫游，而且他就在这次漫游中结束了他的一生。

\* \* \*

〔1〕《新唐书》卷二二五上《逆臣传》说安禄山"养同罗、降奚、契丹曳落河（壮士之意）八千人为假子"，这是他最基本的队伍；后来又并九姓胡阿布思部，所以兵将很多是少数族。其亲信部将史思明、孙孝哲等也是少数族人。

〔2〕《古风》其十九。

〔3〕《奔亡道中》其四。

〔4〕《为宋中丞请都金陵表》。

〔5〕〔26〕〔28〕〔36〕《经乱离后，天恩流夜郎，忆旧游书怀赠江夏韦太守良宰》。

〔6〕萧士赟《分类补注李太白集》解释《蜀道难》说："盖太白初闻禄山乱华、天子幸蜀时作也。"今从萧说。此外对这诗还有各种不同的解释，如范摅《云溪友议》以为这是为严武危害杜甫作的，沈括《梦溪笔谈》以为这是为章仇兼琼作的，胡震亨《李诗通》及顾炎武《日知录》则以为只是乐府旧题，别无用意。这些说法都并不确证；与李白生平思想及其他作品联系起来看，应以萧说为是。孟棨《本事诗》记载贺知章曾见过这诗，但这传说也不可信；它开头就说"李太白初自蜀至京师"，而李白并不是由蜀中到长安的。

〔7〕见《胡无人》。段成式《酉阳杂俎》说："禄山反，太白制《胡无人》。"清王琦不信此说，以为是开元、天宝之间所作，不可信。

〔8〕《赠张相镐》其二。

〔9〕《南奔书怀》。

〔10〕《永王东巡歌》其二。

〔11〕《永王东巡歌》其五。

〔12〕李白在《经乱离后，天恩流夜郎，忆旧游书怀赠江夏韦太守良宰》一诗中，有"空名适自误，迫胁上楼船。从赐五百金，弃之若浮烟"等语，后人常常据此来为李白开脱，说他的从璘是被迫的；但这诗作于永王璘事败之后，与其他作品中所说的情形不符，因知这是一种惧祸掩饰的说法，不是事实真相。

〔13〕这里关于《猛虎行》的解释是采用了清王琦的说法。萧士赟的说法与此不同，但与史实欠合，不足信。

〔14〕《扶风豪士歌》。

〔15〕《赠王判官，时余归隐庐山屏风叠》。

〔16〕《永王东巡歌》其十一。

〔17〕〔18〕《南奔书怀》。

〔19〕《新唐书》本传。

〔20〕《系浔阳上崔相涣》其一。

〔21〕《雪谗诗赠友人》。

〔22〕《流夜郎赠辛判官》。

〔23〕《望木瓜山》。

〔24〕《赠别郑判官》。

〔25〕《窜夜郎，于乌江留别宗十六璟》。

〔27〕〔30〕《流夜郎，半道承恩放还，兼欣克复之美，书怀示息秀才》。

〔29〕《江夏赠韦南陵冰》。

〔31〕见《与贾至舍人于龙兴寺剪落梧桐枝，望滟湖》。

〔32〕《留别贾舍人至》其二。

〔33〕《陪族叔刑部侍郎晔及中书贾舍人至游洞庭》其二。

〔34〕贾至：《初至巴陵与李十二白、裴九同泛洞庭湖》其二。

〔35〕见《唐诗纪事》。

〔37〕《江夏送倩公归汉东序》。

## 凄凉的暮年

"烈士击玉壶,壮心惜暮年!三杯拂剑舞秋月,忽然高咏涕泗涟。"[1]公元760年(上元元年)他已经六十岁了,虽然已是暮年,但诗人慷慨高歌的壮怀仍未稍减,他的豪放的精神不但并未让环境消磨掉,反而更加强烈了。他的朋友任华说他"平生傲岸其志不可测,数十年为客未尝一日低颜色"[2],这是很能概括他一生的主要精神的;他鄙视和他接触的那些官吏们,因此他的态度永远是傲岸的。但到了暮年,他毕竟感到自己的抱负和理想是很难有实现的机会了,也不能没有一点感慨,"我发已种种,所为竟无成"[3];所差堪自慰的也只有诗歌的创作而已,"学剑翻自哂,为文竟何成!剑非万人敌,文窃四海声"[4]。这时他想到要更用力来作诗了,"去岁左迁夜郎道,琉璃砚水长枯槁。今年敕放巫山阳,蛟龙笔翰生辉光"[5]。释归以后,他的创作欲又旺盛起来了。他说:"我志在删述,垂辉映千春。"[6]他觉得自己应该在著作上多用功夫。他以为自从《诗经·大雅》以后,可作诗歌典范的作品太少了,自己应该有责任改变魏、晋以来追求形式美的绮丽作风;但又想到自己的年力已衰,就不禁叹息"《大雅》久不作,吾衰竟谁陈"[7]了。他对自己的创作主张和创作才能都是很有自信的,他以为诗文应该与世教有关;对于那种只是为了考试和做官才作诗文的人,他非常看不起。《古风》第三十五首说:

丑女来效颦，还家惊四邻。寿陵失本步，笑杀邯郸人！一曲斐然子，雕虫丧天真。棘刺造沐猴，三年费精神。功成无所用，楚楚且华身。《大雅》思文王，颂声久崩沦。安得郢中质，一挥成风斤。

这可以说是他对诗歌创作的理论。他反对模仿，以为模仿的作品不过像"东施效颦""邯郸学步"一样，这样的雕虫小技是有害于作品的自然真实的。他也反对诗歌的形式主义和把作诗当作是求名利的手段。他觉得好的诗歌应该像《诗经》的雅、颂一样，能够代表那个时代，并且和世教有关；诗人应该有所创造，那才是诗。当然所谓雅、颂的真正精神是什么那是另外一个问题；这只说明他不满意六朝以来以及当时诗歌的一般倾向，觉得应该有所改革，应该创造一种新的风格，有一种新的精神来表现那个时代，并且能有益于世道人心。这样的一种看法在当时来说，不只是比较健康的，而且它还可以帮助我们来了解李白诗歌的主要精神和艺术特色。

他从浔阳先到了金陵。"金陵空壮观，天堑（长江）净波澜，醉客回桡去，吴歌且自欢！"[8]过的仍是饮酒游览的生活。他的《金陵凤凰台置酒》诗中说："豪士无所用，弹弦醉金罍。东风吹山花，安可不尽杯！"在游赏之中他也流露着不少的感慨。安史之乱仍在北方蔓延，国家糜烂，而自己却只能弹弦饮酒，他也不能没有感慨。从公元759年（乾元二年）史思明打败唐军，杀死安庆绪，自己做了大燕皇帝后，洛阳又被占领，局势严重起来了。公元761年（上元二年），史朝义杀死了他父亲史思明，率兵向南骚扰，唐太尉李光弼领大军百万，出镇临淮，抵抗史朝义的胡兵。李白听了这消息很兴奋,他曾请缨参加,但半道上因为生病又回来了。他有《闻李太尉大举秦兵百万,出征东南,懦夫请缨,冀申一割之用,半道病还,留别金陵崔侍御十九韵》一诗。其中说:

> 太尉杖旄钺,云骑绕彭城。三军受号令,千里肃雷霆。函谷绝飞鸟,武关拥连营。意在斩巨鳌,何论鲙长鲸!恨无左车略,多愧鲁连生(自己恨无李左车及鲁仲连的本领)。拂剑照严霜,雕戈鬘胡缨。愿雪会稽耻,将期报恩荣。半道谢病还,无因东南征!

他这时已六十一岁,第二年就逝世了,他的壮心虽未消减,但身体想来已很衰弱了。"天夺壮士心,长吁别吴京(金陵)!"[9]于是他叹息地离开了金陵,往来于宣城、历阳二郡间,住的时间比较长的是宣城。

李白平生最佩服的诗人是南齐的谢朓,宣城是谢朓做过太守的地方,有许多遗迹都能够引起后人的怀念,因此他对宣城这地方是很有好感的。他诗中怀想和赞扬谢朓的地方很多,他"秋登宣城谢朓北楼",就"临风怀谢公";秋夜泛月独酌,就想到"玄晖(谢朓字)难再得,洒酒气填膺"[10]。这也并不是单纯地凭吊古迹,他对谢朓的诗也很喜欢,对它的艺术评价很高。他说"我吟谢朓诗上语,朔风飒飒吹飞雨"[11],这是称赞谢朓《观朝雨》诗中"朔风吹飞雨,萧条江上来"的诗句的;又说"解道澄江净如练,令人长忆谢玄晖"[12],这是称赞谢朓《晚登三山还望京邑》诗中"余霞散成绮,澄江净如练"的名句的。他的《宣州谢朓楼饯别校书叔云》一诗说:

>       弃我去者昨日之日不可留，乱我心者今日之日多烦忧！长风万里送秋雁，对此可以酣高楼。蓬莱文章建安骨，中间小谢又清发。俱怀逸兴壮思飞，欲上青天揽明月。抽刀断水水更流，举杯销愁愁更愁。人生在世不称意，明朝散发弄扁舟。

这首诗是可以解释他喜爱谢朓的原因和说明他对谢朓诗的评价的。他认为自从建安以后，诗就走上了追求形式的绮丽的道路。单就这五百多年中的诗人来说，只有谢朓的诗还可以说有清新的风格，因此他特别称赞"诗传谢朓清"[13]。清王士祯在《论诗绝句》中说他"一生低首谢宣城"，就是从这种评价中看出的。齐、梁诗本来可以说是由古诗到近体诗的桥梁，谢朓的诗仍保有古诗的那种劲直的风骨，但又有一种类似近体的格律语调的和谐，因此读来就容易使人有一种清新的感觉了。唐代诗人本多渊源六朝，而李白的诗也是最富于清新自然的艺术特色的，因此他就特别喜欢谢朓了。此外可能与谢朓诗中所歌咏的内容也有些关系。我们知道谢朓的诗多写山水，但也写都邑；写仕宦，但也写隐遁；而且常常是写这二者中的矛盾。谢朓是做过官的，他的诗中也常常有一些怀才不遇和受人谗毁的感慨。这些都是比较容易投合诗人李白的爱好的。因此他在忧愁烦闷时，就很容易想起谢朓的诗来了。"明朝散发弄扁舟"的那种意境，就和谢朓的诗很相似。

他暮年的生活是很穷困的。在以前漫游的那些年中，因为他的社会声誉很高，诗名很大，因此到了一个地方，常常有一些地方官吏或文人武将等招待馈赠，他就纵情地饮酒游览，赠给那些人一首诗，就算回答盛意了；过些时又再换一个地方。但自流放释归以后，似乎就不像以前那样可以任情游览了。那些人可能因为他是"从逆"过的，对他就疏远了，因此他最后这几年的生活就过得很窘迫。他在《赠友人》这三首中说他"岁酒上逐风，霜鬓两边白"，以下就叙述自己的穷困而向人告借济急了：

> 弊裘耻妻嫂（以苏秦贫穷时自比），长剑托交亲（用冯煖客孟尝君故事）。夫子秉家义，群公难与邻。莫持西江水，空许东溟臣（用《庄子》上的故事。意谓所需甚急，勿以将来推托）。他日青云去，黄金报主人。

有时连饮酒的钱也没有；有一次他在路上遇见他的一个从甥，想要一块去饮酒，但又没有钱，就把多年悬在腰间的宝剑也拿来换酒吃了。下面是他的《醉后赠从甥高镇》一诗：

> 马上相逢揖马鞭，客中相见客中怜。欲邀击筑悲歌饮，正值倾家无酒钱。江东风光不借人，枉杀落花空自春。黄金逐手快意尽，昨日破产今朝贫。丈夫何事空啸傲，不如浇却头上巾！君为进士不得进，我被秋霜生旅鬓。时清不及英豪人，三尺童儿唾廉、蔺（廉颇、蔺相如）。匣中盘剑装鲭鱼（鱼皮剑鞘），闲在腰间未用渠。且将换酒与君醉，醉归托宿吴专诸（战国时吴国勇士）。

从"醉归托宿吴专诸"这句看来，可能他这时是寄住在一位民间侠士的家里。暮年的李白似乎除了他所经常交往而又非常鄙视的那个庸俗官吏们的圈子以外，和劳动人民也有了比较经常的接触，而且似乎在那里得到了他所珍贵的一种真实纯洁的友情。下面是他的《宿五松山下荀媪家》一诗：

> 我宿五松下，寂寥无所欢。田家秋作苦，邻女夜舂寒。跪进雕胡饭（菰米），月光明素盘。令人惭漂母，三谢不能餐。

他对那些贵族官吏们是"数十年为客未尝一日低颜色"的[14]，但这次在田家受到这种简陋的招待时，他却为那种辛勤劳作和诚挚的感情而衷心地感到惭愧了。在宣城，他写过《哭宣城善酿纪叟》，这个酿酒的老人使李白很怀念："纪叟黄泉里，还应酿老春（酒名）。夜台无晓日，沽酒与何人！"在安徽泾县，他和桃花潭的一个农民汪伦建立了深厚的交情；他的《赠汪伦》诗说："李白乘舟将欲行，忽闻岸上踏歌声。桃花潭水深千尺，不及汪伦送我情！"这样的诗在李白的集子中虽然不多，但他对这些人确乎没有表示过傲岸的态度，而是流露了一种深厚诚挚的感情的。但年华耗尽，他已快要离开人间了。

公元762年（宝应元年），因为衰病交加，生活太窘迫了，他就到安徽南部的当涂，去投靠他的一位族叔李阳冰。李阳冰在当时以善篆书知名，是当涂的县令。李白在《献从叔当涂宰阳冰》诗中说：

> 小子（自称）别金陵，来时白下亭（金陵城外驿亭名）。群凤怜客鸟，差池相哀鸣。各拔五色毛，意重太山轻

（指金陵诸人于白下亭饯行，各有所馈赠）。赠微所费广，斗水浇长鲸！弹剑歌《苦寒》，严风起前楹。月衔天门晓，霜落牛渚清（天门、牛渚都是当涂的山名）。长叹即归路，临川空屏营（彷徨貌）！

他离开金陵时还得到过别人的一些馈赠，但"斗水浇长鲸"，无济于事，在流浪中早已花光了。这时彷徨长叹，只有希望李阳冰帮助他。他到当涂后不久，就病重了。在病中他把诗稿都交给了李阳冰，这是他一生精力的结晶，请李阳冰替他编集作序。就在这年十一月，他就病逝在当涂了，年六十二岁。逝世前作有《临终歌》[15]：

大鹏飞兮振八裔，中天摧兮力不济。余风激兮万世，游扶桑兮挂石袂。后人得之传此，仲尼亡兮谁为出涕！

他一向爱以大鹏自比，在《大鹏赋》和《上李邕》诗中，都有相同的表现；他喜爱像《庄子·逍遥游》中所描写的"其翼若垂天之云""抟扶摇而上者九万里"的那种自由无碍的伟大气魄。这表现了一种渴望摆脱社会羁绊和解放自己的要求，而且对于那种安于现状的像鸠雀一样的庸俗的人们表示了一种蔑视的态度。但现实是残酷的，他虽然始终都有很强的自信力，而且富有乐观的情绪，但"中天摧兮力不济"，他知道自己的生命现在就要完结了[16]。诗人就在这样的感慨中结束了他的一生。

这年官军收复洛阳，是安、史之乱的最后一年，但李白已不能再关心这些事情了。他逝世后就葬在当涂县采石的龙山东麓。李阳冰把他的作品编为《草堂集》十卷，并写了一篇序，序中说："当时著述，十丧其九，今所存者，皆得之他人焉。"可见他的作品在当时已经散失了很多，因此韩愈在《调张籍》诗中说："李、杜文章在，光焰万丈长。……平生千万篇，金薤垂琳琅。……流落人间者，泰山一毫芒。"他死后留有一子伯禽，未做官，于公元792年（贞元八年）逝世[17]。公元817年（元和十二年），他的朋友范伦的儿子范传正做宣歙观察使，曾在宣州访问过他的后裔，当时只有伯禽所生的二女，都已经和当地的农民结了婚。她们说："有兄一人，出游一十二年，不知所在。"[18]她们并且说，李白的坟墓已日益摧圮，又说李白生前很喜爱谢朓所常去的"谢家青山"。范传正接受了李白孙女们的要求，遂把坟墓迁葬在当涂东南的青山之阳。范传正还写了一篇《唐左拾遗翰林学士李公新墓碑》，铭文中说："谢家山兮李公墓，异代诗流同此路。"这时距李白的逝世已经五十五年了。范传正又重新搜集李白遗稿，编为文集二十卷。但现在李阳冰"《草堂集》本"及"范传正本"都没有流传下来。

关于李白的死，后人有种种不同的传说。唐项斯《经李白墓》诗说："夜郎归未老，醉死此江边。"《旧唐书》也说他是饮酒过度死的，可见在唐代就已经有醉死的传说了。五代王定保的《唐摭言》说他是醉游采石江中，入水捉月而死的；宋洪迈《容斋五笔》也记载此事，不过上面加了"世俗言"几字。李白的病死见于李阳冰、李华、刘全白、范传正等当时人的许多记载，当然是无可置疑的。但这些传说也都表示了后人对他的怀念，并不是毫无意义的。范传正写的

《墓铭》中说:"至今尚疑其醉在千日,宁审乎寿终百年。"饮酒是李白生活中的主要特征,醉死的传说是能够突出他的傲岸不羁的性格的。至于水中捉月而死的传说,那就更富于浪漫气息,因为月亮在李白的诗中是一种高尚皎洁的象征,这传说本身就表示了他对于一种高洁理想的追求,也表示了他在后人心目中的印象;而这种传说从唐末五代就盛行起来了。"世俗言"三字就清楚地显示了它的民间传说的性质,也清楚地显示了诗人李白在人民心目中的地位和评价。

他流离坎坷了一生,这是在封建社会里一个伟大的诗人常常会遭到的悲剧。他自己说"岂使此人名扬宇宙而枯槁当年",这其实就是他生平真实的遭遇。他虽然枯槁终身,但他的不朽的诗篇,却毕竟是"名扬宇宙"了。他在中国人民的心目里,一直都是一个有骨气的正直坦率而又富有才能的人物。虽然他的诗篇内容中也有其消极的一面,有许多个人穷达的因素,例如对于功名富贵及豪奢生活的羡慕,以及对于求仙访道和"及时行乐"的歌咏等,这些当然都是受了历史条件和他自己的阶级地位的影响的,是应该加以批判的部分;但就他一生中的主要精神说,他从不甘于"摧眉折腰事权贵",他要"不屈己、不干人";那就是说他不愿意"屈己"来取得那些他所想要的东西。他所憧憬的和不满的都是从当时现实出发的,因而在一定程度上也都反映出了当时人民的痛苦和愿望。他很自负,也很傲岸,甚至有时有点夸诞,但他所接触的对象都是那批庸俗的官吏,无宁说这种自负和傲岸是适当的,它本身就包含了对这批人的行为的强烈的批判意义。他诗中也有一些"及时行乐"和"浮生若梦"的消极方面的表现,但这并不是他作品中的主要部分;就整体看来，他对现实人生的态度一贯是积极的、进取的，并不是游戏人间的。在那个社会里他看到过许多不合理的现象，这些现象与他所追求的东西都是不相容的，他不满这些现象，要求解脱这些社会的羁绊；这种精神本身[19]就是健康的和积极[20]的，它对当时的社会含有深刻的批判意义。他觉得自己很有才能，而一个有才能的人是应该受到社会的尊重的，因此他对那种"树榛拔桂"的社会感到很愤懑。他生平虽然受到了许多挫折，但他不仅没有因此而改变他的态度，反而对现实认识得更清楚了。而且更重要的，他把这种感情和精神都用诗歌的形式表现了出来，他写了许多在艺术上有高度成就的诗篇；这就使他在人民的心目中更具体、而对后人的影响和感染力也就更大了。

\*　　　\*　　　\*

[1]《玉壶吟》。

[2][14]任华：《杂言寄李白》。

[3]《留别西河刘少府》。

[4]《经乱离后，天恩流夜郎，忆旧游书赠江夏韦太守良宰》。

[5]《自汉阳病酒归，寄王明府》。

[6][7]《古风》其一。

[8]《金陵三首》其一。

[9]《闻李太尉大举秦兵百万，出征东南，懦夫请缨，冀申一割之用，半道病还，留别金陵崔侍御十九韵》。

[10]《秋夜板桥浦泛月独酌怀谢朓》。

[11]《酬殷明佐见赠五云裘歌》。

[12]《金陵城西楼月下吟》。

[13]《送储邕之武昌》。

[15]李华：《故翰林学士李君墓志序》中说他"年六十有二，不偶，赋《临

终歌》而卒"。今本误作《临路歌》。

〔16〕上海人民出版社1954年9月初版本在此文以下还有一段："以前西狩获麟，孔子见了还知道是麒麟，并且为之出涕；现在大鹏中道而摧，虽然'余风激兮万世'，但世上既没有像孔子那样的人，自然就很难希望有人为大鹏的遭遇而痛惜了"。——编者注。

〔17〕〔18〕范传正：《唐左拾遗翰林学士李公新墓碑》。

〔19〕此句上海人民出版社1954年9月初版本为"这些现象都是与他的理想和人道主义精神相冲突的"。——编者注。

〔20〕此句之下，上海人民出版社1954年9月初版本还有"要求自由"一语。——编者注。

## 诗歌的艺术成就

我们在上面已经把李白一生的主要经历和思想发展概括地叙述完了。李白之所以为人民爱戴，主要的是因为他创作了许多灿烂的诗篇，他是中国文学史上有数的伟大作家之一。而我们之所以要知道他的生平，主要的也是为了帮助我们更深刻地了解他那许多富有鲜明个性的作品的缘故。他的诗篇自来就被认为是诗歌的典范作品，他的名字向来是与屈原、杜甫等人并列的。他那些著名的诗篇都具有一种强烈的吸引人的艺术力量，而且就是以这种艺术力量在历史上争取到了他自己的存在和地位。因此在叙述过他的生平以后，我们应该再来看一下他的诗歌的成就和特色。

李白诗的一个重要的内容，是对于风景优美的祖国山河的描绘与歌颂。他走过很多的地方，用他自己的话说，就是"观奇遍诸岳"[1]。他对祖国的壮丽山河有一种热爱的感情，同时当然也由于他善于用艺术的手腕来表现那些美丽的景物，以引起读者的想像和爱好的情绪，因之那些诗篇读起来就都非常动人了。他所喜爱的自然景色也并不是那种引导人远离现实和栖遁山林的幽闲静谧的"图案"，他说"头陀云月多僧气，山水何曾称人意"[2]；而是那种像"峥嵘崔嵬"的蜀道、"势拔五岳"的天姥山、"登高壮观"的庐山等，他喜爱那种雄伟壮丽、使人胸襟开朗的广阔的景色。他自己说"一生好入名山游"[3]，以前人说"李太白周览四海名山大

川,……故其为诗疏宕有奇气"[4]。自然景物的壮丽也影响了他的诗歌风格的形成。譬如下面的一首《望庐山瀑布》其二:

日照香炉(峰名)生紫烟,遥看瀑布挂前川。飞流直下三千尺,疑是银河落九天!

他用单纯的语言和活动的形象,写出了壮美的自然景色,"银河"的譬喻也是非常之新鲜具体的。苏东坡曾称赞这首诗说:"帝遣银河一脉垂,古来惟有谪仙词。"这首诗的确是将飞流直下的瀑布的景象生动地呈现出来了。李白写过很多描写自然景物的诗,这些诗都是富有那些景物本身的具体色彩的,这就需要作者能够把捉他所描写的那些对象的具体特点,而又能用动人的形象和诗的语言来加以表现。在表现方法上,他也是丰富多样,并不重复的;譬如另外一首也是写庐山瀑布的诗,就另有它的特点:

西登香炉峰,南见瀑布水。挂流三百丈,喷壑数十里。欻如飞电来,隐若白虹起。初惊河汉落,半洒云天里。仰观势转雄,壮哉造化功!海风吹不断,江月照还空。

前一首是远望景象,写出了在阳光下面,满山烟霞,瀑布直下的壮观。这一首却是登峰近看,对于水流的急欻是更易领会了;从近处举首仰观,瀑布显得尤其壮伟。"海风吹不断,江月照还空"二句,不用譬喻,只用白描和联想的手法来写临空而下的瀑布实景,尤其有一种单纯自然的美丽。他善于写动态中的景物,譬如《望天门山》一诗:

天门中断楚江开,碧水东流至北回。两岸青山相对出,孤帆一片日边来。

这样就能使读者对他所写的景色具有一种像一幅图画似的全貌地呈现在面前的感觉;而且那景色是在动荡中的,使人有一种恍如置身其中的亲切的实感。他也常常用一种夸张的手法来形容他所写的对象,例如:

西岳峥嵘何壮哉!黄河如丝天际来。黄河万里触山动,盘涡毂转秦地雷。……巨灵咆哮擘两山,洪波喷流射东海!三峰却立如欲摧,翠崖丹谷高掌开。白帝金精运元气,石作莲花云作台。[5]

日月照之,何不及此,惟有北风号怒天上来!燕山雪花大如席,片片吹落轩辕台![6]

这和我们所熟知的"白发三千丈""蜀道之难难于上青天"等诗句一样,都是属于一种夸张的表现。这种写法可以使他所写的对象非常突出,特别在写雄伟壮丽的自然景物时,可以使诗意有开阔动荡的效果。这种夸张的写法又常常和他的丰富的想像连结起来,有时还运用一些神话传说的典实,这就形成了一种"壮浪纵恣"的多彩的笔锋,例如为人所传诵的名篇《梦游天姥吟留别》就是这样。这是构成他诗篇的一种豪放飘逸的风格的重要因素。他也常常把描写的对象加以"人格化",赋予感情的机能,例如他的名句"相看两不厌,只有敬亭山"[7]就是这样;不只人在看山,敬亭山也在不厌地看人了。此外如"春风知别苦,不遣柳条青"[8],"我寄愁心与明月,随风直到夜郎西"[9],都是这类例子。他经常都不是把自然景物仅只当作描写或刻画的对象,而是和抒情的成分,就是说和他自己的丰富的想像和诚挚的感情相结合的。有些诗中记他自己的游踪与感慨的,那固不必多说;就是其余的好些诗中也常常是把自然景物的描写和咏史致慨以及凭吊遗迹等结合起来的,这样就使自然界的景物和现实人生中的某些感触联系起来了,读来就更富于感染的力量。沈德潜《说诗晬语》说:"太白落想天外,局自变生,大江无风,涛浪自涌,白云舒卷,从风变灭。"这是形容李白诗的豪放飘逸的风格的,这种风格的形成当然和他的思想性格、遭遇经历,都有极密切的关系,但他把诗中所要表现的内容也赋予了与之相应的优美的语言和结构、丰富的想像和动人的形象,这就使他的诗在艺术上也达到了高度的成功,富于感人的力量。

除了对祖国山河的壮丽景色的描绘与歌颂外,像我们在叙述他的生平时所看到的,他的诗中表现得最多的是一种对于个人自由自在和摆脱社会羁绊的渴求,一种对于庸俗的人们的蔑视和一种对于有才能的人在社会上得不到应有尊重的愤慨。这些思想常常借饮酒高歌的行为或游侠求仙的向往表现出来,而且这种表现常常是非常强烈的。这些思想虽主要还是由他自己的遭遇出发,但在一定程度上反映出了当时社会的真实面貌,而且也正是和当时人民对现实的愿望相通的。这在他的反对唐室所发动的穷兵黩武的战争的态度,以及后来在天宝之乱时他所表现的浓厚的爱国思想等方面,尤为直接和显著。他的思想也是不断发展的,经过了长期现实生活的磨炼，他对当时的政治和社会是认识得比较清楚了；这种精神明显地表现在他的创作上面。因之，虽然如我们上面所说，李白诗在风格和表现方法上都是富有浪漫主义精神的，但因为它根本上是从现实出发，因此也鲜明地反映出了当时社会现实的面貌。我们可以说，他的作品正好给我们提供了古典作品中现实主义和浪漫主义很好地结合的典范。

我们已经比较详尽地叙述了他的生平，因此关于他的诗歌的思想内容方面，就不再详加分析了，因为那主要精神和他平生为人的精神当然是相符合的。就李白平生的经历可以看出，他是一个个性很强的富有才能的人物，这也同样表现在创作上，他的诗也是非常富于独创性的个性鲜明的作品。像他描写自然景物的那些诗一样，他的一些写个人感触遭遇的抒情咏怀的诗篇，也同样是具有相似的风格特征和艺术特色的。

在以抒发作者思想感触为主的抒情诗里，作者的感情必须是真挚的和热诚的，那才会有强烈的感人力量。向来批评李白诗的人，都说自然真率是他的风格特色，李白自己在批评别人的诗时也以"清水出芙蓉，天然去雕饰"[10]为好诗的标准，这当然是没有什么问题的。但所谓"自然"应该包括有两方面的意义：第一，诗中的思想内容是真实的，感情是诚挚的，绝不是随声附和的、虚伪的。第二，是用单纯的诗的语言表现出来，并形成一种自然优美的风格的。在李白的诗篇中，这两点都表现得很鲜明；像"安能摧眉折腰事权贵，使我不得开心颜""我醉欲眠卿且去，明朝有意抱琴来"这种诗句，不只情意真实，语言自然，而且也很能表现出作者的个性。正因为他的性格是坦率的，他所要表现的感情是真挚的，因此他也就不屑于雕章琢句，而只用一种优美朴素的语言来表现他的思想感情，这就形成了他那种自然单纯的艺术风格。清赵翼说他"才气豪迈，全以神运，自不屑束缚于格律对偶与雕绘者争胜"[11]在他现存的约一千篇诗中，五律有七十多首，七律只有十二首，合起来还不到总数的十分之一；他是不耐烦在形式上和字句上用推敲功夫的。当时，中国诗的各种诗体已差不多都定型了，因此乐府歌行、古近体诗，在当时都很流行；但某一种诗体都有它所比较适宜于表达的内容，并不是什么内容都可以装进任何一种诗体的。譬如杜甫有一首《江上值水如海势聊短述》的七律，是记他看到江水很大的奇景，要想作长篇古诗而没有写成的情形的。要写"江水如海势"的波涛汹涌的奇险景色，用字句一定和声律严格的近体诗，是不大行的；杜甫遂用一首七律来把这种情形记述下来，这就是"聊短述"，是七律这种诗体可以胜任的。李白所要写的那种汹涌的内容和豪放的情绪，用声律对偶限制得很严格的律诗是不适当的，因此他必须采用形式比较自由的乐府歌行，才能够达到如元稹所说的那种"壮浪纵恣，摆去拘束"[12]的表现能力。现在李集中仅乐府诗即有一百四十九篇，约占全集六分之一，与乐府相近的歌行尚未计算在内，可知他的所长了。明王世贞《艺苑卮言》说："太白乐府杳冥惝怳，纵横变幻，极才人之至。"又说他"笔力造化，极于歌行"，就是因为乐府歌行这种格律很宽、字句不限的比较自由的诗体，更适宜于表达他那种奔放的感情和壮阔的内容，他可以更自由地发挥他的创作才能。明胡应麟《诗薮》说："古诗窘于格调，近体束于声律，惟歌行大小短长，错综开阖，素无定体，故极能发人才思。"这是可以

解释为什么李白喜爱写乐府歌行的道理的。不只如此,就是他所写的五七言律诗也往往是不拘对仗的。如《夜泊牛渚怀古》一诗:

牛渚西江夜,青天无片云。登舟望秋月,空忆谢将军。余亦能高咏,斯人不可闻。明朝挂帆席,枫叶落纷纷。

他是一个性格豪放的人,他不能容忍诗歌形式给予内容表达以任何的束缚;他对于诗歌的见解和主张是这样,他的诗歌创作也是这样。这就形成了他诗篇中的那种"清水出芙蓉"的自然单纯的风格了。

从这里我们也可以看到李白诗和民间文学的关系了;正因为他吸取了民间文学中的丰富的营养,并给以集中与加工,所以他的作品就不只在内容上有与当时人民的愿望相通的地方,而且在艺术形式上也具有符合人民美学爱好的特点。这是形成李白诗的艺术特色的一个重要因素。乐府诗本来大半出于民歌,带有强烈的社会性和叙述性,语言风格上也有比较浓厚的民间色彩。李白在五十九岁时曾因看到十一岁的孩子韦渠牟有作诗才能,就授以"古乐府之学",足见他对这些保存下来的民间文学作品,是学习得很有心得的。但他自己所写的乐府诗并不是古乐府的单纯的模仿,虽然题目仍沿用古题,但内容和形式都是富于创造性的;其中有好多篇他都赋予了新的主题和内容。王世贞《艺苑卮言》说:"青莲(李白)拟古乐府,而以己意己才发之。"明胡震亨《李诗通》也说他的乐府诗"连类引义,尤多讽兴"。例如《乌夜啼》和《关山月》，本来都是叙离别的，但他却借此来写反对战争的思想；《独漉篇》的古词是写为父报仇的，他却写为国雪耻。就是与乐府本辞相同的，经过他的重述与加工，艺术性便大大提高了；例如《秦女休行》，胡震亨就说："第重述一过，便堪击节。太白拟乐府有不与本辞为异，而复难及者，此类是也。"杨慎评他的《杨叛儿》也说，经他一写，"而乐府之妙思益显，隐语益彰。"[13]他也并不只拟古乐府，当时的民歌他也是很注意的。如《山鹧鸪词》一篇，就是学当时民歌的；《山鹧鸪》是曲名，郑谷诗说："座中亦有江南客，莫向清风唱《鹧鸪》。"可知"山鹧鸪"是当时江南的民歌。此外如《三五七言》一首：

秋风清，秋月明。落叶聚还散，寒鸦栖复惊。相思相见知何日，此时此夜难为情。

杨齐贤说："古无此体，自太白始。"这首诗无论就形式的特点或内容说，都显然是学习当时民歌的作品。就是李白所擅长的七言绝句，唐时也是可以入乐歌唱的，在社会上流行得很普遍。著名的王之涣等三人旗亭会饮的故事就说明歌伎所唱的都是七绝；从李白写《清平调》这事中，也可以得到同样的说明。明李维桢说："绝句之源，出于乐府，贵有风人之致。其声可歌，其趣在有意无意之间，使人莫可捉着。盛唐惟青莲、龙标（王昌龄）二家。""七绝"这一体是一种音调铿锵的适宜于抒情的小诗，在歌唱时最后一句是要复沓的，因此全诗要含蓄，语意要明畅，而且要把全诗的重力凝聚到第四句，唱起来才会有力量。著名的《阳关三叠》就

是例子。李白的七绝很能掌握这些特点,因此特别富有感染的力量。譬如《横江词》第五首:

> 横江馆前津吏迎,向余东指海云生。"郎今欲渡缘何事?如此风波不可行!"

第四句用带有限制性的否定词,诗的表现力便特别凝聚有力;其他如"只今惟有鹧鸪飞""不及汪伦送我情"等,都是这一类的表现方式。这完全是适应于这种诗体的歌唱性质的,可以说明他对于乐府民歌的重视。《艺苑卮言》称道他"独绝句超然自得,冠绝古今"。这原因和他在乐府歌行上的成就是相同的。

这种自然单纯的风格,当然与他所用语言的朴素平易是分不开的。像《山中与幽人对酌》一诗:

> 两人对酌山花开,一杯一杯复一杯。我醉欲眠卿且去,明朝有意抱琴来。

又如《自遣》一诗:

> 对酒不觉暝,落花盈我衣。醉起步溪月,鸟还人亦稀。

像这种明白如话的句子,在他的诗中是很多的。这也是构成他的风格的一个重要因素。当然,李白诗中也有许多运用典故和比较难懂的地方,正因为他"十岁通诗书",经过了刻苦的学习,因此他对自从《诗经》以来的文学作品的优良成就也是承继了的。但他即使在运用故实或前人已有的体裁句法时，也常常是富有创造性的；并不是简单的模拟。他吸收了这些古典作品的营养，从而构成了他艺术特色的有机部分。

明胡震亨《李诗通》说："太白宗风骚，薄声律。"他自己也说"《大雅》久不作，吾衰竟谁陈"，他受《诗经》《楚辞》的影响是很深的。胡应麟《诗薮》更说"太白以《百忧》等篇拟风雅，《鸣皋》等作拟《离骚》"；《上崔相百忧草》一诗全用四言，《鸣皋歌送岑征君》一诗则无论句法或意境，都与《离骚》相近。不只如此，李白诗的精神特色有许多点都和屈原的作品相似；这首先因为他们都是抱有理想和才能而在当世得不到公平待遇的人物，因此那种热烈的情感和爱国的精神是相同的。其次，他们想像力很丰富，善于用夸张的表现方法，诗篇中都具有浪漫主义的色彩，因此在艺术特色上也有很多共同的地方。李白曾称赞屈原的成就说："屈平词赋悬日月，楚王台榭空山邱。"[14]他是很佩服屈原的。他有些诗篇的风格也很明显地受到屈原的影响；譬如《远别离》，那种若断若续、反复曲折的表现方式，使人有一种"一唱三叹"的余响的感觉，就很有《离骚》的特色。此外他也受到汉、魏、六朝诗很深的影响。我们已讲过，他非常佩服谢朓的诗；杜甫称赞他"李侯有佳句，往往似阴铿"，"清新庾开府（庾信），俊逸鲍参军（鲍照）"；李白诗中也还有称赞陶渊明、谢灵运、江淹等人的地方，他的《古风》五十九首就与阮籍的《咏怀诗》很接近。总之，对于汉、魏、六朝著名诗人的作品，他都是经过刻苦学习的，特别是受了谢朓、鲍照不少影响。譬如《古风》第十六首就与鲍照的《赠故人马子乔诗》的辞调很相近；朱熹甚至说他专学鲍照[15]。正因为他承继了在他以前的古典诗歌中的优良成分，又汲取了民间文学中的丰富营养，加上他自己在现实生活中的遭遇和经历，才形成了他那种豪放雄健而又单纯自然的富有独创性的诗歌特色。

自齐、梁以来，诗歌的一般倾向是崇尚隶事和声律，追求所谓"俪典新声"的形式主义的发展，内容则大半是柔弱轻艳的宫体诗。所谓"连篇累牍，不出月露之形；积案盈箱，尽是风云之状"[16]，就是宫体诗的主要内容。唐初的诗歌承齐、梁余风，宫体诗也还盛行了约有五十年的光景。陈子昂（公元656—698年）是唐代力图纠正这种诗歌的形式主义倾向的有力的一人，《新唐书》称："唐兴，文章承徐（徐陵）、庾（庾信）余风，天下祖尚，子昂始变雅正。"陈子昂在与东方虬《修竹篇序》中说："文章道弊五百年矣。汉、魏风骨，晋、宋莫传，然而文献有可征者。仆尝暇时观齐、梁间诗，彩丽竞繁，而兴寄都绝，每以永叹。窃思古人，常恐逶迤颓靡，风雅不作，以耿耿也。"他是努力想把诗引到现实道路上的人。他的《感遇诗》三十八首，就是努力学习建安时代的慷慨高歌特色的作品；其中有咏史事的，发感慨的，也有对边事及社会风尚的议论和批评的，在文学史上他可以说是开元、天宝时代文学的前驱者。黄子云《野鸿诗的》说他"不愧骚雅元勋，所嫌意不加新，而词稍直率耳"。这就是说他的这种提倡很有功绩，不过诗的艺术成就还不够高，因此影响也就不十分大。李白的文学主张和陈子昂相同，他也是以为"自从建安来，绮丽不足珍"的，看不起那种拘于声律、崇尚形式的诗歌，而是要"我志在删述，垂辉映千春"的。他的《古风》五十九首，就是他这种创作主张的实践。这种主张虽然以"复古"为号召，但实际上却是要求革新的。因为在支配人心的传统力量还十分强大的时代里，一切的革新往往都是借着"复古"的名义来作号召的；马克思在《路易·波拿巴的雾月十八日》中论到历史上传统与革新的关系时说："一切已死的先辈们的传统，像梦魇一样纠缠着活人的头脑。当人们好像只是在忙于改造自己和周围的事物并创造前所未闻的事物时，恰好在这种革命危机时代，他们战战兢兢地请出亡灵来给他们以帮助，借用它们的名字、战斗口号和衣服，以便穿着这种久受崇敬的服装，用这种借来的语言，演出世界历史的新场面。"[17]李白和陈子昂的主张"复古"也是如此，他们实际上是要求诗歌走向新的与人生有关的反映现实的道路上的；以"复古"为名义，只是为了这对于反对齐、梁以来的那种形式主义的、轻艳柔靡的倾向更有力量罢了。建安时代曹植等人大胆地运用民间乐府作诗，因而形成了文学上的一种清新刚健的作风，这就是后人所常常称赞的"建安风骨"。陈子昂、李白的推崇建安文学，实质上也表示了他们推崇乐府诗的特色和文人善于向民间乐府学习的传统。因此从文学的发展说来，李白正是承继了陈子昂的主张，并以他的创作实践来发生了改变文学潮流的巨大影响的。刘克庄说："太白《古风》，与陈子昂《感遇》之作，笔力相上下。"胡震亨说："太白《古风》，其篇富于子昂之《感遇》，俭于嗣宗（阮籍）之《咏怀》。其发抒性灵，寄托规讽，实相源流也。"《古风》五十九首中多半是指言时事和感慨咏怀的，与陈子昂《感遇诗》很相似。在这种意义上讲，他是相当于散文中"文起八代之衰"的韩愈的。韩愈对陈子昂、李白、杜甫都盛加推崇和赞扬，就是这种道理。韩愈《荐士诗》说:"国朝盛文章,子昂始高蹈。勃兴得李、杜,万类困凌暴。"《调张籍》诗说:"李、杜文章在,光焰万丈长。"因此就中国文学的发展来说,李白是承继了陈子昂的改革主张,而创导了一种新的诗歌作风的作家。这种功绩在当时就已经为人所公认了,李阳冰《草堂集序》云:"卢黄门(藏用)云:'陈拾遗(子昂)横制颓波,天下质文翕然一变。'至今朝诗体,尚有梁、陈宫掖之风,至公(李白)大变,扫地并尽。"唐殷璠选开元间诗人二十四人作品为《河岳英灵集》,其中未选杜诗,但对李白则评为"其为文章,率皆纵逸;至如《蜀道难》等篇,可谓奇之又奇。然自骚人以还,鲜有此体调也"。可见他在当时人眼光中的地位。到韩愈、白居易、元稹等人的诗文中,李白就已和杜甫并称,被推为唐代诗歌的最高典范了。

李白诗的艺术成就,在中国诗歌传统中,可以说已到达了高峰;在文学史上也只有屈原、陶渊明、杜甫等少数几个人可以和他并称,然而也是各具有不同的艺术特色的。他写了许多个性非常鲜明的富有感染力的诗篇,那种"黄河之水天上来"的豪放的气魄,那种"清水出芙蓉,天然去雕饰"的自然单纯的风格,都对后来发生了很大的影响;那些诗篇并因此得到了历代人民的传诵与爱好,构成了我们古典文学传统中的一个重要的组成部分。我们从他一生的遭遇和经历来考察,就更可以了解他的主要精神和他诗歌的主要特色。

\* \* \*

〔1〕《望黄鹤山》。

〔2〕《江夏赠韦南陵冰》。

〔3〕《庐山谣寄卢侍御虚舟》。
〔4〕孙觌:《送删定侄归南安序》。
〔5〕《西岳云台歌送丹丘子》。
〔6〕《北风行》。
〔7〕《独坐敬亭山》。
〔8〕《劳劳亭》。
〔9〕《闻王昌龄左迁龙标,遥有此寄》。
〔10〕《经乱离后,天恩流夜郎,忆旧游书赠江夏韦太守良宰》。
〔11〕赵翼:《瓯北诗话》。
〔12〕元稹:《唐检校工部员外郎杜君墓志铭序》。
〔13〕杨慎:《杨升庵外集》。
〔14〕《江上吟》。
〔15〕《朱子语类》:"鲍明远才健,其诗乃选之变体,李太白专学之。"
〔16〕李谔:《上书正文体》中语。
〔17〕《马克思恩格斯全集》第8卷,人民出版社1961年10月第一版。

# 后　　记

　　像李白这样一位中国文学史上的重要诗人，我们对他的生平遭遇当然应该有一个比较详细的了解，因此搜集文献资料，并参考他的作品来写一本传记性质的东西，当然也是需要的。但这工作却十分不容易做，笔者个人的修养过差固然是主要原因，但在工作进行中也的确常常遇到许多一时难以解决的问题。这本小书只是一种一般性的读物，并不是学术研究著作，因此其中也不可能牵扯到许多考证问题，何况笔者自己也并不能考证清楚呢！但这就不能不影响到本书的质量；因为在写作时有时是势必要采用一些"未成定说"的说法的。当然，既然采用了，就总有一些根据；不过这些根据还不是"无懈可击"，因此还不能成为定说。这也不只在事实的考证上和材料的鉴别上是如此，就是书中所作的一些论断也大致可以说是属于这种情形的。这当然不大好，但限于笔者的实际水平，也只能做到这地步，尚望专家和读者们多多指正。

　　到现在为止，李白的诗还没有一部编年的集子，许多作品我们都很难确切地断定是何时写的。今本李集是以诗题来分类编成的，漫无次第可寻，这就是一个很大的困难。"年谱"虽然有人作过，但也过于疏略。清王琦所作注文虽采摭较前人为多，颇富参考价值；但仍有疏漏或误解之处，不能完全相信。此外集中还有许多为后人怀疑过的伪作，因此鉴别真伪也是个麻烦问题。以前苏轼、黄庭坚、萧士赟、赵翼都怀疑过集中的一些作品,龚自珍甚至说只有一百二十二篇是真的——这当然太极端,而且也无充分证据,但至少可以说明是有一些伪作混进了集中的。"传记"资料中彼此牴牾之处也极多,诸如家世出身、籍贯、游踪、从璘经过、甚至死亡情形等,几乎都有不同的说法,有时甚至有好几个说法。——以上这些还都是属于史料问题,就已经够复杂了,至于根据史料作一些论述和分析,那就更困难。李白诗中所直接表现的同情人民疾苦或表达人民愿望的诗句并不多,必须更深入地分析他的作品的主要内容和主要意义,而这就要比较难得多;因此大家对李白的看法也就颇有分歧了。这些问题在写作时是一定都要碰到的。

　　正因为事实上有这许多困难,而笔者的能力又很低下,因此现在这本小书的内容不只是很粗浅,甚至也难免会有一些错误。但我以为既然我们今天对于作家传记这种性质的书籍有需要,那就尝试着来写吧!许多一时不能解决的问题是会在讨论和批评中慢慢得到结论的。谨慎小心一点固然可以少犯错误,但首先必须是在工作当中谨慎,不应该为了谨慎就不做工作。因此让我再来重复一句:望专家和读者们多多指正。

1954年3月27日写竣<br>
1978年5月21日略加校改

# 中国诗歌发展讲话

# 前　　记

1954年4月，中国作家协会主办的《文艺学习》月刊创刊了。编者在《发刊词》中说："本刊是一个普及刊物。它的任务主要是向广大青年群众进行文学教育，普及文学的基本知识，提高群众的文学欣赏和写作能力，并为我国的文学队伍培养后备力量。"接着并在要做的具体工作中列了下面的一项："提供一些关于我国和外国古典文学的知识，以帮助读者逐渐对于人民的文化传统获得正确的了解，在更宽阔的范围内提高文化修养。"大概为了要开始做这一项工作罢，负责该刊的韦君宜同志约我写几篇关于中国古典文学中的诗歌传统的文章。当时商定由《诗经》讲起，每次一个题目，共八次；有连续性，但各篇也可独立。每篇约六七千字，须介绍一般的常识，但对重要的作家还须有重点地多讲一些；引用的不易懂的诗句须加注解或译文。于是从第三期起，这些文字就照着刊物的要求，编排在《文学知识》的栏目下和读者见面了；一共连续发表了八篇。后来为了使它比较具有系统性，遂照着已写成的那种样子，又写了四篇，合编为一书，就是现在这本《中国诗歌发展讲话》。以上说明了这本书以及其中每一篇的体例、长短等特点的来源。

我对《文艺学习》的创刊是十分赞成的。自己长期在学校里作文学教育的工作，由接触到的青年同学和收到的读者来信中，深感到这几年来我们国家里青年文学爱好者的数量的确是日益增多了，这实在是可喜的现象。他们渴望提高自己的文学修养和写作能力，也迫切要求能得到别人的帮助，因此像《文艺学习》这样一种性质的刊物是非常需要的。同时我也感到我们的很多文化知识都必须设法普及到更广大的人群中去，而不只是在大学讲坛上讲解讨论的东西，才更有实际的意义；因此我对写这样一些介绍性质的文章是抱有热情的。但这并不表示这种工作容易做，或者这些文章已经满足了上述的要求；恰恰相反，我现在感到的是这种文章非常难写，而这本书中的缺点也是非常之多的。主要的原因当然是作者的能力和修养都太差了，想做好一件事并不就等于能做好一件事；此外也还有一些目前实际存在着的困难。按道理说，介绍给青年人看的文学知识总应该是有正确结论的一般性的内容，不必介绍过于琐细的或学术界还有争论的专门性问题，但今天学术界对很多问题都还没有比较一致的看法，包括对许多重要作家作品的评价。这自然就会影响到普及工作的开展，因为普及工作原是应该在提高的指导下面进行的。此外，语言也是一个很大的难关。很多古典文学作品的内容要用极其通俗的语体文说得清楚正确，既不晦涩难懂又不庸俗化，是非常之难的，特别是诗歌。这些当然并不是完全无法解决的，但写作中的困难也就跟着增多了，加以作者的修养很差，于是自然就影响到了本书的质量。如果读者能由此对我们悠久的诗歌传统感到自豪，对我们伟大的古典作品引起热爱，那作者就十分满意了。

在这里我特别感谢余冠英先生，他允许我在《诗经》一篇中引用他的《诗经今译》的译文，省去了我解释诗句的困难，又增加了读者对《诗经》的了解，真是盛意。余先生所译出来的诗篇还多，他以富有歌谣风格的现代格律诗的形式，在严格的训诂考释的基础上来作忠实于原诗的今译，使人读后不仅能懂得了原诗的意义，而且也仍然受到了艺术的感染，应该说这是一种很有价值的工作，希望他能早日全部脱稿问世。

这些文章发表后曾陆续收到许多读者的来信，有的谬加赞许，有的则提出了严格的批评，作者特在此一并致谢。现在根据所听到的各方面的意见又从头作了一次修改，因此内容较在杂志上发表时已略有不同；但不妥之处仍然是很多的，希望能够继续得到读者的批评和指正。

  1955 年 5 月 7 日于北京大学中关园寓所

这本书是二十多年前的旧作。此次重版，对内容和文字都作了一些修改。在修改过程中，曾得到孙玉石同志的帮助，特在此表示谢意。

           1981 年 11 月 29 日

# 诗　　经

　　人民口头诗歌作品是语言艺术的开始,世界上一切民族的文学都是从人民口头诗歌的创作开始的。传说我国上古葛天氏的乐曲有八章,三个人拿着牛尾踏着脚唱[1],这虽然是一种传说,但从这里可以看出歌谣在上古人民生活中的地位与作用。古书上记载说:"男女有所怨恨,相从而歌。饥者歌其食,劳者歌其事[2]。"又说:"今夫举大木者,前呼邪许(杭育声),后亦应之,此举重力之歌也[3]。"这就说明歌谣是产生在人民的生活和劳动过程中的。鲁迅先生说:"我们的祖先的原始人,原是连话也不会说的,为了共同劳动,必需发表意见,才渐渐地练出复杂的声音来。假如那时大家抬木头,都觉得吃力了,却不想到发表,其中有一个叫道'杭育杭育',那么这就是创作;大家也要佩服,应用的,这就等于出版;倘若用什么记号留存了下来,这就是文学;他当然就是作家,文学家,是'杭育杭育派'。[4]"当然,我们现在所能看到的最古的口头创作也还只能是已被文字记录下来的诗歌,这和"杭育杭育派"是有距离的;但《诗经》中像"子兮(你啊)子兮""有酒湑我(清啊)""河水清且涟猗(纹儿像连环啊)"这些句子,其中"兮""我""猗"各字古音都读如"啊"音,用这类感叹虚字组成的诗句和篇章,读来还是有强烈的原始歌谣性质的。而且被文字记录下来的作品,也就说明它已在人民口头流传了很久,得到了人民群众的爱好,又在流传过程中经过了艺术上不断的加工,因此也是比较优秀的作品。《诗经》里面的《国风》和《小雅》的一部分,就可以说带有这样的精神。因此,当我们谈到中国古典文学的优秀传统的时候,那源头是极其久远的;我们首先就一定得谈到二千五百多年以前的《诗经》;而且在这部中国最早的诗歌总集里,又是非常富于人民性和现实主义精神的。

《诗经》分风、雅、颂三个部分,所谓风、雅、颂原来都是由音乐的不同得名的。《诗经》时代的音乐已很发达,《诗经》里面的诗都是可以入乐(配合音乐)的。"风"是各地方的乐调,《诗经》中旧说有十五国风,但在国风中分出周南、召南(所谓"南"大概是另外一种乐调,周南、召南是现在河南、湖北一带地方的歌谣),还有十三国风,而其中的邶风、鄘风的诗据考定都是卫风[5]。(邶在今河南汤阴县一带地,鄘在今河南汲县,卫在今河北河南相连接的一带地。)邶风、鄘风已亡失,因此就只有十一国风了。其中东至于齐(在山东),西至于豳(bīn 彬,地在陕西),包括黄河流域的绝大部分,搜集的范围是很广泛的。"雅"是秦声,以前人说秦声呜呜;雅字就是"乌"字,也是形容这种乐调的;秦是周的故地(周朝的京城本在陕西,后来那里给犬戎占领了,周朝迁都到河南洛阳。春秋时,秦国占有了周朝故都一带地),所以雅就是周乐,是中央王畿(周朝的王所在地)的音乐。雅又分大雅、小雅,也是根据乐调分的;以前人说大雅是歌颂的诗,小雅是讽刺诗,也不尽然,大雅中也有讽刺的诗;不过大雅的时代比小雅要早就是了。"颂"字就是"容"字,形容"样子"。因此颂乐是舞乐,唱时连歌带舞,是祭祀宗庙时所用的乐歌。颂又分周颂、鲁颂、商颂,商颂经考定实在是宋国的颂(周朝灭掉商朝以后,封商朝的后代在宋，地在今河南商丘县）。因此最古的诗就是周颂。全部《诗经》，国风及二南共一百六十篇，小雅八十篇，大雅三十一篇，三颂共四十篇，合共三百一十一篇。其中小雅有六篇有目无诗，因此一共是三百零五篇。举其概数，我们也常说"诗三百篇"。这中间包括在二南、国风和小雅中的一部分的诗，都是从各地采集来的流传在人民口头的歌谣。据说古代设有采诗官，每年都到民间去采诗；这传说虽未必可靠，但现有的诗篇的确是经过一番整理和加工的。因为它的年代绵延了五百年，包括的区域也很辽阔，但形式和音韵差不多是一致的，这在现在都不大可能；而且见于古书中的三百篇以外的逸诗也都没有像《诗经》这样整齐和谐。这种整理加工的工作也许是由当时的乐官——太师作的，也许是经过了乐工们入乐时的多次润色；因为那时注意的主要是音乐性。当时统治者为了维持统治的秩序，就从事制礼作乐，以便制造一种肃穆的气氛，来显示统治者的尊严，并束缚人民的思想。因此就当时的情形说，统治者是为了"制礼"才"作乐"的，而搜集诗歌又是为了配合作乐的要求，可以说是乐由礼来，而诗又由乐来；《诗经》就是因为适应了统治者制礼作乐的要求才被保存下来的。但因为当时注重的主要是音乐性，对诗的内容可以"断章取义"地加以解释，因此民间歌谣的基本特色还是保持下来了。

《诗经》这部书的编成年代没有详细记载，但孔子已经说"诗三百"，他是看见过《诗经》的，孔子死于公元前479年，可知《诗经》编定的年代更早，大概当在公元前6世纪中。《诗经》里所保存的诗，包括了从周初（公元前11世纪）到春秋中期（公元前7世纪）的五百年间的作品。鲁迅先生说："就是《诗经》的国风里的东西，好许多也是不认字的无名氏作品，因为比较的优秀，大家口口相传的。王官们检出它可作行政上参考的记录了下来，此外消灭的正不知有多少。希腊人荷马——我们姑且当作有这样一个人——的两大史诗（《伊里亚特》及《奥得赛》）也原是口吟，现存的是别人的记录[6]。"这其实是说明了文学史上的发展规律；一切民族的最早产生的创作都是人民的口头诗歌，后来才用文字把它记录下来，这就是文学史的开始。中国是世界上历史最悠久的民族之一，《诗经》也是人类历史上最早的诗歌作品的一部分；其中虽然也有一小部分是贵族文人作的歌颂当时统治阶级的作品，但大部分是古代人民的口头创作。这里表现了他们对劳动、爱情和当时社会生活的感受及愿望，形式是利用复沓（反复咏叹）来表现情绪的朴素的歌谣体；虽然它所表现的生活距我们今天已较远，但其中好些篇在今天读来也仍然是很动人的。

周武王灭商在公元前1122年，《诗经》中的作品经考定都是在此以后产生的。周代的农业生产已很发达，因此《诗经》中关于农事的诗也保存得相当多。周颂的时代最早，是西周初年的诗，其中大部分是宗庙和礼仪的乐章，多是一些有关祭祀、乐舞和祈福的内容，表示追怀及戒慎的意思；大致都是当时贵族文人的作品。因为诗乐不分，这些诗在当时的典礼仪式中广泛地应用着，在社会生活中占很重要的地位。但其技巧较幼稚，不分章，用韵也很参差；因此无论就内容或艺术成就看，都是《诗经》中价值较低的部分。其中的几篇描写农事的诗写得比较好，例如《载芟》和《良耜》（芟，音删，除草。耜音似，农具），也是很重要的社会史料。鲁颂和商颂虽都属三颂，但都是周室东迁以后的诗；鲁颂的时代更晚一些，作风上已受了二雅的影响。

大雅也是西周时代的诗,其中属于祭祀宴会的内容最多,性质与周颂很接近,例如《行苇》《既醉》等,大部是用来祝颂赞美的。其中有七篇可以说是西周的史诗,内容都是叙述周室祖先的重要事迹及武功的。有些篇写得很具体,例如《生民》叙述周的始祖后稷的一生及树艺五谷的故事,《绵》叙述太王迁于岐下的经过,富有叙事诗的特色。此外,还有一些周室衰落以后的讽刺诗也写得很好;作者虽都是贵族文人,但对政治现象有所不满,因此那些诗是比较有感情的,而且也是反映了当时人民的观点及愿望的。例如《桑柔》是《诗经》中最长的诗,但结构严密,层次井然,表达了作者对当时政治的意见。这类诗和那些叙事性的史诗都是大雅中的比较好的诗篇。

小雅中除西周晚年的诗以外,还包含有一部分东迁以后的作品。内容除与大雅相同的宴会诗和讽刺诗之外,还有一部分与国风相同的,如《杕杜》(杕,音第,特生的赤棠)、《谷风》等抒情诗。小雅中好诗很多,例如叙述将士征伐狁狁(音险允,古代北方的种族名)胜利归来的《采薇》,其中第六章说(下附余冠英先生译文):

| 昔我往矣, | 想起我离家时光, |
| 杨柳依依。 | 杨柳啊轻轻飘荡。 |
| 今我来思, | 如今我走向家乡, |
| 雨雪霏霏。 | 大雪花纷纷扬扬。 |
| 行道迟迟, | 慢腾腾一路走来, |
| 载渴载饥。 | 饥和渴煎肚熬肠。 |
| 我心伤悲, | 我的心多么凄惨, |
| 莫知我哀! | 谁知道我的忧伤! |

这是向来为人传诵的名篇,其中借写景来抒情,读来很生动具体。和这同类风格的诗还有,如《出车》就和《采薇》很相像。表现男女爱情的诗如《隰桑》(下附余冠英先生译文):

| 隰桑有阿[7], | 低田里桑树多美, |
| 其叶则难[8]。 | 桑叶儿多么丰满。 |
| 既见君子, | 见着了我的人儿, |
| 其乐如何! | 我的心多么喜欢! |

| 隰桑有阿, | 低田里桑树多美, |
| 其叶有沃。 | 桑叶儿嫩绿汪汪。 |
| 既见君子, | 见着了我的人儿, |
| 云何不乐! | 怎么不心花开放! |

| 隰桑有阿, | 低田里桑树多美, |
| 其叶有幽[9]。 | 桑叶儿一片深青。 |
| 既见君子, | 见着了我的人儿, |
| 德音孔胶[10]。 | 情意啊说也难尽。 |

| 心乎爱矣, | 爱你啊爱在心里, |
| 遐不谓矣[11]? | 为什么总不敢提? |
| 中心藏之, | 心里头深深藏起, |
| 何日忘之? | 哪一天才会忘记? |

这和国风中的爱情诗是没有什么区别的,表现的感情也非常诚挚。另外一些讽刺当时政治的诗也写得很深刻,充满了

诅咒及哀怨，例如《巷伯》和《北山》。此外如写服役苦况的《何草不黄》，写畜牧生活的《无羊》，都是很好的作品。

　　国风及二南中所收的都是人民的口头诗歌创作，在数量上占《诗经》的一半以上，内容都是写劳动、爱情和一般社会生活的抒情诗，形式多用复沓的办法来反复咏叹，一首诗中的各章往往只有两三个字不同，这正是民歌的特色。这部分是《诗经》中的精华，反映了当时劳动人民的生活感受及期待愿望，调子虽然简单，但却生动活泼。因为它们是由人民口头产生的，是用人民自己的眼光来观察事物和反映社会生活的，因此这些作品就比较真实地暴露了当时的社会真相，表达了古代人民的遭遇及要求。所以这部分是最富有人民性及现实主义精神的，是三百篇中的精彩部分，也是我们古典文学中现实主义传统的源头。譬如豳风《七月》一诗，就比较全面地写了当时农民一年当中的生活情况。男女农民终年没有休止地劳动，但无论耕田、修屋、打猎、养蚕、织布、缝衣等一切的劳动成果，都是为统治者服役的，而农民自己却"无衣无褐"，难以度日。这里虽然没有正面地表现反抗或斗争，但却鲜明地显示出了阶级之间的不可调和的矛盾，那情景是很真实的。下面是这首诗的前两章（下附余冠英先生译文）：

|  |  |
|---|---|
| 七月流火[12]， | 七月火星向西沉， |
| 九月授衣。 | 九月人家寒衣分。 |
| 一之日觱发[13]， | 冬月北风叫得尖， |
| 二之日栗烈， | 腊月寒气添， |
| 无衣无褐， | 粗布衣裳无一件， |
| 何以卒岁！ | 怎样挨过年！ |

| | |
|---|---|
| 三之日于耜， | 正月里修锄头， |
| 四之日举趾， | 二月里忙下田， |
| 同我妇子， | 女人孩子一齐干， |
| 馌彼南亩， | 送汤送饭上垄边， |
| 田畯至喜。 | 田官老爷露笑脸。 |
| | |
| 七月流火， | 七月火星向西沉， |
| 九月授衣。 | 九月人家寒衣分。 |
| 春日载阳， | 春天里好太阳， |
| 有鸣仓庚。 | 黄莺儿叫得忙。 |
| 女执懿筐， | 姑娘们拿起高筐筐， |
| 遵彼微行， | 走在小路上， |
| 爰求柔桑。 | 大伙儿去采桑。 |
| 春日迟迟， | 春天里太阳慢悠悠， |
| 采蘩祁祁。 | 白蒿子采得够。 |
| 女心伤悲， | 姑娘们心里正发愁， |
| 殆及公子同归。 | 怕被公子带了走。 |

又如魏风《伐檀》，其中人民的情绪就更显明，那不只是讽刺，简直是愤怒的质问了。下面是这首诗的第一章（下附余冠英先生译文）：

| | |
|---|---|
| 坎坎伐檀兮， | 丁丁当当来把檀树砍， |
| 置之河之干（岸）兮， | 砍下檀树放河滩， |
| 河水清且涟猗（兮）。 | 河水清清纹儿像连环。 |
| 不稼不穑， | 栽秧割稻你不管， |

| | |
|---|---|
| 胡取禾三百廛兮[14]？ | 凭什么千捆万捆往家搬？ |
| 不狩不猎， | 上山打猎你不沾， |
| 胡瞻尔庭有县(悬)貆兮？ | 凭什么满院挂猪獾？ |
| 彼君子兮， | 那些个大人先生啊， |
| 不素餐兮[15]！ | 可不是白白吃闲饭！ |

这首诗质问不耕作、不打猎而靠剥削过活的人，它的斗争性是非常强烈的。我们试读一下现在农民在土地改革时作的"翻身说理"的诗：

你不凭黄牛耕，
你不凭黑牛种，
手搭心头问一问，
你好吃好穿凭的甚[16]？

虽然时代相差了两千多年，但这种包蕴了强烈的阶级仇恨的情绪不是和《伐檀》还很相像吗？人民的感受和情绪永远是相通的，从这里正可以看出我们诗歌的伟大悠久的传统来。此外如豳风的《东山》《破斧》是写人民去服兵役的心情，唐风的《鸨羽》、王风的《君子于役》是写人民为了服徭役而被迫放弃农事，都是很动人的诗篇。像唐风《鸨羽》的第一章（下附余冠英先生译文）：

| | |
|---|---|
| 肃肃鸨羽[17]， | 野雁儿沙沙响一阵， |
| 集于苞栩[18]。 | 栎树窝里息不稳。 |
| 王事靡盬[19]， | 王差没有完， |

| | |
|---|---|
| 不能艺稷黍！ | 庄稼种不成！ |
| 父母何怙？ | 饿死爹妈谁来问？ |
| 悠悠苍天！ | 老天呀老天！ |
| 曷其有所？ | 哪天小民得安身？ |

这诗深刻地表达出了人民的痛苦感情，极富于感染力量。国风中像这样写社会生活的诗篇相当多。

另外在国风中占数很多、而且写得也很好的是一些表现爱情和婚姻的诗歌，其中有的互相期约，有的信誓旦旦；内容很丰富，写得也极新鲜生动。例如卫风《木瓜》说："投我以木瓜，报之以琼琚（美玉），匪报也，永以为好也。"一方以木瓜达意，另一方以琼琚结好，朴素地写出了男女青年的互相爱慕和誓约。又如卫风《静女》（下附余冠英先生译文）：

| | |
|---|---|
| 静女其姝， | 幽静的姑娘撩人爱， |
| 俟我于城隅。 | 约我城角楼上来。 |
| 爱而不见[20]， | 暗里躲着逗人找， |
| 搔首踟蹰。 | 害我抓耳又挠腮。 |
| | |
| 静女其娈， | 幽静的姑娘长得俏， |
| 贻我彤管[21]。 | 送我一把红管草。 |
| 彤管有炜， | 我爱红草颜色鲜， |
| 说（悦）怿女（汝）美。 | 我爱红草颜色好。 |
| | |
| 自牧归荑[22]， | 牧场嫩荑为我采， |
| 洵美且异。 | 我爱草儿美得怪。 |

匪女（非汝）之为美，　不是草儿美得怪，
美人之贻。　　　　　打从美人手里来。

这是男子口吻作的诗，女方赠他彤管，约期相会，他们的爱情是非常深厚的。又如郑风《狡童》（下附余冠英先生译文）：

彼狡童兮，　　　　　那个小滑头啊，
不与我言兮！　　　　不再和我打话！
维子之故，　　　　　为了你的缘故，
使我不能餐兮！　　　叫我饭都咽不下！

彼狡童兮，　　　　　那个小滑头啊，
不与我食兮！　　　　不再和我共餐！
维子之故，　　　　　为了你的缘故，
使我不能息兮！　　　叫我睡都睡不安！

这是女方写的诗，他们的爱情中途发生变化，女方陷入了失恋的痛苦。《诗经》中的爱情诗所写的方面很广，有写被遗弃了的妇女的哀怨的，如《氓》；有写不能自由进行恋爱的痛苦的，如《将仲子》。这些诗的感情都是诚挚的和健康的，又用单纯朴素的艺术语言来委婉而明朗地表现出来，因此读来很动人。

《诗经》中的诗主要都是四言句，形式还比较简单。用复沓来加重抒情的分量是常用的方法，这正是民歌的特点。关于诗的作法，旧有所谓"赋""比""兴"的说法；"赋"是直接陈述，"比""兴"是婉曲譬喻。其中"比"是显明的譬喻；"兴"

则用在一首诗的发端，用可以引起联想的事物来暗示或隐寓作者所要表现的意思。《诗经》中用"比""兴"的地方极多，因为这正是形象化的表现所必需的。就毛诗所标出来的有"兴"的诗，就有一百一十六篇，以国风、小雅中为多；就因为这些诗是民歌的缘故。毛诗中没有特别标出"赋""比"，大概因为"赋""比"意义显明，而"兴"的用法又往往是关系到全诗的，因此就只标"兴"体了。毛诗的说法当然不一定靠得住，但《诗经》中用"比""兴"来写的诗的确很多，它利用人民日常生活中所习见的事物，例如草木鸟兽昆虫以及天象地理人事等现象来引起感情的抒发。这样的写法的确可以使人有一种亲切具体的感觉。其实这正是人民口头创作的特色，他们从现实生活中有所感触，就因物起兴，咏唱起来了。现在的民歌也还有这种特点。《诗经》中的语言精练丰富，这也是和人民的生活实践分不开的。诗中自然的对偶已经相当多。（如上引的"昔我往矣，杨柳依依。今我来思，雨雪霏霏。"又如"七月流火，九月授衣"。这些都是自然的对偶。）音节的变化，双声叠韵等连绵词的运用，也已经很复杂。（如"踟蹰"读 chí chú，两字的发声都是 ch，所以是双声。又如"县貆"读 xuán huán，两字的收音都是 an，所以是叠韵。）又因为它们经过人民口头长期流传，在当时又都可以合乐，因此诵读起来有一种音节和谐的感觉。这一切说明《诗经》中的作品不只在内容上有很丰富的人民性，而且也有与之相应的艺术特色。

　　从这一部诗集里，我们可以看到由西周初期到春秋中期的五百年间社会面貌和人民生活的多方面的表现。其中有当时阶级矛盾的揭露，有抵抗异族侵略的记载，有人民生产劳动的描绘，有自由大胆的爱情歌唱，也有人民的慨叹与愿望的表达，而这一切又大致都是通过当时人民的眼光来写出的，这就给我们的文学史奠立了一个光辉的起点，给我们优良的现实主义传统奠定了稳固的基础。我们爱好它不仅是因为它可以帮助我们了解古代历史、当时的社会生活，而且也因为它本身就是具有艺术特色的优美的诗歌作品。

《诗经》是中国文学中现实主义传统的起点，对后来文学发展影响很大。自汉以后，《诗经》被儒家尊为经典，两千年中一直当作教科书一样地在社会上广泛流传，因此中国文学史中没有哪一个诗人可以说没有受过《诗经》的影响。由于历代统治者要利用它来作为统治人民的工具，推行所谓"诗教"，因此对诗的意义就充满了各色各样的歪曲和穿凿，这一方面固然给这部诗集带来了很多灾害，一直到今天还是我们研究它的困难和障碍；但另一方面这部书却也究竟借此得到了广泛流行的机会，后世许多作家也的确从中学习过它的精华，有一些研究的人对训诂解释方面也的确有所贡献。因此虽然其中夹杂了一些不好的因素，但对后世诗歌的发展说来，《诗经》的影响是巨大的，而且是积极的。后来的乐府民歌是由《诗经》一线发展下来的人民群众的诗歌创作，它们的精神和《诗经》当然是相通的，就是自屈原以后的杰出的文人作家们，也都承继和发展了从《诗经》开始的现实主义传统。曹植、陶渊明都有摹学《诗经》的四言诗；李白说"《大雅》久不作，吾衰竟谁陈！"杜甫说"别裁伪体亲风雅"；至于白居易所主张的"文章合为时而著，歌诗合为事而发"，更是明白地说他是由三百篇的精神来的了。这种精神的不断继承和发扬，就构成了我们文学中悠久的现实主义传统。而且由于这部书在社会上的普遍流传，就在我们的日常生活中，那影响也是很显然的，譬如我们常说的一些词如"典型""邂逅""一日三秋""高高在上""不可救药"等,最早就都是从《诗经》中来的。从这里也可以看出《诗经》这部书对我国历代文学发展的影响来。

\*　　\*　　\*

〔1〕见《吕氏春秋·古乐篇》。
〔2〕见《公羊传》宣公十五年何休注。
〔3〕见《淮南子·道应篇》。
〔4〕〔6〕见鲁迅《且介亭杂文·门外文谈》。
〔5〕见王国维《观堂集林·北伯鼎跋》。
〔7〕阿:美貌。
〔8〕难:通"傩"(nuó 挪),盛也。
〔9〕幽:黝色,青而近黑。
〔10〕膠(jiāo 胶):盛也。
〔11〕遏不:胡不,何不。
〔12〕火:即大火,星座名,就是心宿。秋季黄昏后大火星向西而下,就叫做流火。
〔13〕一之日:十月以后第一个月的日子。觱(bì 必)发:风寒冷。
〔14〕麈:缠字的假借。缠,就是捆,三百言其多,不一定是确数。
〔15〕素餐:指不劳而食。素,就是白,就是空。这里是以反话为讽刺。
〔16〕见人民文艺丛书《东方红》。
〔17〕肃肃:鸨羽之声。鸨羽,犹鸨翼。鸨,形状像雁的大鸟。
〔18〕鸨的脚上没有后趾,在树上栖息对于它是苦事,这里拿鸨在树上的苦比人在劳役中的苦。
〔19〕靡盬(gǔ 古):没有停息的时候。
〔20〕爰:是借字,郭璞引作薆。薆,隐蔽。
〔21〕贻:赠送。彤管:红色管状的初生之草。
〔22〕归(kuì 馈):与"贻"同,都是赠送的意思。荑与彤管同指一物,都是红色管状的初生之草,当是芦苇之类。

# 楚　　辞

在公元前4世纪，中国南部的楚国出现了一种新的文体，叫做楚辞。它的创始人就是屈原。自从屈原奠定了这种体制以后，模拟的人日见增多，其中最有名的是宋玉。汉朝刘向将屈原、宋玉以及他们的模拟者的作品，合编为《楚辞》一书，东汉王逸又给作了注，叫《楚辞章句》，是历来最流行的一种注本。所以楚辞这一名词包括有两种意义：一方面是以屈原为主要代表的战国时代在楚国出现的一种新兴的文体；一方面是包括屈原等好些作者的一部古代诗歌总集的书名。但无论就哪种意义讲，楚辞中最主要的作者就是屈原；不只因为他是楚辞这一文体的开创者，他的作品最有价值，而且在《楚辞》这部书中也是他的作品最多。

楚辞这种文体是有它的特色的，相传楚辞的作品都是"书（写）楚语、作楚声、纪楚地、名（说）楚物"的，地方色彩异常浓厚。作品中像沅、湘、江、澧这些楚国的地名，兰、芷、荃、蘅这些楚国的植物，都是很显见的。至于楚语，除了像句中的"兮""些"等字外，据郭沫若先生的《屈原研究》里说的，仅屈原作品中所使用的显然是属于楚国方言的辞，就有24例；而屈原的代表作《离骚》的题名"离骚"二字，也是楚国当时的方言。在这些特征当中，楚声是更其重要的；因为楚辞这种文体本来就是根据楚国方音而产生的一种歌唱形式，声调的因素在当时非常重要。汉高祖围攻项羽时，曾用"四面楚歌"的方法来动摇项羽的军心，可见"楚歌"对于楚地人民的吸引力量。楚国是战国时代的大国，居于江淮流域，土壤肥沃，物产丰富，生产力已经相当发达；生活在这种富饶美丽的自然环境中的楚国人民，特别爱好音乐歌舞，这就给诗歌的发展提供了有利的条件。王逸《九歌章句序》说："昔楚国南郢之邑，沅湘之间，其俗信鬼而好祠（祭祀），其祠必作歌乐鼓舞，以乐诸神。"楚辞中的《九歌》就是屈原根据民间祭神的乐歌而加工改写的作品，其中有灵（巫）来扮演角色，载歌载舞；王国维认为这已经可说是后世戏剧的萌芽[1]。闻一多曾改写《九歌》为歌舞剧[2]，都可以说明这种文体的特色。在楚辞中神话传说的运用，想像力的瑰奇丰富，都是很突出的。楚国的地方色彩，构成了楚辞这一文体的独特性。

拿《楚辞》来和《诗经》比较，那进展是非常显然的。《诗经》中的诗多以四字为定格，各章之间多复沓，篇章比较简短，风格比较朴素；但《楚辞》就不同了，《离骚》和《九章》基本上是六字句，《九歌》是以五言为主的长短句，形式上的变化很多，诗的篇章放大了，也很少用复沓的手法，而想像力的丰富、情感的浓烈、内容的复杂、风格的绚烂，都与《诗经》中的作品有很显著的不同。一般地说，《诗经》还只是一种群众性的创作，民歌的色彩很浓厚；而《楚辞》中的主要作品则都已通过了诗人的艺术的集中与加工，是诗人吸取了民间文学的营养，而用自己的思想和艺术来创作的成果。

无论作为文体或诗歌总集的名称，"楚辞"这一名词永远是和屈原的名字分不开的。《离骚》是楚辞中的最重要的作品，因此后来也把楚辞称作"骚体"。我们现在讲的楚辞的一切特点，都是由屈原作品中找出来的。屈原是我国文学史上最早出现的伟大诗人，楚辞这一文体是由他所创造的一种可以扩大诗歌表现力的新的艺术形式；他运用这种新的艺术形式写了许多篇富有爱国主义精神的美丽的诗歌，一直到现在我们读了这些作品都还感到一种强烈的艺术力量。两千多年来，他的作品一直为人所传诵，他的热爱祖国、热爱人民的精神也一直鼓舞着前进中的人民，产生了极其深远的影响。

据郭沫若先生考证，屈原生于纪元前340年，死于纪元前278年，活了六十二岁[3]。他是楚国的同姓贵族，但到屈原时，事实上已经和平民一样了，因此他说自己是"贱贫"[4]。他名平，字原；《离骚》上说"名余曰正则兮，字余曰灵均"，"正则"和"灵均"就是由"平""原"二字引申出来的别名。他曾做过楚怀王的左徒（仅次于宰相"令尹"的官职），地位很重要。《史记》上说他"入则与王图议国事以出号令，出则接遇宾客，应对诸侯，王甚任之"。这是因为他很有学识的缘故。《史记》上说他"博闻强志（记），明于治乱，娴于辞令（擅长说话）"，因此才会得到楚怀王的信任。但当时的楚国统治集团中却有一些人非常妒忌他的地位与才能，想法排挤他；楚怀王听了这些"党人"（反动贵族）的中伤，就把他免职了。屈原是有远大政治抱负的，他热爱楚国，想要改革政治，力图帮助楚国完成统一全中国的大业，但国王是非不明，使他再也无法贡献自己的力量。自从他离职以后，楚怀王被那些党人所包围，政治便一天天地混乱下去了。战国时虽然号称七雄并峙，但韩、赵、魏三国国小力弱；燕国远居东北，与纷争的局面关系较远；而西北部的秦国兵力强盛，正积极实行对外扩张的政策；齐、楚都是春秋以来的旧强，楚国疆域最大，齐国最富。在这种实际上是秦楚争霸的局面中，就楚国的利益说，联齐抗秦是最好的办法。屈原热爱楚国，因此他竭力主张改良政治,联齐抗秦。但他的正直的主张遭到反动贵族们的反对,因此在楚国的败亡过程中便形成了他一生的悲剧。当时秦国为了便于并吞别国,自然要竭力设法拆散齐楚的联合,而楚国的统治集团竟一再受秦国的欺骗,终于连楚怀王自己也被秦国诱去做了俘虏,最后囚死在秦国。(秦王约楚怀王到秦国去相会,怀王去了,秦王要他割地给秦国。怀王不答应,便被囚禁起来了。)楚怀王的儿子顷襄王即位以后,比他父亲尤其昏庸,仍继续执行亲秦政策,以致屈原进一步遭到迫害,并被放逐到湖南的汨罗江边。结果在顷襄王二十一年(公元前278年),秦派大兵击破楚国的京城郢都,烧平了历代楚王的陵墓。楚国的君臣仓皇逃走,从此即不能再振。这时的屈原已经六十二岁,他看到自己的国家遭受到这样的境遇,悲愤的心情再也不能抑制,便写了一篇《哀郢》,临死前又写了一篇《怀沙》,就在这年的五月初五日那一天,投在汨罗江里自沉。那时离开郢都陷落还不到三个月,他的死实在是为国殉难。传说当时楚国人民痛惜这位伟大诗人的死亡,曾纷纷划船去救他,这就是后来端午节龙舟竞渡和吃粽子的风俗的来源,从这里也可以看出人民对他是多么的同情和崇敬。

他在长期的失意和放逐中,眼看着国家政治的昏暗与前途的隐忧,人民的痛苦与不幸的遭遇,他无法抑制自己的悲愤感情,因此前前后后写了好些辉煌的诗篇;这些诗篇大部分都是对当时政治的控诉与抗争,其中深切地表现了他自己的、也是当时楚国人民的热烈的爱国情绪。

屈原的作品,据《汉书·艺文志》著录,共有二十五篇,现在大部都流传下来了。其中主要的是《离骚》《九歌》《天问》《招魂》和《九章》中的一部分。《离骚》是屈原的代表作,共三百七十多句，二千四百六十多字，是中国文学史上空前的伟大长篇抒情诗。据近人考证，《离骚》的题意就是牢骚[5]；内容主要是抒写内心的悲愤，作于顷襄王时屈原被放逐以后的晚年。《离骚》由他的出身、世系叙起，历述自己的品德才能、思想抱负、受迫害的遭遇、以及想死的感情；又叙到想要逃遁远方，想着到南方去见重华（虞舜），又想着上天、求女，结果都不能如愿；他两次向灵巫求卜，都说远行大吉，于是决定要走，直往昆仑西海；正步步升向天堂，忽然向下望见楚国，于是仆夫流涕，马也悲鸣，他不忍离去了。最后的结语说（下附郭沫若先生译文）[6]：

| | |
|---|---|
| 已矣哉！ | 算了罢！ |
| 国无人，莫我知兮， | 国里没有人，没有人把我理解， |
| 又何怀乎故都？ | 我又何必一定要思念着乡关？ |
| 既莫足与为美政兮， | 理想的政治既没有人可以协商， |
| 吾将从彭咸之所居。 | 我要死了去依就殷代的彭咸。 |

到最后，他下定决心要以死来殉他的理想。《离骚》中常常用回环反复的诗意来歌咏，前后的诗句间好像有重复矛盾的地方，这是因为他的感情根本是有矛盾的。他想远走，又舍不得离开楚国，而留在楚国又无所作为，于是只能一死了之。因此《离骚》一篇中充满了诗人的矛盾心情和悲剧情调。战国时代的学者常常有到别国求仕的情形，如孟子的求仕于齐梁；所谓"朝秦暮楚""楚材晋用"等现象，在当时是很普遍的。因此照当时的情势说，屈原是可以离开楚国的，像齐国就一定会欢迎他；但他是有政治理想与抱负的，他对理想的坚持和对祖

国的深厚感情都不容许他随便离开，因此最后只能以身殉国了。他的这种伟大精神就在中国的长期历史中培育了一种深邃的爱国主义的道德力量，也给中国文学的发展奠定了稳固的基础，后人读他的作品时就自然会对祖国发生一种特别亲切的感情。列宁说："爱国主义——是经过了许多世纪和几千年而巩固起来的一种深刻的感情。"屈原的作品在中国历史中就起了这样的作用。这种感情与人民有深刻的联系，那是由于他热爱人民，又在长期的流放中接近了人民的生活，因此他对人民的遭遇非常关心。《离骚》上说："长太息以掩涕兮，哀民生之多艰！"他的政治理想和关于外交的主张，也都是符合当时人民的利益的，因此在他的作品中所表现的感情，以及由他所创造的新的文学形式，都和人民有密切的联系。所以我们可以说，热爱祖国和热爱人民，是构成屈原诗篇的基本精神。

《九歌》本来是古代流传下来的一种歌曲的名称，屈原借用旧题，又吸取了民间乐歌的精华，一共写了十一篇诗，总题为《九歌》。因为这是根据民间祭祀乐曲来集中和加工写成的，富有神话的色彩和优美的想像，因此内容与《离骚》等篇的抒写悲愤忧思的篇章不同，风格清新典丽，写得异常生动和精练。十一篇中首尾两篇《东皇太一》《礼魂》是祭祀时的迎神曲和送神曲，内容是铺叙祭礼的仪式和过程的，写得庄严肃穆。其余九篇中各有专祀，"湘君""湘夫人""河伯"都是水神，"山鬼"是山神，"大司命""少司命"是星神，"东君"是日神，"云中君"是云神。除《国殇》一篇外，这些祭祀自然神的篇章大致都用抒情的笔调或对话的形式，来写一种爱恋、思慕以及悲欢离合的情绪。这些神都是被作者人格化了的，其中常常写到人神之间的恋情，这大概是受到民间情歌的影响。《国殇》一篇是祭祀战死的无名英雄；内容叙述战争的壮烈和歌颂死者的英勇，写得非常悲壮慷慨。《九歌》的文字风格很优美，可以说是一种清新美丽的抒情诗。像"袅袅兮秋风，洞庭波兮木叶下"，"悲莫悲兮生别离，乐莫乐兮新相知"这类名句，向来是为人所传诵爱好的。《九歌》的内容、风格虽然和屈原的其他作品有所不同，但在遣辞用意上仍有一脉相承的地方，例如爱写美人、香草等等，因此《九歌》也是屈原作品中的重要部分。

《天问》是屈原作品中比较奇特的一篇，形式用的是像《诗经》一样的四言句，内容全是问语的口气，一共提出了一百七十多个疑问。其中有对天体构造、古代历史传统、宗教信仰、神话传说、人生观念等各方面的问题。这里表现出了诗人想像力的丰富、对自然现象和历史发展的关心，以及对传统信仰的怀疑精神。由于古史和古代神话的记载流传下来的不够多，这一篇诗我们现在还不能完全理解；但其中包括的史料有些已经得到了地下资料的印证，成为我们研究古代史的重要材料。

《招魂》是屈原为追悼楚怀王而作。人死后，用一定的仪式来举行招魂，是楚国当时的一种风俗习惯。在《招魂》一篇中，自引言以后，即分上下东西南北六方面来叙述楚国以外各处的危险，让灵魂不要乱走；铺叙得富丽而神奇，颇有神话意味。然后又叙述楚境以内的各种快乐，包括宫室居处的壮丽，饮食服御的精致，歌舞游戏的丰盛等，让灵魂愿返故居；最后对魂魄发出了"魂兮归来"的召唤的声音。在《招魂》中，他将人间与非人间的生活作了鲜明的对比。除现实生活以外，连天堂都写得十分险恶，表现出了作者的强烈的现实感。这篇文字以铺叙描写为特点，与屈原其他作品之以抒情为主者不同，对于后来辞赋的写法影响颇大。

《九章》中的九篇是汉朝人把屈原的单篇遗著辑合而成的,不是一时所作。《九章》的总题也是后人加的。其中《橘颂》一篇借橘的性质颂扬了人的高洁刚强的品质,这在《九章》各篇中比较特殊,大概是早年所作。其余各篇都是抒写一种失意以后的悲愤感情,可与《离骚》并读。其中《哀郢》与《怀沙》两篇,都写于屈原自沉之前不久。《哀郢》是哀悼楚国的郢都为秦人所破,所叙沉痛悲郁,全是国破家亡之感。开始就说(下附郭沫若先生译文):

| 皇天之不纯命兮, | 啊,老天爷真真是不守轨范, |
| 何百姓之震愆? | 为什么把老百姓拚命摧残? |
| 民离散而相失兮, | 大家都家破人亡,妻离子散, |
| 方仲春而东迁。 | 在这仲春二月向着东方逃难。 |

从这里可以看到他是如何地关念着在乱离中的人民!《怀沙》是屈原自沉前的最后作品,《史记》中说他"乃作怀沙之赋……于是怀石,乃自投汨罗以死"。屈原被放逐了许多年,一直没有自杀,但到六十二岁的高年,竟用投水来结束自己的生命;这种悲剧性的顶点的情绪,在《哀郢》与《怀沙》中表现得最为显明。《怀沙》的最后说:"知死不可让(辞),愿勿爱兮!明告君子,吾将以为类兮!"(郭沫若先生译文:"死就死吧,不可回避,我不想爱惜身体。光明磊落的先贤啊,你们是我的楷式!")他实在是看到了国事的无可挽救,才镇静从容地以身殉难的。

从以上所述的这些屈原的主要作品中,我们可以显明地看出,屈原是一位关心人民、热爱祖国、抱有正直的政治理想的诗人。这种理想在当时是符合人民的愿望的,但因为它不为楚国的统治集团所容，只得以生命来殉他的理想和他所热爱的祖国。这样一位正直的有天才的伟大诗人竟得到了如此悲惨的结局，在历代人民的心目中就不能不引起对他的同情和崇敬。通过诗篇的艺术力量，他的这种热爱祖国的思想和悲愤沉痛的心情就更加强烈地感染了读者：从他一生的悲剧中看到不合理社会的残酷性，同时为他的斗争精神所鼓舞。这种源于当时现实，并鼓舞人们去反抗不合理事物的精神，当然就是现实主义的精神。虽然从创作方法和艺术特点的角度来看，他是一位伟大的浪漫主义诗人。[7]他作品中强烈的爱国主义精神与艺术特色是紧密地联系在一起的。那种想像力的丰富、个性的鲜明、感情的诚挚、形式的多样、语言风格的绚烂、神话传说的运用——这些诗歌艺术上的创造性的特色，都是使他的作品发生强烈的艺术力量的重要因素，同时也都是与他所要表现的思想情绪相一致的。这种思想性与艺术性相结合的特征，正是屈原作品的伟大光彩的所在。

屈原死后，楚国继承屈原所创造的文体的作者有宋玉、唐勒、景差等。宋玉是屈原以后最有名的作家，向来屈宋并称。据《汉书·艺文志》著录，他有赋十六篇，但大部没有流传下来，现有的署名宋玉的作品有好些都是后人伪托的。《楚辞章句》中所收的他的《九辩》一篇，可以说是他的代表作品。从《九辩》中，知道他原是一位贫士，在政治上也是很失意的。《九辩》从秋天萧瑟的气氛中来抒写自己的身世和悲痛的遭遇，语句清新，音调铿锵。在他的作品中，遣辞造语以及不满当时统治者的情绪，都与屈原的作品有相似之处，如"君弃远而不察兮，虽愿忠其焉（安）得"，"闵奇思之不通兮（伤自己的建议无从上达），将去君而高翔（想离开楚国而远走高飞)",但也终究不肯离开。可知屈宋之间的渊源关系是很密切的。《九辩》中所表现的悲愤感情不如屈原的作品深沉,但另有一种廓落缠绵的风格,如"憭栗兮(指悲伤)若在远行,登山临水兮送将归。"《楚辞章句》中所收的作品除屈原宋玉的以外,还有好些汉朝人的模拟屈宋的作品。

南齐沈约在他所作的《宋书》中综述汉魏以来诗歌变迁的情况时,曾以"莫不同祖风骚"一句话来概括历代诗人们的渊源关系。这句话很有道理,那就是说中国古典文学中的诗歌传统,实际上就是"风、骚"的传统。"风"指《诗经》,"骚"指《楚辞》。由《诗经》《楚辞》所开始的富有人民性与现实主义精神的诗歌传统,两千多年来一直是发生着深厚的历史影响的。就《楚辞》说,不只后来辞赋的发展是深受着它的影响,历代的著名诗人的成就也都是承继和发扬着这一传统的。李白说"屈平辞赋悬日月",杜甫说"摇落深知宋玉悲",从这些赞扬性的诗句中,我们也可以想像到楚辞在中国历史上所发生的深厚的影响;何况我们每年都还要过一次"端午节"呢!

\* \* \*

〔1〕王国维:《宋元戏曲史》。
〔2〕《闻一多全集》。
〔3〕郭沫若:《屈原研究》。
〔4〕《楚辞·惜诵》。
〔5〕游国恩:《楚辞概论》。
〔6〕文中所附郭沫若先生译文,皆自《屈原赋今译》一书中录出。
〔7〕中国青年出版社 1956 年 5 月初版本在"……现实主义的精神"一句下,原有"人民性与现实主义永远是不可分离的"一句,1982 年重版时删去,另加"虽然从创作方法和艺术特点的角度来看,他是一位伟大的浪漫主义诗人"一句。——编者注。

# 乐 府 诗

"乐府"本来是由汉武帝起开始设立的一个制音度曲的官署的名称,它的职责是采取文人诗和民间歌谣来配以乐曲,以备当时朝廷祭祀及朝会饮宴等演奏所用;后来就将乐府所采的诗也叫乐府。封建王朝中设有乐官,是由来已久的了,《诗经》三百篇其实也可以说是那时候的乐府,但把掌管音乐的职务立为专署,则是由汉武帝开始的。像以前的采诗一样,虽然它的主要目的仍是为了满足封建统治者"制礼作乐"和享受的要求,但因为"乐府"不只要采集乐调,而且也要搜集各地的歌谣,这就使乐府歌辞中除了一些文人的作品以外,许多人民口头的诗歌创作也通过乐府而保存下来了,使我们今天仍然能看到一些当时人民的精神面貌。《汉书·艺文志》说:"自孝武(汉武帝)立乐府而采歌谣,于是有赵代之讴,秦楚之风,皆感于哀乐,缘事而发。亦可以观风俗,知薄厚云。"这些包括赵、代、秦、楚各地的民间歌谣的内容是丰富和广泛的,有战阵的叙述,也有爱情的咏叹,大体上都是人民"感于哀乐,缘事而发"的歌唱,含有丰富的人民性和现实性。汉帝国自从建立了统一的封建政权以后,到武帝时已经过了六十多年,正是社会比较安定富裕的时期,于是统治者便有了"制礼作乐"来巩固统治和点缀太平的要求,乐府便是适应着这一需要而设立的。自此以后,虽然当中经过了一次汉哀帝的精简乐府的措施,但一直到东汉末年,乐府与采集歌谣的制度大体上都是保持着的。现存的汉乐府以东汉时的作品居多，西汉的也有一部分，但最早的不过于公元前111年（汉武帝元鼎六年）。汉武帝时主持乐府的官吏"协律都尉"是他的嬖臣李延年，这个人通晓民间音乐，各地采来的乐调和歌谣大概都曾经过他的整理和润色。以后采集歌谣的情形大概也和这差不多。可知乐府诗是通过它本身的乐调的特点和乐工传习的持续性而保存下来的。

当作诗体名称的乐府，它的最初意义就是入乐的歌诗，包括文人作品和民间歌谣两部分，凡是曾经配入乐调的，都可称为乐府，因此有人甚至把后来的词曲也称作乐府。但古代的乐调早已失散，后人从音乐上来区别一首诗的入乐与否，实在没有什么重要意义，因为不管它原来的乐调如何，反正我们今天也只能从意义上来了解，把它当作一首诗来看了。而乐府中的好诗，当然绝大部分是民间口头创作，因此我们一般所谓乐府，那意义要广泛得多，实际就是指汉代及以后一个时期的民间歌谣，以及带有民歌色彩的文人作品；不论它曾否入乐，都可称为乐府。因为乐府原来是一种民间歌唱的诗体，内容一般地带有浓厚的社会性和叙事性，与后世文人的缘情咏怀的作品有显然的不同，因此后世文人在写那种富有社会性和叙事性内容的诗歌时，也往往称它为乐府。它们或者袭用乐府旧题，或别写新题乐府；尽管这些拟作的乐府实际并未入乐，但大家在习惯上还是承认它是乐府。因此我们可以说，乐府当作诗体名称，它的本来意义就是入乐的歌诗，而且不少后人也持此看法；但一般对乐府这一诗体的涵义的了解，实际是从内容着眼的，这是指那种富有社会性和叙事性特色的民间歌谣，和带有类似特色的文人摹拟乐府体裁或精神的文人作品。自然，民间歌谣是乐府中的主要部分，特别像在两汉那种诗体消失、文人作品一般都集中在铺张堆砌的赋体的时代，乐府诗被保存下来就更其值得珍贵。这不只因为这些诗是当时的最好作品，而且它承继了《诗经》以来的传统精神，启发了以后五七言诗体的成长，在中国诗歌的发展历史上也是非常重要的。因为我们今天读乐府诗只能就它所表现的内容来看，因此我们这里不拟介绍文人所作乐府的部分，而只就两汉及南北朝的民间作品的主要精神，作一点概括的叙述。这就是那些人民"感于哀乐，缘事而发"的富有人民性与现实主义精神的作品，也就是最足以代表乐府诗的特色的作品。而文人乐府中的某些好的作品，它的精神和特色也必然是和这些作品相类似的。

现在所存的汉朝民间乐府，最早见于南齐沈约所作的《宋书乐志》。沈约说："凡乐章古辞，今之存者，并汉世街陌谣讴。"因为它们原来都是民间歌谣，因此不只风格质朴自然，富有人民口头创作的特色，内容所反映的范围也很广泛，牵涉到社会的各个方面。"铙歌"十八曲是西汉时的乐章，铙歌是汉初传入的"北狄乐"，歌辞大概是后来补进去的，其中也有一部分是民间歌谣。譬如《有所思》一首：

> 有所思，乃在大海南。何用（以）问遗（馈赠）君，双珠玳瑁簪，用玉绍缭（缠绕）之。闻君有他心，拉杂摧烧之。摧烧之，当风扬其灰。从今以往，勿复相思！相思与君绝！鸡鸣狗吠，兄嫂当知之（追忆当初定情时光景）。妃呼豨（表示声音动作的字）。秋风肃肃（风声）晨风（鸟名）飔（疾速），东方须臾高（读如"皜"字。皜，同"皓1，指天明）知之。

这是一首叙述女子与她爱人决绝的诗。由最后二句，知道这位女郎正在深夜独思，对她的爱人一往情深；但在知道对方"有他心"以后，便勇敢激烈地说出"从今以往，勿复相思"的话来。全篇曲折反复，深沉地写出了女子内心的痛苦。铙歌中的诗都是杂言，句法长短不齐，用韵也无限制，易于表现慷慨回荡的情绪。但因为现有的歌辞"声辞相杂"，诗中夹杂了好些表示声音符号的字，后世无法分辨，因此意义就比较难懂了。譬如本篇中的"妃呼狶"三字，就没有意义。闻一多先生以为这是乐工所记的表情动作的旁注，应读为"悲歔欷"，表示唱歌的人唱到这里应该作出悲泣的样子。铙歌中的内容很杂，有叙战阵的，有表武功的，也有写别的事的，但句法都是杂言，风格多半是慷慨悲壮的。

"相和歌辞"是乐府诗中的精华，内容的社会性和叙事性很强，我们平常所说的乐府诗的特色，其实主要就是指这些篇章。相和歌本来是各地采来的民间乐调，以楚声为主，因此歌辞也多是汉世的民间歌谣。这些诗中除少数几篇能确定为西汉时的作品外，大部分都是东汉时代的。其中好诗很多，内容也非常广泛。譬如写穷人为生计所迫、铤而走险的《东门行》：

出东门，不顾归。来入门，怅欲悲。盎（瓦盆）中无斗米储，还视架上无悬衣。拔剑东门去，舍中儿母牵衣啼："他家但愿富贵，贱妾与君共铺糜（食粥）。上用（以）仓浪（青色）天故，下当用（以）此黄口（幼）儿。今非（现在的行为不对）！""咄！行！吾去为迟！白发时下（落）难久居。"

丈夫因为无法生活，想到东门外做非法的事，但挂念妻子，又回来了一次。他看到家中无衣无食的情形，遂不顾妻子的劝阻，又下定决心要走了。诗中写出了一对贫穷夫妻在紧张关头的对话，简劲有力地表现出了当时社会中善良人民被迫走上悲惨道路的情景，读了不能不引起人的愤慨。其他如《妇病行》写一个穷人的妻子临死前对丈夫、孤儿的诀别辞，以及妻子死后他照料二三孤儿的凄惨情况；《孤儿行》写一个孤儿在父母双亡后受兄嫂虐待的遭遇，也反映出了当时奴婢生活的情形。这些诗都写得凄惨动人，艺术特色也是很突出的。

"杂曲歌辞"中也有一部分民歌，其中最有名的是产生于汉末的伟大长篇叙事诗《孔雀东南飞》(一名《焦仲卿妻》)。这诗首先见于陈代徐陵编的《玉台新咏》一书，诗前有序说："汉末建安中，庐江府小吏焦仲卿妻刘氏，为仲卿母所遣，自誓不嫁。其家逼之，乃投水而死。仲卿闻之，亦自缢于庭树。时人伤之，为诗云尔。"可知这首诗是产生在东汉末年，在民间流传了几百年，经过了长时期不断的丰富与加工，直到陈代才写定。这首诗长达一千七百多字，详尽地写出了这一个封建家庭悲剧的全部经过，有力地暴露了封建社会的残酷性。诗中的主人公焦仲卿和刘兰芝夫妇二人的爱情非常诚笃和深厚，但焦母对媳妇加以种种虐待，终于把一对夫妻拆散，将刘氏赶回娘家。他们临别时表示誓不相负，"君当作磐石（大石），妾当作蒲苇。蒲苇纫（坚韧）如丝，磐石无转移"，希望将来仍能团圆。但刘氏回家后又不为家人所容，她哥哥强迫把她许给了太守的儿子。就在迎亲的那天，女的投水自杀了，焦仲卿也上了吊，他们用生命来表示了不屈服于封建势力的意志和宁为幸福与爱情而牺牲的精神。因为这个悲剧事件给人的印象太深了，谁也不甘心他们只能得到这样悲惨的结局，因此不久就在人民的口头创作中用美丽的想像来创造了一个神话，说他们变成了一对鸳鸯，"仰头相向鸣，夜夜达五更，行人驻足听，寡妇夜彷徨。"人民用美丽的想像来热忱地表现他们对于焦刘的祝福和对于追求幸福生活的愿望。诗中对他们二人的态度充满了同情，通过有力的艺术表现，深刻地揭露了封建礼教的吃人的罪恶，是反抗封建传统的有力的作品。一直到"五四"时期提倡反封建的新文学的时候，一时以这首诗为题材而改写的话剧就出现了四种之多，可见它所包含的人民性的浓厚与强烈了。全诗的结构很完整，语言朴素自然，其中叙述了许多人的对话，也都是符合人物的口吻与身分的；而且于叙事中带有强烈的抒情成分，感人的力量很深。它的成就可以说是达到了汉乐府的艺术的高峰。

　　魏时不采诗，因此流传下来的都是文人的拟作乐府。西晋也是如此，或咏古事，或咏古意，好的较少。但自东晋以后所产生的南朝乐府，则不只流传下来的数量很多（共四百八十余首），而且也有与汉乐府不同的新鲜的特色。这些诗大体上都是产生于南朝前期的晋宋时代，体裁简短，一般都是五言四句的小诗，内容则几乎全部都是写男女间爱情的恋歌，风格缠绵悱恻，和汉乐府的质朴浑厚和以叙事为主的不同。这些民间歌曲分"吴声歌曲"与"西曲歌"两大部分。"吴声歌曲"产生于建业（今南京市）一带，"西曲歌"产生于襄阳一带，两地都是当时的重要城市，因此内容也与汉乐府之多产生于乡村者不同。吴歌与西曲的内容大都是以妇女口吻来表示爱情的歌，但二者不只所产生的地区有别，乐调也不同，因此风格也各有特点：吴歌婉曲柔和，西曲急迫紧促，这可能是与原来的乐调有关系的。吴歌中以《子夜歌》为最重要（子夜是晋朝一个女子的名字）。《大子夜歌》说："歌谣数百种，子夜最可怜。慷慨吐清音，明转出自然。"可知这些诗原来都是民歌，后来才制调入乐。在表现方法上，有一点是以前所没有的，那就是以同声的字来谐音隐义的"双关语"的用法，如以"莲"字谐"怜"、以"丝"字谐"思"等。这是南朝乐府中一种极普遍的表现方法，譬如"雾露隐芙蓉，见莲不分明"二句，芙蓉是荷花，但又是"夫容"二字的谐音。"莲"字谐"怜"字，"怜"就是"爱"。这两句诗的表面意义是说看不清楚荷花的体态，但真实意义却是讲爱情的。这种方法在用得好的时候，可以有一种隐约含蓄的感觉，用它来表现妇女在流露自己爱情时的婉曲深情的神态，非常逼真。这些诗的内容虽然都是情歌，但基本上都是健康的爱情抒写，与《诗经》中的爱情诗相似，不过缠绵委婉，感情表现得更细腻一些。有几首写得极好，譬如下面的一首：

夜长不得眠，明月何灼灼！想闻欢（情人）唤声，虚应空中诺。

诗中细腻地表现出了少女对情人的相思的感情：夜半失眠了，满室的月光，好像听着情人的声音在叫她，于是不自觉地便答应了一声；"虚应空中诺"，将爱情的专一和诚笃完全表现出来了。

《西曲歌》是长江中、上游一带的歌曲，句法结构和内容题材与吴声歌曲大致相同，但写别离情绪的比较多。其中间或也有四言和七言的诗，像"巴东三峡猿鸣悲，夜鸣三声泪沾衣"（《女儿子》）等句，不只句法不是五言，内容也不是情歌了，但这是比较特殊的例子。一般地说，这些民歌的风格秀丽婉曲，表现手法也很新鲜，比南朝一般的文人诗要好得多。

现存的北朝民间乐府是在梁朝时传入南方的。它在数量上虽然远不如南朝乐府多，但所反映的社会面比较广阔，风格直率伉爽，在文学上也有它独到的特色。在这些作品中，有的是从北朝的外族语言翻译过来的，也有的是北方人民用汉语创作的。前者如有名的《敕勒歌》：

敕勒川，阴山下。天似穹庐，笼盖四野。天苍苍，野茫茫，风吹草低见牛羊。

这首歌描写北方游牧生活中的草原景色，苍茫辽阔，景象极其雄浑和恢宏。就是原用汉语的也同样有一种浑朴的气象，如《紫骝马歌》：

高高山头树，风吹叶落去。一去数千里，何当还故处？

北朝男子从军的人很多，这首诗就是以叶落离枝、难返故处来抒发离乡背井的感触的。就在写爱情的恋歌中也是很直捷豪爽的，与南朝乐府的那种缠绵婉约的情趣不同。譬如《折杨柳歌辞》的一首：

腹中愁不乐，愿作郎马鞭。出入擐（系）郎臂，蹀座郎膝边。

男子是骑马的健儿，女人情愿作他的马鞭，无论行时坐时都可以不离开他的膝边。这种表现方法非常新鲜朴素，也可以看出北方人民生活与南方的不同。从这些流传下来的北朝乐府里，我们可以约略地看出当时的社会状况与人民的生活面貌。

北朝乐府中最有名的是长篇叙事诗《木兰诗》，这是可与

《孔雀东南飞》并称为乐府中的双璧的名篇，也是长久为人所传诵的。它的内容是歌咏女英雄木兰女扮男装、代父从军的故事。她经历了十年的战士生活，终于受赏还乡了，最后说"雄兔脚扑朔（跳跃貌），雌兔眼迷离（不明貌）。双兔傍地走，安能辨我是雄雌"，表现了妇女对自己能力的自信和喜悦。这是在封建社会中女性要求平等和解放的呼声，它说明了妇女完全具有与男子同样的能力，即使是对于像战争这样一向被认为是妇女不能够胜任的事情。诗中表现出了北方尚武的社会风气，充满了一种妇女胜利的喜悦。这首诗也许经过后来文人的润色，但民歌风格仍然保留得很多。如"东市买骏马，西市买鞍鞯，南市买辔头，北市买长鞭"，连举东西南北四市等等便是。总之，北朝乐府虽然数量不多，但较之南朝乐府的内容只限恋情、范围多在城市，则所反映的社会面要广阔得多；而且风格直率朴素，它是更合于乐府诗的"感于哀乐，缘事而发"的现实主义精神的。

　　汉魏六朝乐府诗的基本精神是直接继承《诗经》的，它的精华部分都是当时的人民口头创作，内容反映了人民生活的各方面，有很丰富的现实性，艺术风格也是非常新鲜朴素的。就文学史的发展说，不只中国诗的主要形式五七言的诗体都是由乐府诗发展而来的，而且很多有成就的著名诗人也都从这里吸收了刚健清新的文学营养，形成了他们创作中的有机部分，从而推动了文学的向前进展。举个最显明的例子，陶渊明的名篇《归园田居》中"狗吠深巷中，鸡鸣桑树巅"二句，就全是袭用乐府《鸡鸣行》中"鸡鸣高树巅，狗吠深宫（屋）中"二句的，而且运用得非常自然。历代诗人常常用"汉魏风骨"这句话来当作推崇好诗的标准，那真实意义就是指乐府诗中的那种丰富的人民性和现实主义精神说的。从这里正可以看出乐府诗的价值和它所给予后代诗人们的伟大影响。

## 魏晋五言诗

五言诗体本由系府诗而来,它正式成立在二、三世纪之交,就是文学史上所谓的建安时代。建安(公元196—219年)本是东汉最后一个皇帝汉献帝的年号,但那时曹操已实际掌握政权,同时在文坛上曹氏父子又是当时的领袖人物,因此"建安文学"成了文学史上的一个专门名词,后世也常常以"建安风骨"来当作评价好诗的标准。文学史上的各种诗体原来都是由民间歌谣产生的,由于某一形式特别富有表现力和艺术的光彩,一些有见识的文人便大胆地来模仿和运用,于是就形成了一种新的诗体。因为封建社会里的人民还没有可能掌握文化这一武器,因此民间作品虽然内容丰富生动,但因为很少有集中与提高的机会,所以"里巷歌谣"发展进步的情形就比较缓慢,艺术就比较粗糙。在文人开始向一种民间诗体学习或拟作的时候,因为这些人都有一定的文化知识的教养,因此不只可以从民间文学中吸取丰富的营养,使作品光辉生色,同时也可以给民间文学以一定的集中与提高。建安文学是由两汉转变到魏晋的文学上的历史标志,它在文学史上的意义就是发扬了汉乐府中的那种人民性与现实主义的精神,开始奠定了五言诗的基础。《文选》所录的《古诗十九首》就可以说明这种转变的关键。《古诗十九首》是旧传最早的五言诗,这些诗并不是一人一时所作,内容多叙相思离别以及人生短促等感触,也产生于东汉末年;如"客从远方来，遗我一书札，上言长相思，下言久离别。置书（信）怀袖中，三岁字不灭。一心抱区区（真诚），惧君不识察。"富有抒情成分而出语极真切自然，不尚雕琢。这些诗实际上就是乐府诗，不过内容上抒情的成分加重，文体更趋于整饬罢了。以前人说《古诗十九首》是"风之余而诗之母"（"风"指歌谣，"诗"指文人写的诗），这正说明了它由民间歌谣到五言诗体的过渡的性质。建安时代乐府声调已多失传，曹操和他的儿子曹丕、曹植都很重视文学，提倡用乐府旧题，歌咏新事。一时所有的著名文士，都收罗在他们的幕下，遂出现了许多记述时事、描写离乱生活的作品。经过了汉末动乱时代的文人，大半都有切身的颠沛流离的生活体验，这些人尝试着运用带有民间歌谣特点的五言诗的形式，描写社会动乱的现实，歌唱慷慨苍凉的调子，这种特色就是后世所称的"建安风骨"。

　　曹操自己爱好音乐，喜造新诗，因之他可以自由地运用乐府形式来歌咏新事。《蒿里》《薤露》本来是汉时的挽歌，他可以用来写汉末政治的紊乱和战祸的残酷；《陌上桑》是汉时的艳歌，他可以用来歌咏神仙。建安时代的文人乐府，都是如此。他们可以用乐府的体裁自由咏怀，不受原题原意的限制，实质上已成为古诗了。就在这种对乐府古辞的各种句法形式的尝试中，才逐渐奠定了五言诗的基础。曹氏父子对当时文学作风的形成的确是起了提倡和领导的作用。而一时文士如王粲、刘桢等齐集邺下，也可以看出当时文学的盛况来。

　　曹植（公元192—232年），字子建，是曹操的第三子。他可以说是建安时代的代表诗人。他的生平遭际很不得意，特别在曹丕做了皇帝之后，他更受到猜忌，因此作品中常常流露一种忧患的情感。他诗中的抒情成分加多了，有了鲜明的个性，因此独成大家。他是第一个给五言诗奠定基础的诗人，所作五言乐府的内容和辞藻，都是富于创造性的。乐府源出民间，它的主要特色是叙事性和社会性；由叙事到抒情，由内容富于社会性到有鲜明的个性，就从内容方面说明了乐府到诗的进展。这是建安文学的特点，也正是曹子建诗的主要成就。譬如他的一首《薤露行》，是写一个怀才不遇的士人的情感的，当然也就是他自己的情感；这可以说事实上是一首自抒胸臆的五言诗，虽然《薤露》本来是乐府旧题。这首诗说他"怀此王佐才，慷慨独不群（与众不同）"，想及时立功业，但又无法得到施展才能的机会，于是便只好以致力文学创作来自慰了。"骋我径寸翰（笔），流藻垂华芬（文章的才华流传下去）"，这就是他为自己所选择的道路。他的志向很大，有点高傲，但实际上又不得意，心中不免抑郁。因为他事实上过的只是"块然独处，左右惟仆隶，所对惟妻子"的孤寂生活，名为王爵，但.寄地千里之外，法制峻切，生活是很不自由的。因此他便将这种抑郁的情感和自己的抱负都写在这首袭用乐府旧题的五言诗里面了。

　　因为建安时代是乱世，文人饱尝流离，生活中的感触多，因此诗中抒情的成分比较重。但这时的五言诗还没有完全脱离乐府的性质，因此所表现的社会面比较广阔，句法辞采也质朴有力。即使是抒发个人感触的诗，也力求明白诚恳；不像后来有些文人诗的雕镂纤巧，专在形式上用功夫。譬如曹子建的另一首诗《泰山梁甫行》：

　　　　八方各异气，千里殊风雨。剧（艰）哉边海民，寄身于草野。妻子像（好像）禽兽，行止依林阻（山林险阻）。柴门何萧条，狐兔翔（游）我宇。

这是慨叹海边贫民的生活苦况的，它虽然写出了作者自己的感触，但仍明显地承受着乐府诗的"缘事而发"的精神。这就说明建安诗虽然经过了文人"雅词"的修饰，但只在艺术上发生了集中与提高的作用，而并没有失去乐府诗中的那种强烈的人民性和现实主义精神；这就是所谓"建安风骨"的实际内容。曹子建自己因为在政治上很失意，过的是"屡经瘠土"的困苦生活，又看到了小国边郡的民间疾苦，他的人道主义精神和他在文学上的卓越才能就都表现在他的诗里了。他的作品是最富于建安文学所特有的那种慷慨激越的悲壮情调的。

除曹植外，当时最著名的诗人还有王粲。他的《七哀诗》是他由长安向荆州逃难时作的；这是历来为人传诵的名篇，也是可以代表建安文学的一般特色的作品。第一首说：

西京乱无象（无道），豺虎方遘患（构成患害）。复弃中国（中原）去，委身适荆蛮（指荆州）。亲戚对我悲，朋友相追攀（攀辕依恋）。出门无所见，白骨蔽平原。路有饥妇人，抱子弃草间。顾闻号泣声，挥涕独不还。"未知身死处，何能两相完（全）？"驱马弃之去，不忍听此言。南登霸陵（长安东地名）岸，回首望长安。悟彼下泉人，喟然伤心肝。（"下泉"是《诗经》中的篇名，以前人说"下泉"是申述乱世"思治"的意思。本诗末二句是说他悟到做"下泉"的诗人为什么要那样伤叹了。）

这是汉末战乱灾祸中的一幅难民图。他自己在逃难，也看到了"白骨蔽平原"的普遍景象。因为诗中所写的感触都是从实际生活中得来的，这就形成了充满着慷慨之音的建安诗的特色。当时的文人都有着差不多的遭遇和经历，因此诗中也都有这种共同的时代特色。像陈琳的《饮马长城窟行》，阮瑀的《驾出北郭门行》，都写的是类似的内容。

建安诗虽然大都是五言，但多半仍用乐府题目。到魏时阮籍所作的《咏怀诗》八十二首，才可以说正式成立了抒情的五言诗。他生在魏晋交替的时代，眼看着司马氏的权势已成，而他在政治态度上是反对司马氏的；可是又没有力量，也不敢明白表示自己的态度，于是便把心中的抑郁和愤慨都寄托在饮酒和作诗里了。咏怀诗中引述神话史事，宛转曲折地来表现了他的"忧思独伤心"的感情。他以为政治是祸患的根苗，追求富贵是不上算的，因此诗中多表现忧国刺时或惧祸避世的意思。这里反映出了当时政治的黑暗和他对现实的不满情绪。咏怀诗语句浑括，譬喻又多，表现比较隐晦，这大概是因为当时政治环境的关系。如"步出上东门，北望首阳岑（山）。下有采薇士，上有嘉树林。"用伯夷、叔齐反对周武王伐纣，隐居首阳山采薇充饥的故事，来表示对司马氏的不满和对伯夷、叔齐的景仰。诗句有对偶，不过对偶得还比较自然。但是五言诗此后即更趋于文人化了，诗中的辞藻对偶逐渐增多，风格趋向轻绮繁缛，不像建安诗的质朴有力了。西晋时比较重要的诗人可以举出左思，他的《咏史诗》八首借古人古事来表现一种讽喻的怨思，笔力雄迈，和当时一般的注意绮丽的作风不同。他出身寒微，做官也不很得意，在当时那种门阀势力专横的社会里，他是受到了别人的抑制和轻视的，因此诗中也就有了如"世胄（贵家子弟）蹑（据）高位，英俊沉下僚（小官），地势使之然，由来非一朝"那种感慨。东晋初年，郭璞的《游仙诗》借神仙来抒写自己的怀抱，对后来的影响很大。如"珪璋（宝玉）虽特达（特出），明月（宝珠）难闇（暗）投"，喻虽有好的才干可是没人能用，即借游仙来抒怀。以后即盛行一种玄言诗，就是用五言诗的形式来申述老庄哲学的道理，这种诗流行了有一百多年，并没有什么好诗出现。后世对这些诗的批评是"理过其辞，淡乎寡味"[1]，用现在的话说，就是概念化。先不谈这些诗里的所表现的思想如何，它已经成了老庄的注疏，根本不像一首诗了。因此南齐时钟嵘在《诗品》中叹息说，"建安风力尽矣"。一直到了东晋末年，才出现了我国中古时期的卓越诗人陶渊明，在文学史上放出了异彩。

陶渊明（公元365—427年）生于东晋后期，从少年起就经历了很多政治上的纷扰，后来又遇到晋宋改换朝代的变迁，他自己在入宋后改名陶潜，对当时的政治是很不满的。那时候正是一个门阀势力强固统治的社会，士族和庶族间的界限非常严格，陶渊明自己虽然出身士族，思想上也有许多与当时士族文人相同的地方，但他的地位和当时实际掌握统治权力的高门巨族比较起来，距离还是很远的。他虽然也做过四五年官，但最多也只到参军、县令这样的职位，而且还得叹息"求之靡途（无路）"，在当时的社会里，他的处境是很难向上发展的。加以家庭人口多，中年屡经丧事，又遭火灾，"夏日常抱饥，寒夜无被眠"，生活非常困苦。他看不惯当时政治的卑劣和腐败，也鄙视那些士族们的腐烂的生活。"代耕（出去做官）本非望，所业在田桑"，他宁愿归隐和种田。这种种情形就使得他逐渐从士族中游离出来,而和农民倒有了"共话桑麻"的可能性。他自己的确是躬耕过的,"不言春作苦,常恐负所怀"。由于他经历了穷困和劳动,不只使他和劳动人民之间的距离有所缩小,他自己的思想感情也在农村生活的体验中有所改变,这是陶诗的人民性的一个重要来源。历来都以陶渊明为田园诗人,将田园生活当作诗中的重要题材,的确是以他为第一人,这件事本身就是不平常的。而且在他的诗中除歌颂过"平畴交远风,良苗亦怀新"的农村自然景色外,他也歌颂过劳动和劳动人民。"山中饶霜露,风气亦先寒,田家岂不苦,弗获(不能够)辞此艰",不能不说是一般农民的共同感觉。"农务各自归,闲暇辄相思,相思则披衣,言笑无厌时",在他和农民的交往中也有一种真诚的情感。这种生活内容就使得他的诗无论在内容或风格上,都有了与当时一般文人不同的新鲜的特色。

陶渊明的生活虽然大部是在隐居中度过的,但他对当时的政治并不冷淡。《述酒》一诗虽然辞意比较隐晦,但从这篇论述当时政治情况和他自己怀抱态度的长诗中,我们仍然可以看出他对现实的关心。在《咏荆轲》一诗中,他借古侠士荆轲的豪放悲壮的事迹,慷慨地寄托了他自己的感触:"其人虽已没,千载有余情!"对荆轲这样的人格是极其向往的。由作品中可以知道,他对现实是很不满的,也有一些反抗和批判,那对象主要是当时实际掌握政权的市朝显达,他的归隐可以说就是不愿与这些人为伍的一种表示和抗议。但归隐以后,他在思想上仍然是有矛盾的,虽然想"无复独多虑",但实际上却只是"履运(指经历世变)增慨然",这正是他对世事不能遗忘和冷淡的反映。"流泪抱中叹,倾耳听司晨

（鸡啼）"，他是很关怀现实的，也是很痛苦的。但"理也可奈何，且为陶一觞"，无可奈何就只有用饮酒来逃避和麻醉了。陶诗中写饮酒的地方很多，这正是一个重要原因。因此他的饮酒和他的归隐一样，都是一种无可奈何的逃避，其中含有很强的不满现实的意义。他自己也不愿意这样，因之感慨很多。但他对当时那些做官的人非常鄙视，如说"语（指出仕）默（指归隐）自殊（不同）势，亦知当乖分（分开）"，他把自己和这些人的界限是划得很清的。他对政治社会是有理想的，这可以从他所写的《桃花源记》中看出来。那是记述一个与现实社会远隔了的，没有现实中种种扰乱与贫困的理想的所在。"春蚕收长丝，秋熟靡（无）王税"，如同上古原始时代的大家都"怡然有余乐"的社会。正因为他不满意于当时的政治环境与人民的贫困，才把他对社会的理想形象地表现在《桃花源记》那篇文章和《桃花源诗》中。在桃花源那样的理想环境中，完全没有他讨厌的那些人物和事情，所有的人都是劳动的农民，并且都有一种高旷的情趣，都有一点类似陶渊明自己，这就是他的社会理想。这种理想和他的社会地位、生活情况都是合拍的。这虽然只是空想，但也多少反映了一般农民的要求。"春蚕收长丝，秋熟靡王税"，正是农民在当时所可能有的愿望。他的思想虽然也受到当时流行的老庄哲学的很深的影响，但也有一大部分是从实际生活的体验中得来的，而这正是使他的作品发生光彩的重要原因。

　　正因为他有了以往文人所不曾经历过的田园生活和实际劳动，就使他的诗也有了与当时一般文人不同的新鲜真实的内容。譬如下面的一首诗（《归园田居》其三）：

　　　　种豆南山下，草盛豆苗稀。晨兴理荒秽，带月荷锄归。道狭草木长，夕露沾我衣，衣沾不足惜，但使愿无违。

像这样自然朴素的诗，只有当作者有了亲切的生活体验以后，才有可能写得出来。正因为他在田园生活中不断有新的启示和触发，在和劳动人民生活的接近中，他自己的思想感受也有一定的陶镕和洗练，这就使他虽然处在当时那样一个在文学作风上崇尚骈俪（对偶）的时代里，仍能形成一种单纯自然的独特的风格。像"而无车马喧""今日天气佳"这类近似口语的句子，像"桑麻日已长，我土日已广"这种近于歌谣的句子，在那个时代都是非常突出和特殊的。这种艺术上的特色正是他长期生活体验的结果。他的诗在当时简直没有引起人们的注意，这件事本身就说明了他与当时一般的士族文人间是有长远距离的，而这正是他比较接近人民生活的伟大的地方。但他对后来的影响却非常大，差不多后世哪一家的集子里都有歌颂陶渊明的诗句，仅这一点也足以说明陶诗在文学史上所发生的深远的影响了。

　　当然，后世欣赏陶诗的人中也有一些是只就他们所喜欢的某一点来加以突出和夸大的，例如所谓"静穆"的境界之类；并不是真能认识到陶诗中的人民性与现实主义的精神。这一方面是因为陶诗中本来也有它消极的一面，他把对现实的不满情绪表现得比较平和冲淡，而对一种安于现状的生活情趣倒有时写得真有点"不乐复何如"。而且对隐居的赞美，对晋室的依恋，这一切都说明在他的思想和作品中是有一些消极部分的。而另一方面，那些后世的封建文人们也只能欣赏这些消极的地方，结果就以此为陶诗的全部精神，并加以提倡和鼓吹。这种影响就很不好,而且直到现在还妨碍着我们对陶诗的正确的认识。鲁迅先生说:"陶潜正因为并非浑身是静穆,所以他伟大[2]。"这些消极部分不但不是陶诗中的主要精神,而且就连这一部分也并不是像有些人所讲的那样"超尘绝俗"的。

宋初著名诗人有谢灵运,以描写山水景色著称。他做过著名风景区永嘉的太守,常常出去探奇访胜,游览山水。中国诗中过去写景的作品很少,可以说他是第一个用全力来描绘祖国壮丽的山水景色的诗人。因为题材新颖,他又着力于描写,因此在造句上就不能不有更多的创造。他尽力雕琢字句,多用典故和排偶,务求描写入微,令人神往。谢朓诗中的譬喻状词用得很多,诗的内容题材的变换,也影响到对诗的形式语言的考究,以前人用"尚巧似""富艳"来批评他的诗[3],就可说明这种特点。他的诗中对偶句很多,而且很注意于声色的描绘,像"崖倾光难留,林深响易奔"这类句子,声色的描写就很鲜明。他在写景的诗里常常叙述一些对人生的感触和哲理,但有时不能与写景的诗句相融合,读来便有点生硬之感了。描写也间有繁芜冗长的地方。但他是开始注意在诗中着力描写景色的诗人,对后来的影响很大。

南齐永明(齐武帝年号)间,"声律说"大盛。大家都提倡作诗要注意四声的分别、平仄的性质,和双声叠韵的作用。从此作诗都力求谐调,逐渐即发展为后来的近体诗(律诗和绝句)。齐梁诗在文学史上正是古体到近体的桥梁,当时的一般诗人都很注意形式技巧的运用。这时期比较著名的诗人可以举出谢朓和庾信。谢朓也以山水诗著名,但诗中常常着重于仕(做官)与隐(隐居)之间的矛盾,写景也能与抒情结合，内容较前扩大。而且文体明密省净，又注意声律语调的调谐，如"余霞散成绮，澄江静如练。喧鸟覆春洲，杂英（花）满芳甸。"（《晚登三山还望京邑》）纯用白描而对仗工整，对唐代诗人的影响颇大。庾信由梁入北周，被北周留下走不了，后半生有二十多年流离羁旅生活，诗中有思念故土的浓厚感情，而形式技巧又很精工，因此成就较高。如《拟咏怀》二十七首。其二十一首说："倏忽市朝变（指梁朝政局改变），苍茫人事非。避谗应采葛（《采葛》，《诗经》中的一篇，相传为避谗作），忘情遂食薇（见上引阮籍诗句注）。"这四句写梁朝政局改变，他出使北周给留下，他一面避谗言，一面还是怀念梁朝，不愿做北周的臣子。四句中写出他的身世之感，而对仗很工。他的诗可以说是由五言古诗进入五言律诗的先驱，唐代诗人多学他。杜甫诗中对他的评价就很高。

　　晋宋以后，诗的作风一般趋向于形式主义的发展，大家都在运用声律典故的技巧上争胜，除谢朓、庾信等人的一些作品外，好诗极少，后人甚至以"众作等蝉噪"来形容这时期的作品[4]；这是和当时的政治昏暗以及士族文人们的生活腐烂分不开的。一直经过了隋末的社会大变动，到唐代才又重新推崇"建安风骨"，出现了伟大的诗人和好诗，承继和发扬了我们文学史上的现实主义的优良传统。

\* 　　\* 　　\*

〔1〕〔3〕钟嵘：《诗品》。
〔2〕鲁迅：《且介亭杂文二集·"题未定"草（七）》。
〔4〕韩愈：《荐士诗》。

# 唐　　诗（上）

　　唐朝是我国诗歌发展的百花齐放的时代，不只产生了好些为我们所熟悉的大诗人，而且一般的作者和作品的数量也是非常多的。清康熙时编《全唐诗》九百卷，所录有二千三百余家，诗四万八千九百余首，其余散佚不存的就更无法计算了。诗体的形式也是多种多样的，除以前常用的形式五言古诗外，其余七言古诗、五七言绝句（每首四句的小诗）、五律七律的近体诗（律诗是一种每首八句的诗体，中间四句要对偶，首尾四句一般不要对，但平仄音调都有一定的限制。因为这种诗体是唐朝才形成了的，所以称作近体诗），以及由乐府发展变化来的"歌行"和"新乐府"（格律很宽，字句不限），都是盛极一时的。内容和风格也很丰富多彩，的确是表现了那个国力强盛和人民力量高涨时代的精神面貌的。

　　由于隋末全国性的农民大起义的影响，靠农民战争取得了政权的唐朝统治者在其开始时所执行的一些制度和政策，都不能不在一定程度上照顾到农民的生活和要求，这就给生产力的发展和社会经济的繁荣带来了有利的条件。又由于唐朝结束了自汉末以来四百年的混乱割据和异族入侵的局面，因此唐朝的国势很强大。到唐玄宗开元时代，就是我们习惯上所说的盛唐，社会上呈现着一种太平繁荣的景象。杜甫《忆昔》诗说："忆昔开元全盛日，小邑犹藏万家室。稻米流脂粟米白，公私仓廪俱丰实。九州道路无豺虎，远行不劳吉日出。齐纨鲁缟（丝织品）车班班（运输不绝于道），男耕女桑不相失。"在这种政治统一、经济繁荣的情形下，文化自然也会有相应的发展。这时由于和外族通商的关系，也接触到了外族的文化，人民的眼界开阔了，富有一种青春奋发的情绪，因此创造力也就蓬勃起来了。当时的音乐、歌舞、绘画、工艺，都以新颖的风格发展起来，作为唐代文化最丰富的表现的诗歌，在摆脱了齐梁以来追求辞藻声律的形式主义的束缚以后，也创造出了真正反映那个时代的精神面貌的健康的作品，这就是后世所称道的"诗必盛唐"的盛唐诗的多彩的风貌。

唐朝统一后的头一百年，还没有产生伟大的诗人和诗歌。它的贡献只在逐渐纠正齐梁以来的柔弱轻艳的宫体诗的余风，并酝酿和形成各种新的诗歌形式，可以说是盛唐诗的准备时期、初唐四杰王勃、杨炯、卢照邻、骆宾王四人中，卢照邻、骆宾王的主要贡献就在逐渐改变宫体诗的内容，使它趋于健康的方向。而王勃、杨炯和沈佺期、宋之问的贡献，便在他们奠定了五律和七律的近体诗的形式，为以后诗歌的发展打下了基础。但就这些人的作品说，却仍未完全摆脱齐梁以来的过于柔弱纤细的作风。陈子昂（公元656—698年）是唐代力图纠正这种诗歌的柔靡倾向的有力的一人，他反对齐梁作风，提倡汉魏风骨，努力想把诗引上现实的道路。他的《感遇诗》三十八首，就是学习建安时代慷慨高歌的特色的作品。其中有咏史事的，有发感慨的，也有对边事及社会风尚的议论和批评，如"感时思报国，拔剑起蒿莱（田间）。西驰丁零（西北方种族名）塞，北上单于（匈奴君长）台"就有慷慨高歌的气概。在文学史上可以说他是开元天宝时代文学的前驱者。但因为作品少，诗的艺术成就也不算高，因此虽然这种提倡是有功绩的，但在当时所起的影响却并不十分大。到了李白，才承继了陈子昂的这种主张，并以他的丰富多彩的作品来实践了这种理论，鲜明地反映了盛唐那个时代。和陈子昂一样，李白也以为"自从建安来，绮丽不足珍"，他看不起齐梁以来的那种柔弱纤细、崇尚形式的诗歌，而且以为"将复古道，非我而谁"。他的《古风》五十九首就和陈子昂的《感遇诗》很相似，是他这种创作主张的实践。他们表面上虽然提倡复古，但实际却是适应当时社会的要求，要把诗歌引向新的与人生有关的现实主义道路上；以"复古"为名义，只是为了更有力地反对齐梁以来的那种形式主义的轻艳柔靡的倾向罢了。建安时代曹植等人大胆地运用民间乐府作诗，因而形成了文学上的一种清新刚健的作风，陈子昂、李白的推崇建安文学，实质上也表示了他们推崇乐府诗的特色和文人善于向民间乐府学习的传统。但李白和陈子昂不同，他是以丰富的创作实践来改变文学潮流，并以清新豪放的风格来反映了盛唐那个时代的精神面貌的。

　　李白（公元 701—762 年），字太白，他一生中的重要活动，大体上都在唐玄宗开元、天宝这四十多年当中，就是我们习惯上所说的盛唐。他的诗也是最能反映那个时代的精神的。他在四川度过了他的少年时代，蜀中的壮美的自然景色对诗人的培育发生了好的影响。到二十五岁时，为了找寻机会来发展自己的抱负和才能，他开始到各地去漫游，以湖北安陆为中心，流连了有十五年光景。他的性格很高傲，一生没有正式做过官,就连唐朝一般读书人所热烈追求的进士考试,他也从来没有想到要参加。以前人说他"不求小官,以当世之务自负"[1]。他自己也说"奋其智能,愿为辅弼"(辅佐帝王的人物),"出则平交王侯",他是想"不屈己、不干人"(不屈辱自己,不干求别人),一举而至卿相,"起来为苍生"的。这种思想看来虽然有些夸诞,但它的产生是有原因的。一方面是盛唐时富庶安定的社会环境培养了青年人对事业前途的强烈追求的愿望,一方面是他对自己才能的高度自负。他所见到的一般官吏都很庸俗,他以为一个富有才能的人是应该也一定能够得到别人的尊重和施展自己才能的机会的。他常以大鹏良骥自比,觉得一定可以一鸣惊人。但事实上遇到的却只是嘲笑和误解,而且因为他"羞与时人同",当然就更容易招来"时人见我恒殊调,见我大言皆冷笑"的遭遇了。和李白最常接触的那种"时人"最多的当然就是一些地方官吏和努力想得到一官半职的读书人,这些人都遵循着社会成规来安排自己的命运,也最容易对现状感到满足,而李白却想"起来为苍生",那当然就只能被认为是"大言"了。他在实际经历中把那些庸俗的权贵们看穿了,因此他的结论是"安能摧眉折腰事权贵,使我不得开心颜!"他尽情地鄙视和嘲笑那些庸俗的人们,而对于一种社会风习所加给人的束缚和羁绊,感到很大愤懑,因此要求自由,要求解放,甚至狂饮高歌,或憧憬于一种理想的无拘束的世界。他的诗中有许多歌咏任侠和求仙的内容,就可以这样理解。他以为"儒生不及游侠人",甚至还说"纵死侠骨香",都表现了一种要求解放和创造的精神。求仙访道中虽然含有一些迷信的和消极的部分,但另一方面也表现了一种对社会既定秩序的蔑视，如说"尧舜之事不足惊，自余嚣嚣直可轻，巨鳌莫载三山（海上仙山）去，我欲蓬莱（仙山名）顶上行"。他对神仙的存在实际上是有怀疑的，如说"仙人殊恍惚，未若醉中真"，因此他的歌咏求仙主要也是表示了一种对于自由生活的憧憬。饮酒也是一样，"黄金白璧买歌笑，一醉累月轻王侯"，他在醉后可以毫无忌惮地表现他的傲岸态度。他腹中有不平和愤懑，因此就以饮酒来排遣烦闷和表现他的豪放情绪。而且因为漫游的地方多了，生活上也遇到了许多的挫折，弄得"若浮云而无依"，因此对于诗歌的创作也增添了丰富的内容。盛唐诗的一个主要特点就是充满了一种对于理想追求的浪漫豪放的风格，和一种要求自由、发展及解放的精神，李白的诗就是这种精神的比较集中的反映，可以说是盛唐诗歌的代表。

天宝元年（公元 742 年），因为他"名播海内"，唐玄宗召他入京。他很高兴，以为有机会可以施展自己的抱负了，但实际上皇帝却只把他当作御用文人，让他做些华丽的行乐诗词而已。他感到皇帝和近臣的庸俗并不下于他以前所接触过的一些官吏。"彷徨宫阙下，叹息光阴逝"，他住了还不到三年，也没有正式做官，就"高歌大笑出关去"[2]，又开始了漫游的生活。一直到天宝十四载（公元 755 年）安禄山乱起，十年当中，以河南开封为中心，他都是在各地漫游中度过的。这一阶段他的生活很贫困，当时社会的矛盾已逐渐显露，他对唐朝统治集团的罪恶也认识得比较清楚了。"君王制六合（天下），海塞无交兵，壮士伏草间，沉忧乱纵横"，他在当时表面上还很太平的局面中，已感到社会矛盾的严重，有了大乱就要起来的感觉，后来天宝之乱果然就演变成如他所担忧的那样了。天宝十四载安禄山起兵时，李白在安徽宣城，到这次长达差不多八年的大乱结束的宝应元年（公元762年），李白就逝世了。因此，他的大半生虽然是在所谓"开元盛世"度过的，但他的暮年也饱尝了乱离之苦。他对这次大乱感到很痛心："俯视洛阳川，茫茫走胡兵。流血涂野草，豺狼尽冠缨。"又说："白骨成丘山，苍生竟何罪！"他同情人民所遭受的苦难，"誓欲斩鲸鲵（喻不义之人），澄清洛阳水"，很想去参加抗敌的工作。在这种爱国精神的驱使下，他参加了唐玄宗的第十六子永王李璘的军幕。但因为唐肃宗和永王璘之间有矛盾，不久永王璘的兵便被消灭了。李白在永王军中只有两三个月的样子，但却因此获罪，受到了流放夜郎（贵州桐梓一带）的处分。这时他非常悲愤，"远别泪空尽，长愁心已摧，三年吟泽畔，憔悴几时回！"他感到自己的遭遇竟和屈原的被放逐相同了。的确，这就是在不合理社会中一个正直的诗人所经常得到的遭遇。但在他刚走到巫山的时候，就遇到全国大赦，他也被释归了。以后他又在金陵、宣城等地漫游了两三年，生活非常穷困，就在宝应元年（公元762年）十一月，他病逝在安徽南部的当涂，年六十二岁。

在李白的诗中，表现得最多的是渴求个人自由和摆脱社会的羁绊，蔑视那些满意于既成秩序的庸人，对于有才能的人在社会上得不到应有的尊重表示愤慨。他对当时的社会曾这样加以描述："鸡聚族以争食，凤孤飞而无邻。蝘蜓（蝎虎）嘲龙，鱼目混珍（珠）。嫫母（古之丑女）衣锦，西施负薪。"他对这种是非不分的社会现实感到极大的愤懑，而且在诗中表现得非常强烈。虽然这些思想主要还是从他自己的遭遇出发，但这种现象是由不合理的社会产生的，因此通过他的富有艺术感染力的诗篇，就会产生一种鼓舞人们去争取美好生活的积极的力量。他对唐朝统治集团的罪恶也有相当的认识，例如对宦官广占田宅和斗鸡者（一种供皇帝做游戏的人）的跋扈，对杨国忠发动的征云南的战争所带给人民的损害，诗中都有很深刻的揭露和批判。在《丁都护歌》中，更表现出了他对劳动者的同情和诗人自己的人道主义精神：

> 云阳（江苏丹阳）上征（行）去，两岸饶商贾。吴牛喘月时（暑天），拖船一何苦！水浊不可饮，壶浆半成土。一唱《都护歌》，心摧泪如雨。万人系盘石（大石），无由达江浒（江边）。君看石芒砀（产石的山名），掩泪悲千古！

当时的官府在山上采取大石，用拖船来搬运，天旱水浅，千万的劳动者用力牵拉着，也很难到达江边。但监督的官吏（都护）却限令极严，使劳动者无由喘息。李白想到为了采取这些石头长久地令人民从事苦役，不禁感叹地说："君看石芒砀，掩泪悲千古！"《丁都护歌》是乐府旧曲，相传"其声哀切"，李白以之歌咏新事，就更悲恻动人了。

对于风景优美的祖国山河的描绘与歌颂，也是李白诗的一个重要内容。因为他走过的地方很多，"观奇遍诸岳"，对祖国的壮丽山河有一种热爱的感情，同时也由于他善于用艺术的手腕来表现那些美丽的景物，能够引起读者的想像和爱好的情绪，因之这部分诗篇读来也是非常动人的。譬如下面的一首《望庐山瀑布》诗：

日照香炉（峰名）生紫烟，遥看瀑布挂前川。飞流直下三千尺，疑是银河落九天！

他用单纯的语言和活动的形象，将飞流直下的瀑布景象生动地呈现出来，"银河"的譬喻也非常新鲜具体。他描绘自然景色的诗都富有那些景物本身的具体色彩，在表现方法上也是丰富多样的。譬如另外一首也是写庐山瀑布的诗，就另有他的特点：

西登香炉峰，南见瀑布水。挂流三百丈，喷壑数十里。欻（倏）如飞电来，隐若白虹起；初惊河汉（银河）落，半洒云天里。仰观势转雄，壮哉造化功！海风吹不断，江月照还空。（下略）

前一首是远望景象，写出了在阳光下面，满山烟霞、瀑布直下的壮观。后一首却是登峰近看，那水流的急速显得更其壮伟。"海风吹不断，江月照还空"二句，不用譬喻，只用白描和联想的手法来写临空而下的瀑布实景，尤其有一种单纯自然的美丽。他善于写动态中的景物，譬如《望天门山》诗中的"两岸青山相对出，孤帆一片日边来"，就能使读者有一种身临其境的实感。他也常常用夸张的手法来形容他所要描写的对象，我们所熟知的"白发三千丈""燕山雪花大如席""蜀道之难难于上青天"等诗句，就都是这一类的例子。运用这种手法可以使他所写的对象非常突出显明，特别在写雄伟壮丽的自然景物时，可以使诗意有开合动荡的效果。这种写法有时和他的丰富的想像结合起来，甚至还运用一些神话传说的典实，就形成了一种壮浪纵恣的多彩的笔锋。例如他的著名的诗篇《梦游天姥吟留别》，就是这样。这是构成他的诗篇的自然豪放风格的一个重要因素。他还经常把对自然景物的描绘和对现实人生中的某些感触结合在一起写，因之这些描写就给人以雄伟壮丽的感觉，使人的胸襟为之开展，而不是给人以一种隐逸或静谧的联想，引导人去逃避现实。他不屑于在形式上雕章琢句，因此他不大喜欢写近体诗，而多采用形式比较自由的乐府歌行，就因为这更适宜于表现他那种豪放的情感和壮阔的内容。他所写的乐府诗虽然题目仍沿用古题，但内容和形式都是富于创造性的。这可以说明他对于乐府民歌的重视和他自己在创作上的成就和特色。

在后人的心目中，李白一直是一个有骨气、正直坦率而又富有才能的人物，这在许多民间传说中都可以找到证明。就他作品中所表现的思想说，虽然其中也有一些消极的成分，例如对于及时行乐和求仙访道的歌咏，对于功名富贵及豪奢生活的羡慕等；但他不甘于"摧眉折腰事权贵"，他要"不屈己、不干人"，就是说他不愿意牺牲自己的自由和理想来取得那些他所要的东西。他看到过很多不合理的现象，都是与他的理想和他的人道主义精神相冲突的。他不满这些，要求自由，要求解脱社会的羁绊，这种精神对当时的社会含有深刻的批判意义。而且这些思想都是从现实出发的，因此他所憧憬的和不满的，在一定程度上也都反映了当时人民的痛苦和愿望。更重要的，他把这种思想感情都表现在许多富有艺术特色的诗篇里了，这就使他成为我们文学史上的有数的伟大诗人之一，而且对后人的影响也就更大了。

和李白同时的著名诗人很多，如以歌咏自然景色著名的王维，对后来一直都发生着很大的影响。他信仰佛教，又是有名的山水画家，因此在描写一些静态的美丽景色的画面时，常常能够捕捉到景物的特征，用淡雅的笔调精致地描绘出来，艺术造诣很高。如"大漠孤烟直，长河落日圆"[3]，用简单的笔触，生动地画出边塞上的景象。"草枯鹰眼疾，雪尽马蹄轻"[4]，不但写出时令，还写出鹰和马的神态。但生活面过于狭小，诗中很少关于现实人生的表现，多的反而是一种静谧闲适的生活情调。孟浩然擅长五言律诗和绝句，杜甫说他"清诗句句尽堪传"[5]，所写的也多为自然景色和乡村生活。他的一首《春晓》是最为人所熟悉的："春眠不觉晓，处处闻啼鸟，夜来风雨声，花落知多少！"从这里可以看出他的清淡而耐人寻味的风格。此外如以七言绝句著称的诗人王昌龄，以七言古诗见长、专力歌咏苍茫的边塞风光的诗人岑参，都是当时的重要诗人。

天宝十四载（公元755年）开始的安史之乱，对于唐代历史及唐诗的面貌都有决定性的转折意义。开元、天宝时代的重要诗人，除了孟浩然以外，差不多都死在大乱以后，都亲身经历了这一场历时八年的严重战乱和它所带给人民的灾难，但最能全面深刻地反映出这个时期的社会情况和人民的感受的，是伟大的诗人杜甫的诗篇。

\*　　\*　　\*

〔1〕刘全白：《李君碣记》。
〔2〕任华：《杂言寄李白》。
〔3〕王维：《使至塞上》。
〔4〕王维：《观猎》。
〔5〕杜甫：《解闷十二首》之六。

# 唐　诗（下）

在天宝之乱以前，唐朝统治集团的奢侈腐化和人民所遭受的天灾人祸的痛苦，都已到达了从唐朝成立以来的顶点，而安禄山的起兵就使得一切社会矛盾全都表面化了。从此唐朝的历史面貌便和以前有了显著的不同，生产力降低了，人民生活贫困，对外也抵抗不住外族的侵扰了。在文学上也有同样的表现，像以前那种富有浪漫色彩和追求理想精神的缤纷多彩的诗歌比较罕见了，更多的是表现社会矛盾和人民灾难的悲叹的声音。而最能表现出这种社会变乱时期的面貌和人民的感受的，是杜甫的诗篇。

杜甫只比李白小十一岁，晚死了八年（公元712—770年），因此他们所经历的时代差不多是相同的。但我们若以天宝之乱起来的公元755年为界，则那时李白已经写了许多著名的诗篇，杜甫就说他"笔落惊风雨，诗成泣鬼神"，他已经"名播海内"，主要的作品已经完成了。而现存杜集中属于公元755年以前的作品却只有一百二十几首诗，还不到全集的十分之一；为我们所熟知的许多名篇都还没有写出来。这就说明，虽然天宝之乱起来的那一年杜甫已经四十四岁了，但他的重要诗篇却都是在大乱中和大乱以后完成的，这和他个人的经历遭遇有关系。因此他的诗和李白等诗人的诗有不同的精神和风格，他的诗突出地表现出了那个从繁荣到衰落的社会矛盾尖锐时期的人民的感受。

杜甫是初唐诗人杜审言的孙子，幼时即承受了很好的家学。从二十岁起，他在江苏、浙江、山东一带漫游了十年光景。在他三十三岁暂时定居洛阳时，曾和从长安离开的李白有过一度的交游。"醉眠秋共被，携手日同行"，他们的交谊是很亲密的。杜甫虽然少年时就"读书破万卷，下笔如有神"，但现在杜集中所存的在遇到李白以前的诗还不到二十首，这部分作品在思想感情上与李白的作品也并没有十分不同的地方。从三十五岁起，他在长安住了十年，他本来希望能够得到一个官职，以便"致君尧舜上，再使风俗淳"，但实际上却过的是"朝叩富儿门，暮随肥马尘，残杯与冷炙，到处潜悲辛"的困苦生活。这十年中，他看到了"炙手可热势绝伦"的杨国忠兄妹等统治集团人物的荒淫豪侈，也看到了"千村万落生荆杞"的人民的苦难，而他却只能"独立苍茫自咏诗"。因此在《登慈恩寺塔》《丽人行》《兵车行》等诗篇中，他沉痛地写出了他对现实的不满和对国事的隐忧。

就在天宝之乱爆发的那年十月，他得到了一个右卫率府胄曹参军的小官。十一月，他到奉先（蒲城）去看妻子。这时他写了《自京赴奉先县咏怀五百字》的著名的诗篇。在这首长诗里，他写出了他"穷年忧黎元（百姓），叹息肠内热"的怀抱和有志难伸的痛苦感情。因为路经骊山（今临潼县境），他也写了唐玄宗在骊山恣情享乐的情形。他想到"彤庭所分帛，本自寒女出"，因而写出了这样千载传诵的名句："朱门酒肉臭，路有冻死骨。荣枯咫尺异，惆怅难再述！"回到家中时，他的幼子已经饿死了，他想到自己是属于可以免除租税和征役的人还得到这样辛酸的遭遇，那一般老百姓又该如何呢！因此联想到"失业徒"和"远戍卒"的苦楚，而不禁忧积如山了。在这篇不朽的长诗里，他鲜明地表现出了统治者和人民之间难以调和的对立，表现出了当时社会中最根本的矛盾，而诗人是把他的感情鲜明地放在人民一边的。他的幼子已经饿死了，但他想到的却是社会上还有许许多多比他生活更艰苦的人民；因此他的忧积如山就不只是为他个人，而是出于对国家前途与人民生活的关怀。就在他写这首诗的那一月，安禄山起兵了，这以后他经历了许多生活上的折磨，也写了许多著名的诗篇，他正视现实和关心人民的精神始终是一贯的。而且由于生活体验的深刻和艺术表现的成功，他的诗可以说是高度地发挥了现实主义的精神，对唐诗和唐以后的诗歌发生了重大影响。从天宝之乱起来以后的唐代政治上和社会上的重要事件，几乎没有不在杜甫的诗篇中得到反映的，而且他经常是从人民的角度来表示他对这些事件的看法和态度。以前人说他是"诗圣""诗史"，对于这些光荣的名称，他的确当之无愧；他是一个深刻地表现了当时社会矛盾和人民感受的伟大的诗人！

安禄山攻陷长安时，杜甫一度陷在城中，亲眼看见叛军的屠杀抢掠。"黄昏胡骑尘满城，欲往城南望城北"，可以看出他的忧愤的心情。听说唐肃宗在凤翔即位了，他就只身由间道逃出长安，"麻鞋见天子，衣袖露两肘"，在唐肃宗那里做了一年左拾遗的官。这时他对借用回纥的外援来平定战祸抱有很大的隐忧，对于唐肃宗的政治措施也常常提出指责，他始终是为乱离中的人民着想的。在他回鄜州（陕西中部县）家里所写的长诗《北征》里，他写出了沿途人民的苦状，他自己的家中也已经是"妻子衣百结"，他不禁叹息着"乾坤（天地间）含疮痍，忧虞何时毕"！长安收复后，他被派到华州去做过不到一年的司功参军,这期间他曾去过洛阳。就在从洛阳到华州的路上,他写出了那深刻地表达当时人民痛苦和战乱景象的"三吏三别"两组不朽的诗篇(《新安吏》《潼关吏》《石壕吏》《新婚别》《垂老别》《无家别》)。这些诗是后来白居易写新乐府的范本,对以后的现实主义诗歌起了很大的影响。下面是其中的一首《石壕吏》:

> 暮投石壕村,有吏夜捉人。老翁逾墙走,老妇出门看。吏呼一何怒,妇啼一何苦!听妇前致词:"三男邺城戍,一男附书至,二男新战死;存者且偷生,死者长已矣!室中更无人,惟有乳下孙。有孙母未去,出入无完裙。老妪力虽衰,请从吏夜归,急应河阳(河南孟津)役,犹得备晨炊。"夜久语声绝,如闻泣幽咽!天明登前途,独与老翁别!

杜甫大概是途中寄宿在老翁家里。这一家三个儿子都当兵去了,而且有两个已经战死,家中除老翁夫妇以外,只有吃乳的孙儿和"无完裙"的儿媳。但官吏对这样的人家也仍然要半夜来捉人,结果老翁逾墙逃了,老妇也随吏走了,只剩下了儿媳的泣声;直到天晓时,老翁才悄悄地回了家。杜甫一方面认为对叛军的祸乱必须抵御,一方面又对人民所受的痛苦无法缄默,他连一句话也说不出来了,只能如实地把这景象写下来;但因为他写得这样真实具体,读者对官吏们的残暴与人民的痛苦没有不受感染的。公元757年,他辞掉官,携家到了秦州(甘肃天水),接着又到了同谷县,都无法使生活安定下来,就在这年年底,他到了成都。这一年他的生活最穷困,只能拾橡栗和掘黄独（土芋）来生活。"我生何为在穷谷，中夜起坐万感集"，在他所作的《同谷七歌》里，沉痛地写出了这时的感慨。这几年在流亡途中，他写了许多诗。杜诗中，的一些名篇，以从天宝之乱起到他入蜀的这五年当中的数量为最多。

　　他入蜀以后，因为得到友人的帮助，生活比较安定了。在成都他经营了一个草堂，在四川各地一共住了有八年的光景。这时期他写的诗很多，生活虽然比较安定，但诗人对现实及人民生活仍是非常关心的。譬如在一个八月秋风狂号的日子里，他屋上的茅草被风卷走了，接着就是连绵的秋雨，把屋里的布被都淋湿了，这时他写出了有名的《茅屋为秋风所破歌》：

　　　　（上略）俄顷风定云墨色，秋天漠漠向昏黑。布衾（被）多年冷似铁，娇儿恶卧踏里裂。床头屋漏无干处，雨脚如麻未断绝。自经丧乱少睡眠，长夜沾湿何由彻（彻晓，到天明）？安得广厦千万间，大庇天下寒士俱欢颜，风雨不动安如山！呜呼！何时眼前突兀见此屋（指广厦千万间），吾庐独破受冻死亦足！

雨声未断。布衾已湿，他简直无法捱到天明！但他想到的却不只是他自己，而是一般没有安全居所的人们！他感到如果有"广厦千万间"能使天下的人都不受自然风雨的灾害，则"吾庐独破受冻死亦足"，这是何等伟大的人道主义的胸怀。天宝之乱完全平定以后，他在梓州，在《闻官军收河南河北》一诗中，热烈地写出了自己的喜悦的感情："却看妻子愁何在，漫卷诗书喜欲狂！"由于国家命运的改变，和人民从此可以得到安定生活的希冀，他心中充满了一种欢乐兴奋的情绪，从这里可以看出他的深厚的爱国主义的精神。最后两年，他由三峡出蜀，辗转于湖北、湖南各地，诗中的关怀祖国与关怀人民的精神仍是一贯的，不过更多结合着回忆少年时代的生活和俯仰身世的感慨罢了。公元770年，他病死在湖南耒阳，年五十九岁。

杜诗的艺术成就是极高的，他自己说"新诗改罢自长吟"、"语不惊人死不休"，又说"晚节渐于诗律细"，这种严肃认真的创作态度是杜诗艺术性达到极高造诣的重要因素。他运用的诗歌形式很多，唐朝流行的各种诗体他都写过，而且这些诗体都在他的手里得到了新的发展。五古、七古他都有成功的长篇巨制，运用得极其圆熟。像"三吏""三别"和《哀江头》《哀王孙》这些诗，都是一种随意立题、自由抒写的新体乐府，为以后白居易等人的新乐府的写作开辟了道路。五律是他的拿手，占到全集的一半，而且变化极多。七律是唐人所创造的诗体，而杜甫的七律就代表着这种创造的顶点。此外如《曲江三章》，每章五句；《同谷七歌》，采取了类似楚辞《九歌》的调子而加以变化，都是富于独创性的。他诗歌的风格也是丰富多样的，以前人就说他"尽得古今之体势，而兼人人之所独专"[1]。他的诗有平易近人的，也有绮丽精致的，因此后来有许多作风各不相侔的诗派都从不同的角度来推崇杜诗，从这里可以了解他的诗歌风格的多样性。正因为无论在内容的人民性或艺术造诣上，杜诗都有极高的成就，因此他在后人心目中的地位也是非常崇高的。历代诗集中有注解的以杜诗为最多，宋代已有所谓"千家注"，以后每个朝代也都有专门研究或为杜诗作注释的人，而"诗圣""诗史"这些名词也表示了后人对他的尊重和评价，从这些地方我们可以看出他对后来诗歌发展的伟大影响。

安史之乱平定以后，生产力受到破坏，国势趋向衰落，社会矛盾更尖锐化了，因此在中晚唐的诗里，表现人民苦难和社会不安的作品非常多。较杜甫略晚的诗人元结就在他的诗中表现了这样的内容。他到道州做刺史，看到当地人民穷困的状况，写了一首《舂陵行》，其中说：

> 州小经乱亡，遗民实困疲。大乡无十家，大族命单羸。朝餐是草根，暮食是树皮；出言气欲绝，言速行步迟。追呼尚不忍，况乃鞭挞之。

杜甫在《同元使君舂陵行》中曾称赞他说，"道州（指元结）忧黎庶，词气浩纵横"，就是赞扬他诗中的人民性与现实主义精神。在另一首《贼退示官吏》中，元结说："谁能绝人命，以作时世贤！"他不能鞭挞这样贫困疲惫的人民来博取声誉，因此决定不做官了，"归老江湖边"。他的这些诗可以说是白居易的新乐府的前驱。

白居易（公元772—846年）是有意识地发展了杜甫以来诗歌应该反映社会现实的传统，并以他的创作实践作出了巨大贡献的诗人。他在《与元九（元稹）书》里，提出了"文章合为时而著，歌诗合为事而作"的创作原则。他称赞张籍的诗是"未尝著空文"，他自己的诗是"惟歌生民病"，可见他是有意地运用语言通俗的诗歌来反映现实，使它发生改良政治的作用。他把他的诗分为讽谕诗、闲适诗、感伤诗、杂律诗四类，而他最重视的是讽谕诗。他的讽谕诗共有一百七十二首，都是同情人民疾苦、讽刺当时社会政治的作品。其中最重要的是《秦中吟》十首和新乐府五十首。他说这些诗都是"为事而作"而不是"为文而作"，他是有意识地发扬古乐府以及杜甫以来的优良的现实主义传统，使诗歌为人民服务。《秦中吟》十首，一首讲一件事，都是大胆暴露和讽刺现实的诗篇，在当时曾使"权贵豪近者相目而变色"[2]。如《重赋》用农民的口吻，控诉横征暴敛的官吏们"夺我身上暖，买尔眼前恩"，而那些被强迫征去的绢却堆在那里"岁久化为尘"。《轻肥》描写统治者饮宴豪奢，而"是岁江南旱，衢州人食人！"这些诗都鲜明地写出了当时统治者与人民的对立，内容非常尖锐和深刻。用他自己的话说，就是"但歌民病痛，不识时忌讳"，是极富于人民性和现实主义精神的。新乐府五十首是他为左拾遗时有意写给皇帝看的，希望皇帝能够由此来改良政治。但从内容上看，仍是表达出了当时人民的情绪与愿望的；这正表示了诗人热爱人民的精神。如《卖炭翁》写卖炭翁"可怜身上衣正单，心忧炭贱愿天寒"的心情，但结果却被"官市"硬以贱值强买去了。《杜陵叟》写农民遭旱灾后又受官吏逼租的苦况："典桑卖地纳官租，明年衣食将何如！夺我身上帛，夺我口中粟，虐人害物即豺狼，何必钩爪锯牙食人肉！"这些诗通过现实中具体的事例，沉痛地表达了他对当时贪官污吏的憎恶感情和对人民痛苦遭遇的深厚同情，他是想把诗歌当作一种舆论力量来"救济民病"的。下面引他另外一首讽谕诗《宿紫阁山北村》：

晨游紫阁峰，暮宿山下村。村老见余喜，为余开一樽（酒器）。举杯未及饮，暴卒来入门。紫衣挟刀斧，草草十余人。夺我席上酒，掣我盘中餐。主人退后立，敛手反如宾。中庭有奇树，种来三十春。主人惜不得，持斧断其根。口称采造家，身属"神策军"。主人慎勿语，中尉（统率神策军的宦官）正承恩。

这首诗用具体的形象真实地表现了当时人民的痛苦遭遇，曾使"握军要者切齿"。这些诗通俗动人，易于歌唱，在当时起的影响很大。另外他的长诗《长恨歌》和《琵琶行》也很有名，当时就有"童子解吟长恨曲，胡儿能唱琵琶篇"[3]的说法。《长恨歌》是根据当时大家所熟悉的杨贵妃的故事而写的，其中对唐玄宗也有所讽谕；《琵琶行》虽然写的是一个年长色衰的长安倡女晚年沦落的遭遇，但实际上却是作者抒发自己感慨的作品，这时正是他贬为江州司马的时候，因此"同是天涯沦落人，相逢何必曾相识"就成为向来传诵的名句了。他的诗很通俗，流传极广，元稹曾给他的诗集作序说，"自篇章以来，未有如是流传之广者"，这说明他的诗在当时就发生了很大影响。他全部诗作有三千六百多首，但最有价值的就是上面所说的这一类。他活了七十五岁，晚年有二十年左右都过着一种安闲的退隐生活，诗虽然不少，但大都是写一种乐天知命的闲适情绪，缺少早年所表现的那种强烈的现实主义精神了。

与白居易同时写乐府诗的人还有元稹、张籍、李绅等人，这在当时可以说是一种新诗歌的运动。他们都写"即事名篇"的新乐府，内容也是反映现实的，与白居易的作风很相似。其中元稹与白居易唱和最多，当时称为"元白"。他有《乐府古题》十九首和《新题乐府》十二首。《新题乐府》

如《上阳白发人》，写皇帝派使者到民间去求采女："醉酣直入卿士家，闺闱不得偷回避。良人顾妾心死别，小女呼爷血垂泪。"写使人的骄横骚扰和人民的痛苦，非常真切。白居易曾称赞张籍说："尤工乐府辞，举代少其伦（比）"。他的《废宅行》写天宝之乱后的社会情形说："乱后几家还本土，惟有官家（皇帝）重作主！"对统治者的讽刺极其尖锐。下面是李绅的《悯农诗》二首：

春种一粒粟，秋成万颗子，四海无闲田，农夫犹饿死！
锄禾日当午，汗滴禾下土，谁知盘中餐，粒粒皆辛苦！

这两篇小诗鲜明地反映了用劳动创造社会财富的农民的痛苦与感受，价值不在元、白的长篇乐府之下。

韩愈是当时另一派诗人的领袖。中唐诗人向来把韩、孟（郊）与元、白并称，他们的时代大致同时。但韩愈的作风却与元、白不同，他用扩大诗歌的表现方法来发展杜甫以来的作诗技巧。韩愈本来是著名的散文家，他所提倡的古文实际上是一种比较接近口语的新散文，以前人曾说他是"以文为诗"，可见他的诗和散文的风格是一致的。他自己说"险语破鬼胆"，又称赞孟郊的诗是"横空盘硬语，妥帖力排奡（矫健貌）"，都可以看出他诗歌风格注重奇险的特色。他的诗的结构和句法也都有点散文化，像"有穷者孟郊""淮之水悠悠"这些诗句，就很像散文的句法。他常常用奇异的譬喻，押险韵，用铺张的方法来描写景物，气魄较大，给人以深刻的印象。但因为在句法技巧上过于用力，因此反映现实的程度就远不及元、白的成就。孟郊是韩愈一派的诗人，善写穷苦贫病的情状，刻画得很逼真，这和他个人境遇的困厄有关系。他的《移居》诗说，"借车载家具，家具少于车"，可以看出他的冷峭的风格。他的诗变化没有韩愈多，气魄也不像韩愈豪放。

　　晚唐诗向来推李商隐、杜牧为大家，有小李杜之称。李商隐专门学杜甫的七律，用典精巧，对偶工整，艺术造诣很高。他一生辗转在政治上党争的影响里，生活颇受压抑，在他许多歌咏爱情的艳诗里，在美丽的辞藻的掩饰下，有些也是寄寓着感慨时事的内容。即在一些专写爱情的诗篇里，有的也写得非常真挚深刻；像"春蚕到死丝方尽，蜡炬成灰泪始干"这种句子，想像丰富，感情浓烈，读来是很动人的。但诗意过于隐僻晦涩，形式主义的倾向很重。杜牧以七言绝句见长，词采绮丽，作风豪迈，如"欲把一麾（旗类）江海去，乐游原上望昭陵"（《将赴吴兴登乐游原》），写自己在京不得志，想离去，却在乐游原上望唐太宗的陵墓昭陵。一面表示不忍离去，一面想望唐朝的盛时，表现爱国的感情。但他的诗一般都表现伤时或艳情，反映现实的篇章极少。

　　到黄巢起义时，李商隐、杜牧这些人都已去世，比较能够反映出那个农民大起义时代的尖锐的社会矛盾的，是皮日休、聂夷中、杜荀鹤这些诗人们的一些作品。黄巢起义前后一共延续了十年（公元875—884年），再过二十二年，唐朝就结束了。这时人民都生活在战乱中，因此留存下来的作品比较少。皮日休有《正乐府》十首，目的在"取其可悲可惧者，著于歌咏"[4]，是承继了白居易新乐府传统的作品。鲁迅先生曾称赞过他的文集《皮子文薮》里的内容"并没有忘记天下，正是一塌胡涂的泥塘里的光彩和锋铓。[5]"诗的内容也有同样的情形。下面是他《正乐府》中的《橡媪叹》一首：

秋深橡子熟，散落榛芜冈。伛偻黄发媪，拾之践晨霜。移时始盈掬，尽日方满筐。几曝复几蒸，用作三冬粮。山前有熟稻，紫穗袭人香。细获又精舂，粒粒如玉珰。持之纳于官，私室无仓箱。如何一石余，只作五斗量！狡吏不畏刑，贪官不避赃。农时作私债，农毕归官仓。自冬及于春，橡实诳饥肠。吾闻田成子，诈仁犹自王（田成子为齐简公相，故意行仁政以收民心，以后齐国政权尽归田氏，田氏即成为诸侯）。吁嗟逢橡媪，不觉泪沾裳。

稻米已全部纳官，而且"一石余"只作"五斗量"，于是人民就只能拾本来不能吃的橡实来"诳饥肠"了！诗人把官吏的贪暴与人民的苦难突出地表现出来了。聂夷中的《田家》一诗说："父耕原上田，子劚（音煮，开垦）山下荒，六月禾未秀，官家（公家）已修仓！"农民一年艰苦劳动的果实尚未成熟，但统治者已修仓准备掠夺了。在《伤田家》一诗中他又写道："二月卖新丝，五月粜新谷，医得眼前疮，剜却心头肉！"这些诗句长期地在农村中当作谚语一般地流传着，就因为农民受到的剥削太残酷了。杜荀鹤是杜牧的儿子，他的《山中寡妇》诗说：

　　夫因兵死守蓬茅，麻纻衣衫鬓发焦！桑柘废来犹纳税，田园荒后尚征苗。时挑野菜和根煮，旋斫生柴带叶烧。任是深山更深处，也应无计避征徭！

这诗深刻地写出了人民所遭受的迫害，即使逃至深山里住茅屋吃野菜，也无法逃掉统治者的压榨。从以上这些诗篇所反映的社会情况和人民生活看来，我们就能很容易理解唐末农民大起义的必然性和正义性了。用自己的劳动来创造财富的人民反而无法生活，而统治者却横暴地掠夺人民来供其挥霍，那么引起人民的反抗不是很自然的事吗！这样的诗篇虽然数量不多，但其中所反映的社会阶级矛盾却非常深刻。作者大致都是从人民的角度去看问题的，也的确反映出了人民的思想和感情。这些诗的语言也一般通俗易晓，很明显的是承继了杜甫、白居易以来的诗歌的优良传统的。

　　唐朝是中国文学史上诗歌最发达的时代，不只作家和作品的数量众多，而且内容广阔，形式丰富，都超出了过去任何一个时代。在李白、杜甫、白居易等伟大诗人的诗篇里，就其主要方面说，是真实地反映了当时社会生活的面貌和本质，并唱出了那个时代人民的思想感情的。而且由于这些诗人在艺术上的杰出造诣，他们的作品都有独特的风格和强烈的感染力量。这种富有人民性和现实主义精神的传统，在唐诗中表现得极为显著。这些不朽的诗歌是我们民族文化中极有价值的一部分，它长期受到人民的喜爱，并将在今后继续得到广大人民的热爱，成为我们创造新的文化所必需向之学习的宝贵的精神财富。

\*　　\*　　\*

　　〔1〕元稹：《唐检校工部员外郎杜君墓志铭并序》。
　　〔2〕白居易：《与元九书》。
　　〔3〕见唐宣宗李忱挽白居易诗。
　　〔4〕郭茂倩：《乐府诗集》中皮日休《正乐府十首》叙言。
　　〔5〕鲁迅：《南腔北调集·小品文的危机》。

# 词

词是起于唐而盛于宋的一种诗体。不过词起来以后,所谓正体的古近体诗并没有消灭,而是和词并行的。比起诗来,词与音乐有更密切的联系。唐朝的音乐很发达,《旧唐书·音乐志》说:"自开元以来,歌者杂用胡夷里巷之曲。"这就是说盛唐以后,除去传统的乐曲以外,外来的和民间的曲调也很流行。这些新起的曲调有些原来就是有歌词的,如张志和仿渔歌作《渔歌子》,刘禹锡仿巴渝民歌作《竹枝词》,正说明了最早的词是从民歌来的。本来唐朝教坊伶工所唱的歌词多半采自文人所作的律诗绝句,后来音乐的曲调丰富了,句法整齐的近体诗配合上去有参差,不容易和谐,而这些新曲调原有的歌词又不能令人满意,于是就按照乐调作新词来配入,这就是所谓"填词"。按曲填词的工作大概在民间和教坊中是很早就有了的,不过到文人开始作词以后,词才当作一种诗体引起了人们的注意。词的原意就是歌词的意思。文字配合音乐的时候,音乐的部分叫乐曲,文字的部分就叫做词。现在我们从甘肃敦煌发现的《曲子词》中,还可以看到较早的民间词的面貌。这些词的语句比较俚俗,表情比较直率,题材也是以写男女关系的为多。如《菩萨蛮》:

枕前发尽千般愿:要休且待青山烂,水面上秤锤浮,直待黄河彻底枯。　白日参辰(星)现,北斗回南面。休即未能休,且待三更见日头。

这里举出六件决不能实现的事,用青山烂,秤锤浮,黄河枯,白天星现,北斗斗柄回南,三更出太阳,来说明他们爱情的不变,表现人民对于爱情的强烈和专一。从这里也可以看出词在民间流行时代的情形。此外也有把词叫做"诗余""乐府""倚声""长短句"的,这些都是当词已经作为一种新的诗体成长起来以后,人们为了说明它与古近体诗的区别而就形式上或性质上所赋予的名称。

  词的句子是长短不齐的,表面上看来似乎比诗更自由一些,其实不然。因为它要跟乐曲相配合,因之比诗的格律更其严格。不只字数有一定的限制,连每一字的声调也都是固定的,所以作词叫做"填词",就是必须按谱(乐调)配词的意思。因之词的发展,和音乐的关系是非常密切的。我们现在读词当然只能把它当作一首诗来看,就是说只能从文字意义上去了解。在词最为流行的五代、两宋时期,古近体诗仍然是流行的,我们考察一下当时的作者们把什么样的内容来写诗,又把什么样的内容来作词,就可以看出当作一种诗体的词和古近体诗,在当时人的心目中有什么分别了。这种分别不单只在字句的长短或协合音律这些点上,而是在它所适宜于表现的内容上面。因为民歌中情歌的数量本来很多,那些流入上层社会的"里巷之曲"经过士大夫的选择,自然更以缠绵委婉地表现相思离别的乐曲为多,即所谓"词本管弦冶荡之音"[1],而且这些乐曲最多的是流传于都市歌伎之口,这样就使词为了适应她们歌唱,多半用来表现一种纤丽轻倩的内容,词藻很华美,感情很细腻,成为表现一种委婉含蓄的情致的抒情诗。

即使表现别的内容，也以典雅凝重为上。当时一般作者既用词来表现委婉含蓄的情致，要是有人用诗来表现这种情致，人们就认为气格卑弱；像晚唐李商隐、杜牧的诗就常常受到这样的批评，而两宋词人却很喜欢融化他们（李商隐等）的诗句入词，而且还受到人们的赞美。李清照的诗学杜甫，风格悲壮雄伟，但词却另是一种委婉缠绵的情致。由此可以看出当时人对词这一体制的看法。因此像诗中的有些内容如说理、叙事、议论等，在词中都是极少见的。一些沉着痛快、雄健豪放、明白晓畅的内容，在诗中认为很好的，在词中就一向被认为是别调。因此在批评词的时候，传统就习惯于用一些委婉沉郁、幽深倩丽等字样了。这些词的风格特点，是和跟它配合的音乐性质有关联的。因为词的乐调有谐婉的，歌词的情绪必须与乐曲相称，每调的字数有限而句子是婉曲回环的，因此也限制了词的题材内容的开拓，作者们就多半只在有限的题材中来运用多样的表现方法上用功夫。但这并不是说，所有的词的乐调都适宜于表现婉曲的情致，也有适宜于表现悲壮激越的情致的，也有两种感情都可以表现的。大抵唐五代词人常用的小令，每首词的字数少，适宜于表示一种含蓄的感情。苏轼、辛弃疾等词人扩大了词的题材，使词的表现内容有了某种程度的解放，他们所常用的《水调歌头》《满江红》《贺新郎》《沁园春》等曲调，就都是长调，比较适宜于表现豪放顿挫的情绪。这只是比较的说法。有的长调，辛稼轩用来表现豪壮激越的感情，周邦彦却用来表现委婉含蓄的感情。因此，我们在这方面只能作相对的说明。但一般地说，流传下来的词中表现得最多的是那些怨思闺情、伤春悲秋、羁旅惆怅等等情绪。到苏轼以后，境界才开拓了一些，表现的范围才比较广大，特别是南宋词，其中寄托家国情绪的就相当多了。

　　文人开始有词的专集的是晚唐时的温庭筠。到了晚唐，词这一体已经发展成熟了，温庭筠就是第一个用专力来作词的文人。他的词多是抒写妇女离情相思等内容的，如"过尽千帆皆不是，斜晖脉脉水悠悠"（《梦江南》），刻画女子候望归船的心理很深刻。他的词，语句很华丽，富有浓艳的色彩感。唐亡以后，形成了五代十国混乱割据的局面，其中蜀和南唐处在一种比较安定的环境中，所以词也以这两处所产生的为最多。在后蜀赵崇祚所编的《花间集》中，共选了十八家的作品，除温庭筠外，多为西蜀文人。这些词的作风也是承继温庭筠的风格发展下来的，多用艳丽的字句来描写妇女的身态外形以及相思别恨等情绪，与齐梁的宫体诗相似，内容很不健康。除西蜀外，当时南唐的作词风气也很盛行，如南唐二主（中主、后主）李璟、李煜和冯延巳的作品，可以代表晚唐五代的词的面貌。这些人的作品写的也同样是闺情怨思，不过语句清新，写得比较含蓄曲折，读后能引起人的同情，而不至流入浮华轻薄罢了。其中比较重要的作家是李煜，他的词现存四十余首。南唐灭亡以后，他做了宋朝的俘虏，生活上的剧烈变动也影响到了他的词的风格的变化。在他后期所写的作品中，就有了一些对于过去生活的怀念和向往，对于现在生活的悲哀，而且这些情感是写得很深沉的，这就多少扩大了词的表现范围，加强了艺术的感染力。下面是他的一首《相见欢》：

　　　　无言独上西楼，月如钩，寂寞梧桐深院锁清秋。剪不断，理还乱，是离愁。别是一般滋味在心头。

他不用华艳的字面，而只用清淡的素描来写出深沉的感情，在晚唐五代的词人中，他的成就是最高的。

北宋一百多年中，社会安定，都市繁荣，特别在汴京等大城市，更是非常繁华。所谓"新声巧笑于柳陌花衢，按管调弦于茶坊酒肆"的景象[2]，是特别适宜于作艳词绮语的词的发展的。这时一般文人都浸沉于雕章琢句、比声协律的填词工作中，而内容也就多半是适合于声伎歌唱的抒写闺情别恨的东西，或纤小的写景咏物的方面了。如在晏几道、柳永以及南宋的姜夔等人的一些作品中，常常写明是为歌伎或家姬作的，可见词在社会上的作用了。宋初的词人如晏殊、欧阳修等，作风仍是承继着《花间集》和南唐来的，内容也多是抒写恨别伤离的纤细感情。到了柳永，在词的作风上才发生了变化。在柳永以前的词，多是字数不多的"小令"，内容完全是抒情的。自柳永起，词就以长调"慢词"为主了。如《浪淘沙》是五代小令，每阕五十八字。宋人作的《浪淘沙慢》就长达一百三十三字。柳永《乐章集》中的作品多用铺叙的手法来刻画描写，内容则多写都市的繁华景象，和生活在这种环境中的男女间的穷愁离恨等心境；语句比较通俗，情意比较显露，内容也较前复杂多了。他通晓音律，能自制曲谱，而且因为长期潦倒在倡楼酒肆，所以当时都市荒淫生活的面影，在他的作品中表现得最为明显。他的词在当时流传得很普遍，有所谓"凡有井水处即能歌柳词"的传说，可见他的词已成为当时流行的通俗歌曲了。就内容看，少数写羁旅乡愁和爱情的作品比较健康，如"衣带渐宽终不悔，为伊消得人憔悴"（《凤栖梧》），有民歌中歌颂爱情专一的意味。此外，他的词多半是歌颂享乐生活的艳词。但他在词这一体发展上的影响却很大，在他以后，长调的慢词和铺叙的写法都普遍流行了。而且即如秦观、周邦彦等著名词人，也都明显地受到了他的影响。

词到了苏轼，在内容上才有所开拓，表现力才开始扩大。苏轼（公元1037—1101年），字子瞻，自号东坡居士。在他之前的词，内容多半是叙述艳情离恨，风格以婉约为正宗，文字必须协律，范围实际上是很狭小的。以前人批评苏轼的词是"句读不协之诗"，就因为他的词清新豪放，与传统的婉约轻艳的作风不同。在题材方面，他也不限于离愁别恨，内容是比较广阔的。像一些吊古伤时、咏怀送别等诗中常写的情感，他常常都用词来表现；因此有人说"东坡词，无意不可入，无事不可言。[3]"这就使他的作品有了明显的个性，不像以前的许多词都可理解为妇女口吻的"代言"体了。如《卜算子》：

缺月挂疏桐，漏断人初静。惟见幽人独往来，缥缈孤鸿影。　惊起却回头，有恨无人省。拣尽寒枝不肯栖，寂寞沙洲冷。

这词是苏轼谪官到黄州时作的。词里的幽人就指他自己，又用孤鸿来作比，写出他忧谗畏讥的心情。

有人说他的词"往往不协音律"[4]，就因为他更注意于内容，不愿多受形式上的束缚。其实他也是懂音律的，但他作词时并不十分注重于协律，而是像作诗一样，更注意于所要表现的内容。以前人说他"横放杰出，自是曲子缚不住者"[5]，就说明了他的词有摆脱乐律限制的倾向。像"夜饮东坡醒复醉，归来仿佛三更。家童鼻息已雷鸣。敲门都不应，倚杖听江声。"(《临江仙》)这种词句，就与诗没有什么分别了。他打破了绮罗香泽的传统风格的限制，不专为歌唱而填词，开始为文学创作而写词了。因此他的词内容广阔，风格豪放，虽然其中也表现了一些超脱达观思想，但就词这一体的发展说，他是扩大了词的表现范围，使词从艳体中解放出来，而成为一种抒情咏怀的新诗体。但在当时，大家还都把他的词当作别体，认为"虽极精工，终非本色"。因此和苏轼同时的秦观，以及稍后的周邦彦的作品，因为他们注重音律，字句精练，内容多写艳情，风格是婉约倩丽的，就被尊为正宗的词派；而且因为这些作品便于作词的人模拟和学习，对后来文人的影响也很大。尤其是周邦彦，以前人认为他是"集词之大成"，就因为他的作品声律严整，音乐性很强，最适宜于歌唱，而且字句精丽工巧，长于刻画和描写。如"水浴清蟾（月），叶喧凉吹（风），巷陌马声初断"(《过秦楼》)，写月明、风凉、夜静的境界，也可以看出他在文字上刻意求工。但他一般的词，内容却很空虚，除艳情外，多是一些写景咏物的题材，使词趋于形式主义的发展。就作品的价值说，他的词远不及苏轼的成就。

北宋末年的女词人李清照也是属于正宗一派的作家，但因为她遭遇到了国家的变乱，个人后半生的境遇也很失意，因此作品中所表现的那种凄楚哀切的感情就很深沉；词意缠绵婉转，富于感人的力量。譬如下面的一首《武陵春》：

　　　　风住尘香花已尽，日晚倦梳头。物是人非事事休，欲语泪先流。　闻说双溪（在浙江金华）春尚好，也拟泛轻舟。只恐双溪舴艋舟（小船），载不动许多愁。

她不像周邦彦一样用很多的典故和精丽的字面来刻画,而是平淡委婉地抒写出一种凄苦的忧思,因此读来易于使人有一种自然隽永的感觉。

　　北宋末年,金人攻陷汴京,掳走了宋徽宗和宋钦宗,一百多年来的承平局面打破了。面临着亡国的危机、山河的破碎和人民的苦难,因此在南宋词中的爱国思想和慷慨悲歌的情绪,就表现得很浓厚。其中最重要的代表作家是辛弃疾。

　　辛弃疾(公元1140—1207年),字幼安,号稼轩,山东历城人。他出生时北方已经沦陷,在他二十一岁的时候,曾参加过当地农民起义军耿京的队伍,担任了书记的职务,失败后他归南宋。他认为金人的内部矛盾甚多,努力鼓动南宋统治者对于战争胜利的信念。他一直都是主战派,不断同主和的执政者们进行斗争,打击当时存在着的对敌人畏缩消沉的失败主义情绪。但在南宋统治者的苟安求和的政策下,他只做过一些不重要的地方官吏,结果"平生志愿百无一酬"[6],就饮恨逝世了。他一生所作的词很多,现在留存下来的《稼轩词》中共有六百二十余首,是两宋词人中作品数量最多的一人。因为他生活经验丰富,学识广博,词中的内容和风格都是极其丰富多样的。有慷慨激昂的爱国精神的抒发,也有绵密婉丽的抒情咏物的作品。他把苏轼所开拓了的词的表现范围,再加以解放和扩大,因此无论就作品的数量或内容的丰富说,他都可以说是在词这种诗体上的最有创造性的作家。

　　因为他有强烈的爱国情绪,因此在作品中也就贯注了一种奋发进取的精神。譬如下面的一首《贺新郎》的下半阕(这首词是送别他的十二弟的):

>　　……将军百战身名裂，向河梁、回头万里，故人长绝。易水萧萧西风冷，满座衣冠似雪，正壮士悲歌未彻（荆轲要入秦去刺秦王，燕太子丹等在易水上送他，都穿白衣。荆轲慷慨悲歌）。啼鸟还知如许恨，料不啼清泪长啼血。谁共我，醉明月！

又如在另一首《水龙吟》（这首词是他登建康赏心亭作的）中，也有这样的句子：

>　　……落日楼头，断鸿声里，江南游子，把吴钩（剑名）看了，栏杆拍遍，无人会（理解），登临意（北伐中原收复失地之意）。

像这类作品，是最能代表他那种爱国精神和慷慨悲歌的情调的。他的词中不但有抒情咏物的内容，而且常常用词来寄感慨和发议论，因此以前人说他的词是"词论"，"于剪红刻翠之外别立一宗"[7]。可以说词到了他的手里，才大大地扩充了表现力，而这是和他的爱国精神不可分的。他的词中虽然有时不免用典过多，但因为内容充实，读来仍然有一种沉着悲壮之感。他的作品在当时影响很大，以前人曾说"南宋诸公，无不传其衣钵"[8]。当时如陆游（放翁）、刘过、刘克庄等人的词，大都是表现一种爱国愤世的热情和壮烈的怀抱，这是和当时的国家境遇有关联的。

　　南宋另有一派专求音律协调和字句工丽的词人，他们不问国家社会的处境，而大家结集词社，分题限韵，做出了许多华丽的作品。这一派的作家很多，承继了周邦彦以来的形式主义的发展趋向。其中最重要的作者如姜夔、史达祖、吴文英等人，都专在字句形式的雕琢上用功夫，但时世的感触有时也不免在词中透露。如姜夔曾到扬州，看到极繁华的城市给金人焚毁得都变成田地，作《扬州慢》道："过春风十里（指原来极繁华的街道），尽荠麦青青。自胡马（金人）窥江去后，废地乔木，犹厌言兵。"写出城市残破的悲哀，但缺乏悲歌慷慨的爱国热情。他们自制曲谱，讲求音律和技巧；词中用典很多，意义晦涩，内容空虚，结果把词这一体制愈弄愈僵化，因此以后也就很少能产生好的作品。

元代曲子盛行，作词的人较少。明词虽成就不大，但数量并不少，清康熙时编《历代诗余》二百二十卷，收至明代，共得词九千余首，词调一千五百四十，可以看到词这一诗体的流行情形。清朝中叶作词之风曾盛极一时，一直到清末还有人在作，产生的作品数量也很多。但因为词谱失传了，大家都只能把它当作诗的一体来作，又因为词牌固定，每字必须讲求四声五音，因此实际上是更其古典化了，真正有价值的作品并不多。大体上说，元明清三代作词的人多半是崇尚婉约的风格，以姜夔为典范，而以周邦彦为指归的。

\* \* \*

[1] 见《四库全书总目提要》论柳永《乐章集》。
[2] 孟元老：《东京梦华录》序。
[3] 刘熙载：《艺概》。
[4] 《易安居士事辑》中李清照《词论》语。
[5] 《历代诗余》中引晁无咎语。
[6] 谢枋得：《祭辛稼轩墓记》。
[7] 见《四库全书总目提要》论《稼轩词》语。
[8] 周济：《宋四家词论》。

# 宋　　诗

　　宋代虽然词体流行，但古今体诗并未衰歇，而且在当时人的心目中，诗比词有更崇高的地位。就流传下来的作品数量说，诗也比词要多得多。清康熙时编《四朝诗》，宋诗共七十八卷，凡八百八十二家；而《宋诗纪事》搜罗宋诗人至三千八百余家，可见宋诗作者之多了。就作品的内容风格说，宋诗也有独特的地方，并不是唐诗所能概括得了的，因此宋以后习惯上就把唐诗和宋诗当作一种文学批评的名词来看待，凡是注重抒情含蓄和以意兴见长的一类诗，就称作唐音，至于注重摅思说理和以深沉见长的一类诗，就称作宋调。其后元明清三代虽然诗人很多，但大概都可归于这两类；也有的人少年时学唐体，晚年又变为宋调的。可知宋诗在文学史上，是有它的独特的面貌的。明人李梦阳等主张"诗必盛唐"，极力贬低宋诗的价值，在当时发生很大影响；但清初吴之振等辑《宋诗钞》，宋诗又大盛，一直到晚清还有许多人专学宋诗。而唐宋之争也是近代文学批评史的一个主要题目。"五四"以后，词曲的地位提高了，又受了胡适《白话文学史》的形式主义理论的影响，认为一个时代只有一种诗歌形式是重要的，而宋代就是词，于是宋诗就很少有人注意了。我们并不是笼统地说宋诗都好，但决定作品价值的是它本身所具有的思想内容和艺术成就，不能专就诗词的形式着眼。如陆游这样一位富有爱国主义精神的诗人，如果只讲他的词，那就简直很少有可讲的了。因为他现存九千余首诗，其中很多都是好的作品。同时我们了解所谓风格上的唐宋之分，也只是一种一般的时代特色，并不能无区别地概括同时代的一切作家。譬如宋诗多议论，但杜诗中的名篇就有很多是发议论的，而且宋人多推崇杜甫、韩愈，正说明宋诗是承继了杜诗的传统。而宋人中如严羽等人的诗，一向也以为是近唐音的。因此我们这里只注重在说明宋诗发展的一般情形和一些重要诗人的创作成就，其余的就只能从略了。

宋初的诗承唐末余风，杨亿等专学李商隐，只在隐僻的典故和工丽的对仗上用功夫，叫做"西昆体"，完全是一种形式主义的作风。王禹偁专学杜甫，开始了新的风气，但诗的成就并不大。到苏舜钦、梅尧臣，才奠定了宋诗发展的基础。苏舜钦的作品中有很多是风格奔放的古诗，内容多抒写民间疾苦。譬如他在《城南感怀呈永叔》一诗中描写农民遭灾后的生活说：

去年水后旱，田亩不及犁。冬温晚得雪，宿麦生者稀。前去固无望，即日已苦饥。老稚满田野，斫掘寻凫茈（野芋）。此物近亦尽，卷耳（野草名）共所资；昔云能驱风，充腹理不疑。今乃有毒疠，肠胃生疮痍。十有七八死，当路横其尸。犬彘咋其骨，乌鸢啄其皮。胡为残（害）良民，令此鸟兽肥！天意岂如此？泱荡莫可知！高位厌粱肉，坐论挽（贯）云霓（指议论的高不可攀）。岂无富人术，使之长熙熙（和乐貌）。我今饥伶俜（饿得走不动路），悯此复自思。自济既不暇，将复奈尔为！愁愤徒满胸，嵘岈（高峻貌，指愁愤之气）不能齐。

这里表现出了诗人的人道主义精神,对"高位厌粱肉"的统治者们也表示了强烈的憎恨,可以说是继承了杜诗中的那种现实主义的精神。梅尧臣主张作诗要"意新语工",诗的作风深沉淡远,欧阳修说是"初如食橄榄,其味久愈在"[1]。苏、梅对纠正西昆体的柔靡作风的贡献很大。比他们略后的欧阳修则可以说是宋诗革新运动的领袖,他是古文家,作诗也提倡学韩愈,但他自己的诗却平易流畅,并不像韩愈那样的奇险。他一方面鼓吹苏、梅的诗,认为"自从苏、梅二子死,天地寂寞收雷声"[2],同时又写了《六一诗话》来说明自己的主张,在当时起了很大的影响。他的诗以七言古诗见长,作风豪迈,句法倾向散文化。诗中多发议论,但显明通达,并不晦涩。经过了以上诸人的努力,宋诗的基础和发展的方向就逐渐确定了。

王安石是宋代有名的主张变法的进步政治家,他有比较进步的思想和坚强的个性,诗的作风早年以豪放著称。他也是推崇杜甫、韩愈的,受欧阳修的影响很深。他诗中的议论过多,如"人生不可必,所愿每颠沛"这一类说理的句子,在他的诗中是相当多的。但有些抒情写景的绝句小诗却写得很好,当时人就有"荆公(王安石)绝句妙天下"的说法。如下面的一首《出郊》:

> 川原一片绿交加,深树冥冥不见花,风日有情无处著,初回光景到桑麻。

这首诗写出了田野中一片晴朗的美丽景色。

宋诗中的大家是苏轼和黄庭坚。严羽在《沧浪诗话》中说："至东坡（苏轼）山谷（黄庭坚），始自出己意以为诗，唐人之风变矣。"苏黄可以说是为宋诗开辟了新的作风的诗人。我们平常所说的宋诗的一切特点，其实都是指以苏黄为代表的风格特色。苏轼不满意于王安石的新法，一生升沉在党争中。他在政治上是保守的，但在做地方官时，也做了一些因法便民的实际事情。他性格豪放，恃才傲物，行为比较放纵，在好几次受到贬谪以后，诗中就多表现一些达观的与世无争的思想。但因为他实际上并不是一个消极的人，而且"游窜万里"，走过的地方很多，胸襟比较开朗，也注视人民的生活，因此诗中就有许多从实际体验来的关于人生的感触和抒写。而且风格壮阔奔放，铺叙婉转，又长于用譬喻，艺术的成就很高。他的诗以形式比较自由的七古最好，自然而多变化。宋诗的散文化的特点，可以说到他已臻极致。七古太长，我们举一首七律《新城道中》罢：

东风知我欲山行，吹断檐间积雨声。岭上晴云披絮帽，树头初日挂铜钲。野桃含笑竹篱短，溪柳自摇沙水清。西崦人家应最乐，煮葵烧笋饷春耕。

这首诗写春天雨后初晴的山野风光，真像图画一样的清新美丽，而且全篇充满了一种乐观的气氛。"絮帽"和"铜钲"都是俗语，向来是不入诗的，这里以之形容"晴云"和"初日"，就显得非常新鲜和逼真。野桃含笑，溪柳自摇，农人正忙着春耕，诗人正忙着山行，这个晴天多好！他的诗常常于并不刻意雕琢中显示出一气呵成的宏阔壮丽的景象。但有时缺少含蓄，用典过多，也有一些过于枯淡的作品。内容则多半是写景咏物、酬答感怀等；或抒写他自己的经历和感触，或描绘山水名胜的壮丽与妩媚，读来都能使人有一种亲切的感觉。譬如他的描写西湖景色的七绝说："水光潋滟晴方好，山色空蒙雨亦奇；若把西湖比西子，淡妆浓抹总相宜。"意思是说西湖像西施一样的美丽，无论晴天或雨天，在什么情况下都并不减色，正像西施的无论浓妆或淡妆一样。这首诗向来被认为是描写西湖景色的绝唱，它把湖光妩媚的景象借着联想完全写出来了。宋诗本以刻画见长，但有的过于枯淡生涩；他这些诗则含意隽永，不致有生涩的毛病。以前人说他"大概才思横溢，触处生春……有必达之隐，无难显之情。此所以继李杜后为一大家也。[3]"他对后来的影响也很大，就连向来攻击宋诗的人都不大对他的诗有不好的批评。他的诗集的注本也很多，这些都可以说明他在后人心目中的地位。

黄庭坚（公元1045—1105年），字鲁直，号山谷，又号涪翁。他在当时的政治态度是与苏轼一致的，诗也与苏轼齐名，号称"元祐体"。他是一个刻意在诗的技巧上用功夫的人，着重诗意的锻炼，讲求篇章字句的组织和变化，称为句律。同时诗中又喜欢运用经史杂书的各种典故辞句，句法散文化，但组织得很严密。他精心地研究唐诗的组织技巧，特别是杜诗，而且将用字练句、对仗用韵等各种方法都归纳起来，再专力在这些技巧上去求新奇巧变，因此他的诗就显得格外整炼和精细。他论诗有"夺胎换骨，点铁成金"的譬喻，就是主张"以故为新"和"以俗为雅"，前人已歌咏过的意思和诗家不常用的词语，他都企图化朽腐为神奇。他的诗以七律最著名，通篇组织严密，音调在谐和中有拗折，读来能增加诗意的分量。以前人常以瘦硬、奇峭等字样来评论他的诗，刘克庄《江西诗派小序》说他"荟萃百家句律之长，究极历代体制之变，搜猎奇书，穿穴异闻，作为古律，自成一家；虽只字半句不轻出，遂为本朝诗家宗祖。"因为他揭示了作诗的方法和途径，所以形成了一个影响很大的宗派。南宋吕本中作《江西诗社宗派图》，奉黄山谷为宗主，在当时曾风靡一时。江西诗派的人专学黄山谷诗的奇僻拗拙的一面，因此后来的诗就多半生涩枯淡，不可卒读，但由此也可知道他在宋代的影响之大了。以前人就说"宋自汴梁南渡，学者多以黄鲁直为宗。……终宋之世，诗集流传至今者，惟江西为盛。〔4〕"可知一直到南宋末年，黄山谷的诗都有很大的影响。

平常我们所谓宋诗的风格特色，就是指以苏、黄为代表的那种深曲精细的特点。苏诗的创造性要比黄诗大得多，但黄诗在当时的影响却比苏诗大，是更能表示出宋诗的一般特色的。譬如诗中多叙述议论，句法散文化，注重描摹刻画的委曲详尽；常常歌咏一些小事物，如咏茶、咏纸等（题画诗在宋诗中就特别多）。可知宋诗中所歌咏的内容虽然有些方面是扩大了，但因为抒情成分的减少，真正能够表现出那个时代的面貌和诗人自己的内心世界的作品，却并不很多。自黄山谷起，一般诗人就都趋向于在字面的组织技巧上用功夫，结果得小遗大，某些诗句也许工巧，但通篇却难免有枯淡寡味之感。在山谷集中，还有一些写得精细深沉的好诗，以后学他的人就很少能有成就较高的作家了。我们举他的一首《六月十七日昼寝》的绝句罢：

红尘席帽乌靴里，想见沧州白鸟双。马龁枯萁喧午枕，梦成风雨浪翻江。

这首小诗写白日假寐时的梦景是极其精细的，因为睡得并不很熟，马啃枯草的声音在梦中就成为风雨江浪了。而且由身着官服而梦在沧州之中，也表现了他对官僚生活的厌倦。黄诗中写得设想细致的诗很多，但气象不够大，而到江西末流时，他那种过分注重技巧的影响，就愈来愈不好了。

北宋末年的金人入侵，汴京失陷，带来了国家民族的灾难和人民生活的痛苦。因此在南宋诗人中，虽然江西派的影响还很大，但诗中所表现的国破家亡的感慨情绪就比较多了。譬如南渡初的诗人陈与义，也是江西派的作家。《四库提要》说："与义在南渡诗人之中，最为显达，然皆非其杰构。至于湖南流落之余，汴京板荡（乱离）以后，感时抚事，慷慨激越，寄托遥深，乃往往突破古人。"可知在山河改色的情形下，作者们的感慨和愤激的情绪多了，离乱中的经历感受也丰富了诗人的生活体验，因此诗歌的面貌也就有所不同了。但真正能够表现出这种时代特色的，是陆放翁（游）的诗。他早年虽然也受过江西派的影响，但他的诗悲壮慷慨，远超过苏、黄这些人的成就。可以说宋代的诗有了陆放翁，才真正放射出了光彩。

陆游（公元1125—1210年），字务观，号放翁。他所处的时代正是北宋灭亡之际，因此激于爱祖国和爱人民的义愤，坚决主张抗金和收复失地的思想感情，就成为他诗歌中的重要内容。他生在一个学术气氛很浓的家庭里，从小就受到了良好的教育。他自己说"少鄙章句学，所慕在经世"，他很早就把救国救民看作是自己的责任。他少年时期经历过逃难的生活，又受到了秦桧的抑压，他说："少小遭丧乱，妄意忧元元（人民）。"这些因素培育了他对现实的关心和改革的要求。但他虽然享了高寿，一生的遭际却很不得意，除了在各地做过几次地方官以外，并没有得到参加实际决策的机会。他虽然一再上书表，但因为他的主张和南宋统治集团的投降政策不相容，自然不会有什么效果，而且还几次受到了罢斥的处分。他平生到过的地方很多，所谓"十年走万里"；他的《入蜀记》就是记载他由浙江经江苏、安徽、江西、湖北、湖南而到四川的经过。这使他对人民生活有了更多的接触，生活经验丰富了，自然也充实了诗歌的内容。他对当时偏安的局面非常痛心，一想到中原，就不禁"悲歌仰天泪如雨"，时刻在想"欲倾天上河汉水，净洗关中胡虏尘"，这是他诗歌中的主要内容。但这种希望在当时的情形下无法实现，因此他心中充满了一种愤慨的情绪，"脱帽向人时大叫，逆胡未灭心未平"；他一直是"杜门忧国复忧民"，极度关心祖国和人民的命运的。他常常读兵书，研究当时情势，认为"神州（中原）未复士堪羞"，"战死士所有，耻复守妻孥"；他以收复失地自许，并不甘于只做个诗人。在《读杜诗》一诗中，他慨叹于杜甫的"后世但作诗人看，使我抚几长嗟咨"，但他自己却也只能作作诗，因此他说"我岂楚逐臣（屈原），惨怆出悲句！"他完全理解屈原、杜甫的心情，因为他自己也具有同样的心情和遭遇，这自然就使他的诗篇也有了如屈原、杜甫那样的人民性与现实主义精神了。他的诗现存九千余首，是历来诗人中创作量最丰富的一人；他自己说"予年十七八学作诗，今六十年，已得万篇"[5]。这种持久的创作劳动本身就值得人学习，何况他是那样严肃地对待创作，诗的成就也很高呢！以前人就认为他的诗中"寄托深微、遣词雅隽者，全集之内，指不胜屈。[6]"就内容方面说，他的诗可以说是反映了处于一个祖国苦难时代的人民的精神面貌和恳切愿望的。他对于侵略者与投降派都抱有极端的憎恶，而对人民的灾难则寄以强烈的同情。他的名句"富豪役千奴，贫老无寸帛"，是那样深刻鲜明地写出了社会上阶级对立的情况，而他自己却抱定"穷死士所有，权门不可谒"的志向，不愿向主张投降的统治集团求妥协。当时的人民是怎样生活的呢？"有司或苛取，兼并亦豪夺，正如横江网，一举孰能脱？""县吏亭长如饿狼，妇女吊死儿童僵"；呻吟在官僚地主压迫下的人民都是"比屋困征赋"，穷困不堪的。他在《十二月二十八日夜风雨大作》一诗中写道："南邻更可念，布被冬未赎，明朝甑复空，母子相抱哭"，体现了他的深厚的人道主义精神。"惟有余忠穷未替，尚余一念在元元"，这正是他那些充满热情的爱国诗篇的产生的基础。他认为应该全国一致，积极抵抗侵略，反对南宋统治集团的那种对外投降而对内镇压人民的政策。他说："彼盗皆吾民，初非（原非）若胡羌；奈何一朝忿，直欲事殴攘？"这些人根本忘记了"中原堕胡尘，北望但榛莽"，他大声感慨地说：

  三万里河东入海，五千仞岳上摩天。遗民泪尽胡尘里，南望王师又一年。（《秋夜将晓出篱门迎凉有感》）

这样的大好山河沦陷在敌人手里，可以想见，那里的人民是如何望眼欲穿地等待光复呢！而身在南方的人们又何忍弃而不顾？但南宋统治者却只知道向金主称臣纳贡，"辇金输虏廷"；他感到"生逢和亲最可伤，岁辇金絮输胡羌，报国欲死无战场！"他不禁慨叹地说：

>　　战马死槽枥，公卿守和约。穷边指淮淝，异域视京洛。呜呼此何心，有酒吾忍酌！（《关山月》）

这些人安于求和，以淮淝为边界，视京洛如异域，对于爱祖国爱人民的诗人来说，他不能不愤慨地质问"呜呼此何心"。他的民族自信心极强，认为胜利是有把握的，"楚虽三户能亡秦，岂有堂堂中国空无人！"他自己也是充满了这种英雄气概的，在《夜读兵书》一诗中说，"老病虽惫甚，壮气复有余！长缨果可请，上马不踌躇！"一直到他八十五岁临死时，还写下了一首沉痛的《示儿》诗：

>　　死去元知万事空，但悲不见九州同（全国统一）。王师北定中原日，家祭无忘告乃（汝）翁。

他对于未能恢复中原是死不瞑目的，坚信胜利的日子总会来临。因为就当时的情形说，如果南宋统治者能够改变政策，信赖人民，这不是不可能的事情。但他虽然享有了中国诗人中罕有的高寿，最后却也不能不饮恨而终了。

　　陆游这种热爱祖国和同情人民的精神，构成了他诗篇中的主要内容。他有《渭南文集》五十卷，《剑南诗稿》八十五卷，创作量是极丰富的。以前人说他的诗"意在笔先，力透纸背"；又说"无意不搜，而不落纤巧，无语不新，而不事涂泽"[7]。他自己也说"剪裁妙处非刀尺"，就因为他诗中的内容是充实有力的，而艺术上也清新自然，不专致力于字句的雕琢，因此读来亲切感人。他诗中常有一种愤切的情绪，风格沉郁悲壮。虽然诗至万首，也并不能说每首都好，其中也有一些用典过多及议论过多的毛病，但好诗的确是很多的。他自己说"文从实处工"，又说"一寸丹心空许国，满头白发却缘诗"。生活经验的丰富，爱国思想的真切，和创作态度的认真严肃，可以说是他诗歌成功的主要因素。他的集子中各种形式的诗体都有，古诗豪放，律诗精工，而写一时感触的绝句小诗也非常深沉有情致。在宋代诗人中，他的成就是最高的。宋代诗人本多崇尚杜诗，黄山谷说"天下几人学杜甫，谁得其皮与其骨"。陆游的诗却不只学到了杜诗的皮骨技巧，他是真正承继了杜诗中的那种丰富的现实主义精神的。

与陆游同时的著名诗人有杨万里和范成大。杨万里的诗现存四千余首，他开始也是学江西派的，但后来自成一家，当时称为"诚斋体"。他多用俚语白话入诗，极力推崇白居易，曾说"每读乐天诗，一读一回妙。少时不知爱，知爱今已老。"可以看出他作诗的趋向。诗中以写景和说理的内容居多，风格通俗明畅。虽然有时不免粗俚，但大体上还是清新活泼的居多。范成大以写田园诗著名，诗中多以一种闲适的情调，描绘田园的日常生活和自然景色。他观察事物很细致，常常用一首七绝的小诗，写出一幅美丽的画面来。其中也有许多写得好的，譬如他的一首《夏日田园杂兴》："昼出耘田夜绩麻，村庄儿女各当家，童孙未解供耕织，也傍桑阴学种瓜。"这类诗清新自然，很有民歌的风味，写出了农村中的一些生活实况。南宋一般的作者多是追摹江西派的，杨万里、范成大这些人虽也受过江西派的影响，但在当时是有独特作风的作家。

南宋末年，在身经亡国之痛的一些诗人如文天祥、汪元量等人的诗中，充满了愤懑感情和乱离遭际的抒写。文天祥的诗深沉悲壮，他的《正气歌》是很流行的，对激发爱国情绪极有力量。此外如"山河风景元无异，城郭人民半已非"这类诗句，读来也是非常感人的。汪元量身经亡国痛苦，诗中有许多当时真实情况的表现。以前人说他的诗"欷歔而悲，甚于痛哭。[8]"像"事去空垂悲国泪，愁来莫上望乡台"这类诗句，在他的诗中是相当多的。此外，当时北方诗人元好问的诗也很有名，他曾仕金，时代正当南宋末年。他的诗学杜甫，以七古七律见长。除陆游等人外，他的诗较南宋一般诗人的成就为高。他的《论诗绝句三十首》历评前代诗人得失，是中国文学批评史中的重要材料。如他批评江西诗派的诗说："古雅难将子美（杜甫）亲，精纯全失义山（李商隐）真。论诗宁下涪翁（黄庭坚）拜，未作江西社里人。"就是说江西诗派的诗不同于杜甫和李商隐，是他所不愿学的。此后元明清三朝的诗人虽甚多，但多在模拟上用功夫，很少再产生著名的大家了。

\*　　\*　　\*

〔1〕欧阳修：《水谷夜行寄子美、圣俞》诗。
〔2〕欧阳修：《感二子》诗。
〔3〕〔7〕赵翼：《瓯北诗话》。
〔4〕朱竹坨：《裘司直集序》。
〔5〕陆游：《小饮梅花下作》诗中"六十年来万首诗"自注。
〔6〕见《四库全书总目提要》。
〔8〕李鹤田：《湖山类稿跋》。

# 散　　曲

　　散曲是继词而起的一种新诗体,盛行于元明两代。它本身也是一种配合音乐的歌词,不过乐调很多,包括当时各种来源不同的乐曲,主要是民间的和外来的所谓"里巷之曲"和"胡夷之曲"。北宋末年,金人入主中原,接着是蒙古族的南下,因而在这一长时期中,音乐上发生的变化很大。外族的乐调乐器,大量地传了进来,而且所谓民间的和外来的成分,里巷之曲和胡夷之曲,也在某种程度上逐渐混合起来了。这就是曲子乐调的主要来源。明王骥德《曲律》说:元时"达达(蒙古族)所用乐器如筝、篌篥、琵琶、胡琴、浑不似之类。其所弹之曲,亦与汉人不同。"以前的词主要是用箫配奏的,现在却大量盛行这些弦索乐器,而且腔调也不相同了。以前人说"自金元入中国(指中原),所用胡乐,嘈杂缓急之间,词不能按,乃更制新词以媚之"[1],这就从音乐的变化上说明了曲子的起来。另一方面,词到宋末,已走上了僵化的道路,为了适合于抒情和歌唱的需要,在词本身的演化上也有革新的必要了,曲子可以说就是由词蜕化而来的。元帝国的基础完全建立在武力统治上,民族歧视非常严重,汉人的地位极其低下,因此以前的一些读书人现在也与一般市民一同生活了,有了接触民间文学与人民语言的机会,所以这些新起的曲子与歌剧就成了元代文学的最重要的贡献。平常我们所谓元曲实在包括两个部分,一是散曲,一是剧曲。剧曲是演故事的歌剧，里面必定有人物，结构上包括动作、歌唱、说白三部分；而散曲则只是清唱的，没有动作和道白，形式上与词相似，因此又叫"清曲"。散曲清唱时的乐器只有弦索、笙笛、歌板等，没有锣鼓，而剧曲却是必须有锣鼓的，因此以前人说"清唱俗语谓之冷板凳，不比戏场借锣鼓之势。"[2] 可知散曲实际上是一种新诗体，它的作用主要是抒情的。当然，许多剧作家也用曲来当作剧曲中的可唱部分，而且这些曲同样要求能达到很高的艺术水平。王国维在《宋元戏曲史》中就特别称道"元剧之文章"，以为"写情则沁人心脾，写景则在人耳目，述事则如其口出"，认为它的成就是可以与古诗词并称的。而关汉卿、马致远这些人之所以成为元杂剧的著名作者，也是和他们在散曲上的艺术成就分不开的。但就文学体裁讲，则杂剧是"代言"体，是以表现人物故事为主的歌剧，与散曲的性质是有所区别的。和词一样，散曲也是一种音乐歌词，而且由于音乐上存在着的地域性的区别，因此散曲也有北曲、南曲的分别。不过元代的散曲以北曲为主，南曲是在明代才开始盛行的。因此元人所作北曲在散曲的发展上是有代表性的。

在体制上，散曲大致可分为小令和套数两种，小令就是小调，王骥德《曲律》说："所谓小令，盖市井所唱小曲也。"小令每首一个曲牌，一韵到底，像诗中的绝句和词中的小令一样，是一种短小的抒情诗。如关汉卿的《沉醉东风》：

咫尺的天南地北，霎时间月缺花飞！手执着饯行杯，眼阁着别离泪。刚道得声保重将息，痛煞煞教人舍不得。好去者，望前程万里。

这是一首抒写"离情"的小令,与词的小令在性质上是相似的。但曲中也间有用两个或三个不同的曲牌来连接在一起写成一篇的,叫"带过曲"。如双调《雁儿落》带《得胜令》。也有用若干个同一曲调写成一篇诗的,叫"重头"。如元张可久的四首《卖花声》小令,分咏春、夏、秋、冬四景。套数则是以同宫调的二首以上的曲牌相联,多数带有尾声作结,而且首尾必须一韵到底的组成诗。元人散曲中最长的套数如刘致的《上高司监》《正宫端正好》套,共有三十四个之多。套数是由宋金时的诸宫调演变来的(诸宫调是曲的一种,一个宫调用一韵,换一个宫调也换韵,联合各个宫调成为长篇),因此应用在剧曲中就是它的歌唱部分。元人杂剧中的唱词,多半是用一套散曲构成的。但散曲中的套数仍是一篇独立的诗,性质上与杂剧中的唱词有所不同。因为套数有长短伸缩的自由,所以比小令更便于表现繁复的内容。

　　从形式上看,词和曲都是长短句,好像分别不大;但无论在乐调音韵或风格精神上,词和曲都是有分别的。即在长短句本身的变化上,曲也是比词更其复杂多样;有一字二字成句的,也有长至二三十字的。这样就可以使诗歌所用的语言更接近日常的口语,因为口语本身就是长短极其不齐的。曲中的文字也不避俚俗,以逼真和尽情为贵,一般的句子都比较语体化,这就大大增加了散曲中语言的形象性和生动性。而且曲中多加用衬字,在曲谱规定的范围中有伸缩的自由;这些衬字多半是形容性质的俗语,这就增强了诗歌的表现力和清新活泼的性质,能够绘声绘色、尽情饱满地来表现作者的情绪了。在音韵上,曲调的格律虽然很严密,但曲是可以平上去三声互叶的,与词中的平韵全篇皆平或仄韵全篇皆仄的情形不同；这就增加了作者运用语言的自由，而且读来可以抑扬婉转，更接近于日常的口语。这种语体化的倾向就使得散曲的作品一般都有了一种活泼美丽的风格，无论抒情叙事，读来都有一种曲尽其妙的好处。民间口语中本多绘声绘色的形象性的语汇，由于曲子的乐调和形式的接近语调，这些新鲜生动的语言便被大量采用了进来，这是与以典雅凝重为上的词的风格很不相同的。如以词和曲来比较，这种风格的区别是很显然的。无论抒情叙事，词都贵含蓄，因此常用隐喻或象征的手法，注重意在言外的效果；但曲子却贵自然酣畅，多用直陈白描的手法，注重口气逼真和尽情刻画。诗词中所用的语言必须严正庄重，如以曲子语入词就认为俚俗，有"打油诗"之讥，但曲中则不避俗语，能庄能谐。在内容上，曲所表现的也较词的范围广泛得多，词主要是一种抒情诗，曲则不止"情"的范围即较词广阔，而且除抒情的以外，叙事说理，讽刺嘲谑，方面很多，因此剧曲中就可以用曲作"代言"来表现故事和人物性格了。

据任中敏《散曲概论》统计，元代散曲作家可考者共二百二十七人，此外尚有许多无名氏的作品，可知散曲在当时已成为一种主要的诗体。元散曲的前期作品，一般都浑朴自然，离口语很近；后期的作品就比较趋于清雅典丽了。前期的作家以关汉卿和马致远为代表，他们都是著名的剧曲作者，但同时也是早期的散曲作家。关汉卿的作风以清隽婉丽见长，语言清新，情调缠绵，内容多半是表现一些男女爱情及抒发个人身世感触的。像前面所举的《沉醉东风》，就是一首情诗。马致远一直是为许多元明散曲作家所追慕和模仿的大家，他的散曲多抒写个人的身世感触，作风萧爽豪放，虽然其中也有一些隐士式的啸傲风月的消极的情感，但他的作品中有明显的个性，而且艺术成就很高，因此向来认为是元散曲作者中的大家。更重要的，他的作品开始扩大了曲的表现范围，丰富了曲的意境，使人承认散曲也是一种新的诗体，因而提高了散曲这一形式的文学地位。他的小令《天净沙·秋思》是最有名的：

> 枯藤老树昏鸦，小桥流水人家，古道西风瘦马，夕阳西下，断肠人在天涯。

散曲中写"秋思"的本来很多，这是自宋玉《九辩》以来文人写抒情诗的一个古老的传统，但这首小令却向来受人称赞，甚至誉为"秋思之祖"，明人摹学者甚多。小令本是近于绝句的一种短小的抒情诗的形式，这首诗前面三句并列九景，都是一些带有衰飒情调和孤寂气氛的景物，这些景物就构成了一个荒凉萧瑟的画面，在这样的情境下，在"夕阳西下"的那种容易引起人的惆怅情怀的黄昏时光，那最后的"断肠人在天涯"一句就特别显得凄凉孤单、幽渺深远了。这种感情本来是传统文人所常有的，因此就有"枯藤老树写秋思，不许旁人赘一辞"的赞语了。其实这首小令的好处并不一定在他所抒写的那种情感本身，而在他正确有效地处理了描写景物与抒情之间的关系。那些景物并不是外加的，而是为了最后一句才存在的，这就使秋思的感情具体化了。他的散曲集《东篱乐府》中共收小令一百零四，套数十七，以及残缺的套数五套，这些作品中多半都保持着早期散曲作品的自然生动的特点。如他的《借马》(《耍孩儿》一套) 描写一个吝啬的人不愿把马借给别人，但又难以推却，遂说出了许许多多嘱托的话。下面是其中的一段：

〔六煞〕不骑呵西棚下凉处拴，骑时节拣地皮平处骑。将青青嫩草频频的喂，歇时节肚带松松放，怕坐的困尻包儿款款移。勤觑着鞍和辔，牢踏着宝镫，前口儿休提。

这一篇中以诙谐的笔调和生动的语言把一个吝啬者的心理完全刻画出来了。这种作品的语言风格最足以代表元散曲的特点。他的作品中虽然有许多消极的达观思想，但隐士的闲适和爱情的抒写本来是散曲中最常见的题材，这和当时文人们在外族统治下的抑郁的情感有关。就作品的一般成就说，他仍是散曲中的重要作家。

较关、马二人略后的作家可举出张养浩，他的《山坡羊·潼关怀古》一曲说：

峰峦如聚，波涛如怒，山河表里潼关路。望西都（长安），意踟蹰，伤心秦汉经行处，宫阙万间都做了土。兴，百姓苦。亡，百姓苦。

这首曲透辟深刻，借"怀古"为题，实际是写出了在统治者争夺江山的矛盾中的人民的痛苦。他曾遭陷罢官，仕途不很得意，因此集中多半是写隐居生活的篇章。

在14世纪以前的六十年间，散曲还多半是剧曲作者的副业，专作散曲的人还不多。像关汉卿、马致远这些人主要也是写杂剧的,只是为了一时遣兴咏怀,才作点散曲的作品而已。到了14世纪初至元末的六十年间,以张可久、乔吉为代表,专业的散曲作者才多了起来,散曲已成为一种流行的新诗体了。但这一期的作品因为文人们的雕琢和加工,因此像初期作品中的那种俚俗生动的特色反而减退了。张可久,字小山,他的作品有任中敏辑的《小山乐府》六卷本,共有小令七百五十一首,套数七套,是元代散曲作家中留存作品最多的一人。这些作品的内容也很广泛,写景抒情、咏物怀古、说理谈禅等都有,散曲到他已完全成为一种诗体了。他毕生专致力于散曲,在元代的声誉极高。他的散曲中以描绘江南一带山水名胜的写景作品居多,作风典雅婉约,讲求字面的锤炼工丽,吸收了传统的词的特点,对明代作者的影响很大。譬如写西湖景色的《凭阑人》:

> 远水晴天明落霞,古岸渔村横钓槎。翠帘沽酒家,画墙吹柳花。

就很像一首词了。乔吉字梦符,他一生境遇穷困,流浪了几十年,因此作品中也多写这种潦倒穷愁的感情。如《山坡羊·冬日写怀》中的这种句子:

> 世情别,故交绝,床头金尽谁行借!今日又逢冬至节,酒,何处赊;梅,何处折?

他的作风和张小山很接近,除少数俚俗之作外,一般也以清丽婉约的作品居多。他们都很喜欢融化以前诗词中的句子入曲，以加强散曲中的雅正蕴藉的风格。明清的人不喜欢俚语俗字，因此常以张、乔并称，认为他们的作风雅正，是散曲中的正统。

这时，另外一位重要的作家是刘致（刘时中），他有小令六十余首，但以《上高监司》为题的两篇套数，最为重要，它在散曲中表现了比较少见的那种非常鲜明的现实主义精神。其中第一篇是意在歌颂高监司拯救灾民的德政，但以大量篇幅描述了南昌大旱时人民生活的苦况，和地主商人利用灾荒剥削人民的罪恶行为。下面是从十五调中选录出来的四调：

〔**滚绣球**〕去年时正插秧，天反常，那里取若时雨降。旱魃生，四野灾伤。谷不登（成熟），麦不长，因此万民失望。一日日物价高涨，十分料钞加三倒，一斗粗粮折四量。煞是凄凉。

〔**倘秀才**〕殷实户欺心不良，停塌户瞒天不当，吞象（贪婪）心肠歹伎俩。谷中添秕屑，米内插粗糠。怎指望他儿孙久长。

〔**滚绣球**〕偷宰了些阔角牛，盗砍了些大叶遏桑。时疫无棺活葬，贱卖了些家业田庄。嫡亲儿共女，等闲参与商（参与商是星的名字，它们不会同时出现，这里指分离），痛分离是何情况。乳哺儿没人要，撇入长江。那里取厨中剩饭杯中酒，看了些河里孩儿岸上娘。不由我不哽咽悲伤。

〔**叨叨令**〕有钱的贩米谷、置田庄、添生放，无钱的少过活、分骨肉、无承望。有钱的纳宠妾、买人口、偏兴旺，无钱的受饥馁、填沟壑、遭灾障。小民好苦也么哥（助词，与"啊"意同），小民好苦也么哥！便秋收，鬻妻卖子家私丧。

这里以生动的充满感情的语言，描绘了灾民们生活的惨状，同时也有力地揭露了地主商人们利用灾荒来买田置产的罪恶行为。全篇中最后并夸张地歌颂了高监司拯救灾民的一些措施，这正说明了当时一般官吏们是不管人民苦难的。在第二篇里，他揭露了当时政府发行钞票剥削人民和吏役从中弄奸作弊的情况，长达三十四调，充分表现了人民对当时政治和奸商猾吏的愤慨。它摆脱了一般散曲作品中的那种歌咏风月离情的内容，而真实地表达了当时人民的痛苦和愿望，而且语言生动，形容婉曲，在散曲中是极为珍贵的作品。

明代诗词的佳作很少，但散曲承继元代精神，产生了不少作品。据任中敏《散曲概论》所计，明人著有散曲者共三百三十人，但留传下来的作品并不多。明初百年，散曲创作是比较沉寂的，在最有名的作者朱有燉的《诚斋乐府》中，也多半是些陈词套语，很少有好作品。弘治（公元1488年）以后，作者渐多，除北曲仍盛外，南曲也有了重要的位置，同时作风也比较多样化了。其中康海，王九思以豪放胜，他们在仕途上都受到了挫折，因此满腹牢骚，曲中多愤世不平之情，但又故意作达观语，在作品中就往往会产生一种不调和的感觉，词句中也有许多做作的地方。比较重要的作家是冯惟敏，他以写山水景色的作品居多，但别方面的题材也不少。如写农民痛苦的《玉江引》中说："倒了房宅，堪怜生计蹙。冲了田园，难将双手抓。陆地水平铺，秋禾风乱舞，水旱相仍，农家何日足！"他的作风爽朗奔放，仍保有马致远等人的风度，较康、王的成就为高。此外王磐的作品以清丽著称，他所写的范围很广，讽刺时事、说理记事、以及抒情写景等各方面的题材都有，不像当时许多作家多喜欢写闺情的那样；而且写得也相当好。例如正德间宦官专权，常常乘着官船来河中游览，一到就吹号头召集丁夫，人民不堪其扰；王磐的《朝天子·咏喇叭》一曲就是讽喇这事的[3]：

> 喇叭，锁哪，曲儿小，腔儿大。官船来往乱如麻，全仗你抬身价。军听了军愁，民听了民怕，那里去辨什么真共假？眼见的吹翻了这家，吹伤了那家，只吹的水尽鹅飞罢！

他的曲词句工炼，清新自然，并且常用一些诙谐的笔调，保有着曲中的生动性和通俗性。以上这些作家的作品主要都是北曲，这时南曲还在萌芽的时代。

嘉靖（公元1522年）以后，昆腔兴起，南曲大盛，而北曲就渐趋衰歇了。昆腔的乐调优美舒缓，乐器以箫、笛、琵琶等为主。它的兴起对于剧曲有很大的影响，推动了南戏的向前进展。但就散曲论，则自昆腔兴起以后，因为音律过严，反而趋于凝固停滞了。自嘉靖直至明亡的一百年间，北曲已废，而南曲的作品也变成细腻华靡，像元散曲中那样语言生动、风格自然豪放的作品就极少见。首先采用昆腔的作者是梁辰鱼，他用昆腔作了剧曲《浣纱记》，散曲则有《江东白苎集》。他精于音律，《江东白苎集》后来甚至有人推为"曲中之圣"[4]。他作品中的文辞典雅工丽，但往往失于晦涩，无论造句用字，内容或风格，都很近于词。自此以后，散曲的发展便趋于形式主义了。稍后又有沈璟，以韵律著名，与梁辰鱼并称两大派。这些人写的多是些闺情、咏物的内容，喜翻以前的诗词入曲，只求律正韵严，内容却很空虚，完全是一种形式主义的作风。当时的作者虽然很多，但大致不出他们的范围，只有施绍莘的《花影集》还以追摹元人为尚，虽然写的也是以艳曲居多，但比较深沉含蓄，较梁、沈等的成就为高。此外明代民间流行的杂曲小曲很多，这可以说也是散曲的一部分，如《锁南枝》《驻云飞》等，大半是些新鲜生动的抒情民歌。当时的文人也有用这些曲调来作曲的，如刘效祖的《词脔》中就有《锁南枝》《挂枝儿》等调。别人的作品中也有受了这些小曲的影响的。到了清代，虽然也还有作散曲的人，但大都承继了明末的作风，以张小山、乔梦符为宗，崇尚典雅工丽，很少有成就较高的作家了。

\*　　\*　　\*

〔1〕明骚隐居士：《衡曲尘谈》。
〔2〕魏良辅：《曲律》。
〔3〕蒋一葵：《尧山堂外纪》。
〔4〕张旭初：《吴骚合编》。

# 晚 清 新 派 诗

自从1840年的鸦片战争以后，中国一步一步地变成了半殖民地半封建的社会。在这一历史时期，如同毛泽东同志所指出的："帝国主义和中华民族的矛盾，封建主义和人民大众的矛盾，这些就是近代中国社会的主要的矛盾。[1]"因此，作为反映社会矛盾与斗争的中国近代进步文学的面貌，也以反帝反封建为它的基本特征。在"五四"以前的旧民主主义革命时代，"中国文化战线上的斗争，是资产阶级的新文化和封建阶级的旧文化的斗争[2]"，这种新文化"是替旧时期的中国资产阶级民主革命服务的"。适应着中国民主革命的历史要求，在晚清也产生了一些以反帝爱国为内容的、含有一定民主主义思想的诗歌。而且谭嗣同、夏曾佑等人还提倡过"诗界革命"，黄遵宪自称他的诗是"新派诗"，在诗体形式上也较过去有了一定的解放。但由于中国资产阶级的无力和世界已经进到帝国主义时代，因此这些作品中所表现的反帝反封建的思想往往是不彻底的，带有改良主义的色彩，艺术上也没有达到十分辉煌的、可以和许多古典作品并称的成就。虽然这样，但它却带有与过去中国文学史上的诗歌显明的不同的性质，在一定程度上表现了中国人民追求民族独立和民主革命的斗争和愿望，那种爱国主义的热情还是十分动人的，而且也给这一时期人民的精神面貌描绘了一个粗略的轮廓。当然，正像中国资产阶级所领导的民主革命的失败一样，这种所谓"诗界革命"或"新派诗"也并没有可能得到正常的发展。但它在当时还是起了一定的进步作用，而且从历史发展的联系上看，在某种意义上它对"五四"的文学革命和新诗的提倡也起了一定的前导作用。

在鸦片战争中领导抵抗英国侵略者的林则徐，和写中国第一部记载欧洲各国情形的《海国图志》的作者魏源，都同时是当时的著名诗人。从他们的作品中我们可以看到一些中国近代民主思想的萌芽，和一部分反抗英国侵略者的富有爱国精神的诗篇。如林则徐被清朝统治者问罪、遣戍伊犁时登程前作的《示家人》诗云：

> 力微任重久神疲，再竭衰庸定不支；苟利国家生死以（以，指"行"。"生死以"即不顾生死来完成它），岂因祸福避趋之！谪居正是君恩厚，养拙刚于戍卒宜。戏与山妻谈故事，试吟"断送老头皮"。（据说宋真宗曾问隐者杨朴，近来是否有人作诗送他？杨朴回答说，他妻子送了他一首："更休落魄耽杯酒，且莫猖狂爱咏诗。今日捉将官里去，此回断送老头皮！"宋真宗大笑。）

他这时当然是充满了感慨的，但一方面不能对统治者发牢骚，一方面又要安慰家属的怀念，因此表示了一种"并无不满"的旷达胸怀。这并不是消极，他的人生观是极明确的："苟利国家生死以，岂因祸福避趋之！"这就是说他并不追悔他以前的抵抗措施，他把国家的利益摆在第一位，早已将个人的得失祸福置之度外了。在他的许多诗篇里都有这种热烈的爱国主义的精神。魏源的诗也是这样，他的诗学顾炎武,笔力雄浑有力,所作以长篇古诗为多。其中也有一些直接写鸦片战争的诗篇,如"前时但说民通寇,此日翻看吏纵夷"这样的诗句,对清朝官僚的对外投降也寄托了很深的愤慨。下面是张维屏的一首《三元里》古诗,这里热烈地歌颂了广州西北三元里人民组织的"平英团"的武装反英行动:

> 三元里前声若雷,千众万众同时来。因义生愤愤生勇,乡民合力强徒摧。家室田庐须保卫,不待鼓声众作气;妇女齐心亦健儿,犁锄在手皆兵器。乡分远近旗斑斓,什队百队沿溪山。众夷相视忽变色,黑旗死仗难生还。夷兵所恃惟枪炮,人心合处天心到,晴空骤雨忽倾盆,凶夷无所施其暴!岂特火器无所施,夷足不惯行滑泥;下者田塍苦踯躅,高者冈阜愁颠挤。中有夷酋貌尤丑,象皮作甲裹身厚,一戈已椹(刺)长狄喉,十日犹悬郅支(汉时匈奴部落名,此指英人)首。纷然欲遁无双翅,歼厥(其)渠魁真易事!不解何由巨网开(指广州太守余保纯强迫民众解散事),枯鱼竟得悠然逝!魏绛(春秋时晋大夫,曾与山戎讲和)和戎且解忧,风人慷慨赋同仇(《诗经·秦风·无衣》有"借我戈矛,与子同仇"之句),如何全盛金瓯(巩固之意)日,却类金缯岁币(指赔款求和)谋[3]!

三元里人民英勇的反帝运动是永远值得纪念的。这首诗真实地表达出了人民的义愤情绪和爱国精神,最后对清朝政府的投降政策也表现了极大的愤慨。当然,在这些作品中所表现的国内矛盾还是很淡薄的,这是因为在鸦片战争和中日战争的时期，如毛泽东同志所说："帝国主义和这种国家之间的矛盾成为主要的矛盾，而这种国家内部各阶级的一切矛盾（包括封建制度和人民大众之间这个主要矛盾在内），便都暂时地降到次要和服从的地位[4]"，因此反映在诗歌中的新的内容也就以反英的比较多了。

1850年爆发的太平天国革命运动，是马克思称为社会革新前夜的中国民主主义革命的序幕。这个运动曾占领了广大的地区，坚持了十年多。最后虽然失败了，但在社会上却留下了广泛的影响。太平天国的领导者们就曾写过一些诗歌，但可惜大都没有流传下来。下面是太平天国领导者之一的石达开的一首《白龙洞题壁诗》：

挺身登峻岭，举目照遥空。毁佛崇天帝，移民复古风。临军称将勇，玩洞羡诗雄。剑气冲星斗，文光射日虹[5]。

这首诗刻在广西庆远（今宜山县）石壁，今仍存。诗中所表现的那种"挺身登峻岭，举目照遥空"的气概，的确是会使人想到"勇敢无畏"的革命者的感情的。此外，当时所产生的民间歌谣俗曲中，也有一些反映这次伟大农民革命的篇章。

19世纪60年代以后，中国的资本主义因素逐渐有了发展，但由于外国资本主义的侵略势力和强大的封建势力的压迫，它并不能够顺利成长。新兴的工商业者和孕有初步民主主义思想的知识分子虽然对现实有强烈的不满，但由于社会条件和阶级的局限，也只能提出软弱的改良主张。他们用资产阶级民主主义的思想对旧社会进行批判，要求革新政治、社会。特别在中日甲午之战以后，这种思想表现得最为强烈，在诗歌创作上也同样有所反映。戊戌变法运动的领袖康有为、梁启超、谭嗣同等人都写过不少诗篇，谭嗣同和夏曾佑等还提倡过"诗界革命"运动，都带有明显的文学改良的色彩。下面是康有为的一首七律《读报》之一：

> 迷途大漠我心忧，虎豹交横弱肉求，无褐无衣何卒岁，将风将雨只悲秋。高邱回马哀无女（用《离骚》"忽反顾以流涕兮，哀高邱之无女"，表示求不到有才能的人），沧海横流叹乏舟（表示没有救国的方法）。天地无情可终古，国家多难独登楼。

这里表现了一种爱国忧思的感情，诗虽谈不上怎么好，但它的确是鲜明地表现了那个时代的色彩。梁启超作的诗不多，下面是他的一首《读陆放翁集》：

> 辜负胸中十万兵，百无聊赖以诗鸣。谁怜爱国千行泪，说到胡尘意不平。

他在古代诗人中最佩服陆游，曾有"亘古男儿一放翁"之句，这和中国当时受到外国的侵略以及他自己的爱国热忱都是分不开的。他作有《饮冰室诗话》，对晚清诗人多有论述。其中有云："当时所谓新派者，颇喜挦撦（摘取）新名词以自表异。丙申丁酉间（公元1896—1897年）吾党数子皆好作此体。提倡之者为夏穗卿（曾佑），而复生（谭嗣同）亦綦嗜之（极爱好它）。"夏曾佑的诗传者不多。谭嗣同诗今传者共约一百七十余篇，颇多新思想和新意境。《饮冰室诗话》云："吾党近好言诗界革命,虽然,若以堆积新名词为革命,是满清政府变法维新之类也。能以旧风格含新意境,斯可以举革命之实矣。"堆积新名词当然谈不上是"诗界革命",谭嗣同的有些诗也的确有堆积新名词现象,如"纲伦惨以喀私德(印度分人为等级之制),法会(议会)盛于巴力门(英国议会的译音)"之类;但"诗界革命"的要求正是为了要使诗形取得一定的解放,以适应它所要表现的新内容。谭嗣同在康、梁这些人当中,思想上是比较急进的,从"诗界革命"的提倡中也可以看出他的改革的勇气。就他的诗说,在晚清新派诗人中也是成就较高的,好诗并不少。下面是他的一首《除夕感怀》的七律:

年华世事两迷离,敢道中原鹿死谁(鹿死谁手,喻政权给谁所夺取)!自向冰天炼奇骨,暂教佳句属通眉(通眉是唐诗人李贺,他的诗颇有佳句)。无端歌哭因长夜,婪尾(阑末,一年最后)阴阳(时光)剩此时。有约闻鸡同起舞(用晋时祖逖故事),镫前转恨漏声迟!

这诗深沉地表现了他的爱国忧时的壮阔怀抱,诗的风格也雄浑矫健,读来很有力量。

梁启超《饮冰室诗话》说:"近世诗人能熔铸新理想以入旧风格者,当推黄公度。"在没有彻底打破旧诗的形式以前,要使诗能够容纳一定的民主主义的内容,而又不至破坏诗的表现力量,使诗仍能够发生艺术的作用,这就是新派诗所可能达到的最高的成就。从这种意义讲,黄遵宪可以说是中国旧民主主义革命时代的代表诗人;不只在他的诗中富于反帝爱国的精神是这样,在诗的艺术成就上也是这样。他的诗在当时发生的影响很大,"海内折柬相追,欲读其诗而知其人者,迄无虚岁"[6],就是因为这种道理。

黄遵宪(公元1848—1905年),字公度,著有《人境庐诗草》十一卷。他称自己的诗是"新派诗",其中也的确有许多在传统诗篇里所没有的内容。在1868年写的《杂感》诗中他说:

吁嗟制艺(八股文)兴,今亦五百载。世儒习其然,老死不知悔。精力疲丹铅(银朱铅粉,古人校书时用),虚荣逐冠盖(显贵者)。劳劳数行中,鼎鼎(迂缓貌)百年内(指一生懈怠不振作)。束发受书始,即已缚纽械。英雄尽入彀,帝王心始快。岂知"流寇乱",翻出耰锄辈。

这时他已经认识到统治者用八股文取士的用意,和农民是推翻统治者的主要力量。在晚清他可以说是孕有民主思想比较早的一人。在1875年写的诗中,他感到帝国主义者"今年问周鼎(春秋时楚王问周朝藏的九鼎的轻重,想夺取政权,以后即以"问鼎"喻篡夺政权或侵略别国),明年索赵璧(战国时秦王索取赵璧,这里喻各帝国主义强迫我国割地等),恫疑与虚吓,悉索无不力",而愿"荷戈当一兵,吾亦从杀贼!"他"时时发狂疾,痛洒忧天泪",觉得"到此法不变,终难兴英贤",沉痛地表现了他的反帝爱国的思想与变法维新的要求。以后他赴各国历任我外交僚属达二十年,这对他的思想影响很大。他自己说在日本时"取卢梭、孟德斯鸠之说读之,心志为之一变,知太平世必在民主也[7]。"在美国旧金山做总领事时,正值美国排斥华工,他感到非常愤慨,在长诗《逐客篇》中说:

呜呼民何辜,值此国运剥(衰落)!轩顼(黄帝、颛顼)五千年,到今国极弱。鬼蜮实难测,魑魅乃不若;岂谓人非人,竟作异类虐。……从此悬厉禁,多方设扃钥(关闭的东西,指限制)。……不持入关繻(指通行证件),一来便受缚。但是黄面人,无罪亦筹掠(打板子,指用刑)!……倒倾四海水,此耻难洗濯!

诗中描写了旅美侨胞辛勤劳作的情形,但得到的却是"但是黄面人,无罪亦筹掠";能不令人感到"倒倾四海水,此耻难洗濯"吗?在《纪事》一诗中他记载美国选举总统时的情形说:"乌知举总统,所见乃怪事。怒挥同室戈,愤争传国玺(指总统的位子),大则酿祸乱,小亦成击刺。寻常瓜蔓抄(指牵连逮捕),逮捕遍官吏;至公反成私,大利亦生弊。"对美国所标榜的政治民主也给予了直感而深刻的揭发。以后在他就任驻新加坡总领事时,曾有长诗《番客篇》,反映南洋华侨的勤苦劳动和爱国情绪,写他们在外到处受人欺凌,回国又得不到政府的保护,结果是"番汉两弃却"。诗人的愤慨是很深的。

1894年中日甲午之战起,中国陆军败于平壤,海军败于大东沟。日本占领旅顺,入寇威海;海军提督丁汝昌降敌,旋又自杀,清廷签订了屈辱的马关条约。他对这次事件非常愤激,有《悲平壤》《东沟行》《哀旅顺》《哭威海》《降将军歌》《马关纪事》《台湾行》《度辽将军歌》等诗篇,都表现了高度的爱国热忱和反帝精神,对清朝官吏的昏庸无能也给予无情的讥刺。《悲平壤》说清将叶志超"一夕狂驰三百里,敌军便渡鸭绿水"。《东沟行》说"人言船坚不如疾,有器无人终委敌"。《哀旅顺》和《哭威海》中都形容了地势是如何的天险,而竟

然"一朝瓦解成劫灰","万钧炮,弃则那(顷刻)"。他感慨说:

> 噫吁戏!海陆军!人力合,我力分。如蠖屈,不得伸。……四援绝,莫能救;即能救,谁死守?炮未毁,人之咎。船幸存,付谁某?十重甲,颜何厚?

《降将军歌》有力地讥刺了无耻的投敌将领丁汝昌,说他"有炮百尊枪千支,亦有弹药如山齐",但一定要"乃为生命求恩爱"。《度辽将军歌》借着一颗"汉印"作线索,辛辣地嘲讽了一个愚昧怯弱、未战而全师败绩的官僚吴大澂。在《马关纪事》中他慨叹"括地难偿债",说"瓜分倘乘敝,更益后来忧"。而意义表现得最明显有力的是歌咏台湾人民抗日的《台湾行》:

> 城头逢逢雷(擂)大鼓,苍天苍天泪如雨!倭人竟割台湾去,当初版图入天府。……眈眈无厌彼硕鼠,民则何辜罹此苦!亡秦者谁三户楚,何况闽粤百万户!成败利钝非所睹,人人效死誓死拒。万众一心谁敢侮,一声拔剑起击柱。今日之事无他语,有不从者手刃汝!

从这里,我们可以看出台湾人民反帝的光荣传统,也表现出诗人自己的热烈的爱国精神。以后接着的是清朝政府一再割地赔款的屈辱外交,殖民地化的程度愈来愈深了。他在《书愤》一诗中说:"一自珠崖(指胶州)弃,纷纷各效尤。瓜分惟客听,薪尽向予求。秦楚纵横日,幽燕十六州。未闻南北海,处处扼咽喉!"此后,他对清朝统治者的幻想就开始动摇,但对中国的前途并不悲观,他希望"弟兄同御侮",终有一日能够"马蹄蹴踏西江水,相约扶桑濯足来。"以后他与梁启超在上海办《时务报》,参与了戊戌变法的活动。庚子事变时他对义和团的反帝运动的方式和力量都不相信,对农民革命采取敌视态度,这是他思想中的反动部分。但他不只对侵略者感到愤慨,对清朝统治者的昏庸误国也是极端不满的。他死于同盟会成立的那一年,在死前给他弟弟的书信中说:"生平怀抱,一事无成,惟古今体诗能自立耳;然亦无用之物,到此已无望矣。"可见他的诗都是为了要表达他自己的政治怀抱的。

在《人境庐诗草》自序中他说:"今之世异于古,今之人亦何必与古人同。"主张作诗应该"不名一格,不专一体,要不失乎为我之诗"。因之他的诗相当散文化,持律不严,选韵尤其宽,异声同押的例子很多。这是他一贯的主张,早在1868年的《杂感》诗中就说:

俗儒好尊古,日日故纸研。六经字所无,不敢入诗篇。古人弃糟粕,见之口流涎。沿习甘剽盗,妄造丛罪愆。黄土同抟人,今古何愚贤!即今忽已古,断自何代前?……我手写我口,古岂能拘牵!即今流俗语,我若登简编,五千年后人,惊为古斓斑。

这诗可以说是他的"新派诗"主张的具体说明,而且他以创作实践坚持了四十年,因此这也同时可认为是他的诗的风格特色的说明。他的古诗写得比近体好,尤其是五古,方言俗语也不避讳,可以说是将传统的诗体相当地解放了一些。而这种诗形的解放正是为了要适应他所要表现的新的内容。除过去那些反帝爱国的诗以外,写别的题材的诗也同样有它的新的特点。譬如《今别离》四首分咏轮船、火车、电报、相片及东西两半球昼夜相反，但仍赋予了新的情感。《以莲菊桃杂供一瓶作歌》咏新理新事，读来并不感到生硬。又如写爱情的绮艳之辞，也和旧文人的"忆内""寄内"或猥亵之词不同，他吸取了民间文学的优点，所写的爱情也是健康的。如《山歌》第五首：

　　邻家带得书信归，书中何字侬不知，等侬亲口问渠去，问他比侬谁瘦肥。

他又有《出军歌》二十四首，见梁启超《饮冰室诗话》。歌分《出军》《军中》《还军》各八首，每首的最后一字连起来读是"鼓勇同行，敢战必胜，死战向前，纵横莫抗，旋师定约，张我国权"二十四字。梁启超评论说："读此诗而不起舞者，必非男子。"现在我们读起来都感到气魄雄伟，充满了爱国的热情。在他集中不只歌咏时事的诗，无论哪一方面的题材，差不多都是古人"未有之物，未辟之境"，贯串着他的新思想；而且正因为如此，诗也就波澜壮阔，境界扩大，获得很大的成就。当然，像很多晚清的"新学"家一样，他思想中也还是有许多保守的、改良的色彩；例如对于清朝统治者的幻想，对于农民革命的轻视等等。因此他的诗中述及当时国内政情的就比较温和，最有力量的都是记载外祸的反帝爱国的诗篇。而这些诗才是他诗集中的精华，有力地反映了当时全国人民的反帝要求。

当时努力在诗中表现新内容的人并不少，像林纾（琴南）这样在"五四"时非常反动的人物，戊戌变法前他在福州作的《闽中新乐府》五十首中，也表现了新内容，在当时有进步意义。如在《村先生》中，他反对让小孩子念《大学》

《中庸》这类书,说是"乳臭满口谈圣贤"。又说:"今日国仇似海深,复仇须鼓儿童心","儿童智慧须开爽,方能凌驾欧人上。"他说这是"讥蒙养失也",他是主张应该对儿童进行爱国主义教育的。当时的一般旧文人都在学作宋诗,梁启超骂这些人是"鹦鹉名士",讥刺他们无论在意境或语句上,都只知模仿古人。比之那些"鹦鹉名士"来,有些新派诗尽管在艺术上的成就不高,思想上还有改良主义的色彩,但正像当时的一位新派诗人马君武在他的《诗稿》自序上所说,总的精神却都是"鼓吹新学思潮,标榜爱国主义"的。这可以说是晚清新派诗的共同特点。

辛亥革命前后,柳亚子等组织的南社中人也曾写了许多诗。又苏曼殊曾以旧诗体译过拜伦、师梨(雪莱)等英国诗人的诗,他自己也有诗作,但他们的影响都不很大。晚清的"诗界革命"到这时可以说基本上已被封建文化打退了。

晚清新派诗所以不可能得到正常的发展,是由中国旧民主主义革命本身的弱点所决定的。但通过当时的一些比较好的诗篇,仍然可以体会到中国人民是抱着怎样深湛的爱国主义的感情,来追求中国的进步和抵抗帝国主义者的侵略的。

\* \* \*

[1] 毛泽东:《中国革命和中国共产党》。
[2] 毛泽东:《新民主主义论》。
[3] 林昌彝:《射鹰楼诗话》。
[4] 毛泽东:《矛盾论》。
[5] 罗尔纲:《太平天国史料辨伪集》。
[6] 见《人境庐诗草》黄遵宪楷跋。
[7] 黄遵宪:《壬寅论学笺》。

# 新　　诗（上）

　　从"五四"开始的中国新文学是中国新民主主义革命的有力的一翼，而且一直是向着革命现实主义的方向发展的。"五四"是无产阶级思想领导下的彻底地、不妥协地反帝反封建[1]的民主革命的开始，"五四运动所进行的文化革命，则是彻底地反对封建文化的运动"[2]，而文学革命正是文化革命的一个重要组成部分，因此中国新文学也是从开始起就充满了彻底地反帝反封建的精神的。

　　新诗诞生于"五四"文学革命发轫的初期，它在实践上充当了各种形式文学变革的先导。早在鲁迅发表《狂人日记》几个月之前，一些文学革命的提倡者就开始了新诗创作的尝试了。1918年1月出版的4卷1号《新青年》上，发表了胡适、刘半农、沈尹默等人的初期白话诗创作。以后，响应者逐渐多起来了。稍后创刊的《每周评论》《新潮》，和提倡白话文的《时事新报》副刊《学灯》、《民国日报》副刊《觉悟》等，也都纷纷登载新诗作品。这样，由于许多人的努力和尝试，在"五四"时期的新文学运动中，新诗就成为最早结有创作果实的部门了。这在当时是含有深刻的战斗意义的。因为小说还有《水浒传》《红楼梦》等古典作品可以借鉴，而韵文又是旧文学自以为瑰宝的，因此文学革命一定要在新诗的提倡上得到胜利，才可以使新文学取得正宗的地位，而不仅只是"开发民智"和"通俗教育"的改良主义的主张。当时反对新诗的人也特别多，对于诗究竟是"平民的"还是"贵族的"竟引起了许多人的争论，这就说明当时提倡新诗的意义绝不仅只在打破形式格律的束缚和提倡用白话写诗方面，而同时是含有深刻的反封建的意义的。就在1918年，鲁迅先生也写了一些新诗，现收在《集外集》里。他说："我其实是不喜欢做新诗的——但也不喜欢做古诗——，只因为那时诗坛寂寞，所以打打边鼓，凑些热闹，待到称为诗人的一出现，就洗手不作了。[3]"这里所谓"只因为那时诗坛寂寞，所以打打边鼓"的说法，和《呐喊》自序中所谓"所以有时候仍不免呐喊几声，聊以慰藉那在寂寞里奔驰的猛士，使他不惮于前驱"，是完全同义的。他是以推动文学革命的心情来开始了新诗的写作的。鲁迅先生对于中国古典文学有很深的修养，对于屈原、嵇康等诗人的作品尤其爱好。而在1907年他写的《摩罗诗力说》里，就已经向中国人民介绍过"立意在反抗、指归在动作"的外国诗人拜他、雪莱、普希金、莱蒙托夫、裴多菲等人的作品的精神，这对新诗的发展是发生了良好影响的。因为"五四"以来的诗歌创作，本来是创造性地继承了中国古典诗歌的民族传统，并接受了外国优秀的现实主义和浪漫主义诗歌的影响，而适应着中国人民革命的需要发展起来的。这种情形在"五四"当时也是很明显的。除了鲁迅先生以外，当时许多作新诗的人都多少带有一种战斗的心情；他们写诗是为了向旧文学示威，来巩固新文学的地位。譬如李大钊同志，他也在《新青年》上写过《山中即景》（5卷3期）和《欢迎独秀出狱》（6卷6期）两首新诗，那用意同样是为了建设文学革命的事业。正因为新诗是"五四"时期文化革命的前哨，因此初期的诗篇除了形式是白话的自由诗以外，内容也一般都有显明的新的倾向。譬如人道主义的社会意识，真挚健康的爱情诗，对劳动和劳动人民的歌颂，对反抗情绪的赞美，就都是初期新诗中常见的主题，这是与当时澎湃的革命思潮适应的。因此新诗很快地得到了青年读者的拥护，爱好的和写作的人都逐渐多起来了。

胡适于1920年出版的《尝试集》，是中国第一部新诗集。其中虽然也有一些内容和形式都尚新鲜的作品，但多数的"尝试"却缺乏深刻隽永的诗意。即使从形式上看，也如作者自己说的那样，"还带着缠脚时代的血腥气"[4]。新诗在艺术上的真正开拓者和奠基者，还是郭沫若。[5]

1921年出版的郭沫若的诗集《女神》，是"五四"时期影响最大的一部诗集。他那种"为反抗的烈火燃得透明"的反封建和反抗不合理社会的精神，那种雄浑豪放的风格和自由体的形式，在当时发生了很大的影响，给初步觉醒起来的青年们以精神上的鼓舞，也为新诗的发展奠定了良好的基础。《女神》中所表现的那种狂风暴雨般的反抗精神（如《胜利的死》《匪徒颂》），那种对个性解放狂热的讴歌和积极的乐观主义情绪（如《天狗》《光海》），那种对军阀罪行的强烈的诅咒和对祖国炽热的眷恋（如《女神之再生》《炉中煤》），那种对于创造光明的歌颂和对于祖国未来的新生的渴望（如《金字塔》《凤凰涅槃》），都引起了人们很大的激动，给当时抱着热烈的革命情绪的青年人以精神上的力量。作者的丰富的想像和澎湃的热情，对于社会不合理现象的诅咒和愤慨，把自然界的雄伟事物加以"人格化"和当作朋友来对待，都表现了一种充沛的追求光明的革命气魄。

在《序诗》中,他说"我是个无产阶级者";在《地球,我的母亲!》中,他歌颂了工人和农民;在《匪徒颂》里,他颂扬了伟大导师列宁。这就说明虽然在当时他还不是一个彻底的马克思主义者,但已经明显地受到了十月社会主义革命的影响,思想中已经有了社会主义的因素了。因此在他的诗里,表现出了"五四"的反帝反封建的革命精神,对于中国现代文学中新诗的发展奠定了基础。他自己说,他曾经受过民主主义诗人惠特曼等人的很大影响,"惠特曼的那种把一切的旧套摆脱了的诗风,和五四时代的狂飙突进的精神十分合拍,我是彻底地为他那雄浑的豪放的宏朗的调子所动荡了。[6]"这同样说明了他自己的风格。他写的《太阳礼赞》《立在地球边上放号》《笔立山头展望》《梅花树下醉歌》等诗,都显示了如同《女神》那样雄奇磅礴的艺术风格。

> 无数的白云在空中怒涌,
> 啊啊!好幅壮丽的北冰洋的晴景哟!
> 无限的太平洋提起他全身的力量要把地球推倒,
> 啊啊!我眼前来了滚滚的洪涛哟!
> ——《立在地球边上放号》

这种风格和它所唱出的火热的激情及反抗的精神,开辟了"五四"以来新诗的浪漫主义传统。而这个传统,在《女神》里同样表现了同中国古代浪漫主义诗人之间深刻的联系。在《女神》以后,郭沫若又有《星空》《前茅》《恢复》等诗集,在许多诗篇中所表现的革命精神要比《女神》中的更其激进和鲜明了。譬如在《上海的清晨》一诗里,他唱出了:

> 马路上，面的不是水门汀，
> 面的是劳苦人民的血汗与生命！
> 血惨惨的生命呀，血惨惨的生命！
> 在富儿们的汽车轮下……滚，滚，滚，……
> 兄弟们哟，我相信就在这静安寺路的马路中央，
> 终会有剧烈的火山爆喷！

在《我想起了陈胜吴广》一诗里，他歌颂了"在工人领导之下农民暴动"的力量，社会主义思想的因素对他已逐渐起着支配的作用了。冯乃超曾说：

> 郭沫若先生在中国新诗的劳作上，是成就最高，贡献最大的人。30年代以降的青年学生，都是他的读者，他用琳琅新颖的诗句，有如一位伟大的教师，熏陶着年轻的一代。他塑模了中国古代反逆典型，做年轻世代的模范，培植了对僵死教条的反抗精神，他苏醒了古人生死不苟的美德，使年轻的世代有所借鉴。他是理解现代中国脉搏的跳动，而兼精通中国古代精神（通过古代语言和古典）的少数者之一人[7]。

他对于中国新诗之所以有如此重要的贡献，主要因为他一贯是中国人民革命运动的积极参加者，在他的诗中表现出了热烈的革命情绪，而艺术上也很优美的缘故。以后在抗战期间，他还写过歌颂民族解放斗争的《战声集》和《蜩螗集》。

和郭沫若同时的还有文学研究会的一些青年诗人。朱自清、郑振铎、王统照、徐玉诺等人出版的诗集《雪朝》，表

现了他们对自然朴素的诗风的追求。朱自清是这些诗人中间成就最大的一个。他的《踪迹》被郑振铎先生誉为"功力的深厚,已不是'尝试'之作",许多作品"远远的超过《尝试集》里的任何最好的一首"[8]。其中《毁灭》这首长诗,写"五四"退潮以后的青年,怎样摆脱了"诱惑的纠缠","还原了一个平平常常的我",从此"要一步步踏在泥土上,打上深深的脚印"。感情真挚扎实,风格朴素淳厚,在当时就产生了很大的影响。[9]

在这一时期里,还出现了以青年诗人潘漠华、冯雪峰、应修人、汪静之组成的"湖畔诗人"。从1922年起,他们先后出版了《湖畔》《春的歌集》,汪静之出了《蕙的风》以及《寂寞的国》。他们被朱自清赞誉为在"缺少情诗"的中国,能够"真正专心致志做情诗的"四个年轻诗人[10]。许多诗篇反映了为"五四"的浪潮所唤醒的青年对甜美的生活和梦的追求,包含着鲜明的反封建意义。在日本的俳句短歌和印度泰戈尔《飞鸟集》的影响之下,诗坛上又出现了一股小诗创作的潮流。其中影响较大的是以诗集《繁星》(1922年)和《春水》(1923年)著称的冰心。在《繁星》序里,她承认是受了泰戈尔的影响。这种诗体在短短的几行里,表现了作者对人生思索、对自然美和母爱歌颂的"情绪的珍珠"[11]。《繁星》第131这样唱道:

大海呵,
那一颗星没有光?
那一朵花没有香?
那一次我的思潮里

没有你波涛的清响？

这些小诗充满了真挚而深沉的哲理兴味，在当时产生了很广泛的影响，许多人竞相尝试，形成了一个小诗创作的热潮。1923年宗白华出版了《流云小诗》，在哲理抒情中蕴蓄着很浓的泛神论色彩。"五卅"运动爱国反帝高潮兴起之后，小诗的创作风气才淡下去了。[12]

1925年出现的李金发的《微雨》，和稍后出版的《食客与凶年》《为幸福而歌》，模仿法国象征派的方法来写新诗，表现他的"对于生命欲揶揄的神秘及悲哀的美丽"[13]，作品虽然不乏艺术想像力，但是语言过分欧化，又多夹杂些文言叹词和外文，以至多数作品诘屈聱牙，艰涩难懂，为人们所不满，没有引起更多诗人的响应。[14]

在艺术上继承了《女神》的浪漫主义传统的，是蒋光慈。蒋光慈是比郭沫若稍后的一个革命诗人。他的诗集《新梦》出于1925年，里面收的是1921至1924年间他旅居苏联时所作的诗歌。在这些诗里，他描绘与歌颂了十月革命胜利后的新生活，给"五卅"前夜中国人民的战斗画出了一幅美丽的远景，自然也增添了不少的战斗力量。譬如他在《莫斯科吟》里写道：

　　十月革命，
　　又如通天火柱一般，
　　后面燃烧着过去的残物，
　　前面照耀着将来的新途径。

他对革命有浓烈的热情,如《前进罢!红光遍地!》一诗充满了乐观的歌颂,但因为是在国外写的,内容未能很好地与中国当时的现实斗争密切结合,因此诗歌的感染力不够强。但在他回国以后写的诗集《哀中国》《战鼓》《乡情集》中,就有了改变。其中多的是对黑暗的诅咒,充满了悲愤的调子,诗的真实性和感染力都较前增强了。虽然有些诗多少有点感伤的情调,但诗中所表现的为革命献身的意志还是很坚强的。

沉钟社的诗人冯至,先后出版了《昨日之歌》(1927年)、《北游及其他》(1929年)两本诗集,在富于热情和忧郁的格调里,唱出了一部分青年反抗和追求的心声。他的长篇叙事诗尤称独步,如《吹箫人的故事》《帷幔》就是长篇的哀婉故事诗。因为内容的真切和技巧的纯熟,冯至被鲁迅称为"中国最为杰出的抒情诗人"[15]。

1924至1927年的第一次国内革命战争失败后,国民党建立了反动的黑暗统治,人民过着痛苦的被压迫的生活。中国共产党继续领导了第二次国内革命战争。在1927至1937年的十年间,基本的政治情况正如毛主席所说,"是一方面反革命的'围剿',又一方面革命深入的时期"[16]。人民大众的文化战线也同样是在严重的白色恐怖下面,用种种形式来作了反"围剿"和文化革命的深入活动的。以鲁迅为首的十年左翼无产阶级革命文艺运动,就是在这种情况下坚持战斗,打退了反动派的文化"围剿",并在全国人民中发生了广大深刻的影响的。1930年3月,中国左翼作家联盟正式成立。左联提倡建立"无产阶级革命文学",并在文化战线上展开了广泛的思想斗争的活动。左联的"理论纲领"中说:

"诗人如果是预言者，艺术家如果是人类的导师，他们不能不站在历史的前线，为人类社会的进化，清除愚昧顽固的保守势力，负起解放斗争的使命。"因此在诗歌创作的领域，也展开了"新诗歌运动"，强调诗歌大众化，并对资产阶级的形式主义作风进行了斗争。

早在1926年4月到6月，闻一多、徐志摩等诗人在北京创办了《晨报》副刊的《诗镌》，提倡新诗的格律化，吸取19世纪英国的浪漫主义的艺术营养，进行新诗艺术的建设。他们中的一些人，在1928年创办的《新月》月刊上发表诗歌，1930年又出了《诗刊》。1931年陈梦家将这些刊物上发表作品的十八位诗人的部分诗作，编选为《新月诗选》出版。因此当时称这一群诗人为"新月派"。

闻一多是《晨报·诗镌》时期这一个流派中成就和影响最大的诗人。他先后出版了《红烛》（1923年）和《死水》（1928年）两本诗集。而后者，可以看作是他提倡格律诗的成功实践的成果。闻一多在他的《诗的格律》一篇论文中，主张新诗要有"节的匀称"、"句的均齐"、"音尺"、重音和韵脚，提倡新诗应该具备音乐的美、绘画的美和建筑的美。他的《死水》中的许多诗篇，在整齐的格律中唱出了热烈的爱国心声（如《一句话》《发现》），倾诉了对军阀统治下罪恶现实的不满和愤懑（如《死水》《天安门》）。《祈祷》一篇中，他唱道：

　　请告诉我谁是中国人，
　　　启示我，如何把记忆抱紧；
　　请告诉我这民族的伟大，

> 轻轻的告诉我，不要喧哗！

除了形式的整饬和新月派其他诗人相同以外，他诗里蕴藏的爱国主义精神大大超出其他诗人的作品，正是从这个意义上，朱自清称他为"几乎可以说是惟一的爱国诗人"[17]。

徐志摩于1925年出版了《志摩的诗》，以后又出有《翡冷翠的一夜》《猛虎集》《云游》。他追求一种以"普遍的个人主义"为内涵的"真纯的德谟克拉西的精神"[18]，向往在中国出现一个资产阶级共和国的"婴儿"。在他的初期，还有一些反对封建军阀与同情人民疾苦的作品，如《梅雪争春》《大帅（战歌之一）》《先生！先生！》等，但多数是他个人情怀的表露，到了后来，对艺术技巧的追求已经掩盖不住内容的贫乏了。茅盾用他的一句话"在梦的轻波里依回"来说明他诗歌全部的内容与情调[19]，是确然如此的。

徐志摩、朱湘等人提倡的格律诗，由于不少诗人作品内容的贫乏，已产生了不可避免的形式主义的流弊。到了《新月》和《诗刊》时期，虽然在诗的艺术上更为成熟，但表现的内容更狭窄了。他们有意识地与当时的无产阶级革命文学运动相对立，主张文学是表现所谓"人性"的。一些人的诗歌创作也同样表现了病态的感情，徐志摩的少数诗作还流露了反动的意识。他们崇尚字句的雕琢，企图以形式格律的完美来掩饰内容上的空虚，在当时发生了消极的影响。

在30年代初期，又出现了以戴望舒为代表的"现代派"诗人。现代派诗因1932年5月由施蛰存主编的《现代》杂志而得名。他们接受法国后期象征派诗歌和美国20世纪初意象派诗歌的影响，大力提倡象征派诗，当时曾在诗坛上产生了很大的影响。卞之琳、何其芳，以及艾青早期的诗作，都接近过现代派，后来他们又都离开这一诗风影响，而走上了现实主义的创作道路。卞之琳与何其芳、李广田最初合出一部《汉园集》(1935年)，何其芳自己有诗集《预言》等出版(1945年)，卞之琳还印过《三秋草》和《鱼目集》(1935年)。他们的诗多注重字句的瑰丽、想像的优美、境界的蕴蓄，借暗示来表现情调。卞之琳的诗中还注意用普通的口语写北平街头下层人民的社会风情，但有些写个人情绪的诗篇过于注重观念的省略，形成了晦涩艰深的毛病，脱离了读者欣赏的心理习惯。

　　在这一派诗人中成就和影响最大的，还是戴望舒。他于1929年出版的第一部诗集《我的记忆》，表现了他在大革命失败之后内心的苦闷和追求，形式上也注重音律和韵脚，其中的《雨巷》，就被称为"替新诗底音节开了一个新的纪元"[20]，而《我底记忆》这首诗，已经表现了他的新的艺术追求："诗不能借重音乐"，"诗的韵律不在字的抑扬顿挫上，而在诗的情绪的抑扬顿挫上，即在诗情的程度上"[21]。这种追求，使他的后来收集在《望舒草》的大部分作品，表现了与新月派之注重格律整齐完全不同的作风。戴望舒诗的内容，不少是朦胧难懂的，往往表现了他在黑暗现实中失望的心境，酸辛的回忆，隐逸彷徨的情绪。其中也有一些健康的好诗，如《断指》《村姑》，还有未收入集子中的《流水》《我们的小母亲》。戴望舒的诗注意吸收中国古典诗歌的意境和语言的养分，又融进了法国象征派诗的表现方法，用现代人日常的口语表现一种甜蜜忧伤的情绪，给人一种朦胧的感觉。在抗日战争爆发以后，他又出版了《灾难的岁月》这本诗集,诗风和感情都有很大的变化。《狱中题壁》和《我用残损的手掌》,在异常形象的诗句里表现了动人的爱国主义感情。《偶成》一诗唱出了诗人对美好生活的信心:

> 如果生命的春天重到,
> 古旧的凝冰都哗哗地解冻,
> 那时我会再看见灿烂的微笑,
> 再听见明朗的呼唤——这些迢遥的梦。
>
> 这些好东西都决不会消失,
> 因为一切好东西都永远存在,
> 它们只是像冰一样凝结,
> 而有一天会像花一样重开。

现代派的诗歌对于新诗艺术的表现和方法,都有一些新的开拓。然而就总的倾向来看,它们在象征朦胧的诗句里赞赏一种颓废感伤的情绪,表现一种追忆过去的寂寞厌倦的哀愁心境,充满了虚无的和绝望的色彩,客观上是引导在现实斗争面前感到彷徨的人们的眼睛来向后看的。后期的"新月派"和"现代派"都是和党所领导的左翼革命文学运动相对垒的资产阶级文学流派,他们对于新诗艺术建设有新的探索,同时对于新诗的健康发展也起了一些阻碍的作用。革命文学阵营对这些倾向坚持了必要的斗争,而革命的现实主义和浪漫主义诗歌也正是在这种斗争中发展过来的。[22]

在左联成立前后的几年,革命的诗歌也仍然在发展,例如殷夫,就是很有成绩的诗人。他早期所写的抒情诗多表现一种对于光明的追求和爱情的歌咏，技巧成熟，感情也很深沉。到1929年以后所写的诗歌则充满了革命的战斗情绪和乐观主义的精神，其中有好些是反对帝国主义的和反对国民党反动统治的鼓动诗，感情真实，读后使人感到很大的振奋。他的组诗《血字》《我们的诗》就是这样富有鼓动力的感人之作，其中《别了，哥哥（算作是向一个"阶级"的告别词吧！）》写自己被捕后拒绝那位充当国民党军官的哥哥的保释，表现了为"真理的伟光"而战胜"死的恐怖"的崇高气节。他的诗因为有亲身经历的斗争生活感受为源泉，便显得热烈而不空泛，给人一种真切扎实的艺术感受。这是《一九二九年五月一日》中描写街头斗争生活的一节诗：

> 我在人群中行走，
> 在袋子中是我的双手，
> 一层层一迭迭的纸片，
> 亲爱地吻我指头。

殷夫的创作把现代革命的抒情诗的发展向前推进了一步。因此鲁迅为他的遗作《孩儿塔》诗集作序说："这是东方的微光，是林中的响箭，是冬末的萌芽，是进军的第一步，是对于前驱者的爱的大纛，也是对于摧残者的憎的丰碑。一切所谓圆熟简练、静穆幽远之作，都无须来作比方，因为这诗属于别一世界[23]"，从这里是可以看出他的诗的特色来的。

左联成立以后，革命诗歌有了更健康的发展。为了抵制当时"新月派"与"现代派"的消极倾向和形式主义作风，为了使诗歌更好地为革命服务，1932年成立了"中国诗歌会",并出版了刊物《新诗歌》。"中国诗歌会"宣言反对当时"一般人在闹着洋化,一般人又还只是沉醉在风花雪月里",说明它所坚持的进步的诗歌道路与"新月派"和"现代派"迥然不同。《新诗歌》发刊词中明白地说"我们要捉住现实",要歌唱"反帝、抗日那一切民众的高涨的情绪",由此可以看出他们的努力方向。他们提倡诗歌大众化和诗歌朗读,主张利用民谣小调等形式,这些对新诗的发展都是起了良好作用的。"中国诗歌会"中最重要的诗人是蒲风,他有《茫茫夜》《六月流火》等诗集。在《六月流火》里歌颂农民反抗反动统治阶级的斗争,唱出了"原始的武器在挥在舞,田野里今天伸出了反抗的手!"他的诗大部分取材于农村的生活和斗争,作风刚健质朴,有力地描绘了农民的受剥削的痛苦和他们的斗争情绪。他的诗气魄雄壮,表现力很强,而且内容密切结合革命现实,对现实主义诗歌的发展起了良好的推动作用。由于忽视足够的锤炼,一些诗作也显出了艺术上粗糙的毛病[24]。1935年,"中国诗歌会"曾配合当时的政治形势,提出了"国防诗歌"的口号,提倡创作抗日反帝的诗篇,还出了一套《国防诗歌丛书》。

这时期另外一个比较有成就的诗人是臧克家。臧克家接近过"新月派",而在诗的内容上与这一流派的倾向明显不同。他跳出了个人感情的圈子,而走进了广阔的现实生活。他写的《烙印》《罪恶的黑手》等诗集,在当时曾得到广泛的好评。茅盾曾说:"在自由主义者的诗人群中,我以为《烙印》的作者是最值得注意的一个。因为他不肯粉饰现实,也不肯逃避现实。"[25]作者正视现实,所写的多半是痛苦的社会现象,对劳动人民抱有深厚的同情,反映了当时人民生活的"烙印"。诗的主题和题材以写农民和乡村以及城市下层人民生活的比较多,也比较好。在这些诗篇里表现出了当时劳动人民的生活和遭遇。《难民》《天火》《当炉女》《渔翁》和《洋车夫》等,都是耐人咀嚼的优秀诗篇。他的《老马》更是在借喻的形象里高度凝练地概括了劳动人民的悲苦命运:

> 总得叫大车装个够,
> 它横竖不说一句话,
> 背上的压力往肉里扣,
> 它把头沉重的垂下!
>
> 这刻不知道下刻的命,
> 它有泪只往心里咽,
> 眼里飘来一道鞭影,
> 它抬起头望望前面。

臧克家的诗受闻一多《死水》创作态度与作风的影响,很注重字句的锤炼、诗的格律和表现方式,因此他的诗布局紧凑,音节自然流畅,艺术上也比较成功。抗战以后他还有好些诗集,有热情地歌颂士兵和抗敌斗争的抒情诗,也有企图大规模表现抗战史迹的叙事长诗。这些诗中所表现的爱憎很分明,风格朴素真实,大体上都能使读者得到一种诚挚亲切的感觉。

\*　　\*　　\*

〔1〕1956年初版本"革命现实主义的方向"为"社会主义现实主义的方

向"。——编者注。

〔2〕〔16〕毛泽东:《新民主主义论》。

〔3〕鲁迅:《〈集外集〉序言》。

〔4〕胡适:《尝试集》四版自序。

〔5〕此节为1982年再版时所加;1956年中国青年出版社初版本无。——编者注。

〔6〕郭沫若:《我的作诗的经过》。

〔7〕冯乃超:《发聩震聋的雷霆》,见《抗战文艺》7卷6期。

〔8〕郑振铎:《中国新文学大系·文学论争集导言》。

〔9〕此节为1982年再版时所加;1956年初版本无。——编者注。

〔10〕〔17〕朱自清:《中国新文学大系·诗集》导言。

〔11〕化鲁:《最近的出产·繁星》。载1923年5月20日《文学旬刊》第73期。

〔12〕此节为1982年再版时所加;1956年初版本无。——编者注。

〔13〕黄参岛:《〈微雨〉及其作者》,载《美育》第2期。

〔14〕此节为1982年再版时所加,1956年初版本无。——编者注。

〔15〕鲁迅:《中国新文学大系·小说二集导言》。此节为1982年再版时所加,1956年初版本无。——编者注。

〔17〕此节为1982年再版时所加,1956年初版本无。——编者注。

〔18〕见《列宁忌日——谈革命》。

〔19〕茅盾:《徐志摩论》。

〔20〕杜衡:《〈望舒草〉序》。

〔21〕戴望舒:《论诗零札》。

〔22〕以上各节关于新月派与现代派诗人介绍,1982年版比1956年初版内容有所扩充,评价也有所变化,如"他们对于新诗艺术建设有新的探索"一句初版本无,初版本称之为"反动倾向",1982年版删去。——编者注。

〔23〕鲁迅:《且介亭杂文末编·白莽作〈孩儿塔〉序》。

〔24〕此句1956年初版本无,为1982年再版所加。——编者注。

〔25〕茅盾:《一个诗人的烙印》,载《文学》1卷5号。

# 新　　诗(下)

　　1937年7月，中国共产党所领导的全民族的抗日战争爆发了。在全国人民一致进行民族革命战争的情势下，具有革命传统的文学成为教育和动员群众的武器，诗歌首先呈现了蓬勃的气象，出现了许多为人所欢迎的作品。战争激发了诗人们的爱国主义热情，因此诗中表现得也多半是一种雄壮的热烈兴奋的情绪，而且为了要表现这种热情奔放的内容，形式也一般地更趋向于自由体了。为了加强诗歌与群众的联系，也为了有意识地清算战前的一些形式主义的影响，当时曾提倡过朗诵诗、街头诗运动。作品内容一般更富于战斗性和群众性，形式也倾向于句法明朗、用字大众化、表现简劲有力等等了。到了战争的相持阶段，作家对现实有了更深入的观察和体会，于是出现了好些长篇的叙事诗。这些诗大体上都是充满乐观主义精神的激昂的声音，虽然由于作家与人民还没有很好结合，因此作品一般还不够深刻和有力，但在当时这些诗篇对人民和抗战事业是起了鼓舞激发的作用的。

　　抗日战争时期，在诗歌创作上成绩和影响较突出的是艾青和田间两位诗人。

　　艾青在30年代初期开始写诗。这些作品收在1936年出版的《大堰河》这本薄薄的诗集中。在《大堰河——我的保姆》一诗里，他塑造了一个备受凌辱的农村妇女的动人形象，从而表现了诗人自己对于农民的诚挚的感情，向那个不公道的社会发出了深沉的诅咒。散文化的抒情格调和质朴形象的语言，使这首诗具有了独特的艺术风格。随着民族抗战而奋起的人民精神进一步陶冶了诗人的激情，也锤炼了诗人的艺术风格，使之更加成熟了。他在抗战一开始，就写了一首《我们要战争啊——直到我们自由了》，表示了他对民族解放战争的热情赞颂。以后，他陆续发表了许多优秀的诗篇。在《向太阳》《火把》等长诗中，作者以高度的热情，反映了进步知识分子的精神要求，它像火把似地点燃了青年人的革命热情，鼓舞了他们对于光明和真理的追求。在《他死在第二次》《吹号者》等诗篇里，他歌颂了士兵的英勇的战斗精神，也表现了诗人自己对于战争的期待和愿望。在诗集《北方》里，像在《大堰河》中一样，作者以一种幽婉的挚情的调子，唱出了在苦难中的农民的悲哀，诗中多少带有一点忧伤，但诗人追求光明的热情仍然是很充沛的。在《雪落在中国的土地上》这首诗里，诗人唱出了这样动人的诗句：

> 雪落在中国的土地上，
> 寒冷封锁着中国呀……
> 中国，
> 我的在没有灯光的晚上
> 所写的无力的诗句
> 能给你些许的温暖么？

诗人往往通过北方常见的自然风物和人民苦难生活的描写，表现自己与祖国和民族血肉相联的感情，如《手推车》《北方》《乞丐》《旷野》，都在朴实感人的形象里抒写了自己炽

热而痛苦的爱国情思,这情思有时又表现得十分深沉。请看《我爱这土地》最末两节:

> 为什么我的眼里常含泪水?
> 因为我对这土地爱得深沉……

由于在朴实优美的诗句里传达了真挚动人的爱国感情,使得艾青的诗篇在这时期得到了广泛的流传,对鼓舞青年知识分子走向革命起了很大的作用。稍后,他又在诗集《溃灭》《反法西斯》中,以明确的爱憎关心着世界人民反法西斯战争的过程,其中充满了战斗性和国际主义的精神。诗集《黎明的通知》中表现了一种在革命胜利发展中的热情愉快的音调,他要告诉人民"他们所等待的就要来了"。此外他还有叙事诗《雪里钻》等作品。艾青的诗用的是自由诗的形式,他以为朴素是美的源泉;他还在《诗论》中提倡过"诗的散文美",并对这种形式的运用有所创造,成功地表达出了他所要歌唱的内容。因此他的诗平易朴素,语言精练,能给人一种新鲜生动的感觉,对于憧憬光明的知识分子曾起过很大的鼓舞作用。

　　田间在抗战前写过《未明集》和长诗《中国农村的故事》等,反映了农民痛苦挣扎的生活情形,也写出了他们的朴实健康的感情,风格雄放粗犷,富有战斗气息。抗战开始以后写的《给战斗者》《她也要杀人》等诗集,在读者中曾发生过广泛的影响。他喜欢用"短行"的形式,每行通常只有两三个字,凝聚着紧张的战斗声音,使感情表现得特别集中和有力。在他的诗中,充满着强烈的爱国主义热情和革命人物的形象，他以一种突击式的情感来构成诗篇的崭新的粗犷的风格，以朴素有力的诗句来体现充沛的战斗意志。闻一多曾称赞他为"时代的鼓手"。如在《我是海的一个》中写道：

> 我，
> 是结实，
> 是健康，
> 是战斗的小伙伴。

由于他较早地到了解放区和经历了实际斗争的锻炼，因此他的诗的确没有那种忧郁的感情，而是富有鼓舞和激动人们战斗情绪的坚强力量。他那独特的"诗形"和他所要歌唱的强烈的情感也相适应，因此形成了一种健康朴素的单纯的风格。这些作品在抗战期间曾受到读者的广泛欢迎，以后他还写过长篇叙事诗《赶车传》等作品。

柯仲平的长篇叙事诗《边区自卫军》和《平汉铁路工人破坏大队的产生》，都是在延安写的。前者描述农民自卫军英雄智捉汉奸土匪的故事，后者是歌颂工人阶级在党的领导下组织斗争的长诗。他是努力企图建立诗歌的民族形式的一人，这些诗也是他认真学习民间文学的结果。在诗中，他参用了唱本俗曲等民间形式来铺叙故事，题材富于现实性，气魄很雄壮，适宜于朗诵或说唱。但在试用过程中，各种不同的民间形式还难免有不够和谐和统一的地方。

何其芳的诗集《夜歌和白天的歌》，主要表现了一个从旧社会投向革命队伍中的知识分子的思想感情。他歌颂光明，强调快乐，向往明天，反映了中国当时社会的变化和作者自己思想中的变化。从过去迈向未来或正在企图迈向未来的知识分子本来是很多的，这些诗篇中的乐观态度和高昂兴奋的调子，对于憧憬解放区自由快乐生活的知识青年们发生了很大的鼓舞和推进作用。他的诗，作风质朴平易，句法很洗练，也很接近口语，而且态度诚挚坦白，富于感染力量。

抗战期间诗的产量很多，长期从事写诗的人也不少，上面所举的只是在群众中影响较大的几个作家。大体上说，诗歌创作是向前发展了的，像抗战前"新月派"和"现代派"那样感情比较低沉狭窄的诗在抗战期间大半消失了，诗人们很少写与抗战无关的事情，都是为了祖国和人民的解放而歌唱的。诗的读者也较前大大开拓了，这些都是显著的进展。但由于许多作者对工农兵和人民群众的生活还了解得不够深切，还没有在实际斗争中彻底与群众相结合，对中国诗歌的优良传统也学习得很不够，因此就不可避免地影响到了诗歌创作的成就，减弱了诗歌的艺术力量。这些都是文艺发展道路上带有根本性质的问题，到毛主席《在延安文艺座谈会上的讲话》发表以后，这些问题才得到了根本的解决或明确了正确解决的途径。[1]

抗战后期，中国共产党所领导的解放区日益扩大，事实上成了中华民族的抗日根据地，成为全国人民所瞩望的灯塔。由于党和毛主席的英明领导，虽然是在战争环境下，但解放区各地已实行了各种合理的政治、经济和文化的改革，建设着光明的新社会。这就使解放区和国统区不只成为两个不同的地区，而且也成为两个不同的时代。在这个工农兵和人民大众民主专政的社会里，也给文艺事业的发展开辟了广阔的道路。为了很好地表现这个新的群众的时代，文艺界也经过了一番彻底的整顿和改造。

　　1942年5月23日,毛主席发表了伟大的《在延安文艺座谈会上的讲话》,批判了当时存在于一些人思想上的错误倾向,总结了"五四"以来二十余年革命文艺的成就和缺点,具体地用马克思列宁主义来解决关于中国革命文艺的许多原则性的问题,纠正了过去文艺中的小资产阶级思想倾向,提出了明确的完整的无产阶级的文艺路线。这一伟大著作的发表及其在文艺事业上引起的巨大变革,可以说是继"五四"以后第二次更伟大更深刻的文学革命。从此严格地划清了无产阶级文艺思想与一切资产阶级、小资产阶级文艺思想的界限,解决了新文学发展中最具有决定性的关键问题,使文学创作的面貌从此一新。经过了对于毛泽东文艺思想的深入学习,许多作家都检讨了自己过去思想中和作品中存在的偏向,认真地走向实践,进一步与工农兵结合。他们在实际斗争的锻炼中得到了改造,提高了作品的质量,同时也帮助了群众文艺创作的开展。作家的革命实践与创作实践的正确结合,保证了现实主义的创作方向的胜利[2],因此出现了好些表现新的主题和思想感情的新作品,从此文学开始走上了健康的发展道路。历史证明:毛主席所指示的文艺方向是完全正确的。

　　《在延安文艺座谈会上的讲话》中,毛主席明确地解决了文艺为什么人服务和如何服务的问题。为了使文艺能够很好地为工农兵服务,文艺工作者就必须彻底解决个人与群众的关系问题,必须使自己的思想感情与工农兵大众的思想感情打成一片。对于一个作家,在与人民结合的过程中,还必须努力学习人民的语言和他们的萌芽状态的文艺。"我们必须继承一切优秀的文学艺术遗产，批判地吸收其中一切有益的东西，作为我们从此时此地的人民生活中的文学艺术原料创造作品时候的借鉴[3]。"这些原则性的意见就给文艺创作的发展开拓了广阔的前景。

因为遵循了毛主席指出的文艺方向，解放区所产生的许多作品都带有崭新的气息，显示了新的人民文艺的作风和气派。这些作品不只内容上表现了人民大众的思想感情，而且和这相适应的也创造了新的民族形式，所用的语言是洗练过的平易生动的群众语言，表现方式也和自己民族的、特别是民间的文艺传统保持了密切的联系，这是完全符合一个民族文艺发展的正常规律的。就诗歌创作说，远在工农红军时代的古田会议决议当中，毛主席就要政治部负责征集并编制表现各种群众情绪的革命歌谣。1938年毛主席的《中国共产党在民族战争中的地位》一文发表以后，文艺界曾广泛讨论过如何创造"新鲜活泼的，为中国老百姓所喜闻乐见的中国作风和中国气派"的民族形式问题，在延安也有人写过关于建立诗歌的民族形式的论文，而且还产生过例如柯仲平的《边区自卫军》那样的作品。到《在延安文艺座谈会上的讲话》发表以后，更引起了作家向民歌和古典诗歌的优良传统学习的热忱，作为人民的声音，解放区产生了许多新鲜活泼的新诗歌，受到了人民的热烈欢迎。

《在延安文艺座谈会上的讲话》发表以后，首先表现出成绩来的是新的秧歌剧。由初期的《兄妹开荒》等小秧歌剧一直发展到像《白毛女》那样突破秧歌固有形式限制的新型的歌剧，产生了许多反映和歌颂人民自己的生活与斗争的新歌剧作品。这种歌剧就它的演出说，是融戏剧、音乐、舞蹈、诗歌等于一炉的综合艺术，但若仅就剧本的歌词说，则正如元杂剧中的唱词之和散曲类似一样，它本身也可以说是一种叙事诗。这些歌词用的是群众的语言，大致押韵，表现感情很集中。就是对白也很注意语言的旋律，以求得歌剧气氛的和谐。因此若仅就剧本说，是很近于诗的。《白毛女》的作者贺敬之就说："歌剧，照字面的了解，可以说是音乐（歌曲）的戏剧。它的重要组成因素之一的文学部分（剧本）则是诗的。……它表现生活、事件、细节，人物的性格、思想、情感的方法，除了要完成一般的集中化典型化的任务之外，还必须更进一步的经过再选择，集中、提高、升华，使之成为诗的东西。"[4]因此有些歌剧的作者就是写诗的人，例如《赤叶河》的作者阮章竞。剧中的歌词也特别富于诗的气氛，感情真挚，富有感染力。而有的著名的叙事长诗如《王贵与李香香》，也比较易于改编为歌剧。由于根据地的战争环境与农村环境，党规定戏剧工作与新闻通讯工作一般地应作为文艺工作的中心，因此新歌剧的作品收获最快，也最丰富。但就一些好的剧本的歌词部分说，我们即使当作诗歌创作来读，也仍然是很动人的。这是因为新歌剧的作者从开始起就是从内容的表现入手的，并没有过多地迁就固有的形式，而在歌词的创作过程中也努力学习了民歌和民间曲调等的表现方式，因此这些歌词就很近于叙事诗了。

解放区的文艺，除了专业文艺工作者的创作以外，还有工农兵自己的业余文艺创作。人民在政治经济上翻身以后，在文艺上也表现出了惊人的创造能力。在工农兵的群众创作里面，收获最丰富的是表现人民翻身斗争的诗歌。这是因为在中国民间文艺的传统里，诗歌（歌谣、小调、说唱形式等）是群众比较熟悉的形式，容易运用它来表现感情，而且群众在获得解放以后，就有强烈地表现自己的生活与斗争的要求，而诗歌是比较容易更集中、更简练地来表现人们的思想和情绪的。伴随着人民的社会的和物质生活的解放，同时也必然是人性上的、智能上的和情感上的整个解放，这正是"新的群众的时代"的文艺的特点。这些群众诗歌都是人民表现自己感情的作品，是极富于革命精神和斗争意志的伟大气魄的。《东方红》就是一个陕北农民的作品，表现了中国人民对中国共产党及其领袖的热爱。在当时群众的诗歌创作中，包括许多少数民族的口头创作，歌颂我们的事业是最常见的一个普遍的主题，深切地表现出了人民翻身以后的幸福感和爱国主义热情。收在《人民文艺丛书》里的《东方红》和《佃户林》两本诗集，就都是经过精选的农民的诗歌创作。这些诗语言通俗生动，形式虽然简单，但这是人民歌颂自己的文艺的萌芽，是有无限宽广的发展前途的。另外一种在群众中流行的诗歌形式是快板，因为它句法整齐和有节奏、有韵脚等特点，便于记诵和流传，因此群众就常常用它来作叙事诗。"在土地改革运动中，曾经产生了不少生动的、充满鼓动情绪的快板，通过它甚至就可以了解，这一村的土地改革运动中的各个关节的微末。[5]"在部队中，战士把诗歌当作表现自己英雄气概和胜利信心的誓言，所起的伟大作用更是难以描述的。通过枪杆诗、快板等形式，同样产生了许多新颖活泼的作品。在陕甘宁出版的《战士诗选》里，我们就可以看到许多充满革命英雄主义和革命乐观主义的战斗诗歌。由于革命长期在农村中进行，因此工人的创作比较少，但到张家口、石家庄和东北各地的大城市解放之后，事实证明工人也是喜欢创作有韵的诗歌的。他们用诗歌来控诉过去的统治者，表现解放后的喜悦和对于劳动生产的积极愉快。先进阶级的政治敏感，使他们能够非常迅速地觉察到新的政权的性质，因而对新社会发出了由衷的喜悦和歌颂。这些诗感情健康，声音洪亮，表现了工人阶级的伟大气魄。

新时代的诗应该是人民意志的代表，诗人不但要用群众所喜闻乐见的作品来教育群众，而且还要帮助群众自己学会掌握文艺的武器来教育自己。解放区的诗歌就是由群众创作和专业作家的创作两部分组成的。专业作家如果能够和群众相结合，从群众创作中吸取营养，或以之作为加工的素材，则因为它是由专业产生，就自然可以克服群众创作中的一些弱点，使作品带有更高的思想性与艺术性。这个方向在诗歌创作中尤其明显，譬如"信天游"的民歌可以说本来是陕北人民的抒情诗，而李季吸取了它的营养以后，就产生出像《王贵与李香香》那样为群众欢迎的长篇叙事诗。诗本来应该是用精练的语言来集中地表现劳动人民的思想情绪的艺术，因此群众的诗歌创作是特别值得专业作家重视的。

李季的叙事长诗《王贵与李香香》可以说是解放区诗歌的代表作品，是毛主席讲话以后在诗歌创作上的重要收获。这首诗用民歌"信天游"的形式来写陕北三边农民的革命和爱情的历史故事。死羊湾的恶霸地主崔二爷趁荒年逼租，打死了佃户王麻子，掳来他的十三岁儿子做羊工。王贵在崔家过着牛马般的生活，受到老农民李德瑞的照顾，得到了阶级友爱的温暖，日久便和李家的独生女香香发生了爱情。但崔二爷也看中了李香香，当他调戏她碰了钉子后就转恨王贵。这时，土地革命运动发展到这里，王贵暗地参加了赤卫队。

崔二爷知道后，将王贵吊起毒打。正在生命危殆时，李香香把游击队请来，解放了死羊湾。农民们分到牛羊土地，死羊湾变成了活羊湾。王贵和李香香也自由结婚了。"一杆红旗大家扛"，三天后王贵就参加了游击队。但革命并不是一帆风顺的，敌人又占领了死羊湾，游击队奉命转移，于是崔二爷向农民凶狠地反攻，害死了李德瑞，把香香软禁起来。他强迫和香香成亲的那天，游击队突然打来，恶霸被捉，农民重获解放，最后以王贵和李香香团圆结束。故事生动曲折，用很优美的民间口语的形式，描绘了一幅陕甘宁边区土地革命时代的农民斗争的图画。它是劳动人民自己的生活故事，又是运用劳动人民所喜闻乐见的形式表现的，因此受到广大人民的热烈欢迎。在这首诗中，作者生动地写出了革命斗争的曲折过程、人民革命的正义性及其胜利的必然性。王贵的明朗的形象是写得很动人的，他"身高五尺浑身都是劲，庄稼地里顶两人"。他不只"闹革命的心劲一满高"，而且懂得"我一个死了不要紧，千万个穷汉后面跟"。他对革命事业的无限忠诚，表现出了劳动人民高尚的精神品质。李香香在坚贞的爱情中也同样地处处流露着阶级的友爱，她对王贵的爱情是：

　　烟锅锅点灯半炕炕明，
　　酒盅盅量米不嫌哥哥穷。
　　妹妹生来就爱庄稼汉，
　　实心实意赛过银钱。

作者用抒情的调子歌颂着这样的宝贵的性格，读来十分令人感动。"信天游"的形式是两句一段，它的语言平易简练而又丰富隽永。作者把这些优美的特点吸收和融化在他的作品里,有时用好几段组成一段情节,显得自由而生动。这说明民间文学中的蕴藏是十分丰富的,向优秀的遗产和群众作品学习是作家进行创作的必要条件。诗中有许多叙事抒情的场面都写得很好,不过在描写战争的时候,似乎还不够浓重和强烈。虽然如此,在夺取旧文化的堡垒和学习劳动人民所喜闻乐见的民族形式上,《王贵与李香香》的成就无疑是诗歌创作上的一个重要胜利。

阮章竞的《圈套》也是叙事诗,作者自称为"俚歌故事"。这首诗熟练地运用了民间形式和形象的口语,读来觉得美丽动人,含有浓厚的劳动人民的生活气息。内容是写地主利用农民的落后面,设了许多圈套来破坏他们对农会主任的信仰,想暗中操纵农会,以达到"变天"的梦想。但在一个农妇"不顾死活救同志"的挽救下,地主的阴谋完全失败了,知道了"人民力量大如山"。故事写得经济含蓄,说明地主阶级是"柿柿甜甜柿树阴,好皮好面藏黑心"。诗中也写农民爱戴农会主任的阶级情感,并没有忽略了农民的进步的一面。此外他还有长诗《漳河水》,是歌颂华北太行山妇女的解放胜利的。它通过三个姑娘在解放前的悲苦遭遇、翻身斗争的经历和解放后在生产互助组里的生活劳动,画出了一幅反封建胜利以后的农村妇女的健康快乐的图像。诗句采用了许多民间歌谣的形式,但变化很多,也适合于所要表现的情绪,并不单调。最后用优美的赞颂调子《牧羊小曲》来结束这篇长诗:

漳河水,九十九道湾,
漳河流水唱的欢:

> 桃花坞,长青树,
> 两岸蹚成康庄路。
> 千年的古牢冲坍了!
> 万年的铁笼砸碎了!
> 自由天飞自由鸟,
> 解放了的漳河永欢笑!

作者热烈地歌颂新的生活,在朴实的诗句中闪着华美的光彩,在和谐的民歌中杂着自由的口语,使这首长诗的风格和情调达到了很美的程度。

在晋察冀边区,还活跃着一批年轻的诗人。他们多数战斗在抗日的第一线,既是战斗员,又是宣传员,他们所写的诗篇充满着生活气息和战斗的光辉。只有二十四岁便献出了自己生命的陈辉,在短短的创作经历中,逐步形成了自己的风格。他的《平原小唱》《平原手记》《新的伊甸园记》等组诗,和叙事诗《红高粱》,用轻快的调子,广泛地反映了根据地人民的生活,抒发了战斗者乐观豪迈的感情。这些用鲜血写下的诗篇收在解放后田间为他整理出版的诗集《十月的歌》中。

魏巍以红杨树为笔名写的许多诗篇,收在《黎明的风景》诗集中。其中许多短小的叙事抒情诗,如《高粱长起来吧》《叩门》,以明快的语言,抒写了战斗的情怀。长篇叙事诗《黎明的风景》写晋察冀边区一场悲壮战斗的情景,歌颂了指挥员和战士浴血奋战的斗争精神。作者还有意吸取民歌的一些形式和语言特点,丰富自己的创作风格。[6]

毛主席的《在延安文艺座谈会上的讲话》,在国统区同样发生了指导作用。解放区的新作品也通过各种渠道广泛地流行于国统区，使作家们看到了新的文艺方向和新的文学风貌，发生了很大的教育作用。虽然由于客观环境不同，但在国统区还是产生了一些对国民党反动派作斗争的有强烈政治意义的作品，开始了若干和人民群众相结合的努力。毛主席说："一切危害人民群众的黑暗势力必须暴露之，一切人民群众的革命斗争必须歌颂之，这就是革命文艺家的基本任务。"这时期国统区所产生的一些暴露黑暗的作品，正是遵照着毛主席的文艺方向而努力的。就诗歌创作说，由于国民党反动统治日益法西斯化，由于人民民主运动日益高涨，因之政治讽刺诗是这一时期诗歌创作中的主流，产生了一些影响较大的作品。通过对于民族形式的讨论，大家批判了新诗过分欧化的倾向，引起了向民歌和古典诗歌传统学习的热忱，在形式与风格的创造上也开始了多样化的努力。当时产生的政治讽刺诗很多，通过阅读或在群众性集会上朗诵，引起了人民对反动统治的强烈憎恨，加强了诗歌在群众中的政治影响和战斗力量。

在这类政治讽刺诗中，影响最大的是《马凡陀的山歌》。它"从城市市民现实生活的表现中激发了读者的不满、反抗与追求新的前途的情绪"[7]，它引导城市小市民认识社会现实，认识自己的可怜的地位，并走上反对国民党反动统治的道路。作者袁水拍，以前曾写过抒情诗集《人民》《向日葵》等，但引起广泛影响的却是这本以马凡陀笔名发表的山歌。这些讽刺诗的题材都采自最易吸引小市民注意的日常事件和社会新闻等，但作者通过尖锐辛辣的讽刺，把小市民从生活直感出发的牢骚提到政治认识的高度，以引起读者的憎恨和愤怒。对于小市民思想中的那种易于满足和努力向上爬的卑微的消极面，作者也同样给以渲染和刺激，使之发生自我教育的作用。这些诗取材广泛，文字通俗。他从民间歌谣中吸取诗歌营养，形式的变化很多，有儿歌、流行小调、五七言体等，因之多半为人民大众所喜闻乐见。他的讽刺手法辛辣尖锐，很接近鲁迅的杂文；和鲁迅的《好东西歌》《公民科歌》《南京民谣》等尤有一脉相承之处[8]。这些诗最初都发表在报刊上，很吸引读者的注意。在群众民主运动的集会上，常常有人朗读这些诗；在上海反饥饿、反内战游行中，甚至有人把它写在旗子上；这说明它已受到了群众普遍的喜爱。虽然有些地方还写得不够深刻，以致减弱了讽刺诗的力量，但它的确在当时起了战斗作用。

臧克家在人民解放战争期间所写的诗集《宝贝儿》和《生命的零度》中的第一辑，也都是政治讽刺诗。他的诗句直接朴素，讽刺中带有强烈的愤怒。作者在《宝贝儿》的《代序》中说："这一年来，讽刺诗多起来了，这不是由于诗人们的忽然高兴，而是碰眼触心的事实太多，把诗人'刺'起来了。诗人们并不是不想歌颂光明——光明像流水泻下一样，都积汇到另一些地方去了。"国统区是没有光明的，诗人们只能发出愤怒的和抗议的声音。如他在《发热的只有枪筒子》一诗中说：

  这年头，那儿去找繁荣，
  繁荣全个儿集中在战地；
  这年头，什么都冰冷，
  发热的只有枪筒子。

这是当时全国人民的反内战的声音，作者是真挚地表达出了他的愤怒的心情的。在表现方面，也改变了他过去的比较注意雕琢的作风，而更倾向于自然朴素了。

1949年，毛主席向全中国和全世界庄严地宣告中华人民共和国成立。新中国给诗歌的发展开辟了新的时代；近几年来，许多诗人以兴奋愉快的心情，歌颂中国人民在各个方面的胜利和骄傲，表现了在社会主义道路上前进的中国人民的新的生活和感情。关于诗歌的创作和运动目前当然还存在着一些问题，例如诗的形式问题和如何继承诗歌的民族传统等问题。但现实主义的创作方法是非常明确的[9]，我们相信在毛主席文艺方向的指导下，新中国的诗人们一定会歌唱出许多声音嘹亮、最优美和最有思想性的为人民热爱的诗篇来。

\* \* \*

〔1〕以上有关抗战前期（1937年7月7日至1942年5月23日）诗歌介绍，1956年初版本均划入"新诗（上）"一章。——编者注。

〔2〕1956年初版本为"保证了社会主义现实主义的创作方向的胜利"。——编者注。

〔3〕毛泽东：《在延安文艺座谈会上的讲话》。

〔4〕贺敬之：《白毛女的创作与演出》。

〔5〕陈荒煤：《关于农村文艺运动》，见陈荒煤编《农村新文艺运动的开展》。

〔6〕以上两节1956年初版本无，为1982年再版时所加。——编者注。

〔7〕茅盾：《在反动派压迫下斗争和发展的革命文艺》，见《中华全国文学艺术工作者代表大会纪念文集》。

〔8〕鲁迅：《集外集拾遗》。

〔9〕"现实主义的创作方法"1956年初版本为"社会主义现实主义的创作方法"。——编者注。

# 中国文学论丛

# 中国文学批评与总集

　　文学批评的作用和价值，在于它能够给予读者和作者以理论或方向的指导与影响；因此从历史发展看来，文学批评史和文学史是密切相连的。中国的文学史主要是一部封建社会的文学史，因此我们考察中国文学批评的发展时，也不能机械地照着近代西洋文艺思潮的理论去比附它，而应该从它自身的发展和当时的一般情况去说明。中国文学批评史的研究是"五四"以后受了资本主义文化的影响才兴起的；在过去的目录学里，经史子集的分类次序同时也表示了这些书彼此间价值的高下，而"诗文评"不过是集部的一个尾巴，是很没有地位的。现在的研究者的主要办法，就是从过去"诗文评"以至文集一类书里，以人或"派"为单位，找出相当于"文学批评"这一概念的材料，然后加以归纳演绎，替它组织成文学观念的体系，这样按时代排列起来，就成为坊间的各种中国文学批评史了。写一部历史性质的书自然首先要解决立场观点的问题，写一部文学批评史还必须解决文艺思想的问题，这都是带有根本性质的；但即使仅就研究材料的取舍上看，也还存在着很大的问题。首先我们必须要解决的是过去的"诗文评"是否即等于现在所说的文学批评，我们研究文学批评是否应该以"诗话"之类当作仅有的对象。

　　诗文评的专书里固然包含着一些对作品和作家的品评，文体修辞的说明，但不只片断的多于成形的，散漫的多于系统的，而且掺杂着轶闻异事，佳话故实，带有很浓重的说部性质。从那里爬梳剔抉，加上现代人的逻辑归纳和推论，自然也能组织成一套文学理论的系统，因此也可以说它就是中国过去文学批评的一部分。但若就文学批评存在的作用和价值说，从它对当时读者和作者所发生的影响说，这些书并没有发生过如现代人所整理出的那么多的理论作用，一般人只是把它当作说部闲书来看待的。这也并不就表明过去的读者和作者不重视或不接受批评的指导，就影响上来考察，对读者和作者发生"文学批评"的实际效果的，倒是"总集"；那作用和影响是远超过诗话之类的书籍的。

中国总集的成立和文学批评的出现是在同一时代里，而且有时简直就是一个人担任着上面的两种任务，例如晋代的挚虞；因此总集的选辑不只也是一种批评，而且简直就是他的批评理论的实践。正如中国传统的各种哲学派别都要联系到实际政治一样，文学批评也是和作品密切相连的。"批评是第二流货色"的观念由来已久，曹子建就讥笑过刘季绪"才不能逮于作者，而好诋诃文章，掎摭利病"，[1]但他自己并不否定批评的需要，而且也在同样批评别人。因此如果说批评可以对于作家发生指导和帮助的话，总集就是一种具体的标本示范；这在过去的确也给了作者和读者许多方便，他们可以揣摩，模仿，而且节省时间和精力。对于批评者也是一样，选取已有文章中之适合于自己观点的，辑为一书，流传和效果都要比一篇文章或几条笔记大得多。举例说，《文心雕龙》和《诗品》都是文学批评的专著，但不只在当时没有发生广大的影响，唐宋人征引的也并不多；特别是《诗品》，到明清才有人注意。但作为总集的《昭明文选》就不同了，从萧统、曹宪到唐朝的李善、许淹、公孙罗诸人，成立了所谓"选学"，以后不只每代都有研究的人，而且作者和读者所受的影响也是极其巨大的。杜甫"熟精《文选》理"，近代李审言且有《杜诗证选》一书来专门考察；宋祁小名选哥，自言尝手抄《文选》三过。宋初且有"《文选》烂，秀才半"的谚语，一直到五四新文化运动，主要的敌人之一还是"选学妖孽"呢！当然，从《文心雕龙》或《诗品》来看作者的文学观念是要比从萧统的《文选序》容易找出系统来的，但文学批评的重要和意义既在它曾于一定时期对作者和读者发生过作用与影响，那么《文选》不是更其重要得多么？而且在《隋书经籍志》里，《文心雕龙》和《诗品》这些书还都归在"总集"里，和《文选》是一类，这说明当时人对总集的观念和作用是和批评一样看待的；后来诗话之类的书多了，才另分立了一类。我们现在研究中国文学批评史，不但不能把它和文学史的发展脱离来看，而且文学批评史正是一种类别的文学史，像小说史、戏曲史一样；因此不能只从形式上找相当于文学批评的概念的材料，而须考察在历史发展中它所起的作用和文学所受的相当于"批评"的实际影响。因此总集以及评点本的别集，都应该注意；而那里边也的确显示了选辑者和评点者的文学观点。

还有一点使我们不易从"诗文评"的书籍中把握到作者的文学中心思想的，是历代的评论家都喜欢用一些意义不太确定的形容字样；例如"风骨""神韵"这些词，而且各家或各时代运用时的意义也不完全相同。这些通常的用词和概念必须经过详细的辨析，才能明了它的确切的含义。这种工作，过去朱自清先生曾作了一些；譬如说"言志"的意义，在某一时期和"载道"相同，另一时期却又和"载道"相反,而和"缘情"相同。又如"不失风调"一句话,朱先生研究的结果,凡是用这句话所批评的诗,都是著名的七言绝句,这是一首好的七绝的评语;再从各种例证来分析,知道"风"是指抒情的成分,"调"是指音节的铿锵,由此知道七绝这一体是传统以为不适于叙述和描写的,而且不能有拗体。这虽然是很琐细的工作,但弄清这些批评概念的涵义是大大有助于我们整理过去的文学批评史的。而对于总集的考察与研究也同样可以使我们更明确某一家或某一派的文学思想;譬如说桐城派所标榜的"义法"罢,他们自己就从来没有说清楚过,而且受他影响的人也并不是受了"义法"的理论的影响,但我们只要考察《古文辞类纂》和《归方史记》这些书,就清楚了他们注意的和提倡的是什么了。鲁迅先生曾说:"凡是对于文术自有主张的作家,他所赖以发表和流布自己的主张的手段,倒并不在作文心,文则,诗品,诗话,而在出选本。"[2]譬如宋朝道学家对文学的看法,没有比真西山的《文章正宗》再表示得明白的了。因此我们要弄清楚王渔洋的神韵说,看《带经堂诗话》是不够的,但一看《唐贤三昧集》和《唐人万首绝句选》的体例取舍,就全清楚了。沈归愚的温柔敦厚说也是如此,《说诗晬语》中远不如《三朝诗别裁集》表现得清楚。而且更重要的,读者和作者所受的影响主要是从总集来的,研究文学批评史总不能忽略某一种主张所发生的影响和效果罢。一直到全国解放之前,在社会流行最广的关于古代文学的书籍还是《唐诗三百首》《千家诗》《古文观止》《六朝文絜》这几种书,可知总集这一形式的影响之巨大了。

总集的选辑当然给人以不少的方便,知途径,省时间。《四库提要》说他的好处有二,一是"网罗放佚",一是"删汰繁芜"；如果选辑得很精的话，是可以有这些好处的。但现在看起来，过去的一些总集的书籍却实在很少好的，鲁迅先生屡次主张评论文学史上的作家一定要就他的全部作品着眼，就是怕上了选家的当。因为无论总集或评点的别集，它既可以代表评选者对作品的意见，那自然就跟选家的文学思想和观点是一致的，而有资格评选文章的人又多半是生活上很得意的高级士大夫阶层，于是入选的诗文就都是他所认为很"醇正"的了。因此过去的总集，只能把它看作是代表选辑者自己的批评观点，是研究文学批评史的人应该注意的；而不能把它当作是历代诗文的代表作，作为接受文学遗产的借鉴。鲁迅先生说："选本所显示的，往往并非作者的特色，倒是选者的眼光。眼光愈锐利，见识愈深广，选本固然愈准确，但可惜的是大抵眼光如豆，抹杀了作者真相的居多，这才是一个文人浩劫。"[3]从中国的传统情形说，总集的选家就是文学批评家，选辑就是他批评的实践，因此他是不可能有超然的客观和所谓"公平"的。例如明末的张岱，以为选文造史须"虚心平气"，"心如止水秦铜，并不自立意见"；鲁迅先生批评说："然而心究非镜，也不能虚，所以立虚心平气为选诗的极境，并不自立意见为作史的极境，也像立静穆为诗的极境一样，在事实上不可得。"[4]这是驳斥超阶级观点的。所以无论选辑或批评，事实上都代表着编著者个人的思想和看法，这也就是很少好的总集的原因。

过去的好的总集虽然不多，但以总集来当作文学批评的实践的这一传统，却仍然是值得我们承继发扬的。我们现在说要有指导有批判地接受文学遗产，那方式之一就是以新的立场观点来选辑新的总集，一面夺取《唐诗三百首》和《古文观止》等书的读者群，一面也以新的"导言"来指导爱好文学的青年重视和学习我们的文学遗产。既是选辑，必有批判，这是指导接受文学遗产的很具体的一种方法。凡是比较好的总集总可以做到"网罗放佚"和"删汰繁芜"这两点，以"五四"以来的新文学为例，一部《中国新文学大系》保存了许多现在不大看得见的作品；固然那也不是理想的总集，但的确是有许多优点的；如前有"导言"，按时代排列，而且有些选得也很精。抗战期间离现在很近，但有许多作品已经很不容易找到了，尤其因为那时是用土纸印刷的。"左联"时期的作品因为统治者查禁迫害得太凶，流传下来的也很少。因此不只传统的文学遗产，"五四"以来的作品也同样需要选辑新的总集。所以我们不只要求研究文学批评史的人注意总集曾发生过巨大影响的这一历史事实，而且也要求现在的文学批评家把选辑作品当作他的批评工作的一部分。这对"网罗放佚"和"删汰繁芜"两个目的是可以达到的，因为我们这个时代是可以充分地要求选辑者掌握正确的立场观点和方法的了。这种工作对于读者和作者都会有良好的影响，从历史发展的情形可以说明是如此，从现实的要求也可以说明是如此。

1950 年 5 月 1 日

\* \* \*

〔1〕曹植:《与杨德祖书》。
〔2〕鲁迅:《集外集·选本》。
〔3〕鲁迅:《且介亭杂文二集·"题未定"草（六）》。
〔4〕鲁迅;《且介亭杂文二集·"题未定"草（九）》。

# 谈传统批评习语的含义辨析

在我国的文学遗产和一般古代典籍中，属于理论批评的资料非常丰富，这是和我国历代文学艺术创作的成就相联系的。除诗文评的专书如《文心雕龙》《诗品》等以外，经史子集各类书籍中都有很多；最常见的如选集、别集中的序跋和评语，别集中的书牍、传志、以至评点本作品中的批语，小说笔记中的片断，都往往有很精到的艺术见解，更不用说种类繁多的诗话等著作了。对于这一部分遗产，我们整理和批判利用的工作还做得很不够；而认真研究这一类资料，对于我们继承和发扬祖国文学艺术的优良传统，对于促使我国的马克思主义文艺理论批评取得鲜明的民族特色，都是会有很大帮助的。近几年来，大家都已逐渐重视了这一工作，并取得了一些成就。

从表面看来，这类论著的内容的确有许多种是比较芜杂的，其中有对具体作家和作品的批评，有文体的辨析和流变，也有一些只是讲用典遣词的技巧，甚至还夹杂着许多轶事异闻；理论不够系统化，批评又和文体特点联系得过密（如对仗、险韵之类），难于直接有助于读者的理论修养。这些现象确实是存在的，但它绝不能掩盖闪烁在这些材料中的光彩和精华。尽管总的看来这类材料大半是断片的多，系统成形的少；但其中仍然蕴藏着许多珍贵的创作经验和卓越的艺术见解，而且有许多对我们今天仍然是很有启发作用的。

披沙沥金，往往见宝；这正说明我们要批判地利用这份遗产，就必须先做一些整理研究的工作。不只要搜罗诠释，而且要爬梳剔抉；那我们就会发现关于文学方面的理论批评资料的确是十分丰富的。解放以前在朱自清先生主持下，清华大学中文系曾拟编一部《历代诗话人系》，就是将各种诗话中凡论述到某一作家的内容都集中到一处，然后按作家的时代排列，重编一书。这样可以看出各时代和各种人对某一作家的不同品评，从而使人们能够更好地利用过去的资料，为研究文学史和文学理论服务。这部书后来因朱先生逝世中辍，未能完成问世，但从这里也可以说明是有许多工作需要我们从不同方面去着手的。

在这些理论批评资料中，常常有许多古人习用的意念或术语，如沈思翰藻、风骨神韵之类，由于原来用它的人多半出于艺术的感受，缺乏准确的说明，也由于时代背景已与今天完全不同，因此我们读来有时似懂非懂，好像内容很神秘或者不大科学，而这是会妨碍我们正确地理解它的原意的。这就需要我们认真地做一些研究辨析的工作，使每一用词的含义明确化，像毛主席解释古代成语"实事求是"那样，然后我们就可以比较准确地理解它所论述的内容了。这工作似乎很琐碎，也很不容易做，但如果我们从某一批评用语产生的时代、作者的论述对象和他的全部著作联系起来考察的话，是有可能弄清楚它的明确含义的。有时候同一习语，各家或各时代运用时的意义也不完全相同，如果望文生义，是很容易弄错的。举例说，朱子以为"陶诗平淡出于自然"，这里所谓平淡是指文词形式，"自然"是指生活内容；钟嵘《诗品》说"自然英旨，罕得其人"，他所说的自然是指不用典，像陶诗就只能算质直,并非自然。今天如果我们不加说明地引用这些文句,又很容易使人把"自然"和自然主义混淆起来;这就说明弄清楚过去一些批评用语的明确含义是一件很重要的工作。又如大家所常谈的"诗言志"一语,在各时代的意义也是很不相同的。照闻一多先生在《歌与诗》一文和朱自清先生在《诗言志辨》一书中的分析,"志与诗原来是一个字"[1],它的本意原为记忆,因此在先秦时期,"言志"的含义其实和"载道"差不多;魏晋以后,才逐渐扩大了"言志"的内涵,陆机《文赋》所谓"诗缘情而绮靡",就是那个时代对诗的理解,于是"言志"一词的含义便逐渐与"缘情"合流,便成"抒情"的了。朱先生说:"六朝人论诗,少直用'言志'这词组的。他们一面要表明诗的'缘情'作用,一面又不敢无视'诗言志'的传统;他们没有胆量完全撂开'志'的概念,径自采用陆机的'缘情'说,只得将'诗言志'这句话改头换面,来影射'诗缘情'那句话。"[2]到了言志的含义被一般理解为抒情以后,才又起来了文以载道的说法。当然,这只是就这一用语在某一历史时期的含义而言;从理论上讲,无论抒情言志,诗文既有一定的内容,就必然有一种"道"在里边,因此像周作人那样把言志和载道完全对立起来,企图以二者的互为起伏来说明文学史发展规律的想法,是错误的。[3]鲁迅先生讲得很明白:"从前反对卫道文学,原是说那样吃人的'道'不应该卫,而有人要透底,就说什么道也不卫;这'什么道也不卫'难道不也是一种'道'么?"[4]我们辨析批评用语含义的目的在于使我们能够比较准确地理解这些理论材料的内容,然后才有可能从中摄取我们今天所需要的东西,而不致对它的论点产生误解。

这种工作不只是应该做的，而且也有可能把它做好，尽管并不容易。以前朱自清先生曾在这方面做过一些工作，我觉得他对有些传统批评习语的解释是相当精确的。譬如以前人批评一首诗常常说"不失风调"，"风调"这一批评习语究竟是指什么呢？朱先生研究的结果，知道凡 X 用这句话批评过的诗，都是七言绝句，这是对一首好的七绝的评语。再从各种例证来分析，知道"风"是指抒情的因素，"调"是指音节的铿锵，由此知道七绝这一体是不适于叙述和描写的，而且不能有拗体。试把唐人七绝作一仔细分析，皆不脱此例。然后再进一步研究"风"的标准大部是由七绝的形式所决定的；"调"的标准是因为七绝可以入乐的缘故，有名的王昌龄等旗亭会饮和李白的《清平调》，就是例证。从这一点来阐发，七绝的最后一句在入乐时是要复沓的，如《阳关三叠》；因此要把全诗的重点凝聚在第四句，才会特别有表现力。再就唐人七绝作一分析，知道有四分之三以上的诗，第四句都包有限制性的否定用词，就是为了加强诗的表现力。像"只今惟有鹧鸪飞"或"不及汪伦送我情"这些，都是例子。此外像"逼真""如画"，"好"与"妙"等批评用语，他都曾做过仔细的分析。这些例子当然大都是着重在艺术表现方面的，没有讲诗的内容问题，但我们觉得这种仔细分析的做法仍然是需要的，它不只可以使我们明白一些理论批评习语的明确意义，同时也可以帮助我们更深入地理解古典作品本身的特点。

　　文学理论批评，如同文学创作一样，也有它的传统和继承关系。即以一个词的含义而论，它常常是由于有好些背景材料才在习用中包含有许多能够引起人们联想的更为丰富的内容的。像诗歌中的松、菊、牡丹等花木名词，杜鹃、鹧鸪等鸟类名词，都各有其不同的而又为大家所习知的比兴寄托的含义，这是和前人的优秀创作分不开的。理论批评的用语也是这样，当我们遇到像风骨、气象、神韵、意境等类批评用语的时候，也常常会联想到前人运用它们时所表达的那种艺术感受的内容，因而它的含义就远比字面所表示出来的要丰富得多。由于我们在这方面研究得很不够，因此常常使一些文论中的用语和重要内容轻轻滑过，似懂非懂，这就很难从过去的文献中汲取到对我们今天有用的东西。譬如说，现在大家正在讨论历史剧与历史事实的关系问题，我们的文学史中有许多历史剧，也有许多历史题材的小说，而且讲史是宋朝说话人的家数之一，我国的文学在这方面可以说有丰富的创作经验，而有关这类作品的批评材料也并不少，其中是否也有值得我们今天借鉴的东西呢？我想肯定是有的。因为凡是以历史题材从事创作的人，无论古今，总会碰到历史根据和艺术表现之间的关系问题；鲁迅先生的《中国小说史略》在论到"元明传来之讲史"时，就概括之为"据旧史即难于抒写，杂虚辞复易滋混淆"二语，这是每一写历史题材的作家都难以回避的问题，正如我们今天关于历史剧的讨论也是由创作实践所引起的一样。我国的历史小说由平话的讲史宋周密《武林旧事》记为"演史"发展下来，到有了专书以后，就习用"演义"一语。许多论述到"演义"小说的批评资料也常常涉及到内容的虚实问题。我对此未曾研究，但觉得"演义"一语就包含有古人对于如何处理历史题材的文艺作品的理解；那就是：既不失史实之"义"，又容许作家去推"演"。虽然这一类作品的成就不一，但"演义"这一用语确实是很惬当的。鲁迅先生曾把他的《故事新编》解释为"神话、传说,和史实的演义"[5],就沿用了"演义"一语,而且认为那种"博考文献,言必有据"的"教授小说"是"很难组织之作",他的做法则是既在传统记载中取一点"因由",而又加以"点染",更注意于不要"将古人写得更死",使作品能对当前发生作用[6]。我想这里不只表现了鲁迅先生自己处理历史题材的原则,也表现了他对"演义"这一传统的正确理解。总起来说,"演义"这一习语就表示了作者既以历史事实为根据,但在塑造人物和安排情节上又保有艺术加工的灵活性;在环境与时代精神的描写中不违背当时的历史条件,而又以当前的读者为服务对象。当然,并不是所有的"演义"体小说都符合上述这些条件,它们的成就是很不一致的;也并不是所有的批评资料中都对"演义"的含义解释得非常明确,但他们的确是感到了这一问题并说出了自己的理解的。尽管时代进展了,我们今天在关于历史剧的讨论中更涉及到如何贯彻历史唯物主义原则和古为今用等问题,这是过去时代的人所不可能自觉地感受到的;但他们的一些创作经验和由此而产生的批评资料,对我们今天仍然是有很大的启发作用的。

我们要对一些历史材料作整理和分析的工作,都可能牵涉到考据的问题。因为对于任何材料,我们都必须首先确定它们的真伪、时代性和阶级背景,可靠程度与内容价值,然后才可能进行分析和融会贯通的探索,才可能得出明确的论断。我们过去反对过材料主义,反对过于繁琐的考据;因为的确有人是为考据而考据,或者利用考证材料来宣传资产阶级思想,因此那种批判是完全必要的。但不能由此就轻视作为研究基础的材料的鉴别工作,不能认为只要援引一点古籍材料来说明问题就一定是繁琐的考据;这是会使观点与材料脱离,会使论点落空的。郭沫若先生在《古代研究的自我批判》中说:"无论作任何研究,材料的鉴别是最必要的基础阶段。材料不够固然大成问题,而材料的真伪或时代性如未规定清楚,那比缺乏材料还要更加危险。因为材料缺乏,顶多得不出结论而已,而材料不正确便会得出错误的结论。这样的结论比没有更要有害。"[7]这些话可以说确实是他多少年来做古代研究工作的深刻体会。我们常常说研究问题要大量掌握材料,所谓"掌握"就不只是"知道",而且包括对于材料的审查鉴定在内,否则盲然地搜集了许多材料堆在一处,是什么用处也没有的。恩格斯说:"即令只要在一个单独的历史实例上发挥唯物主义观点,也是一种需要多年静心研究的科学工作,因为很明显,在这里讲空话是无济于事的,这样的任务只有依靠大量的、经过批判审查了的、完全领会了的历史材料才可解决。"[8]这段话确实值得我们深思。我们之所以重视材料,重视对材料的批判审查和准确领会的工作,正是为了要更好地发挥唯物主义观点,而不是为材料而材料,这是必须明确的。

就我们的文学理论批评历史的研究来说,过去已经有过好几部中国文学批评史的专著,也出版过一些"文论选"等性质的书籍,这些工作都是有益的,今后也还须继续研究和提高;但研究工作本来是可以从不同的方面和不同的角度着手的,我觉得比较准确地弄清楚过去一些理论批评用语的含义,也应该是一个重要方面;而且似乎对于我们如何利用过去那些比较零碎的记载艺术感受和艺术体验的材料,对于我们在文艺理论建设方面的推陈出新工作,都是非常需要的。

\*　　\*　　\*

〔1〕闻一多:《歌与诗》。
〔2〕朱自清:《诗与志辨》。
〔3〕周作人:《中国新文学的源流》。
〔4〕鲁迅:《伪自由书·透底》。
〔5〕鲁迅:《南腔北调集·〈自选集〉自序》。
〔6〕鲁迅:《故事新编·序言》。
〔7〕郭沫若:《十批判书》。
〔8〕恩格斯:《论卡尔·马克思著〈政治经济学批判〉一书》。

## 文学的新和变

历史上有许多名词和说法，就字面的意义看起来，似乎和我们现在所指的差不多，但若就这样率直地了解古代的时候，便难免不发生若干误解。这里所谈的"新变"便是一个例子。

《南齐书文学传论》云："在乎文章弥患凡旧。若无新变，不能代雄。"又说"属文之道，事出神思，感召无象，变化不穷"。在这里，我们可以如同我们现在对于文学所理解的，说"清新"和"变化"是作品的必要条件，这所说的正是一种文学原理。所以《文心雕龙·时序篇》云："文变染乎世情，兴废系于时序"，可知新变同时也是一部文学史发展的法则。正如纪昀《爱鼎堂遗集序》所说："三古以来，文章日变，其间有气运焉，有风尚焉。史莫善於班马，而班马不能为尚书春秋；诗莫尚于李杜，而李杜不能为三百篇。此关乎气运者也。至风尚所趋，则人心为之矣！此间异同得失，缕数难穷。大抵趋风尚者三途：其一厌故喜新，其一巧投时好，其一循声附和，随波而浮沉。变风尚者二途：其一乘将变之势，斗巧争长，其一则于积坏之余，挽狂澜而反之正。若夫不沿颓敝之习，亦不欲党同伐异，启门户之争，孑然独立，自为一家。以待后人之论定，则又于风尚之外，自为一途焉。"气运风尚究竟是什么，那是"史观"或历史发展的规律的问题，但就文学史的发展说，则总脱不了新和变。这就是一部文学史的总说明，同时也是一篇好作品的必要条件。陆机《文赋》云："收百世之阙文，采千载之遗韵，谢朝华于已披，启夕秀于未振。"这是就创作时求新变的态度说的，所以黄侃《文心雕龙札记》里引这四句话说，"此言通变也"。后来做诗文的种种技术修辞上的考究，所谓"化臭腐为神奇"，其实都是求新变的意思。杨升庵《诗话》说："古之诗人，用前人语，有翻案法，有代斫法，有夺胎法，有换骨法。翻案者，反其意而用之，东坡特妙此法。代斫者，因其语而新之，益加莹泽。夺胎换骨，则宋人诗话详之矣。如梁元帝诗'郎今欲渡畏风浪'，太白衍为两句云：'郎今欲渡缘何事，如此风波不可行。'鲍照诗'春风复多情'，而太白反之曰：'春风复无情'是也。又如曹孟德诗云：'对酒当歌'，而杜子美云'玉佩仍当歌'。非杜子美阐明之，读者皆云当歌为当然之当矣。江总诗：'不悟倡园花，遥同葱岭雪'，而张说云：'欲持梅岭花，远竞榆关雪。'古乐府云：'新人工织缣，旧人工织素，持缣来比素，新人不如故。'而无名氏效之云：'野鸡毛羽好，不如家鸡能报晓；新人虽如花，不如旧人能绩麻。'此皆所谓披朝华而启夕秀，有双美而无两伤者乎！"不过这里所说的，似乎意义很狭仄，近于后人所谓"推敲"，似多着重在语言文字的形式。我们现在对于文学作品所要求的清新与变化，那意义就广泛得多，包括了内容、主题，和表现技术的各方面。

但齐梁人所谓新变，其意义较我们所说的实际上还要窄狭，也就是它更"专有所指"，不像我们现在谈的这样普遍和广泛。《文心雕龙·通变篇》云："夫设文之体有常，变文之数无方。何以明其然耶？凡诗赋书记，名理相因，此有常之体也,文辞气力,通变则久,此无方之数也,名理有常,体必资于故实;通变无方,数必酌于新声,故能骋无穷之路,饮不竭之源,然绠短者衔渴,足疲者辍途,非文理之数尽,乃通变之术疏耳。"纪昀评此云:"齐梁间风气绮靡,转相神圣,文士所作,如出一手,故彦和以通变立论。然求新于俗尚之中,则小智师心,转成纤仄,明之竟陵公安,是其明征,故挽其返而求之古。盖当代之新声,既无非滥调,则古人之旧式,转属新声。复古而名以通变,盖以此尔。"刘氏是不是以复古为通变,我们这里不想申论,但齐梁间因了风气绮靡,遂致有作品"如出一手"的现象,却是事实。所以大家都有了新变的要求,这要求并不是想改变绮靡的作风,而只是想使作品免于"如出一手"而已。其结果当然也难免流于所谓"小智师心,转成纤仄",但当时的风气却似正在力追绮靡,所以刘勰也说文体是固定的,而"通变无方,数必酌于新声"这句话非常重要,实在说起来,"变"就是为了"新",而"新"就是所谓"新声"。

文献中最早讲到新变的是《汉书·李延年传》,说"延年善歌为新变声",可知这词原是从音乐来的,那很显明地是指一种轻艳的乐歌,至于讲到文章的新变,则大都属于这个时代。《南史》六十二《徐摛传》云:"属文好为新变,不拘旧体,…摛文体既别,春坊尽学之,宫体之号,自斯而始。"又《徐陵传》云:"其文颇变旧体,缉裁巧密,多有新意。"《梁书·庾肩吾传》云:"齐永明中,文人王谢朓沈约,文章始用四声以为新变。至是转拘声韵,弥尚丽靡,复逾于往时。"《周书·庾信传》云:"时(父)肩吾为梁太子中庶子,掌管记,东海徐摛为左卫率,摛子陵及信,并为抄撰学士。父子在东宫，出入禁闼、恩礼莫与比隆。既有盛才，文并绮艳，故世号为徐庾体焉。"可知所谓新变实在指的就是轻艳的宫体诗，如史称徐绲特有轻艳之才，新声巧变人多讽习；新声巧变就是"新变"，也就是轻艳。《南史·梁简文帝本纪》说"帝文伤于轻靡，时号宫体。"唐杜确《岑嘉州集序》说："梁简文帝及庾肩吾之属，始为轻浮绮靡之辞，名曰宫体，自后沿袭，务为妖艳。"但宫体之名，虽成于梁代，而向这个方向发展的轻艳趋向，却齐时已极显著，刘申叔《中古文学史》云："宫体之名，虽始于梁，然侧艳之词，起源自昔，晋、宋乐府如《桃叶歌》《碧雨歌》《白纻词》《白铜鞮歌》，均以淫艳哀音，被于江左，迄于萧齐，流风益盛。"齐享祚只有二十四年，梁武帝即齐竟陵王邸八友之一，在文学史上齐梁是属于一个时代特征的，所以《文心雕龙》的成书虽在齐代，（清刘毓崧《通谊堂集·书〈文心雕龙〉后》一文，于《文心》成书年代，考之甚确。）但刘勰和萧子显所说的"新变"，都和当时一般的意义一样，是指"新声巧变"的轻艳文体的。《南史》四十二《萧子显传》言"简文素重其为人，在东宫时，每引与促宴，子显尝起更衣，简文谓坐客曰：'常闻异人间出，今日始见，知是萧尚书。'其见重如此。"可知萧子显与梁简文帝原是气味相接的人物，那么南齐书所谓排除凡旧的"新变"自然也即指此。刘勰年代虽略早，但齐梁陈艳丽之风的发展，本来是一脉相承，愈来愈盛的；所以《文心》一书中所指的新变的意义虽然比较广泛一点，但还是指当时一般的文体趋向说的。他只是欲使于新变之中免于"如出一手"而已，并不是想根本变更轻艳的作风；《文心》一书本身所采用的文体，就是最好的说明。

可知"新变"原来只是专指一种文体或文学思潮的特征，但语言本来是多义的，自然它内涵的意义也会慢慢丰富起来。因为侧艳之词本来是导源于晋宋乐府，而自齐永明以来，文人为文又皆用宫商音韵，所以《庾肩吾传》说"王融谢朓沈约文章始用四声以为新变"，于是新的意义便多指新声，同时自宋齐以来，文章侈言用事。《诗品》说颜延之"喜用古事，弥见拘束"，又说任昉"昉既博物，动辄用事"，慢慢便成了南齐书文学传论所谓"缉事比类，非对不发"；《文心》也讨论到"事类""丽辞"的长篇，所以"新"又包有"俪典新声"的意义。而"变"也包括"文辞气力"，要"斟酌乎质文之间，而檃括乎雅俗之际"（《文心·通变篇》），是兼指创作方法的，后来人讲到新变的则多半不考究原来的意义，只是就一般的字面意思说，连清代力崇六朝的阮元，在他《与友人论古文书》中说："夫势穷者必变，情弊者务新，文家矫厉，每求相胜"，所说的"新"和"变"也还是指"清新"和"变化"的意思，和我们现在所说的差不多。

就字面讲起来，文章要求新变本来是很好的意思；而且无论就创作态度说，或就文学史发展的一般规律说，"清新"和"变化"本来也是不可动摇的真理。创作要求新变就是不要"陈腐"和"差不多"，无论内容或形式；文学史上的新变，更是历史演进发展的必然现象，这都是古今同一的道理，不可动摇的。但若读历史时忽略过了，以为"新变"在齐梁时和我们现在所说的意思完全一样，便难免不发生一些误会。

1946 年 11 月 13 日

# 说　　喻

　　语言用喻，其始极古。盖人类为求表达情意，始有语言，其有不易为对方所了解之处，乃利用彼所熟悉之同类事物以明之，即为喻矣。文字始于象形，而象形字不足以表达人类情意，乃更以指事会意等字应之；全部指事会意文字之创造，皆取喻也。自有文字以后，所有记载，无不有喻；后世辞章，更不待言。惟随时代之变迁，语言文字应用之增繁，喻之用法，亦多变焉。

　　考之我国古籍，三百篇之比兴，皆喻也。《文心雕龙·比兴篇》言"比显而兴隐"，又言"炎汉虽盛，而辞人夸毗，诗刺道丧，故兴义销亡"。是兴亡于汉后，后世即鲜效者。窃以兴亦比也，而为一较原始直朴之用法；或以二事联想可通，或以二语韵脚相谐，故比兴实无根本之差别。后世社会进化，取喻惟恐不明，故于以象征而启联想之兴法，即鲜运用。除《诗经》外，《尚书》《论语》诸古籍中，用喻以明理者，亦颇不少。如《盘庚》告民以"若乘舟，汝弗济，臭厥载。"《大诰》周公告民以"王曰……若考作室，既底法，厥子乃弗肯堂，矧肯构。厥父菑，厥子乃弗肯播，矧肯穫，厥考翼，其肯曰予有后，弗弃基。"《论语》中今亦引数例如下："子曰：为政以德，譬如北辰，居其所而众星拱之。""子曰：人而无信，不知其可也。大车无輗，小车无軏，其何以行之哉？""宰予昼寝，子曰：朽木不可雕也，粪土之墙，不可朽也，于予与何诛。""子曰：譬如为山，未成一篑，止，吾止也；譬如平地，虽覆一篑，进，吾往也。"观上可知譬喻乃语言文字中自然之用法，即《墨子》所谓"以其所知，喻其所不知。"《文心》所谓"切类以指事"者也。

惟随社会之变迁，语言文辞之重要逐渐增加，故言者不仅求其所言之畅明，且欲听者之取信；如欲对方于其持论加以信仰，则于语言文字中加强切类指事之成分，自属重要。战国之时，纵横之士流行，百家之学竞起，其表现于语言文字上用喻之程度与重要，亦因之显著焉。《战国策·楚策一》张仪说楚王曰："夫从人者，饰辩虚辞，高主之节行，言其利而不言其害。"《韩非子·说难篇》云："凡说之难，非吾知之有以说之之难也，又非吾辩之能明吾意之难也，又非吾敢横佚而能尽之难也。凡说之难，在知所说之心，可以吾说当之。"从人饰辩虚辞，以取所说者之心，一朝听从，即可驾车纳爵，猎取富贵；则于言辞之方法，自不能不考究之。故《荀子·非相篇》言"夫谈说之术，齐庄以立之，端诚以处之，坚强以持之，分别以喻之，譬称以明之。"《墨经·小取篇》以譬侔援推为四种辩法。《淮南子·要略》云："言天地四时而不引譬援类，则不知精微。"《说苑·善说篇》云："客谓梁王曰，惠子之言事也善譬，王使无譬，则不能言矣。王曰，诺。明日见，谓惠子曰，愿先生言事则直言耳，无譬也。"可知譬喻实为当时从人普通运用之方法。今略举一二实例于下：

《战国策·魏策二》："田需贵于魏王，惠子曰，子必善左右。今夫杨，横树之则生，倒树之则生，折而树之又生；然使十人树杨。一人拔之，则无生杨矣。故以十人之众，树易生之物，然而不胜一人者，何也？树之难而去之易也。今子虽自树于王，而欲去之者众，则子必危矣。"

《齐策一》："靖国君将城薛，客多以谏，靖国君谓谒者无为客通。齐人有请者曰，臣请三言而已矣；益一言，臣请烹。靖国君因见之。客趋而进曰，海大鱼。因反走。君曰，君有于此。客曰，鄙人不敢以死为戏。君曰，亡，更言之。对曰，君不闻大鱼乎？网不能止，钩不能牵，荡而失水，则蝼蚁得意焉。今夫齐，亦君之水也。君长有齐，阴奚以薛为？夫齐，虽隆薛之城到于天，犹之无益也。君曰，善。乃辍城薛。"

此种事例，俯拾皆是。观其取绝对相似之事类以取喻，其意义已不尽为"以其所知，喻其所不知"，而为取为例证以明其言之必真。此理在听者并非不知，而为不尽相信；故言者取喻，并非为解释此理，而为举例证明以使其必信此理。此较用喻之最初意义，已显有不同；而其影响亦不仅只为从人仕者之言辞。今试录战国诸子学说中之用喻者各一二条，此考察之。

《墨子·兼爱下》："设以为二士，使其一士者执别，使其一士者执兼。……然即敢问今有平原广野于此，被甲婴胄将往战，死生之权，未可识也；又有君大夫之远使于巴越齐荆，往来及否，未可识也。然即敢问不识将恶从也，家室奉承亲戚，提挈妻子，而寄托之，不识于兼之友是乎？于别之友是乎？我以为当其如此也，天下无愚夫愚妇，虽非兼之人，必寄托之于兼之友是也。此言而非兼，择即取兼，即此言行拂也。"《公孟篇》："子墨子曰，执无鬼而学祭祀，是犹无客而学客礼也，是犹无鱼而为鱼罟也。"

《孟子·梁惠王上》："……孟子对曰，王好战，请以战喻。填然鼓之，兵刃既接，弃甲曳兵而走，或百步而后止，或五十步而后止，以五十步笑百步，则何如？曰，不可。直不百步耳，是亦走也。曰：王如知此，则无望民之多于邻国也。"《滕文公下》："孟子曰，士之仕也，犹农夫之耕也。农夫岂为出疆，舍其耒耜哉？"

此种用喻之处，书中极多。惟于《墨子》及《孟子》书中，其设喻仍以"以其所知，喻其所不知"之用意较多。故于言喻之后，辄皆由喻以引起大段议论发挥，使其所言之理，平切易晓；而于引喻为其理论证据之用意尚浅。当然此两种功用，亦只有程度之差别。用作解释之喻如确当不移，亦可为其理论之一例证；惟在用喻者之心理上，则只被用以解释事理而已。此观其文辞之排列，语气之轻重，及所取之喻在文中之地位，自可明了。今再引一二例以明之。

《荀子·非相篇》："今夫狌狌形笑，亦二足而无毛也，然君子啜其羹，食其胾。故人之所以为人者，非特以其二足而无毛也，以其有辨也。夫禽兽有父子而无父子之亲，有牝牡而无男女之别，故人道莫不有辨。辨莫大于分，分莫大于礼，礼莫大于圣王。"《儒效篇》云："故圣人也者，人之所积也。人积斫耕而为农夫，积斫削而为工匠，积反（贩）货而为商贾，积礼义而为君子。"

《管子·七法篇》："不明于则，而欲出号令，犹立朝夕于运均之上，檐竿而欲定其末。不明于象，而欲论才审用，犹绝长以为短，续短以为长，不明于法，而欲治民一众，犹左书而右息之。不明于化，而欲变俗易教，犹朝揉轮而夕欲乘车。不明于决塞，而欲欧众移民，犹使水逆流。不明于心术，而欲行令于人，犹倍招而必拘之。不明于计数，而欲举大事，犹熏舟楫而欲经于水险也。"《心术上》："故曰，上离其道，下失其事。毋代马走，使尽其力；毋代鸟飞，使弊其羽翼；毋先物动，以观其则。动则失位，静乃自得，道不远而难极也。"

观以上诸例，可知喻在文中之地位与对所喻之关系，已更为深切。其所言之理与所取之喻，为一因果皆似之事类；其所言之为真实，有赖于所喻之为真实之证明；其关系颇似近代逻辑中所言之类比法。故喻在文中之地位，已不仅为喻其所不知，不仅为解释畅明，而为举喻以明其所言者有据，所举者必真。在前种情形，设喻乃为对方易解着想，故能解即为已足；在此种情形，举喻乃为人置信着想，其有怀疑者则必须并其所举之喻疑之。但喻多半为普通之常识，故用此可示其言之"殆无可疑"。此在战国前之典籍中，较为稀少；孟墨书中之设喻，尚不至过于加重意义。其运用乃一为时代之关系，一为各家学术本身之关系；至其普通一般之注重，则固为受当时社会及纵横之士之影响也。今试取庄子书阅之，其情形更为显著。即以首篇《逍遥游》为例，首以"北冥有鱼，其名为鲲。鲲之大，不知其几千里也，化而为鹏……"为喻，于喻叙毕后，只结以"故曰，至人无己；神人无功；圣人无名。"然后大段述"尧让天下于许由"之喻，以喻圣人无名；"藐姑射之山，有神人居焉"之喻，以喻神人无功；末以大瓠之瓠落以喻至人无己。庄子于《寓言篇》中自言其表意之态度为"寓言十九，重言十七，卮言日出。"实则重言卮言亦喻言也。史迁已云"周著书十余万言，大抵属寓言也"。惟其用喻之方法，大抵皆开始叙述极长之故事，以为起喻；后始导出简短之一二语，以表本旨；后更取其他之喻以分别明此一二表意语。其方法颇似逻辑之推理，或几何学之证题；喻在此整个叙述程序中，有似结论之前提，或结论之证明。其所欲表之真意虽或不为人所置信，惟其所取之喻则固为常识所可接受者，引此以证彼，固无须喋喋正面叙述其理由也。喻之此种性质，表示为最明显者，莫若《韩非子》一书。其内、外储说诸篇，皆用喻以证其理之真者也。今引《内储说》上一条如下：

经一，"众端"参观。——观听不参，则诚不闻，听有门户，则臣壅塞。

其说在侏儒之梦见灶，哀公之称"莫众而迷"。故齐人见河伯，与惠子之言"亡其半"也。

其患在竖牛之饿叔孙，而江乙之说荆俗也。嗣公欲治不治，故使有敌。

是以明主推积铁之类，而察一市之患。

其言"经"者，以后有"传"详释所取诸喻之原委也。其余诸条皆用此同样组织，举一可明其余。观其立论方法，先以其所欲表之意，简书之为结论、命题，或定理之方式，不多加正面之释义，只用"其说在……""其患在……"两层以证明之；而两层下所举者，皆取喻之事类也。"其说"为本证，且名为"其说"，其意实似由此诸所喻之事类以归纳得者；故如依照之，其结果亦必良好。"其患"者，如认"其说"所在之诸事实尚不尽可导出"其说"，如近世归纳法中所得命题之真，有赖于所依据事实之"完全"，但搜罗事实"完全"乃一不可能之事，故又另设反例以证之；故"其患"者，即其结论之反证也。喻之性质，与仅作解释者已异，其用纯在证明其立论之至当。

关于喻之此两种用法之不同，可用韩非书中《解老》、《喻老》两篇中所取之喻以明之。《解老篇》中虽多用说理之辞以阐其义，但亦有引喻者。今录二例于下：

　　先物行，先理动，之谓前识。前识者，无缘而妄意度也。何以论之？詹何坐，弟子侍，有牛鸣于门外。弟子曰："是黑牛也，而白在其题。"詹何曰："然；是黑牛也，而白在其角。"使人视之，果黑牛，而以布裹其角。以詹子之术，婴众人之心，华焉殆矣。故曰："道之华也。"尝试释詹子之察，而使五尺之愚童子视之，亦知其黑牛，而以布裹其角也。故以詹子之察，苦心伤神，而后与五尺之愚童子同功；是以曰："愚之首也。"故曰："前识者，道之华也，而愚之首也。"

　　工人数变业，则失其功；作者数摇徙，则亡其功。一人之作，日亡半日，十日则亡五人之功矣。万人之作，日亡半日，十日则亡五万人之功矣。然则数变业者，其人弥众，其方弥大矣。凡法令更则利害易，利害易则民务变，民务变之谓变业。故以理观之，事大众而数摇之，则少成功，藏大器而数徙之，则多败伤；烹小鲜而数挠之，则贼其泽：治大国而数变法，则民苦之。是以有道之君，贵虚静而重变法。故曰："治大国者，若烹小鲜。"

观以上二段，可知其"解"注重于发挥其义，故引喻仅为使所解更易明了，所谓切类指事是也。故于引喻之后，仍以说理之辞以示其同类，而后始可得结论焉。《喻老篇》中用喻则与此异，今引一段于下，以资比较。

越王入宦于吴，而观之伐齐以弊吴。吴兵既胜齐人于艾陵，张之于江济，强之于黄池，故可制于五湖。故曰："将欲翕之，必固张之；将欲弱之，必固强之。"晋献公将欲袭虞，遗之以璧马；知伯将袭仇由，遗之以广车。故曰："将欲取之，必固与之。"

《喻老篇》中各段组织，皆大致与此相似，故无须多举。观此已知二篇中用喻之不同矣。《喻老篇》中多半仅举事项，下即以"故曰"直引老子原文，不另加解释发挥之辞，是此喻足以明老子之理也。老子五千言，言简意赅，今仅以喻明之，是老子之言，即《储说篇》之所谓"经"也；所举之喻，即《储说篇》之所谓"其说"也。故在《喻老篇》中，实不需另外之解释语句，有此"喻"已足为其立说之证据，与《解老篇》之发扬其义者异也。《解老》之意在使人明，《喻老》之意在使人信；故《解老》虽取喻而必解释比较之，《喻老》则明其遵此道者必成功，即为已足。此为喻之两种用法之不同也。

此两种用法虽并行不悖，但于战国前则多用前者。自从人大盛，百家之学纷起之时，立言者期得对方之信仰，故后者之用法因之而起。《文史通义·诗教上》云："战国者，纵横之世也。纵横之学，本于古者行人之官。观春秋之辞命，列国大夫，聘问诸侯，出使专对，盖欲文其言以达旨而已。

至战国而抵掌揣摩，腾说以取富贵，其辞敷张而扬厉，变其本而加恢奇焉，不可谓非行人辞命之极也。孔子曰：诵诗三百，授之以政不达；使于四方，不能专对，虽多奚为。是则比兴之旨，讽谕之义，固行人之所肄也。纵横者流，推而衍之，是以能委折而入情，微婉而善讽也。"此段颇可说明言辞变化与时代之关系。喻之切类指事用法，只为文其言以达旨而已。喻之用作证据前提之法，则为敷张扬厉之辞焉。

　　汉代以后，百家罢黜，独尊儒术，故纵横之辞，影响甚微。所谓"子史衰而文集之体盛，著作衰而辞章之学兴"（《诗教上》），故喻之用作证据之法，即鲜用者。后代散文之发展，似受《孟子》一书之影响最大，此与学术思想有连带关系，但用喻则多偏于文言达旨之用。惟立言之著作虽衰，抒情之诗文则日渐发展，故喻之为用，关系仍甚重大。《文心·比兴篇》云："且何谓之比，盖写物以附意，飏言以切事者也。"此即指汉后文辞中喻之性质。飏言以切事者，即承文言达旨之一用法，重在喻之使明也。写物以附意者，乃指一般抒情诗文中之用法，重在喻之使感也。此二者犹有微别。喻之使明，贵在切至；喻之使感，则不妨"纤综比义，以敷其华"。盖后世之诗赋，其所受最大之影响，实为楚辞。王逸《离骚·序》所谓"依诗取兴，引类譬喻。故善鸟香草，以配忠贞；恶禽臭物，以比谗佞；灵修美人，以媲于君；宓妃佚女，以譬贤世；虬龙鸾凤，以托君子；飘风云霓，以为小人；其词温而雅，其义皎而朗"者，实为后世辞章中用喻之祖。此种用法，并非说理使人明，而为抒情使人感也。乐府原于民间，内容多为抒情之作，故取喻亦以感人为主。达旨之喻，重在切事，故与所喻之事必须性质绝相类似；感人之喻，重在附意，故不妨"取类不常"。左思《三都赋·序》云："相如赋《上林》而引卢橘夏熟，扬雄赋《甘泉》而陈玉树青葱，班固赋《西都》而叹以出比目，张衡赋《西京》而述以游海若，假称珍怪，以为润色。"《文心·比兴篇》言"或喻于声，或方于貌，或拟于心，或譬于事"，而"莫不纤综比兴，以敷其华，惊听回视，资此效绩。"凡此皆言诗文中喻之用作感人者也。《昭明文选》为后世辞章之祖，所选以"事出于沉思，义归乎翰藻"为准则，而此二语据朱佩弦先生研究，实即"善于用事，善于用比"之意。（详朱先生所著"文选序事出于沉思义归乎翰藻说"，北大文科研究所油印论文之九）而"用事""用比"皆喻也，可知文辞中用喻之重要矣。魏晋以下，诗文之作日多，清谈之风转炽，故用喻尤为一般所重视。今摘引数例于下：

诸葛亮《前出师表》："不宜妄自菲薄，引喻失义，以塞忠谏之路也。"

《文心·书记篇》："刘廙谢恩，喻切以至。"

《吴志卷三注》引干宝《晋纪》："（纪）陟、（弘）璆奉使如魏……晋文王飨之，百寮毕会。……又同吴之戍备几何？对曰，自西陵以至江都，五千七百里。又问曰，道里甚远，难为坚固。对曰，疆界虽远，而其险要必争之地，不过数四；犹人虽有八尺之躯，靡不受寒，其护风寒，亦数处耳。文王善之，厚为之礼。"裴注附云："臣松之以为人有八尺之躯，靡不受患，防护风寒，岂为数处？取譬若此，未足称能。若曰，譬如金城万雉。所急防者四门而已；方陟此对，不犹愈乎？"

《世说新语·文学篇》:"殷中军(浩)为庾公长史,下都。王丞相(导)为之集。……既共清言,遂达三更。……既彼我相尽,丞相乃叹曰,向来语乃竟未知理源所归;至于辞喻不相负,正始之音,正当尔耳。"

《晋书》艺术传《王嘉传》:"王嘉字子祥,……潜隐于终南山,……问其当世事者,皆随问而对。好为譬喻,状如戏调。"

凡此皆为言谈说理之用,故皆用喻以达旨,飏言以切事者也。《抱朴子》有《博喻篇》,亦此用法。其取喻务须切合相类,盖重在"以其所知,喻其所不知",仍为使人明之用法也。至于辞章中之用喻,则与此不同。挚虞《流别》言赋"所以假象尽辞,敷陈其志"。陆机《文赋》言"若夫丰约之裁,俯仰之形,因宜适变,曲有微情,或言拙而喻巧,或理朴而辞轻"。萧统《文选序》言"盖踵其事而增华,变其本而加厉,物既有之,文亦宜然"。此皆可证辞章中之用喻,以附作者之意为主。诗文既主抒情,则喻之作用自为缘情以感人,非说理以达旨也。故《诗品》论颜延年诗为"情喻渊深",谢灵运诗为"故尚巧似",皆指作品中之用喻而言。《文心·物色篇》云:"自近代以来,文贵形似。"形似即指用喻;言"近代以来",即明辞章中之用喻,与昔日切类指事者有以异也。明理者以切至为贵,抒情者以形似为宗;二者虽不相悖,但亦不尽同。盖一重在切事,而一重在附意也。可知即由用喻之变化中,亦可窥语言文学进展之一面。后世诗文中之用喻,虽"比体云构,纷纭杂遝。"要皆不外此二义耳。

# 什么是中国诗的传统

## ——《祖国十二诗人》代序

中国的诗歌有极其悠久的光荣传统，我们的历史上产生过许多为人传诵的名篇，也有过许多为人所熟知的伟大的诗人，这些诗和诗人的存在雄辩地证明了我们是一个有悠久文化传统和有高度创造才能的民族；我们热爱我们的祖国，我们也热爱我们历史上这些比之任何民族都毫无愧色的伟大的诗人。

这些诗人多少年来为历代的人民所景慕，所赞扬，他们的作品为人民所传诵，所阅读，得到了广大人民的衷心的爱戴，构成了我们民族文化的不可分离的一部分，那最主要的原因是什么呢？我们常常听见有人说现代的诗人应该学习中国诗的优秀的传统，应该使今天的诗歌和我们的民族传统有机地连接起来，并在这个基础上向前发展；这些主张当然都是正确的，但所谓中国诗的优秀传统究竟是指一些什么呢？其中包括哪些主要的特点？这是我们首先应该解决的问题。这个题目固然很大，可以说也就是一部中国文学史所要处理的主要问题，但我们也不妨另辟蹊径，从我们历史上的一些为大家所热爱的，有卓越成就的诗人们的作品中，看他们有哪些共同的特点和精神，历代的人民是用一种什么样的心情来传诵和歌颂他们以及他们的作品的，如果我们能在这里找到一部分答案，那就不只证明了"我们的诗人"的确是伟大的，我们的祖国的确是可爱的，而且也说明了我们究竟应该向他们学习一些什么，并发扬他们的哪些方面的积极的精神。

我们的一些伟大的诗人虽然大都是封建社会里的人物，但我们却绝不能说他们之为人称道和他们的诗之为人传诵，是因为他们满足了封建统治者的要求，是封建统治阶级的意识上的代表；如果是这样，在提倡的当时也许能够风靡一时，但他绝不会长久地为人所称道传诵，他也就绝不会伟大。文学史上不知道有多少例子可以证明这一点，东晋的玄言诗，齐梁的宫体诗，在当时何尝不是倡自帝王贵族，海内效尤，但后来不只没有人称赞，连作品也很少流传了。唐初的上官体，宋初的西昆体，都是倡自帝王台阁、蔚为风气的，不是一事过境迁就都烟消云散了吗？而为历来大家所歌颂喜爱的诗人，如屈原、李白、杜甫、白居易等伟大的名字，却都是当时非常潦倒的、不得意的人物，连他们的作品也几乎在当时不被人赏识，要经过一个时期以后才被人发现，赞扬他们的伟大，而从此就永远地为人所传诵了。白居易曾说过"诗人多蹇"的话，韩愈也说"文穷而后工"，如果我们把这话当作一般的抽象的普遍规律看，那显然是完全错误的；我们今天的诗人真不知道有多么广阔美好的前途呢，命运是一点也不"蹇"的。但今天是人民自己掌握政权的时代，是和过去历史上的任何一个朝代都绝不相同的；在封建社会里，如果他真的是一个"诗人"——诗人，这个尊贵的名字——他的诗就不能不反映出那个时代的一定的真实面貌，就不能不道出一定的人民的现实要求，这就决定了他和当时掌握实际政权的统治者及其政策方面必然会存在着某种程度的矛盾，而这也就必然地决定了他不可能是当时决定政策或执行政策的当朝显要；从这种意义讲，"诗人多蹇"是当时的历史的真实，我们历史上这些伟大诗人的传记就充分地证明了这一点。因之他们之所以为历代人民所热爱，他们的作品之所以为历代人民所传诵，就绝不是因为他做了封建统治阶级的代言人；如果他作品中有这种迹象的话，那正是他作品中的消极部分，是使他的作品因之减色的部分，绝不是那些为人们所传诵的诗篇中的主要内容和诗人自己的主要精神。正因为我们有许多的正视现实和反映当时人民生活要求的诗歌和诗人，才构成了我们民族的伟大优秀的诗的传统，才真正值得我们骄傲！他们所歌咏的事迹过去了，他们所讽刺的人物过去了，但历代的人民中间总是有一定的共同要求的，各个朝代的统治者中间也总是有一部分相似的、违背人民利益的政策和剥削阶级共同的类似性格的，因此读者就会在他们的作品中找到自己所想说的话和所喜欢的思想感情，这就是他们和他们的诗之所以为人民热爱的基本原因。

这些伟大诗人的事迹和他们的具体作品，完全可以证明这一点。屈原"是一位民族诗人，他看不过国破家亡，百姓流离颠沛的苦况，才悲愤自杀的。他把所有的血泪涂成伟大的诗篇，把自己的生命殉了祖国，与国家共存亡，这是我们所以崇拜他的原因，也是他所以伟大的原因"。[1]曹子建的"颇有忧生之嗟"，[2]陶渊明"正因为并非浑身是静穆，所以他伟大"，[3]都是他们的诗篇之所以为人喜爱的重要原因。杜甫"善陈时事，律切精深，至千言不少衰，世号诗史"。[4]他做诗是"即事名篇，无复依傍"，[5]白居易主张"文章合为时而著，歌诗合为事而作"，他把"因事立题"和

"意激而言质"的新乐府称为"讽喻诗";[6]这种"善陈时事"的有所为而作的创作态度,正是他们的诗歌能够反映了当时社会情况和人民要求的重要原因,同时也就是他们之所以伟大的主要原因。以后如陆游、顾炎武等人的反侵略的爱国精神,黄遵宪诗中的反对帝国主义的要求,都是反映了当时广大人民的真实愿望的。我们可以说,凡是一个伟大的诗人,如果他真的是伟大的话,他的诗必然是反映了当时社会的一定的现实情况和当时人民的一定的真实要求的;我们历史上产生了许多这种关心现实的爱祖国爱人民的优秀诗人,这就构成了我们中国诗的一个伟大光荣的传统。这确实值得我们骄傲;而当我们向中国诗的传统学习的时候,当然首先就应该学习这一种精神,学习这一个爱祖国爱人民的光荣传统。

  这些伟大的诗人们在诗的艺术上都是有高度成就的,他们所用的语言和表现形式都是有相当创造性的、生动新鲜的东西,这也是构成他们之所以能有伟大成就的原因之一。这我们可以就他们的作品和中国民间文学的联系上来考察;我们可以说几乎所有这些伟大的诗人们都直接(从歌谣)或间接(从保存下来的民间乐府)从民间文学中汲取过丰富健康的营养,而这是和他们的作品在艺术上的光辉成就分割不开的。民间文学的内容极其丰富生动,因为人民的生活和语言本身就是生动丰富的;鲁迅先生说:"不识字的作家虽然不及文人的细腻,但他却刚健、清新。"[7]但民间文学也有它难以避免的缺点;因为封建社会里的人民还没有可能掌握文化这一武器,因此民间作品也就很少集中和提高的机会,所以"里巷歌谣"的发展进步的情形就比较缓慢,艺术就比较粗糙;这些虽然都掩饰不了它那内容上的丰富与光彩,但正如鲁迅先生所说："因为没有记录作品的东西，又很容易消灭，流布的范围也不能很广大，知道的人们也就很少了。"[8]但这些民间作品的特色一经过诗人们的学习与吸收，给它们以一定的集中与提高，融化在诗人自己的创作里，就会构成诗人艺术成就中的极其辉煌的部分；像那种生动新鲜的语言和表现形式。毛主席说："人民生活中本来存在着文学艺术原料的矿藏，这是自然形态的东西，是粗糙的东西，但也是最生动、最丰富、最基本的东西；在这点上说，它们使一切文学艺术相形见绌，它们是一切文学艺术的取之不尽、用之不竭的唯一的源泉。"[9]这里清楚地说明了民间文学的宝贵价值，同时也就清楚地说明了以民间文学的健康特色为基本内容的加工后的文学作品的价值。而这种情形是完全可以由我们这些伟大诗人们的作品来证明的。

闻一多先生说："屈原最主要的作品——《离骚》的形式，是人民的艺术形式，……至于他的次要的作品——《九歌》，是民歌，那更是明显，而为历来多数的评论家所公认的。"[10]曹子建诗的主要特色之一，就是利用民间乐府来叙述时事，这是为后世所艳称的"建安风骨"的主要内容。陶渊明诗里像"而无车马喧""今日天气佳"这类近于口语的句子，像"桑麻日已长，我土日已广"这类接近歌谣的句子，在那个"俪采百字之偶，争价一句之奇"[11]的时代里，是非常特殊和突出的。李白最擅长的体制就是乐府歌行，而这是和他那"壮浪纵恣，摆去拘束"[12]的豪迈风格分不开的。杜甫固然是"读书破万卷"的，但杜诗之"浑涵汪茫，千汇万状"，[13]也同样是受了乐府和民间语言的很深的影响。他摆脱乐府古题而写当前社会的如"三吏三别"一类诗，就是发扬了民间乐府的精神的；而如"麻鞋见天子""垢腻脚不袜"之类诗句，也显然看得出是民间语言的直接运用。白居易的诗更是盛为"士庶僧徒，孀妇处女"[14]等广大人民所传诵的，那也就是说他所运用的是为当时人民所喜闻乐见的语言形式。《墨客挥犀》曾记云："白乐天每作诗，令一老妪解之，问曰：解否？曰，解；则录之。不解；则又复易之。"这是一个为人传诵的故事，它正代表着白居易诗的一个重要的诗色。以后如关汉卿的"一空依傍，自铸伟词，而其言曲尽人情，字字本色"；[15]黄遵宪的以"我手写我口"的办法来咏新理新事；都在语言和表现方法上受到当时的民间文学的影响。所以我们可以说，凡是在诗的语言和表现形式上有新的创造、作品能给人以生动新鲜的感觉的诗人，他们都曾在不同程度上直接地或间接地从民间文学中汲取过丰富的营养。他们在艺术上的成就也是构成中国诗的优秀传统的一个重要因素，而其源泉正是由我们民族中多年来人民的丰富生活与丰富语言所产生的。我们要发扬中国诗的光荣传统，就也应该学习这些诗人们的这种精神：向人民生活学习，学习他们的语言，学习他们的自然形态的诗歌形式。

中国文学史上曾经产生过许多种类的诗体和表现形式，这些形式原来都是从民间产生的，经过诗人的采用，提炼，集中，提高，才慢慢凝固下来；到后来这些形式被文人们运用得僵化了，不适宜于表达人民的感情了，那形式也就再没有人喜欢了，于是就又有了新形式的产生。鲁迅先生就说过"歌、诗、词、曲，我以为原是民间物"的话[16]别的各种形式也一样。而且在历史上各种形式的流行也是互相错综的，并不是一种僵死了以后才赶快产生第二种；我们可以说从来没有一个时代只流行一种惟一的诗体，虽然可以说某一种在当时比较的更为流行。四言盛行的时候就有骚体，有杂言；五言盛行的时候也有六言、七言；律诗昌盛的时候有乐府古风；词曲昌盛的时候也仍然有各种的诗体。说中国诗的传统只是五七言体的人，不只忽略了中国诗传统中的那种最光荣最宝贵的精神，而且仅就字数讲也很难说得通。中国的确产生过许多的五七言诗，其中也有许多带有人民性的好诗，但五七言的形式并不能概括中国诗的传统的特点。《诗经》大体是四言，《楚辞》是四字或以六字为基础的长句，乐府的句法很不齐，词曲更不是五七言所能限制；而上弃诗骚，下摒词曲，也不要乐府古辞，还谈什么中国诗的传统？把我们的伟大的诗歌传统限制在字数上去推敲，是永远学习不到我们诗歌的民族特色的。中国文学史上的诗歌形式既非只有一种，也非一成不变；今天的诗歌要与我们的民族传统发生联系，并求更美好的向前发展，那首先就必须学习民间的语言和民间的自然形态的诗歌形式，然后再来集中和提高，创造我们的新的民族形式。

这些诗人们还有一点值得我们学习的，就是那种严肃的创作态度。屈原的《离骚》，司马迁以为"犹离忧也"，那当然不是随便写的。杜甫的"语不惊人死不休"，白居易的"劳心灵，役声气，连朝接夕，不自知其苦"，[17]都是以一种严肃负责的精神从事创作的。这也是他们之所以能有高度艺术成就的原因之一，是值得我们去学习的。

清华大学中国语文系的同人，为了响应"中国抗美援朝总会"所发出的增产捐献的伟大号召，为了发扬爱国主义的文学教育，也为了学习批判地接受文学遗产，决定集体来写

《祖国十二诗人》这一本书，将所得全部捐献。我们选择了屈原、曹植、陶渊明、李白、杜甫、白居易、辛弃疾、陆游、关汉卿、孔尚任、顾炎武和黄遵宪等十二位诗人，只是为了配合我们限期写成的能力，并比较全面地照顾到各个时代和各种诗体的不同风貌，绝不是说我们的诗人中只有这十二人可以肯定，其余的便都要不得了。自然，我们是着重在选择那些在历史上和人民群众中发生过较大影响，并在艺术上有高度成就的诗人的；但这并不是说这些诗人的作品就完全没有消极的部分，都可以全部肯定；这些人都是封建社会里的人物，而且大都还是士大夫阶层，那作品中当然是会有一些消极因素的。不过我们的工作就是区别其中哪些是主要的，哪些是次要的；哪些是民主性的精华，哪些是封建性的糟粕；就是说要在介绍中同时予以批判，发扬其积极的一面，批判其消极的一面。但这也并不是说我们已完全做到了这一点，这只是我们希望做到的目标，至于实际达到了哪种程度，就很难自信了。在一定的历史条件下批判一个古代诗人和他的作品，是一件非常细致和复杂的工作，我们才开始学习，不恰当的地方一定是很多的，希望读者和专家们多予指正。又因为本书是好些人分头写的，中间虽也进行过多次讨论，但大家的教学工作都很忙，讨论时只能限于内容意见的交换，因此在文笔体例方面就难免有不太统一的地方，这是要请读者多多原谅的。

1951年11月4日于北京清华大学

\* \* \*

[1] 郭沫若:《今昔蒲剑·屈原考》。
[2] 谢灵运:《拟魏太子邺中集·平原侯植诗序》。
[3] 鲁迅:《且介亭杂文二集·"题未定"草(七)》。
[4] 见《新唐书·杜甫传》。
[5][12] 元稹:《古题乐府·序》。
[6][14][17] 白居易:《与元九书》。
[7][8] 鲁迅:《且介亭杂文·门外文谈·十》。
[9] 毛泽东:《在延安文艺座谈会上的讲话》。
[10] 闻一多:《人民的诗人——屈原》。
[11] 刘勰:《文心雕龙·明诗篇》。
[13]《新唐书·杜甫传赞语》。
[15] 王国维:《宋元戏曲史》。
[16] 鲁迅:《鲁迅书简·致姚克第十七信》。

# 汉魏六朝文学概述

一

　　经过了秦末规模巨大的农民起义，汉帝国在开始时不得不采取一些休养生息的政策，实行了许多对发展生产有利的措施。在社会比较安定的情况下，劳动人民创造了巨大的财富，使汉帝国非常富庶；文化也有了很大的发展。统治者为了巩固专制主义的中央集权的国家统治，在政治、文化等各方面都采取了一系列的措施。但由于土地兼并的不断发展，阶级关系的逐渐激化，在西汉末年又爆发了绿林、赤眉起义；东汉帝国就是在这次农民战争的基础上建立起来的。两汉帝国的统一局面和社会经济的发展，使宫廷和贵族的生活非常奢侈，他们要求这种生活能在文学方面得到歌颂和表现，因此特别提倡"赋"这样一种排比铺张的文体。在汉代，赋的作品是产生很多的；但因为其中缺乏社会生活的反映，因此有价值的作品并不多。

　　汉初的赋，一般是模拟楚辞的，最著名的作家有贾谊（公元前200—168年）。他的生平遭际很不得意，有和屈原相类似的地方，因之在他的作品《吊屈原赋》《鵩鸟赋》中，忧愤的感情很浓厚；对于"阘茸尊显兮谗谀得志"的不合理现象也给予了深刻的批判；体制是模拟楚辞的。从枚乘的《七发》开始，才开始了汉赋那种铺张描摹的作风，其中缺乏社会生活的内容和个人的真实感情，而只是组织排比一些宫苑游猎等华丽现象，价值是不高的。到汉武帝时，经过了几十年来减低赋税、鼓励垦殖的统一帝国的局面，经济逐渐发达起来，于是在文学上便有意识地鼓励和提倡"赋"这样一种文体；当时出现了很多的作者。汉赋的主要内容是以铺张的手法来夸耀雄伟壮丽的帝国为主的，包括地理山川、物产财富、京都宫廷、苑囿行猎等等；是以过分夸张的描摹和铺叙所组织成的一种弘丽的文体。司马相如（公元前179—前117年）是当时最著名的作家，他的描写田猎的《子虚赋》《上林赋》就是当时这种文体的代表作品。以后如扬雄的《甘泉赋》《羽猎赋》，班固的《两都赋》，张衡的《西京赋》和《东京赋》，都是这一类型的作品。按照这种体制的组织程式和作者的意图，在篇末是包含着一些对统治者的讽刺规谏的内容的；但前面铺张夸大的描写往往掩盖了它的讽刺的作用。这些作品主要反映了统一帝国的伟大的规模和气象，国家财力的繁荣富庶；而且篇幅比较大，作者在语言词汇的组织上和描写事物的技巧上也给了后来文学以积极的影响。但内容比较缺乏社会生活的反映和真实的感情，作者只在文学辞藻上用功夫，带有浓厚的形式主义倾向。倒是有一些篇幅比较短小的作品，其中华丽的辞藻比较少，也有一些抒情的意味，价值还比较高些；例如司马相如的《哀二世赋》和《长门赋》。到了东汉，赋的体制也发生了一些变化，从张衡的《归田赋》开始，逐渐出现了一些抒情意味较浓而形式简短的小赋，文句也趋向整炼，其中颇多有价值的作品。例如赵壹的《刺世疾邪赋》便尖锐地讽刺了当时社会的黑暗，揭露了"佞谄日炽"的不合理现象；"宁饥寒于尧舜之荒岁，不饱暖于当今之丰年。"其中所表现的愤慨情绪是非常深刻的。以后魏晋时期所产生的有价值的赋的作品，也都是以写景抒情为主的小赋，文字精巧整炼，篇末也不再有讽刺性的结尾了。

## 二

汉代真正继承和发扬了屈原的那种人民性和现实主义精神的作品，是司马迁的《史记》；因此鲁迅说它是"史家之绝唱，无韵之离骚"[1]。司马迁生于公元前145年，死于公元前90年左右[2]，他的一生是和汉武帝的统治相终始的，也正是汉帝国最繁荣的时代。他的父亲司马谈曾做过以保存文献为主要职务的太史令，因此他对古代文献有很好的学习机会。他自己又漫游各地，足迹几遍全国，亲自去考察过许多史实的遗迹与传闻，这就使他有机会和广大的人民接触，逐渐理解了当时政治社会的各种矛盾。在他二十八岁时，他继承了他父亲的太史令的职务，便决心要写一部总结旧的历史文化的百科全书式的通史。当他三十八岁时，因为当时名将李陵和匈奴作战失败，司马迁为李陵讲情；由于他的公正和直言，竟触怒了汉武帝，遭受到屈辱的腐刑。司马迁感到非常悲愤，但为了完成这部伟大著作，他没有自杀，反而对现实社会的认识更加清楚了。他在京都（长安）任职的期间，曾有机会接触到当时各方面的显要人物，了解到一些统治阶层的内部矛盾，这就使他逐渐认识到社会上的对立关系，而他自己又是处于屈辱地位的，因之他把他的著述当作是可以"定是非"的阐明真理的作品。他认识到自己不过是"固主上所戏弄，倡优畜之，流俗之所轻也"的奴隶，因而对压在人民头上的统治者就有了深刻的憎恶。他在《史记》自序中曾引了许多古人发愤著书的事情，说明自己也是为了"发愤"才著书的。他把这种反抗的情绪都抒发在他的作品里，费了近二十年的工夫，写成了"凡百三十篇，五十二万六千五百字"的伟大的不朽著作《史记》。

《史记》记录了我国从黄帝到汉武帝时三千年发展的历史，把丰富的史料加以严密的组织，创造了"纪传体"史籍的体制，将全书分为十二本纪、十表、八书、三十世家、七十列传等五个部分。"本纪"以帝王的年代和政迹作线索，当作全书的纲目，"表"是历代的大事记，"书"记述典章制度的沿革，"世家"和"列传"则是记载家族和个人的事迹的。由于这部书规模的宏伟和记载的翔实，总结性地对古代的历史文化作了全面的阐述，因此向来认为《史记》是一部伟大的历史著作。但同时又由于《史记》的主要部分是以人物传记来反映社会历史内容的，而且这些人物包括着社会的各个阶层，由贵族士大夫以至游侠货殖等不同身分和不同职业的人，他们的形象都写得非常真实，性格异常鲜明，语言也极其新鲜生动，富有艺术的感染力；因此，《史记》又是一部伟大的现实主义文学作品。

《史记》中的人物传记并不只是各种人物活动的事迹的记载，作者在这里明白地表现了他对这些人物的爱憎和褒贬，这正是他的著述理想的表现，他是为此经受过许多痛苦的。他对秦末农民起义的领袖陈涉评价极高，把他列为"世家"，而且说"桀纣失其道而汤武作，周失其道而春秋作，秦失其政而陈胜发迹"[3]，这就是说他把陈涉所领导的农民起义的事迹和当时所认为的圣人汤武孔子来并列了，这在当时是何等大胆的论断。他把普通人民的生活也同样记录在历史里，例如《游侠列传》里的郭解便是一个受到广大人民爱护的"振人之命，不矜其功"的下层人物；他反抗强暴，救人之急，司马迁对他是充满了同情和赞扬的。这正是《史记》作者与广大人民的情感愿望相通的地方。在《刺客列传》里，他歌颂了像荆轲那样反抗强暴的英雄人物，最后还说"嗟乎惜哉！其不讲于刺剑之术也！"这些事迹是长期地鼓舞了人民的斗争情绪的。此外如信陵君救赵存魏，蔺相如完璧归赵，鲁仲连、田横的誓不屈服，公孙杵臼的收藏赵氏孤儿等等许多的激动人心的故事和栩栩如生的形象，作者都赋予了深厚的感情，都有很强的艺术感染力。这些勇于反抗强暴的精神同样表现出了《史记》中的丰富的人民性，作者的爱憎和褒贬是与广大人民的感情和愿望相一致的。另一方面，他对于统治者的暴行虐政却是采取了无情的揭露和抨击的态度。他亲自受到过酷吏的压迫，因之在"酷吏列传"中所写的那些当代官吏们的陷害无辜的凶残行为中，他是充满了憎恶的感情的。在《史记》里他不只叙述了桀纣的暴政，不只全文引录了论述秦政残暴的贾谊的《过秦论》，而且对于当时的统治者汉武帝的暴虐奢侈也是揭露得非常深刻的，他的《循吏传》中写的都是前代的人，而且说"奉职循理，也可以为治，何必威严哉！"而与此对照的《酷吏传》中却写的都是汉代的实际执行暴力统治的皇帝的爪牙。从这里可以看出汉代专制主义统治的残酷与黑暗，也可以看出司马迁的爱憎分明的批判精神来。

　　《史记》中的这种从广大人民感情愿望出发的爱憎态度不只存在于论断中，而是通过具体的人物和具体的故事情节来生动地表现出来的。作者选取了详略不同的生动的生活事实，使人物的个性在历史环境中与周围人物的矛盾冲突中来展开，而且在许多地方运用了生动多彩的形象化的表现方法。语言非常丰富自然，许多对话都是性格化和口语化的，能够表现出不同身分的人物和性格，因之一直到现在我们读那些著名的传记，其中的人物性格仍然是非常鲜明的。这些人物虽然都是历史上存在的真实人物，但作者在写作时是经过一定的典型化的创造的。他深刻地观察了社会的矛盾，在事实的选择和艺术的加工中，他突出了某些重要的方面，因而就能使他所写的人物富有深刻的社会历史内容，带有文学上的典型意义了。这种艺术上的成功是和作者的丰富的生活体验及其与人民相联系的思想感情分不开的，这就是《史记》的现实主义精神，也是司马迁所写的人物传记和后代许多史书中人物传记的不同的地方。

《史记》不只是汉代文学的代表作品，对于后来中国文化的发展也产生了巨大的影响。这不只表现在"纪传体"的著述体例上，也不只表现在对古代史的研究上，而且对于中国文学的现实主义传统，对于中国散文的发展，也同样有巨大的影响。《史记》历来都是文人的必读书，后世戏曲小说中许多故事和人物的形成，都直接受了《史记》的影响；尤其在散文的写作上，《史记》是向来被奉为最高典范的。

东汉班固的《汉书》是专叙从汉高祖到王莽的二百三十年间的汉代历史的。它也袭用了"纪传体"，却是断代史；以后的正史都是依照《汉书》的体制的，影响也很大，但无论就价值或影响，《汉书》都比不上《史记》，《汉书》作者不满意《史记》的地方就是将汉朝皇帝的本纪放在后面，以及把汉高祖和项羽放在同等的地位，他著述的目的就在颂扬本朝功德，因此其中是没有什么反抗性或悲愤感慨的成分的。班固是辞赋作家，他的散文也受了辞赋的影响；文字比较华丽、多用排偶，句子也长了。《汉书》的文体对于后来的骈文曾发生过相当的影响。

东汉的散文作家还可以举出王充来。他著有《论衡》一书，论述学术、思想、风俗等各方面的问题。王充是我国有名的思想家，在《论衡》中表现了比较完整的唯物论思想体系。他自己说《论衡》的主要精神是"疾虚妄"，要"诠轻重之言，立真伪之本"。在《问孔》《刺孟》等篇中，他对当时占统治地位的儒家思想给予了尖锐的批评；他反对迷信，抨击传统，立论非常勇敢，论证也富有逻辑性。王充对文学也有独到的见解：他看不起辞赋，反对"调笔弄墨"的无用之文，反对模拟，认为文章应该与实际政治有关；这种进步思想和强烈的批判精神在当时是非常可贵的。当作散文看，他的文章明白晓畅，比喻恰当，运用了许多民间口语；在当时一般文章趋于骈俪化的时代里，王充的文章应该说是有独特风格的。

## 三

汉代诗歌流传下来的主要是乐府民歌。"乐府"本来是由汉武帝起开始设立的一个制音度曲的官署的名称，它的职责是采取文人诗和民间歌谣来配以乐曲，以备当时朝廷祭祀及饮宴等演奏所用；后来便将乐府所采的诗也叫做乐府。像以前的采诗一样，虽然它的主要目的仍是为了满足封建统治者"制礼作乐"和享受的要求，但因为乐府不只要采集乐调，而且也要搜集各地的歌谣；这就使乐府歌辞中除了一些文人的作品以外，人民口头的诗歌创作也通过乐府而保存下来了，使我们今天仍然能从中看到一些当时人民的精神面貌。《汉书·艺文志》说："自孝武（汉武帝）立乐府而采歌谣，于是有赵代之讴，秦楚之风，皆感于哀乐，缘事而发。亦可以观风俗，知薄厚云。"这些包括赵代秦楚各地的民间歌谣的内容是丰富和广泛的，有战阵的叙述，也有爱情的咏叹，大体上都是人民"感于哀乐，缘事而发"的歌唱，含有丰富的人民性和现实性。汉武帝时正是汉帝国比较安定富裕的时期，于是统治者便有了"制礼作乐"来巩固统治和点缀太平的要求，乐府便是适应着这一需要而设立的。自此以后，虽然当中经过了一次汉哀帝的精简乐府机构的措施，但一直到东汉末年，乐府与采集歌谣的制度大体上都是保持着的。乐府诗就是通过它本身乐调的特点和乐工传习的持续性而保存下来的。

当作诗体名称的乐府，它的最初意义就是入乐的歌诗，包括文人作的和民间歌谣两部分。但古代的乐调早已失散，后人只能从文字意义上来了解，把它当作一首诗来看，而乐府中的好诗，当然绝大部分是民间口头创作，因此我们一般所谓"乐府"，那意义实际就是指古代的民间歌谣以及富有民歌那种社会性和叙事性色彩的文人作品。两汉的文人作者一般都集中在那种铺张堆砌的赋体上，因此乐府诗可以说是当时诗歌的最好作品；而且它承继了《诗经》以来的现实主义精神，启发了以后五七言诗体的成长，在中国文学的历史发展上也是非常重要的。

现在所存的汉朝民间乐府，最早见于南齐沈约所作的《宋书·乐志》，沈约说："凡乐章古辞，今之存者，并汉世街陌谣讴。"因为它们原来都是民间歌谣，因此不只风格质朴自然，富有人民口头创作的特色，内容所反映的范围也很广泛，牵涉到社会的各个方面。《铙歌》十八曲是西汉时的乐章，铙歌是汉初传入的"北狄乐"，歌辞大概是后来补进去的，其中有一部分是民间歌谣。譬如《有所思》一首：

有所思，乃在大海南。何用（以）问遗（馈赠）君？双珠玳瑁簪，用玉绍缭（缠绕）之。闻君有他心，拉杂摧烧之。摧烧之，当风扬其灰。从今以往，勿复相思！相思与君绝！鸡鸣狗吠，兄嫂当知之（追忆当初定情之时）。妃乎豨（表示声音动作的字），秋风肃肃晨风（鸟名）飔（疾速），东方须臾高（读如皜字，指天明）知之。

这是一首叙述女子与他爱人决绝的诗。她对她的爱人是一往情深的，但在知道对方"有他心"以后，便勇敢激烈地说出"从今以往，勿复相思"的话来。全篇曲折反复，深沉地写出了女子内心的痛苦。《铙歌》中所表现的内容很杂，有叙战阵的，也有表武功的；风格慷慨悲壮，句法都是长短不齐的杂言，用韵也无限制，因此易于表现慷慨回荡的情绪。

相和歌辞是乐府诗中的精华，内容的社会性和叙事性很强。《相和歌》本来是各地采来的民间乐调，以楚声为主，因此歌辞也多是汉世的民歌。这些诗中除少数几篇能确定为西汉时的作品外，大部分都是东汉时代的。其中好诗很多，内容也非常广泛。譬如写穷人为生计所迫，铤而走险的《东门行》。

出东门，不顾归。来入门，怅欲悲。盎中无斗米储，还视架上无悬衣。拔剑东门去，舍中儿母牵衣啼：

"他家但愿富贵,贱妾与君共铺糜(食粥)。上用仓浪(青色)天故,下当用此黄口(幼)儿。今非!""咄!行!吾去为迟!白发时下(落)难久居。"

丈夫因为无法生活,想到东门外做非法的事,但挂念妻子,又回来了一次;他看到家中无衣无食的情形,又不顾妻子的劝阻,下决心要走了。诗中写出了一对贫穷夫妻在紧张关头的对话,简劲有力地表现了当时社会中善良人民被迫走上悲惨道路的情景。其他如《妇病行》写一个穷人的妻子临死前对丈夫孤儿的诀辞,和妻子死后他照料二三孤儿的凄惨情况;《孤儿行》写一个孤儿受兄嫂虐待的遭遇,也反映出了当时的奴婢生活;这些诗都写得凄惨动人,艺术特色也是很鲜明的。

此外杂曲歌辞中也有一部分民歌,其中最著名的是伟大的长篇叙事诗《孔雀东南飞》(一名《焦仲卿妻》)。这首诗产生在东汉末年,在民间流传了几百年,经过长期不断的丰富与加工,到陈代才写定。全诗长达一千七百多字,详尽地写出了一双夫妇被迫自杀的经过,有力地暴露了封建社会的残酷性。诗中的主人公焦仲卿和刘兰芝夫妇间的爱情非常真挚和深厚,但受到了焦母和刘兄的种种压迫和虐待,终于把刘兰芝逼得投水自杀了,焦仲卿也上了吊,他们用生命来表示了不屈服于封建势力的意志和宁为幸福及爱情而牺牲的精神。因为这个悲剧事件给人的印象太深了,谁也不甘心他们只能得到这样悲惨的结局,因此不久就在人民的口头创作中用美丽的想像来创造了一个神话,说他们变成了一对鸳鸯:"仰头相向鸣,夜夜达五更;行人驻足听,寡妇起彷徨。"人民用想来热忱地表现了对于他们的同情和追求幸福生活的愿望。诗中对他们二人的态度是充满了同情的，通过有力的艺术表现，深刻地揭露了封建礼教的吃人的罪恶。全诗的结构很完整，语言朴素自然，其中叙述了许多人的对话，也都是符合人物的口吻和身份的；它的成就达到了乐府诗的艺术的高峰。

## 四

东汉时期，大地主在政治上享有各种特权，累世做官，跟皇帝有着密切关系的外戚宦官则常常勾结起来和地主官僚进行争夺政权的斗争。到东汉末年，许多地主子弟的太学生也参加了反对宦官的斗争。统治阶级的这种内部矛盾更加重了对于农民的压迫与剥削，在汉末遂爆发了规模巨大的黄巾起义。这次战争终于动摇了东汉帝国的政权，以后即成为军阀割据一方的三国鼎峙的局面。后来虽然经过了西晋的短时期的统一，但由于统治者的贪暴与奢侈，连年不断的内讧，以及对胡人的压迫，在西晋的末年便引起了刘渊的起兵，以后近三百年间，北部中国即长期为胡人所占据，汉人大批南迁，与南方土著人民共同开发了江南的土地，支持了东晋的偏安的政权；以后经过宋齐梁陈各代，一直到隋代的重新统一。北部在经过了五胡十六国的各族混战以后，汉胡人民经过了长期的接触和融合，出现了北魏的统一与汉化。这就形成了相对稳定的南北对峙的局面，北方胡人的统治者与汉族地主勾结起来，压迫人民；而南方统治者则安于那种腐化没落的生活，对恢复中原并不热心；东晋时期还进行过几次北伐，以后则只能维持那种偏安的局面了。一直到隋，才又恢复了国家的统一。

　　魏晋南北朝时期的主要文学形式是五言诗，这是由两汉乐府发展而来的一种新诗体，它的正式成立在二三世纪之交，就是文学史上的所谓"建安时代"。建安（196—219）本是东汉最后一个皇帝汉献帝的年号，但那时曹操已实际掌握政权，而且曹操和他的儿子曹丕、曹植也是当时最有名的作家，因此后世常常以"建安风骨"来当作评价好诗的标准。文学史上的各种诗本原来都是由民间歌谣产生的，由于某一形式特别富有表现力和艺术的光彩，一些有见识的文人便大胆地模仿和运用，于是就形成了一种新诗体。在文人开始向一种民间诗体学习或拟作的时候，因为这些人都有一定的文化知识的教养，因此不只他可以从民间文学中汲取健全的营养，使他的作品光辉生色，同时他也是可以给民间文学以一定的集中与提高的。建安文学是由两汉转变到魏晋的历史转关，它在文学史上的意义就是发扬了汉乐府中的那种人民性与现实主义的精神，开始奠定了五言诗的基础。产生于东汉末年的《古诗十九首》就可以说明这种转变的关键。这些诗并非一人一时所作，内容多叙相思离别以及人生短促等感触，实际上也就是乐府诗，不过内容上抒情的成分加重，文体更趋于整炼罢了。蔡琰的《悲愤诗》是更显著地受了汉乐府的影响的，诗中写她被匈奴俘去后对祖国诚挚的怀念，也反映出了在汉末战乱中的人民的痛苦，那种"欲死不能得，欲生无一可"的景象确实是很悲惨的。建安时代乐府声调已多失传，曹操和他的儿子曹丕、曹植都很重视文学，提倡用乐府旧题，歌诵新事；一时所有的著名文士，都收罗在他们的幕下，遂出现了许多的记叙时事、描写乱离生活的作品。

经过了汉末动乱时代的文人，大半都有切身的颠沛流离的生活体验，这些人尝试着运用带有民间歌谣特点的五言诗的形式，描写出社会动乱的现实，歌唱着慷慨苍凉的调子，这种特色就是后世所称道的"建安风骨"。

曹操自己爱好音乐，喜造新诗，因之他可以自由地运用乐府形式来歌咏新事。《蒿里》《薤露》本来是汉时的挽歌，他可以用来写汉末政治的紊乱和战祸的残酷；《陌上桑》是汉时的艳歌，他可以用来歌咏神仙。建安时代的文人乐府，都是如此。他们可以用乐府的体裁自由咏怀，不受原题原意的限制，而在这种对乐府古辞的各种句法形式的尝试中，就逐渐奠定了五言诗的基础。

曹植（192—232）是建安时代的代表诗人，他字子建，是曹操第三子。他的生平遭际很不得意，特别在曹丕做了皇帝之后，他更受到猜忌，因此作品中常常流露一种忧患的情感。他诗中的抒情成分加多了，而且有了比较鲜明的个性。他所作的五言乐府的内容和辞藻，都是富于创造性的。乐府源出民间，它的主要特色是叙事性和社会性；由叙事到抒情，由内容富于社会性到有鲜明的个性，就从内容方面说明了由乐府到五言诗的进展。这是建安文学的特点，也正是曹子建诗的主要成就。

因为建安时代是乱世，文人饱尝流离，生活中的感触多，因此诗中抒情的成分就比较重了。但这时的五言诗还没有完全脱离乐府的性质，因此所表现的社会面比较广阔，句法辞采也质朴有力，即使是抒发个人感触的诗，也力求明白诚恳；不像后来有些文人诗的雕镂纤巧，专在形式上用功夫。譬如曹子建的《泰山梁甫行》：

> 八方各异气，千里殊风雨。剧（艰）哉边海民，寄身于草野。妻子像禽兽，行止依林阻（山林险阻）。柴门何萧条，狐兔翔（游）我宇。

这是慨叹海边贫民的生活苦况的，它虽然写出了作者自己的感触，但仍显明地承受着乐府诗的"缘事而发"的精神。这就说明建安诗虽然经过了文人"雅词"的修饰，但只在艺术上发生了集中与提高的作用，而并没有失去乐府诗中的那种强烈的人民性和现实主义精神；这就是所谓"建安风骨"的实际内容。曹子建自己因为在政治上很失意，过的是"屡经瘠土"的困苦生活，又看到了小国边郡的民间疾苦，他的人道主义精神和他在文学上的卓越才能就都表现在他的诗里了。他的作品是最富于建安文学所特有的那种慷慨激越的悲壮情调的。

除曹植外，当时最著名的诗人还有王粲。他的代表作《七哀诗》是他由长安向荆州逃难时作的，诗中生动地写出了汉末战乱灾祸中的一幅难民图。他自己在逃难，也看到了"白骨蔽平原"的普遍景象；诗中所写的感触都是从实际生活中得来的，所以读来特别动人。当时的文人都有着差不多的遭遇和经历，因此诗中也都有这种共同的时代特色。像陈琳的《饮马长城窟行》，阮瑀的《驾出北郭门行》，写的都是类似的内容。

建安诗虽然大都是五言，但多半仍用乐府题目；到魏时阮籍所作的《咏怀诗》八十二首，才可以说正式成立了抒情的五言诗。他生在魏晋交替的时代，眼看着司马氏的权势已成，而他在政治态度上是反对司马氏的；可是又没有力量，也不敢明白表示他的态度，于是便把心中的抑郁和愤慨都寄托在饮酒和作诗里了。《咏怀诗》中引述神话史事，婉转曲折地表现了他的"忧思独伤心"的感情。他以为政治是祸患的根苗，追求富贵是不上算的，因此诗中多表现忧国刺时或惧祸避世的意思。这里反映出了当时政治的黑暗和他对现实的不满情绪。《咏怀诗》语句浑括，譬喻又多，表现比较隐晦，这大概是因为当时政治环境的关系。但从此五言诗中的辞藻排偶便逐渐增多，风格趋向轻绮繁缛，不像建安时代的质朴有力了。和阮籍同时代的作家嵇康是最富于反抗性的，除过诗外，他也写了许多抨击封建礼教的议论文字。西晋时比较重要的诗人可以举出左思，他的《咏史诗》八首借古人古事来表现一种讽喻的怨思，笔力雄迈，和当时一般的注重绮丽的作风不同。他出身寒微，仕途也不很得意，在当时那种门阀势力专横的社会里，他是受到了别人的抑制和轻视的，因此诗中也就有了如"世胄蹑高位，英俊沉下僚，地势使之然，由来非一朝"的这样的感慨。东晋初年，郭璞的游仙诗借神仙来抒写自己的怀抱，对后来的影响颇大。此后就流行一种玄言诗，内容是用五言诗来申述老庄哲学的道理，这种诗流行了有一百多年，并没有什么好诗出现。后世对它的批评是"理过其辞，淡乎寡味"[4]。这种诗的出现正是反映了东晋统治者的腐化没落的生活内容的。

　　东晋和宋代的民间歌谣保存下来的共有四百八十多首，统称为南朝乐府。这些诗体裁简短，一般都是五言四句的小诗，内容则几乎全部都是写男女间爱情和相思的恋歌，风格缠绵悱恻，与汉乐府的质朴浑厚和以叙事为主者不同。这些民间歌曲分两大部分，《吴声歌曲》产生于建业（南京）一带,《西歌曲》产生于襄阳一带,两地都是当时的重要城市,因此内容也与汉乐府之多产生于乡村者不同。吴歌与西曲的内容大都是以妇女口吻来表示爱情的恋歌,但二者不只所产生的地区有别,风格也各有特点:吴歌婉曲柔和,西曲急迫紧促,这可能是与原来的乐调有关系的。吴歌中以子夜歌为最重要,大子夜歌说:"歌谣数百种,子夜最可怜。慷慨吐清音,明转出自然。"可知这些诗原来都是民歌,后来才制调入乐的。在表现方法上,有一点是以前所没有的,那就是以同声的字来谐音隐义的"双关"语的用法,如以"莲"字谐"怜",以"丝"字谐"思"等。这是南朝乐府中一种极普遍的表现方法,譬如"雾露隐芙蓉,见莲不分明"二句,芙蓉是荷花,但又是"夫容"二字的谐音。"莲"字谐"怜"字,"怜"就是"爱"。这两句诗的表面意义是说看不清楚荷花的,但它的真实意义却是讲爱情的。这种方法在用得好的时候,可以有一种隐约含蓄的感觉,用它来描写妇女在表现自己爱情时的婉曲深情的神态,非常逼真。这些诗的内容虽然都是情歌,但基本上都是健康的爱情抒写,与《诗经》中的爱情诗相似,不过感情表现得更细腻一些。

《西曲歌》是长江中上游一带的歌曲,句法结构和内容题材与吴声歌曲大致相同,但写别离情绪的比较多。其中间或也有四言和七言的诗,像"巴东三峡猿鸣悲,夜鸣三声泪沾衣"(《女儿子》)等句,不只句法不是五言,内容也不是情歌了,但这是比较特殊的例子。一般地说,这些民歌的风格秀丽婉曲,表现手法也很新鲜,较之当时一般的文人诗要好得多。

现在的北朝民间乐府是在梁朝时传入南方的,它在数量上虽然远不如南朝乐府多，但所反映的社会面比较广阔，风格直率伉爽，在文学上也有它的独到的特色。在这些作品中，有的是从北朝的少数民族语言翻译过来的，也有的是北方人用汉语创作的。前者如有名的《敕勒歌》：

敕勒川，阴山下，天似穹庐，笼盖四野。天苍苍，野茫茫，风吹草低见牛羊。

这首歌本来是鲜卑语的民歌，北齐时译为汉语的。它写北方游牧生活中的草原景色，苍茫辽阔，景象极其雄浑宏大。就是原用汉语的也有一种浑朴的气象，如《紫骝马歌》：

高高山头树，风吹叶落去。一去数千里，何当还故处？

北朝男子从军的人很多，这首诗就是以叶落离枝，难返故处来发抒离乡背井的感触的。就在写爱情的恋歌中也是很豪爽直捷的，与南朝乐府的那种缠绵婉约的情感不同。从这些流传下来的北朝乐府里，我们是可以约略地看出当时的社会状况与人民的生活面貌的。

北朝乐府中最有名的是长篇叙事诗《木兰诗》，这是可与《孔雀东南飞》并称的乐府名篇，也是长久为人所传诵的。它的内容是歌咏女英雄木兰女扮男装，代父从军的故事的；木兰经历了十年的战士生活，终于受赏还乡了，最后说"安能辨我是雄雌"，表现了妇女对自己能力的自信和喜悦。这是在封建社会中女性要求平等和解放的呼声，它说明了妇女完全具有与男子同样的能力，即使像战争这样一向被认为是妇女所不能够胜任的事情。这首诗虽然也许经过后来文人的润色，但民歌风格仍然保留得很多。总之，北朝乐府虽然数量不多，但较之南朝乐府的内容只限恋情、范围多在城市，则所反映的社会面要广阔得多；而且风格直率朴素，它是更符合于乐府诗的"感于哀乐，缘事而发"的现实主义精神的。

## 五

东晋末年，中国中古时期的伟大诗人陶渊明（365—427）出现了，才给这段文学史放出了异彩。那时是一个门阀势力强固统治的社会，各方面的矛盾都表现得非常尖锐，有与北方胡族之间的民族矛盾，有统治者与广大人民之间的矛盾，也有统治者内部的矛盾；晋宋易代就是统治者内部矛盾的表现。陶渊明虽然出身于士族，但不只社会地位同那些当时实际掌握统治权力的高门巨族之间的距离很远，而且他自己对当时的政治也是很不满的。从少年起他就经历了很多政治上的纷扰，他虽然也出仕过四五年，但都只是参军、县令之类的小官，而且还得叹息"求之靡途"；他感觉到这样下去是"事与愿违"，就干脆归隐了。以后又遇到晋宋易代的变迁，他在入宋后更名陶潜，表示了他对政治的不满。他家庭人口多，中年又屡经丧事，"夏日常抱饥，寒夜无被眠"，生活过得很困苦。但他看不惯当时政治的卑劣和腐败，也鄙视那些士族们的豪奢腐烂的生活，因此宁愿归隐和种田。这种种情形就使得他逐渐从士族中游离了出来，而和农民倒有了"共话桑麻"的可能性。他自己的确是躬耕过的，"不言春作苦，常恐负所怀"；由于他经历了穷困和劳动，不只使他和劳动人民之间的距离有所缩小，他自己的思想感受也在农村生活的体验中有所改变，这是陶诗的人民性的一个重要来源。历来都称陶渊明为田园诗人，将田园生活当作诗中的重要题材，的确是以他为第一人，这件事本身就是不平常的。而且他除歌颂过"平畴交远风，良苗亦怀新"的农村自然景色外，也歌颂过劳动和劳动人民。"山中饶霜露，风气亦先寒，田家岂不苦，弗获辞此艰"，不能不说是一般农民的共同感觉。"农务各自归，闲暇辄相思，相思则披衣，言笑无厌时"，在他和农民的交往中也有一种真诚的情感，因为他自己也是参加劳动的。这种生活内容就使得他的诗无论在内容或风格上，都有了与当时一般文人不同的新鲜的特色。

陶渊明的生活虽然大部是在隐居中度过的，但他对当时的政治并不冷淡。《述酒》一诗虽然辞意比较隐晦，但从这篇论述当时政治情况和他自己的怀抱态度的长诗中，我们仍然可以看出他对现实的关心。在《咏荆轲》一诗中，他借古侠士荆轲的豪放悲壮的事迹，慷慨地寄托了他自己的感触；"其人虽已没，千载有余情！"他对荆轲这样的人格是极其向往的。由作品中可以知道，他对现实是很不满的，也有一些反抗和批判，那对象主要是当时实际掌握政权的市朝显达，他的归隐可以说就是不愿与这些人为伍的一种表示和抗议。但归隐以后在他思想上仍然是有矛盾的，他虽然想"无复独多虑"，但实际上却只是"履运增慨然"，这正是他对世事不能遗忘和冷淡的反映。"流泪抱中叹，倾耳听司晨"，他是很关怀现实的，也是很痛苦的；但"理也可奈何，且为陶一觞"，无可奈何就只有用饮酒来逃避和麻醉了。陶诗中写饮酒的地方很多，这正是一个重要原因。因此他的饮酒和他的归隐一样，都是一种无可奈何的逃避，其中含有强烈的不满现实的意义。他自己也不愿意这样，因之感慨很多；但他对当时那些做官的人非常鄙视，如说"语（指出仕）默（指归隐）自殊势，亦知当乖分"，他把自己和这些人的界限是划得很清楚的。他对政治社会是有理想的，这可以在他所写的《桃花源记》中看出来。那是记述一个与现实社会远隔了的，没有现实中种种扰乱与贫困的理想的所在；"春蚕收长丝，秋熟靡（无）王税"，如同上古原始时代的大家都"怡然有余乐"的社会。正因为他不满意于当时的政治环境与人民的贫困，他才把他对社会的理想来形象地表现在《桃花源记》那篇文章和《桃花源诗》中。在"桃花源"那样的理想环境中，完全没有他讨厌的那些人物和事情，所有的人都是劳动的农民；这些人都有一点类似陶渊明自己，这就是他的社会理想。这虽然只是幻想，但也多少反映了一般农民的要求；"春蚕收长丝，秋熟靡王税"，的确也正是农民在当时所可能有的现实的愿望。这是因为他的思想虽然也受了当时在士族中流行的老庄哲学的很深影响，但也有一大部分是从实际生活的体验中得来的，而这正是使他的作品发生光彩的重要原因。

　　正因为他有了以往文人所不曾经历过的田园生活和实际劳动，遂使他的诗也有了与当时一般文人不同的新鲜真实的内容。他在田园生活中自然会不断有新的启示和触发，在和劳动人民生活的接近中他自己的思想感受也有一定的陶镕和洗炼，这就使他虽然处在当时那样一个文学作风崇尚骈俪的时代里，仍能形成一种单纯自然的独特的风格。像"而无车马喧"，"今日天气佳"这类近于口语的句子，像"桑麻日已长，我土日已广"这种近于歌谣的句子，在那个时代都是非常突出和特殊的；这种艺术上的特色正是他长期生活体验的结果。他的作品对后来的影响非常大，差不多后世哪一家的集子里都有歌颂渊明的诗句，也有许多诗人专门学习他，虽然这些人并不能够完全理解陶诗中的精华，但由此也可以看出他在文学史上所发生的深远的影响了。

　　陶诗中也有一些消极的部分，他把对现实的不满情绪一般地表现得比较平和冲淡，而对一种安于现状的生活情趣倒写得有点美化；但这些消极部分并不是他诗中的主要精神，正如鲁迅先生所说："陶潜正因为并非浑身是静穆，所以他伟大。"[5]

　　宋初的著名诗人有谢灵运，以描写山水景色著称。他做过著名风景区永嘉的太守，常常出去探奇访胜，游览山水。中国诗中过去写景的作品很少，他可以说是第一个用全力来描绘祖国壮丽的山水景色的诗人。因为题材新颖，他又着力于描写，因此在诗句上就不能不有更多的创造。他尽力雕琢字句，多用典故和排偶；务求描写出山水的引人入胜的景色来。谢诗中的偶句很多，而且很注意于声色的描绘，像"崖倾光难留，林深响易奔"这类句子，声色的描写就很鲜明。他在写景的诗里常常叙述一些对人生的感触和哲理，但有时不能与写景的诗句相融合，读来就有点生硬之感了。描写也间有繁芜冗长的地方。但他是开始注意于在诗中着力描写景色的诗人，对后来的影响很大。比谢灵运稍后的诗人有鲍照，他的《拟行路难》十八首是最著名的。他成熟地运用了七言的句法，表现了一个出身寒微的人在那个社会所遭受的不幸的抗议；他的诗对唐代的伟大诗人李白和杜甫有很大的影响。

南齐永明（齐武帝年号）间，"声律说"很盛行。大家都提倡作诗要注意四声的分别，平仄的性质，和双声叠韵的作用。从此作诗都力求谐调，逐渐就发展为后来的近体诗（律诗和绝句）。齐梁诗在文学史上正是由古体到近体的桥梁，当时的一般诗人都很注意于形式技巧的运用。这时期比较著名的诗人可以举出谢朓和庾信。谢朓也以写山水诗著名，但诗中常常着重于仕与隐之间的矛盾，写景也能与抒情结合，内容较前扩大。而且风格比较清新，又注意于声律语调的和谐，对唐代诗人的影响颇大。庾信由梁入北朝被留，后半生有二十多年的流离羁旅的生活，诗中有了思念故国的浓厚感情，而形式技巧又很精工，因此成就较高，如《咏怀诗》二十七首。他的诗对仗很工，可以说是由五言古诗进入五言律诗的先驱，唐代诗人中学他的人很多，杜甫诗中对他就有很高的评价。

晋宋以后，诗的作风趋向于形式主义的发展，大家都在运用声律典故的技巧上争胜，好诗极少，后人甚至以"众作等蝉噪"[6]来形容这时期的作品；这是和当时的政治昏暗以及士族文人们的生活腐烂分不开的。一直经过了隋末的农民起义和社会大变动，到唐代才又出现了伟大的诗人和好诗，继承和发扬了我们文学史上的现实主义的优良传统。

## 六

魏晋时期开始有了关于文学批评的专门论文和著作，这对促进文学的发展是有作用的；而且对于我们现在来了解那一时期的文学面貌也是重要的文献。曹丕的《典论论文》开始由人的不同的禀赋气质来说明文学作品中的个性的表现，而且认为文章是"不朽之盛事"。西晋陆机有《文赋》，这是一篇用赋的体裁来申述文学理论和创作体验的，其中对于创作过程的各种情况的描述的确是细致和精到的。他以为作品必须有创造性，必须"称物逮意"，这些意见都是很可宝贵的。在东晋葛洪所作的《抱朴子》一书中，有好几篇都是讲文学理论的，他的意见与东汉王充的很接近。他对文学非常重视，反对别人把文学看作"余事"；而且认为文学作品一般是后世比前人的好，反对当时人们"尊古卑今"的观念。到了梁代，更出现了文学批评的专门著作《文心雕龙》和《诗品》。刘勰的《文心雕龙》全书共五十篇，其中详尽地分别论述了各种文体的特点，并援引著名作品来说明这些文体的源流演变。其余还论到文学原理、创作技巧、修辞用字，以及对于一些作家作品的评价。各篇中都包含关于历史叙述的部分，例如《明诗》篇就从原始歌谣叙述到晋宋，实际上可以说是一种简略的文学史。他很重视文学与时代的关系，反对当时"繁采寡情"的形式主义倾向的作品，这些见解都是很卓越的。钟嵘的《诗品》将五言诗成立以来的重要作家分为上中下三品，并对他们的成就和风格特点给以扼要的评价，实际上是一种作家论的性质。他强调环境对于诗人的影响，主张诗贵"自然"，反对用典，这些意见在当时是很中肯的。除了关于文学批评的专著以外，这时"总集"的编纂也盛行起来。"总集"的编者按照他自己对文学作品的评价来定取舍，选择他认为可作典范的各家作品来编为一书，实质上也是一种具体的文学批评，因此总集的成立与关于文学批评的专论的出现几乎是同时的。晋代挚虞已有《文章流别集》三十卷，但没有流传下来，对后世影响最大的总集是梁时萧统编的《昭明文选》。他编选的标准是"事出于沉思，义归乎翰藻"，就是说要选那些有内容、有文采的文章，这自然表现出了他自己对文学的观点。以上这些关于文学批评的论著虽然在观点上或者文学理论的阐释上与我们现在的认识是有很大距离的，但文学思想的明确和发展本来是一个历史的过程，而且通过这些论著使我们对于当时的文学观念和具体作品的评价都能够有比较清楚的了解，因此在中国文学批评史上他们有着非常重要的意义。

魏晋以来，文体即逐渐向骈俪化的方向发展，到了齐梁，骈文更是盛极一时。骈文是一种专在对仗、声律等形式上求谐调的文体，对内容的表现力限制很大，这是骈文的一般的毛病。但在有些带有抒情意味而作者的艺术技巧又很高明的作品里，这种文体反而富有一种特殊的感染力。因此骈文中的佳作虽然不多，但有些作品如江淹的《恨赋》《别赋》，丘迟的《与陈伯之书》等，不只在当时流传一时，也是为后世所经常传诵的。特别像庾信的《哀江南赋》，因为其中充满了深厚的民族感情，因此向来被称为骈文的名篇。

此外尚有几部富有文学价值的散文著作，也出现在这一时期。晋干宝的《搜神记》中记录了一些奇异的故事和传说，对后来的传奇小说很有影响。宋刘义庆的《世说新语》用精练的语言来记录了当时士大夫阶级的一些生活故事，它不但富有生活情调，同时也是后来笔记小说的开端，而且还可以辅助我们对当时历史的了解。后魏郦道元的《水经注》生动地描述了祖国山川的伟大和美丽，也保存了许多古代的神话与传说。这部书的文学意味很浓，作者很擅长于对自然景色的逼真的描绘，其中的许多片段都可以说是优美的散文。

在汉魏六朝这八百年的历史中，中国文学承继了《诗经》《楚辞》以来的现实主义的传统，得到了更进一步的发展和收获。我们产生了像《史记》那样的伟大的散文著作，也有了像陶渊明那样的伟大的诗人。乐府诗是植根于人民生活的土壤中，文学批评论著则不只总结了前代的成就，也启发了以后的发展。这一时期虽然也产生了像汉赋，甚至像齐梁宫体诗那样的奄奄无生气的作品，但真正受到人民欢迎、并对后世文学产生了巨大影响的，却无疑是像《史记》和陶诗那样的富有人民性与现实主义精神的作品。这些收获不只丰富了这一阶段文学史的内容，也为唐代及以后的文学发展建立了稳固的基础。

\* \* \*

〔1〕鲁迅：《汉文学史纲要》。

〔2〕关于司马迁的生年过去有两说，一说为公元前145年，一说生于公元前135年，今从前说。

〔3〕司马迁：《史记·太史公自序》。

〔4〕钟嵘：《诗品》。

〔5〕鲁迅：《且介亭杂文二集·"题未定"草·（七）》。

〔6〕韩愈：《荐士诗》。

# 读史记司马相如传

《史记·司马相如传》云："司马相如者，蜀郡成都人也，字长卿，少时好读书，学击剑，故其亲名之曰，犬子；相如既学，慕蔺相如之为人，更名相如。以赀为郎，事孝景帝为武骑常侍，非其好也"（《汉书》同）。相如是汉朝最著名的辞赋作者，人尽知之，但在相如以前，蜀人没有以学术文章显名的人。左思《蜀都赋》云："蔚若相如，皭若君平，王褒韡晔而秀发，扬雄含章而挺生。"所叙蜀中人才，始自相如。常璩《华阳国志》列举益梁宁三州先汉以来士女，也没有早于司马相如的人。因为汉代上承战国余风，文化中心仍在齐鲁三晋一带；因此以学术文章显世的人，也多半是齐鲁三晋的人。《汉书·儒林传》所列二十七人，几乎全是齐鲁梁赵的人，稍远也不过止于东海琅琊，绝无籍巴蜀者。不独经师如此；善为辞赋的文人也是多在中原的；《本传》中说："是时梁孝王来朝，从游说之士，齐人邹阳、淮阴枚乘、吴庄忌夫子之徒，相如见而说之，因病免客游梁，梁孝王令与诸生同舍，相如得与诸生游士居，数岁乃著《子虚》之赋。"可知当时的辞赋之士多集于梁，而所举的也多为齐吴之士，蜀人则始自相如。相如的成就固然是受了游梁的影响，但既言少时即好读书，而且知道慕蔺相如之为人，而游梁数岁即有那样好的成绩，则其早年所受教育的良好，是无疑的。《汉书·枚乘传》言"梁客皆善属辞赋，乘尤高"，又说"自谓为赋不如相如",可知相如入梁后,就是这些辞赋之士中的翘楚。《本传》既说"会景帝不好辞赋",而后见梁孝王来而悦之,可知他在未入梁前,就已擅长辞赋了;不过因为景帝不爱好,所以没有显名罢了。但以当时蜀中文化的一般情形说来,还显然是处在一种浑噩的状态,所以前此也没有以学术文章名世的人;如此则相如的早岁有所成就,颇为奇突。《汉书·循吏文翁传》云:"景帝末为蜀郡守,仁爱好教化,见蜀地僻陋,有蛮夷风,文翁欲诱进之,乃选郡县小吏,开敏有材者张叔等十余人,亲自饬厉。遣诣京师受业博士,或学律令。减省少府用度,买刀布蜀物,赍记吏以遗博士,数岁,蜀生皆成就还归,文翁即以为右职,用次察举,官有至郡守刺史者。又修起学官于成都市中,招下县子弟以为学官弟子,为除更繇,高者以补郡县吏,次者孝弟力田,常选学官僮子,使在便坐受事。每出行县,益从学官诸生明经,饬行者与俱。使传教令,出入闺阁。县邑吏民,见而荣之。数年来争欲为学官弟子,富人至出钱以求之,繇是大化蜀境,学于京师者比齐鲁焉。(中略)至今巴蜀好文雅,文翁之化也。"文翁为蜀郡守在景帝末,地方就在成都。那时还是僻陋蛮夷之区,而相如在景帝初已仕于京师,(景帝在位共十五年,纪元前156至141)且在蜀已受过了良好的教育,岂不可异?蜀中文化开明是始于文翁的守蜀,而司马相如是以学术文章显世的第一人,《汉书·地理志》云:"巴蜀广汉本南夷,……民食稻鱼,亡凶年忧,俗不愁苦,而轻易淫泆,柔弱褊陑,景武间,文翁为蜀守,教民读书法令,未能笃行道德,反以好文刺讥,贵慕权势。及司马相如游宦京师诸侯,以文辞显于世,乡党慕循其迹,后有王褒、严遵、扬雄之徒，文章冠天下。繇文翁倡其教，相如为之师，故孔子曰：'有教无类。'"可知相如对于蜀中文化，且有领导推动的事实；而蜀中文风之盛，却是在他以后的事情。那么相如自己的教育，又是从何得来的呢？《本传》言"会梁孝王卒，相如归而家贫，无以为业。"可知他并不是豪奢世家，《本传》不言其世系，也是因为寒微不显的缘故。试想一个贫穷的人，生在一个僻陋有蛮夷风的区域，而少时就能受到读书击剑之学，终于文章显世，岂不相当奇异？

按蜀中和中原文化的接触，始于秦惠王时司马错之定蜀（纪元前316）。《战国策·秦策》云："司马错与张仪争论于秦惠王前，司马错欲伐蜀，张仪曰：'不如伐韩……今夫蜀，西鄙之国，而戎狄之长也。'……卒起兵伐蜀，十月取之，遂定蜀。蜀主更号为侯，而使陈庄相蜀。"但秦自得蜀以后，所注意和致力的只是取得富源，并没有提倡和输入文化的努力，而且以后又倾全力于吞并扩充，也无力大量开发，所以蜀中仍然只是西鄙之国，戎狄之长。正式的开发蜀中，还是到汉时才开始的。《汉书西南夷传》云："此（西南夷）巴蜀西南外蛮夷也。……汉兴，皆弃此国而开蜀，"可知蜀中和中原普遍的接触，始自汉后，就是文翁为守后景武间的事情；以前还一直是保留着僻陋蛮夷之风的文化程度很低的区域。不过秦自得蜀以后，因为它是西鄙僻地，所以每有犯罪者，就常常迁移谪戍到那里；一方面又因为蜀地边僻，法令难及，所以犯死刑或重罪的人，也常常自动逃亡到那里；蜀中交通不便，罪犯又都没有资财，只要去了的人，就很难再回来。这些罪犯的情案不一，其中自然也有不少的学术文章之士，所以蜀中的一般文化水准虽很低落，但由中原迁入的少数人中，还是有不少的学者文人的。这些人对于后来蜀中文化的发展，有着很大的帮助。今将记载中之迁入蜀中的情形，举之于下。

《汉书·艺文志》："《尸子》二十篇。"注云："名佼，鲁人，秦商君师之。鞅死，佼逃入蜀。"

《史记·吕不韦列传》："始皇九年九月，夷嫪毐三族，杀太后所生二子，而遂迁太后于雍，诸嫪毐舍人，皆没其家而迁之蜀。"

同篇："秦王十年十月，免相国吕不韦。……而出文信侯就国河南。岁余，诸侯宾客使者相望于道，请文信侯。秦王恐其为变，乃赐文信侯书曰：'君何功于秦，秦封君河南，食十万户；君何亲于秦，号称仲父。其与家属徙处蜀。'吕不韦自度稍侵，恐诛，乃饮鸩而死。"按《史记》太史公《自序》及《报任安书》，皆言"不韦迁蜀，世传《吕览》"，当即指此事而言。不韦本来是当时学术的领袖，《本传》言其至食客三千人，"乃使其客人人著所闻集论，以为八览六论十二纪，二十余万言，以为备天地万物古今之事，号曰《吕氏春秋》。布咸阳市门，悬千金其上，延诸侯游士宾客，有能增损一字者予千金。"可知当时他门下人才之盛多了。吕氏死后，这些宾客畏罪入蜀的，一定很多。《史记·秦始皇本纪》言"十二年文信侯不韦死，窃葬。其舍人临者，晋人也，逐出之。秦人六百石以上，夺爵迁。五百石以下，不临，迁勿夺爵。自今以来，操国事不道如嫪毐吕不韦者，籍其门视此。"可知吕氏死后，他门下的宾客游士，多被逐迁。此处虽没有说明地名，但以当时一般的情形论，迁逐的地方多半是在蜀。不韦为阳翟人而贾于赵京邯郸，他门下的宾客自也多半是三晋齐鲁人，所以秦王下令首言"晋人也，逐出之。"当时各地入秦的游士很多，秦王曾下逐客令，而李斯上书谏称"士不产于秦，而愿忠者众"，可见一斑。这些到秦的游士多半是先投于吕不韦之门，李斯最初也是吕氏舍人，那么到吕氏死后，他门下的宾客人才因之入蜀的，自然不会在少数。

《史记·货殖列传》："蜀卓氏之先，赵人也，用铁冶富，秦破赵，迁卓氏。卓氏见虏略，独夫妻推辇行诣迁处，诸迁虏少有余财，争与吏，求近处，处葭萌，惟卓氏曰：'此地狭薄，吾闻汶山之下，沃野，下有蹲鸱，至死不饥，民工于市，易贾。'乃求远迁，致之临邛，大喜。即铁山鼓铸，运筹策，倾滇蜀之民，富至僮千人，田池射猎之乐，拟于人君。"此即卓王孙之先，《司马相如传》言"临邛中多富人，而卓王孙家僮八百人。"与此相合。

《史记·货殖列传》："巴蜀寡妇清，其先得丹穴，而擅其利数世，家亦不赀。清，寡妇也，能守其业，用财自卫，不见侵犯，秦始皇以为贞妇而客之。为筑女怀清台。……清，穷乡寡妇，礼抗万乘，名显天下，岂非以富邪！"按清为寡妇之名，所以太史公说："清，穷乡寡妇。"《索隐》亦已言之。秦王为筑女怀清台，"怀"自然是她的姓。《左定四年传》："昔武王克商，成王定之，选建明德，以藩屏周，……沽洗怀姓九宗，职官五正，命以唐诰，而封于夏墟。"杜注大夏在晋阳，伏虔注在汾浍之间，总之，怀姓之居于晋地，是无疑的；那么这位巴蜀寡妇，最早也是由晋迁入的。

应劭《风俗通义》序："周秦常以岁八月，遣辎轩之使，求异代方言还奏，籍之藏于秘室。及嬴氏之亡，遗漏脱弃，无见之者。蜀人严君平有千余言，林间翁孺才有梗概之法，扬雄好之，天下孝廉卫卒交会周章质问以次注续二十七年尔，乃治正凡九千字。"据此可知当秦亡以后，学者们入蜀的也很多，而且连秦的秘室文献也有携入的。而严君平及林间翁孺才等族，也都是这时入蜀，并非祖居蜀中的。

《汉书·扬雄传》："扬雄字子云，蜀郡成都人也。其先出自有周伯侨者，以支庶初食采于晋之扬，因氏焉，不知伯侨周何别也。扬在河汾之间，周衰而扬氏或称侯，号曰扬侯。会晋六卿争权，韩魏赵兴而范中行知伯弊，当是时逼扬侯。（晋灼曰：汉名臣奏张衡说云，"晋大夫食采于扬为扬氏，食我有罪而扬氏灭，无扬侯，有扬侯则非六卿所逼也。"师古曰："晋说是也，雄之自序谱谍，盖为疏谬。范中行不与知伯同时灭，何得言当时逼扬侯乎？"）扬侯逃于楚巫山，因家焉。楚汉之兴也，扬氏溯江上处巴江州，而扬季官至庐江太守。汉元鼎间，避仇复溯江上处岷山之阳曰郫。有田一廛，有宅一区，世世以农桑为业。自季至雄五世而传一子，故雄无他扬于蜀。"按《汉书》所述，乃本诸子云自序谱谍（见《传》后赞），"雄无他扬于蜀"，自是事实；当初是由晋迁蜀，也是真的。不过自序谱谍是述祖德的性质，所以当远溯到古来的记载时，自然要有些夸大，所以晋灼、颜师古都证明是疏谬。大概可考的只是汉初的扬季，而扬族由晋入蜀的年代也大概是在秦时。

由以上所引，可以知道虽然到了汉代的景武之间，蜀中仍然是僻陋有蛮夷风的地方，但秦时及秦汉之际，由三晋及齐鲁各地迁入的人，却非常之多。这些人的智力学识都超过了当地人以上，所以有不少很快地就在社会上获得地位的。

如卓氏和清寡妇的以其富，司马相如和严君平的以其才。因为文化程度悬殊的人们生活在一处，智识高的人在生存竞争上自然容易得到优势。所以虽然一般的文化程度还很低落，但一二外来之士却不难显名于世的。西汉时知名的蜀中人士多半都是这些人或他们的子孙。以情理来说，相如在景帝初就到京师供职，而且又那样有才力，自然是早年在蜀时就受到了良好的教育。再以当时蜀中一般文化情形的僻陋说，则他的教育只能受之于家庭。所谓"少时好读书，学击剑，故其亲名之曰犬子"，就是指他在家庭学习时的情形说的。可知他的父亲一定是位有优良学识的人，其姓名事迹所以没有流传下来，是因为入蜀的学者多半是罪犯的关系。由其家中仍保有渊博的学识看来，他们迁蜀的时期不会太早，大概是秦亡后天下大乱时迁入的；据上引《风俗通义》序，知道那时入蜀的学者很多。子婴降汉为纪元前207年，汉景帝即位为纪元前156年，中约五十年左右。由此推之，当时入蜀的可能就是相如的祖父。入蜀后学者不善于治生产，所以家境仍是贫乏，到文景天下大定之时，他父亲大概已经年纪大了，遂居家课子，不再求仕了。所以相如虽然生在那样荒僻的地区，还是能够少年知名的。

这种假定我们又可以在"司马"的姓氏上去考察。《史记·太史公自序》云："故重黎氏世序天地，其在周，程伯休甫其后也；当周宣王时，失其守而为司马氏，司马氏世典周史。惠襄之间，司马氏去周适晋。晋中军随会奔秦，而司马氏入少梁。自司马氏去周适晋，分散，或在卫，或在赵，或在秦。其在卫者相中山；在赵者，以传剑论显，蒯聩其后也。在秦者名错，与张仪争论，于是惠王使错将伐蜀，遂拔，因而守之。错孙靳，事武安君白起，而少梁更名曰夏阳，靳与武安君阬赵长平军，还而与之俱赐死杜邮。"这里叙述司马氏的世系甚详，其始即程伯休父的助宣王中兴（见《诗·大雅·常武》），锡为司马氏，其后由晋分散在各地，但记载中并没有说有入蜀的。司马错定蜀之后，"蜀主更号为侯，而使陈庄相蜀"（《战国策·秦策》），太史公说"因而守之"，是综说之辞，错仍归秦，所以其孙靳还可以事武安君白起。郑樵《通志·氏族略》云："臣谨案，晋有司马邬，司马弥牟，司马寅。齐有司马灶。楚有司马子鱼，司马督。宋有司马彊。陈有司马桓子。是皆以司马为氏，不独程伯休父也。"就郑氏所考得的也只限于齐晋楚宋诸地，这是因为战国时诸侯势力强大了，官制同于王室，遂也设有司马的官，且也有锡之以为姓氏的。但司马氏之来源于司马的官职，是无疑的。《周礼·夏官司马》云："惟王建国，辨方正位，体国经野，设官分职，以为民极。乃立夏官司马，使帅其属而掌邦政，以佐王平邦国。"可知司马之官原不是诸侯的制度，所以司马氏虽不独程伯休父一支，但究以这一支起源最早，分布得最广。蜀中于司马错平定的时候，仍为戎狄之长，自不会有司马氏。定后既将蜀主更号为侯，而使陈庄相蜀，当然也不会有司马的官制。可知司马氏之由外迁入，和扬雄的"雄无他扬于蜀"，是一样的情形。以司马氏的分布地域说，是在秦晋的最多；以迁入蜀中人士的原籍说，也是秦晋的多；所以相如的祖籍，大概也是秦晋一带的。

## 颜谢诗之比较

《文心雕龙·明诗篇》云："宋初文咏，体有因革，庄老告退，而山水方滋。俪采百字之偶，争价一句之奇，情必极貌以写物，辞必穷力而追新，此近世之所竞也。"《宋书·谢灵运传》论云："爰逮宋氏，颜谢腾声。灵运之与会标举，延年之体裁明密，并方轨前修，垂范后昆。"《颜延之传》云："延之文章之美，冠绝当时，与谢灵运俱以词采齐名，江左称颜谢焉。"《诗品·序》云："谢客为元嘉之雄，颜延年为辅。"固知颜谢并称，由来已然；皆如钟记室所谓"五言之冠冕，文词之命世也。"盖孙许玄言，其劳易尽，殷谢振之，期复汉魏。然为文贵乎新变，惟患凡旧，故颜谢以深思博学，始大变诗体；于中国文学史之变迁言之，甚为重要。惟力求振以新词，自不免伤于繁巧，此亦矫枉之通理，无足深怪者也。然二人地位之高下与夫诗之优劣异同，历来颇多论者，今试采撮众说，比较言之。

钟嵘《诗品》，列谢为上品，颜为中品，且既言"谢客为元嘉之雄，颜延年为辅"，则其心目中之高下，固较尔可知。序又言"元嘉中有谢灵运才高词盛，富艳难踪，固已含跨刘郭，陵轹江左"，知诗至元嘉，实以谢为冠冕也。今就其分论颜谢诗之各语，分析比较之。

《诗品》以谢诗出于陈思，杂有景阳之体，颜诗出于陆机，然陆诗亦出于陈思。盖陈思之诗既词采华茂，体被文质，譬人伦之有周孔，实为颜谢诗之所共本。皎然《诗式》云："谢诗上蹑风骚,下超魏晋,建安制作,其推论乎!"即明此意。惟陆机诗"才高词赡;举体华美",又"尚规矩",与颜诗之"错采镂金"及"喜用古事,弥见拘束"实多同处。而谢诗又杂景阳之体,景阳多写景处,词采葱倩,音韵铿锵,故造诣自较颜为扩大。是以二人虽皆源蹑建安,而延之不若谢诗宽远也。

《诗品》言颜诗"尚巧似",谢诗"故尚巧似",自亦为二人所同处。《文心·物色篇》云:"自近代以来,文贵形似",知此实为当时一般风气。故《诗品》言张协"巧构形似之言",鲍照"善制形状写物之词"也。然颜诗"情喻渊深",谢诗则"逸荡过之",此其略异处。

《诗品》言谢诗"颇以繁芜为累",梁简文帝与湘东王书云:"学谢则不届其精华,但得其冗长。"《南齐书·文学传》论云:"今之文章,作者虽众,总而为论,略有三体。一则启心闲绎,托辞华旷,虽存巧绮,终致迂回。宜登公宴,本非准的,而疏慢阐缓,膏肓之病,典正可采,酷不入情。此体之源,出灵运而成也。"可知历来皆以繁芜为谢诗之通病,但此亦当时共同之倾向非独灵运然也。《文心·才略篇》言"陆机才欲窥深,辞务索广,故思能入巧,而不制烦。"此下作者,率多以铺张为工,《诗品》言颜诗"一句一字,皆致意焉;又喜用古事,弥见拘束"。陈祚明菽堂采《古诗选》云:"延年束于时尚,填缀求工曲阿、后湖之篇,诚擅密藻,其它繁挟之作,间多滞响。"张戒《岁寒堂诗话》云:"诗以用事为博,始于颜光禄。"知延之亦仍以繁芜为累也。故《诗品·序》言用典云:"颜延谢庄,尤为繁密,于时化之。故大明泰始中,文章殆同书抄。"可知此实当时之通况,惟灵运兴多才高,始未足贬其高洁;若延之则终身病之矣。

沈约称"灵运之兴会标举,延年之体裁明密,并方轨前修，垂范后昆。"《诗品》引汤惠休言"谢诗如芙蓉出水，颜如错采镂金"，较而言之，此最足以说明二人之特长。"兴会标举"与"芙蓉出水"实同义语；惟一用说明，一用喻言而已。而"错采镂金"亦即言其"体裁明密"也。《诗品》言灵运"兴多才高，寓目辄书，内无乏思，外无遗物。"王船山《古诗评选》云："谢诗有极易入目者，而引之益无尽；有极不易寻取者，而径遂正自显；然顾非其人弗与察尔。言情则于往来动止缥缈有无之，得灵羍而执之有象；取象则于击目经心丝分缕合之际，貌固有而言之不欺。而且情不虚情，情皆可景；景非滞景，景总含情。神理流非两间，天地供其一目，大无外而细无垠。落笔之先，匠意之始，有不可知者存焉。"陈祚明《古诗选》云："谢康乐诗，如湛湛之江流源出万山之中，穿岩激石，瀑挂湍回，千转百折，歘为洪涛。及其浩漾澄湖，树影山光，云容在色，涵彻洞深。盖缘派远流长，特或潴为小洞，亦复摇曳澄漾，波荡不定。"焦竑《题谢康乐集辞》云："弃淳白之用，而竞丹臒之奇；离质木之音而任宫商之巧，岂非世运相乘，古姑易解，即谢客有不得而自主者耶。"以上诸人，释兴会标举之义最为透彻。李善注《文选》，言兴会为"情与所会也。"引郑玄《周礼注》，言"兴者，托事于物也。"亦与上义相合。所谓出水芙蓉，亦即天然艳丽，不假雕饰之谓，实则亦即情与景合，兴会标举也。石林《诗话》云："汤惠休称谢灵运为初日芙蓉，最当人意。初日芙蓉，非人力所能为，而精彩华妙之意，自然见于造化之外。"此自是谢诗独到之处，但亦只能就大体论之，非延之即绝无华妙之句也。至颜诗则沈约谓其体裁明密。《诗品》言其"体裁绮密，情喻渊深。"明延之善于制篇布局，经纶文雅也，错采镂金虽属失于艰晦，雕绩满眼，然亦须特殊之才。《南史·灵运传》云："文章之美，与颜延之为江左第一。纵横俊发，过于延之，深密则不如也。"深密即指体裁组织言之。史称下笔时颜速谢缓，知延之制篇之工，无意浮文散之弊。盖缉事比类，侈言繁富。本已为当时风习，而如何组织成章，即须神思，此即延之之所擅也。若灵运则既，名章迥句，处处间起，虽犹青松之拔濯木，未足贬其高洁，然于体裁之明密言之，自不若延之也。

抑灵运之兴会标举，尤与其所写之体裁有关。盖山水诗为灵运之独特成就，因景以致情，自易有所表现。本传言其"出为永嘉太守，郡有名山水，素所爱好，遂肆意游遨，遍历诸县，动逾旬朔。民间听讼，不复关怀。所至辄为诗咏，以致其意焉。"又言其"寻山陟岭，必造幽峻，岩障千重，莫不备尽。"其所写之景既新，则所致之意自变。此所以能有较高之造诣也。白香山《读谢灵运诗》云："吾闻达士道，穷通顺冥数，通乃朝廷来，穷即江湖去。谢公才廓落，与世不相遇。壮士郁不用，须有所泄处，泄为山水诗，逸韵谐奇趣。大必笼天海，细不遗草树。岂为玩景物，亦欲摅心素；往往即事中，未能忘兴论。因知康乐作，不独在章句。"故山水诗之价值，非独在于写景，而尤在于由景以抒情，情景交融，斯即所谓兴会标举也。盖山水诗之兴起，其根本之社会背景，厥在于两晋以来崇尚自然，鄙视名教之士风，故谓其为玄言诗之改变，不若谓之为玄言诗之继续。其所欲表现之思想情趣，与前并无大异；特以诗人发现以抽象之老庄哲语入诗，反不若描写具体之自然实景为佳耳。此自左思、王羲之辈已启其端，至灵运而蔚为大观。故当时虽颜谢并称，且亦各有所长，但自文学价值与夫文学史之发展言之，则灵运之兴会标准，与其对山水诗之贡献自有其较高之地位焉。

# 陶　渊　明

## 一

闻一多先生说："尽管陶渊明歌颂过农村，农民不要他。"[1]陶渊明自然不是道地的农民，更不是农民的代言人；但正像从宋朝以来的一些名士们把陶诗捧成飘逸淳真的极境一样，我们从"反感"出发，自然也容易否定得太多了一些。他除过歌颂"平畴交远风，良苗亦怀新"的农村自然景色外，他也歌颂过劳动和劳动人民；"衣食终须纪，力耕不吾欺"，他自己是劳动的。"山中饶霜露，风气亦先寒，田家岂不苦，弗获辞此艰"；"不言春作苦，常恐负所怀"；也不能不说是一般农民的共同感觉。就因为他虽然不是道地的农民，却的确"躬耕"过，"晨兴理荒秽，带月荷锄归，"他体验了实际的劳动味道。他自己说他是"聊为陇亩民"的，说"聊为"，自然有点不得已或勉强的意思，这就是和一般农民间的距离；他可以"虽未量岁功，即事多所欣"，农民却没有那么达观。但他也不同于当时一般高门士大夫阶层的名士，譬如谢灵运的山水诗，就是在凿山浚湖，穿池植援，出入群从，结队惊众的情形下写成的；而且屈柄笠，谢公屐，豪华远达京都，邻居疑为山贼，这都不是渊明所能比拟的。在那样一个晋宋易代的时期，又是那样一个门阀势力强固统治的社会，他固然也可以出仕，而且也出仕过四五年，但所能得到的地位也和彭泽令差不多，正像他常来往的朋友是庞参军、戴主簿、郭主簿、羊长史、张常侍这些人一样；这虽然也都是一些官儿，但和高门巨族间的距离是很远的。他是否是陶侃的后裔现在还未论定，作者个人是不相信的；但陶侃也是以武功致贵，并非大族，这并不妨碍我们的论点。他祖父父亲都做过太守之类的官（据《命子》诗，他父亲"寄迹风云，冥兹愠喜，"盖用令尹子文无喜色无愠色之典，昔谓曾任安城太守之说当有据。）和他的身分差不多；在那个门阀统治的社会里，是一个不容易向上发展的小有产者。到他自己，境况就更窘迫了。家庭人口多，中年屡经丧事，又遭火灾，"夏日常抱饥，寒夜无被眠"，生活的确很困苦；这就使他和农民们有了"共话桑麻"的可能性。"农务各自归，闲暇辄相思，相思则披衣，言笑无厌时"，他和农民的交往中也有一份真实的情感；他诗中固然有许多与农民绝不相干的东西，但这点也是不能否认的。

　　这情形我们也可以拿他在文学史上的地位来说明，"虽留身后名，一生亦枯槁"，的确是他的写照。在当时，他的诗简直没有人注意。晋末的诗人，大家举殷仲文、谢混，同时代由晋入宋的诗人，江左并称颜谢，都不论及渊明。钟嵘《诗品》列之为中品，而文学批评的专著《文心雕龙》，历评以往各代著名文人，竟无只句涉及渊明。此外如沈约《宋书》，只把他列在《隐逸传》，而于《谢灵运传》后作长论以阐一代文风，其中也没有说到渊明。《南齐书》文学传论，以及晋宋各史传，都没有论到陶诗；如果说他在当时还有一点为人重视，也只是为了他的行为，而不是为了他的诗。《文选》江文通《杂拟诗三十首》中，有拟他的一首，《诗品》列之为中品，才算开始有人注意他的诗；但一则题为"田园"，一则评为

"隐逸诗人之宗"，评价都不算高，最多也只承认他一方面有成就。直到梁昭明太子编集作序，采诗入选，渊明才在文学史上有了一个较高的地位，但离东晋已经过三个朝代了。然而极端地推崇与赏识陶诗，实在是始自北宋。为什么陶诗在当时这样不受人重视呢？原因之一就是他"人微地轻"。在那个重视门阀地位的社会里，诗人只是"市朝显达"的专有品，像他这样一个日渐沦落的小有产者，是不会被人重视的。沈约《宋书》成于齐永明五年（487），距渊明卒年（宋元嘉三年，427）仅六十载，但《传》中对他的名字已有了"或说"的疑问，就可证明他在当代地位身分之寒微了。又因为文化是掌握在高门大族的手里，他们的生活和要求都和陶诗的风格不合拍，所以像谢灵运的富艳难踪的诗体，可以蔚为风气；"俪采百字之偶，争价一句之奇"的雕琢，也可以为当世所竞；而陶诗则认为是不登大雅之堂的。根本田园生活可以入诗在当时就认为有点俚俗，那是和高尚隐士们所在的"山水"有别的。谢灵运说"樵隐俱在山，由来事不同"，这不同就是雅俗的分界，正如现在作五七言律的诗翁们看不起新诗一样。而且这种农村生活的题材内容也决定了他平淡自然的风格，"暧暧远人村，依依墟里烟"，是很难用富艳雕琢的笔调来写的。像"而无车马喧""今日天气佳"这类散文化的比较近于口语的句子，像"桑麻日已长，我土日已广"这类接近歌谣的句子，在当时都很突出和特殊；所以一般文人认为他的诗也和他的生活一样，是"枯槁"的。唐朝人仍然是这种看法，杜甫说"观其著诗集，颇亦恨枯槁"，皇甫湜叹其"不文"，都和北齐阳休之《陶集叙录》说他"辞采未优，栖托仍高"一样，是传统的观点。所以即使向高处评价,也只能把他由"田家语"升到"隐逸诗人之宗",和诗的正统还是不相干的。这样,他的人和诗,以至整个生活,都和当时的一般文人存在着长远的距离;这是他在当时不受重视的原因,但同时也就是他比较接近农民生活的伟大的地方。从这些地方去理解陶诗,我们就不会把他一笔抹杀了。

## 二

鲁迅先生说:"被论客赞赏着'采菊东篱下,悠然见南山'的陶潜先生,在后人心目中,实在飘逸得太久了,但在全集里,他却有时很摩登,'愿在丝而为履,附素足以周旋,悲行止之有节,空委弃于床前',竟想摇身一变,化为'阿呀呀,我的爱人呀'的鞋子,后来虽然自说因为止于礼义,未能进攻到底,但那些胡思乱想的自白,究竟是大胆的。就是诗,除论客所佩服的'悠然见南山'之外,也还有'精卫衔微木,将以填沧海,形天舞干戚,猛志固常在'之类的金刚怒目式,在说明着他并非整天整夜的飘飘然。这'猛志固常在'和'悠然见南山'的是一个人,倘有取舍,即非全人,再加抑扬,更离真实。"[2]又说:"但《陶集》里有《述酒》一篇,是说当时政治的。这样看来,可见他于世事也并没有遗忘和冷淡。"[3]《陶集》中像《述酒》《读山海经》《咏荆轲》这些诗里表示着他的重要的一面,我们不再细说,当然可以证明他没有、也不可能超脱了那个时代;其实即为一般人所称赞的另一些诗,也并不是完全静穆的。后来人多少夸张了,甚至曲解了他的原意,这也说明了为什么宋以后又那样极端地推崇陶诗的原因。即以"采菊东篱下"一首为例，这诗的主点当然是在前四句，苏东坡以前称赞这诗的人也是称赞前四句；王安石就说"结庐在人境四句，由诗人以来无此句。""心远"用《庄子·则阳篇》意，陶诗在思想上并没有超出当时一般的潮流，基本的出发点仍是老庄哲学。诗意当然适合传统士大夫阶层的情趣，又可为正在从仕的人当作"朝隐"来解嘲，为人欣赏是可以理解的。"采菊东篱下"二句在全诗中只是即景点染的句子，并不重要。他采菊是为了服食，为了延年，也并不是玩赏。《九日闲居诗序》云："余闲居，爱重九之名，秋菊盈园，而持醪靡由，空服九华，寄怀于言。"九久谐音，九华言九日之黄华，指菊。《艺文类聚》四引魏文帝九日与钟繇书云："岁往月来，忽复九月九日，九为阳数，而日月并应，俗嘉其名，以为宜于长久。……至于芳菊纷然独荣，辅体延年，莫斯之贵。谨奉一束，以助彭祖之术。"所以这诗中说"世短意常多，斯人乐久生"；又说"菊解制颓龄"。《饮酒诗》也说"秋菊有佳色，裛露掇其英"。这传统很早，《离骚》就说"餐秋菊之落英"。《西京杂记》云："汉人采菊花并茎叶，酿之以黍米，至来年九月九日，熟而就饮，谓之菊花酒。"《续事始》引《续齐谐记》云："汝南桓景随费长房游，长房谓景曰，九月九日汝家当有灾厄，急令家人作绛囊，盛茱萸，悬臂登高，饮菊花酒，此祸可消。"《水经湍水注》云："湍水又南，菊水注之。水出西北石洞山芳菊溪，亦言出析谷，盖溪涧之异名也。源旁悉生菊草，潭涧滋液，极成甘美。云此谷之水土，餐挹长年。司空王畅，太傅袁隗，太尉胡广，并汲饮此水，以自绥养。"可知服菊在当时还是很流行的。陶诗中有许多讲时光飘忽和人生短促的感觉，如《形影神诗》："天地长不没，山川无改时，草木得常理，霜露荣悴之；谓人最灵智，独复不如兹。"社会动乱时代给人带来的不自然的死亡，老庄哲学宇宙观的推绎，都容易产生这种想法。从《古诗十九首》开始，就有了"人生忽如寄"的表现，应付这自然命运的方法就是"服药求神仙"。服药是求生命的相对延长，求神仙是求生命的绝对延长，这是魏晋诗人的普遍思想，所以服药是当时文人生活中的一个特点。（药的种类甚多，如何晏服五石散，葛洪服玉屑，渊明服菊，梁武帝服丹等。）陶渊明在思想上是和当时一般文人差不多的，他"乐久生"，所以他要服食，这就是"采菊东篱下"的原因。"南山"是用《诗·小雅·天保》"如南山之寿"的典，因为要服菊，所以想望长寿。扬雄《解嘲》说"四皓采荣于南山"，四皓当然是长寿的人；"南山"也是诗文中习用的喻寿的词。谢庄《舞马赋》："山有寿兮松有茂。"王融《曲水诗》序："上陈景福之赐，下献南山之寿。"梁简文帝《南郊颂》序："南山之寿无极，七百之基长固。"张正见《侍宴》诗："愿荐南山寿，明明奉万年。"都是以南山喻寿考的。"悠然"是邈远之意；《诗·小雅·渐渐之石》"山川悠远"，渊明《停云诗》"良朋悠邈"，意都与悠然相同。"见"字本应作"望"，想望之意；今作"见"，盖苏东坡所臆改。胡仔《苕溪渔隐丛话》载《鸡肋集》曰："诗以一字论工拙，记在广陵日，见东坡云：陶公意不在诗，诗以寄其意耳。采菊东篱下，悠然见南山，俗本作望，则既采菊，又望山，意尽于山，无余蕴矣，非渊明意也。"在此以前，《文选》见字作望，白香山效渊明诗作"时倾一壶酒，坐望东南山"，《陶集》李公焕注也引东坡说"今皆作望南山"。在东坡以前，没有引作见南山的,也没有称赞这两句诗的,例如王安石就是称赞这诗的前四句。苏东坡既知当时各本皆作望南山,而他改"望"为"见"也并不说出根据,只说《陶集》的本子都是俗本,改了以后比较好。可知原句倒是"望南山"。魏晋诗摘句都很难,更不能"以一字论工拙"。嵇康《思亲诗》云:"望南山兮发哀叹",也可为陶诗的佐证。颜延之《诔》说渊明"心好异书",是指《六经》《老庄》以外的如《山海经》《穆天子传》《列仙传》等书。相传《搜神后记》也是他作的(即使是附会也总有一点可以附会的线索),这都可以说明他的"服食求神仙"的想法。他一方面有目的地在东篱下采菊,一面又想望着悠邈的长寿;南山是寿考的象征,所以在想望中是佳气葱郁的。"山气日夕佳,飞鸟相与还",正说明了"洵是仙居";而且"日夕佳"也并不是一瞥地就可以偶然"见"到的。这种求长寿的想法尽管俗气和可笑,但它却是一种现实的愿望,无宁令人觉得真率和同情;而绝不是一种超尘出俗的静穆,如后来一般名士论客们所赞赏的。苏东坡说:"见南山者,本是采菊,无意望山,适举首见之,故悠然忘情,趣闲而累远,未可于文字精粗间求之。"这就是宋朝以来许多人夸张地曲解地歌颂了陶渊明,而实际只是歌颂了一种超现实的高雅思想的开始。这以后讲陶诗的实在太多了,但大抵都是这一类。鲁迅先生说:"现在有钱的人住在租界里,雇花匠种数十盆菊花,便做诗,叫做'秋日赏菊效陶彭泽体',自以为合于渊明的高致,我觉得不大像。"[4] 一切夸张地赞赏陶诗飘逸静穆的人也一样,和陶诗本身并不像。

## 三

梁昭明太子《陶集序》云："有疑陶渊明诗篇篇有酒，吾观其意不在酒，亦寄酒为迹者也。"饮酒自然是陶诗中的一个重要题材，需要加以说明的。他不满意当时的政治社会，不满意一般士人的"终日驰车走，不见所问津"，但又无力和不能改变现实，于是只好消极地逃避和退隐了。"流泪抱中叹，倾耳听司晨"，他也是很关怀现实的；但"理也可奈何，且为陶一觞"，饮酒只是一种不得已的无可奈何的办法。文人饮酒的事迹在以前也很多，例如竹林七贤；但陶渊明和前人不同的，是把酒和诗连了起来，把酒当作诗的重要题材。在这点上，他是文学史上的第一人，对后来的影响很大。即使阮籍，"旨趣遥深，兴寄多端"（沈德潜语）的咏怀诗的作者，诗中也没有关于饮酒的抒写，酒只和他的生活行为有了关联，所以我们看见了任达。但陶渊明却把酒和诗直接联系起来了，酒更表现在作品里，使我们更容易看出了他的生活态度。"但恨多谬误，君当恕醉人"；"一士常独醉，一夫终年醒，醒醉还相笑，发言各不领"；这都说明了他饮酒是为了逃避的，借酒来韬晦免祸的。即使别人对自己有迫害或劝仕的意思，但自己既然常独醉，自然彼此无法畅谈，只有"发言各不领"了。这正和钟会问阮籍以时事，"欲因其可否而致之罪，皆以酣醉获免"一样。如果对方发觉有什么错误的话，"君当恕醉人"，也可请求别人的谅解。从这方面讲，他的饮酒是为了退隐和逃避。"悠悠迷所留，酒中有深味"；"一觞虽独进，杯尽壶自倾，日入群动息，归鸟趋林鸣，啸傲东轩下，聊复得此生"；这是写饮酒之乐的，是一种小有产者对现实生活的享受和情趣；说得不好听一点，是一种安于现状的麻醉。这与他的不满现实并不冲突，他虽然不满，却又无力变革，而且生活上也还"退可以守"；虽然需要一点劳动，但只要"达人解其会"也就可以自慰了。他的不满只能形成一种消极的洁身自好的退隐和不愿合作的逃避，而安于这种自甘寂寞的田园生活的现状正是逃避的自然结果。在这点上，和他当时的地位思想也都是合拍的。

钟嵘《诗品》说陶渊明是"古今隐逸诗人之宗"，这也是历来为人称道的。一般地说，隐居是一种"独善其身"的逃避办法；逃避自然是对现实不满，而又无能改革，或不愿改革的行为，所以多半发生在社会不安定的时候。本来当社会情形不能满人意时，一些智识者群，除了顺从地适应外，也只有两条路好走：所谓"隐居以求其志，行义以达其道"，但行义达道的路不但很难，并且也很危险，而这些封建社会中的士大夫阶层，本质上是避难就易，明哲保身的。因此一到社会动乱时，隐士就多起来了。隐居的动机虽然只是由个人出发的逃避，但也都带有几分反抗气，表示着对统治者不满的抗议，人们也自然敬佩他的气节。这种隐士历史上自然有很多，譬如伯夷叔齐就是。但到大家都以隐为高的时候，隐逸本身有了它的社会价值，隐士的花样就多得很了。例如东方朔的朝隐，皇甫希之的充隐（《晋书·桓玄传》），陶宏景的山中宰相式，卢藏用的终南捷径式；这些隐士就和我们上边所说的全不相干了，隐逸只成为一种攫取名利的手段。还有一种单纯为隐而隐的人，他并不对现实不满，甚至并不关怀世务，有的只是个人的矫厉的清高，洁身崇高的招牌，自然多少也许经过一点生活上的不如意，但目前的生活是不成问题的，于是就不与尘俗为务，就退隐出世了。历来的隐士有很多是这种人，那极端的例子就是《红楼梦》里的妙玉。隐逸当然不是一种值得赞美的行为，但隐士的种类既很多，情形自然也有差别；从陶渊明的事迹和作品看来，他的隐居是有一些对当时统治者不满的反抗意义的。虽然那也只是一种消极的、无力的、由个人出发的逃避，但绝不同于"为隐而隐"和"终南捷径"的隐士，是中国传统的重正义尚气节的比较好的一面的承继。钟嵘说他是"古今隐逸诗人之宗"，不只"文体省净"的诗的成就是如此，"每观其文，想其人德，"行为的本身也是如此。《朱子语录》云："晋宋人物，虽曰尚清高，但个个要官职。这边一面清谈，那边一面招权纳货。陶渊明真个能不要，此所以高于晋宋人物。"这也说明了当时高门大族出身的士大夫和陶渊明之间的距离和差别。在对他所不满的统治者毅然不合作这一点上，陶渊明也是应该得到较高的评价的。我们并不想把陶渊明讲成农民的代言人，但他也绝不同于当时的一般门阀子弟的名士；以一个比较接近农民的小有产者的身分，他的诗也部分地写出了一些人民感受的真实。把他摆在文学史上和当时别的作家一比较，就可以看出他的突出和卓异。鲁迅先生说："陶潜正因为并非浑身是静穆，所以他伟大。"[5]从历史的观点看来，今天我们还可以说他是伟大的。

\*　　\*　　\*

〔1〕闻一多：《人民诗人——屈原》。
〔2〕鲁迅：《且介亭杂文二集·"题未定"草（六）》。
〔3〕〔4〕鲁迅：《而已集·魏晋风度及文学与药及酒之关系》。
〔5〕鲁迅：《且介亭杂文二集·"题未定"草（七）》。

# 读书笔记十六则

## 一　晋　宋　习　语

朱珔《文选集释》于陆机《文赋》"彼琼敷与玉藻，若中原之有菽"下，又引《晋书·凉武昭王传》"经史道德，若采菽中原，勤者多获。"及《宋书·武三王传》张约之上疏曰："仁义之在天下，若中原之有菽，理感之被万物，故不系于贵贱。"谓此语六朝人习用之，而喻意各别耳。《宋琐语》引《世说新语·贤媛篇》"由此李氏在世，得方幅齿遇"，又《宋书·吴喜传》"不欲方幅露其罪恶"，及《武三王义季传》"本无驰驱中原方幅争锋理"三事，以"方幅"为晋宋方言，犹言公然。《苕溪渔隐丛话》引黄山谷论陶诗云："正赖古人书。正尔不能得，正宜委运去，皆当时语。而或者改作上赖古人书，止尔不能得，甚失语法。"古直《陶诗笺》于"正宜委运去"下云："案《晋书·王羲之传》正此佳婿，正与隆替对，正自不能不尽怀极言，正由为法不一，正赖丝竹陶写，正自当随事行藏，凡六用正字。山谷之言，信有征矣。"《世说·言语篇》"谢公问诸子侄，子弟亦何预人事，而正欲使其佳。"《政事篇》言"丞相末年略不复省事，正封箓诺之。"《文学篇》刘惔语张凭曰："卿且去，正当取卿共诣抚军"亦其例。洪迈《容斋随笔》云："刘真长讥殷渊曰，田舍儿强学人作尔馨语。又谓桓温曰，使君如馨地，宁可战斗求胜。王导与何充语曰，正自至尔馨。王恬拨王胡之手曰，冷如鬼手馨，强来捉人臂。至今吴中人语言，尚多用宁馨字为问，犹言若何也。"按宁馨亦晋宋习语，义犹"如此"。《晋书·王衍传》言山涛目衍云："何物老妪，生宁馨儿！然误天下苍生者，未必非此人也。"《南史》《二宋废帝子业纪》言太后怒与侍者曰："将刀来破我腹，那得生宁馨儿！"义并同。晋宋习语类此者必尚多，惜未详加搜辑。《世说》载阮瞻对王戎之"将无同"，以"将"字为发语之词，义犹"岂"字，亦此类。《世说·政事篇》言"殷仲堪当之荆州，王东亭问曰：德以居全为称，仁以不害物为名；方今宰牧华夏，处杀戮之职，与本操将不乖乎？"陶诗"日醉或能忘，将非促龄具"；又《孟府君传》之"将无是耶"，谢诗之"将非畏影者"，句例皆相同。

## 二　文　心　注

《文心雕龙·程器篇》云："仲宣轻脆以躁竞"，旧黄叔琳注本无解，范文澜先生注云："王粲轻脆躁竞，未知其事。韦诞谓其肥戆，疑脆肥皆锐之讹也。"按脆字义亦可通，肥字则绝非讹误。《魏志·杜袭传》云："魏国既建，为侍中，与王粲、和洽并用。粲（原无，《考证》据元本校增）强识博闻，故太祖游观出入，多得骖乘。至其见敬，不及洽袭。袭（亦《考证》据元本校增）尝独见，至于夜半，粲性躁竞，起坐曰，不知公对杜袭道何等也？洽笑答曰：天下事岂有尽邪？卿昼侍可矣；悒悒于此，欲兼之乎？"又《魏志·本传》陈寿评云："而粲特处常伯之官，兴一代之制；然其冲虚德宇，未若徐干之粹也。"未能"冲虚德宇"，即躁竞之明征，此亦可与《杜袭传》所言互证。故《颜氏家训·文章篇》云："王粲率躁见嫌"，《文心·体性篇》亦云："仲宣躁锐，故颖出而才果"也。至肥戆则系指其体貌而言。《粲传》注引韦仲将云："仲宣伤于肥戆"，正与传文中之"刘表以粲貌寝而体弱"相似，即裴注所谓"貌负其实也"。《魏志·钟会传》注引《博物记》云："初，王粲与族兄凯俱避地荆州，刘表欲以女妻粲，而嫌其形陋而用率；以凯有风貌，乃以妻凯。"《梁书·徐摛传》云："会晋安王纲出戍石头，高祖谓周舍曰：为我求一人，文学俱长，兼有行者，欲令与晋安游处，舍曰：臣外弟徐摛，形质陋小，若不胜衣，而堪此选。高祖曰：必有仲宣之才，亦不简其容貌。"所谓貌寝或形陋，与肥戆义皆相通，即今所谓小矮胖子也。

## 三　皇　览

《皇览》为类书之祖。《三国志·魏志·文帝纪》云："初帝好文学，以著述为务，自所勒成垂百篇，又使诸儒撰集经传，随类相从，号曰《皇览》。"此外散见于各传者亦甚多。《刘劭传》云："黄初中，为尚书郎，散骑常侍，受诏集《五经》群书，以类相从，作《皇览》。"《杨俊传》注引《魏略》云："王象字羲伯，……建安中与同郡荀纬等，俱为魏太子所礼待。及王粲、陈琳、阮瑀、路粹等亡后，惟象才最高。魏有天下，拜象散骑侍郎，迁为常侍，封列侯，受诏撰《皇览》，使象领秘书监。象从延康元年始撰集，数岁成，藏于秘府。合四十余部，部有数十篇，通合八百余万字。"《曹爽传》注引《魏略》云："桓范，字元则，世为冠族。建安末，入丞相府。延康中，为羽林左监，以有文学，与王象等典集《皇览》。"《隋志·子部杂家类》有《皇览》一百二十卷，注谓缪卜等撰。缪卜应为缪袭之误。《刘劭传》云："同时东海缪袭，亦有才学，多所述叙，官至尚书光禄勋。"魏文帝在位共七年，则《皇览》之由始迄成，必在延康元年至黄初六年之间（220—225）。体例为集《五经》群书以类相从。当时参与撰集之人必甚多，知之者已有王象、刘劭、桓范、缪袭诸人。此书为齐梁类书如《类苑》及《华林遍略》等所祖述，影响颇大。《隋志》已言何承天、徐爰合之，萧琛抄之。何徐皆刘宋时人，萧琛梁人。又《南史》四十八《陆杲传》附《子罩传》云："初简文在雍州，撰《法宝联璧》，罩与群贤并抄掇区分者数岁。中大通六年而书成，命湘东王为序。其作者有侍中国子祭酒兰陵萧子显等三十人，以比王象、刘劭之《皇览》焉。"欧阳询《艺文类聚·序》言其体例不同于《皇览遍略》，直书其事，可知此书于后来类书及《南齐书·文学传论》所谓"缉事比类，非对不发；全借古语，用申今情"之文体，皆影响极巨。

## 四　诗文八体

《文镜秘府论·四声论》引沈约答甄琛书云："作五言诗者，善用四声，则讽咏而流靡；能达八体，则陆丽而华洁。"又引魏常景《四声赞》云："四声发彩，八体含章。"近人郭绍虞于《永明声病说》一文中引此，以为八体即八病，其文云："观《南史·陆厥传》有平头上尾蜂腰鹤膝一语，于平头诸名上冠一有字，则似乎与其称之为病，还不如称之为体。或者八体八病当时本有此异称，而后人以好讲病犯，遂只知八病而罕言八体了。"案郭说近于曲解，《南史》之"有"字，本缘诗病有八，而文中只举其重要者之四而言；非关文体。其余四病，《文镜秘书论》即云："但须知之，不必须避"，史家尚简，故不全举，而以有字冠之。八病为永明体所应避忌，王应麟《困学纪闻》云："案《诗苑类格》沈约曰，诗病有八：平头，上尾，蜂腰，鹤膝，大韵，小韵，旁纽，正纽；惟上尾鹤膝最忌；余病亦通。"《皎然诗式》言"沈休文酷裁八病，碎用四声"，所谓"裁"亦删裁避身之意，《后汉书·郑玄传》云："删裁繁芜"，"酷裁八病"即严忌八病也。八病既为作诗者所力避忌，若八病果与八体同义，则如何可言"八体含章"及"能达八体则陆丽而华洁"哉！唐卢照邻《南阳公集》序言"八病爱起，沈隐侯永作拘囚"，正以其为消极限制之规律也。至于八体，乃文人之力求"达"之者，《文心雕龙·体性篇》云："夫情动而言形，理发而文见，……总其归途，则数穷八体。一曰典雅，二曰远奥，三曰精约，四曰显附，五曰繁缛，六曰壮丽，七曰新奇，八曰轻靡。"又云："八体虽殊，会通合数，得其环中，则辐辏相成。故宜摹体以定习，因性以练才；文之司南，用此道也。"《梁书·刘勰传》言沈约读《文心雕龙》后，"谓为深得文理，常陈诸几案。"可知沈约所言之八体，必与刘勰所言者相同。黄侃《文心雕龙札记》云："彦和之意，八体并陈，文状不同，而皆成体；了无轻重之见存于其间。"盖当时本有八体之分，以区别作品之风格，如作者能达其一体，即可陆丽华洁矣。《文镜秘府论·论体篇》云："凡制作之士，祖述多门，人心不同，文体各异。较而言之，有博雅焉，有清典焉，有绮艳焉，有宏壮焉，有要约焉，有切至焉。"此外虽已括为六体，而其区分标准，与《文心》仍大致相同；足见齐梁时本有八体之说，非关八病也。

## 五　五官将文学

《魏志·武帝纪》言建安十六年春正月"天子命公世子丕为五官中郎将，置官属，为丞相副。"二十二年冬十月，始"以五官中郎将丕为魏太子"，是文帝为五官将凡八年。《魏志·王粲传》言徐干、应玚等皆曾为五官将文学，是文学亦五官将所置官属之一。五官将之职，裴注无释。《汉书·百官表》中列有五官中郎将小无注。按《淮南子·兵略训》云："故鼓不与于五音而为五音主，水不与五味而为五味调，将军不与于五官之事而为五官督。故能调五音者，不与五音者也。能调五味者，不与五味者也。能治五官之事者，不可揆度者也。"又云："夫论除谨，动静时，吏卒办，兵甲治，正行伍，连什伯，明鼓旗，此尉之官也。前后知险易，见敌知难易，发斥不忘遗，此侯之官也。隧路亟，行辎治，赋丈均，处军辑，井灶通，此司空之官也。收藏于后，迁舍不离，无淫舆，无遗辎，此舆之官也。凡此五官之于将也，犹身之有股肱手足也。"所举尉，侯，司空，舆，凡四官，或脱去司马一段，故言凡此五官也。惟观此可知五官将职位之重要，则所谓"为丞相副"，即其职权实仅次于乃父而已。卷二《文帝纪》裴注引《魏书》言帝"善骑射，好击剑"，陈寿评为"才艺兼该"，则知曹丕实兼擅文武之人物，其五官将之官属本甚伙，而于诸武职外又特置文学一项，收罗当时文士，故能"彬彬之盛，大备于时"也。

## 六　校　事

清何义门《读书记》中有《三国志》三卷，其《吴志》"初权信任校事吕壹，壹性苛惨，用法深刻，太子登数谏，权不纳。大臣由是莫敢言，后壹奸罪发露伏诛。"一条下云："魏吴皆有校事，而适生奸，无政而好察，何如刘氏之平明也。权既迷谬于前，引咎方新，责数随至，不思反求致此之由，洞然无猜，更始纳诲，惟思归过于下，又何怪乎国之日乱，民之日瘠哉！"俞正燮《癸巳存稿》有云："魏吴有校事官，似北魏之候官，明之厂卫。或谓之典校（《顾雍》《步骘》《朱据传》），或谓之校曹（《陆凯传》），或谓之校官（《诸葛恪传》）。"梁章巨《三国志》旁证于《吴志》初"权信任校事吕壹"条下亦首引《步骘传》云："中书吕壹典校文书，多所纠举。骘疏云，伏闻诸典校擿抉细微，吹毛求疵，重案深诬，趣欲陷人，无罪无辜，横受大刑。"又引《晋书·五行志》下云："吴孙权嘉禾四年七月雨雹，又陨霜，是时吕壹作威用事，诋毁重臣，排陷无辜，自太子登以下，咸患毒之，而壹反获封侯宠异。"胡适曾考证曹魏及孙吴之校事制，其实前人言之已详。

## 七　张衡论贡举疏

《通典十六》载张衡《论贡举疏》，其内容除一二字外，全篇与《后汉书·蔡邕传》载邕上封事陈政要七事中之第五事，完全相同。严辑《全后汉文》两存之，亦无考释。疑此文本即邕文,《通典》误题。又《古文苑》载张衡《髑髅赋》，文中首言"张平子将游目于九野"，赋中假托古人，本为常事，此赋思想文辞，皆不类平子语；盖晋人拟曹子建《髑髅赋》而作，篇首托名平子耳。

## 八 登 楼 赋

王粲长于辞赋，《文心》许为七子之冠冕。惟粲赋传者极少，严辑《全文》所采二十余篇，皆自类书辗转录出；除《登楼赋》外，都非完篇。梁元帝《金楼子》云："王仲宣在荆州，著书数十篇。荆州坏，尽焚其书，今在者一篇，知名之士咸重之。见虎一毛，不知其斑。"《魏志·本传》言粲"著诗赋论议垂六十篇"，历久散佚，至梁时完整者即仅存一篇；梁元帝所见者，盖即《登楼赋》。故昭明辑选，于擅长辞赋之仲宣，亦仅录《登楼》一赋也。其余诸篇，乃来自魏文帝所辑之《皇览》，其始即系随类摘录，后世类书据以移抄，故皆非完篇也。

## 九 兰 亭 集 序

王羲之《兰亭集序》，《文选》不录，宋人笔记中论述此事者甚多，今摘录数条。王楙《野客丛书》云："《遁斋闲览》云：'季父虚中谓王右军《兰亭序》以天朗气清，自是秋景，以此不入选。余谓丝竹管弦亦重复。'仆谓不然，丝竹管弦本出《前汉书·张禹传》。而三春之际，天气肃清，见蔡邕《终南山赋》；熙春寒往，微雨新晴，六合清朗，见潘安仁《闲居赋》。仲春令月，时和气清，见张平子《归田赋》。安可谓春间无天朗气清之时。右军此笔，盖直述一时真率之令趣耳，修禊之际，适值天宇澄霁，神高气爽之时，右军亦不可得而隐。非如今人缀辑文词，并为春间华丽之语，以图美观也。"叶大庆《考古质疑》引《汉书·宣帝纪》神爵元年三月诏曰，"天气清静，神鱼舞河"，而为之说云："然则所谓天朗气清，何足为病，盖右军承前人之误，要未可以分寸之瑕，而弃盈尺之夜光也。"以上二则虽所云不同，但皆就形式文词而言，宋人笔记中所涉者，属多此类。清乔松年《萝藦亭杂记》云："六朝谈名理，以老庄为宗。贵于齐死生，忘得丧，王逸少《兰亭序》谓一死生为虚诞，齐彭殇为妄作；有惜时悲逝之意，非彼时之所贵也，故《文选》弃而不取。"此系就思想内容而言，注意点与宋人不同。按当日修祓禊于兰亭之四十一人中，孙绰、李充、许询等；其文名并在逸少之上，而以作序之事属之逸少者，乃以其善书也。故《兰亭序》之受人重视，初本非因文章之华妙。王应麟《困学纪闻》以宋之"选学"废于熙丰以后，张戒《岁寒堂诗话》言"近时士大夫以苏子瞻讥《文选》去取之谬，遂不复留意。"盖宋自古文盛行后，一般所推崇之八代文章，多取其朴素近于古文者，如《出师表》《陈情表》《兰亭序》及《归去来兮辞》等；而于缛旨繁文之六朝作品，则皆加贬抑，故以右军此作为盈尺之夜光也。但若以《文选序》沈思翰藻之例绳之，则右军此作，事义本皆非卓出，而"后之视今，亦犹今之视昔"之兴怀，亦袭之于《汉书·京房传》，故如以之与王元长《三月三日曲水诗序》相较，则右军此作，显属直木无文矣，宜其弃而不取也。此乃各时代文学观念之不同，非仅关一二字句之出处已。至文中之思想内容，乔氏之说，亦似是之论。右军世事天师道，其雅好服食养性及不远千里之采药石，皆对于死亡恐惧之表现，而欲求生命之延长也；而"我卒当以乐死"之语，正由此导出之纵欲肆志之人生观，《兰亭序》所申言兴怀者，本即此意。惟魏晋清谈虽以老庄为宗，然齐死生并非特重之旨，且齐梁之际，佛教已极盛行，清谈内容亦与前大异；《梁书·昭明太子传》言其"崇信三宝，遍览众经"，是"齐死生"并非梁时之所贵也。佛教与天师道对生死观点之最大不同，即为轮回之说；故佛教盛行后，齐梁诗文中即罕有时光飘忽及人生短促之表现矣。昭明笃行佛法，于右军之惜时悲逝，自无同感，但亦非乔氏之所云也。《文选》为总集，其删而不取之作，为数甚多，固不必一一为之解说；但如《兰亭序》者，即依其辑选之标准及观点绳之，亦本在可弃之列也。

## 十　陶渊明命子诗

陶诗《命子》一首，为研究渊明世系谱谍者之重要材料。其叙述首肇远祖，渐及皇考，以至已身，与屈子《离骚》由高阳叙起之体相同。诗《大明》《绵》诸篇体例，亦多相似，惟非自述。而韦孟《讽谏诗》以四言体列叙先烈，昭述祖德，其叙事布词，自"肃肃我祖，国自豕韦"，以至"俾我小臣，惟傅是辅"，与渊明此诗，尤多相同。此乃宗法社会中尊崇祖先之常例，而六朝重视门阀，谱谍世系尤为所贵，故文士之昭述祖德，亦为当然之情形。陆机《文赋》云："咏世德之骏烈，诵先人之清芬"，咏世德固为文士所应专者；故如班固《幽通》，序自高顼之元胄；康乐《述德》，始于段生蕃魏国，皆远溯谱系之体也。但若核以实际，则非特其昭穆之远源事属荒渺，难以稽征；即祖考之功业德行，亦自多夸大失实者。盖此体本属颂扬性质，其取材态度颇类后世之编修地志，殊难一一如实钩稽也。钱大昕《陶诗跋》言"攀援贵族，乡党自好者不为，元亮千秋高士，岂宜有此。"孙志祖《赞书脞录》言"渊明高士，必非妄攀勋贵"。按靖节是否长沙之后，牵涉极多，此处不具论，但此言实非一有力之论证。盖昭述祖德，攀援固在所不免，此乃当时一般风气，并不只渊明为然也。诗后半归命子正意，所谓"既见其生，实欲其可"，"夙兴夜寐，愿尔斯才"。杜诗言渊明"有子贤与愚，何其挂怀抱"，渊明固一慈祥之人，观《责子诗》及《与子俨等疏》皆可见。又诗中如以"逸虬绕云，奔鲸骇流"二句，喻战国纵横之局；"厉夜生子，遽而求火"二句，示切勿似己之寡陋无成；造语用事，皆极工巧。

## 十一　孔　融

建安七子中首列孔融，始于魏文帝《典论论文》。惟《魏志·王粲传》云："始文帝为五官将，及平原侯植，皆好文学。粲与北海徐干字伟长，广陵陈琳字孔璋，陈留阮瑀字元瑜，汝南应玚字德琏，东平刘桢字公干，并见友善。"陈寿评曰："昔文帝陈王，以公子之尊，博好文采，同声相应，才士并出，惟粲等六人，最见名目。"魏文帝《与吴质书》所谓"昔日游处，行则连舆，止则接席，何曾须臾相失"者，亦惟指徐、陈、应、刘诸人，并无孔融。按孔融诛于建安十三年，年五十六，时王粲诸人皆三十余岁，曹丕只二十二岁。融长曹操犹长二龄，故与其余诸子，显非同侪。且曹丕始以建安十六年春正月为五官中郎将，同年植封平原侯，去融之死已三载，而诸子共集邺下，皆在此后；故谢康乐拟魏太子《邺中集》诗八首，亦只有丕、植及其余六子也。《后汉书·孔融传》云："魏文帝深好融文辞，叹曰，杨班俦也，募天下有上融文章者，辄赏以金帛。"是曹丕之于七子中首列孔融，乃由其个人特殊之爱好；与其余诸人，非可并论者也。

## 十二　慧远论文

六朝义士笃崇佛法，然亦酷爱文笔，此并非冲突之事，其意可由释慧远之言觇之。广弘明集载其《与隐士刘遗民等书》中，言刘等"徒积怀远之兴，而乏因藉之资；以此永年，岂所以励其宿心哉！意谓六斋日宜简绝常务，专心空门，然后津寄之情笃，来生之计深矣。若染翰缀文，可托兴于此。虽言生于不足，然非言无以畅一诣之感。因骥之谕，亦何必远寄古人"。慧远一代佛教大师，以为"染翰缀文"乃"怀远之兴"所寄托之"因藉之资"，且非此"无以畅一诣之感"者，则文虽非意，而其重要可知矣。故佛法盛行，文笔随焉；彦和之论文，昭明之辑选，岂皆有以"畅其一诣之感"者乎！

## 十三　斗　酒

竹林诸贤中，山涛饮至八斗方醉，刘伶五斗解醒，阮籍母死，犹一饮二斗，阮咸以大盆盛酒，与宗人相饮。他如卢植、周颛，皆能饮一石，南齐沈文季饮至五斗，陈后主与子弟日饮一石，而汉于定国饮至数石不乱，诚为豪矣。宋沈括《梦溪笔谈》云："汉人有饮酒一石不乱，予以制酒法较之，每粗米二斛，酿成酒六斛六升，今酒之至醨者，每秫一斛，不过成酒一斛五升。若如汉法，则粗有酒气而已。能饮痛饮多不乱，宜无足怪。然汉之一斛，亦是今之二斗七升。人之腹中，亦何容二斗七升水耶？或谓石乃钧石之石，百二十斤，以今秤计之，当三十二斤，亦今之三斗酒也，于定国饮酒数石不乱，疑无此理。"按若以斗石为"权"或"量"谷物之单位计之，则必两无所合。斗本酒器之大者，诗《大雅·行苇》，"酌以大斗。"《小雅·大东》，"维北有斗，不可以挹酒浆。"左思《吴都赋》云："仰南斗以斟酌"，五臣翰注"南斗星将仰取以酌酒也"。酒器之形，本肖斗星，有柄，故名为斗。《晋书·韩伯传》："至大寒，母方为作襦，令伯捉熨斗。"熨斗正与酒器之形相似，故亦名斗；此物今乡间犹有用者。《三国志·姜维传》注引《世语》曰："维死时，见剖胆如斗大。"此"斗"亦指通行之酒器也。曹操祭乔玄墓文，称"斗酒只鸡，过相沃酹"，古诗之"斗酒相娱乐，聊厚不为薄"，斗酒皆由后人称杯酒耳。酒器之最小者为升，樽爵为通称，大小不一，斗盖最大者。酌酒后用樽杓，故言斟酌。以斗饮酒，犹以盌饮，取其大也。《世说·方正篇》言"王恭欲请江卢奴为长史，晨往诣江，江犹在帐中，王坐，不敢即言。良久，乃得及。江不应，直唤人取酒，自饮一盌，又不与王。"又《排调篇》言王导与朝士共饮酒，举琉璃盌嘲周颛。《三国志·甘宁传》言"宁乃料赐手下百余人食。食毕，宁先以银盌酌酒，自饮两盌。……持酒通酌兵，各一银盌。"《宋书·刘湛传》言卢陵王义真谓之曰，"旦甚寒，一盌酒亦何伤。"此皆酒量之大者，一盌犹阮刘之一斗也。其量小者则仅能用升，《三国志·韦曜传》言"曜素饮酒，不过二升"。《晋书·陆晔传》言恒温"饮三升便醉"。陆纳"素不善饮，止可二升。"盖犹今之两小杯也。《西京杂记》言"韩安国作几赋不成，罚三升"，石崇金谷之罚三斗，皆与兰亭禊集时王子敬诗不成，罚三觥，取意相同。升斗觥皆酒器，犹杜诗之言"百罚深杯亦不辞"也。一石犹言十斗，数石犹言数十斗，皆循权量之习惯，故极不能饮者亦饮二升，而多者可至数石也。唐宋以下，以斗为权量之准，故饮量罕有至一斗者。李白"斗酒诗"百篇，杜诗"速令相就饮一斗"，皆极言其量之多。《明道杂志》云："平生饮徒，大抵止能饮五升以上，未有至斗者。……晁无咎与余，酒量正敌。每相遇，两人对饮，辄尽一斗，才微醺耳。"五升已为大量，普通则仅能以杯盏计之。然杯盏所容，实亦相当于昔之升斗也。否则如阮籍之"举声一号，吐血数升"，以权量之准考之，皆无可能也。

## 十四　引　陶　诗

　　近人朱东润氏《中国文学批评史大纲》，于第二十八述宋陈师道范温一章云："元实（范温字）又举同时人之诗，如'九十行带索，荣公老无依'，为之解曰：'荣启期事近出列子，不言荣公可知，九十则老可知，行带索则无依可知，此五字皆赘也。'其他所举如此类者尚众。"按陶渊明《饮酒》

诗第一首有"九十行带索，饥寒况当年"之句。范温《诗眼》原云"近世名士作诗云，九十行带索，荣公老无依，余谓之曰，陶诗本非警策，因有君诗，乃见陶之工，或讥余贵耳贱目，即为解曰"云云（如上引），下又云，"若渊明意谓至于九十，犹不免行而带索，至于长老，其饥寒艰苦宜何如，此穷士之所以可悲也。此所谓君子于其言，无所苟而已矣。古人文章，必不虚设。"意谓此段必须全引，始能明范氏原意，若如朱氏所节，则若《诗眼》之批评为对陶诗而发者，殊易误会。

## 十五　徐陵陈公九锡文

《陈书·徐陵传》云："自有陈创荣，文檄军书，及禅授诰策，皆陵所制。而九锡尤美，为一代文宗。"李兆洛《骈体文钞》云："九锡禅诏，类相重袭，愈袭愈滥。"按骈文之美本在于裁对隶事之形式技巧，殊难以内容之价值绳之。即如孝穆此文叙任约之乱云："任约叛换，枭声不悛，戎羯贪婪，狼心无改。穹庐氈幕，抵北阙而为营；乌孙天马，指东都而成陈。公（陈霸先）左甄右落，箕张翼舒，埽是欃枪，驱其猃狁。长狄之种，埋于国门，椎髻之酋，烹于军市。投秦坑而尽沸，噎漅水而不流。此又公之功也。"但核之史实，则孝穆非特与任约王僧辩皆有特殊之交谊，且会躬预任约军中。《陈书·本传》云："齐送贞阳侯萧渊明为梁嗣，及遣陵随还。太尉王僧辩初拒境，不纳渊明，往复致书，皆陵辞也。及渊明之入，僧辩得陵，大喜。皆待馈遗，其礼甚优。陵为尚书吏部郎，掌诏诰。其年高祖率兵诛僧辩，仍进讨韦载。时任约徐嗣徽乘虚袭石头，陵感僧辩旧恩，乃往赴约。及约等平，高祖释陵不问。"又《南史·王僧辩传》云："僧辩既亡，弟僧智得就任约；约败走，僧智肥不能行，又遇害。"徐集有《与王吴郡僧智书》，中云："本应埋魂赵魏折骨幽并，岂意余年，复反乡国。仰属伊公在亳，谓老师周，旌贲江园，采拾衔巷；遂以哀骀不弃，瓮盎无遗；还顾庸虚，未应阶此。窃承君侯过被以光辉，屡有吹嘘之言；频蒙荐延之泽，故得周行紫阁，升降丹墀；点污清朝，岂不荒愧。虽复华阴砥柱，带地穷深，嵩高维岳，极天为重，未可以方斯盛典，譬此洪恩。"若以此文所云及其亲身经历言之，与九锡文直恍若两人，此亦非仅因文士前后处境之异或言行之不符，乃文体之性质不同故也。书笺之作，可自道衷曲；而九锡则系为梁帝代言，与作者自身之身分无关。徐集中之诏策书表诸作。皆此种性质，若以内容视之，则最多可为史料，与文学仍无涉也。清吴兆宜注徐集，不及禅代诸制，其立场为旧日之道德观念；但骈文之为人传诵，本不重在内容，而全视乎裁对隶事与选声配色之形式美。九锡之文由汉魏迄于梁陈，代有其作，而内容歌颂铺扬，如出一辙。若仅以文辞之形式技巧言之，则各代既皆出于大手笔之著名文士，而性质又一仍旧贯，其能不愈袭愈滥，亦甚难矣。然则孝穆此文，就骈文之技巧成就言之，仍堪符史籍"尤美"之评，未宜以内容之空虚与夸张而责之也。

## 十六　陶渊明乞食诗

陶诗乞食一首，自苏东坡哀冥报一语后，议者甚多。重于忠愤者皆系之以故国旧君之思，而着重于"愧我非韩才"一句。重于气节者又多拳拳于固穷守道之旨。窃以此诗本甚了然，不宜过求甚解。东坡言"饥寒常在身前，功名常在身后"，乃借以抒其遭遇之感，本无关诗旨。而"愧我非韩才"一语，亦只示其感激之思而已，不宜重读。固穷守道乃人格问题，此诗中无此表现。案《移居》诗云："昔欲居南村，非为卜其宅；闻多素心人，乐与数晨夕。"知渊明行行而至者，原非乡里小儿，而为久闻之素心人，故言"情欲新知欢"，而可谈谐竟日也。且渊明之穷，自是实情。《归去来辞·序》言"幼稚盈室，瓶无储粟"，《有会而作》云："弱年逢家乏，老至更长饥。"《杂诗》云："岂期过满腹，但愿饱粳粮。御冬足大布，粗绤已应阳；正尔不能得，哀哉亦可伤。"《怨诗楚调》云："夏日常饱饥，寒夜无被眠；造夕思鸡鸣，及晨愿乌迁。"颜诔言其"少而贫苦"，各传其"亲老家贫"，则渊明少贫，固无可疑，然则饥而叩门乞食，与求见于小邑，固相同也；又有何嫌之可避哉？斯正足见其率真耳。且颜延之赠钱则悉送酒家，檀道济馈物则麾之而去，明承受之有当否也；若所乞者非久闻之素心人，则虽为饥所驱，然于莲社之约犹攒眉而去，岂肯即行行而叩门乎！《后汉书·独行向栩传》云："性卓诡不伦，恒读老子。……或骑驴入市，乞匄于人，或悉邀诸乞儿俱归止宿，为设酒食。"可知达者之行径，原不以乞食之事为嫌，而在所乞之主人是否解意耳。韩才冥报，皆以示感激之思与新知之乐，亦不宜过求其甚解也。

# 读陶随录 卷一 诗四言

## 停 云

首章云:"静寄东轩,春醪独抚,良朋悠邈,搔首延伫。"末章云:"岂无他人,念子实多,愿言不获,抱恨如何!"其率性之真与对友之诚,全部表出,可知其退居并非简傲也。《答庞参军》诗云:"情通万里外,形迹滞江山,君其爱体素,来会在何年?"《移居》诗云:"昔欲居南村,非为卜其宅,闻多素心人,乐与数晨夕。……邻曲时时来,抗言谈在昔,奇文共欣赏,疑义相与析。"并可征其对人之真诚也。凡诗人心怀忠厚者,皆应如此。王粲《赠蔡子笃》诗云:"风流云散,一别如雨,人生实难,远其弗与。"阮籍《咏怀》诗云:"膏沐为谁施,其雨怨朝阳,如何金石交,一旦更离伤。"杜诗《醉时歌赠郑虔》云:"得钱即相觅,沽酒不复疑,忘形到尔汝,痛饮真吾师。"又《逼仄行赠毕曜》云:"可怜邻里间,十日不一见颜色,……速宜相就饮一斗,恰有三百青铜钱。"其旨皆如此,惟绝非与庸俗合流之意,此不须详辩,观其不入白莲社一事,即可知矣。(见《杂诗》"奈何五十年"下李公焕注所引事迹。陶考系之义熙十年下。)

## 时 运

首章云:"山涤余霭,宇暧微霄,有风自南,翼彼新苗。"写暮春融和之景色及内胸之欢悦,自然逼真,允为佳句。《和郭主簿》诗云:"露凝无游氛,天高肃景澈,陵岑耸逸峰,遥瞻皆奇绝。"《归园田居》诗云:"暧暧远人村,依依墟里烟",《诗·凯风》:"凯风自南,吹彼棘心。"均可与此相发明。三章云:"延目中流,悠想清沂,童冠齐业,闲咏以归,我爱其静,寤寐交挥,但恨殊世,邈不可追。"《论语·先进》:"子路、曾皙、冉有、公西华侍坐,……(子曰)点尔何如?鼓瑟希,铿尔,舍瑟而作。对曰,异乎三子者之撰。子曰,何伤乎?亦各言其志也,曰:莫春者,春服既成,冠者五六人,童子六七人,浴乎沂,风乎舞雩,咏而归。夫子喟然叹曰,吾与点也。"诗中此数语与序中之"游暮春也",及首章之"袭我春服,薄言东郊"相照,而述其乐乎自然之意。次章:"人亦有言,称心易足,挥兹一觞,陶然自乐。"即《归去来辞》:"乐夫天命复奚疑",及《止酒》之"止酒情无喜"之意。末章:"斯晨斯夕,言息其庐,花果分列,林竹翳如。清琴横床,浊酒半壶。"数语,将一恬淡宁静之自然环境,分笔点染出之,宛如一幅桃花源图,自是佳句。即《归园田居》所谓"方宅十余亩,草屋八九间,榆柳阴后檐,桃李罗堂前"之境也。

## 荣　木

首章:"晨耀其华,夕已丧之。"写时光飘忽,最为动人。下云:"人生若寄,顦顇有时。"《古诗》云:"人生天地间,忽如远行客。"又云:"人生寄一世,奄忽若飘尘。"阮籍《咏怀》云:"四时更代谢,日月递差驰。"又云:"朝为媚少年，夕暮成丑老。"渊明《自挽诗》云："有生必有死，早终非命促。"皆同此意。次章云："贞脆由人，祸福无门；匪道曷依，匪善奚敦。"贾生《鵩鸟赋》云："祸兮福所依，福兮祸所伏。"《九章》："善不由外来兮，名不可以虚作。"均可与此相发明。三章云："志彼不舍，安此日富，我之怀矣，怛焉内疚。"四章云："先师遗训，余岂云坠，四十无闻，斯不足畏，脂我名车，策我名骥，千里虽遥，孰敢不至。"其词志之壮烈，可谓与孔子川上之叹，及"假我数年五十以学"之旨无异。《饮酒》诗云："少年罕人事，游好在六经，行行向不惑，淹留竟无成。"《杂诗》："前途当几许，未知止泊处；古人惜寸阴，念此使人惧。"意皆与此相同。

## 赠长沙公

此诗可见渊明对人之诚。首章："慨然寤叹，念兹厥初。"即曹子建《赠白马王彪》诗"仓卒骨肉情，能不怀苦辛"之意。次章："我曰钦哉，实宗之光。"杜诗《赠从孙济》云："勿受外嫌猜，同姓古所敦。"三章："笑言未久，逝焉西东，遥遥三湘，滔滔九江，山川阻远，行李时通。"为赠别时之真情写实，允为佳句。四章："何以写心，贻此话言，进篑虽微，终焉为山。"《诗》云："其惟哲人，告之话言。"《书》云："为山九仞，功亏一篑。"《论语·子罕》："子曰，譬如为山，未成一篑，止，吾止也。譬如平地，虽覆一篑，进，吾往也。"与此诗可参看。

## 酬丁柴桑

首句:"有客有客",为杜诗《同谷七歌》首句"有客有客字子美"所学。"飱胜如归,聆善若始"二句,寓意深沉,自是佳句。次章以"实欣心期,方从我游"结"载言载眺"之欢,亦极自然有致。

## 答庞参军

首章:"衡门之下,有琴有书,载弹载咏,爰得我娱。岂无他好,乐是幽居,朝为灌园,夕偃蓬庐。"五言《始作镇军参军经曲阿作》云:"弱龄寄事外,委怀在琴书。"《与从弟敬远》诗云:"寝迹衡门下,邈与世相绝。"《归园田居》云:"晨兴理荒秽,带月荷锄归。"皆淡泊田园生活之实写,自然亲切。三章:"我有旨酒,与汝乐之,乃陈好言,乃著新诗,一日不见,如何不思。"《移居》诗云:"春秋多佳日,登高赋新诗,过门更相呼,有酒斟酌之。农务各自归,闲暇辄相思,相思则披衣,言笑无厌时。"正是此意。四章:"依依旧楚,邈邈西云,之子之远,良话曷闻。"允为赠别佳句。五章:"昔我云别,仓庚载鸣,今也遇之,霰雪飘零。"与《诗·采薇》"昔我往矣,杨柳依依,今我来思,雨雪霏霏"句法相同。

## 劝 农

首二章与《大雅·生民》同旨。三章与《豳风·七月》

所写相同，四章："矧兹众庶，曳裾拱手。"五章："儋石不储，饥寒交至，顾尔俦列，能不怀愧。"末章："若能超然，投迹高轨，敢不敛衽，敬赞德美。"皆陈古刺今，以示劝农之意。《怀古田舍》诗云："秉耒欢时务，解颜劝农人，平畴交远风，良苗亦怀新。"《和刘柴桑》诗云："栖栖世中事，岁月共相疏，耕织称其用，过此奚所须。"《归园田居》诗云："相见无杂言，但道桑麻长。"皆可窥渊明耕植自给之理想与怀抱。

## 命　子

此诗为研究渊明世系谱谍者之重要材料，其叙述首肇远祖，渐及皇考，以至己身，与屈子《离骚》由高阳叙起之体相同。《诗·大明》、《绵》各篇亦属似此，惟非自述。而韦孟《讽谏》以四言体列叙先烈，昭述祖德，其叙事布词，自"肃肃我祖，国自豕韦"，以至"俾我小臣，惟傅是辅"，与渊明此诗，尤多相同。后如班固《幽通》，序自高顼之元胄；康乐《述德》，始于段生蕃魏国，皆远溯谱系之体也。下归《命子》正意，所谓"既见其生，实欲其可"，"夙兴夜寐，愿尔斯才"之意也。故又有《责子》诗及《与子俨等疏》，皆申此意而已。

## 归　鸟

三章"岂思天路，欣及旧栖，虽无昔侣，众声每谐，日夕气清，悠然其怀。"辞意皆富，为全诗主峰。此即《归去来辞》"鸟倦游而知还"之意。《归园田居》:"羁鸟恋旧林,池鱼思故渊。"《连雨独饮》:"云鹤有奇翼,八表须臾还。"《读山海经》:"孟夏草木长,绕屋树扶疏,众鸟幸有托,吾亦爱吾庐。"皆借鸟自况之辞。阮嗣宗《咏怀》诗云:"宁与燕雀翔,不随黄鹄飞,黄鹄游四海,中路将安归。"亦可与此参看。

## 读陶随录 卷二 诗五言

### 形 影 神

序言"故极陈形影之苦言，神辨自然以释之。"此盖即当时重神理贵自然思想之流露。诗首云，"天长地不没"，《老子》言"天长地久"，《庄子》言"天地与我并生。"下云："草木得常理，霜露荣悴之。"《老子》言"复命曰常，知常曰明"，又云："用其光，复归其明，无遗身殃，是谓习常。"即渊明本意。阮嗣宗《咏怀》诗云："登高临四野，北望青山阿，松柏翳冈岑，飞鸟鸣相过，感慨怀辛酸，怨毒常苦多。"亦即此诗之意也。然以"得酒莫苟辞"结之，犹有所累，此犹下首《影答形》言"诚愿游昆华，邈然兹道绝"，而仍云"立善有遗爱"也；皆惜生之意。至《神释》一首，明"老少同一死，贤愚无复数"，则曰醉，立善，皆非至矣。此阮嗣宗所谓"邱墓蔽山冈，万代同一时，千秋万岁后，荣名安所之"也。故结以"甚念伤吾生，正宜委运去，纵浪大化中，不喜亦不惧。"如此斯可谓得其神矣。所谓"客养千金躯，临化消其宝"，"笑傲东轩下，聊复得此生"也。《老子》云："道法自然"，《庄子·天道》篇云："知天乐者，其生也天行，其死也物化。"孔子云："仁者不忧，智者不惑，勇者不惧。"可知渊明为真知道者矣。《归去来辞》亦结以"聊乘化以归尽，乐夫天命复奚疑"，与此同意。

## 九 日 闲 居

《世说新语》注引《续晋阳秋》云："陶元亮九日无酒，宅边东篱下菊丛中，摘盈把坐其侧，未几，望见白衣人至，乃王宏送酒也。即使就酌，醉而后归。"盖即作此诗时之事也，可知渊明态度之率真矣。诗首云："世短意常多，斯人乐久生。"《古诗》云："生年不满百，常怀千岁忧。"阮籍《咏怀》云："独有延年术，可以慰吾心"，均可与此发明。"露凄暄风息，气澈天象明，往燕无遗影，来雁有余声"，四句写重九秋景，自然廓大，允为佳句。"酒能祛百虑，菊解制颓龄"二句，明爱酒喜菊之由也，黄山谷《送王郎》诗云："酒浇胸中之磊隗，菊制短世之颓龄。"本此。持醪靡由，故敛襟闲谣而起深情也。

## 归 园 田 居

此为陶诗中最为人传诵之篇，至今犹然。全诗总括于"久在樊笼里，复得返自然"二语，旧林故渊，园田方宅，皆为自然。《庄子·缮性》云："此之谓至一，当是时也，莫之为而常自然。"所谓莫之为即鸟不羁而人不限于樊笼也。"暧暧远人村，依依墟里烟，狗吠深巷中，鸡鸣桑树巅"，活绘出一幅田园图画，东坡许为"大匠运斤，无斧凿痕"，自为名句。三首"晨兴理荒秽，带月荷锄归"，四首"试携子侄辈，披榛步荒墟"，皆画中境也，微体验不可得之。二首言"白日掩荆扉，虚室绝尘想，时复墟曲中，披草共来往，相见无杂言,但道桑麻长。"五首言:"漉我新熟酒,只鸡招近局,日入室中暗,荆薪代明烛,欢来苦夕短,已复至天旭。"皆家常话,而亲切真实。岂非桃花源中"怡然自乐"之境乎?

## 游 斜 川

全诗即表序中"悲日月之遂往,悼吾年之不留"之意,故虽"提壶接宾侣",而仍念"当复如此不?"又言"忘彼千载忧","且极今朝乐",即《归去来辞》"寓形宇内复几时,曷不委心任去留"之意也。

## 示周续之、祖企、谢景夷三郎

周续之为浔阳隐者,而应刘宋之请,讲述孔业,祖、谢又响臻之,渊明对其学虽加推许,但颇讥其行,甚望其能隐晦以终也。故言"老夫有所爱,思与尔为邻,愿言诲诸子,从我颖水滨。"可知渊明自较侪辈高出一筹也。

## 乞 食

此篇自东坡哀冥报一语后,议者甚多,盖后世重于忠愤之思,故特系之以故国旧君等辞,而着重于"愧我非韩才"一句。窃以此句只示其感激之思而已,不宜重读。渊明之穷,自是实情,《归去来辞·序》言"幼稚盈室,瓶无储粟",《有会而作》云:"弱年逢家乏,老至更长饥。"《杂诗》云:"岂期过满腹,但愿饱粳粮,御冬足大布,粗绪以应阳,政尔不能得，哀哉亦可伤。"《怨诗楚调》云："夏日长抱饥，寒夜无被眠，造夕思鸡鸣，及晨愿乌迁。"颜诔言其"少而贫苦"，各传言其"亲老家贫"，则渊明之贫，固无可疑；然则饥而叩门乞食，与求见用于小邑，固相同也，有何嫌之可避哉？斯正足以见其率真耳。以遗赠者为"新知欢"，故以冥报言之，无德不报之意也。故颜延之赠钱则悉送酒家，檀道济馈物则麾而去之，明承受之有当否也。贫而不移其常，正原属颜子之风，且渊明必知其所求者非普通乡里小儿，而为《移居》诗中所谓多有之"素心人"，始肯行行而至也。则乞食又何必本无其事哉！

## 诸人共游周家墓柏下

此诗遣兴之作，结句"未知明日事，余襟良以殚"，仍"未知从今去，当复如此不"之意。"清歌散新声，绿酒开芳颜"二句，点染之笔，而清丽可喜，陶诗中似不多。

## 怨诗楚调示庞主簿、邓治中

此篇自叙身世艰苦，字字发自肺腑，与庞邓盖非泛泛交也。"造夕思鸡鸣，及晨愿乌迁"二句，极言日月之难度，非身历者不能道也。但虽如此，绝不怨天尤人。故云："在己何怨天，离忧凄目前，吁嗟身后名，于我若浮烟，慷慨独悲歌，钟期信为贤。"传中言渊明不解音律，而蓄无弦琴一张，每酒适，辄抚弦以寄其意，岂即此引子期知音之意乎？

## 答 庞 参 军

　　集中赠别之作不多，惟此诗自然情深，较四言一首尤佳。"物新人惟旧，弱毫多所宣"二句，可见渊明并无自高之意，对友甚恋恋也。结语"情通万里外，形迹滞江山，君其爱体素，来会在何年"四句，境界廓大，一往情深，自为名句。曹子建《赠白马王彪》诗云："丈夫志四海，万里化比邻，恩爱苟不亏，在远分日亲。"又云："离别永无会，执手将何时？王其爱玉体，俱享黄发期"，可与此参看。

## 五月旦作和戴主簿

　　按此篇颇近前此之玄言诗，多畅《庄子》之旨。"居常待其尽，曲肱岂伤冲，迁化忽夷险，肆志无窊隆"，四语为诗中主句，《庄子·天道》篇云："夫虚静恬淡寂寞无为者，天地之平而道德之至，故帝王圣人休焉。休则虚，虚则实，实则伦矣。虚则静，静则动，动则得矣。"又云："知天乐者，其生也天行，其死也物化。"知此者岂即庄生所谓至人乎？

## 连 雨 独 饮

　　诗中云："天岂去此哉，任真无所先。"又云："形骸久已化，心在复何言。"《饮酒》诗云："此中有真意，欲辩已忘言。"又云："羲农去我久，举世少复真。"《感士不遇赋·序》言"真风告逝，大伪斯兴"，所谓"真"并与此同。《庄子·达生篇》云："不厌其天，不忽于人，民几乎以其真。"《渔父篇》云："真者所以受于天也，自然不可易也，故圣人法天贵真。"形骸久化，已至天地与我并生之境界，更须何言？《齐物论》云："孰知不言之辩，不道之道，若有能知，此之谓天府。"欲辩已忘，庶近之乎？

## 移　居

读此可知渊明之乐，虽"衣食当须纪，力耕不吾欺。"然有"奇文共欣赏"，"言笑无厌时"之素心人，则亦叹"此理将不胜"也。（陶注引何义门解作"胜绝惟此"，是也。）《拟古九首》云："辛苦无此比，常有好容颜。"虽贫而不改其乐，正是得道处。且非特安贫，抑且乐贫，故云："敝庐何必广，取足蔽床席。"《于西田获早稻》篇云："但愿常如此，躬耕非所叹。"则力耕固亦自乐也。惟由辛苦中得来之乐趣，始更觉其为乐。此披衣言谈之必于"农务各自归"以后也。

## 和 刘 柴 桑

"荒途无归人，时时见废墟。茅茨已就治，新畴复应畲"四句，写途中景色，自然真切，允为佳句。"去去百年外，身名同翳如！"古诗云："人生非金石，焉能长寿考！"明乎此，则"耕织称其用"，即为至足矣。《庄子·缮性篇》云："虽圣人不在山林之中，其德隐矣。隐故自不隐，古之所谓隐士者，非伏其身而弗见也。……不当时命而大穷乎天下，则深根宁极而待，此存身之道也。"渊明之踌躇于山泽之见招者，亦以德隐者也。钟嵘评为隐逸诗人之宗，庶近之矣。

## 酬刘柴桑

"穷居寡人用,时忘四运周",此即庄子梦蝴蝶之境界,所谓物化也。能乐天者自与万物为一,《山木篇》云:"一龙一蛇,与时俱化",睹物知人,莫在道外,见庭叶而发远游,即古诗"为乐当及时,何能待来兹"之意也。"新葵郁北墉,嘉穟养南畴"二句,随手拈来,自成佳句。

## 和郭主簿

"凯风因时来,回飚开我襟,息交逝闲卧,坐起弄书琴"四句,可与阮籍《咏怀》"夜中不能寐,起坐弹鸣琴,薄帷鉴明月,清风吹我衿"参看。"春秫作美酒,酒熟吾自斟,弱子戏我侧,学语未成音"四句,写自然天伦之乐,淡而入微,即《止酒》诗所谓"大懽止稚子"及"止酒情无喜"也。"过足非所钦","聊用忘华簪",即《归去来辞》之"富贵非吾愿,帝乡不可期"也。末结以望云怀古,即"复得返自然","质性自然,非矫厉所得"之自然之乐也。二首"露凝无游氛,天高肃景澈,陵岑耸逸峰,遥瞻皆奇绝"写素秋景色,自然秀丽,允为佳句。芳菊青松,喻操节也,故因之"衔觞念幽人"及"检素不获展"也。渊明爱菊,盖亦有以之自况之意。

## 于王抚军坐送客

末四句"逝止判殊路,旋驾怅迟迟,目送回舟远,情随万化遗"，是送别时实情实景。

## 与殷晋安别

"良才不隐世，江湖多贱贫"，明己与殷晋安志趣各不同也。但并无褒贬语，盖举世如是，君子道其常而已。此所以"语默自殊势，亦知当乖分"也。"飘飘西来风，悠悠东去云，山川千里外，言笑难为因"四句，顺笔写出，毫不着力，而自然清致。

## 赠羊长史

"愚生三季后，慨然念黄虞"，慕上世所以痛今世也。《饮酒》诗言"羲农去我久"，《咏贫士》言"重华去我久"，《感士不遇赋》"望轩唐而永叹"，《与子俨等疏》"自谓是羲皇上人"，《五柳先生传》称无怀葛天之民，皆此微意也。儒家称述尧舜，老子主小国寡民，复结绳而用之。《庄子·山木篇》云："物物而不物于物，则胡可得而累也，此神农黄帝之法则也"。属皆其理想之所寄托，渊明之向往上世，亦尤其慕桃花源中人也。而尤独寄心于商山者，将以四皓自况也；虽九域甫一，而深谷久芜，于时犹有言尽而意仍难舒之慨。

## 岁暮和张常侍

全诗皆表人生短促之感，凄凉动人。"市朝凄旧人，骤骥感悲泉"二句，尤为哀痛。《古怨诗行》云："天听悠且长，人命一何促，百年未几时，奄若风吹烛。"《古诗》云："人生天地间，忽如远行客。"阮籍《咏怀》云："清露被皋兰，凝霜沾野草，朝为媚少年，夕暮成丑老。"又云："芳树垂绿叶，清云自逶迤，四时更代谢，日月递差驰。"皆时光飘忽之感也。末四句结以"穷通靡攸虑，憔悴由化迁，抚己有深怀，履运增慨然。"穷通憔悴皆委于化，自靡攸虑，至人之言也。而抚己履运，不禁有所慨焉。

## 和胡西曹示顾贼曹

"重云蔽白日，闲雨纷微微，流目视西园，烨烨荣紫葵"，固属自然佳景，可爱甚矣，但时光飘忽，倏即衰老，虽愿及时，焉可淹留，此所以悲也。《古诗》云："白露沾野草，时节忽复易。"阮籍《咏怀》云："嘉树下成蹊，东园桃与李，秋风吹飞藿，零落从此始。繁华有憔悴，堂上生荆杞"，然则渊明之"猖狂独长悲"，亦犹嗣宗之"忧思独伤心"也。

## 悲从弟仲德

此诗悲痛感人，发自真情，"门前执手时，何意尔先倾"，"迟迟将回步，恻恻悲襟盈"，自然真挚，何等哀痛。而"流尘集虚坐，宿草旅前庭，阶除旷游迹，园林独余情"四句，借具体事物以抒触物生哀之情，何等寂寞凄凉，自是名句。《祭从弟敬远文》云："庭树如故，斋宇廓然"，《祭程氏妹文》云："书疏犹存，遗孤满眼"，见物思人，宁有不悲从中来者欤？

# 读陶随录 卷三 诗五言

## 始作镇军参军经曲阿作

首云:"弱龄寄事外,委怀在琴书,被褐欣自得,屡空常晏如",乃渊明之真实自白。《饮酒》诗云:"少年罕人事,游好在六经。"《杂诗》云:"岂期过满腹,但愿饱粳粮,御冬足大布,粗缔以应阳。"可与此参看。下云:"望云惭高鸟,临水愧游鱼,真想初在衿,谁谓形迹拘。"明并不以出仕为喜,故由惭愧鱼鸟而言真想之久已在襟,胸怀高旷自然。

## 庚子岁五月中从都还阻风于规林

"行行循归路,计日望旧居"二句,活绘出游子情况。"一欣侍温颜,再喜见友于",记预计之喜也。但天殊不遂人愿,风阻水穷,虽已近瞻百里,而只能付诸空谈也。下首与此意大致相同,皆实情实景。

## 辛丑岁七月赴假还江陵夜行涂口

此与"始作镇军参军经曲阿作"一首可参看,皆"质性自然"之表现也。故言"诗书敦宿好,林园无世情。"又云:"商歌非吾事,依依在耦耕。"而志在"养真衡茅下,庶以善自名"也。《庄子·渔父》篇云:"真者所以受于天也,自然不可易也,故圣人法天贵真。"真即自然之意。《饮酒》诗言"此中有真意",又言"举世少复真",《连雨独饮》言"任真无所先",《感士不遇赋·序》言"真风告逝,大伪斯兴",皆贵真之意。

## 癸卯岁始春怀古田舍

首云:"在昔闻南亩,当年竟未践。"此所以为怀古也。"是以植杖翁,悠然不复返",自况之辞。荷蓧、沮溺,所保岂浅?虽为孔子所嗤,但世间本有此二种对人生之态度,故不必以理愧通识而犹豫。下首言先师遗训之邈然难逮,亦愧不能通识之意,故以下即专言秉耒长勤之事也。"日入相与归,壶浆劳近邻,长吟掩柴门,聊为陇亩民"四句,写田园生活,悠然自得。

## 癸卯岁十二月中作与从弟敬远

"凄凄岁暮风,翳翳经日雪,倾耳无希声,在目皓已洁"四句,写冬日雪景,自然入微,允为佳句。"高操非所攀,谬得固穷节"二句,可窥渊明处世态度之严肃。

## 乙巳岁三月为建威参军使都经钱溪

"微雨洗高林,清飙矫云翻"二句,甚清丽。

## 还 旧 居

"阡陌不移旧,邑屋或时非,履历周故居,邻老罕复遗，步步行往迹，有处特依依"数语，写相隔六年后归返之情景，体贴入微。

## 戊申岁六月中遇火

此诗说理处太多，无甚新意。所言不遇之"鼓腹无所思，朝起暮归眠"之社会，为渊明之一贯理想，即"怡然有余乐，于何劳智慧"之桃花源之境界也。

## 己酉岁九月九日

"清气澄余滓，杳然天界高，哀蝉无留响，丛雁鸣云霄"数语，写秋高萧瑟之况，自然逼真。由园木蔓草之凋枯而明万化之理，则人生之求久寿，不亦劳乎？

## 庚戌岁九月中于西田获早稻

读此诗可知渊明之躬耕，非特为贫苦，亦为其人生态度之实践。"人生归有道，衣食固其端"，故云"田家岂不苦，弗获辞此难"也。"四体诚乃疲，庶无异患干"，故虽躬耕而不叹也。《移居》诗云："衣食终须纪，力耕不吾欺"，亦此意也。

## 丙辰岁八月中于下潠田舍获

此诗大旨与前诗同。"郁郁荒山里，猿声闲且哀，悲风爱静夜，林鸟喜晨开"诸句，造语极工，而无雕琢之迹。自然深远，允为名句。

## 饮　酒

　　昭明太子《陶集·序》云："有疑陶渊明诗，篇篇有酒，吾观其意不在酒，亦寄酒为迹者也。"按以酒大量入诗，确以渊明为第一人，其心境可于此诸诗中观之。十四首云："不觉知有我，安知物为贵，悠悠迷所留，酒中有深味。"第七首云："一觞虽独进，杯尽壶自倾，啸傲东轩下，聊复得此生。"乃以酒求一物我两冥之真的境界也。二十首云："但恨多谬误，君当恕醉人。"十三首云："一士常独醉，一夫终年醒，醒醉还相笑，发言各不领。"乃借酒以韬晦免祸也。此固为一事之双方，但晋时竹林诸贤，似皆侧重于后者，故阮嗣宗可大醉六十日以免祸，司马文王许之为天下之至慎；但即《咏怀》诗中，对酒亦并无较高境界之写出。渊明于酒中而知其有深味，确高出前人，此《饮酒》诸诗之境界，所以高拔也。《庄子·达生》篇云："夫醉者之坠车，虽疾不死，骨节与人同，而犯害与人异，其神全也。乘亦不知也，坠亦不知也。死生惊惧，不入乎其胸中，是故遻物而不慴，彼得全于酒，而犹若是，而况得全于天乎？"神全之神，即形影神之神。由神全而求全于天，则近于庄子所谓至人矣。

　　诗中表现最多者厥为时光飘忽，生命短促之感。第一首云："衰荣无定在，彼此更共之。"三首云："鼎鼎百年内，持此欲何成。"十一首云："客养千金躯，临化消其宝。"十五首云："宇宙一何悠，人生少至百，岁月相催逼，鬓边早已白。"按此种感触，古诗中已多有之。(《诗经》中无此性质之诗，《唐风·蟋蟀》等虽亦言及，但旨不在斯。）窃意生死本为人生一大问题，儒家对此，避而不谈，汉末建安之时，道家思想逐渐抬头，遂引起一般人对此之疑问；加以时代混乱，生命毫无保障，故建安以来，此种情绪逐渐浓厚。但道家对于一般人之印象，只为问题之提出，而非问题之解答，故时人以为"死"即生之整个结束，身名皆空，此于牟子理惑论中，亦可看出。佛教虽早已入中国，但发生影响则在东晋之后，俟佛教盛行以后，其所倡轮回报应之说深入人心，对死始不若前者之恐惧，而社会亦又逐渐安定，故诗中即少此等表现矣。《列子》一书，成于晋时，所讨论几全为与死生有关之问题，《天瑞篇》言"群有以至虚为宗，万品以终灭为验"，所讲亦为死之解脱。渊明处晋宋易代之际，上接魏晋清谈之绪，故此种感觉，亦时代使之然耳。对世界之认识既系如此，则其人生之态度即"死去何所知，称心固为好"，"达人解其会，逝将不复疑，忽与一樽酒，日夕欢相持"。此虽亦为生与化迁，但与儒家之乐天知命似有异，此"知命"为"居以俟命"，虽亦乐天，但诗人之背景则固已充满忧患之思矣。

"结庐在人境"一首，寓静于动，得意忘言，自然浑成，而境界特高，故历来皆爱好之。

"羲农去我久"一首，为历来论渊明思想之出于儒家者所引用，但观下"终日驰车走，不见所问津"，则渊明固仍以沮溺自况也。第六首云："是非苟相形，雷同共誉毁，三季多此事，达士似不尔"，其为此言者，盖以"大伪斯兴"之时，即置身于仕途者，又谁有"弥缝使其淳"之精神耶？魏晋诸人，虽祖尚老庄，但并不诽薄孔子。阮籍《咏怀》诗云:"昔年十四五,志尚好诗书,被褐怀珠玉,颜闵相与期。"何王诸人,亦并以孔子为圣人,则据此似不足以概渊明之思想。

"清晨闻叩门"一首,于诗中写对话,自然亲切,颇类《楚辞·渔父》。诗中如此者甚鲜。"子云性嗜酒"一首,有似前此之咏史诗。

## 止 酒

此诗意庄语谐,全篇用止字而无生硬之病。胡仔所言,亦得渊明深趣。

## 述 酒

此篇多为廋词,自汤注以来,原意已渐明。后人注意渊明思想中忠愤之处,多以此为据。诗中"流泪抱中叹,倾耳听司晨",写尽个人对易代之感触。

## 责 子

此诗当依山谷所云,为渊明慈祥戏谑之作,由此亦可见其人格和善可亲之另一方也。

## 有会而作

序云:"今我不述,后生何闻哉?"盖为示子俨等作,故叙述真实亲切。《与子俨等疏》云："吾年过五十，少而穷苦，每以家弊，东西游走，性刚才拙，与物多忤。自量为己，必贻俗患，俛俛辞世，使汝等幼而饥寒。余尝感孺仲贤妻之言，败絮自拥，何惭儿子？"与此诗可参读。

## 蜡　日

此诗陶注云不知所谓。不知古注如何解释，但细读之，似非与《述酒》同旨。

## 读陶随录 卷四 诗五言

### 拟　古

　　各诗皆托词以见意，故不若他诗之明晰。盖为易代后伤时感怀之作，故与阮籍《咏怀》，颇多相似处。第一首言"出门万里客，中道逢嘉友，未言心先醉，不在接杯酒。兰枯柳亦衰，遂令此言负。"未几时而昔之佳友已负前言，但"兰枯柳亦衰"，又何为哉？"仲春遘时雨"一首，似亦系言当时情事，"种桑长江边"一首，盖指晋室东迁后以至易代事实，结云："本不植高原，今日复何悔"怨悱动人。二首慕田畴，八首慕夷齐荆轲，但"其人久已死"，今"惟见古时邱"，宁不可叹？可观渊明之志趣。"苍苍谷中树"一首，明己之言行不能随他人而转移，汤注谓系指白莲社人，以诗中行止犹豫之情言之，似亦近是。"东方有一士"一首，可与《五柳先生传》同视。惟诗人能乐天，故虽"辛勤无此比"，而"常有好容颜"也。"青松夹路生，白云宿檐端"二句，点染之笔而清丽有致。"日暮天无云"一首，以春风日暮开端，又言云间月，叶中花，皆即时景物也；但月满即缺，花盛即谢，美人之歌，与世间一切事物同理。则所谓"一时好"者，终结又将如何耶？"迢迢百尺楼"一首，明争夺名利之同归于尽也。阮籍《咏怀诗》云："开轩临四野，登高望所思，邱墓蔽山冈，万代同一时，千秋万岁后，荣名安所之？"正此诗"荣华诚足贵，亦复可怜伤"之意。"松柏为人伐，高坟互低昂"二句，凄凉痛切，自为名句。

## 杂　　诗

二首："气变悟时易，不眠知夕永，欲言无余和，挥杯劝孤影。"写寒夜不眠之孤独情状，已入微处，非身历者不能道也。太白诗"独酌劝孤影"本此。五首："忆我少壮时，无乐自欣豫。猛志逸四海，骞翮思远翥"，可知渊明少年时，固非恬淡宁静，"值欢无复娱"也。《拟古》诗云："少时壮且厉，抚剑独行游"，《杂诗》第二首云："日月掷人去，有志不获骋，念此怀悲凄，终晓不能静"，《读〈山海经〉》言"猛志固长在"，可知渊明决非自甘遁世，其少年时固一壮厉热情之人也。徒以处非其时，遂以田园自老耳。七首："日月不肯迟，四时相催迫，寒风拂枯条，落叶掩长陌"数语，写时光之飘忽，至为深刻。八首写如此之穷苦，而无怨天尤人之语，结以"且为陶一觞"，尤见胸怀之旷达。九首写"一心处两端"之情，叠用"萧条"，"惆怅"，"慷慨"，（无由）"关梁"，（寄斯）诸双声叠韵字，愈觉情致绵长。十一首"春燕应节起，高飞拂尘梁；边雁悲无所，代谢归北乡"数语，写羁旅之感，自然深切。

## 咏　贫　士

此诗各首间关连甚密，应连续读之。第一首为总言，次首极写饥寒之状，结以"何以慰吾怀，赖古多此贤"者，启以下各首所言也。末首结以"谁云固穷难，邈哉此前修"

者，实总结以上诸诗。布局了然，自成章法。《文选》只录第一首，各本于题下亦无"七首"字样者，盖亦以此也。起首先明与世俗之不同。万族，世人也。孤云，自况语，犹《饮酒》诗言孤松也。孤、寡、独，皆不能适俗之谓。《遇火》诗云："总发抱孤介。"《饮酒》诗云："禀气寡所谐"，又言"一士常独醉"。《示顾贼曹》诗云："猖狂独长悲。"《连雨独饮》云："自我抱兹独，俯仰四十年。"下第六首云："此士胡独然，实由罕所同。"凡此与孤云之"孤"意皆同，正应下之知音不存也。次首"倾壶绝余粒，窥灶不见烟，诗书塞座外，日昃不遑研"四句，活绘出贫士光景。三首："重华去我久，贫士世相寻"，明此乃时代使之然也。以下力求表出"不慕荣利"，"不戚戚于贫贱，不汲汲于富贵"之心境，故言"苟得非所钦"，"所惧非饥寒"也。

## 咏二疏　咏三良

此二诗皆咏史之作，咏史所以咏怀也。二疏功成告退，即老子"知足不辱，知止不殆"之义，与渊明归田之志趣相同。《咏三良》诗言："临穴罔惟疑，投义志攸希"，对当时"闾阎懈廉退之节，市朝驱易进之心"而发也。

## 咏　荆　轲

此诗豪气横溢，固仍"猛志逸四海"之情也。结言"惜哉剑术疏，奇功遂不成，其人虽已没，千载有余情"，写尽向往之热情。"萧萧哀风逝，淡淡寒波生，商音更流涕，羽奏壮士惊"诸语，何等悲壮笔力，将当时情景之庄严，全现于纸上矣。

## 读《山海经》

全诗以第一首为总叙，十三首为总结。中述书中各事，皆托词以见意者也。第一首言"孟夏草木长，绕屋树扶疏，众鸟欣有托，吾亦爱吾庐，既耕亦已种，时还读我书。"《与子俨等疏》云："少学琴书，偶爱闲静，开卷有得，便欣然忘食。见树木交荫，时鸟变声，亦复欢然有喜。尝言五六月中，北窗下卧，遇凉风暂至，自谓是羲皇上人。"与此诗意同，即"乐夫天命复奚疑"之境也。"欢言酌春酒，摘我园中蔬，微雨从东来，好风与之俱"数句，自然微妙，境界特高。《诗品》所谓风华清靡者也。下言读书以致"俯仰终宇宙"，启以下各诗之所以作也，而以"乐"字结之。此后各首，多言仙事，皆托神话以见其意，盖亦为易代后所作。第十首以精卫填海之猛志长在，以表己意，慷慨壮厉；但结以"良辰讵可待"，悲之甚矣。末首总结上意，重华用才而姜公信谗，结果如何，悔之无及，明用人之宜慎也。盖亦对当时情事而言。

## 挽 歌 诗

读此可知渊明对死生之达，"得失不复知，是非安能觉"，"死去何所道，托体同山阿"。明乎生死皆为顺化，又有何悲？庄子《大宗师》云："至人不知悦生，不知恶死，其出不欣，其入不距，翛然而往，翛然而来而已矣。"《自祭文》云："识运知命，畴能罔眷，余今斯化，可以无恨。寿涉百龄，身慕肥遁，从老得终，奚复所恋？"皆与此诗意同。三首云："幽室一已闭，千年不复朝；千年不复朝，贤达无奈何。"即《饮酒》诗"客养千金躯，临化消其宝，裸葬何必恶，人当解意表"之意。下云："向来相送人，各自还其家，亲戚忽余悲，他人亦已歌"，写当时光景，真实凄凉。《形赠影》诗云："适见在世中，奄去靡归期，奚觉无一人，亲识岂相思？但余平生物，举目情凄洏。"亦可与此参看。

# 读陶随录 卷五 赋辞

## 感士不遇赋

此赋意旨,与《归去来辞》极似,盖同时之作。当时既系"真风告逝,大伪斯兴,闾阎懈廉退之节,市朝驱易进之心",则志士不得不潜玉也。赋云:"密网裁而鱼骇,宏罗制而鸟惊,彼达人之善觉,乃逃禄而归耕",可知士之不遇,乃时代情势之逼迫使然,不得不归田躬耕也。士之所行,本应"奉上天之成命,师圣人之遗书,发忠孝于君亲,生信义于乡里,推诚心而获显,不矫然而祈誉。"但生不遇时,难展所负,不亦哀哉!下列举前士以明遭逢,而结以士处乱世之正道,大义凛然,节操自见。结语云:"宁固穷以济意,不委曲而累己,既轩冕之非荣,岂缊袍之为耻?诚谬会以取拙,且欣然而归止。拥孤襟以毕岁,谢良价于朝市。"贫贱不能移,抱道以终,是士之本分也。劝世语,亦自白语。

## 闲情赋

此赋因萧序目为白璧微瑕,故后人为之辩护者甚多。东坡至嗤昭明为"小儿强作解事"。按萧序于下述其理由云:"扬雄所谓劝百而讽一者,卒无讽谏,何足摇其笔端?"则萧只以此为不合传统之体裁,对内容文辞,并无贬辞,惟赋卒讽谏,以来皆如此,晋时赋体已在逐渐变化中,而作者较稀,故昭明仍以传统之法度绳之也。按此篇内容，多祖楚辞乐府，与汉赋之关系甚疏，虽以赋名，非传统之制也。此后赋体即逐渐变化，体物之成分减少，写志之言词增加，方之两汉，截然有异。此篇须以读楚辞之态度读之，始可领会也。序言"始则荡以思虑，而终归闲正"，刘叔雅先生据《说文》言"闲"为防检之义，非闲暇之闲，（见《三余札记》）则赋名与阮瑀《止欲》，应玚《正情》同旨，更不能指之为瑕矣。

## 归去来兮辞

此文历代选家评家，备致赞扬之辞，无待赘述。名曰辞，祖尚楚辞也。辞以抒怀为主，与赋之重铺陈者异，两汉以来，作者日稀，太史公《屈贾列传》言宋玉唐勒景差之徒皆好辞而以赋见称，可知二者递变之迹也。此文较《离骚》简约真实，所言皆切身真境，而语不枯淡，欧阳永叔尊为晋文之冠，是矣。观序，将出仕之经过及痛苦，忠实道出；所谓"质性自然，非矫厉所得，饥冻虽切，违己交病"，初仕为生计所迫，只望一稔即归，而结果仅八十余日，其情可知矣。文中前半述归时之事，后半述归后之情；以田园启始，以乐天结终，将各层逐渐写出。"乃瞻衡宇，载欣载奔"，活写出脱樊之乐。"云无心以出岫，鸟倦游而知还，景翳翳以将入，抚孤松而盘桓"四句，写自然之景色，以兴起以下田园生活之叙述。"木欣欣以向荣，泉涓涓而始流"，由此之感触而引起以下其人生态度之确定。结以"聊乘化以归尽，乐夫天命复奚疑"，人生至此，已与宇宙合一矣。

# 读陶随录 卷六 记传述赞

## 桃花源记

此文为渊明理想社会之素描,当无疑义。理想本为事实之扩大与改造,与事实绝难毫无关连,故考据家言某种制度情形为此文之背景则可,若言此为实事实录,则谬矣。文中言"不知有汉,无论魏晋",诗言"嬴氏乱天纪,贤者避其世",又言"淳薄既异源",与集中各诗所表之思想,甚为一贯,可知其怀抱矣。魏晋小说多随记短语,辞意皆卑,此文结构井然,亦一佳美之短篇小说也。唐人作桃源行,以之为永生之神仙,陋之甚矣。

## 晋故征西大将军长史孟府君传

读此传,知孟之性格,与渊明极类似,知渊明之庭教亦有由也。文言孟嘉"始自总发至于知命,行不苟合,言无夸矜,未尝有喜愠之容。好酣饮,逾多不乱,至于任怀得意,融然远寄,旁若无人。"又以听妓丝不如竹,竹不如肉,为渐近自然,则其行为亦宛然一渊明也。故仕桓温而卒能自全,亦知顺天应命之理也。渊明平生,必受其若干之潜化默移矣。又文中言孟嘉娶陶侃第十女,亦未言侃系其曾祖,依近代之制,如此为实,则孟不应再以其女妻陶家,此点似亦可证渊明之非侃裔,姑存此疑,容读史时详考当时婚姻情形再言之。

## 五柳先生传

此文托五柳先生以自况，其体盖源于阮籍之《大人先生传》。惟后之仿作者甚稀，盖言之浮夸则流于自诩，谦虚则难达微旨，非胸襟卓绝者不能道也。此文恰如其分。不慕荣利，屡空晏如诸事，固坦言之而无愧色，故各传皆云"时人谓之实录"也。文中"好读书不求甚解"一语，后人每多误解，浅人更妄引以自解嘲，但下云："每有会意，便欣然忘食"，则所谓不求甚解者，重在会其"意"也。得意忘言，犹得鱼之忘筌，若拘之于章句之附会穿凿，乃以筌为鱼也。

## 读史述九章　扇上画赞

此皆史述赞之体，若《汉书》各传所有者也。《文心·颂赞篇》云："赞者，明也；助也……及益赞于禹，伊陟赞于巫咸，并飏言以明事，嗟叹以助辞也……及迁史固书，托赞褒贬，约文以总录，颂体以论辞；又纪传后评，亦同其名。而仲洽流别，谬称为述，失之远矣。……然本其为义，事生奖叹。所以古来篇体，促而不广；必结言于四字之句，盘桓乎数韵之辞，约举以尽情，昭灼以送文，此其体也。"《文选》录班范史赞，题名曰史述赞，盖亦本于流别。惟陶诗咏此，于诸人进退之迹，频置感慨，盖亦有寄以自喻之意。此体必为四言之句，以其原于颂也，后世四言诗之句多入文中，此亦一例，诗中两咏张长公，正言其终身不仕；以写己之志也。诗中如《七十二弟子》一首之"俱映日月，共飧至言"，《张长公》一首之"欲馨揭来，独养其志"，《扇上画赞》言沮溺之"入鸟不骇，杂兽斯群"，用喻练字，均极精细工整。

# 读陶随录 卷七 疏祭文

## 与子俨等疏

此乃渊明一生实录,告子之作,无须夸饰或避忌,真实道来,倍感亲切。"性刚才拙,与物多忤"二句,道尽渊明性情。下云:"少学琴书,偶爱闲静,开卷有得,便欣然忘食。见树木交荫,时鸟变声,亦复欢然有喜。尝言五六月中,北窗下卧,遇凉风暂至,自谓是羲皇上人。"此段最能表现渊明乐天之人生态度,晋书采之入传,亦以其真也。下诫子以"兄弟同居,至于没齿","七世同财,家人无怨色"之义,父子真情盎然,犹《命子》诗后段之意也。

## 祭程氏妹文

《归去来辞·序》言"寻程氏妹丧于武昌,情在骏奔,自免去职。"读此文更可见渊明情感之笃。"梁尘委积,庭草荒芜。寥寥空室,哀哀遗孤,肴觞虚奠,人逝焉如!"数语,写尽寂寞凄凉之感。"但余平生物,举目情凄洏",即此情也。下多用"我、尔"字追思往昔,读来更觉悲痛亲切。结云:"书疏犹存;遗孤满眼。如何一往,终天不返!寂寂高堂,何时复践!藐藐孤女,曷依曷恃?茕茕游魂,谁主谁祀?奈何程妹,于此永已!死如有知,相见蒿里。呜呼哀哉!"真情横溢,悲不自胜,至以相见蒿里为期,可知其哀思为何如矣。

## 祭从弟敬远文

渊明每以"孤云""孤松"自况,可知举世知其志者甚鲜。敬远幼同居处,知之甚稔,而今亦奄然长逝,此后世更无复知之者,则自不免于"情恻恻以摧心,泪愍愍而盈眼"也。《感士不遇赋》云:"虽仅然于必知,亦苦心而旷岁。"《拟古》诗言"不见相知人,惟见古时邱",知音之难,由此可见。此文言"敛策归来,尔知我意;常愿携手,置彼众议。每忆有秋,我将其刈,与汝偕行,舫舟同济。三宿水滨,乐饮川界,静月澄高,温风始逝。抚杯而言,物久人脆,奈何吾弟,先我离世!"今与如此志趣相同之爱弟永别,其悲甚矣。下言"呱呱遗稚,未能正言;哀哀嫠人,礼仪孔闲。庭树如故,斋宇廓然":睹物思人,宁不倍增哀痛欤?

## 自 祭 文

"廓兮已灭,慨然已遐,不封不树,日月遂过。匪贵前誉,孰重后歌";对生死之达如此,此《自祭文》之所以作也。"勤靡余劳,心有常闲"二句,道尽渊明一生乐天委分之生活情形。下云:"寿涉百龄,身慕肥遁,从老得终,奚所复恋!""客养千金躯,临化消其宝",人生本来如此,又有何悲?《庄子·大宗师》云:"至人不知悦生,不知恶死。"《刻意篇》云:"圣人之生也天行,其死也物化。……其生若浮，其死若休"，生死且达之如此，则名利诸身外物，更不足道。渊明亦庄子所谓至人之俦矣。

1943 年 12 月录毕

# 反美运动在中国近代文学上的反映

## 一

自从美帝国主义侵华以来，中国人民就尝受着多方的苦难，因此也就不断地在心中生长着仇美的情绪。这种情绪自然会反映在文学作品里，虽然中国人民在过去的反动统治下还不可能普遍地掌握文学这一武器，但通过一些进步知识分子的作品，从旧民主主义革命时代的清末起，无论在诗文或小说上，就都有了反美意识的表现。特别是关于美国虐待华侨和1905年的全国人民抵制美货运动，在晚清的文学作品中有很多血泪的记录；尽管那些作者的文学技巧和思想水平都不很高，但那内容无疑是代表了中国人民的愤怒声音的。譬如黄公度的长篇五古《逐客篇》，就是记载美国虐待华工情形的。今录之如下：

> 呜呼民何辜，值此国运剥！轩顼五千年，到今国极弱。
> 鬼蜮实难测，魑魅乃不若；岂谓人非人，竟作异类虐。
> 茫茫六合内，何处足可托？华人渡海初，无异凿空凿。
> 团焦始蜗庐，周防渐虎落。篮缕启山林，丘墟变城郭。
> 金山蟹埠高，伸手左右攫；欢呼满载归，群夸国极乐。
> 招邀尽室行，后脚踵前脚。短衣结椎髻，担簦蹑草屩。
> 酒人率庖人，执针偕执斫；抵掌齐入秦，诸毛纷绕涿。
> 后有红巾贼，刊章指名捉，逋逃萃渊薮，趋如蛇赴壑。

同室戈娄操，入市刃相劗，助以国网宽，日长土风恶。
渐渐生妒争，时时纵谣诼，谓彼外来丐，只图饱囊橐。
地皮足一踏，有金尽跳跃，腰缠得万贯，便骑归去鹤。
谁肯解发辫，为我供客作？或言彼无赖，初来尽袒膊。
喜如虫扑缘，怒则兽噬搏，野蛮性嗜杀，无端血染锷。
此地非恶溪，岂容食人鳄？又言诸娄罗，生性极龌龊。
居同狗国秽，食等豕牢薄，所需日百钱，大觳难比较。
任彼贱值佣，我辈坐朘削，眼看手足伤，谁能忍毒蠚？
千口音诜诜，万目瞪灼灼，联名十上书，上请王斟酌。
骤下逐客令，此事恐倍约，万国互通商，将以何辞却？
姑遗三人行，借免众口铄，掷枭倘成卢，聊一试蒲薄。
谁知糊涂相，公然闭眼喏！噫嘻六州铁，谁实铸大错？
从此悬厉禁，多方设扃钥。丸泥便封关，重门复击柝。
去者鹊绕树，居者燕巢幕。关讥到过客，郊迻及游学。
国典与邻交，一切束高阁！东望海漫漫，绝远逾大漠。
舟人呼印须，津吏唱公莫，不持入关繻，一来便受缚。
但是黄面人，无罪亦笴掠！慨想华盛顿，颇具霸王略。
檄告美利坚，广土有西漠，九夷及八蛮，一任通邛筰。
黄白红黑种，一律等土著，逮今不百年，食言曾不怍。
吁嗟五大洲，种族纷各各，攘外斥夷戎，交恶詈岛索。
今非大同世，只挟智勇角，芒砀红番地，知汝重开拓。
飞鹰倚天立，半球悉在握，华人虽后至，岂不容一勺！
有国不养民，譬为丛驱爵，四裔投不受，流散更安着？
天地忽踢踏，人鬼共咀嚼，皇华与大汉，第供异族谑。
不如黑奴蠢，随处安浑噩，堂堂龙节来，叩关亦足蹇。
倒倾四海水，此耻难洗濯！他邦互效尤，无地容飘泊。

远步想章亥，近功陋卫霍，茫茫问禹迹，何时版图廓？

当我们看到前面描写华工的辛苦劳作而受尽了美国的欺凌时，"但是黄面人，无罪亦篣掠，"我们不也想到"倒倾四海水，此耻难洗濯"吗？在《纪事》一诗中他记载美国选举总统时的情形说："乌知举总统，所见乃怪事。怒挥同室戈，愤争传国玺，大则酿祸乱，小亦成击刺，寻常瓜蔓抄，逮捕遍官吏；至公反成私，大利亦生弊。"对美国政治所标榜的"民主"亦给予了直感而深刻的揭发。梁启超《新大陆游记》后附有《记华工禁约》一篇，于其历史及禁例等记录甚详，首云：

> 华工之往美，实由美人招之使来也。当加罅宽尼省初合并美国之时，急于拓殖，而欧洲及本国东部之移民，惮其辽远，来者不多，资本家苦之。及觅得金矿，盛开铁路，而劳佣之缺乏更甚，是以渡海而求之于中国。今者加罅宽尼之繁盛，实吾中国人血汗所造出之世界也。何也？无金矿，无铁路，则无加罅宽尼，而加罅宽尼之金矿铁路，皆自中国人之手而开采而筑造者也。

1877年加罅宽尼省遭经济恐慌，逐渐起排斥华工，1879年颁新宪法后，更公开欺凌虐待了。梁启超说："自此宪法之成立，而旧金山所谓唐人埠者，遂为暴民横行之地，抛砖掷石，千唾热骂，殴辱频仍，劫持相续。"此后美国又擅自订立苛例，初为十五款，至1903年乃增至六十一款；例之外尚有"案"，于是法如牛毛，华侨动辄得咎，惨死无算，遂掀起了 1905 年的国内抵制美货、反对华工禁约的运动。当时檀香山《新中国报》总撰述陈仪侃曾为文云（《新民丛报》第 38、39 号合刊）：

> 吾今正言以告我华侨同胞曰：禁例不能废而必废之！废之之道将奈何？曰：抵制之。夫美国强国也，中国弱国也；船不坚，炮不利，何从而抵制？曰：美人之禁华人也，亦以其敢为而已矣。太平洋之海军未调，钢快炮之准头未施，以一纸空文，而百数十万之华旅将死，而二十行省之政府被缚；外交受其害，生计蒙其灾，则亦曰敢为之而已矣。然则我行我法，则此抵制之术，为今日独一无二之法门。抵制之术奈何？曰：办货者不办美人之货，用物者不用美人之物，为办此抵制之术之绝妙宗旨。而佣力于码头者，惟美货则不起，买卖于市上者，于美货则有禁，为办此抵制之术之绝妙政策。

他主张"不可仰鼻息于政府，惟我民以自力抵制之。"对当时满清反动政权和人民力量的认识也很透彻；事实上那次运动也是人民自己起来抵制的。梁启超的《新大陆游记》中也有许多对于美国生活的记载，如在《黑暗之纽约》一节中说：

> 天下最繁盛者宜莫如纽约，天下最黑暗者殆亦莫如纽约，吾请略语黑暗之纽约。
> 杜诗云："朱门酒肉臭，路有冻死骨。荣枯咫尺异，惆怅难再述。"吾于纽约亲见之矣！据社会主义家所统计，美国全国之总财产，其十分之七，属于彼二十万之

富人所有；其十分之三，属于此七千九百八十万之贫民所有。故美国之富人则诚富矣，而所谓富族阶级，不过居总人口四百分之一。譬之有百金于此，四百人分之，其人得七十元；所余三十元，以分诸三百九十九人；每人不能满一角，但七分有奇耳。岂不异哉！岂不异哉！

又在另一节中说："闻耶路大学近拟开一分校于我上海，已有成议，或以明年秋冬间可开校云；果尔则为吾国学者求学计，便益多矣。虽然，我辈当思彼美人果何爱于我，而汲汲焉乃不远千里而来教我子弟耶？人才未始不可以养成，特不知能为祖国用否耳。"虽然梁启超的政治主张并不是那时中国人民政治要求的代表，但一种爱国情绪和民族意识促使他直感地认识到美帝的可鄙和侵略行为，于是就写在文章里面了。类似这样的表现在晚清诗文中是颇不少见的，那是一个中国人民开始向西方找出路的旧民主主义革命时代。

## 二

比起诗文来，反美运动在晚清小说中的反映就更清楚，更多。这因为小说本来是比较接近人民的文学形式，而晚清小说的所以兴盛，从梁启超的提倡"小说与群治之关系"起，就是为中国人民的民主革命服务的。譬如以《二十年目睹之怪现状》一书著名的小说家吴趼人，他的《劫余灰》（见《月月小说》）十六回就是以华工生活为背景的。由主人公陈畴被骗卖作"猪仔"才引起了很悲惨的家庭离散的故事。第十六回中写在美生活说：

到了一处，把一众人驱赶上岸，到了一处房屋，把我们一个个用麻布袋装起来，便有人来讲价论钱，逐个磅过，又在袋外用脚乱踢一会儿。……这一个园子里，总共五百人做工，每日受他那拳脚交下，鞭挞横施，挨饥受渴的苦。一个月里面，少说点，也要磨折死二三十个人。

1905年国内反美运动初起时，上海人镜学社社员冯夏威恐大家不能坚持，用"自杀"来鼓励群众的情绪；到运动失败以后，吴趼人作短篇小说《人镜学社鬼哭传》，（也见《月月小说》）来骂无耻谄媚美帝的一些绅商。下署"南海吴趼人挥涕撰"，可见他之愤激了。运动初起时，吴趼人本在美国人所办的汉口《楚报》任职，他为了和美帝不合作，遂辞职到了上海，亲自参加这一运动，在当时他是非常热心的。趼人又有《发财秘诀》十回，一名《黄奴外史》，也载《月月小说》，是暴露买办汉奸的丑态的。书中以当英帝特务的汉奸区丙为中心，写出了一群无耻之徒，其中花雪畦就是替洋人骗卖"猪仔"的；陶庆云是台口洋行买办，替洋人做事绝不揩油，还著了一本英文书教人怎样去揣摩洋人的脾气，但专门想法剥削中国人。书中都是这样的人物，描写也极淋漓。后有"作者附言"云："生平所著小说，以此篇为最劣，盖章回体例，其擅长处在于描摹，而此篇下笔时，每欲有所描摹，则怒眦先为之裂。……未尽描摹之技也。"作者的愤怒是溢于字句间的，书中有诗云："诸公莫骂区丙，区丙原是愚民，今日达官显宦，如区丙者几人！"对当时满清的卖国政权也寄予了深痛的憎恶。《新小说》中载有《黄萧养回头》

新戏一出，署新广东武生撰，叙革命志士黄萧养参加救国运动的经过，其中也有反美的表现，如下面一段唱词：

> 更可恼，恼夷人，从中觊觎。知吾侪，惯压制，无力撑持。因此故，用蛮威，强邀政府。据铁道，增口岸，任他施为。焚庐舍，掠财产，妻孥受辱。平坟墓，墟城市，遍地横尸。居外洋，作客商，并无保障。为己利，厌恶我，如同枭鸱。增苛例，逐华人，到埠登岸。伪除疫，擅焚掠，商店民赀。愁看看，四万万，神明后裔；更惨过，那印度，那波兰，那埃及、犹太、土耳其的无国颠危！

这种粗犷而热烈的表现在过去戏剧中是从来没有过的。署名心青著的《女界文明灯弹词》（明明学社刊）中第八出，是正面描写1905年妇女界的反美运动的。写女界发起"拒约会"，告"通国二万万女子，概行停用美货"，正旦"白"中说：

> 俺想女子们用的东西，什么香水哩，香皂哩，每年不知要用多少。那都是美国的货，为俺们女子特别用物。至于普通公用的，像煤油洋布，更是销场广大，却归入家事中间，是俺们女子权力所到的，这关系倒也不小呢。

开会前小旦叙述华侨苦痛的唱词说：

> 木屋幽囚新入境，梦魂凄断旧家乡。想起那美洲初辟亏谁力，斩棘除荆是俺黄种当。到今日土地广开忘汗

血，便把俺同胞凌虐似牛羊。想起来一般都是他洲客，不过是别种无如白种强。只要像日本近来能自立，便逢迎到处广称扬。今番苛约从新订，莫道吾民容易逞刚强。且喜绅商谋抵制，不销美货拒重洋。年来女界文明进，巾帼须眉各自强。

这种民间形式的通俗文学是比那些诗文更能反映当时中国人民的反美情绪的。其次也有几部描写华侨悲惨的"猪仔生活"的小说，如《小说林》中有《黄金世界》二十回，署碧荷馆主人著，写美国人如何骗走华工，而又多方虐待的情形；书中也写了国内反美运动的蓬勃，和官吏豪绅的勾结美帝，镇压人民。对于华侨生活部分叙述得悲惨真实，很感动人。写国内的部分因为接触面过广，只有商人和妇女方面比较详细；写商人偷运美货勾通官府来压迫学界，逮捕反美分子的曲折，颇为成功。下边一段是写美国人勃来格在轮船上调戏中国女工的结果；女工用嘴咬他，他狂喊着：

"把这女人，衣服剥去，绑在柱上，先打几百鞭子，丢下海去！"水手不辨何人，横扯横拽；许多女人，急得乱叫乱躲。……不想左右中三行，上下四层，所有工人，一齐发作。推的推，揉的揉，把勃来格撑到梯边。管舱人带了无数黑奴，闻声赶到，擎枪吓禁，也被众人夺下。勃来格见事不妙，拔步飞逃，背后有人追上，只差两级，扑通一声，舱板盖下，接一连二的，纷纷倒下舱来，扒起跌落，嚷做一团，三四句钟，还不曾停。勃来格才同大副二副，又跟着一群水手侍者，进舱检点。死了九个工人，又有一名女工，有些已头开额裂，腹破肠流，带伤三十四人。勃来格令将死尸尽数搬到舱面，望海中抛下。

书中类此的关于美国人凌辱虐待华侨的描写，非常之多；可知那时美帝对中国人是如何的凶残。还有一部《苦社会》，1905年上海集成图书局刊，不署作者姓名，也是写旅美华工的悲惨生活的。前有漱石生序云：

是书作于族美华工，以旅美之人，述旅美之事，固宜情真语切，纸上跃然，非凭空结撰者比。故书都四十八回，而自二十回以后，几于有字皆泪，有泪皆血，令人不忍卒读，而又不可不读。良以稍有血气，皆爱同胞，今同胞为贫所累，谋食重洋，即使宾至如归，已有家室化离之慨；况复惨苦万状，禁虐百端？思归则游子无从，欲留则楚囚饮泣，此中进退维谷，在作者当有无量难言之隐。

内容确如序中所说，是"有字皆泪"的。华侨从开始上船起，就受上了虐待，一直到他死亡了，或逃回到中国；当中的时间是无时不在尝受着难忍的欺凌。书中的三个主人公有工人，有商人；结果是有的弃产逃命了，有的便被虐待死，经历是极其悲惨的。如说工人所住的工房是"高处不到三尺，深处不到五尺，曲了身子才能进去，没有一张床一张桌子，只在地下铺上一层稻草，脚踏时又湿又冷。上面有椽没有瓦，薄薄的盖些草，每间要住四人；立着抬不起头，睡着伸不直脚，还要用铁索将四人连续锁起，屋外有马队巡行。"下面是华侨居住的唐人街的情形：

回进唐人街，只见十几部马车，一排列定，车上坐满中国人，头里扣着链子，巡捕还四处捕捉男女老少，静悄悄地没有什么声息。倒只有狺狺的犬声，吠个不住。

可见当时美帝排斥华侨的残酷情形了。这还是普通的虐待，书中所描写的惨不忍睹的景象很多；于是很多华侨死了，其余的也只好忍痛弃产，逃回祖国。据梁启超《记华工禁约》中的记载，排华运动期间十余年，旅美华侨的数目由三十万锐减至十万，这是多么残酷的一幅景象。美帝为了扩大生产可以到中国骗买"猪仔"，充廉价的劳动力；到起了经济恐慌，生产不得不紧缩的时候，他就可以把你虐待死，丢在海里。在他的眼里，殖民地的人民都是"猪仔"啊。但就在那个时代，也还是有血泪的斗争的；全国人民的反美运动是一个例子，《苦社会》中所记华工们联合反抗，被剿灭死了许多人的事，也是够壮烈的。帝国主义者从来没有考虑过人民的要求与利益，只有在坚韧的反抗与战斗下，才能打倒它的残暴和侵略的气焰。五十年前的中国人民已经认识到了这一真理，今天站起来了的中国人民更紧紧地掌握了这个雄壮的力量。

## 三

"五四"以来的中国新文学本身就是彻底地反帝反封建的现实主义的文学，那思想的深度和战斗性的坚强都是远超过上面所说的这些旧民主主义革命时代的作品的，以反美为内容的文学自然也包括在内。譬如中国文化革命的主将鲁迅先生，在他的杂文中就痛斥过崇美亲美的林语堂之流为"西崽相"。他说：

> 这里之所谓"相"，非说相貌，乃是"诚于中而形于外"的，包括着"形式"和"内容"而言。这"相"，是觉得洋人势力，高于群华人，自己懂洋话，近洋人，所以也高于群华人；但自己又系出黄帝，有古文明，深通华情，胜洋鬼子，所以也胜于势力高于群华人的洋人，因此也更胜于还在洋人之下的群华人。租界上的中国巡捕，也常常有这一种"相"。倚徙华洋之间，往来主奴之界，这就是现在洋场上的"西崽相"。但又并不是骑墙，因为他是流动的，较为"圆通自在"，所以也自得其乐，除非你扫了他的兴头。[1]

又如关于美国电影，鲁迅先生在 1930 年就翻译了日本左翼作家岩崎·昶的《现代电影与有产阶级》登在《萌芽月刊》上（收于《二心集》），他在"译者附记"中说：

> 上海的日报上，电影的广告每天大概总有两大张，纷纷然竞夸其演员几万人，费用几百万，"非常的风情浪漫、香艳（或哀艳）肉感、滑稽、恋爱、热情、冒险、勇壮、武侠、神怪……空前巨片"，真令人觉得倘不前去一看，怕要死不瞑目似的，现在用这小镜子一照，就知道这些宝贝，十之九都可以归纳在文中所举的某一类，用意如何，目的何在，都明明白白了。但那些影片，本非以中国人为对象而作，所以运入中国的目的，也就和制作时候的用意不同，只如将陈旧枪炮，卖给武人一样，多吸

收一些金钱而已。而中国人对于这些的见解，当然也和他们的本国人两样，只看广告中借以吸引看客的句子，便分明可知，于各类影片，大抵都只见其"非常风情浪漫香艳（或哀艳）肉感……"了。然而，冥冥中也还有功效在，看见他们"勇壮武侠"的战事巨片，不意中也会觉得主人如此英武，自己只好做奴才；看见他们"非常风情浪漫"的爱情巨片，便觉得太太如此"肉感"，真没有法子办——自惭形秽。……欧美帝国主义者既然用了废枪，使中国战争，纷扰，又用了旧影片使中国人惊异，胡涂。更旧之后，便又运入内地，以扩大其令人胡涂的教化。我想，如《电影和资本主义》那样的书，现在是万不可少了！

在《准风月谈》中《电影的教训》一文中也说：

> 但到我在上海看电影的时候，却早是成为"下等华人"的了，看楼上坐着白人和阔人，楼下排着中等和下等的"华胄"，银幕上现出白色兵们打仗，白色老爷发财，白色小姐结婚，白色英雄探险，令看客佩服，羡慕，恐怖，自己觉得做不到。但当白色英雄探险非洲时，却常有黑色的忠仆来给他开路，服役、拚命、替死，使主子安然的回家；待到他豫备第二次探险时，忠仆不可再得，便又记起了死者，脸色一沉，银幕上就现出一个他记忆上的黑色的面貌。黄脸的看客也大抵在微光中把脸色一沉；他们被感动了。

这是多么无情地揭破了美帝文化侵略的居心和我同胞所受的

毒害！鲁迅先生的爱国主义精神是贯彻着他的一生的，他到厦门，就"想到除了台湾，这厦门乃是满人入关以后我们中国最后亡的地方，委实觉得可悲可喜。"[2]见了一个台湾的青年关心祖国，他"就像受了创痛似的，有点苦楚。"[3]如果他还活着，知道美帝正在侵略我们的台湾，那愤怒是可以想见的，因为这是中国人民共同的愤怒。又如茅盾先生著名的长篇小说《子夜》，那个非常精干的"铁腕"的主人公，民族资本家丝厂老板吴荪甫，最后终于在市场竞争中完全失败了，而他的对手赵伯韬正是美帝国主义的买办；说明了究竟谁真正操纵了中国社会的命脉，扼杀了中国工业的发展和中国人民的生活。我们说《子夜》是一部反美的作品，光景也没有什么错误罢！《子夜》中的革命斗争是用侧面写的，但也显示了中国的前途是寄托在无产阶级的革命上，而中国人民必须反美自是逻辑的必然结论。如果在新文学的零碎作品中找仇美鄙美的表现，我想是并不难的。譬如闻一多先生的《洗衣歌》，就是为在美国的"留学生常常被人问道你爸爸是洗衣裳的吗"而作的，他高傲地赞美了洗衣的劳动，然后说：

> 你说洗衣的买卖太下贱，
> 肯下贱的只有唐人不成？
> 你们的牧师他告诉我说：
> 耶稣的爸爸做木匠出身，
> 你信不信，你信不信？

就是这种热爱祖国的精神使他忘我地为人民尽了最后的力量。又如朱自清先生，在1925年写的《白种人——上帝之骄子》里,写他遇到一个只有十来岁的美国或英国的小孩子就知道拉长脸看不起中国人。他说:"这是袭击,也是侮蔑,我因了自尊,一面感着空虚,一面却又感着愤怒;于是有了迫切的国家之念。"这也可以说是在他逝世前那么尽力于反美运动的一种很早存在的潜力,而这正是帝国主义者自己种植下来的果实。在邹韬奋先生的《萍踪寄语》里,暴露美国社会不合理的地方更多。总之,自从有了美帝的侵略,中国人民自然就有了仇美鄙美的情绪,而这些也自然会反映到文学作品上的。中国的近代史是一部反帝反封建的人民民主革命的历史,文学自然也反映了中国人民的这种现实的要求,从这些作品中我们是可以体会到美帝的狰狞面貌和我们所必须担负的任务的。

虽然这样,比起美帝侵华的具体史实来,过去我们的文学作品在质上或量上都是反映得很不够的。到今天,美帝已经武装侵略了我国的领土台湾,已经成了全国人民以及全世界和平人民的共同敌人;在这样情势下,承继我们文学史上过去战斗的光荣传统,加强爱国主义与国际主义的写作活动,响应中华全国文学艺术界联合会"关于文艺界展开抗美援朝宣传工作的号召",积极为保家卫国进行工作,当是今日一切文学工作者的共同努力的光荣目标吧!

1950年12月16日

\*　　\*　　\*

〔1〕鲁迅:《且介亭杂文二集·"题未定"草(二)》。
〔2〕鲁迅:《华盖集续编的续编·厦门通信》。
〔3〕鲁迅:《而已集·写在劳动问题之前》。

# 晚清诗人黄遵宪

## 一

鸦片战争以后,在帝国主义者侵略中国的过程中,中国社会逐渐陷入了半殖民地半封建的命运,同时也自然开始了中国人民的反帝反封建的运动;一部近代史可以说就是帝国主义勾结中国统治者逐步侵略和中国人民民主革命运动的斗争史。这种斗争自然也反映在文化战线上,因此在晚清的许多文学作品里,无论是诗文或小说,比之过去封建社会的文学来,就都带有了显明的不同的性质;而且在表现的形式上也都有了一定程度的改革。虽然在今天看来,因为作者大部分还都是封建士大夫出身的人,因此那些作品里所反映的中国人民的要求是很不够的,作者的思想多半仍带有相当浓厚的改良主义色彩。但那本来是一个旧民主主义革命的时代,作者们受着更多的历史条件的限制;那些文学形式上的"改革"自然也是失败了,正像旧民主主义革命的不能成功是一样的。但从历史的意义看来,不只那些作品的内容反映了中国人民对于帝国主义者的仇恨以及要求中国进步的爱国精神,而且晚清的文学改良运动也正是五四新文化运动的前驱,证明了"此路不通"也正是促使中国人民另外找真理的动力。由这些作品的阅读,我们可以体会到在帝国主义者的侵略过程中,中国人民是怎样表现了他们的愤怒的反抗和高度的爱国热忱的。

诗是过去文人表现自己情感最常用的文学形式，因此在知识分子中发生的影响也最大；当晚清一些落后文人正沉溺于模仿宋诗，形成所谓"同光体"的风气时，另一型的"新派诗"也出现了；而且有许多人喜欢读它，这就是黄遵宪的诗。他自称他的诗是"新派诗"（见《酬曾重伯编修诗》），这不只是指他在语言文字上的某一程度的解放，更重要的是他写了许多在传统诗篇里面所没有的内容，而诗体的解放正是为了要适应这些新的内容的表现。梁启超称他为"诗史"，从他的诗里的确是可以显明地看出中国近代史的面貌，特别是帝国主义者侵略中国的经过和诗人自己的爱国精神的。

黄遵宪（1848—1905），字公度，广东嘉应州（今梅县）人。著有《人境庐诗草》11卷及《日本杂事诗》2卷。现在《人境庐诗草》中最早的诗是作于1865年，他十八岁的时候。那时正是太平天国革命刚刚失败，帝国主义势力加紧侵入的时候；广东是接触新思想比较早的地方，他十八岁时的诗中就说："世儒诵诗书，往往矜爪嘴，昂头道皇古，抵掌说平治。……古人岂我欺，今昔奈势异，儒生不出门，勿论当世事。识时贵知今，通情贵阅世。"[1]他认识了今昔势异，不满意当时一般士大夫的迂阔的论调，要求"知今"和"阅世"；对于当时提倡考据和义理的汉学和宋学，他都认为于事无补；"区区汉宋学，乌足尊圣哲？毕生事钻仰，所虑吾才竭"。[2]尤其对当时的以八股文取士的考试制度，更为不满。他说：

吁嗟制艺兴，今亦五百载。世儒习其然，老死不知悔。精力疲丹铅，虚荣逐冠盖。劳劳数行中，鼎鼎百年内。束发受书始，即已缚纽械。英雄尽入彀，帝王心始快。岂知流寇乱，翻出櫌锄辈。[3]

他比康有为梁启超的出生时代都早，写这诗时他只有二十一岁（1868年），但已经认识到统治者以制艺取士的用意和农民是推翻统治者的主要力量，不能不说是晚清孕有民主思想比较早的一人，因此他诗中的爱国思想和反帝情绪也就特别浓厚。譬如他到香港，就感到"虎穴人雄据"；对于鸦片战争的结果，他认为"纷纷和战都非策"，[4]"聚铁虽坚奈错何"，而对当时抗敌死亡的关天培将军，却盛赞他的富有将略。[5]写英法联军入京烧圆明园，清廷订立屈辱和约的诗说："骊山烽火成焦土，牛耳牲盘捧载书"，[6]对帝国主义的残暴和满清统治者的驯从也寄予了很深的愤慨。1875年写的诗中他感到帝国主义者"今年问周鼎，明天索赵璧，恫疑与虚喝，悉索无不力"，而愿"荷戈当一兵，吾亦从杀贼！"他"时时发狂疾，痛洒忧天泪"，觉得"到此法不变，终难兴英贤"，[7]沉痛有力地表现了反帝爱国与民主革命的要求。同年英国翻译官马嘉礼在云南被杀，满清官吏借此诬杀了很多夷族人民，所谓"马嘉礼案"；他感到"惟诬化外人"，"国耻诚难雪"。[8]这时他二十八岁。

1876年清朝任何汝璋为首任出使日本大臣，命他为日使馆参赞，偕同赴日，前两年他就说："平生揽辔澄清志，足迹殊难出里间；万一铅刀堪小试，可容韫匵便藏诸？"[9]据他弟弟黄遵庚说，何汝璋和黄家是世交，这次是他自己请求相从的（见钱萼孙撰《黄公度年谱》光绪二年下注）；从此就开始了他二十年的外交僚属生涯。当时日本正是明治维新以后，国势由衰转盛，这对他思想上的影响很大。他盛赞日本的维新志士，说"有志之士，前仆后起，踵趾相接，视死如归。死于刀锯，死于囹圄，死于逃遁，死于牵连，死于刺杀者，盖不可胜数。卒以成中兴之业，维新之功，可谓盛矣。"[10]后来他自己说这时他"取卢梭孟德斯鸠之说读之，心志为之一变，知太平世必在民主也"（《新民丛报》壬寅《论学笺》）。于是采访日本国情政治等，成《日本杂事诗》（七绝）2卷。又努力学习日文，发凡起例，草《日本国志》一书；后来戊戌政变前梁启超作的《后叙》说："以吾所读《日本国志》者，其于日本之政事、人民、土地及维新变法之由，若入其闺闼而数其米盐，别白黑而诵昭穆也。其言，十数年前其于今日之事，若烛照而数计也。"当时国人还并不觉得日本的可畏，他书中已说"日本维新之效成则且霸，而首先受其冲者为吾中国。"后日本谋夺我琉球，他为何汝璋致书总理各国事务衙门，提请防弥，说琉球如亡，"不出数年，闽海先受其祸。"[11]后日人灭琉球，他作《流求歌》，沉痛地写出了琉球人民的痛苦。他看出日本接着一定还要侵略朝鲜，因此上书陈利害，主张"乘彼谋未定，先发制之"，但满清廷议不采纳。[12]他是很早就认识到日本帝国主义者的野心的。

19年他调为美国旧金山总领事，那时美国正酝酿排斥华工，梁启超《嘉应黄先生墓志铭》说："先生既以先事御之之谋告其上而不用，乃尽其力所能及以为捍卫。"据司徒美堂先生作的《我痛恨美帝》一书中说，他是中国历来驻美外交官中惟一做过一些保护华侨工作的人。《清史稿·本传》记载一事说："美吏尝借口卫生，逮华侨满狱，遵宪径诣狱中，令从者度其容积曰：此处卫生顾右于侨居耶？美吏谢，

遽释之。"这当然并不能根本阻遏美帝虐待华侨的事实,他感到非常愤慨,在长诗《逐客篇》中说:

呜呼民何辜,值此国运剥!轩顼五千年,到今国极弱。鬼蜮实难测,魑魅乃不若;岂谓人非人,竟作异类虐。……从此悬厉禁,多方设扃钥。……不持入关繻,一来便受缚。但是黄面人,无罪亦筹掠!……倒倾四海水,此耻难洗濯!他邦互效尤,无地容飘泊。远步想章亥,近功陋卫霍,茫茫问禹迹,何时版图廓?

诗中描写了旅美侨胞的辛勤劳作的情形,但得到的却是"但是黄面人,无罪亦筹掠",能不令人感到"倒倾四海水,此耻难洗濯"吗?1884年中法战争,冯子材大破法军于镇南关外,他作《冯将军歌》,对冯子材七十衰龄,犹能赤膊大刀独当前阵的勇敢,唱出了热烈的颂歌。诗中说:"何物岛夷横割地,更索黄金要岁币,……得如将军十数人,制挺能挞虎狼秦,能兴灭国柔强邻,呜呼安得如将军!"另外又写了长诗《越南篇》,对越南的终于沦敌寄托了很深的感喟。

1890年他任驻英使馆参赞,至伦敦。据他自己后来说,到英国后就感到中国的政体应该效法英国(《新民丛报》壬寅《论学笺》),在思想上又有了一点变化。这年作的《感事三首》中说:

堂堂大国称支那,文物久冠亚细亚。……鄂罗英法联翩起,四邻逼处环相伺,着鞭空让他人先,卧榻一任旁侧睡!古今事变奇到此,彼己不知宁勿耻?持被入直刺刺语不休，劝君一骋四方志。

诗中显明地表示了爱国精神和民主革命的要求。次年由伦敦调任新加坡总领事，作长诗《番客篇》，写出了南洋华侨的辛苦劳作和爱国情绪；他们在外到处受人欺凌，回国又得不到政府的保护，结果"番汉两弃却"；结尾说：

> 近来出洋众，更如水赴壑。南洋数十岛，到处便插脚。他人殖民地，日见版图廓，华民三百万，反为丛驱雀。螟蛉不抚子，犬羊且无鞟，比闻欧澳美，日将黄种虐。向来寄生民，注借今各各，周官说保富，番地应设学。谁能招岛民，回来就城郭！群携妻子归，共唱太平乐。

我们今天所实行的侨务政策，可以说正是诗人多少年前梦想的光景的实现。

1894年中日甲午之战起，中国陆军败于平壤，海军败于大东沟。日本占旅顺，寇威海；海军提督丁汝昌降敌，旋又自杀；最后订立了屈辱的《马关条约》。他对这次事件非常愤慨，有《悲平壤》《东沟行》《哀旅顺》《哭威海》《降将军歌》《马关纪事》《台湾行》《度辽将军歌》诸诗，都表现了高度的爱国热忱和反帝精神，对满清官吏的昏庸无能也给予了无情的讥刺。《悲平壤》说清将叶志超"一夕狂驰三百里，敌军便渡鸭绿水"。《东沟行》说"人言船坚不如疾，有器无人终委敌"。《哀旅顺》和《哭威海》中都形容了地势是如何的天险，而竟然"一朝瓦解成劫灰"，"万钧炮，弃则那"。他感慨说：

噫吁戏！海陆军！人力合，我力分。如蠖屈，不得伸。……四援绝，莫能救；即能救，谁死守？炮未毁，人之咎。船幸存，付谁某？十重甲，颜何厚？

《降将军歌》有力地讥刺了无耻的投敌将领丁汝昌，说他"有炮百尊枪千枝，亦有弹药如山齐"，但一定要"乃为生命求恩慈"。《度辽将军歌》借着一颗"汉印"作线索，辛辣地嘲讽了一个愚昧怯弱，未战而全师败绩的官僚吴大澄。在《马关纪事》中他慨叹"括地难偿债"，说"瓜分倘乘敝，更益后来忧"。而意义表现得最明显有力的是歌咏台湾人民抗日的《台湾行》：

城头逢逢雷大鼓，苍天苍天泪如雨！倭人竟割台湾去，当初版图入天府。……眈眈无厌彼硕鼠，民则何辜罹此苦！亡秦者谁三户楚，何况闽粤百万户！成败利钝非所睹，人人效死誓死拒。万众一心谁敢侮，一声拔剑起击柱。今日之事无他语，有不从者手刃汝！

从这里，我们可以看出台湾人民反帝的光荣传统，也表现出诗人自己的热烈的爱国精神。以后接着的是满清政府纷纷割地赔款的屈辱外交，殖民地化的程度愈来愈深了。他在《书愤》一诗中说："一自珠崖弃（胶州），纷纷各效尤。瓜分惟客听，薪尽向予求。秦楚纵横日，幽燕十六州。未闻南北海，处处扼咽喉！"此后他对满清统治者的幻想就开始逐渐破灭了。但对中国的前途并不悲观，他希望"弟兄同御侮"（《马关纪事》五），终有一日能够"马蹄蹴踏西江水，相约扶桑濯足来"(《送文芸阁学士》)。

1896年他在上海识梁启超,因捐银办《时务报》(旬刊),鼓吹君主立宪,这是中国最早的杂志。开头数月他对一切事务都亲自参加,曾对报社同人说:"吾辈办此事,当作为众人之事,不可作为一人之事,乃易有成"(见梁启超《创办时务报原委记》)。这年他曾代表南洋大臣刘坤一与日本领事珍田议商《马关条约》中的苏州杭州两处租界事;他答应自营市政,与外旅方便,但坚决不允治外法权。事已成议,日本政府不满,撤回珍田而直接与清廷交涉,结果仍然屈从了。次年他任湖南按察使,与陈宝箴等办时务学堂,励行"新政",《清史稿·本传》就说"遵宪首倡民治于众",当时谭嗣同梁启超等都去参加,有很多的改良设施。第二年戊戌政变起,几被株连,此后就没有再出仕了。《感事诗》说:"可怜时俊才无几,瓜蔓抄来摘更稀,"就是咏戊戌死难诸人的。

庚子事变时他写的关于义和团和八国联军入侵的诗很多,他对于义和团是不同情的,这是他思想中的消极反动的部分;但他对帝国主义者的侵略和满清的误国仍表现了很大的愤慨,如"谁人秉国竟养盗,坐引强敌侵畿疆"[13]等诗句。他还写了《聂将军歌》来歌咏因英勇抗敌而牺牲的将领聂士成的壮烈事迹,"敌军方疑督战谁,中旨翻疑战不力",对满清统治者的昏庸误国是非常愤慨的。《辛丑和约》订后,他说"坐视陆沉谁任责",又说"毕世难偿债筑台"[14],沉痛地写出了他的不满和悲愤。

《人境庐诗草》中最后的诗是《病中纪梦述寄梁任父(启超)》,1904年写的。所谓"梦"实际是抒写他的政治理想；其中说："孰能张网罗，尽杀革命徒；汝辈主立宪，宁非愚欲迁。"又说：

> 人言廿世纪，无复容帝制；举世趋大同，度势有必至。怀刺久磨灭，惜哉吾老矣！日去不可追，河清究难俟。倘见德化成，愿缓须臾死。

这时梁启超远在日本，而黄遵宪已经将君主立宪的思想否定了。同盟会成立于1905年，国内革命运动正炽，他已经看到"无复容帝制"的趋向，可惜就在1905年春他就因病逝世了。死前与弟书说："生平怀抱，一事无成，惟古今体诗能自立耳；然亦无用之物，到此已无望矣。"[15]这和他以前所说的"穷途今何世，余事且诗人"[16]的意思是相合的，他的诗原是为了要表达他的政治怀抱的。

## 二

随着表现新的内容的要求，晚清曾有过一度所谓"诗界革命"的运动。梁启超《饮冰室诗话》说："当时所谓新诗者，颇喜挦扯新名词以自表异。丙申丁酉间（1896—1897）吾党数子皆好作此体。提倡之者为夏穗卿（曾佑），而复生（谭嗣同）亦綦嗜之。"这些诗中充满了《新约》典故和翻译名词的字样，结果自然是失败了的。但在这个运动的30年前，1868年黄公度就有过更彻底的主张，[17]而且他是以创作实践来坚持了四十年的，就是梁启超他们也承认他的诗是最成功的新派诗。《杂感》诗中说：

俗儒好尊古，日日故纸研。六经字所无，不敢入诗篇。古人弃糟粕，见之口流涎；沿习甘剽盗，妄造丛罪愆。黄土同搏人，今古何愚贤？即今忽已古，断自何代前？……我手写我口，古岂能拘牵！即今流俗语，我若登简编，五千年后人，惊为古斓斑。

他在《人境庐诗草·自序》里也说："今之世异于古，今之人亦何必与古人同"，主张"不名一格，不专一体，要不失乎为我之诗。"因此他的诗相当散文化，持律不严，选韵尤其宽，异声通押的例子很多。古诗写得比近体好，尤其是五古。方言俗谚也不避讳，可以说是将传统的诗体相当地解放了一些；而这种诗形的解放正是为了要适应他所表现的启蒙的民主主义内容的。梁启超《饮冰室诗话》说："近世诗人能熔铸新理想以入旧风格者，当推黄公度。"在没有彻底打破旧诗的形式以前，要想熔铸新思想，是一定会有"我手写我口，古岂能拘牵"的要求的。因此他的诗不只和"同光体"派的"鹦鹉名士"（梁启超语）们根本不同，而且也不同于徒以运用新名词为贵的夏曾佑诸人。他诗中的新名词并不多，就因为他怕破坏了诗的表现力量；他要在不彻底突破旧诗形式的范围内仍然写成一首好诗，这自然会使所写的内容受到一定的限制；所以梁启超《夏威夷游记》说："时彦中能为诗人之诗而锐意欲造新国者，莫如黄公度。其集中《今别离》四首，又《吴太夫人寿诗》等，皆纯以欧洲意境行之。然新语句尚少，盖因新语句与古风格常相背驰，公度重风格者，故避免之也。"但晚清热心"诗界革命"的诸人，把诗写得根本不是诗了，连梁启超自己后来也放弃了这一运动；而一些做"宋诗"的人又只在形式字句的模仿上用功夫；因此从诗的艺术成就上讲，黄公度的诗在诗形的某一程度的解放下容纳进一定的民主主义的内容，使诗还能发生艺术的作用；还能使"海内折柬相追，欲读其诗而知其人者，迄无虚岁"[18]，在当时也是最成功的。我们完全可以认为他是旧民主主义革命时代的代表诗人。

这也并不仅只指上面所引的那些反帝爱国的诗，虽然那的确是他诗集中最重要的部分；但思想是连贯的，写别的题材的诗也同样表现出他的特点来。譬如《今别离》四首分咏轮船、火车、电报、相片，及东西两半球昼夜相反，但仍赋予了新的情感，《以莲菊桃杂供一瓶作歌》咏新理新事，读来都并不感到生硬。又如写爱情的绮艳之辞，也和旧文人的"忆内""寄内"或猥亵之词不同，他采取了民间文学的优点，所写的爱情也是健康的；如《山歌》第五首：

> 邻家带得书信归，书中何字侬不知，等侬亲口问渠去，问他比侬谁瘦肥。

他又有《出军歌》二十四首，集中未收，见梁氏《饮冰室诗话》。歌分《出军》《军中》《还军》各八首，每首的最后一字连起来读是"鼓勇同行，敢战必胜，死战向前，纵横莫抗，旋师定约，张我国权"二十四字。梁启超评论说："读此诗而不起舞者，必非男子。"现在我们读起来都感到气魄雄伟，充满了爱国的热情。在他集中不只歌咏时事的诗，无论哪一方面的题材，差不多都是古人"未有之物，未辟之境"，贯串着他的新的思想；而且正因为如此，诗也就波澜壮阔,境界扩大,成就超过了当时一般的诗人。他在《寒夜独坐卧虹榭》末首中说:"蜡余忽梦大同时,酒醒衾寒自叹衰;与我周旋最亲我,关门还读自家诗。"他的政治理想不能实现,忧国忧时之情就都表现在诗里了。

就他的思想说,当然还存有许多保守的、改良的色彩。例如对于满清统治者,就存着许多幻想,直到戊戌政变后才逐渐消除;早年主张模仿日本明治维新,后主张变法必师英国,都和他不想根本推翻满清的思想有关系。但抱有一定的民主主义思想是很显然的,戊戌前一年他在湖南南学会的演讲词中说,"人必能群而后能为人","国以合而后能为国";又说周前"封建之世,世爵世禄世官,即至愚不道,如所谓生于深宫之中,长于妇人之手,骄淫昏昧,至于不辨菽麦,亦觍然肆于民上,而举国受治焉;此宜其倾复矣。"这显然是指当时的政治情势说的。又竭力鼓吹"地方自治",说官吏"入坐堂皇,出则呵道","吾民之疾病祸难,困苦颠连,问其所以,瞠目不能答","乃举吾之身家性命田园庐墓,委之于宴会之生客,逆旅之过客,而名之为官者,则乌乎其可哉!"[19]在当时这是极激烈的意见,反映了启蒙期的民主革命的政治要求。又如《辛丑和约》后他说曾国藩"事事皆不可师,而今而后,苟学其人,非特误国,且不得成名"。说曾国藩忘记了洪杨之徒"为赤子为吾民也"。这时他已主张"中国之进步,必先以民族主义,继以立宪政体,可断言也"。说满清统治者"俾一切士大夫习为奴隶而后心安,其文字之祸,诽谤之禁,穷古所未有"(皆见《新民丛报》壬寅《论学笺》)。他由事实的教训中,已坚决主张推翻满清了。总之,从《人境庐诗草》存诗的1865年起,他就已初步地具有了一些民主主义的思想，这是比康有为梁启超诸人都要早的；而且四十年来，他的思想总在不断地向前进步，这也是超过康梁诸人的。因此他的思想的局限性，主要是受了历史条件的限制；他没有超出了软弱的旧民主主义革命的范围。

此外他对自己的主张不够坚强，常带有温情的妥协倾向。譬如满清以制艺取士的考试制度，他是从来就反对的，诗中咏此的很多；但他自己还是应试了，说是"暂垂鹏翼扶摇势，一学蝇头世俗书"。[20]而且还解嘲说："孔孟生今日，必就有司试；岂能无斧柯，皇皇行仁义。"这种妥协倾向主要是由他的阶级出身决定的，他想到了"抡才国所重，得第亲亦喜"。[21]因此他集中述及国内政情的诗就比较温和，最有力量的都是记载外祸的反帝爱国的诗；而这些诗才正是反映了当时全国人民的反帝要求的。他一生没有做过掌权的大官，四十年中，只在僚属的职务内随时考察各国情况，努力想使中国进步，表现了启蒙期的民主革命的要求；但帝国主义的侵略和中国殖民地化的程度却愈来愈严重了，这是一个悲剧，而这悲剧正是旧民主主义革命的必然结果。但从他的作品里，我们仍然可以体会到中国人民是经过怎样摸索的道路，来求中国的进步和抵抗帝国主义者的侵略的。

1951年3月25日

\* \* \*

[1][2] 黄遵宪:《感怀》。
[3][17] 黄遵宪:《杂感》。
[4] 黄遵宪:《香港感怀》。

〔5〕黄遵宪:《羊城感赋》。
〔6〕黄遵宪:《和钟西耘庶常津门感怀诗》。
〔7〕〔21〕黄遵宪:《述怀再呈霭人樵野丈》。
〔8〕黄遵宪:《大狱四首》。
〔9〕黄遵宪:《将应顺天试仍用前韵呈霭人樵野丈》。
〔10〕黄遵宪:《近世爱国志士歌序》。
〔11〕钱萼孙:《年谱》光绪五年下。
〔12〕梁启超:《嘉应黄先生墓志铭》。
〔13〕黄遵宪:《南汉修慧寺千佛塔歌》。
〔14〕黄遵宪:《和议成杂感》。
〔15〕〔18〕黄遵楷:《人境庐诗草·跋》。
〔16〕黄遵宪:《支离》。
〔19〕钱萼孙:《年谱》光绪二十三年下《注》。
〔20〕黄遵宪:《将应廷试感怀》。

# 关于黄遵宪的补充说明

《晚清诗人黄遵宪》一文于《人民文学》4卷2期发表后，曾引起任访秋先生的批评，任作原文及我的答复俱载于1952年1月号的《人民文学》上。任作中的主要意思均已引入我的答复中，今仅将我的答文附录于此，作为关于《晚清诗人黄遵宪》一文的补充说明。

任访秋先生对拙作《晚清诗人黄遵宪》一文提出了不同的意见，这是值得感谢的。现在就其中主要几点，重申鄙意，望任先生指教。

任先生把晚清的政治思想与政治活动分为四类：（一）农民革命运动（太平军、捻军），（二）封建官僚大地主的自救运动（李鸿章、张之洞的洋务运动），（三）地主资产阶级的改良运动（康、梁的变法维新），（四）新兴的资产阶级革命运动（孙文、黄兴的民主革命）。就任先生所分的四类中，我和任先生看法的主要不同点，就是他把黄遵宪归于第二类，或很接近于第二类，而我则归于第三类。这两类人的分别是不能简单地用家庭出身来决定的，因为都是地主出身。单从仕宦经历来分别也很难。就黄遵宪说，他没有做过掌握实权的大官，二十余年中，做的都是外交僚属的职务；在戊戌政变失败后他不但被革职了，而且还"以兵二百名围守，捧枪鹄立，若临大敌"，[1]而主持者就是两江总督张之洞。这以后他并不是没有出仕机会的，潘飞声在《山泉诗话》云:"庚子李相鸿章督粤,屡聘黄公度京卿出山,而京卿自戊戌归里后,闭门著书,不预世事。以李相频频电促,乃谒帅辕……未几辞归。"他的不愿再出仕,是和他自己的政治思想分不开的。李鸿章死后,他所作的《挽诗》中曾说李是"九州人士走求官,婢膝奴颜眼惯看";又云:"赤县神州纷割地,黑风罗刹任飘船,老来失计亲豺虎,却道支持二十年。"诗下自注云:

> 公之使俄罗斯也,遵宪谒于沪上,公见语曰:"连络西洋,牵制东洋,是此行要策。"及胶州密约成,归又语遵宪曰:"二十年无事,总可得也。"

可知除了他不愿"婢膝奴颜"以外,他首先不满意李鸿章的勾结帝国主义的外交政策;割地丧权的事实和他的爱国精神根本是不相容的。甲午战争时,他任新加坡总领事,兵败后,两江总督张之洞"以筹防需人"调他回国[2],他见张之洞时,"亦复昂首,足加膝,摇头而大语",之洞置之闲散[3],结果只留了五个月就离开到湖北去了。他和李鸿章、张之洞之间的关系,如此而已。凭这些关系我们是很难把他说成"封建官僚大地主的自救运动"中的人物的。

再就他和康梁之间的关系来看,1895年康有为开始组织强学会,会员只有16人,他就是会员之一[4]。他以前并不认识康有为,强学会成立后,他往访康,"加足于膝,纵谈天下事……自是朝夕过从,无所不语。"[5]不久强学会遭封禁,次年,他"愤学会之停散,谋再振之,以报馆为始倡。"于是写信招梁启超至上海,创《时务报》[6]。这时才开始认识梁启超。他比康、梁的年岁都大，社会地位较高，而与康、梁订交都是由他主动的，这不能不说是一种政治思想的结合。《时务报》是中国最早的杂志，其中"域外报译"一栏就占总篇幅的二分之一以上，都是介绍各国大事和立宪民主的思想的，而梁启超就说："一切馆务，先生无不与闻。"同年9月，光绪召他入觐，问"泰西政治何以胜中国"，他答"泰西之强，悉由变法[7]"。次年至湖南，署按察使，与梁启超、谭嗣同等倡办南学会，在湘厉行新政[8]，《清史稿·本传》说"遵宪首倡民治于众"，康有为《人境庐诗草·序》说"中国变法自行省之湖南起"；他在演讲词中攻击官僚，主张"人必能群而后能为人"，那有一定的民主思想是很显然的。当时的一切新政，他都"戮力殚精，朝设而夕施[9]"。戊戌那年徐致靖保奏的"通达时务人才"五人，就是康有为、黄遵宪、谭复生、张菊生和梁启超。政变时他在上海抱病，几遭不测；后清廷以"不可再事钩连"，才"得旨放归"。以后就在家著书讲学，没有出仕；并常于梁启超在日本主编的《新民丛报》中写《论学笺》，倡民权自由，反对保存国粹，主张"中国之政体，必先以民族主义，继以立宪政体，可断言也"[10]。这时他和梁启超的观点仍是完全一致的，主张君主立宪，怀疑群众能否自治；梁启超提倡"新民"也就是从这里出发的。但比起康有为的只提倡保皇尊孔来，他认为"儒教不过九流之一，可议者尚多"[11]，是已经很有分歧了。任先生以壬寅《论学笺》代表他的最后政治主张，理由是离他死只有三年；在这文章里他仍主张君主立宪，但已攻击满清统治者"俾一切士大夫习为奴隶而后心安，其文字之祸，诽谤之禁，穷古所未有"了。拙作中以

《人境庐诗草》中的最后一诗《病中纪梦述寄梁任父》为他的最后主张，那诗是他死前一年作的，其中已明白地否定了君主立宪的思想。诗中说："孰能张网罗，尽杀革命徒；汝辈主立宪，宁非愚欲迂。"又说：

  人言廿世纪，无复容帝制；举世趋大同，度势有必至。怀刺久磨灭，惜哉吾老矣！日去不可追，河清究难俟。倘见德化成，愿缓须臾死。

这是 1904 年写的，次年同盟会才成立，他就逝世了。而梁启超直到辛亥革命成功以后才放弃了君主立宪的主张，康有为则后来还要复辟。

  黄遵宪应该属于康、梁这一类的人物，是毫无疑问的。现在要说的是"戊戌政变"的这类思想和运动，是否在当时有它的一定的进步意义呢？毛主席在《新民主主义论》里，认为从鸦片战争以来，经过了许多个别的阶段，从某一点说来，"都是中国人民在不同的时间中和不同的程度上实行这第一步，实行反对帝国主义和封建势力，为了建立一个独立的民主主义的社会而斗争，为了完成第一个革命而斗争。"而"戊戌政变"也是他所指出的这"许多个别的阶段"中之一。这个运动当然是一个改良主义的运动，范文澜先生在《中国近代史》中说："康、梁系代表开明的地主富商要求转化为资本家，要在政治上取得必需的保障，就是说要取得有限度的民主权利。"又说：

  毛泽东同志在《新民主主义论》里指出中国资产阶

级的两面性时说:"一方面——参加革命的可能性,又一方面——对革命敌人的妥协性,这就是中国资产阶级'一身而二任焉'的两面性。"改良主义的康梁维新派(死心保皇以前)当然也受这个原则的支配,不过比当时的革命派——兴中会,革命性更少些,妥协性更多些。

这论断是非常正确的;也解决了任先生所提出的与兴中会的比较问题。后来维新派的唐才常与兴中会联合,发动"自立军起义",失败后牺牲,黄遵宪诗中还说"成败非所论,此志良可伤"[12]。兴中会当然是较维新派进步的,但基本上也是受着"一身而二任焉"的两面性的支配;而且兴中会初创立于檀香山,后来的活动方式也以运动秘密会党起义为主,国内一般的影响还不大;到1905年同盟会成立时,才明白定出驱除鞑虏、恢复中华、建立民国、平均地权的政纲。而《时务报》一出版(1896年,比兴中会晚两年,)就"一时风靡海内,数月之间销行至万余份,为中国有报以来所未有"[13];范文澜先生说当时"维新派影响散布全国,顽固势力并不能阻遏这个潮流。"这也就是我们肯定康梁等人的改良主义思想在当时还有一定程度的进步作用的原因。康梁后来是完全堕落为反动的了,此后的改良主义思想也就再没有可能发生任何进步的作用,而必然也是反动的了。这是我们必需根据历史情况来加以区别的。

其次我们再来讨论一下黄遵宪对于太平军和义和团的态度问题。就在关于《武训传》的讨论中,黎澍先生写的《关于近代中国历史上的改良主义》一文中说:

早在十九世纪末叶，中国已经出现了资产阶级的改良主义的政治运动。当时独立的民族资产阶级还没有形成。一部分资本主义化的地主阶级集合在以康有为为首的维新派旗帜下，发起了所谓维新运动。他们并不想根本改变封建主义的统治秩序。他们的主义是君主立宪，就是给封建的专制统治加上些民主政治的成分。当时中国农村中已有许多征象足以表明农民革命运动可以再起，但维新派是站在反对农民革命的立场上的，他们的全部希望寄托在皇帝一人身上，这正是改良主义思想的必然的表现，它的失败也是必然的。由于当时还没有发生资产阶级的革命运动，这种改良主义运动对当时中国人民的觉醒起了很大的作用，所以还有一定的进步意义（《学习》4卷11期）。

康梁维新派对于农民运动和对于满清皇室的态度，在这里得到了清楚的说明；虽然这样，但我们还是可以承认他们在当时有一定的进步意义的。就黄遵宪说，他写太平天国的诗都作于1865年，是集中所存最早的诗。那时他才十八岁，还在塾中读书；而太平军首都南京已于前一年陷落，革命失败已成定局，要求在那时他就能认识到太平天国的革命性质，是不大可能的事情。他的思想也是逐渐发展的；过了三年（1868），他在《杂感》诗中就说："束发受书始，即已缚纽械，英雄尽入彀，帝王心始快，岂知流寇乱，翻出耰锄辈。"不能说不是已经初步认识到了农民革命的力量。到他晚年作的壬寅《论学笺》中，说曾国藩忘记了洪杨之徒"为赤子为吾民也"，说曾国藩"事事皆不可师"，那态度就明朗多了。对于义和团，他是不同情的。这分两个原因：第一，他不相信迷信神道可以成功；所谓"九百虞初小说流，神施鬼设诩兵谋"，他屡至欧美各国，具有一些近代科学思想，当然是不会相信神力的。第二，他不相信群众的力量；所谓"尽将儿戏尘羹事，付与尸居木偶人"[14]。怀疑群众力量是他思想中一贯的消极反动部分；但我们也不能认为当时相信义和团的人就是进步的，西太后的亲信载漪、刚毅、徐桐等就是一直赞成义和团的。黄遵宪不相信义和团的方式和力量，并不等于说他不反帝；他在当时写的《聂将军歌》、《和议成志感》诸诗，都表现了他对帝国主义者侵略的愤慨。对于满清皇室，他这时仍没有放弃君主立宪的主张，对光绪皇帝是抱有幻想的。在《奉谕改于八月二十四日回銮感赋》一诗中他说："翠华望遍今天下，玉玺犹持一妇人。"在《南汉修慧寺千佛塔歌》一诗中他说："谁人秉国今养盗，坐引强敌侵畿疆。"他是很不满意于以西太后为首的满清执政集团的，但对光绪皇帝仍抱有幻想。任先生所引的诗中有下面几句：

> 旧梦百年仍锁港，残山半壁欲迁都。最怜黄鹤楼中客，西望长安泪眼枯。（原注："奏称臣等自五月以来，惊魂欲断，泪眼将枯云。"）

用这来说明他对满清的忠诚是不够的。这恐怕对诗的原意有些误解；那个"西望长安泪眼枯"的是"黄鹤楼中客"湖广总督张之洞，并不是黄遵宪自己。原注是引的刘坤一、张之洞"电奏密陈大计疏"中的话；诗中表示了闭关自守和迁都的办法是行不通的，对刘张等则寄予了一点嘲讽。这样，要说"他是满清王朝极其忠实毫无二心的臣子与奴才",恐怕是不大说得通的。

任先生认为黄遵宪的文学改良主张还有一定的进步意义,但这和他的政治思想是矛盾的。我认为他的关于文学的主张正是他的政治思想的反映,是完全一致的。我的那篇文章中主要说明两点意思:第一,他是旧民主主义革命时代的代表诗人;第二,他的诗中极富于反帝爱国的精神。对于他思想中的消极部分也并不是没有提到;文中说:

> 就他的思想说,当然还存有许多保守的改良的色彩。例如对于满清统治者,就存着许多幻想,直到戊戌政变后才逐渐消除;早年主张模仿明治维新,后主张变法必师英国,都和他不想根本推翻满清的思想有关系。……此外他也受到了他的阶级出身的限制,所以对事情的主张不够坚强,常带有温情的妥协倾向。……因此他集中述及国内政情的诗就比较温和,最有力量的都是记载外祸的反帝爱国的诗;而这些诗才正是反映了当时全国人民的反帝要求的。

无论就他的诗,或就他的政治思想说,我想我那篇文章中所要肯定的两点还是可以成立的。当然,他的政治主张和文学主张都是不彻底的,都是失败了的;"这是一个悲剧,而这悲剧正是旧民主主义革命的必然结果。但从他的作品里,我们仍然可以体会到中国人民是经过怎样摸索的道路,来求中国的进步和抵抗帝国主义者的侵略的。"(拙作中原文)对于历史人物的评价是一个严肃细致的工作,所谓"把问题提到一定的历史范围之内"并不是件轻易的事情,拙作主要是就他的诗讲的,因此将许多次要的材料都略去未讲,致引起任先生的批评和怀疑;但这对我还是很有益处的。

1951 年 10 月 24 日

\* \* \*

〔1〕黄遵宪:《放归》诗自注。
〔2〕〔7〕黄遵宪:《己亥杂诗》自注。
〔3〕康有为《人境庐诗草·序》及钱萼孙《年谱》光绪二十一年下。
〔4〕戈公振:《中国报学史》。
〔5〕康有为:《人境庐诗草·序》。
〔6〕梁启超:《创办时务报原委记》及《三十自述》。
〔8〕梁启超:《戊戌政变记》。
〔9〕梁启超:《嘉应黄先生墓志铭》。
〔10〕〔11〕黄遵宪:壬寅《论学笺》。
〔12〕黄遵宪:《唐𬒮臣明经》。
〔13〕梁启超:《清议报第一百册祝词》。
〔14〕黄遵宪:《初闻京师义和团事感赋》。

# 论 考 据 学

## 一

在中国新史学的建设中，对于旧日的考据学（广义的，包括校勘、训诂、笺证、考辨等）的批判和重新估价，是一件非常急迫的工作。因为无可讳言的，一直到解放以前，除去少数的进步的学术工作者外，整个的文史之学的研究方向，在国家的研究机构和几个著名的大学中，在出版的各种学术性刊物中，所提倡的和所表现的，都是属于广义的考据。这种研究方法究竟能有多少贡献，客观上它发生了怎样的作用，新的史学研究者应当用如何的态度去处理它，这都是今日我们所不能不解决的课题。

从胡适等提倡整理国故开始，(《努力周报》附刊的《读书杂志》创于1922年5月，《国学季刊》创刊于1923年1月。) 三十年来，在所谓学院派的文史之学的研究工作中，就其处理问题的方法说，基本上并没有超越过清朝的学者，仍然是乾嘉之学的无批判地承继。尽管在某些方面这种研究也有它一定程度的贡献，如古文字学和旧小说等的研究，但这种贡献只是基于研究对象的转换和新材料的获得，而并不是处理方法的提高。如果没有甲骨文字和敦煌等古书古物的发现，如果研究的对象和清朝人完全相同，那么其成绩的微小是可以想知的。三十年来很少有可以成为"定说"的关于"经学"的超越前人的著作或论文，就是具体的说明。

我们用"定说"两个字，是有原由的。这是学者们衡量别人著作时常用的字眼。一篇有价值的考据的文章，照他们的意思，是一定要合乎两个标准的：第一是"道前人所未道"，第二就是要证据确凿，成为定说。前一个标准是考据的前提，说明此文之所以为"考据"；后者则是指考据所成功的程度。至于问题的大小轻重，是不影响文章的价值的；胡适不就以为"考订一个古字的真伪，其价值不在天文学家发现一颗天王星以下"吗？而事实上，这样地力求像"三加二等于五"的治学方法，在处理较大的史实和问题时，由于它摒除了有关联系的别的事实，把问题静止地孤立起来考察，是必然地不容易得到所谓"定说"的。因之，能够确凿地成为定说者，就多半是一些无关宏旨的问题，如某人早生了或迟死了一年之类。这也就是用这种方法去治学必然会钻牛角尖的原因。这种情形，其实是他们自己也感觉到的。胡适以"一点一滴"为最高的真理，认为真理只是小的结论底量的堆积；这固然和他的"多谈问题，少谈主义"是出于同一观点的理论，而实际上也是这种治学方法的辩护。

事实上即使不谈问题的大小轻重，真正成为定说的成绩也还是不多的。我们说"定说"这一标准是指考据所成功的程度，那么差一点的，而其实倒是大多数的，便成了"聊备一说"，或"自圆其说"了；实际是最多也只等于看出了问题，却并没有解决问题。这也不是作者不努力，一方面固然是治学方法的限制，一方面也是材料的限制，这我们后面还要细谈。还有一种考据的文章，我们就叫它作"并无大疵"罢，这种文章既没有提出他的"一说"，自然也没有"定"与"不定"的问题；它有的只是关于某一已有问题的一些相关材料的罗列或堆积，既不提出问题，也没有解决问题，我们只能知道他也研究这问题罢了。其最下者，就不能不是"荒谬绝伦"了；譬如有人以为《古诗十九首》是一人所作的连章诗，而且举了好多证据，竟然讲得首尾呼应了。以前学者们所发表的许多皇皇大文，大概都不出上面这几类的。

胡适写过一篇文章叫《治学的方法与材料》，我们也就姑且分做方法和材料来谈谈罢！胡适说："科学的方法，说来其实很简单，只不过尊重事实，尊重证据。在应用上，科学的方法只不过大胆的假设，小心的求证。""这是一种实验主义的态度在各方面的应用。"我们可以揭发和批判胡适这种观点的来源和根据，但不必如此，因为所谓科学方法不过骗骗人罢了；事实上应用在考据上并没有什么"科学性"更超越过了清朝的学者，仍然是基于归纳和演绎的常识推理方法的单纯应用。尊重事实本来是好的，形式逻辑也有它一定程度的应用价值，这也就是考据学还能有一些成就的原因。但"大胆的假设"就不可能不牵涉到一个人处理问题的目的、他的历史观点和思想方法的问题。因为即使再"大胆"些，假设也得根据历史发展规律的可能性的，不能够成为猜谜或瞎碰，这是再"小心"也不会弄到证据的。但从事考据的学者们却不承认这些，因为他们是以超然客观来自诩的，自然不承认立场观点的问题会发生作用。胡适喜欢用老吏断狱来譬喻考据，叫人"严格的审查证据，敬慎的运用证据"，他说"做考证的人，至少须明白他的任务有法官断狱同样的严重，他的方法也必须有法官断狱同样的谨严，同样的审慎。"这个譬喻很好，我们也可以来借用一下。一件案子共有多少证据是不能由法官制造的，那是既成事实，法官得重视这些证据；审辨真伪时要谨严审慎也是对的：这说明了实事求是的精神以及形式逻辑的推理作用。但更重要的，法官断狱时究竟是根据什么法律呢？是过去国民党的《六法全书》，还是人民政府的政策法令？这就不能不牵涉到原则性的问题了：治学者的立场、观点和方法。如果这个譬喻仅只是指罗列证据后的简单推理作用，那么这样例子多得很，我们举打麻将也是可以的。当然，有些问题是常识能够判断的；正如现今法律的某些条文也可能和以前一样，所以考据学的成绩并不完全是没有贡献的；但这些贡献也正说明了这种治学方法的局限性。

考据学所用的方法完全是形式逻辑考察事物和现象的方法，是常识的思维方法；从乾嘉学者到胡适们，三百年来在方法上并没有什么进步，这是由他们的著作可供证明的。他们孤立地考察一个问题或历史现象，在静止不动的平面上去考察这个问题或历史现象，排除了历史发展过程中的矛盾和史实间的联系，因而他们的结论或判断的正确性，就不可能超越了常识的范围，去全面地和概括地了解历史发展的规律性和它的丰富内容。这在新史学的建设中，是首先需要认识的。恩格斯说："人的常识，在四壁之内的家庭生活范围中，虽是极可尊敬的伴侣，但只要一踏上广大的研究世界时，它立刻就会经阅最可惊的变故。形而上学的思维方法，虽然在某一多少宽广的领域中，是合用的甚至必要的，可是迟早它总要遇着一定的界限，在这界限之外，它就变成片面的、局限的、抽象的，而陷于不能解决的矛盾之中；因为它只看到个别的事物，而看不到它们的互相联系；只看到它们的存在，而看不到它们的产生与消灭；只看到它们的静止状态，而忘记了它们的运动；只见树木，而不见森林。"[1]这段话对于我们批判旧日考据学的治学方法的局限性和片面性，是完全的吻合的。

虽然如此，我们前面说过，因了考据学者们有使他的著作成为"定说"的强烈的主观意图，因而他所致力的对象就多半着重在恩格斯所说的"在四壁之内的家庭生活范围中"，就是说用"人的常识"可以处理的范围中，也就是形式逻辑的思维方法可以运用的范围中；因而如果作者能充分地尊重史实的话，那考据的结果依然是十分正确的。这就是说，在一定的时间内和一定的具体历史条件下，某一历史现象是可以被视为已经形成的相对地分离的、稳固的和确定的史实的；这就是恩格斯所说的"某一多少宽广的领域"，形式逻辑的思维方法在这里是可以合用的。这也就是乾嘉以来的学者们所以能有一定的贡献的原因，而我们在新史学的建设中，对于史料和史实的具体考定，也还有接受和承继这种学问的必要和理由。

二

不只是治学方法，即材料的本身也大大限制了考据学所能处理的范围。胡适已经说过："文字的材料是死的，故考证学只能跟着材料走，虽然不能不搜求材料，却不能捏造材料，从文字的校勘以至历史的考据，都只能尊重证据，却不能创造证据。"因此有一些问题，在理论上虽然是属于用考据的方法可以解决的问题，但事实上却并不能靠严格的考据来解决。譬如聚讼已久的老子的年代问题，就是不可能凭充足的记载材料来构成定说的，这就大大缩小了考据学所能应用的范围。古书材料的多寡是固定的，有些问题已经用考据的方法解决了，也有一些问题或者由于方法本身的局限性，或者由于材料的不足，是永也不可能靠考据来解决，除非有新的材料再出现。譬如说几部经书，里面所存在的一些基本的考据问题，清朝人已大部解决了，或尚未解决而现在仍不能解决，这就是多数人孜孜不倦而弄不出成绩来的原因。近三十年整理古书的人，刘文典作《淮南鸿烈集解》，胡适弄《水经注》，慢慢向下移了，就因为先秦古籍中的考据问题已弄得差不多了。皓首穷经，如果仍是同样的办法，是很难跳过《皇清经解》的圈子的。为了避免费力不讨好，为了要研究得有成绩，学者们不能不钻空隙，找前人没有用过全力的地方；而这也就更助长了考据学的钻牛角尖倾向。有时又有好些人同时弄一个问题而彼此并不知道，同样的方法和同样的材料自然也会有同样的结论，结果常常为了抢谁先说的而打笔墨官司，这又是多么可笑的人力的浪费！还有一种连带发生的现象是材料的囤积，有许多人的学问是靠他保存着一些不易见到的古书古物的，他也以此自炫其学，准备吃一辈子；这是别人无法得到，而他又绝不让别人看到的东西。有许多的学阀都是这样做学问的，所以胡适尚未回国，已打电报到国内搜罗各种版本的《水经注》了；在这一项工作中，别人是绝没有这些财力和方便来同他竞争的。材料对于考据学的重要既有了决定性的意义，有如原料之于工业，在一个不合理的社会里，自然是会成为一些人的囤积对象的。在今日看来，不只名贵的古书文物等应该归公共所有，而且有些规模大的工作，也不是一个人所能弄好的；应当有计划地由学术机关（如科学院）领导，集体来完成。但以前那能谈到这些呢？

考据之学严重地受到材料的限制，是凡弄弄的人都会感到的。刘师培在《近代学术变迁论》中说："自征实之学既昌，疏证群经，阐发无余；继其后者，虽取精用弘，然精华既竭，好学之士，欲树汉学之帜，不得不出于丛缀之一途。一曰据守，二曰校雠，三曰撏拾，四曰涉猎，甚至考订一字，辩证一言，不顾全文，信此屈彼。——然所得至微！"为什么会"所得至微"呢？就因为别人已经"阐发无余"了；后继者如果研究的方法和对象都没有提高或改变，自然是所得至微。因此近年来有好多长篇的考据文章，其实只是清朝学者们的一条笔记的扩大。例如胡适的《孙吴的校事制》，清人著作中《何义门读书记》，俞正燮《癸巳存稿》，梁章巨《三国志旁证》，就都曾论列过。又如关于甲骨文字的研究，因为是清人所未致力的新的对象，总算是近几十年来在考据方面比较有成绩的领域；但我们记得，在抗战以前，有一个时期国内的学术刊物中几乎都充满了这一类题目——上面一个"释"字，下面一个怪样的古字；但这风气后来过去了，研究文字学的专家们也不再"释"了。为什么呢？就是甲骨文字的研究已超过了认字阶段；可以认识的字大概都认识了，剩下的谁也无法辨认，除非再出现有新的佐证。这种情形充分地说明了考据学之所以不能无限制地扩大的原因；它的研究方法既已有了严重的局限性，用这种方法所能处理的问题又受到材料的限制，有些问题是永也不可能用考据学来证明的，如果没有新的材料。譬如说关于《庄子》的校勘训诂，清朝人用过许多力，日本的学者也有贡献，近人马叙伦、刘文典两先生都有专书研究,这方面的问题实在已经解决得差不多了;到闻一多先生晚年整理《庄子》时,在这方面就很难有许多的贡献。以闻先生平日"眼光的犀利,考索的赅博"[2],论理应该有极大的成就,像他在别的研究方面所表现的;但研究的对象和已有的材料却大大地束缚了他的才能,结果贡献虽然是有的,但并不太多。这就可以意味到考据学的本身的局限性了。

尊重材料,重视证据,是治学者的必要条件,这是实事求是的精神,是应该提倡的。但有些材料本来不够的地方(并不是搜求得不勤),研究的人也不可能不凭一些有限的材料和相关的史实来推论,不然这问题就永也不能解决了。在考据学者们看来,不能解决的地方自然只有"存疑",但一个史学工作者要了解历史的发展和全貌,却只能解决问题,不能逃避问题。这虽然已经有些溢出了考据学的范围,但杰出的学者们有时也是如此处理的。陈寅恪先生有一篇文章叫《狐臭与胡臭》,考证中古医书中所谓腋气之病的狐臭,应为胡臭,与中古华夏民族杂有一部分西胡血统有关,结论云:"范汉女大娘子虽本身实有腋气,而其血统则仅能作出于西胡之推测,李南虽血统确是西胡,而本身则仅有腋气之嫌疑。证据之不充足如此,而欲依之以求结论,其不可能,自不待言。但我国中古旧籍明载某人体有腋气,而其先世男女血统又可考知者,恐不易多得。即以前述之二人而论,则不得谓腋气与西胡无关。疑此腋气本由西胡种人得名,迨西胡人种与华夏民族血统混淆既久之后,即在华人之中亦间有此臭者;倘仍以胡为名,自宜有人疑为不合,因其复似野狐之气,遂改胡为狐欤?若所推测者不谬,则胡臭一名较之狐臭实为原始而且正确欤？"这文自云"推测"，又云"疑"，前面又说"尚希读者勿因此误会以为有所考定，幸甚幸甚！"态度是极谦虚的；就因为所有的材料并不能构成这个结论的充足证据，在考据的方法上不能成为定说。但这结论其实是"定说"的，虽然他加上了推想。这就充分地说明了仅存的材料给考据以多么大的限制，而有时却连治学最谨严的学者也不能不超越了它。

"详细占有材料"本来是好的，但因为没有正确的思想方法作基础，过度重视材料的结果也发生了许多的毛病。很多人面对着茫然的罗列的材料，既不审查它的真实的程度和一定的阶级背景，却只把它机械地堆积或排列起来，甚至凭空想像地利用一些材料来达到了错误的结论（大胆的假设呀）。也有很多人喜欢做翻案文章，专门找些适合于自己论点的材料来标新立异，"道前人所未道"。在这里我们必须把严格的考据与学院派的繁证博引的作风来分开；很多学者们所罗列的材料与所要达到的结论并无直接关系，只是一些和这问题相关的材料的堆积。"收罗无遗"的用意全在炫学，让别人知道自己也有学问，读的书很多，对所要解决的问题并无帮助和必要。这种作风和在讲坛上动辄引称希腊罗马是同一的动机，和尊重材料的实事求是的精神是相反的；但同时它却又是受了过于重视材料的考据之学的影响。

## 三

我们把方法和材料分开来谈，仅只是为了叙述的方便，其实这样分是很不妥当的。同样的方法固然会因了材料的不同而结果很悬殊,即同是那些材料也会在观点不同的学者中整理出不同的成绩来。考据学者们是以纯粹客观相标榜的,不承认思想意识可以在考据工作中发生作用;其实在他们大胆假设的时候,在他们选择材料的时候,主观是不可能不发生作用的。胡适说:"这三百年的古学,虽然也有整理史书的,虽然也有研究子书的,但大家的眼光与心力注射的焦点,究竟只在儒家的几部经书。……一切古学都只是经学的丫头。……三五部古书,无论怎样绞来挤去,只有那点精华与糟粕。打倒宋朝的道士易,固然是好事;但打倒了道士易,跳过魏晋人的道家易,却回到两汉的方士易,那就是很不幸的了。"胡适在这里是提倡扩大研究范围的,所以他也研究旧小说了,研究《水经注》了;但清人为什么会有"儒书一尊"的观念,胡适又为什么看上了小说,是否在选择对象和材料时受到了主观意识的作用?当然这意识也是一定社会环境的产物,但也可知超然客观说之无稽了。即以前举之《周易》而论,我们读一下闻一多先生的《周易义证类纂》,那也是谨严的考据,但成绩是远超越了清朝人的。他是"以钩稽古代社会史料之目的解《周易》,不主象数,不涉义理,……即依社会史料性质,分类录出"的。这"目的"就是使他超越前人的主要原因。我们为什么研究古代呢?总不能为研究而研究,或为考据而考据罢?这"目的"就决定了一个人发现材料和问题的方向,也就决定了他的整个工作路线,而这目的当然是受他本人的思想意识支配的。为什么闻一多先生的"立说新颖而翔实"能够前无古人呢?郭沫若先生在《闻集序》中解释说:清儒"陶醉于训诂名物的糟粕而不能有所超越",而"要想知道时代背景和意识形态,须要超越了那个时代和那个意识才行。""他（闻先生）虽然在古代文献里游泳，而是作为鱼雷而游泳的。他是为了要批判历史而研究历史，为了要扬弃古代而钻进古代里去刳他的肠肚的。他有目的地钻了进去，没有失却目的地又钻了出来，这是那些古籍中的鱼们所根本不能想望的事。"历史科学的首要的任务，就是要研究和揭明社会经济发展的规律；这任务规定了研究的目的性，这就是闻一多先生所以能超越前人的原因，同时也就说明了三百年来（包括最近三十年）考据学的严重的缺陷。

  清朝考据学的兴盛，本来是异族统治中国的结果；奖励考据来作为闭塞思想的工具，是满清的有计划的文化政策。乾嘉时满清的统治力量已很巩固，在这种政策下面，学者们也就自觉地在故纸堆里来逃避现实，使学术完全脱离生活，这就是清代朴学兴盛的基本原因。鲁迅先生说："待到满洲人以异族侵入中国，讲历史的，尤其是讲宋末的事情的人被杀害了，讲时事的自然也被害了，所以到乾隆年间，人民大家便更不敢用文章来说话了。所谓读书人，便只好躲起来读经，校刊古书，做些古时的文章，和当时毫无关系的文章。"[3]又说："说起清代的学术来，有几位学者总是眉飞色舞，说那发达是前代所未有的。证据真够十足：解经的大作，层出不穷，小学也非常的进步，史论家虽然绝迹了，考史家却不少；尤其是考据之学，给我们明白了宋明人没有看懂的古书……我每遇到学者谈起清代的学术时，总不免同时想，'扬州十日''嘉定三屠'这些小事情，不提也好罢，但失去全国的土地，大家实足做了二百五十年奴隶，却换得这几页光荣的学术史，这买卖，究竟是赚了利，还是折了本呢？"[4]所以考据学从它的全盛时期起，就是与实际脱离的士大夫们逃避现实的场所。五四以后不久,一部分知识分子如胡适等开始从进步战线上分化出来了,不敢正视和接触现实社会了,就又唱出了整理国故的口号,向故纸堆中去逃避。虽然还标榜着科学方法的口号,但这不过是一块西洋的招牌,实际上是并没有超越过清朝人多少的。当时如成仿吾先生就说:"国学运动!这是怎么好听的一个名词!不但国粹派听了要油然心喜,即一般的人听了,少不了也要点头称是。然而他们这种运动的神髓可惜只不过是要在死灰中寻出火烬来满足他们那美好的昔日的情绪,他们是想利用盲目的爱国的心理实行他们倒行逆施的狂妄。"[5]但现在看来,这种提倡还是发生了它一定的社会影响。因为时代愈激荡,社会的斗争愈尖锐,一部分脆弱的知识分子逃避现实的情形也就来得愈浓厚。正像学技术科学的人以为他可以不受政治的影响一样,研究文史的人也把单纯的技术观点建立在他们的考据学上了。自以为无论哪一党执政,我考定的某古人的生卒年月总是不会错的,有证据呀!主观上惧怕着社会的变革和斗争,于是就努力追求一种永远的"对的"东西来保卫自己,来逃避现实。这就是提倡整理国故的人们的动机和目的。在全国解放后的今天,一个严肃的学术工作者,首先必须在思想上清除这种单纯技术的观点,然后他的所谓"技术"也才可能得到解放,才可能有发展的前途。

## 四

"我们这个民族有数千年的历史,有它的特点,有它的许多珍贵品。对于这些,我们还是小学生。今天的中国是历史的中国的一个发展;我们是马克思主义的历史主义者,我们不应当割断历史。"毛主席这样号召我们学习历史遗产,要我们实事求是地用科学的态度去研究。"详细地占有材料,在马克思列宁主义一般原理的指导下,从这些材料中引出正确的结论。这种结论,不是甲乙丙丁的现象罗列,也不是夸夸其谈的滥调文章,而是科学的结论。"[6]考据学,就其尊重证据的实事求是的态度说,在新史学的建设中是应该承继并加以发扬的。正如我们做别的实际工作时需要调查研究和了解情况一样,研究古代也需要了解古代的各个具体真实的情况,这是基本的工作。但做工作时光了解情况也是不够的,还需要正确地掌握政策;研究古代也如此,我们不能为考据而考据,更重要的是要掌握和运用历史唯物主义的观点和方法,然后才能根据历史发展的具体情况,正确地分析和正确地总结历史上的问题和事件。考据学所用的形式逻辑的思维方法虽然也有它一定程度的适用范围,但作为一个新的历史研究者,要了解历史的全貌和规律,就不可能不从发展、运动、联系和相互作用来考察历史上的现象,这虽然也同样须根据真实的材料,但在观点方法上却绝不相同,而是大大地超越了旧日的考据学。即以做实际工作时的调查研究为例罢,我们的调查也绝不同于资产阶级社会学者们的"调查",而且也反对将"调查"和"研究"截然分开的二段论;在这种意义上讲,我们虽不完全否定了旧日的考据学,但承继的也只是那种实事求是的尊重材料的精神。我们既反对用考据的方法把问题弄清楚了,再用马列主义的思想方法作综合的二段论;也不赞成让有一部分人专门搞考据的分工论(这只有在有计划的集体工作时才有必要)。建设新的历史科学的道路只有一条，它既不是以抽象的社会学的规式，代替了历史之有系统的讲述；也不是单纯现象排列的客观主义者的事实堆积；而且正是要从这两种不同的偏向的纠正中，得到它正确的应有发展的。从这种意义出发，对于旧日考据学的一些已有的成果，我们是接受的，而且要分别地给他们的研究成绩以批判的总结。但新的学术工作者，却首先必须掌握马列主义的观点和方法，即历史唯物主义对于研究中国过去的具体运用，这是最主要的。然后再结合了考据学的那种实事求是的尊重材料的精神，这样，如果把研究的结果用尽可能的通俗化的形式和语言表现出来，就是我们所希望的新的著作了。中国旧日桐城派的古文家讲究义理、考据、词章三者要合于一炉，如果我们可以利用这些名词而赋予它以完全不同的、新的意义，那么我们希望于学术工作者们的，也是这三者融合无间的新的著作。这种著作就它的尊重史实，不夸夸其谈说，也可以说是一种考据，或是考据学的发展；但它本质上却绝不相同，而是大大超越了旧日的考据学的。

1950 年 2 月 2 日于清华园

\* \* \*

〔1〕恩格斯：《社会主义从空想到科学的发展》。
〔2〕郭沫若：《闻集序》中语。
〔3〕鲁迅：《三闲集·无声的中国》。
〔4〕鲁迅：《花边文学·算账》。
〔5〕成仿吾：《国学运动的我见》。
〔6〕毛泽东：《改造我们的学习》。

# 从俞平伯先生对《红楼梦》的研究谈到考据

一

俞平伯先生的《红楼梦辨》是他在1921年4月到7月和顾颉刚先生通信讨论《红楼梦》的结果，前面有顾颉刚先生的序，俞先生自己也说他"兴致很好"，"得到颉刚底鼓励"，[1]关于这件事，顾颉刚先生在《古史辨自序》中有一段详细的说明，他说：

《红楼梦》问题是适之先生引起的，十年（1921）三月中，北京国立学校为了索薪罢课，他即在此时草成《红楼梦考证》，我最先得读。……适之先生第一个从曹家的事实上断定这书是作者的自述，使人把秘奇的观念变成了平凡，又从版本上考定这书是未完之作而经后人补缀的，使人把向来看作一贯的东西忽地打成了两橛。我读完之后，又深切地领受研究历史的方法。他感到搜集的史实的不足，嘱我补充一点。那时正在无期的罢课之中，我便天天上京师图书馆，从各种志书及清初人诗文里寻觅曹家的故实。果然，从我的设计之下检得了许多材料。把这许多材料联贯起来，曹家的情形更清楚了。我的同学俞平伯先生正在京闲着，他也感染了这个风气，精心研读《红楼梦》。我归家后，他们不断地来信讨论，我也相与应和，或者彼此驳辩。这件事弄了半年多，成就了适之先生的《红楼梦考证改定稿》，和平伯的《红楼梦辨》。我从他们和我往来的信札里，深感到研究学问的乐趣。

俞平伯先生自己也说，在胡适提倡考证《红楼梦》以后，"于是研究的意兴方才感染到我。"由此可见，俞平伯先生从他研究《红楼梦》的开始起，就是在胡适思想的感染下进行的。因为他的这种工作符合于胡适的要求，因此也得到了胡适的很大的鼓励。例如胡适在《红楼梦考证》中说："程伟元的序里说，《红楼梦》当日虽只有八十回，但原本却有一百二十卷的目录，这话可惜无从考证。"于是俞先生在《红楼梦辨》中就辨"原本回目只有八十"，胡适就在另一篇文章里称赞说"他的理由很充足，我完全赞同。"[2]《红楼梦辨》中有《论秦可卿之死》一篇，完全是一种割裂人物形象的穿凿附会的考据，后来胡适就也写了一节《秦可卿之死》来增强他的论点。[3]但这还只是他写《红楼梦辨》一书前后的情形。到1952年《红楼梦研究》出版时，俞先生写了一篇自序，说他对《红楼梦辨》已经"发觉了若干的错误"，而且说"错误当然要改正"；能发觉以前的错误并加以改正当然是值得欢迎的，但他并没有在观点方法上发觉有任何不妥的地方，而只是修正了一些琐碎的考据结论。他自己举出了两个错误显明的例子，第一是关于《红楼梦年表》的编制；第二是他以前误认为从戚本评注中发现的所谓"后三十回的《红楼梦》"是较早的续书，而现在认为是散佚的曹雪芹的原稿了。就他所举出的这两点说，恰恰就都是遵照胡适的意见提出来的。胡适在1928年得到了《甲戌脂砚斋重评本》十六回，就写了一篇《考证红楼梦的新材料》，其中说到"我的'考证'与平伯的'年表'也都要改正了。"又说："以上推测雪芹的残稿的几段，读者可参看平伯《红楼梦辨》里论《后三十回的红楼梦》一长篇。平伯所假定的'后三十回'佚本是没有的。……平伯所猜想的佚本其实是曹雪芹自己的残稿本，可惜他和我都见不着此本了！"可知《红楼梦研究》中修正了《红楼梦辨》的一些地方，也正是承继了胡适的意见的；而书中所表现的根本的立场、观点和方法，却正像胡适的一样，是经过了三十年而毫无改变的。一直到今年3月，俞平伯先生写了一篇《曹雪芹的卒年》，[4]根据敦诚《四松堂集》挽曹雪芹的诗中"絮酒生刍上旧坰"等证据，断定曹雪芹卒于1763年2月12日（乾隆二十七年壬午除夕）；曹雪芹是否卒于那时我们可以不论，但俞先生解释"旧坰"为"旧坟"是错了的，因此曾次亮先生曾加以指正，[5]证明"坰"字只当"郊野"讲，并没有"坟墓"的意思。我们要说明的是俞先生这个错误也是由胡适那里抄来的，胡适在《考证红楼梦的新材料》里说：

> 雪芹死于壬午除夕，次日即是癸未，次年才是甲申。敦诚的挽诗作于一年以后，故编在甲申年，怪不得诗中有"絮酒生刍上旧坰"的话了。

可以知道俞先生在研究《红楼梦》的方法和途径上，三十年来是如何忠实地遵循着胡适的道路了。

俞先生对《红楼梦》的一些看法也是与胡适相同的。除了他认为"《红楼梦》是感叹自己身世的""是情场忏悔而作的""是为十二钗作本传的"等论点与胡适的"《红楼梦》只是老老实实的描写这一个'坐吃山空''树倒猢狲散'的自然趋势""《红楼梦》的真正价值正在这平淡无奇的自然主义上面"等同样是企图抹煞这部伟大的现实主义作品的社会意义以外，其余如俞先生认为"凡中国的小说，都是俳优文学，所以只知道讨顾客的喜欢"，他不满于《水浒》的"奖盗贼贬官军"，也不满意于《儒林外史》的"牢骚"，而认为只有《红楼梦》是一部"怨而不怒"的名贵的书，但《红楼梦》在世界文学中的位置是不高的；这种对祖国古典文学的全面否定态度，也是和胡适的观点一致的。周作人在五四时期写的一篇《人的文学》的文章里，就说"中国文学中，人的文学，本来极少"；他举了十类所谓"非人的文学"，其中就把《水浒》列在"强盗书类"，《西游记》是"迷信的鬼神书类"，《聊斋志异》是"妖怪书类"等，认为"全是妨碍人性的生长，破坏人类的平和的东西，统应该排斥。"又在另一篇《平民文学》里，他说"只有《红楼梦》要算最好，……因为他能写出中国家庭中的喜剧悲剧"，这种观点和俞先生对中国几部著名小说的看法不是完全一致的吗？而这同样也是胡适的观点；胡适自己就说：

> 在周作人先生所排斥的十类"非人的文学"之中，有《西游记》《水浒》《七侠五义》，等等。这是很可注意的。我们一面夸赞这些旧小说的文学工具（白话），一面也不能不承认他们的思想内容实在不高明，够不上"人的文学"。用这个新标准去评估中国古今的文学，真正站得住脚的作品就少了。[6]

这个所谓"新标准"正是资产阶级唯心论的文艺标准,在他们看起来,中国文学作品中就没有什么好东西;胡适赞成这些作品的只有一点,就是"白话"。在"五四"当时很多人提倡白话文当然是有伟大的革命意义的,这是适应中国民主革命的启蒙要求,而且是与后来的"大众化"运动一脉相连的;但胡适这些人却正如他们想把蓬蓬勃勃的反帝反封建的文学革命限制在"文字工具的革新"一样,他们对于古典文学的评价也同样是企图取消那些作品中所表现的伟大的人民性与现实主义精神的,而只形式主义地就"白话"来肯定它的价值;并用繁琐的考证来代替对作品内容的分析,以散播资产阶级思想的毒素。如果在不可能不接触到作品内容的时候,他们就用"思想内容实在不高明"的全面否定态度,或者是"平淡无奇的自然主义"等歪曲的论点,来限制这些作品中所反映的社会矛盾的伟大意义。俞平伯先生对于《红楼梦》和《水浒传》等名著的观点,正是和这一脉相承的。

　　除与胡适等人相同的部分以外,俞先生当然也有一些他自己的看法;用俞先生在《红楼梦简论》里所用的名词,或者就叫"独创性"罢;我们这里只举"反照风月宝鉴"一点来说明,因为这是他在近来的几篇文章中所特别发挥了的。他认为二百年来的读者"对作者强调的'正'为'假','反'为'真'完全不了解,始终是在'正照风月宝鉴'";"这个影响未免太大了"。这种说法虽然在《红楼梦辨》中已露端倪,但却是愈来愈发展了的;在《红楼梦简论》等文章里都特别强调了这一点。这当然是由他的《红楼梦》"本演色空"而来的唯心论的观点,但他却发展到凡书中"明显地写出来的是假的;相反的,含而不露的才是真的,书的本旨。"[7]这样就很便于穿凿附会；因为我们分析和评价一部作品只能根据作品中所表现的内容和他在读者中所起的作用，但他却可以说那都是假的和靠不住的，你又"正照风月宝鉴"了；而所谓"含而不露"的东西却可随他去解释，例如说贾宝玉对黛玉、宝钗二人并无偏爱之类的荒谬说法。但这却显然是违背常识的，而且连他自己所讲的一些论点也有站不住的危险，因为有些地方他也是从"明显地写出来的"地方去了解的。这就不能不使他"越研究便越觉胡涂"，堕入不可知论的泥坑里了。为什么他的这一论点会在近年来特别发展了呢？我想这有两个原因：第一，在《红楼梦辨》里，他和胡适一样，认为《红楼梦》是完全写曹家的实事的，但三十年来胡适及其门徒们无论费了多么大的力气，竭尽穿凿附会之能事，也无法考据得《红楼梦》里的一切情节都符合于曹雪芹的身世遭遇，于是便只好由俞平伯先生来一个修正了。在《红楼梦简论》里，他便认为这种"把假的贾府与真的曹氏并了家"的说法是"犯了一点过于拘滞的毛病"，于是就来了一个修正的说法；说《红楼梦》有"现实的""理想的""批判的"三种成分了。他所谓"现实的"与我们平常所说的"现实性"的意义并不相同，他是指《红楼梦》中符合于曹家事实的一些故事情节的；而所谓"理想的"和"批判的"就是其中不合于曹家事实的一部分；这些成分必须统一起来才能"自圆其说"，于是他便抓住了书中的"本演色空"一句话，说就是统一于"色空"这个"基本的观念"，于是便大谈其"风月宝鉴"了。第二，这个说法便于他利用《脂砚斋评本》中的一些意义不大明确的材料来附会穿凿，故弄玄虚，以便抹煞《红楼梦》的现实主义的光辉；他的宝钗、黛玉"两峰对峙"论就是这样得出来的。这就是俞平伯先生近年来对《红楼梦》研究工作的进展，或者说是他的"独创性"。

这还不够说明俞平伯先生的研究完全是胡适的忠实的追随者和继承者吗？但就是这种彻头彻尾的资产阶级唯心论的观点和方法，直到今天竟然还在我们的古典文学研究领域中发生作用，这是不能不引起我们的严重警惕的！

## 二

以胡适为代表的资产阶级知识分子，是参加了"五四"的文学革命和新文化运动的；毛主席在《新民主主义论》中说："当时的资产阶级知识分子，是五四运动的右翼，到了第二个时期（1921年以后——笔者），他们中间的大部分就和敌人妥协，站在反动方面了。"当作资产阶级知识分子站在反动方面的一个标志的，就是胡适等人所提倡的整理国故运动。我们平常有一种错觉，以为整理国故或提倡考据的人是不过问政治或逃避现实的；如就这种风气影响下的某一些人说，的确有这样的现象；但胡适他们却从来是对政治有兴趣的，他们的每一行为也都是有他们的政治目的的。开始提倡整理国故的《读书杂志》是附刊于《努力周报》的，而《努力》就是一个胡适等人宣传资产阶级政治思想的刊物。到1923年《努力》实在办不下去了停刊时，胡适还说：

  《努力》暂时停办，将来改组为半月刊，或月刊，专就文艺思想方面着力，但亦不放弃政治。……此时仍继续办《读书杂志》。[8]

《努力》的后身就是《现代评论》和《新月》那些刊物，都是为了抵抗马克思列宁主义在中国的传播而办的一些资产阶级的期刊。《努力》为什么要停刊呢？胡适说："停办之意，原非我的本意。但此时谈政治已到'向壁'的地步"。"我想，我们今后的事业，在于扩充《努力》使他接替《新青年》三年前未竟的使命，再下二十年不绝的努力，在思想文艺上给中国政治建筑一个可靠的基础。"《新青年》的停刊标志着五四时期革命统一战线的分化，而1923年瞿秋白同志等所主持的《新青年》季刊的出版，才真正是承继和发扬了五四时期《新青年》的革命精神的。但胡适却想使《努力》来接替《新青年》未竟的使命，给中国政治建筑一个基础了；这不显然是想使中国走买办资产阶级的路线、抵抗人民革命的巨流吗？但《努力》毕竟走到"向壁"的地步了，因为他所要谈的"问题和主张"，如全国会议、息兵、宪法等改良主义的论调，已受到读者的唾弃。他自己也说再谈这些"势必引起外人的误解"，说他"为盗贼上条陈"；所谓"盗贼"就是指当时的北洋军阀统治者，在这种人的统治下面来谈粉饰太平的全国会议之类的"问题"，当然是要在读者面前"向壁"的；于是《努力》"暂时停办"了，"仍继续办《读书杂志》"了。《读书杂志》创于1922年5月，这是"五四"以后胡适等人提倡整理国故的第一个刊物，在"缘起"中就说："我们也许能引起国人一点读书的兴趣，——大家少说点空话，多读点好书！"他是想用古书来把人的视线从社会现实引开，使大家少说"空话"的；他所谓"空话"是什么呢？像他在《多谈些问题少谈些主义》一文中所说的，"国内一般新分子，天天高谈基尔特社会主义与马克思社会主义，高谈阶级战争与赢余价值"，而他认为这是"阿猫阿狗都能做的事"。这还不够明白吗？从胡适等人提倡整理国故的开始，就是为了抵抗马克思列宁主义在中国的传播的，这正是他所谓"在思想文艺上给中国政治建筑一个可靠的基础"的重要工作；他何尝又脱离了"政治"！1923年1月，《国学季刊》发刊了，胡适写了一篇宣言，强调了整理国故的重要性和宣传了所谓实验主义的"治学方法"。他一方面认为清朝学者的考据之学是有成绩的，但一方面又说清儒缺少"综合的理解"；他也仍然是强调观点方法的重要性的。他说："清朝的学者深知戴眼镜的流弊，决意不配眼镜；却不知道近视者不戴眼镜，同瞎子相差有限。"于是他就号召说："西洋学者研究古学的方法早已影响日本的学术界了，而我们还在冥行索途的时期。我们此时应该虚心采用他们的科学的方法，补救我们没有条理系统的习惯。"他正是要借整理国故来宣传他的反动的实验主义思想的，他在讲治学方法时就说："这是一种实验主义的态度在各方面的应用"，[9]他又何尝不重视观点和方法！

当时胡适他们是把整理国故当作一个运动来进行的，因此所发生的影响也很大。郭沫若先生在《整理国故的评论》中就说：

> 整理国故的流风，近来也几乎成为了一个时代的共同色彩了。国内人士上而名人教授，下而中小学生，大都以整理相号召，甚至有连字句也不能圈断的人，也公然在堂堂皇皇地发表著作，这种现象，决不是可庆的消息，所以反对的声浪也渐渐激起。

郭先生认为"国学研究家就其性近力能而研究国学,这是他自己的分内事;……但他却不能大锣大鼓四处去宣传,说'你们快来学我!快来学我!'"而胡适他们的提倡整理国故,却正是"大锣大鼓四处去宣传",非常注重政治效果的。胡适批评"前清用全力治经学,而经学的书不能流传于社会","他们尽管辛苦殷勤的做去,而在社会的生活思想上几乎全不发生影响。"[10]可见胡适他们是非常注重要在"社会的生活思想上"发生影响的。因此他们到处写文章、演讲、为青年开国学必读书目;他正是要积极宣传反动的实验主义唯心论的思想,防止青年们"被马克思列宁斯大林牵着鼻子走"的。当然,既然他把整理国故和提倡考据当作一种运动来进行,就不可能不遇到进步文化界的反击。上引郭沫若先生的文章就是一个例子;其余如成仿吾先生在《国学运动的我见》一文中也说:"他们是想利用盲目的爱国的心理实行他们倒行逆施的狂妄。"1925年《京报副刊》请许多人开"青年必读书"的书目,鲁迅先生的答复就是"我以为要少——或者竟不——看中国书,多看外国书。少看中国书,其结果不过不能作文而已。但现在的青年最要紧的是'行',不是'言'。只要是活人,不能作文算什么大不了的事。"后来鲁迅先生在和施蛰存关于《庄子和文选》的论争中曾解释过这件事:

> 这是施先生忽略了时候和环境。他说一条的那几句的时候,正是许多人大叫要作白话文,也非读古书不可之际,所以那几句是针对他们而发的,犹言即使恰如他们所说,也不过不能作文,而去读古书,却比不能作文之害还大。[11]

"时候和环境"是重要的,对于一般青年,在当时最重要的就是坚持"五四"以来的革命精神,韧战下去;这就是鲁迅先生所说的"行",而绝不是读古书和整理国故那些事情。鲁迅先生的那条意见正是针对胡适这些人给青年开国学书目等行为所散布的不良影响而发的。

《读书杂志》中发表的整理国故的文章,最多的是所谓古史的辨伪的部分,就是后来由顾颉刚汇印成册的那些厚本的《古史辨》。在他们"大胆的假设"下,我们民族的历史都是假的了,中国人民什么创造也没有了;"辨伪"成了当时的学术风气,还印行了《辨伪丛刊》。这风气也同样影响到古典文学的研究方面,胡适、顾颉刚、俞平伯等关于《红楼梦》的讨论就是在这时期进行的。俞先生把他的书取名为《红楼梦辨》,也就是要"辨"出书中那些不是曹雪芹作的和他认为不合于曹雪芹原意的部分,来说明《红楼梦》不过是一部"自传"性质的书籍。

像《红楼梦》《水浒传》这些伟大的现实主义作品,为什么胡适他们也会提倡、并以为考据的对象呢?这的确是值得研究的。当然,这些作品用的是"白话",而"白话"后来便成了胡适他们形式主义地限制和曲解五四新文化运动意义的主要借口,因此在文字工具上他们是赞成这些作品的。但还有更重要的原因,胡适在《中学国文的教授》一文中说:

> 一定有人说《红楼梦》、《水浒传》等书有许多淫秽的地方,不宜用作课本。我的理由是:这些书是禁不绝的。你们不许学生看,学生还是要偷看。与其偷看,不如当众看,不如有教员指导他们看。

很显然，如果这些书是可以禁绝的话，胡适是并不一定要让人去读的。这些伟大的作品在封建社会里用自己的艺术力量来争取到了广大读者的爱护和自己的存在，因此尽管有一些御用文人给它们以曲解或诬蔑，但它们仍然流传下来了，并得到了人民群众的喜爱。胡适这些人"聪明"多了，知道"禁绝"的办法是不解决问题的，于是让人去"当众看"，去"指导他们看"。用什么去指导呢？当然就是胡适的《红楼梦考证》和俞平伯的《红楼梦辨》这一类东西；于是《红楼梦》便变成了"平淡无奇的自然主义"作品了，于是《红楼梦》在世界文学中的位置就不高了。

胡适这些人的荒谬看法三十年来是在社会上起了相当作用的；过于低估了这种作用和它今天还在一些人的思想中有残余影响这一点，实际上便是在思想战线上战斗性薄弱的表现。因此，问题不在于所谓"国故"中也有许多人民性的精华，或者考据的某些结果也在一定程度上对我们的研究工作有用处，而在他们整理国故和提倡考据的目的究竟是什么，在社会上究竟起了些什么样的作用！一句话，问题仍然在政治。胡适他们的提倡整理国故与我们今天所主张的批判地接受文化遗产，在本质上是毫无共同之处的。

## 三

一直到全国解放以前，在古典文学、历史、哲学等各学术研究部门，除去少数进步的学术工作者以外，胡适的影响面是相当广的。我们如果查看一下解放前出版的各种学术性刊物的内容，就知道里面几乎全部都是考据性质的文字。这一方面因为这种学术风气本来是当时反动统治者所提倡的，胡适就是反动统治在学术上的代表，因此它必然是会发生相当影响的。另一方面它也有它一定的社会基础；因为革命形势愈尖锐，一部分脆弱的知识分子逃避现实的倾向也就愈浓厚，正像有些学技术科学的人以为他可以不受政治的影响一样，研究文史的人也把单纯的技术观点建立在他们的考据上了。这些考据文字中虽然有的也在某些方面有它一定的贡献，但由于形而上学的治学方法的限制，由于在处理史实和问题时摒除了有关联系的别的事实，把问题孤立在静止的平面上去考察，因此尽管某些研究者也作出了辛勤的努力，但所能解决的也多半只是一些无关宏旨的问题，例如作家的生卒年月之类；这也就是用这种方法去治学必然会钻牛角尖的原因。胡适以"一点一滴"为最高的真理，认为真理只是小的结论底量的堆积；这当然是从他的反动的实验主义理论来的，但这正是过去从事考据工作者的指导思想。用这种观点、方法当然不可能解决任何重大的有关本质的问题，譬如说我们认为《红楼梦》是一部伟大的现实主义的作品，这个结论就绝不是可用罗列史料证据的简单方法来得出的；用那种方法只能找曹家的事迹或《脂砚斋评本》来作证据，结果就只能是俞平伯先生的《红楼梦简论》。胡适常常用老吏断狱来譬喻考据，认为"考证学只能跟着材料走"，他说："做考证的人，至少须明白他的任务有法官断狱同样的严重，他的方法也必须有法官断狱同样的谨严，同样的审慎。"[12]这个譬喻很好，我们也可以借用一下。法官当然不能制造证据，他必须严肃地重视和辨别这些证据；但更重要的，法院是国家机构中的重要组成部分，他所服务的究竟是哪一阶级的政权？他所根据的法律是国民党的《六法全书》呢，还是人民政府的政策法令？这就不能不牵涉到原则性的问题了：研究工作者的立场、观点和方法。那种以为考据可以与马克思列宁主义无关的想法，那种"为考据而考据"的想法，实际上就只能变成资产阶级思想的俘虏。恩格斯在《社会主义从空想到科学的发展》中说：

> 人的常识，在四壁之内的家庭生活范围中，虽是极可尊敬的伴侣，但只要一踏上广大的研究世界时，它立刻就会经阅最可惊的变故。形而上学的思维方法，虽然在某一多少宽广的领域中（宽广程度，要看研究对象的性质而定），是合用的甚至必要的，可是迟早它总要遇着一定的界限，在这界限之外，它就变成片面的、局限的、抽象的，而陷于不能解决的矛盾之中；因为它只看到个别的事物，而看不见它们的互相联系；只看到它们的存在，而看不见它们的产生与消灭；只看到它们的静止状态，而忘记了它们的运动；只见树木，而不见森林。

这段话是完全适用于我们批判考据方法的局限性和片面性的。由于没有正确的思想方法作基础，过去许多的研究工作者常常面对着茫然的罗列的材料，既不审查它的真实的程度和一定的阶级背景，而只把它机械地堆积或排列起来，甚至利用一些材料来达到他主观所臆想的结论（所谓"大胆的假设"）；这样的情形在过去的考据文章中并不是个别的。

当然，我们并无意抹煞过去一切考据文字的成就；有些研究者所致力的对象是着重在恩格斯所说的"在四壁之内的家庭生活"中,就是说用"人的常识"可以处理的范围中,也就是说形而上学的思维方法可以运用的范围中,再加上研究者的详细占有材料和谨慎的工作,那是可以得到一些正确的结论的。这是因为在一定的时间内和一定的具体条件下,某一历史现象是可以被视为已经形成的相对地分离的、稳固的和确定的史实的;这就是恩格斯所说的"某一多少宽广的领域",这里形而上学的思维方法是可以合用的。例如说曹雪芹的《红楼梦》只写了八十回之类的问题,是可以用考据的方法来解决的。但这种方法"迟早地总要遇着一定的界限",那时它的片面性和局限性就完全暴露出来了,"而陷于不能解决的矛盾中"。

"详细占有材料"是好的,但重要的是从这些事实中、材料中引出正确的结论;而这就绝不能离开正确的立场、观点和方法,绝不能离开马克思列宁主义。就以一些人喜欢把考据比作调查研究来说罢,我们的调查研究也绝不同于资产阶级社会学的"调查",而是为了贯彻工人阶级政党和人民政府的政策的。

就古典文学的研究工作说,因为语言文字和某些历史材料的隔阂,目前从事这项工作的人绝大多数都是已经比较长期地进行过一些研究的人,至少也是在旧日所谓"学院派"的大学里训练出来的人,而胡适的那种反动的资产阶级思想是曾经长期地在学术界散布过不良影响的,因而每个人身上(包括作者自己)都可能或多或少地留有这种思想影响的残余;而更重要的,掌握正确的研究方法实质上是一个思想改造的问题,而这正是我们尚须继续长期努力的,因此目前的状况就十分不能符合人民对于古典文学研究工作的要求。俞平伯先生的错误之所以引起大家的重视,除了问题的本身以外,就因为它表现出了在古典文学研究工作中的一个带有根本性质的问题。在我们国家向着社会主义社会过渡的时期中,阶级斗争的面貌是非常复杂和尖锐的,它必然也会反映到我们研究工作的领域中。因此我们应该通过这一次的讨论,结合对于自己工作和思想的检查,清除资产阶级的思想影响,认真学习马克思列宁主义,将我们的思想和研究工作都提高一步。

1954 年 11 月 3 日

\* \* \*

［1］俞平伯:《〈红楼梦研究〉自序》。
［2］胡适:《重印乾隆壬子本红楼梦序》。
［3］胡适:《考证红楼梦的新材料》。
［4］见 1954 年 3 月 1 日《光明日报》。
［5］曾次亮:《曹雪芹卒年问题的商讨》,载 1954 年 4 月 26 日《光明日报》。
［6］胡适:《中国新文学大系·建设理论集导言》。
［7］俞平伯:《我们怎样读〈红楼梦〉》,载 1954 年 1 月 25 日上海《文汇报》。
［8］胡适:《〈努力周报〉停刊信》。
［9］［12］胡适:《治学的方法和材料》。
［10］胡适:《〈国学季刊〉发刊宣言》。
［11］鲁迅:《准风月谈·答"兼示"》。

# 论考据在古典文学研究工作中的地位与作用

## 一

在对胡适派治学方法的批判过程中，大家都提到了考据的问题，并且都提出了我们并不一般地反对考据的论点。但究竟我们所反对的是哪一种的考据，我们所认为对于研究工作有用处的又是哪一种；它们之间的原则区别在哪里？胡适派的考据与清朝学者的考据究竟有些什么区别？在运用马克思主义来进行研究工作时，特别在研究反映社会生活的古典文学作品时，科学的考据工作究竟能起些什么样的作用，这种作用在整个研究工作中居于何种地位？这许多问题都是需要进一步加以明确的。

马克思主义者研究任何问题，都必须详细占有材料；只有从可靠的材料中进行分析与研究，才有可能得出正确的结论。但在占有材料与辨别材料的真实性时，首先就碰到了必须进行的考据工作。郭沫若先生在《古代研究的自我批判》中说：

> 无论作任何研究，材料的鉴别是最必要的基础阶段。材料不够固然大成问题，而材料的真伪或时代性如未规定清楚，那比缺乏材料还要更加危险。因为材料缺乏，顶多得不出结论而已，而材料不正确便会得出错误的结论。这样的结论比没有更要有害。

研究中国古代，大家所最感受着痛苦的是仅有的一些材料却都是真伪难分，时代混沌，不能作为真正的科学研究的素材。（中略）

《诗三百篇》的时代性尤其混沌。诗之汇集成书当在春秋末年或战国初年，而各篇的时代性除极小部分能确定者外，差不多都是渺茫的。自来说诗的人虽然对于各诗也每有年代规定，特别如像传世的《毛诗》说，但那些说法差不多全不可靠。例如《七月流火》一诗，《毛诗》认为"周公陈王业"，研究古诗的人大都相沿为说，我自己从前也是这样。但我现在知道它实在是春秋后半叶的作品了。就这样，一悬隔也就是上下五百年。

关于神话传说可惜被保存的完整资料有限，而这有限的残存又为先秦及两汉的史家所凌乱。天上的景致转化到人间，幻想的鬼神变成为圣哲。例如所谓黄帝（即是上帝、皇帝）尧舜其实都是天神，却被新旧史家点化成为了现实的人物。这项史料的清理，一直到现在，在学术界中还没有十分弄出一个眉目来。[1]

古代神话和《诗经》都是属于古典文学的范围，而且还是经过许多学者研究过的，但问题仍然是如此之多。关于周代社会性质的问题之所以迄今未能达成结论，对于《诗经》中的农事诗所赋予的不同解释也是其中的原因之一。屈原部分作品的真伪和生卒年代仍为今日大家所讨论的问题之一，这些都足以说明郭先生的意见的确是他多少年来做古代研究工作的深刻体会。其实不只是先秦古籍有这些问题，中国有悠久的历史，古典文学方面的典籍非常之多，即使是近代的作品也同样是有这类问题的。例如我们知道了七十一回《水浒传》是金圣叹腰斩的，《红楼梦》后四十回乃出于另一人之手等等，对于我们研究《水浒传》和《红楼梦》这样伟大作品的内容是有很大帮助的。一直到现在，对于许多重要作家作品的必要的考证工作我们做得还是很不够，而且因为过去的考据学者得不到正确的思想方法的引导，有许多人还做了胡适派的俘虏，把考据工作成了宣传反动的实验主义的工具，其影响就更其恶劣了。

我们反对用资产阶级唯心主义的观点方法来进行研究，反对假借考证史料来偷运唯心论的毒素，并不等于说我们就可以不重视材料的搜集和必要的考证工作。马克思主义经典作家在进行科学研究时，向来是从严格的掌握材料入手的。恩格斯说："即令只要在一个单独的历史实例上发挥唯物主义观点，也是一种需要多年静心研究的科学工作。因为很明显，在这里讲空话是无济于事的，这样的任务只有依靠大量的、经过批判的审查了的、完全领会了的历史材料才可能解决。"[2]根据格拉塞《马克思列宁主义经典作家的工作方法》一书中所记，"马克思从不利用任何未经检验的材料来源，决不引用间接的根据，而总要找到它原来的出处。甚至次要的材料，他也要查出原始根据。"列宁在《关于帝国主义的笔记》中，"按照他的批判的方法作出了许多摘录，这些摘录是他从不同的作者用不同文字所写的一百四十八种图书和二百三十二篇论文中选出来的。"不只在进行社会科学的理论研究时是如此，在进行文学研究时也同样是如此的。马克思在《路易·波拿巴政变记》的第二版序言中批评法国作家雨果的《小拿破仑》一书说："雨果只是对政变事件负责发动人作了一些辛辣的和诙谐的詈骂。事变本身在他笔下却竟绘成了晴天的霹雳。他认为这个事变只是一个人的暴力行为，他没有觉察到，当他说这个人表现过世界历史上空前强大的个人主动作用时，他就不是轻蔑而是抬举了这个人哩。"[3]可知只有对于作家所描写的事件和人物按照它的社会历史意义予以认真的考察，然后对作家是否真实地反映了现实才可能给予允当的评论，而这些都是必须根据对于史料的掌握和严格考辨才可能获得的。

一般地讲，作研究工作应当掌握材料，尊重事实与证据，原没有什么毛病，而且可以说只有在马克思主义思想方法的指导下，才能彻底地贯彻这样一种实事求是的态度。胡适夸诩考据学的方法是"只不过尊重事实，尊重证据"，与我们这里所谈的是有原则区别的。这不只因为他在"只不过"三字的限制下，排斥了理论的指导作用和由大量材料中提升出理论的目的，而且这样的治学态度本身恰好是最不尊重客观的事实与证据的反科学的态度。因为正如围绕着我们的社会生活现象的形形色色一样，古籍材料的性质也是极端复杂的；读过一点古书的人都知道，任何人企图证明任何命题，甚至是最荒谬绝伦的命题，都可以或多或少地找到一些个别的有利的事实或证据。如果研究者不严格地审查这一材料的来源，它的真伪、时代性和阶级背景，而且排除了与这一材料完全相反的大量的可靠的事实，将它孤立地提供出来，那是什么问题也不能证明的。事实和证据只有经过严格的审查，不是孤立地，而且从它与相关事实的联系中，被看作是表现某些有决定性的本质意义时，它才能发生证据的作用。事实要看是什么样的事实，证据要看是什么样的证据；事实和证据当然是重要的，但其中有主要与次要之别，也有本质与非本质之别。如果把个别事实的作用来夸大和绝对化，那就必然会从偶然的、片面的和表面的事实，来根本否认事物发展的客观规律性，就必然会达到主观唯心论的结论。胡适的企图正是这样，他的许多考据文字之所以荒谬，不只在于它的政治企图的反动性，而且从方法上也正可以说明它的反科学的性质。他根本否认屈原的存在，认为《醒世姻缘传》的作者是蒲松龄，何尝有什么确凿的证据。事实证明，资产阶级学者实质上是最不尊重事实与证据的。

  在对待研究材料的态度上，马克思主义者与胡适派是根本对立的。我们对于任何历史材料，都必须首先确定它们的真伪、时代性和阶级背景、可靠程度与应用价值，然后根据我们所要研究的问题，由大量史料的相互联系来加以分析和综合，才可能得出正确的论断。任何事实和证据都是一定的社会环境的产物，我们是必须依据马克思主义的原则来进行分析和研究的。胡适派的所谓考据方法则是脱离了社会经济关系和阶级性质来对待材料，将个别有利于它的主观主义的"大胆的假设"的材料来给予唯心主义的解释，甚至公开地捏造史料。俞平伯在1921年5月30日写给顾颉刚的信中讨论《红楼梦》的作者问题时曾说："我底意思，是：假使陆续发现曹雪芹底生活人品大不类乎宝玉，我们与其假定《红楼梦》非作者自寓身世，不如定《红楼梦》底真作者非曹雪芹。因为从本书看本书，作者与宝玉即是一人。若并此点而不承认，请问《红楼梦》如何读法？但雪芹与宝玉底性格，如尚有可以符合之处，那自然不成问题，我们也可以逃这难关了！"[4]这还不明白吗？根据他们反动的自然主义的文艺观点，是必须把《红楼梦》大胆假设为作者的"平淡无奇"的"自叙传"的；如果陆续发现的曹雪芹的事实竟与贾宝玉的不符合，那他宁可否认曹雪芹的著作权。假如他们需要这样做，是一样可以写出考据文字来的；胡适的《醒世姻缘传考证》不就是由同样的假设来考定作者的吗？如果只是看到文章中引有事实和证据就认为结论可靠，那就势必连美国国务院所发表的白皮书之类的材料，以及反动通讯社的消息也会深信不疑了；事实上胡适之类的所谓学者与人民口头所说的"中央社是造谣社"的那些记者们是无所轩轾的，他也一样在捏造事实。最常见的是他把一些只在某种条件下或某种局限意义上才有用的材料，来当作无任何限制的绝对正确的证据，以便导致他所预先假设好的符合于他的反动意图的结论。列宁曾说：

> 在社会现象方面，最普遍而最不可靠的方法，要算是断取个别事实和玩弄事例。一般地汇集事例，倒是轻而易举的事，但是毫无意义，即使有也是坏的意义。因为一切问题都在于个别事件的具体历史环境中。凡是取自整体、抽自相互联系中的事实，不仅是"胜于雄辩的"，而且是确凿的。如果不是从整体中，从联系中抽取的，而是片断的和信手拈来的事实，那就只好称之为玩具，或者连玩具也不如的东西。[5]

可知只有在认真审查了某一事实或材料的有关的一切情况，才能够判定它是否对某一论题有作证据的可能。这种从事实和证据的一切情况的总体出发的态度，才是真正的尊重事实与尊重证据,也才真正对科学研究工作有所帮助;而胡适派所夸称的事实与证据却只不过是伪科学的"连玩具也不如的东西"而已。

对于任何一个问题的有关的事实与材料都是牵涉到各方面的,我们已经习惯地把"罗列现象"来当作某种不好的考据文章之常用的评语了。因此我们对待事实和材料,就绝不能为它的头绪纷繁所扰乱,而必须从所研究的问题的本质出发,选择最典型和最重要的事实。这原是服务于我们进行科学研究的目的的,我们搜求证据是为揭示问题的实质以求得科学的解答,并不是为证据而证据;因此必须舍弃那些不可靠的、不重要的,偶然的和个别的事实,而选择那些对于揭示问题的本质和解决问题有密切关连的事实。胡适派的考据之所以常常堆积材料和罗列证据,正是为了要混淆某一事实的偶然现象和它的必然的、本质的特征,从而夸大某些偶然现象的作用,并据之得出远超过它所能证明的结论。可见在对待材料的态度上,我们与胡适派是存在着完全对立的不同路线的。

真正的与人民相联系的科学研究工作,总是与荒谬的伪科学的东西不相容的。这些伪科学的东西之所以存在的社会根源,也总是和反动阶级的实际利益密切相连的。因此真正的科学研究工作在前进的道路中就必须与一切反科学的荒谬论点进行斗争,而真理也只有在对荒谬学说的批判中才能更加明确起来。应该指出,在对于反科学的论点进行批判时,除了由理论上加以驳斥以外,揭发它所根据的事实与材料的来源上或逻辑上的虚伪性,常常是最有力的论据。例如胡适曾根据《诗经·七月》等篇想说明当时的社会完全没有阶级矛盾，而只是一幅"行乐献寿图"，他这样无耻地说："试看《诗经·豳风七月》《小雅·信彼南山》《甫田》等诗，便可看出一幅奴隶行乐献寿图。那时代的臣属真能知足！他们自己'无衣无褐'却偏要尽力'为公子裘''为公子裳'！他们打猎回来，'言私其豵，献豜于公'，便极满意。"[6]要有力地驳斥这种说法，除过理论的说明以外，还必须对这些诗篇的训诂、背景作出科学的考释。郭沫若先生的《屈原研究》之对于胡适的荒谬说法的批判，便是在古典文学研究方面的很好的例证。由此可见，材料对于研究工作的重要性是无可怀疑的；我们不能以重述众所周知的道理或简单地援引经典著作来代替科学研究，而真正深入的创造性的研究则是必须植基于大量的事实与材料的。问题在于我们对待材料时不能茫然地成为它的俘虏，陷于资产阶级客观主义的立场，更不要说如胡适派之使材料服务于诡辩的目的了。我们对于材料必须加以分析和批判，严格地审查它的真伪、时代性与阶级背景，内容的思想意图和政治倾向，从而为解决某一具体问题服务，以便据之得出合乎历史真实的科学结论。而这一切，才真正是有助于科学研究的考据工作所应该进行的范围。

考据只能就研究工作中所遇到的某些问题的个别部分，进行合乎历史事实的科学的考察，从而得出正确的判断；以推动研究工作的向前进展。它本身不能代替研究；无论就与各个时代的阶级斗争相联系的文学史说，或就某一古典作家及其作品的具体分析说，都不单是考据的工作所能胜任的。但这并不说明考据对于古典文学研究工作没有意义，恩格斯曾说："为认识这些个别部分起见，我们应该把它们从自然或历史的联系中抽取出来，加以分别的研究，考察每部分的特性及特殊因果关系等等。"[7]这是研究工作的基础,是在进行复杂的全面的研究时所必须解决的。在研究过程中,我们很容易判断什么样的问题是必须用考据来解决的,而什么样的问题又决不是考据的方法所能胜任的。譬如考定《红楼梦》的作者、版本情况等就属于前者,而在研究《红楼梦》的思想内容与艺术特征等巨大复杂的问题时,就绝不能用"从历史的联系中抽取出来"的考据了。这里应该说明的是:并不是所有在性质上可以由考据来解决的问题在实际上都可以得到解决,它还受到史料的限制,而且这个限制是很大的。刘师培在《近代学术变迁论》中说:"自征实之学既昌,疏证群经,阐发无余;继其后者,虽取精用弘,然精华既竭,好学之士,欲树汉学之帜,不得不出于丛缀之一途。一曰据守,二曰校雠,三曰摭拾,四曰涉猎,甚至考订一字,辩证一言,不顾全文,信此屈彼。——然所得至微!"为什么会"所得至微"呢?就因为几部经书(群经)里面的一些基本的考据问题,清朝人已大部解决了,或尚未解决而现在仍很难解决,就是所谓"阐发无余"了。当然,不只用一种新的观点来研究还会有新的问题需要考据,而且研究的对象也决不只是"群经";但这里却说明了材料对于考据的限制性。胡适说"考证学只能跟着材料走",就正是利用了材料对于考据的重要性这一特点,来宣传他的单纯注意经验的反动的实验主义哲学的。实际上每一个进行研究或考据的"人",包括胡适在内,都有他研究的目的和服务的对象,都受着一定的世界观的支配,绝不会茫然地跟着材料走的。但我们并不因此就说材料不重要,不过绝不能把这种重要性来绝对化,变成"材料主义"。例如关于曹雪芹的卒年问题，在性质上是可以用考据来解决的，但因为记载材料少而又互相抵牾，因此迄今未成定说。某一问题因缺乏材料而一时不能解决，是可以暂时存疑的，但绝不能因此就不进行更重要的研究工作；事实上曹雪芹无论卒于"壬午"或"癸未"，对《红楼梦》内容的研究是没有什么影响的。当然，有些问题未能解决对于研究工作的进展可能有较大的影响，我们应该设法研究清楚；但如果一时确实无法考定，那也不能因此就对全面的复杂的研究工作停止进行。这因为不只我们不能因小失大，而且对全面的或过程的了解反过来也是有助于对个别问题的解决的。因此，我们虽然强调考据对于研究工作的作用，但并不就认为是必备的前提条件。有些材料本来不够的地方（并不是搜求不勤），研究者仍然可以根据一些有限的材料和相关的事实来作必要的推论，这正是科学的态度，与那些虚构证据或牵强附会的主观主义的考据是截然相反的。在旧日的考据学看来，这样做是不严格的，证据不足就只能"存疑"；但为了进行全面的和深入的研究，我们不能因为没有考定曹雪芹的卒年，就不敢对他的世界观或创作过程进行分析。在治学上采取谨严的态度是必要的，但如果"谨严"到这种程度，就一定会陷入到胡适派所设下的"跟着材料走"的唯心主义的泥坑。

## 二

在 1954 年 10 月中国作家协会所召开的"《红楼梦研究》座谈会"上，周扬同志的发言中曾对考据作了下列的说明：

我们需要真正科学的考证工作。关于作者的时代生平，创作过程以及作品中文字真伪的考证，都是需要的。但这种考据工作只是研究工作的基础，而不是目的。我们反对为考据而考据，反对用资产阶级唯心论的观点来进行考证，反对歪曲地利用考证材料来宣传资产阶级文艺思想。近两年来，有些古典文学研究的专家已开始尝试用新的观点来解释和研究古典文学，这是应当欢迎的。他们所进行的一些新的考据工作及对于材料的说明工作，不少也还是有益的。[8]

这里所说的我们反对的那些现象，正是胡适派所提倡的考证学的基本特点。我们这里要阐明的是真正的考据对于古典文学研究工作的作用，这是和胡适派根本不同的。考据的范围本来很广，例如版本、校勘、训诂、年代考辨等，都属于广义的考据，也都是对于研究工作有一定帮助的；而我们今日所要的属于考据的范围却比这还要广阔，因为它本来是为我们研究工作的需要所决定的。例如我们对于曹雪芹的时代生平和《红楼梦》的创作过程现在已大体上考证清楚，这对我们进一步研究《红楼梦》的内容和曹雪芹的思想是有帮助的。就是俞平伯对《红楼梦》所作的某些字句上的考订，对于理解原书也不无用处，譬如他指出第三十七回贾芸给宝玉的信尾"男芸跪书一笑"中"一笑"二字是评注者的批语误入正文，这就对理解作品有好处；问题是我们不能以对个别问题的考据来代替对作品本身的分析和研究，以至由此得出荒唐的结论。这和我们进行考据的目的是分不开的，如果它最终是为了研究作品的思想内容和艺术成就，社会意义和历史意义,那么在考据的过程中就不致走进牛角尖,为考据而考据。人的思考总是和某种观点、方法相联系的,对于考据也丝毫不能例外。在这方面,鲁迅先生的一些工作仍然可以做我们的典范。他称赞清人杭世骏是"认真的考证学者",并由杭著《订伪类编》的启发来考定明末关于永乐惨杀铁铉以后,将其二女发付教坊,后来二女献诗,被永乐赦出嫁给士人等等的记载是错误的;流传的铁铉女儿作的《教坊献诗》原是范昌期《题老妓卷》诗,铁铉有无女儿尚有歧说,这种附会完全是无聊文人为了粉饰现实的捏造。鲁迅先生批评这种捏造的"佳话"说:

> 这真是"曲终奏雅",令人如释重负,觉得天皇毕竟圣明,好人也终于得救。她虽然做过官妓,然而究竟是一位能诗的才女,她父亲又是大忠臣,为夫的士人,当然也不算辱没。但是,必须"浮光掠影"到这里为止,想不得下去。一想,……在这样的治下,这样的地狱里,做一首诗就能超生的么?[9]

可知认真的考据是可以揭露出事实的真相,而且为我们正确的研究问题提供条件的。

就是一些比较琐碎的关于版本目录、校勘训诂等方面的考证,如果结论精确,也仍然是有用的。当然,问题的大小轻重并不是没有关系的,这需要由这一问题与我们整个研究工作的关系来决定,我们首先应该致力解决那些带有关键性的问题。像胡适那种认为"一个塔的真伪同孙中山的遗嘱有同等的考虑价值";[10]"发明一个字的古义,与发现一颗恒星，都是一大功绩"[11]的鬼话，正是引导人去为考据而考据，把眼光停留在个别琐碎的事实上的。但这也并不是说关于小问题的考据就决无任何作用，事实上有些重要的考证常常是需要以这些较小问题的解决为基础的，而且某一问题如果搞错了对于整个研究工作也不是没有影响的。鲁迅先生曾两次讲到过关于《唐三藏取经诗话》的版本问题[12]，他反对以"单文孤证"来"必定"一种史实，他以此书为元椠，而别人则肯定为宋椠；鲁迅先生说：

> 但我以为考证固不可荒唐，而亦不宜墨守，世间许多事，只消常识，便得了然。藏书家欲其所藏版本之古，史家则不然。故于旧书，不以缺笔定时代，如遗老现在还有将仪字缺末笔者，但现在确是中华民国；也不专以地名定时代，如我生于绍兴，然而并非南宋人，因为许多地名，是不随朝代而改的；也不仅据文意的华朴巧拙定时代，因为作者是文人还是市人，于作品是大有分别的。

他举北京图书馆藏的《易林注》残本为例，缪荃孙因为其中恒字搆字都缺笔便定为宋本，"但细看内容，却引用着阴时夫的《韵府群玉》，而阴时夫则是道道地地的元人。所以我以为不能据缺笔便确定为某朝刻，尤其是当时视为无足轻重的小说和剧曲之类。"鲁迅先生的这些意见其实是牵涉到考据者的观点方法问题的，可知即使是一个细小的问题，如果孤立地去考证，也还是易于坠入"墨守"或"荒唐"的。他最反对"在考辨的文字中杂入一点滑稽轻薄的论调"，因为这样便"每容易迷眩一般读者，使之失去冷静，坠入彀中"，胡适派借提倡整理国故来宣传实验主义，便是用这种手段来迷眩读者，企图使之"坠入彀中"的。

但这并不说明对版本的考据就没有用处，鲁迅先生就是很注意于版本的差别的；他曾从不同的版本的比较中，揭发了清朝统治者的"愚民政策"：

> 单看雍正、乾隆两朝的对于中国人著作的手段，就足够令人惊心动魄。全毁，抽毁，剜去之类也且不说，最阴险的是删改了古书的内容。乾隆朝的纂修《四库全书》，是许多人颂为一代之盛业的，但他们却不但搞乱了古书的格式，还修改了古人的文章；不但藏之内廷，还颁之文风颇盛之处，使天下士子阅读，永不会觉得我们中国的作者里面也曾经有过很有些骨气的人。[13]

他从"影宋元本或校宋元本的书"中，知道了清代统治者的"阴谋"，更从而发现了中国作者的不屈服于敌人的优秀传统。校勘也是一样，他花了许多工夫校勘《嵇康集》，就因为嵇康是一个喜欢反对传统旧说的诗人。他曾从《四部丛刊续编》中的影旧抄本宋晁说之《嵩山文集》来和《四库》本对比，证明"大抵非删即改，语意全非，仿佛宋臣晁说之，已在对金人战栗，嗫嚅不吐，深怕得罪似的了"，来揭发"清朝不惟自掩其凶残，还要替金人来掩饰他们的凶残"。[14]这样的为研究服务的校勘是非常需要的；除过统治者有意的删改以外，古书因为传抄腥刻，常常有错谬到不可句读的情形，因此博采善本或据他书所征引来进行校勘，是有助于对内容的研究的。这是清人在整理古籍工作中贡献很大的一面。段玉裁在"与诸同志论校书之难"中就说："不先正底本，则多诬古人；不断其立说之是非，则多误今人。"[15]可见校勘原是为研究批判作准备工作的。鲁迅先生的这些对于考据工作的意见，现在仍然是我们应该遵循的典范，这是与胡适派的考据有原则区别的。鲁迅在《故事新编》的《理水》中，就曾辛辣地嘲讽过那种聚集在"文化山"翻遍群书，只考证出大禹是一条虫的"学者"；他们居在"文化山"上，吃着奇肱国用飞车送来的食物，还向群众进行诈骗，但乡下的"愚人"却以切身的经验证实了禹正在治水。从这里可以看出鲁迅先生对胡适派考据学的斗争，也可以说明我们所说的考据无论在目的或观点方法上，都是与胡适派根本对立的。

正确的训诂对于古典作品内容的理解也是有帮助的，特别是年代久远的作品。文学是语言的艺术，要理解作品首先必须明确它的语言的含义，那种认为"诗无达诂"的不可知论的说法是完全错误的。由于古今语言的变迁和作家个人的语言风格，有些词句并不是可以一目了然的，这就需要作细致的训诂工作，考定它的准确含义。清代考据学的前辈顾炎武等都是主张"读书自考文始"的，就是为了矫正明末空谈心性的毛病。在古典文学的研究方面也是如此，譬如闻一多先生在《诗新台鸿字说》中证据确凿地将《新台》一诗中"鱼网之设，鸿则离之"的"鸿"字训为蟾蜍（虾蟆），对这诗的理解就是有帮助的。但这里也同样存在着在观点方法上的基本方向的分歧，如果滥用了训诂，同样也是会坠入唯心主义的泥坑的。俞平伯的《再说乐府诗羽林郎》[16]就是一个明显的例子。他把"结我红罗裾"的"裾"字认为是衍文，

"结"训为"赆",目的就在把下文"不惜红罗裂,何论轻贱躯"中的"裂"字训为与"新裂齐纨素"中的"裂"字同义,于是"红罗裂"变成了"一匹红罗",再增字为训,意义就变成了"君不惜红罗裂,妾何论轻贱躯";于是这一首诗就"婉"了。这诗本身明白地写出了"霍家奴"冯子都是"倚仗将军势,调笑酒家胡"的,也明白地写出了胡姬的反抗强暴的经过,但俞平伯却借着训诂来作掩护,让这首诗"婉"到互相赠答和调情的程度,还说是因为冯子都长得漂亮;这样,就很容易地歪曲了诗中的主题,取消了作品的倾向性,而合乎他所要求的那种温柔敦厚、怨而不怒的风格了。其实仅就训诂说,这种解释也是很难说得通的,"增字为训"本来就很不妥当,何况染了色的"红罗"是根本不可能从布机上来"新裂"的。可知如果从唯心主义的观点出发,训诂也同样是会带来错误的。斯大林在论到语义学的地位时说:"应当保证语义学在语言学中的地位。然而,在研究语义学问题和使用它的材料时,千万不可过高估价它的意义,尤其不可滥用它。……过高估计语义学与滥用语义学,就使马尔走向唯心主义。"[17]语义学大致相当于我们所说的训诂,但斯大林这段话其实是适用于考据的各个方面的。可见考据虽然对于研究工作有一定的作用,但如果过高地估计了它的意义或者滥用了它的时候,它就一定会走向唯心主义。

其实如果运用正确的观点方法,则不只关于作品的版本校勘和作家的生平身世等需要考察,就是作品中人物形象的来源和创作过程也是可以进行考察的。苏联学者多宾曾根据各种不同的作家回忆录来研究著名作家的生活里有哪些原型,又有哪些现实的生活冲突推动了作者的想像,这样就可以明了每个作家是从哪一方面来改造他从生活中得来的素材的。例如契诃夫的小说《跳来跳去的人》，他研究出了其中女主人公的主要面貌是最符合于实际生活中的原型的，但她也并不像在小说里所写的那样是一个浅薄的妇女。小说里画家的原型是契诃夫的朋友列维坦，但他并没有像小说中所写的那种放浪怠惰的特征。他研究了许多著名作品的取材，指出了古典作家是从生活中汲取他们的题材的，不过他们在创作中把题材改造得符合于自己的人生观。[18]这种考证对于理解古典作品是很需要的，从这里可以看出作家观察生活和用艺术来体现生活的过程和能力，因此法捷耶夫称赞多宾的文章是"优秀的论文"。[19]我们从来承认《红楼梦》中贾宝玉的形象在一定程度上是包括着曹雪芹自己生活经历的概括的，这是由作品的内容和作者的生活经历所提供了的；我们只反对胡适派那种自然主义的观点，把作者的身世和作品中的形象等同起来，从而抹杀文学典型的社会意义。又如胡适研究《西游记》故事来源的目的只是为了证明《西游记》是一部杂凑的、价值不高的作品，[20]这当然是极端错误的，但我们不能因此就认为作品题材的来源是绝不可以研究的。伟大的现实主义作品既然是表现典型环境中的典型性格，则对于环境和人物形象的典型意义当然是研究的首要对象，这就必须对作者所生活的时代、社会历史条件、和他的创作过程作细致深入的研究，而其中有些事实的部分就是必须进行考据的。由此可见，必要的考据工作对于古典文学的研究是有重要的辅助作用的；如果是在正确理论的指导下，为全面深入的研究服务的必要的考据，而并不是滥用了它的时候，那它就可以对研究工作起一定的推进作用。

旧的考据家们一向是以超然的客观相标榜的，不承认思想观点可以在考据中发生作用，事实上当然不是如此。不管这些人自觉还是不自觉，在他们搜积事实以求证明某一论题时，总是要受某一种哲学观点的影响的。恩格斯曾说："不管自然科学家们高兴采取怎样的态度，他们总还是在哲学的支配之下。问题只在于他们究竟愿意一个坏的时髦的哲学来支配他们，还是愿意一个建立在思维历史及其成绩的知识上的理论思维形式来支配他们。"[21]这一段话完全适用于考据；三百年来旧考据学在观点方法上的局限性正是它不能取得重大成就的原因，而胡适派的考据之所以常常是荒谬的，也是和它的反动的实验主义哲学分不开的。西方资本主义国家的一些"汉学家"，他们也常常用考据的形式来证明中国文化或中国人的创造发明都是外来的，中国的历史记载不可靠等等，那显然是为帝国主义利益作辩护的。一些"善良的"学者们虽然以超然的客观自诩，但正如毛主席所说："小资产阶级的思想方法，基本上表现为观察问题时的主观性和片面性，即不从阶级力量对比之客观的全面的情况出发，而把自己主观的愿望、感想和空谈当做实际，把片面当成全面，局部当成全体，树木当做森林。"[22]这也就是说他们事实上是很容易不自觉地受到坏的时髦哲学的影响的。胡适所谓"科学的态度在于撇开成见，搁起感情，只认得事实，只跟着证据走"，[23]实际上就是击中了这些人的弱点，企图引导他们蒙着眼睛跟着反动派走的。我们虽然也认为考据的对象只能是某些个别问题和有关历史记载的某些方面，但我们从来是强调应该以事物的整体和彼此间的联系为基础来研究这些方面的，而个别问题的解决也应当对于整个的研究工作有所裨益。就研究古典文学说，我们当然应该了解产生作品的历史环境以及当时社会生活的面貌等等，但这些都是服从于整个作品中所反映的人民性和现实主义成就的。这一切，就说明我们所认为的科学的考据，一定是在马克思主义的世界观的指导下进行的，而这也就给考据带来了巨大的方法论的意义，因为真正科学方法必然是建立在承认物质世界及其发展规律性的唯物论世界观的基础上的。我们不只要使证据是正确可信的，而且要从逻辑上论证由此必然导向受其制约的结论的联系性，而且这种工作是服务于我们对古典文学的全面研究的。当然，对于深入的全面研究来说，例如研究古典作品的思想性和艺术性，必要的考据只能是第一步的准备工作，不可能用它来代替研究或企图用考据来解决研究过程中的一切问题。恩格斯把自然科学的发展分为"搜集材料的科学"和"整理材料的科学"两个阶段，而后者是"研究过程、研究这些事物发生和发展、研究那把自然界这些过程结合为一个伟大整体的联系的科学"；[24]我们所说的考据大体上相当于前一阶段，而我们所要全力进行的却是约略相当于后一阶段的工作。但这并不说明第一阶段的工作就没有意义；由于中国历史悠久，文献材料异常丰富，在流传过程中又不断发生错乱，因此前人虽然做过一部分工作，我们对于这些成果也是要批判地接受的，但必要的而前人尚未致力的方面仍然很多；为了创造性地进行研究，科学的考据工作仍然是很需要的。

三

清朝人对古籍的整理是有相当功绩的，我们所谓"考据"一词即由清代相沿而来。在最初,它并不是完全脱离实际的;清代考据学的开山大师顾炎武就说:"凡文之不关于六经之指、当世之务者,一切不为。"[25]可见他是非常关心当世之务的。考据学的兴起,本为矫宋明理学的空言心性之弊,而且是与当时民族压迫的时势密切相关的。由于针对宋明理学对于"六经"的唯心论的解释,因此他们主张从"小学"入手,先求训诂名物的真义;由于反对清朝统治阶级,因此同时主张学术要有关当世之务,喜欢研究史迹成败和地理形势等等。这种学术思想就它与"宋学"相对待的意义上说,是带有一定进步性的,而且在考据方法上也是能够尊重客观事实的。后来的发展虽然脱离了有关"当世之务"的目标,但在治学的对象与方法上还是承继了顾炎武等人所开辟的道路的。就对象说,因为它是在封建社会内部发展起来的,因此虽然在训诂、校勘的范围内也深入到诸子史地等各方面的文献,但所谓"六经"仍然是治学的主要对象。因为"六经之指"与"当世之务"二者本来是存在着矛盾的,这种矛盾正是顾炎武等人思想上的矛盾的反映。到后来清朝的统治力量相当巩固了,又大兴文字狱,许多学者都逃到故纸堆中去了,于是不但把有关"当世之务"的目标丢掉了,反而以考据来粉饰了所谓"乾嘉盛世",成了清朝政权的点缀。"六经"本身的范围本来有限,就是那么几部书,这种"范围"的桎梏是和这些考据家们本身思想的局限性分不开的;但为了搜求证据,他们也不能不在别的典籍中援引例证,于是触类所及,对于先秦古籍差不多都有过比较谨严的考证。就是对于六经本身的研究,在重视客观事实的精神下,有时也能突破传统的旧说,例如奠定汉学基础的阎若璩的《古文尚书疏证》，就是显明的例证。这种学术研究对于阐明我国古代文化的许多方面都是有一定贡献的。另一方面，他们也有一套比较严密的方法，这种方法在对待某些个别问题例如训诂、校勘等，是有效的；它与胡适派主观主义的考据方法是有区别的。关于这点，我们还需要详细考察。

《四库提要》于《日知录》条下云："炎武学有本原，博赡而能贯通，每一事必详其本末，参以证佐，而后笔之于书，故引据浩繁，而牴牾者少。"这是可以概括他的考据方法的，"每一事必详其本末"，就做到了详细占有材料；而引据浩繁又无牴牾则说明他是由归纳例证中得出结论的。清儒向来反对对古代典籍的主观主义的解释；戴震曾说："宋人则恃胸臆以为断，故其袭取者多谬，而不谬者反在其所弃。"他对于"依于传闻以拟其是，择于众说以裁其优，出于空言以定其论，据于孤证以信其通"等等穿凿附会的办法，都认为是"徒增一惑"，于事无补的。[26]这种方法和精神在清代著名的学者中，大体上是承继下来了的。试以王引之《经传释词》为例，他在"自序"中说："自九经三传及周秦西汉之书，凡助语之文，遍为搜讨，分字编次，为《经传释词》十卷。"他能把他所研究的范围内的材料"遍为搜讨"，然后得出新的论断，这种论断又能"揆之本文而协，验之他卷而通"，于是自然就发现一些古助词的文法规律了。由此可知，清朝考据家所处理的对象主要是经学，而通经则自小学始，所以他们所处理的问题多半是训诂、校勘等一类问题；在方法上则多半采取遍搜例证，然后归纳出论断来。他们对搜求例证用力极勤，反对隐匿和曲解例证，反对用孤证，遇到有力的反证就放弃原说；而他们所处理的问题又是用这种方法可以胜任的，因此所得的结论也就大都是可信的。经过他们的努力，各种经书都有了新的注疏，而文字音韵之学也因之大昌，此外在史学、地志等各方面也都有所贡献。一直到鸦片战争前后，由于政治社会情况的变化，学者们要求从典籍中得到对当世之务能够有所裨益的教训，遂不满意于只求章句训诂等窄狭的治学范围；同时也由于学术本身的发展，因为考据受到了研究对象的限制，属于几部经书范围的可以用考据方法解决的问题已经阐发得差不多了，要求更系统地研究这些典籍的全面的含义，因此晚清今文经学遂又发展到"经世致用"的道路上，专求"微言大义"来发挥他们的政治思想了。龚自珍、魏源等人揭开了近代思想史的序幕，梁启超说："光绪间所谓新学家者，大率人人皆经过崇拜龚氏之一时期。"[27]这些人是以经学来当作政论发挥的，而考据学遂衰微了。我们今天一般所谓清代的考据，实际是指乾嘉时代的那些著作的。

虽然考据在开始时并未完全脱离"当世之务"，而且在与宋明理学的对垒上也有一定的进步意义。但到考据学全盛的乾嘉时代，却完全不是如此的了。那时清朝的统治力量已经巩固。在大兴文字狱之后，许多人都不敢公开议论时事了，于是清朝统治者便奖励考据，把它引导到完全脱离实际的道路，作为闭塞思想的工具。这原是清朝的有计划的文化政策，而一些学者们也就自愿地钻进故纸堆里去了；这是清朝考据学兴盛的基本原因，也是胡适派所以要用提倡考据的方法来企图抵制人民革命的原因。鲁迅先生说：

说起清代的学术来，有几位学者总是眉飞色舞，说那发达是前代所未有的。证据真够十足：解经的大作，层出不穷，小学也非常进步，史论家虽然绝迹了，考史家却不少；尤其是考据之学，给我们明白了宋明人没有看懂的古书……我每遇到学者谈起清代的学术时，总不免同时想"扬州十日""嘉定三屠"这些小事情，不提也好罢，但失去全国的土地，大家实足做了二百五十年奴隶，却换得这几页光荣的学术史，这买卖，究竟是赚了利，还是折了本呢？[28]

鲁迅先生这里不只指出了考据学兴盛的政治背景，而且对胡适派的提倡考据也有实际的战斗意义。因此，过高地渲染考据学的成就，把考据来夸大为惟一的治学途径，是完全错误的。但仅就"给我们明白了宋明人没有看懂的古书"这一点来看，则除过考据本身所包括的缺陷以外，在方法和成就上应该是有所肯定的。而这正是与胡适派的考据不同的地方，因为胡适派的考据是反科学的，也是毫无成就的。这就需要我们来仔细地分析他们之间的区别。

首先在考据的对象和研究的范围上，清朝人是只限于对于古代典籍的训诂、校勘等方面的，也就是说用他们那套方法大体上是可以解决问题的范围的；但胡适派却认为研究范围的窄狭是清代学者的第一大缺点，于是他要扩大研究的范围，要研究"一切过去的文化历史"，而且说"在文学的方面也有同样的需要"；[29]我们姑且不论胡适派的方法是与清代学者异趋的，即使完全按照清代考据学的精神和步骤，最多也只能解决一些史料上的问题，决不可能用考据来研究"一切过去的文化历史"和文学。这样做就必然要引导到穿凿附会的道路上，如同我们在批判《红楼梦》研究中所指出的那些荒谬的情形一样。胡适曾给他的所谓"国学研究"开列了一个总系统，其中就有"文艺史""学术思想史"等等，他还要构造一个"历史的系统"，而这些却显然是远远地超出了考据所能处理的范围的。其次，清代考据是在反对宋明理学的空谈心性的情况下产生的，因此发展到另一极端，就是极端轻视、甚至否定理论对于研究工作的作用，这当然是错误的，甚至是不可能的；但因此他们在考据时就比较客观，能够从大量的材料出发，而所得的论断的科学性也就比较大。但胡适派却不是如此，他认为清人"太注重功力而忽略了理解"，要在考据中注重"材料的组织与贯通"，而他所谓"理解"与"贯通"等等的理论和方法，则毫不讳言地自称就是那反动透顶的实验主义。从方法论上来歪曲真理和宣传唯心主义是胡适的一贯伎俩，他到处宣传他的"治学方法"，并且明白地说"这是一种实验主义的态度在各方面的应用"。[30]这种主观唯心论的思想就使得他的考据也只能从主观臆测的假设出发，而不可能从大量的客观史料出发。他虽然也说"考证学只能跟着材料走"，但他所找的一些材料原是服务于他的假设的，而他的一切假设又都是与宣传唯心主义的毒素分不开的。因此在对待材料的态度上，胡适派与清朝学者是基本不同的；这也就是他之所以认为清人考据"在社会的生活思想上几乎全不发生影响"是极大缺点，而他却要大吹大擂，把考据当作"从思想文艺方面去替中国政治建筑一个非政治的基础"的根本原因。由此可见，至少在主观上清朝学者是排斥理论对于考据的指导作用的，而胡适则是自觉地借考据来偷运实用主义的毒素的；这种差别除过政治上的作用不同以外，在论断的科学性上也是非常显著的。由主观臆测的假设出发的考据，就不可能不穿凿附会，就不可能如清代著名考据文章中的那样无所牴牾的。

当然，我们研究清人考据与胡适派的区别，丝毫也没有认为清代考据家的一切都是完全正确的意思；我们不但承认一个人的政治社会观点必然会影响到他的研究，而且认为只有在马克思主义的正确指导下，依据已经认识了的社会历史规律，把某一个别问题放在它与整体的联系中来考察，然后才可能根据客观的事实和可靠的史料，得出正确的结论来。清人排斥理论的思想是完全错误的，但因为他们所研究的范围大体上都是可以从历史的联系中抽取出来的个别部分，与研究者的政治社会观点的关系较远，因此在尊重客观事实的情形下，是可以得到正确的论断的。这丝毫也不能说明考据可以脱离正确理论的指导。恩格斯曾说："人们远在知道辩证法是什么东西之前，已按辩证法来论断了，正好像人们远在知道'散文'是什么东西之前，已经说着散文一样。"[31]在没有正确理论的指导之前固然也可以得到某些符合客观实际的正确结论，但自觉地在正确理论的指导下就能够更有效地解决一些更为复杂的问题。实际上清代考据家之所以把六经当作研究的主要对象，也正是不自觉地受着一种思想的支配；而且这种把考据来和义理完全对立起来的思想也并不是没有消极作用的，它可以为胡适派所利用而且还得到了许多人的相信这一点，也正是它本身存在着弱点的一种说明。

在方法上清代考据也是与胡适派有所区别的。如前所述，清代考据学一般多用归纳法这样一种思维形式，他们常常在同类现象的类比中发现问题，而在遍搜事例中归纳出结论来。顾炎武说："经学自有源流，自汉而六朝而唐而宋，必一一考究，而后及于近儒之所著，然后可以知其异同离合之旨。"[32]他们一般都是在研究了大量的材料之后，才在其中找出共同点和主要点的。这种方法在考据学适用的范围内，在材料全面和充分而又彼此间无所牴牾时，是可以得出正确结论的。列宁曾指示为了建立考察社会现象的真正基础，"就必须不是抽取个别的事实，而是从无一例外地、与所观察的问题有关的一切事实的总体着手。"[33]因此在考察某些可以从整体抽取出来的局部问题时，这种方法是可以适用的。当然，他们有时也用演绎法，但通常都是根据已经证明了的确凿不移的定说，而且是与归纳来结合应用的。但胡适派的考据方法却不是如此，他是过分强调演绎法的作用的。在《清代学者的治学方法》一文中他说：

> 这种方法，先搜集许多同类的例，比较参看，寻出一个大通则来，完全是归纳法。但是以我自己的经验看起来，这种方法实行的时候，决不能等到这些例都收齐了，然后下一个大断案。当我寻得几条少数同类的例时，我们心里已经起了一种假设的通则。有了这个假设的通则，若再遇同类的例，便把已有的假设去解释他们，看他能否把所有同类的例都解释得满意。这就是演绎的方法了。

在《实验主义》一文中，他认为"弥儿和培根都把演绎法看得太轻了"，而且说近来的科学家和哲学家"渐渐地明白科学的方法不单是归纳法，是演绎和归纳的相互为用的"。他这样说的目的在于强调演绎法，是企图为他的主观臆测的假设来找求根据的。我们知道在复杂万分的材料中，甚至要证明任何荒诞的假设都可以或多或少地收集到一两条个别的材料，但同时却也存在着与那假设完全相反的材料，如果只选择符合于自己假设的例证来应用，是可以得到完全荒谬的结论的。我们并不否认演绎法也是一种可以应用的思维形式，也并不否认结论通常是先作为假设而出现的，但胡适强调演绎法的原因却在否定清儒所常用的归纳法，在于用个别的材料来得出符合于他的主观意图的全面的结论，从而歪曲真理的。他常常把一个假设来建筑在另一个假设之上，例如由《史记》的不可信来否认屈原的存在；而对于存在着的许多与他的臆测互相抵触的史料，他就竭力排除或熟视无睹，这样是不可能得到任何科学结论的。此外他也运用其他的方法，例如他说清人不重视比较的研究，于是他就把王莽、王安石的变法来与近代社会主义作不伦不类的比较，这的确是与清人"不务牵连"的精神完全不同的。他又吹嘘什么统计法和"试验室的方法"，于是根据"於"字和"于"字两个不同字形的应用数字的比例，就断定《左传》不是左丘明作的；这种统计法是和马尔萨斯的反动的人口论的统计法完全一致的，他们的根据都是建筑在假设上面，完全是反科学的。他又说学好"试验室的方法"就可以"一拳打倒顾亭林，两脚踢翻钱竹汀"，而这种方法照他的解释却是"可以创造例证，实验的方法便是创造证据的方法。"[34]由此可见，胡适派的考据方法的确是"超越"了清代考据学的，他所用的这种种方法有一个共同的特征，就是虚构事实和滥用材料来为他臆想的假设制造根据，而他的假设又是实验主义的应用，因此这种方法也就不能不是为反动阶级"应付环境"用的反科学的方法；从这里是不可能得出任何科学的结论的。

清代考据学所用的是形而上学的思维方法。这种方法在处理某些个别问题，例如史料的订定以及训诂、校勘等字义的确定上，是可以适用的。恩格斯说："对于日常应用，对于科学的小买卖，形而上学的范畴仍然有其效力。"[35]由于清代学者所考据的范围一般都是可以从整体中抽取出来、可以从静止的状态去观察的狭小的范围，因此所得的论断就多半是有效的，而且对我们进一步引导出理论性结论的科学研究工作也有重要的帮助；但显然，这种方法的应用是有它的一定限度的，不可能用它来进行对于整体的发展和全貌的考察；如果超出了这个范围，就必然如恩格斯所说，"它就变成片面的、局限的、抽象的，而陷于不能解决的矛盾之中。"[36]但胡适派的考据却是有意识地要把仅仅在某些条件下是正确的东西用来当作无条件、无任何限制、可以代替一切研究工作的东西，企图利用某些个别的偶然的材料来得出本质的必然的结论；形式主义地对待材料，并自觉地给以唯心主义的解释；这种方法就完全脱离了科学性，而陷入了诡辩论的范畴。他虽然也说什么"尊重事实，尊重证据"，但事实只有不是孤立地，而且从它们的联系中被看作是可以表现某些事物的本质和主要的东西时，才具有可作证据的价值；如果用个别的、可疑的、甚至虚构的事实来作为他那主观臆测的假设的证据，是根本违反科学的；而这正是诡辩论的特质。因为任何正确的方法都不能证明一个显然荒谬的论题，诡辩论者就不得不虚构证据，或夸大某些适合于他意图的材料的作用，或混淆一些名词概念的真实意义（例如社会主义），然后由此得出他所想望的结果。这样的考据对于那些不了解真相的人可以发生一定的欺骗作用，就因为表面上它也好像是言必有据似的。胡适派的考据方法是服务于他的目的的，他的根本企图并不是进行科学研究，而是歪曲真理和欺骗人民，因此他所提倡的方法实质上也不可能带有任何科学的性质；它不只与我们所遵循的辩证唯物主义是根本对立的，就是与清代考据学的方法也是大有区别的。在讨论老子年代问题时，胡适和他的派下人等应用同样的方法得出了不同的结论，于是胡适便向他的门徒们说："我现在很诚恳的对我的朋友们说：这个方法是很有危险性的，是不能免除主观成见的，是一把两面锋的剑可以两边割的。你的成见偏向东，这个方法可以帮助你向东，你的成见偏向西，这个方法可以帮助你向西。如果没有严格的自觉的批评，这个方法的使用决不会有证据的价值。"[37]这说明他的方法是服务于他的成见的，而且除过那句骗人的"严格的自觉的批评"的话以外，他也完全理解这种方法是没有任何科学价值的，这就彻底地暴露了他所谓"科学的方法"的诡辩论的性质。我们今天在科学研究中对某些问题所需要作的一些考据工作，则无论在目的上或方法上都是与清代学者不同的；至于对胡适派的伪科学的考据，则更是根本对立的了。

## 四

胡适特别喜欢借考据来宣扬实用主义的方法论，在《胡适文存》的"序例"里，他说其中的文章"范围好像很杂乱"，但"都可说是方法论的文章。"他把这种方法渲染为"科学的方法",而且说"在应用上,科学的方法只不过大胆的假设,小心的求证。"[38]在这里我们就不能不分析假设与求证在考据中的正确作用,以及它与胡适派的伪科学的方法的根本对立。这是因为:第一,"大胆的假设"与"小心的求证"两句话并不能完全概括实验主义方法论的特点,他这样宣传只是为了更容易迷惑人,这就需要我们去揭发它的反科学的本质。第二,我们在考据工作中并不一般地排斥假设和求证,但在意义和作用上却与胡适派的方法有原则性的区别。

在对于某一问题的考据过程中,结论通常总是先以预测性的假设出现的,然后根据陆续收集来的可靠的材料来从逻辑上证明它是否可以成立。我们研究某一问题并不是毫无目的的,因此对于任何材料的考查都是服从于正确地揭露问题的本质这一任务;当我们已经初步接触到一些材料,我们对于这一问题的认识也就随着逐渐明确,那么我们就有可能根据已经理解的事实来预测到结论的可能性,然后再根据更多的材料来检验这一预测性的假设,最后来确定这种假设是应该成立或者应该推翻。这是对有关研究对象的事物和材料进行科学概括的一种形式,在任何研究工作中都是如此的。可见问题不在要不要假设,而在对于假设的看法和如何成立假设。我们的假设是从客观来的,它虽然尚未得到完全的证明,但它本身也反映了一定的客观对象,即使最后的证明是不能成立的,它也至少包含着客观知识的某些个别方面或某些因素的真实,因而它对进一步研究问题是有帮助的。不但如此,在研究工作中我们还鼓励研究者去创造性地发现问题、解决问题,自然也鼓励他在这过程中根据已有的认识提出假设来,因为只有这样才会引导出正确的结论。但胡适派却根本否认假设的客观意义和价值，他们的假设是由效果出发的，而决定效果的却归根到底总是反动阶级的利益；因此他可以毫无客观根据、仅凭主观臆测来建立假设，这样的假设既不反映任何客观真实的东西，自然也就不可能由它引导出任何正确的结论。假设并不只是逻辑上的一种推理形式，它本身就包含有客观的根据；真正的假设总是由已发现的有关事实和资料的综合来的，它不能凭直觉或敏感来建立，而且也不能仅只根据个别的或少量的材料就贸然建立起来，它必须建立在比较丰富的事实基础上，建立在正确理论的指导下，那么这种假设最后得到证实的可能性才比较大。胡适派既不承认假设是由客观来的，其中包括了客观正确的东西，那他们的假设就必然是荒谬的、"大胆的"。而且他认为一切理论都是"待证的假设"，把正确的科学理论和假设等同了起来，这样就既诬蔑了理论的作用，而把假设也更玄虚化了。脱离了假设的客观基础，则"大胆的"三字就变成了主观主义的赞颂词，而并不含有任何鼓励创造性研究的科学意义了。

列宁曾说马克思开始提出唯物史观的思想时"暂时还曾是一个假设"，后来"根据非常浩繁的材料（他用了不下二十五年的工夫研究了这些材料）把这个形态（商品经济制度）的动作法则和发展法则作了一个极详尽的分析"，"现在，自《资本论》出现以后，唯物史观已经不是什么假设，而是已用科学方法证明了的原理。"[39]这里不只说明了假设对于科学研究的重要性，而且也说明了使假设变为结论的证明的过程。研究者必须根据大量的事实和材料，进行严密地分析和综合，才能够得出证实或者推翻假设的结论；如果在研究过程中发现有与假设相抵触的反证，说明假设不符合于客观真实，研究者就应该勇敢地抛弃那个假设，再在新的事实基础上建立一种新的假设，重新开始研究的过程。结论必须要求论证过程，是科学的特点之一；科学不能容许脱离客观实际的无稽之谈，因此在考据中求证的过程是必须的，而且也应该以一种客观的态度来严肃地对待在研究过程中所陆续发现的大量的新的事实和资料，从它们的整体和相互联系的关系中来严格地加以分析。不只注意那些能够证明假设的资料，而且特别注意那些与假设相矛盾的资料，然后才可能保证论断的正确性。论证的根据必须是经过检验的，无可置疑的，而且必须正确阐明这些根据与结论之间的必然的逻辑联系；使之表明只要承认了论据的正确就不能不承认结论的正确。而论据又是无可怀疑的，这样的论证才有科学的意义。因此论证的过程是一个创造性的科学工作。在这个过程中随时都可能发生错误；首先是在材料的鉴定和应用上，对于材料的来源、阶级背景、可靠程度等等的唯物主义的分析就需要进行细致的工作。只有在分析了与每一论据有关的一切情况，才能够确定它是无可置疑的。同样，错误也可能发生在论证过程中；在这里不能容许任何主观的偏见，不能根据孤立的个别事例来得出结论，不能在逻辑联系上有任何错误，不能在分析与综合中忽视了材料的主要与次要、偶然的与一般的特征，任何的疏忽都可能导致到结论的错误。这就说明，为了保证在假设与求证当中的科学性，就必须在辩证唯物主义的指导下进行工作。这也说明，孤立地看待"小心的求证"这句话是没有意义的，决不能认为我们主张"不必求证"或"求证不必小心"，问题在于"求证"的本身就存在着不同态度的原则分歧。

胡适派的求证是由臆造的假设出发,他很"小心",但他"小心"的内容是抽取能够适用于他的假设的个别事例,目的只在粉饰他的假设的可靠性。对于与他的假设相抵触的材料他就或者视而不见,或者臆断为不可信;而在论证过程中也没有什么必然的逻辑联系,这种论证当然只能是反科学的。例如胡适曾根据雍正朱批谕旨中有一个名叫李煦的织造因为亏空被查追,就断定曹雪芹的父亲曹頫也必然是如此,理由是曹頫也曾任过织造。[40]这当中有什么逻辑联系呢?为什么曾经在不同时期担任过同一职务的人就一定会是同样的下场?但不仅如此,他又以这一论断为前提,证明了《红楼梦》里的贾府就是曹家,因为贾府的下场也是被抄家。这除过说明他论证的目的只是为了要给《红楼梦》是自然主义的作品这一假设作粉饰以外,还能说明什么呢?他的"小心的求证"只表现在他对雍正朱批谕旨的找求上,而并不表现在论证的逻辑联系上。在对证据的采择上更能说明他这种主观随意的态度,他把《诗经》中的《小星》一诗解说为"妓女生活的最古记载",[41]而证据却出自清末的《老残游记》;这除过说明他为妓女制度的"合理性"找求历史根据以外,还能说明什么呢?

　　由此可见,仅以"大胆的假设,小心的求证"的字面意义出发,不能揭穿胡适派考据方法之反科学的性质,我们必须由他对这两句话的实用主义的解释,以及他在运用这种方法的实例中,指出他的反科学的唯心主义的本质。我们的"假设"是从客观实际出发的,毛主席说:"提出问题也要用分析,不然,对着模糊杂乱的一大堆事物的现象,你就不能知道问题即矛盾的所在。"[42]我们的假设正是由事物的分析中得来的。但胡适派的假设却完全与此相反,他之所以加上"大胆的"三字,目的正在使假设脱离客观的事物;他在介绍杜威的学说时曾说,假设"是自然涌上来的,如潮水一样,压制不住的;它若不来时,随你怎样搔头抓耳,挖空心血,都不中用。"[43]这种完全由主观臆测而来的假设是不可能得到真正的科学证明的,因此他就要"小心的"找寻个别事例来作反科学的演绎了。他说:"大之,科学上的大发明,小之,日常的推理,都不是法式的论理或机械的分析能单独办到的。"[44]为了证明他的假设,他不能不排斥理性和逻辑;因之他的论证过程也是完全脱离了逻辑规律的。这也很容易理解,方法是不能脱离世界观的,正确的思想方法是客观事物的规律在人类主观上的反映,实验主义既然否认客观事物及其普遍规律的存在,它就不可能还有什么科学的方法论。胡适不过拈取了"大胆的假设"和"小心的求证"这两句话来利用考据,来粉饰他那"只问效果、不顾实质"的主观唯心论,并企图以之混淆人对于假设与求证的正确理解罢了。总之,胡适派考据的特点就是企图从历史材料中来找到他所需要的为反革命效果服务的东西。我们要用马克思主义的观点来研究古典文学,就必须正确地阐明考据的意义与作用,就必须对胡适派的考据方法和"考据癖"进行斗争。

当然,即使受到胡适派的严重影响的人,在进行考据时这些人一般也并不是自觉地为反革命服务的。但胡适派的考据之所以会有很大的影响,是和小资产阶级知识分子本身的弱点分不开的;他们在思想方法上常常带有主观性和片面性,而胡适派的理论又是在旧社会学术界占统治地位的思想,因此即使在许多认真地从事考据工作的学者中,也常常会有这种不良影响的存在。他们忽视正确理论的指导作用，忽视科学的抽象的价值，因此在考据上就常常表现有烦琐和穿凿的倾向。烦琐是研究工作脱离实际和把大小问题来等量齐观的必然结果，而穿凿正是主观片面性的表现。鲁迅先生曾说："清初学者，是纵论唐宋，搜讨前明遗闻的，文字狱后，乃专事研究错字，争论生日，变了'邻猫生子'的学者，革命以后，本可开展一些了，而还是守着奴才家法，不过这于饭碗，是极有益处的。"[45]"饭碗"问题正说明了旧社会统治者对于"邻猫生子"式的研究的鼓励，当时这种竞尚烦琐的现象是很流行的，所考的问题之冷僻远远地超过了清朝学者；俞平伯的考据"宝玉为什么净喝稀的"就是一个很好的说明。[46]穿凿附会更是普遍的现象，俞平伯曾考证过杨贵妃死于日本的问题，并且说："附会果然是附会，但若连一点因由也没有，那么就是附会也不容易发生的。"[47]这就简直是为穿凿附会找寻存在的根据了。当然，无论烦琐或穿凿，有些人的错误并不是自觉的。与胡适的有意识地运用诡辩方法是有区别的；但对于运用马克思主义观点来进行的科学研究工作说，无论有意或无意，这些都是有害的，我们必须坚决地反对这种不良的倾向。

## 五

研究古典文学的目的在于把各个时代储藏在文学作品里的巨大精神财富来作正确的阐发，使之对人民发生教育的作用，丰富人民的精神生活，并为创造新的文学建立坚实的基础。这是一件极为细致的工作；我们不只要理解当作社会意识形态的文学的特点，而且也要理解文学本身的不同于其他社会意识形态的特点。不只要对每一文学作品具体地分析它的思想性和艺术性，它对于我们今天的意义，而且也要研究文学本身的发展历史，它的发展规律和它与每一时代社会的密切关系。这就说明，对于研究古典文学具有首要意义的是研究者的立场观点和方法，他必须具有马克思主义的理论修养。包括马克思主义关于文艺科学的理论在内。只有这样，才有可能对古典文学作出正确的分析和阐明。因此任何企图把考据来当作研究古典文学的首要的、甚至惟一的途径的看法，都是错误的，那结果只能引导人掉入胡适派的泥坑。唯心论的文艺观点否认文学作品的客观标准，他们渲染"诗无达诂"一类的不可知论的论调，认为说明文学发展的规律和具体分析作品内容的研究都是"说空话"的，他们只企图通过烦琐的考证，以个别的材料来概括整体，这就不能不坠入类似《红楼梦研究》一类的错误。他们把文学看作可以离开社会历史条件而独立存在的现象，并在作品的客观意义与作家的主观意图之间画上了等号，因此他们所最有兴趣的就是作者的家世和生平事迹，故事源流和版本异同等问题了，而且以为这就是关于古典文学研究的全部范围。这种研究方法就必然会抹杀伟大的古典作品的人民性和它对于当时社会中不合理制度的批判意义，使读者对作品得不到正确的完整的概念。更其荒唐的是把考据来运用到文学批评和作品中的人物形象上来，简单地用文字异同和情节对比的方法来确定人物形象的意义，企图用考据来代替分析和研究，并妄想由此作出定案；这就不只对于古典文学的研究工作没有任何帮助，而且是荒谬绝伦，含有很大危害性的。俞平伯曾由《红楼梦》中用过十一个"十二"的数字,来考定秦可卿在书中的地位是"既兼钗黛之美,即为钗黛之合影,其当为十二钗之首,实无疑者。"[48]这种考据就不能不取消了古典文学中的思想意义和现实主义的艺术特征,使之降低为消闲游戏的东西。因之,如果说考据对于历史科学的研究只能居于辅助的地位,那么在古典文学的研究工作中它所应该占据的地位比在历史科学中还要略低一点。这是因为:第一,文学作品是通过生动的形象来反映社会生活的,有些形象的塑造或故事情节的安排虽然可以根据某些实在的人物和事件,但如果它是现实主义的作品,作者在创作过程中就必然经过了艺术的加工和概括,如果机械地用题材的来源、素材与作品中的情节和人物典型来互相比附,结果就只能歪曲和降低作品的思想意义;至于从作品本身的文字异同或情节安排来把作品中的人物形象当作考据的对象,就更其是荒唐的了。其次,对于作家的家世与生平经历等等的考证最多只能说明作者的思想或对于作品的主观意图,这对于理解作品虽然也很有帮助,但"文学形象几乎永远大于思想",我们必须分析作家通过艺术形象所反映出来的社会生活的客观意义,而这就绝不是用考据的方法所能胜任的。伟大的现实主义古典作品的内容一般总是突破了作者的主观意图和阶级观点的限制的,通过生活本身的再现,它常常会显示出甚至为作者本身所不能理解的巨大深刻的意义。列宁关于托尔斯泰的论文,一方面分析了作者世界观的特点,同时又对作品的意义给以正确的评价,而这样的做法正如列宁所说,"只能从社会民主主义的无产阶级观点"来进行。[49]由此可见,方法是服从于观点的,那种企图完全用考据来解决文学研究工作的人,正说明了他们在文学上的资产阶级形式主义和自然主义的观点，而这是只能借着考据来偷运唯心主义毒素，不可能解决任何科学问题的。

但这决不是说考据对于古典文学的研究就没有积极作用，或者说它是可有可无的东西。反之，它虽然不是首要的，但也是不可缺少的，问题在于它必须为研究工作服务，服从于整个研究的需要，那么它才可能发挥积极的作用。我们说古典文学的研究绝不仅限于研究作家的身世经历等等，并不是说这些方面就不必研究，反之，即使在有关这一类事迹的考订上，也只有在马克思主义的理论指导下才可能有更大的成就。作品是和作家个人的时代、生活经验、世界观等等密切联系着的，尽管作品能够在作家的主观思想以外获得客观意义，但这只说明了作品所写的内容和作家的生活经验不是相等的，却并不是毫无关系的。作品是由作家创作的，在作品的各方面都不能没有作家个人人格的色彩，因此对作家事迹等等的考据对于理解作品是有很大帮助的。我们无论研究任何一部古典作品，从分析艺术形象所表现的思想内容和社会意义的要求出发，都必须多方面地掌握大量的材料。只有在事实的基础上才可能对作品作出深刻的、历史的分析。对作品内容的具体分析固然是非常重要的，但具体事物也是在与周围一切的联系中存在的，只有正确了解了与作品有关的一切，对作品的分析才可能全面和深刻；而必要的考据工作正是服务于对古典文学的全面研究的。

古典文学作品是产生于不同的历史时代的，不同的历史背景会使文学形象带有不同的面貌和特征，也会有带有时代色彩互不相同的文学体裁和艺术方法，因此对于产生作品的时代背景的研究对于理解作品也有很重要的意义。文学是通过形象来反映生活的，每一时代实际的社会生活面貌与作家对于一般生活的理解情况，都脱离不了一定的历史环境；如果我们对于当时的政治社会、人民生活、文化思想等等各方面的情况都只有社会基本矛盾这样概念的了解，那就很难判断某一作品是真实地反映了现实还是不真实地歪曲了现实。脱离了一定的历史条件是无法理解古典文学的，我们对于某一作品思想内容的进步或反动的评价，是必须在分析了一定时期的阶级斗争情况和作品本身社会意义的性质以后才可能得出的。而对于时代背景的研究，对于某些历史情况的正确说明，都须有必要的考据来作辅助，才能使我们的研究顺利地开展。至于关于作品本身的必要的考据工作，例如校勘训诂、版本流传等等，更是对于研究工作有帮助的；不可能设想不理解作品的文字意义就可以对作品作出正确的研究分析来。

　　文学是艺术，但关于文学的研究却是科学。马克思主义认为任何社会现象都是可以认识的，都是可以给予科学的分析和解释的，在古典文学方面也毫不例外。而且只有在马克思主义的正确指导下，古典文学的研究工作才可能提高到真正科学的水平。考据既然对研究工作有一定的作用，在某些方面甚至是必要的，那么它即使在整个研究中只居于辅助的地位，也仍然是不可缺少的，我们不能一看见考据就联系到胡适派，这需要作具体的分析；考据可以是胡适派的，也可以不是胡适派的。这正如我们不能以为研究作品的形式特点就一定是形式主义，研究作品的历史背景就一定是庸俗社会学一样，这种看法本身就是形式主义。问题不在表面而在实质，我们所说的考据无论在目的、范围、或者观点方法上，都是与胡适派根本对立的。

  毛主席说："一般地说，中国幼稚的资产阶级还没有来得及也永远不可能替我们预备关于社会情况的较完备的甚至起码的材料，如同欧美日本的资产阶级那样，所以我们自己非做搜集材料的工作不可。"[50]在古典文学的研究方面这种情形尤其显著，资产阶级给我们预备下的就是没有任何科学意义的胡适派的考据，因此我们除了与胡适派作坚决的斗争并彻底肃清其影响以外，在许多方面我们还必须做搜集材料的工作。要搜集材料并分析、综合材料，就必然会牵涉到考据；要利用前人在考据方面的成果，就必须重新给以分析和批判；这些都是我们在开展研究工作中所不能不碰到的问题。由此可见，笼统地对考据加以赞扬是错误的，它很容易使我们脱离了科学研究的目的，陷入唯心主义的泥坑；但笼统地排斥考据也是对研究工作有害的。我们不只仍然需要对一些必要的问题作出新的考据，对三百年来考据学的一些成果也是要批判地加以利用的。因此问题不在考据是否需要，而在究竟是为什么目的和在什么思想指导下来进行这一工作的。我们的一切科学研究工作都必须是在马克思主义的理论指导下，为了建设社会主义的文化而进行的；只有首先服从于这样的条件，必要的考据工作才会在整个的科学研究中占有一定的地位，才会在古典文学的研究中起它所应有的作用。同时也只有这样才会使我们所说的考据与胡适派的考据划清界限，才会使我们正确地执行自己的路线，并与敌对的思想进行不可调和的斗争。

1956年3月29日

\*　　\*　　\*

〔1〕郭沫若：《十批判书》。

〔2〕恩格斯：《论卡尔·马克思著〈政治经济学批判〉一书》。

〔3〕马克思：《路易·波拿巴政变》二版序言。

〔4〕见《学术界》2卷3期《考红楼梦三家书简》(1943年4月15日出版)。原书未见，此处乃据《文艺月报》1955年1月号王若望《肃清古典作品研究中实验主义的毒害》一文中转引。

〔5〕〔33〕《马克思列宁与统计》(增订本)，东北统计局版。

〔6〕胡适：《井田辨》。

〔7〕恩格斯：《反杜林论·导论》。

〔8〕见《文学遗产选集》1辑。

〔9〕鲁迅：《且介亭杂文·病后杂谈》及《病后杂谈之余》。

〔10〕胡适：《庐山游记》。

〔11〕胡适：《胡适文存·水浒传后考》。

〔12〕鲁迅：《华盖集续编·关于三藏取经记等》及《二心集·关于唐三藏取经诗话的版本》。

〔13〕〔14〕鲁迅：《且介亭杂文·病后杂谈之余》。

〔15〕段玉裁：《经韵楼集》。

〔16〕见《语文学习》总37期。

〔17〕斯大林：《马克思主义与语言学问题》。

〔18〕多宾：《论题材的提炼》，《译文》1955年11月号。

〔19〕法捷耶夫：《论文学》，《文艺报》1955年20号。

〔20〕胡适：《西游记考证》。

〔21〕〔35〕恩格斯：《辩证法与自然科学》。

〔22〕毛泽东：《关于若干历史问题的决议》。

〔23〕胡适：《胡适文存·自序》。

〔24〕恩格斯：《费尔巴哈与德国古典哲学的终结》。

〔25〕顾炎武：《亭林文集·与人书二》。

〔26〕戴震：《东原集·与姚姬传书》。

〔27〕梁启超：《清代学术概论》。

〔28〕鲁迅:《花边文学·算账》。

〔29〕胡适:《国学季刊发刊宣言》。

〔30〕〔34〕〔38〕胡适:《治学的方法和材料》。

〔31〕恩格斯:《反杜林论》。

〔32〕顾炎武:《亭林文集·与人书四》。

〔36〕恩格斯:《社会主义从空想到科学的发展》。

〔37〕胡适:《评论近人考据老子年代的方法》。

〔39〕列宁:《什么是"人民之友"以及他们如何攻击社会民主党人》。

〔40〕胡适:《红楼梦考证》。

〔41〕胡适:《谈谈诗经》。

〔42〕毛泽东:《反对党八股》。

〔43〕胡适:《实验主义》。

〔44〕胡适:《五十年来的世界哲学》。

〔45〕《鲁迅书简·致姚克第二十三信》。

〔46〕俞平伯:《读红楼梦随笔》之十三,见1954年1月香港《大公报》。

〔47〕俞平伯:《杂拌儿》之二。

〔48〕俞平伯:《读红楼梦随笔》之十二:《送宫花与金陵十二钗》,见1954年1月香港《大公报》。

〔49〕见《马克思恩格斯列宁斯大林论文艺》。

〔50〕毛泽东:《〈农村调查〉的序言和跋》。

# 新中国对古典文学的整理和研究工作

新中国成立以来，各种建设事业都在蓬勃的发展，文化建设也是如此。文化建设是我国社会主义建设事业的重要一环，毛泽东主席在中国人民政治协商会议第一届全体会议上的开幕词中曾说："中国人被人认为不文明的时代已经过去了，我们将以一个具有高度文化的民族出现于世界。"要建设新的文化和创造新的优美的文学作品，就必须继承与发展我们自己的优秀的民族传统，批判地接受文化遗产。因此，新中国非常重视对古典文学的整理和研究工作，而且已取得了相当的成就。

我国的文学有极其悠久的光荣传统。在我们的历史上曾经产生过许多富有人民性和现实主义精神的著名作品。我国人民对自己祖国的丰富多彩的文学遗产感到自豪，同时也深深感到我们民族对世界文化宝库是作出了伟大贡献的。站立起来了的中国人民是祖国全部文化遗产的合法继承者，我们要继承并发扬我国古典文学中的那种丰富的人民性和现实主义精神，来创造能更好地鼓舞我国人民为建设祖国，创造自己的美好生活而不断前进的新文学。

历史上伟大的古典作品通常都是在社会经济制度的矛盾的基础上产生的，而且是对当时的制度采取批判态度的。因此，这些作品虽然以自己的艺术力量和现实主义精神受到了广大人民的喜爱，得到广泛流传，但因为其中所含孕的人民性与旧社会统治者的利益存有不可调和的矛盾，就不能不遭受到御用文人们的各种各样的穿凿和曲解。例如过去认为《红楼梦》和《西厢记》是邪书，又说什么"少不看《水浒》，老不看《三国》（演义）"之类的鬼话，就正是对这些伟大作品所作的恶毒的诬蔑。只有到了今天，人民真正解放的时代，我们的所有优秀的古典作品，才有可能受到正确的评价，并受到合乎人民需要的整理和研究。人民是历史的创造者，一切有卓越才能的作家只有当他们的思想和实践与人民利益一致时，才可能在创作上有伟大的成就。因此当我们研究历史上的文学作品时，就不可能不分析它所表现的思想情感的具体内容以及它对于社会发展和人民群众的利益的根本关系。这也就说明了，只有到了人民自己当家作主的今天，才真正具备了对于古典文学进行科学的整理和研究工作的条件，而这些伟大作品的不朽价值也才真正有可能开始得到正确的阐释和发扬。因此我们之所以在这方面取得了一些成就，除了研究工作者们的辛勤的劳动以外，最根本的原因是政府对文化事业的关怀，是新社会具备了可以获得成就的客观条件。

这几年来，我国古典文学的整理和研究工作，重点是在如何将这些伟大的作品普及到人民群众中去。在旧社会，由于反动统治者的阻碍，也由于有些作品本身在语言文字上的艰深的性质，许多优秀作品的流行面是很狭小的。新中国成立以后，对整理和普及这些优秀的古典文学著作，是做了不少工作的，这对提高人民的文化修养和爱国主义精神，是起很大积极作用的。目前国家出版机关已经出版了许多著名的小说戏曲作品。这些作品在出版前都经过了版本校勘的整理工作，并对难解的词句增加了通俗的注释。在古典诗歌方面，我们有的作了语体的翻译，如郭沫若先生的《屈原赋今译》，有的作了妥善的选注，如余冠英先生的《乐府诗选》。这些都受到了广大读者的欢迎。此外我们也出版了许多关于作家传记的书籍，（如冯至先生的《杜甫传》等）这些书籍都是在整理研究工作的基础上进行写作的；它们都以新的观点，对过去伟大作家的生平和作品作了全面详尽的论述。1953年我们举行了纪念我国伟大诗人屈原逝世二千三百周年纪念；1954年举行了我国小说家吴敬梓（《儒林外史》作者）逝世二百周年纪念和剧作家洪昇（《长生殿》作者）逝世二百五十周年纪念；今年又举行了散文家和历史家司马迁（《史记》作者）诞生二千一百周年纪念。与这些纪念活动的同时，对于他们的作品也展开了广泛的研究和讨论，并整理和出版了这些作品的全部或一部分。这对古典文学作品的普及是有很大作用的。除了普及工作以外，对于一些著名作家的作品也已经展开了全面的整理工作。例如北京大学"文学研究所"就正在从事于对李白、杜甫、白居易等人的全集的整理；"人民文学出版社"已整理出版了一百二十回本的《水浒全传》。这些对于研究工作的开展是非常有意义的。

关于古典文学的研究工作，也已经得到了很大的进展。中国作家协会设有古典文学部，统一领导和组织关于古典文学的研究力量。现在已经出现了许多青年研究工作者，他们正尝试着运用新的观点，对某些问题做深入的钻研。古典文学部《在光明日报》上编有"文学遗产"周刊，专门刊载关于古典文学的研究论文。此外在《人民文学》《文艺报》等全国各种文艺刊物上，也常常有古典文学方面的论文发表。

中国科学院设有"哲学及社会科学"学部，其中也包括着关于开展古典文学研究的计划。全国各高等学校目前已都展开了科学研究工作，好些学校都出版了登载研究成果的"《学报》"，其中也常常有关于古典文学方面的研究论文。在各综合性大学和师范学院中，大都设有中国语言文学系；关于古典文学的课程在这一系的教学计划里占有很大的比重。这些学校已经培养出了许多青年研究工作者。北京大学设有文学研究所，其中有许多专家，正在进行着系统的和专门的研究工作，并出有学术刊物《文学研究集刊》。就目前的情形说，古典文学作品已经引起了人们的广泛的爱好，研究者的队伍和研究的成果也正在日益扩大中。

当然，就这些已经取得的研究成果说，质量还是远不能令人满意的，特别是落后于广大人民对于研究工作的要求。为了清除在古典文学研究道路上的障碍，从1954年10月起，在全国范围内曾展开了关于《红楼梦》研究问题上的观点方法的讨论，对错误的学术思想和不科学的治学方法展开了批判，而且已经取得了辉煌的结果。通过这次讨论和批判，从事古典文学研究工作的人在思想和方法上都得到了很大的提高，这对今后我国古典文学研究工作的健康发展，是具有极大意义的。

如上所说，新中国的成立已为科学的研究工作创造了充分的客观条件，我们可以自由地运用人民的观点来正确发扬那些伟大的古典作品中的人民性的精华，批判那些没有价值的糟粕部分，而不必再有任何的顾虑了。在政府和学术领导部门的重视和帮助下，进行研究工作的条件和新的研究力量都在不断地完备和成长。因此，我们相信，只要经过一定的时间，在广大研究工作者的创造性的劳动中，祖国在古典文学的整理和研究上，将会不断出现新的辉煌的成果的。这些成果对新中国文学艺术的发展，对于人民群众文化修养的提高，无疑地都有极其重要的意义。

为 1955 年国庆节作

## 从学习古典文学遗产说起

　　去年全世界爱好和平的人民举行的对中国古代伟大诗人屈原的隆重纪念，使我们亲切地感到了中国人民对于世界文化宝库的确是有所贡献的，增加了"我们将以一个具有高度文化的民族出现于世界"的信心；而这就更迫切地对我们提出了一个整理古代文学遗产、学习我们自己民族的优良传统的严肃任务。在中国长期的历史发展过程中，曾产生了许多的伟大诗人和文学作家，但过去在一些资产阶级学者所写的《世界文学史》之类的书籍里，关于中国的叙述可以说完全是空白，这当然只能证明这些人的无知或有意歪曲，但无可讳言地在我们有些人的头脑中也逐渐产生了一种盲目地、无批判地崇拜外国作家的倾向；我们并不拒绝向别人学习，但那种认为中国过去的一切文化都是落后的看法，却无疑是一种极有害的殖民地心理的反映。其实即就由"五四"开始的新文学而论，其主流仍然是和我们过去的优秀传统相联系的；譬如鲁迅，构成他全部作品的艺术特色的主要来源之一，就是他对于中国古典文学的优良传统的承继和发扬；我们要发展我们的民族新文化，要建立新的社会主义现实主义的文学，就必须有意识地和批判地吸收我们民族文化中的优秀部分和伟大作品中的现实主义传统，这在目前是更应该引起人们的特别注意的了。

　　经过毛主席在他许多著作中的伟大指示，经过全国解放后几年来的爱国主义教育，目前公然在理论上或文章中反对承继及发扬中国民族文化传统的论调，的确是很少见了；但这问题是否就已经在人们的思想中完全明确了呢？是否就已经贯彻在人们的具体实践中了呢？那就只能说并不完全是如此，至少我们还可以看到几种不太好的倾向。

其中一种是在加强爱国主义精神的口号下面，对旧文化有一种兼收并蓄的倾向。好些文章在介绍作家作品的时候，未能很好地加以清理和分析，常常用"时代的限制"和"阶级出身的限制"等简单语句，代替了对古代作品的具体研究和分析，而不加批判地肯定了它的全部，有的甚至相当严重地表现了反历史主义的倾向；使封建性的糟粕也在民族遗产的口号下得到了不恰当的赞扬。这种情形在抗美援朝运动开始不久的时候，最为显著。当时发表的一些提倡爱国主义的文章里，有的就或多或少地表现了这一类的倾向。

另外一种则是对于古代作品中的人民性有一种极其狭隘的了解，将清理古代文化的发展过程和具体分析作家作品的工作简单化和庸俗化了。譬如有人写一部《中国人民文学史》，其中只讲一些乐府民歌等作品，而像李白、杜甫这样的作家都可以略而不提。又如介绍白居易时就反复地讲《秦中吟》《新乐府》中的一些同情人民的语句，而对大量的其他的诗、其中好些是长期为人所传诵的名篇，则概不提及；这怎么可以代表白居易的全貌呢？讲屈原也是一样，只着重在"哀民生之多艰"等少数诗句，而忽略了屈原的主要精神。像屈原、杜甫、白居易这样作家的作品里还幸而有这样的字面可找，对用这种简单方法来研究作品的人们给了一种方便；但如在有些作家的作品中像这样的字面并不好找，譬如李白，那就很困难了，因此也就很少人敢去碰了。鲁迅先生批评有些"论客"片面地赞赏陶渊明的"采菊东篱下，悠然见南山"时说："这'猛志固常在'和'悠然见南山'的是一个人，倘有取舍，即非全人，再加抑扬，更离真实。……我每见近人的称引陶渊明，往往不禁为古人惋惜。"[1]我们也可以说，写"讽谕诗"（《秦中吟》《新乐府》）的和写"闲适诗"的也是一个人，这样的片面夸张办法是不妥当的。在一定历史条件下具体研究一个古典作家或作品，本来是一件十分细致的工作，人民性的表现方式也同样是十分的复杂和曲折的；用这样简单的办法来研究古典文学中的人民性，实际上是把"人民性"的意义庸俗化了，因此也是一定不会把工作做好的。

要使现代青年向古典文学的优秀作品学习，本来就存在着一些客观上的困难，譬如语言文字的难懂，时代背景和历史条件的不同等等，这原是要一些人来做点整理研究的工作的；譬如"人民文学出版社"的整理并重新出版《水浒》《三国演义》《红楼梦》等书，就是为了适应这一需要的。但这种工作我们还做得很少，而且有的做得并不好，例如上面所谈到的那种倾向。这就使得一般人对中国古典文学形成了这样一种态度，可以叫做"抽象的肯定，具体的否定"；这表现在当谈到中国有极其悠久的优良文化传统的时候，他是承认的，而且也同样会说；但在谈到某一具体的作家或作品时，他就觉得"不喜欢"或"没有什么了不起"了。至多他可以承认，譬如承认杜甫是伟大的诗人等等；但他并不喜欢他的作品，也不打算去学习，而伟大的文学作品原是应该引起人民的热爱的。这种现象的产生，除了语言文字的隔阂和读者对于古代历史缺少了解以外,其中一项主要的原因就是我们的清理研究工作还做得很不够和做得很不好,不能给人以指导的作用。这样就使我们学习自己民族文化的优良传统的号召,实际不能不停留在口头上,难以成为具体的行动;甚至连我们的一些青年作家和文艺工作的干部,也仍然是不免有此种情形的。这除过应该强调这种学习任务的重要,以引起大家的重视以外,还必须解决在一般人学习过程中的具体困难,加强对学习的指导,这就不能不迫切地要求提高我们研究古典文学工作的学术水平。因此今后一方面固然应该通过各种的教育方式,培养人们热爱和学习古典文学遗产的风气,来提高我们的民族自信心,并为发展我们的民族新文化准备条件。另一方面,则许多古典文学的研究所应该就他们所研究的结果互相展开讨论,使对某一问题能得出比较正确的结论,从而提高我们对古典文学研究的学术水平,并纠正在介绍和研究过程中所产生的一些偏向;这样就不但对于我们理解古典文学作品有帮助,也是大大有助于新的文学的创造的。

我们国家的各方面都已经遵循着过渡时期的总路线,向着伟大的社会主义社会前进,文化工作也当然应该与之相适应地提到更高的水平;因此现在也应该是努力改善我们整理和研究古典文学遗产工作的现状,更好地学习自己民族的优良传统的时候了。

\*　　\*　　\*

〔1〕鲁迅:《且介亭杂文二集·"题未定"草(六)》。

## 谈古典文学研究工作的现状

在关于《红楼梦》问题的讨论过程中，古典文学研究领域的落后状况是完全暴露出来了；这种所谓"落后"并不只是一般意义的，像我们说文学创作落后于现实的飞跃发展等等那样，而是在一切的学术部门中，关于古典文学的研究工作要算是最落后的了。这当然有种种原因，其中有历史的原因，也有现实的原因。

拿古典文学的研究工作和别的学术部门的情形相比较，这种情形就很清楚。在社会科学领域和文学艺术领域的一些部门，例如经济学或文艺学，因为自"五四"以后共产主义的文化思想就已经逐渐占据了领导的地位，因之这些部门的学术研究工作三十年来是有很大成就的。自然科学方面过去虽然受资产阶级的思想影响很深，但自全国解放以后，在科学院的领导下，因为在学习苏联方面有特别的方便和有利条件，因之这几年来也是有很大进展的。而在另一些带有中国具体历史发展特点的学术部门，例如中国历史、中国古典哲学、中国古典文学等领域，在学习苏联方面就不像自然科学各部门那样方便，而是需要吸取他们的理论和研究工作的经验，作为借鉴来从事创造性的深入研究的，这当然就要比较困难一些。中国学术界开始企图用马克思主义的观点方法来研究中国历史和中国思想史的工作，可以说是在第二次国内革命战争时期就开始了的；例如郭沫若先生的《中国古代社会研究》就可以说是开山式的富有创造性的著作；而且有不少学者是坚持了这种工作的，因之我们现在可以有一些运用新观点的关于中国通史和中国思想史的著作。尽管这些著作中有些地方还不尽妥善，有些论点在学术界还有争论，但都是企图用马克思列宁主义的观点方法来进行研究的，而且有许多地方是已经有了正确的结论的，这却是无可置疑的事实。古典文学的研究工作相形之下就落后多了。我们的国家出版机关就没有能够印出一本基本上是运用马克思主义的观点方法的中国文学史来，而且似乎一时还很难产生。在第二次国内革命战争时期，也曾经有些人尝试过运用新的观点来研究中国古典文学，例如王礼锡等人；但这种工作并没有能坚持下来，有的中途放弃了，有的则不自觉地做了胡适的俘虏。因此我们可以说，真正企图用马克思主义的观点方法来研究古典文学的工作，是在全国解放之后才开始了的；这比中国历史和中国古典哲学迟了约有二十年的光景，因之目前就处于一种尝试摸索的幼稚阶段了；这可以说是形成古典文学研究工作落后状况的一个重要原因。本来在文学战线上，"五四"以来无产阶级思想就一贯是居于领导地位的，但因为革命斗争的尖锐，革命文化战线的地下状态的活动，都使我们没有来得及在古典文学的研究领域来占有阵地。瞿秋白同志以"急遽的剧烈的社会斗争，使作家不能够从容地把他的思想和情感熔铸到创作里去，表现在具体的形象和典型里"[1]来解释鲁迅杂文的发生和发展的原因，可以想见在那种环境下面我们没有能够占据古典文学研究领域的领导地位的原因了。但这一工作的重要性我们还是密切注意到了的，譬如鲁迅先生很早就告诉我们说：

> ……我也以为"新文学"和"旧文学"这中间不能有截然的分界，然而有蜕变，有比较的偏向，……[2]
>
> 因为新的阶级及其文化，并非突然从天而降，大抵是发达于对于旧支配者及其文化的反抗中，亦即发达于和旧者的对立中，所以新文化仍然有所承传，于旧文化也仍然有所择取[3]。

可见我们是完全理解到古典文学的研究工作对于建设社会主义文化的重要性的，而且也是准备要进行这种工作的；鲁迅先生就打算写一部中国文学史，而且据冯雪峰同志的记载，他"最后两年则在上海又购买了为查考用的许多书籍。在1929年至1931年之间，翻译科学的社会主义观点的艺术理论的时候，他常常谈起的多是文学史的方法问题。"[4]但这个工作终于无法进行，为什么呢？1933年鲁迅先生曾说：

> 居今之世，纵使在决堤灌水，飞机掷弹范围之外，也难得数年粮食，一屋图书。我数年前，曾拟编《中国字体变迁史》及《文学史稿》各一部，先从作长编入手，但即此长编，已成难事，剪取欤，无此许多书，赴图书馆抄录欤，上海就没有图书馆，即有之，一人无此精力与时光，请书记又有欠薪之惧，所以直到现在，还是空谈。[5]

我们引用上面这些话，目的只在说明"五四"以来三十年中革命文艺战线没有能够在古典文学研究领域取得领导地位的历史原因，丝毫没有满足于现状的意思。这些原因今天已经完全消失了，但因此却使我们在这一领域的工作开始得过迟了一点，这是它的落后的一个重要原因。

另一方面，以胡适为首的资产阶级学者们，在如上所说的情况下，钻了空子，夺取了古典文学研究工作这一阵地。自"五四"以后，他们就以"整理国故"相标榜，来抵抗马克思列宁主义在中国的传播；他们不遗余力地大肆宣传资产阶级反动的治学思想和治学方法，其恶劣影响十分深远，严重地妨碍了古典文学研究工作的健康发展。关于这方面，请参看《从俞平伯先生对〈红楼梦〉的研究谈到考据》一文，这里就不多说。现在让我们只就他们在古典文学研究范围内的一些材料的整理和探索等工作来看，三十年来的成就也是很微小的。毛主席曾说："一般地说，中国幼稚的资产阶级还没有来得及也永远不可能替我们预备关于社会情况的较完备的甚至起码的材料，如同欧美日本的资产阶级那样，所以我们自己非做搜集材料的工作不可。"[6]在古典文学研究工作的领域也毫不例外；有些材料的整理或其他工作在理论上是可以用他们那套治学方法来搞出一些结果来的，但实际上却非常之少。大体上说，关于诗歌散文部分，这是在历史发展上占时期最长的，"五四"以来的研究工作就很少能超越过清朝人的成就；虽然从事研究上古一段的人在数量上还特别多。贡献比较大一些的是关于小说戏曲的研究，这是因为小说戏曲是自"五四"以后才取得了正宗文学的地位，以前的人很少致力的缘故。但即使以小说戏曲的研究而论，三十年来的工作也大致不出下面三个范围：（一）作者身世经历的考证；（二）版本目录的勘定；（三）故事源流演变的考察。但这些工作也并不是就已经做好了，而且其中还常常夹杂着许多毒素，像关于《红楼梦》的考证就是一个例子；即使撒开这些暂时不谈，只就上面所列的三个方面而论，也仅只是做了一点关于古典文学研究的准备工作，还没有真正涉及研究对象的本身呢！这样，在我们从事研究工作的时候，可资依据的前人的成果就非常之少；这当然也是属于一种历史的原因。

就目前的情况说，因为古典文学本身的语言文字和某些历史材料的隔阂，现在从事这项工作的人大多是已经比较长期地进行过一些研究的人；据作家协会的调查，曾经有过关于古典文学的论述的研究工作者，全国共约一百二十余人，大部分都在各高等学校担任教学工作。这个数字无论就我们数千年的丰富的文学遗产说，或六亿人民的文化需要说，本来是过少了的。但问题还不只此，因为从事这项工作的人大都是从旧社会来的（包括作者自己），思想上或治学方法上都曾或多或少地受过资产阶级的影响；而掌握正确的研究方法，实质上是一个思想改造的问题，这还是需要我们继续长期去努力的。因此，在具体的研究工作上，也就很少能有比较大的进展。当然，这里并不是说这种情况就很难改变；事实上是正在不断地向前进展的，关于《红楼梦》的全国范围的讨论就是一个显著的例子。一方面是领导上的重视和帮助，一方面是从事古典文学研究工作者自己的努力，以及新的力量的不断成长和加入，都是推动工作向前进展的重要原因。以《光明日报》上《文学遗产》周刊的情形来说，收到的稿件就非常多，而那些写稿者中的大部分并不在上述的一百余人之列，足见我们在这方面的潜力还是非常丰富的。《文学遗产》中所刊登的文章虽然不满人意之处还很多，水平也不能算高，但我想那大体上还是反映出了我们今天古典文学研究的现状的。《文学遗产》据说是《光明日报》中较受欢迎的副刊之一，我想这并不表示其中所登的文章水平高，而只是说明我们现在非常需要一个有关研究古典文学的刊物罢了。自从国家出版机关出版了一些古典文学的名著以后，对古典作品的爱好在青年中已非常普遍了；这和前几年的情形很不相同。现在全国的大学和师范学院中设有中文系的有四十余校，估计约有学生一万人；在前三四年的时候，学生大都是热爱新文学而对古典文学的课程不感兴趣的，但现在却完全不是这样了，同学们对古典文学都非常爱好。在新计划拟定的中学文学课程的教材中，古典文学的比例也非常重，料想不久在中学里也会发生同样的情形。这都说明对于某些重要的和在群众中影响较大的作品的具体的研究和分析，已经是刻不容缓的了；这不是研究者个人的事情，而是有急迫的社会需要的一个严重的任务。

就全国解放以来这几年中古典文学研究工作的进展情形看，也可以说明一些问题。解放以后最早出现的一部关于文学史的著作是《中国人民文学史》，其中只讲了一些乐府民歌等作品，而像杜诗、《红楼梦》这样的作品他都略而不提了；这当然是对于古典文学中的人民性的一种错误的理解。但当时与此类似的倾向还是比较普遍的；譬如有这样一种态度，当谈到中国有悠久的优良文化传统的时候，他是首肯的，而且自己也是这样说；但在谈到某一具体的作家或作品时，他就觉得"不喜欢"或"没有什么了不起"了。至多他可以承认，譬如承认"杜甫是伟大的"等等，但他并不喜欢杜诗，也不打算去学习，而伟大的文学作品原是应该引起人民的热爱的。这种态度可以叫做"抽象的肯定和具体的否定"；这在刚解放时是比较普遍地存在着的，《文艺报》上就曾有过"关于中国旧文学的学习问题"的讨论。从各杂志所介绍的关于古典文学的作家作品来看，也说明了同样的问题；全国解放后最先提出来介绍的作家是白居易，就因为他的讽喻诗中有显明的同情人民的诗句。但白居易的诗是有三千多首的，而《秦中吟》和《新乐府》一共只有六十首，此外他还有一些长久为人传诵的篇章，例如《长恨歌》和《琵琶行》；这些诗篇究竟应该如何看法，是直到现在也并未解决的。我想如果那时对《长恨歌》有了比较一致的看法，1954年讨论洪昇的《长生殿》时是要方便得多的。如果我们把世界和平理事会决定纪念屈原因而我们也有了一些研究性质的文章这件事暂时除外，那么这几年来所介绍的古典作家作品可以粗略地分为两个阶段，第一阶段以白居易、杜甫、《水浒》为代表，第二阶段以李白、陶渊明、《红楼梦》为代表。在前一阶段中，尽管大家理解的深度仍有不同，但那些作品中的人民性是可以从字面上找到的，因此争论就不多；虽然很多问题也并未真正解决。目前似乎正到了第二阶段，这些作家和作品大家也都以为是一定要肯定的，但对如何肯定就很有分歧了；因为这些作品中的人民性的表现是复杂的和曲折的，需要作具体的细致的分析，因此直到现在似乎还仍在讨论的阶段。第三阶段也许就是李煜、苏轼和《三国演义》等作家作品了，因为这都是大家目前感到困难而不敢去碰的问题。这里反映了我们古典文学研究领域的现有水平，同时似乎也暴露了一点大家对人民性的理解还有些狭隘的倾向。在全国抗美援朝运动高潮的时候，适应当时爱国主义宣传工作的需要，还曾有过一种对旧文化的兼收并蓄的倾向。当时有些文章常常在说明某一作家"由于时代的限制"和"阶级出身的限制"以后,就不加区别地肯定了他所介绍的全部,使一些封建性的糟粕也在民族遗产的口号下得到了不恰当的赞扬,甚至表现为反历史主义的倾向。这种情形在1952年以后就比较少了。到第二次文代大会以后,对古典文学的学习已经引起了普遍的重视,特别是在广大的青年当中,对古典文学作品的阅读已引起了广泛的兴趣;研究的文章也逐渐多了起来,但这中间仍然存在着很多问题。不只对于一些在群众中广泛流行的作品如《红楼梦》《三国演义》等目前还缺乏指导性的比较正确的分析研究的文字,对一些著名作家的作品如杜甫、白居易等人的诗歌还没有新出的加注的选集,因而不能满足读者的要求;即在那些已发表的研究文章中也还存在着一些问题。在这方面,文艺界似乎注意得还不够。对于全国古典文学研究领域的现状、存在着的问题和一般的倾向,似乎都缺少研究,自然也缺少带有指导意义的文字。对于已出版的一些关于古典文学的著作,既不批评,也不介绍,而读者是很难一下来辨别一本书的好坏的。我相信对于某些带有一般性的问题如果经常能有理论性的分析文章,是能够多少推动研究工作的进展的;譬如现在有许多研究作家作品的文章中常常把某一作家作为当时中小地主阶层的代表而肯定其进步意义,这问题就很值得去研究。这些作家当然不是劳动人民出身,又与当时掌握实际政权的贵族地主之间有矛盾,他的作品又受到人民的喜爱,但这些因素是否就可以说他是中小地主的代表呢?所谓中小地主阶层在中国历史的发展上究竟有无进步意义?我想这些问题的澄清是有助于研究工作的开展的。有些文章在论述一个作家时常常说他某一方面是进步的，而另一方面是落后的，好像量体裁衣一样；但作为一个作家的主要精神和他思想中的各种因素之间的关联却往往被忽略了，因而不能给人以完整的印象。在讲到宋元和清代的作家时，常常企图在字里行间来找出作家的民族思想，而对作品的具体内容反而多所忽略。在一些考据性质的文字中，有的不免流于烦琐和主观主义的穿凿附会，而另一些却又过于保守，反而变为前人的俘虏了。譬如以"惩尤物、窒乱阶"作为《长恨歌》的主题，后面还说它有教育意义，这叫什么教育意义呢？以上这些例子尽管举的不恰当，但我的意思只在说明领导上对古典文学研究工作的现状与存在的问题，必须经常予以注意与研究，才能更好地推动这个领域的工作的进展。我建议国家文学出版机关在选题计划中，应从现有的实际水平出发，出版一些有关古典文学研究方面的书籍。过去大概是认为必须有完全正确的、带有"结论"性质的著作才可以出版；这种过于慎重的态度，也是脱离实际的，而结果却阻碍了研究工作的进展。事实上我们也有了一些有较高水平的研究文字，并已在读者中起了很大的影响；譬如郭沫若先生的《屈原研究》，张天翼同志的《读〈西游记〉札记》，就都是有贡献的著作。古典文学的研究工作虽然落后，但这几年来也还是有了一定的进展的。

　　无论就哪一方面的原因说，改变古典文学研究工作的落后状况的关键问题，仍在认真贯彻马克思列宁主义的思想和方法；因而肃清资产阶级的学术思想影响和提高大家的政治思想水平，就对推动工作的进展具有决定性的意义。这除开大家自觉的努力以外，我觉得领导文学研究工作的部门似乎还应该多做一些工作。现在对古典文学研究工作者的关心和帮助都远赶不上实际的需要。除过《文学遗产》以外，还应该另外创办一个专门登载文学研究文章的期刊，类似《历史研究》那种样子，这对改变古典文学研究工作的现状是有推动作用的。此外对于古典文学研究工作的现状的注意，对于一些已发表的著作的讨论和批评，对于古典文学的教学上存在的问题，以及对于研究工作者的联系和帮助等等，都应该予以密切的注意。我们已经熟知"社会主义思想影响的任何削弱，都是资产阶级思想影响的增强"。因此，为了改变我们古典文学研究工作的落后状况，为了推动工作的向前进展，我们希望通过对《红楼梦》研究问题的讨论，在批判了资产阶级唯心论对于古典文学研究领域的不良影响以后，除过大家应该自觉地提高自己的思想水平和工作质量以外，文艺界的领导方面似乎也应该相应地加强对于古典文学研究方面的关心和帮助，这对我们今后工作的进展是有极大意义的。

1954 年 12 月

\* \* \*

〔1〕瞿秋白：《鲁迅杂感选集·序言》。
〔2〕鲁迅：《准风月谈·"感旧"以后（上）》。
〔3〕鲁迅：《集外集拾遗·〈浮士德与城〉后记》。
〔4〕冯雪峰：《鲁迅先生计划而未完成的著作》。
〔5〕《鲁迅书简·致曹聚仁第四封信》。
〔6〕毛泽东：《〈农村调查〉的序言和跋》。

## 谈古文辞的研读

　　中国文学史的主流是诗和文，但今日研读过去作品的人都感到对于"文"最无兴趣。大学里中国文学系的课程属于集部的大半是诗，而"历代文选"一课常常是教者最不容易讨好而学生也最感索然的课程。有的大学采取分期教授的办法，情形还比较好点，不然，便和高中或大一的国文教本没有什么分别了。各期中先秦文的一段因为多属于经、子典籍的范围，情形还好，汉、魏、六朝文和唐、宋文两段因都是属于过去所谓词章的范围，这种情形最普遍严重。

　　普通研读古书的人，分析起来，大概有三种兴趣做他的心理支持，促使他向着这个方向努力。（一）研究了解的兴趣。（二）模仿习作的兴趣。（三）作品欣赏的兴趣。这三种动机有时是单独的，有时是错综的；但学习的主要目的大概都不外乎此。以前人是这样，现在人也是如此，虽然在态度上有了变化。

　　以这三种动机来分析，大概研读经、子、史三部，或旧日所谓义理、考据的部分，主要都是第一种兴趣。虽然时代有了变化，譬如说以前人读《史》《汉》是存有模仿习作兴趣的，现在这方面却很淡漠了；又如现代人念《诗经》比以前增多了一些欣赏的兴趣，但大致还是如此的。以前的大学中国文学系过分注重考据，就因为在研究方法等许多方面都还是承继着清朝学者的传统。姑且粗浅地照旧日的说法，义理的部分现在归了哲学史的范围，词章的部分归了新文学，研读古书自然偏重了考据。譬如说，看见一个大学生拿着一本《庄子》，如果是郭象注本，大概是哲学系的学生；如果是《庄子集解》或《集释》《义证》之类的本子，那么这学生大概是中国文学系的。因为当模仿习作的兴趣落了空，欣赏的兴趣又打了折扣，所剩下来主要支持学习的，只有研究了解的兴趣，而这自然便沾染上了考据。无论校勘、笺注、训诂、考订，或对于某一问题的探索和研究，都可说是考据。平心而论，考据并不是要不得的事情，要建立新的史学以及对于过去有正确的批判，都必须借重于精确的考据；不过以为天下学问惟有考据，鼓励人人去考据，才是要不得的事情。以研究了解的态度去读古书，是学者的态度，以前人也是有的；不过现在因为第二三种的兴趣减少了，所以这种兴趣特别多。经、子、史三部分的书籍因为时代比较古，理论和历史的价值比较高，不尽属于文学的范围，所以研读者的动机也多半是由于研究了解的兴趣。

诗和文的情形便不大同了，虽然现代也有完全用研究考证的态度去处理的人，但传统的研读诗文的动机却大半都是欣赏和模仿习作的兴趣。就诗来说，诗集中注本最多的是陶渊明和杜甫，就因为是历来喜欢和学习他们的人数很多的缘故。仇兆鳌以平生之力注杜诗，他自己便是学杜的。杜甫"熟精文选理"，是因为要"读书破万卷，下笔如有神"。我们说"熟读唐诗三百首，不会吟诗亦会吟"，就是说明开始研读时即具有模仿的兴趣。所谓江西派的诗，梦窗派的词，都说明虽在近代，还有一部分人是以模仿和欣赏的两种兴趣来研读诗词的。新文学发展以后，模仿的兴趣大大减少，以至消灭了；于是研读旧诗便只剩下了欣赏的兴趣。（虽然也有的逐渐加入了研究了解的兴趣。）但诗本来是抒情咏怀的作品居多，中国诗一般的时代背景又比较淡漠，而主要地诗里所表现的传统士大夫们的心境，也还能为读懂古书的知识分子的胃口所接受；所以仅凭欣赏的兴趣支持，也还赢得了不少学习的人的爱好。

但"文"便不同了。中国传统的文的意义，和现在新文学所说的散文不同。这只要看看旧日文体的分类法，便可以知道。无论章表、书记或论辩、序跋，他开始属文时的目的都是实用的，是为了办一件事而作的。文体的辨析和溯源向来是中国文学批评文献中的一个主要部分，但各体的源或流都主要是属于应用性质的。因此学习属文的人，也多半是出于模仿习作的动机，单纯欣赏的兴趣比较少。无论宗骈宗散，桐城派或"文选"派，他们学习的主要动机都是模仿习作。我们不妨举两个例来说明，李兆洛《骈体文钞》序云："少读《文选》，颇知步趋齐、梁。后蒙恩入庶常，台阁之制，例用骈体，而不能致工；因益搜辑古人遗篇，用资时习。"姚鼐《古文辞类纂》序言其编次乃为"少年或从问古文法"，谢应芝与胡念勤书中称美《古文辞类纂》亦云："《类纂》自《战国策》《离骚》以暨于方灵皋、刘才甫，其间可增损者，盖鲜矣。……所以为学之矩矱者，其意微矣。"以前人学"文"的主要动机既是为了模仿习作，所以必须熟读朗诵；现在人没有了这种兴趣，所以学校里每早都有许多大声念外国文的人，但绝没有念古文的；正因为学外国文的动机也是模仿习作。又古人属文时的动机既然大半是实用的，里边自必含有许多历史的因素；抒情描写的成分比较少，而叙事说理的成分比较多；而这些事和理却又都是现代人所不能接受的。内容如此，而形式上的美如裁对、隶事、文气、义法等，也都和现代的要求脱了节；所以仅凭作品欣赏的兴趣，是很难维系学习者的爱好的。先秦文多半采自经、子典籍，需要研究了解的兴趣，所以情形不大相同。汉、魏、六朝文和唐、宋文两段，这种情形最普遍；因为支持学习者的三种兴趣都落空了，所以学的人自然会感觉到索然无味。

我们并不在这里提倡古文，因此也并不要求学习的人恢复模仿习作兴趣。历代所流传下来的文篇，非常之多，一个课程所能讲授的，最多不过几十篇，因此学习的人所能看到的，也只是一个大致的轮廓；但我们不希望连这一点儿效果也落了空。以前人认为学习属文是每个读书人都必须的，因为有它的实用价值，《古文观止》和《六朝文絜》之类书的流行，就可说明这现象。现在人并不需要工于古文辞，所以愿意学习的人自然应该改换态度。我的意思是说如果学习的话，应该要培养一种历史的兴趣；这样才可以使他有研读的心理支持，不至于索然无味。所谓历史的兴趣其实就是研究了解的兴趣和欣赏作品的兴趣的综合。

我们可以举闻一多先生的研究讲授唐诗为例。他反对旧诗，自己也从不作旧诗，自然谈不到模拟习作的兴趣。他有一个唐诗选本，但讲授时也并不过分注重技巧以及意境的欣赏；更重要的，他把选本中的诗当作文学史的例证来阐明文学史的发展；考订作者所遭遇的史实，和在历史中的关系及地位。这些都清楚了，再念作者的两首诗，便会令人感觉到非常亲切，对作品的了解也因之加深了。我想，用这样的办法来研读"文"，也许更加适合。因为一般地说，文和历史的关系更牵连得多，有些著名文篇本身便是最重要的史料。如果我们先把作者和作品在历史中的关系和地位弄清楚，再把当时文章的一般风格和倾向注意到，然后将所读的文篇作为例证来了解，那么不但可以增加欣赏的能力和兴味，而且可以对历史发展提高了认识和研究了解的诱惑。因为在今日而研究过去的文献，不论经、史、子、集，或注重在哪一方面，其基本点必须注重在时代历史的发展。所以一个人在研读古代作品时，一定要培养一种历史的兴趣，对古人有合乎历史真实的了解。这样，自然可以欣赏他们的作品，而且并不只是字句辞藻的形式的欣赏，于是也自然便不会感到索然无味了。其实这仍不过是上面所谓研究了解和作品欣赏的两种兴趣的综合，但这样就可恢复学习者的心理支持了。

这些话都只是为专门研读古书的大学生说的，对一般人这并不是急需的事情。

（1947年秋，笔者在清华大学授"汉、魏、六朝文"一课；讲课之初，首述此意，爰记之成篇。）

## 关于"李白研究"书目答问

研究作家，首先必须认真读他的作品。关于李白的诗文，流行的旧注有《分类补注李太白集》，宋杨齐贤、元萧士赟集注，注文中常标以"齐贤曰""士赟曰"以示区别，有《四部丛刊》影印本，是传世的最早的李集注本。以后有明胡震亨的《李诗通》，清王琦的《李太白诗集》，而以王琦注本最为详备。此本除把诗赋编为三十卷以外，尚有附录六卷，收序志碑传、诗文评语以及年谱、外纪等资料；《四部备要》本即据此本排印。近年上海古籍出版社所出之《李白集校注》，内容又有所增益。所以研究李白，首先应该通读李集，可用王琦注本或新出校注本，其余则可供参考。

开始阅读时也可从选本入手，选本分量少，名篇比较集中，而且从不同选本的比较中也易于了解各家解释之异同，有利于启发思考；但若谈到研究，则仅读选本是远远不够的。旧的较有影响的选本有明人朱谏的《李诗选》、林兆珂的《李诗钞述注》等；建国后出的则有复旦大学编的《李白诗选》、上海古籍出版社的《李白诗选注》等。李集过去都是分体编纂，迄无编年，王琦《年谱》中对某些作品的写作年代有所考证，近人詹锳有《李白诗文系年》、黄锡珪有《李太白年谱》，可以参考。此外李白作品还有一个辨伪问题，朱谏《李诗选》即附有《辨疑》二卷，前人文集中涉及此者颇多，但大都只能存疑，尚有待于进一步考订。

对于李白作品的评论及研究成果，前人虽然论及者甚多，但都散见于各家别集、诗话以及笔记等书籍中，有待于搜罗整理；闻中华书局将有《古典文学研究资料汇编——李白卷》出版，当可为研究者提供方便。就诗话说，严羽《沧浪诗话》、胡应麟《诗薮》、王世贞《艺苑卮言》、胡震亨《唐诗癸签》等，涉及李白者较多。至于近人研究成果，单篇论文可参看中华书局出版的《李白研究论文集》，它上辑选录了清末至开国前的有代表性的论文，下辑则选自建国后到六十年代初的文章，从中可以了解到各家观点的分歧和研究中存在的问题。至于单行本的书籍，建国后出版的有下列各种（以出版先后为序）：李长之《李白》、王瑶《李白》、林庚《诗人李白》、詹锳《李白诗论丛》、王运熙《李白研究》、郭沫若《李白与杜甫》、裴斐《李白十论》等。这些都是可供浏览参考的。

鲁迅曾对青年看文艺作品说过这样的话，先从选本中决定自己爱看谁的作品，"然后再看这一个作者的专集，然后再从文学史上看看他在史上的位置；倘要知道得更详细，就看一两本这人的传记，那便可以大略了解了。"至于别人的评论，当然可以参考，但"看了之后，仍要看看本书，自己思索，自己做主。"[1]我想这些话对于研究李白也是适用的。既然研究的对象是文学史上的著名诗人，那么对于他所生活的时代、当时文学的面貌以及他在文学史上的地位和贡献等，都必须有所了解，因此除过他的专集以外，还必须对历史记载及别人的作品也多所涉猎。例如新旧《唐书》、杜甫等人的诗集，都不能不参考。至于读一部《中国文学史》以及关于马克思主义文艺理论的学习，就更是必要的准备工作了。

\* \* \*

〔1〕鲁迅：《而已集·读书杂谈》。

# 陶渊明研究随想

关于陶渊明研究，有两个现象值得注意。

其一，陶渊明是中国文学史上影响最大的诗人之一。历代为陶诗作注者之多，仅次于杜甫。朱自清先生说："中国诗人里影响最大的似乎是陶渊明、杜甫、苏轼三家，他们的诗集，版本最多，注家也不少。"[1]这是反映了历史的实际情况的。

其实不仅在国内，在国外影响最大的中国古代诗人中，陶渊明也居于前列。有人曾撰文详细介绍了陶渊明著作在朝鲜、日本、俄、英、美、法、德各国的巨大影响。[2]日本学者大矢根文次郎在其专著《陶渊明研究》中指出："渊明文学在日本的流传，从古远的上代直到今天，不论时光如何流逝，各个时代的诗人、文人和画家们对于他恬淡高洁的人格的憧憬，对于其诗文的无限热爱从未中断……他长期地保持了自己的生命力，各时代的人们都从其中得到了丰富的精神食粮。"另一位名叫雨伯阳的日本学者在评价中国古代诗人历史地位时，甚至发表了这样的意见："渊明第一，李杜第二，韩白第三，东坡在三、四之间。"本世纪初，东西方文化开始在更大范围互相交流时，陶诗曾引起俄国与法国的文化巨人托尔斯泰、罗曼·罗兰的无限"神往"。罗曼·罗兰在给陶诗法文译者、中国现代诗人梁宗岱的信中，把这称作是一种"奇迹"，因为他从陶渊明诗歌"单纯动人的美"

里，发现了古老的中国文化与"最古典的地中海——特别是拉丁——诗的真确的血统关系"。罗曼·罗兰对陶诗的评价，很自然地使我们想起了差不多同一时期，罗曼·罗兰对鲁迅《阿Q正传》的评价；罗曼·罗兰也是强调了中、法两民族之间的共同之处，指出在法国大革命时期的农民中也有阿Q，鲁迅的作品"是世界的"。

我们充分了解与认识陶渊明对国内外的影响，不仅有助于对陶渊明的历史地位作出科学的评价，而且对扩大我们研究的视野，开拓新的研究角度，也是大有好处的。比如，联系不同历史时代的不同思潮，不同民族、国家的不同的历史文化环境，研究在不同时代、不同国家的作家，各自从陶渊明的作品中吸取了些什么，并加以怎样的改造和扬弃，使之化成自己的血肉。这类属于"影响学"的研究，对我们更深刻、全面地把握陶渊明及其创作的丰富、复杂的内容，无疑会是一个有力的推动。

陶渊明的国际影响还说明，对陶渊明的研究不仅属于中国文学史的范围，而且还要放到人类文化和世界文学发展的全局中去进行历史的考察。在这方面，外国学者的某些意见对我们是有所启发的。例如，前面提到的日本陶诗专家大矢根文次郎认为，陶渊明之所以对日本文学产生了如此持久的影响，是因为"他充分地保持了纯粹属于东方文化的特征"；罗曼·罗兰反复赞叹陶渊明诗文中"和谐的沉思"，"单纯动人的美"；另一位法国当代大诗人保尔·瓦雷里高度赞扬陶渊明的诗，在"极端的精巧"之后达到了"极端的朴素"，以及诗人"把自己混进去，变成其中的一部分"的"观察自然的态度"，并把陶渊明称作"中国的维琪尔和拉方丹"。他们都是从比较的角度强调，东方艺术的美学特征及其与西方古典艺术的某些共同之处。这就启示我们：如果把陶渊明作为东方诗人的一个代表，从东西方文化的比较的角度来研究陶渊明作品的思想与艺术，也是会有助于我们对陶渊明文学遗产的独特价值的认识的。

其二，朱自清先生在给肖望卿《陶渊明批评》写的序言里，在指出历代陶诗注家多的历史事实后，接着又说："各家议论最纷纭。考证方面且不提，只说批评一面，历代的意见也够歧异有趣的。"这是陶渊明研究中另一个必须正视的重要现象。

自沈约《宋书》把陶渊明列在"隐逸传"，从钟嵘《诗品》开始，就不断有人赞颂陶渊明为"隐逸诗人之宗"，强调陶渊明的平淡与避世，但同时也不断有人对此提出异议。晚清诗人龚自珍的诗句："莫信诗人竟平澹，二分梁甫一分骚"，就是一个突出的代表。直到本世纪三十年代，现代文学史上还发生过陶渊明是否"浑身是静穆"的争论；也正是在这场论争中，鲁迅强调指出陶渊明"并非整天整夜的飘飘然"，他诗中也有"'金刚怒目'式的"。鲁迅由此得出一个极为重要的结论："这'猛志固常在'和'悠然见南山'的是一个人，倘有取舍，即非全人，再加抑扬，更离真实。"[3]

在此以后有关陶渊明研究的论著中，人们也经常喜欢引用鲁迅的上述论断，但对鲁迅这一论断所具有的方法论的意义，则似乎重视不够；而这恰恰是更为重要的。鲁迅的论断给我们提供了一个辩证的、整体的思维方式，即是真正按照马克思所说，把我们的研究对象——作为特定历史时代、多种"社会关系的总和"的"人"的作家，当作一个复杂、丰富、生动的多面体,"把握、研究它的一切方面,一切联系和'中介'",[4]并从这"一切方面"的内在"联系"中找出其主导方面。这种辩证的思维与抓住作家某一方面任意夸大的形而上学的思维方式和研究方法是根本对立的,而后者正如鲁迅所说,是必然会将作家"缩小"与"凌迟"的。可见采取什么样的思维方式,对于文学研究工作的重要性。我们有些研究工作者,往往忽视了新的时代给我们提供的有利条件,他们和前人一样,仅仅致力于字句的诠释和史实的考证上面(这些当然是必要的),而对于方法论的问题则似乎重视不够,这是不利于我们研究水平的提高的。因此重温三十年代鲁迅的教导,应该说仍然是有意义的。

\* \* \*

〔1〕朱自清:《日常生活的诗——序肖望卿〈陶渊明批评〉》。

〔2〕参看《南京师范学院学报》(社科版)1982年3期所载张中《陶渊明在国外》,以下有关国外对陶渊明的评论皆引自此文。

〔3〕鲁迅:《且介亭杂文二集·"题未定"草(六)(七)》。

〔4〕列宁:《再论工会、目前局势及托洛茨基和布哈林的错误》。

# 评林庚著《中国文学史》

## 一

　　这一部《中国文学史》不仅是著作，同时也可以说是创作；这不仅因为作者的文辞写得华美动人，和那一些充满了文艺气味的各章的题目。[1]这些固然也是原因，但更重要的是贯彻在这本书的整个的精神和观点，都可以说是"诗的"，而不是"史的"。

　　写史要有所见，绝对的超然的客观，事实上是不可能的。写一部历史性的著作，史识也许更重于史料。这本书是有它的"见"的，而且这像一条线似地贯穿了全书，并不芜杂，前后也无矛盾；这是本书的特点，但相对地也就因此而现出了若干的缺点。

　　这我们不能不从作者对文学和文学史的看法说起。

　　这本书划分中国文学史为四个大的时代，先秦、两汉是启蒙时代，从建安到盛唐是黄金时代，中晚唐、宋为白银时代，以下为黑暗时代。最后一节是文艺曙光，隐约中把一个新的黄金时代的来临，寄托在瞩望中的新文学上。这是作者对于全部文学史的"生机的"看法，而主持着的"时代的特征"，是所谓"思想的形式与人生的情绪"。这样，以《诗经》为"女性的歌唱"，以《金瓶梅》《红楼梦》的内容为"女性的演出"，作者说："本土文化本以返于童年为最高的憧憬，宝玉的悲哀正是本土文化的悲哀，宝玉的出家，正是本土文化的告一段落。女性的歌唱本来是本土文化的先河，女性的演出乃因此又恰好形成一个结束。"[2]依作者的排列，《金瓶梅》《红楼梦》是出现于黑暗时代的末期，而"在黑暗里摸索着光明的，正是文艺，"[3]于是我们有了新的"文艺曙光"。作者说："《诗经》之后，我们先有一个纷纭的散文时代；于是产生出从《楚辞》到唐、宋这一段文艺的主潮。先秦的散文从正面说，正是莫衷一是，从反面说，却无疑的是一种思想上的解放，于是现在我们又面临着一个需要散文的时代了。"[4]作者所看到的"文艺曙光"，正是五四以后的思想解放，这虽然并不限于本土文化，但各种学术思想的并兴却有似于战国时的诸子争鸣；现在是一个散文的时代，接着而来的自然也是一个类似于《楚辞》的少年精神到唐诗的男性歌唱的诗的黄金时代，这时代还没有来，因为现在"还在寻觅主潮的过程中，我们要知道这将来的主潮如何，自然要参照过去主潮的消长兴亡"。[5]但由过去，作者对前途的希冀是可以描述的。这种"生机的"历史观贯彻着全书，在我们看来，与其说是用这种观点来解释了历史，无宁说是用历史来说明了作者的主观观点。

朱佩弦先生的序以为这种生机观"反映着五四那时代"，这书正是贯彻了这一点的；所以我们说这本书的精神和观点都是"诗的"，而不是"史的"。

由作者所欣赏的诗和诗人，可以反映出作者的"诗的"观点和诗的黄金时代的轮廓，这也同样地反映了五四那时代。作者所歌颂的诗人屈原，是生在一个"可惊异的时代"，"认识与生活显然的对立了，我们才自觉于自我的存在，才把生活放在一个客观的地位，而有了更深刻的认识，这便是一切思想与艺术的表现"。"这是人与人生的歧路，是艺术与生活的分化，是悲哀的开始"。"它一方面由于人生的幻暂，而惊觉于永恒的美的追求；一方面它已开始离开了童年，而走上了每个青年必经过的苦闷的路径。"[6]这是《楚辞》精神，这精神直贯着"唐人解放的情操，崇高的呼唤，与人生旅程的憧憬"。[7]在唐诗中，作者最推崇王维，认为"他情致的美满丰富，在有唐一代正是首屈一指"。[8]又说"我们对于这一位诗人，欣赏他天才的完善，正可以说明我们为什么爱好唐诗甚于其他的诗。他的情调忽远忽近，他的表现或显或隐，空灵得令人不可尽说，饱满得令人不可捉摸。""那异乡的情调，浪漫的气质，都是少年心情的表现。"[9]而作者所引以证明唐人生活是"最有意味的"和"最解放的"两条故事，——王维取解头和王之涣等三人旗亭会饮，也都是一种少年的浪漫情调。在"文艺派别"一章里，作者区分杜甫为古典的，韩愈为写实的，李商隐为象征的与颓废的，李贺为唯美的。很自然地，王维便应该是浪漫的了。所以作者说"王维所代表的，是诗坛的完善与普遍，李白所代表的，直是创造本身的解放。"[10]在诗体中，作者最欣赏的是绝句，因为这是"最空灵出色"的。这种种对诗的看法，在中国过去的文学批评中，我们自然会联想到王士禛。《唐贤三昧集》不录李、杜，以王右丞为首，自序言以隽永超诣为主，标举神韵论诗，而唐人《万首绝句选》正也表示着他对绝句的爱好。《香祖笔记》云："唐人五言绝句，往往入禅，有得意忘言之妙。观王裴《辋川集》，及祖咏《终南残雪》诗，虽钝根初机，亦能领悟。"但王渔洋生在那个时代，还没有敢贬杜甫，也没有和西洋文学比较的可能。其实从这种观点出发，不会给杜甫过高的评价，是逻辑的当然结论。所以作者认为杜诗中像《三吏》《三别》

及《茅屋为秋风所破歌》等,"并不是一种值得留恋的美妙的哀怨,像 Wordsworth 所说的'伴着好感的悲伤',而是一种实际的苦痛。这些苦痛得不到事实上的解放,便要求感情上的发泄。这时如果能借着字句的美化与精巧,使得因为人生美丽与活泼的一面,不至于沉入更深的绝望;使得因为客观的表现,而减少了主观的压迫;这便是一点轻松之感。"[11]又说"杜甫的作风,是古典的",而古典作风的特征是"重形式"的,"臻于完全而往往流于空洞。"[12]这自然很接近西洋十九世纪以来,五四后曾在中国风行过一阵的浪漫主义的文学观。作者用他的观点处理了全部文学史,或者说用文学史来注释了他自己的文艺观,遂使这部著作的特点变成了"诗的"。作者说:"中国文字的笼统而不明白,喜欢结论而不爱分析,都是诗的;而不是逻辑的"。[13]讲庄子的文章时又说,"散文到了这个地步,它一方面完成了自己,一方面却更近于诗。"[14]这话其实可以说是这部文学史的恰当的评语。

作者未尝没有企图来解释一些文学史上的问题,因为这毕竟是"史";序言中说他注意了许多没有解决过的问题,"例如中国何以没有史诗?中国的戏剧何以晚出?中国历来何以缺少悲剧?《诗经》之后二百年文学上何以竟无诗篇产生?《天问》与《九歌》同为楚辞,何以前者与《诗经》反更为相似?词的长短句如果像历来所认为的,是解放的形式,则何以词的范围比较诗更狭小?李白有诗的复古,韩愈有文的复古,何以后者成功而前者无结果?本同于《诗经》的四言诗在魏晋间何以又竟能复活?……这些乃都必须有一个一贯的解释。"这些诚然都是史的问题,都和历史发展中各时代的社会思想和文化有密切的关系,有些甚至是属于比较文学史的范围,但作者所描述的所谓"主潮的起伏",似乎对这些问题都并不能给以圆满的解释,而且大半都并没有给予解释。例如作者认为中国之没有史诗,是因为起初的文字简略,与语言不能一致,遂使文艺只停留在语言上;文字进步到有充分的表现力时,已经过了一个漫长的时间,"别方面的情形,已早超过了最适于产生史诗的时期了。"〔15〕这解释是巧妙的;但为什么史诗不可先产生于语言而后才记录下来呢?别的国土的文字创造,是否起始即能完全表现出语言的感情?史诗究竟是根本没有产生过,还是没有流传下来呢?这些探索,原本需要古史和其他专门知识各方面的帮助,是很难用几句话描述清楚的。考证本非这书所着重;在文学史的著作中,这也并非必要;但这书对"史的"关联的不重视,却是很显著的。这不只可由书中的完全没有作者事迹和生卒年月,以及时代社会背景的描述可以知道,即文人的交游派别也是很少叙述的。《苦闷的醒觉》一章中的举例,由汉乐府的《平陵东》《孤儿行》,平列地连举着张衡《四愁诗》,蔡邕情歌,以至曹植《洛神赋》和王粲《登楼赋》,这些时代和精神都有悬殊的作品平列地举在一起,在史的发展上是有很多的问题的。但作者却有他自己的理由,因为他认为建安是文艺主潮转变的枢纽,这新的主潮就是"楚辞精神(苦闷)的醒觉",这一些例子都是被认为属于这一性质的。因此在这部书中,历史和时代的影子都显得非常淡漠,我们像把许多时代和生活情形都有参差的文人,以一个标准或精神来平列地加以欣赏和考察。这样,"诗的"特点自然会超过了"史的"。

所以我们与其说这是一部著作,还不如说这是一部创作。

## 二

我们不想对作者的观点和思想作批评,但用这种看法和精神来处理中国文学史,却有许多与史实不太符合的地方,这自然不免使这部书的"史的"价值减色一点;我们愿就所见,在这里略加讨论。

以《诗经》为女性的歌唱,对于雅颂的叙述自不能不简略,但至少《小雅》和《国风》的时代是差不多的;而《国风》中也不能全然指为出于女子之手,至少像《黍离》这样的诗既定为女子所作,是不能不附一点解释的。又如作者以为建安以后是《楚辞》精神的醒觉,《不平衡的节奏》[16]为黄金时代的起始,作者首先说:"司马相如以赋得名,赋不过数篇;张衡以诗见称,诗不过数首;文人以创作为毕生的事业,则在五言诗盛行以后。"实际上五言诗盛行以后,也没有人如近代似地以创作为毕生的事业。建安七子都是曹氏的掾属,曹子建的不满于辞赋小道,都是例子。在数量上也并不比前人太多,七子冠冕的王粲,本传只说他著诗赋垂六十篇,这数目和蔡邕是差不多的;而比枚皋则简直少多了。《楚辞》的影响之于五言诗,最早以阮籍的《咏怀诗》最为显著,但也仅只是表现于辞句和思想,至于形式,五言诗的完成只能由汉乐府中去溯源,作者以为"五言诗的完成,由于《楚辞》的散文化",由句子的重叠来打破了四言的平衡节奏,是颇可商榷的。而七言诗的起来,作者也同样认为是《楚辞》的惊异所直接产生了的形式,这都是过分看重《楚辞》的结果。

作者以"思想的形式"为时代的特征,序中自言"谈思想的篇幅占去太多",而于"黄金时代"的魏晋玄学的思想,竟毫未述及。在黑暗时代以前,作者写了"理性的玄学"一章来讲宋儒之学,结束了白银时代。认为宋人理学"解释了人生,安顿了人生;使得一切传统到此都再无言说",于是"负起了代替文艺的任务"。这一章引的语录材料非常多,目的就在说明上述的一点。分析哲理也非本书所长,而这一章如果不是要借以说明作者的特殊观点,在文学史中是不必要的。但魏晋玄学,虽然是没有代替了文艺的任务,却深深地影响了,甚至浸润了六朝的诗文,这在注重"思想的形式"的著作里,是不应省略的。作者认为打破汉代思想形式的,是佛教的流行,而且说建安黄初间已盛行起来,这说法也颇有问题。佛教虽自汉明帝时已入中国,但汉魏人仅视为道术之一种,书中所引《襄楷疏》以黄老浮图并称,即其例证。而所言安世高至中国后,也是以知五行图谶,被俊异之声的。至所引笮融事佛事,也很难断定当时佛法流行的普遍。既然"多设酒饭",又"复以他役以招致之",在饱经黄巾之战的荒年的江淮地区,所谓"民人来观及就食且万人","就食"二字的意义就显得特别重要。据我们所知,名僧与文士的来往,始于西晋支孝龙的预于八达,而盛于东晋;一般民众的普遍信佛,也在东晋以后,而大盛于齐梁。所以佛教对于文学的影响,在魏晋都很罕见。作者既认为中国本土缺少故事的因素,遂将《焦仲卿妻》一诗归之于佛教的影响,实则它的根源在汉乐府里是可以找到的,并不是奇迹。

对于文学批评部分的材料,作者的叙述都很简略。于《人物的追求》一章,只写了一句"钟嵘的《诗品》,刘勰的《文心雕龙》,以批评的总集也成为骈文的佳作"。对典论论文中的"气",认为是"不可捉摸的创造表现"。于陆机《文赋》,只诠释了"谢朝华于已披,启夕秀于未振"和"虽杼轴于予怀,怵他人之我先"几句,这显然是着重于创作而不愿多述及批评的;但对于司空图的《二十四诗品》,却说明和征引了许多,誉为都是"批评上的妙语",这不能不说是完全由作者的主观左右着材料的去取。对于宋人诗话,虽别列一章,但既斥之为"繁琐的评头论脚",所征引的材料自然也都是笔记性质的。

这部书一般地对文的叙述都很简略,即如骈文,作者虽称之为"人为的心血",但对它的演变成立,却都未加探讨。像陆机这样对骈文演变有关的作家,作者叙述时却只引了他的拟古诗;而于叙述骈文时,只说"《楚辞》的惊异精神在这骈文中才又复活起来"[17],这对于史的说明是不够的。作者讲山水诗时,认为是大自然的诗篇,说骈文"如一道彩的虹桥,虽曾被人视为浮艳华靡,然而诗在这美丽的桥上,却正创造相反的路径,那原野的辽阔的追求,单纯的创造的启示,乃成为文艺的又一阶段。"[18]实际上,作者也认为"这时第一个重要的作家便是谢灵运",而谢诗即是以"浮艳华靡"特长的;山水诗中声色对偶的讲求,除题材外,似乎谈不到与文是"相反的路径"。而文不也是有写山水的赋与书札吗?《文心雕龙·明诗篇》所谓"俪采百字之偶,争价一句之奇,情必极貌以写物,辞必穷力而追新",正是山水诗注重声色骈俪的说明。作者忽略了前面一百多年一段玄言诗的因缘,遂以山水诗为突起的,"从客观中获得了美的启示"。[19]

本书叙述齐梁诗时,疏忽了宫体的一段潮流。它的诗的价值虽不高,但在文学史的发展上是很重要的。作者叙及梁简文帝等的作品时，只说"它们一半受了南朝乐府的影响，一方面感于大自然中美的启示，一种活泼的情调，丰富的生命，都使人把悲哀作为一个短暂的过程而获得解脱。"[20]这种说明是不够的，因此像徐陵这样的文人，在文学史上是不能被省略的。其实如果可以把《金瓶梅》《红楼梦》的内容认为是"女性的演出"，宫体诗也未尝不可这样称呼；因为写作的人都是男性，而写作对象又都是女性，不同的只是宫体诗被划分于黄金时代而已。这样，不只疏忽了齐梁诗，而且也不能深刻地认识起初五十年的初唐诗。因而以为"陈子昂复古于前，李白复古于后，这似乎都只是个人的偏见，于整个文坛上多一些点缀而已。"[21]但这些"点缀"，却正是所谓"诗国高潮"的揭幕礼。

对于唐代韩柳的古文运动，作者说："魏晋以来乃是生活的自由时代，到此韩愈才首创师说。这正是走向正统思想的桥梁，而三代两汉的学术人物也多得很，所以又简单的只许以孔孟为准则，生活沉重的经验之下，人生渐渐走向衰老，便只能追随简单的概念，一切都付之他人。正如老太婆不得已时，只好口里念阿弥陀佛而已，这种空洞的信仰，所以所谓的儒家，已早没有了真正儒家的精神，而只是抱住一个空洞的形式而已。"[22]又说"古文的盛行，正是古典的衰歇，人们除了简单六经的概念之外，没有了别的，这都是生命力消沉的表现。"[23]这样解释，未免太"简单"了。其实中国旧日的学术，从董仲舒到康有为，都逃不出《六经》的范围，不过方法精神和注重的地方，各有不同而已。即使作者认为"生活的自由时代"的魏晋到盛唐，孔子的地位也并没有被否定；即如产生在黄金时代的"批评总集而兼骈文佳作"的《文心雕龙·序志篇》述其撰作动机也云:"自生民以来,未有如夫子者也。敷赞圣旨,莫若注经,而马郑诸儒,弘之已精,就有深解,未足立家。唯文章之用,实经典枝条,……于是搦笔和墨,乃始论文。"因为在一个变革不易的环境里,传统潜伏在生活的深处,所以一切革新都只好以复古为号召;西洋十五世纪的文艺复兴,也是以返于希腊为号召的,而实际则启了近世史的序幕。韩愈所讲的自有他所要"摧陷廓清"的对象和所要"传道授业"的文教,这些在当时实际上是一种革新运动,是要从当时的史实关联上去了解的,并不只是一个简单的六经概念。

以西洋的文学观念和文艺派别来处理中国文学史,因了彼此历史发展的内容不同,自会有参差不合的地方。本书讲文艺派别,以杜甫为古典派,"他是探索各家之所以成功,来完成他更普遍的格律,这一点精神,乃是纯粹古典的。"[24]讲宋诗时引陈简斋说,"诗至老杜极矣,苏黄复振之而正统不坠",而认为诗"消歇于宗杜的古典中"。[25]本书是反对所谓"典型的安排"的,因此反对后人的"尊韩抱杜",因而也就抑韩贬杜了。说"杜甫的七律,往往借一空洞的老调为收尾","所以杜甫名句极多,而成章却少"。[26]这话本很难讲,即如作者所引的《咏怀古迹》第三首的结语"千载琵琶作胡语,分明怨恨曲中论",作者认为"尾二句老生常谈,直是搪塞而已"。但以前也有人评为"风流摇曳"的,这些欣赏问题我们不讲,但杜诗的作风是很写实的,至少并不比作者以为写实派的韩愈程度低微。宋诗虽可由杜诗中找到渊源,因为杜是大家,成就的方面多,但宋诗的取材广而命意新,也绝不是杜诗的简单模仿。这样,以李商隐为象征派,李贺为唯美派;

但欧洲的象征颓废唯美诸派都是由写实主义来的，于是作者讲李商隐时，便只能说"如果非要说他有受谁的影响，则勿宁说是韩愈，这个我们从韩碑的文字上可以有这感觉。"[27]推翻了宋人所谓"唐人知学老杜而得其藩篱者，惟义山一人而已"的说法。但对于李贺，却只能说一句幼年为韩愈所赏识的一点关系了。西洋的文艺观念和文艺派别，有具体的西洋文学史做背景；以之比附于中国，总难免有貌合神离的地方。

作者以元明以后为黑暗时代，在这时期，"所谓诗也者，自律体以来早已不复有诗；而古体又流于空旧的议论，也早已变成文了。律体所写的是骈文，古体所写的是古文；诗既都变成了文，而文这时又莫不受一种文体的影响，那便是八股。"[28]这是一个故事的时代，是"漫漫长夜中一点东方趣味的归宿。"[29]而明末公安派小品文，是"一点醒觉"和"一种解放"，来启发了沉闷中的文艺曙光的。这原是五四稍后的一般看法，但作者叙述戏曲时，由"梦想的开始"述到"梦的结束"，把六朝小说和唐代传奇都放在这里补叙，对于"莫不都以梦想的故事为典型"这句话，就很难讲得通。用"梦"来叙述所谓"黑暗时代"的文学，原是颇富诗意的；但戏曲中也并不全是梦想的故事，而这故事的大部原是根据产生在"黄金时代"的传奇的；但到表现在戏剧里，除故事的情节与原来大略相同外，精神面貌已都不相侔，是很难以故事的情节作史的发展线索的。因为太偏重了"梦"，像《虬髯客传》《昆仑奴传》和《李娃传》这类作品，便只能在叙述中省略；同样地，关于戏曲小说的叙述也便不能不有所偏颇；因为梦的故事虽然很多，却并没有普遍的代表性，别的情节的故事也是不少的。

我们上边所举出的这些，作者有些是完全知道的，但为了全书的体例，或者说是为了阐明一种对文学和文学史的看法，便不能不在材料的取舍之间有所偏重了；所以我们说这部书是"诗的"特点超过了"史的"。

## 三

写一部中国文学史本来是件很艰巨的工作，几乎每一位研究中国文学学者的最后志愿，都是写一部满意的中国文学史，而到现在还没有一部大家公认为比较满意的著作，就可说明这困难。但我们相信，文学史的努力方向，一定须与历史发展的实际过程相符合，须与各时代的社会生活和思想文化相联系，许多问题才可能获得客观满意的解决。朱佩弦先生在序中说："文学史的研究得有别的许多学科做根据，主要的是史学，广义的史学"，正是从事研究的人所应注意的。在五四以后这三十年中，中国史学的研究是有了很大进展的，因此我们对于文学史，也就不能不寄予一些渴望的苛求。作者说他"计划写一部文学史，大约在十二年以前"，[30]我想，如果那时这书就能照现在的情形与读者见面，是会比较现在受到重视的。

这部书除了我们所提到的文辞的华美和结构的完整以外，书中所举的诗篇等例子，都是经过一番心思来选择的，都有比较完满的代表性。而且词锋中常带有情感，读起来很能引人入胜。例如《女性的演出》一章，论述《金瓶梅》和《红楼梦》，对于明朝士大夫生活的堕落，和这两部小说的内容，都有深刻动人的写出。作者在自序中说希望这部文学史达到"沟通新旧文学的愿望"，仅就语言形式的隔阂方面说，这也许并不是一个奢望。

＊　＊　＊

〔1〕例如讲五言诗的一章题为《不平衡的节奏》，讲山水诗的一章题为《原野的认识》。

〔2〕林庚:《中国文学史》，1947年国立厦门大学出版（以下同）。390页。

〔3〕〔5〕〔7〕〔30〕序言。

〔4〕401页。

〔6〕47、48页。

〔8〕171页。

〔9〕172页。

〔10〕174页。

〔11〕193页。

〔12〕204页。

〔13〕38页。

〔14〕42页。

〔15〕15页。

〔16〕五言诗。

〔17〕121页。

〔18〕127页。

〔19〕131页。

〔20〕138页。

〔21〕168页。

〔22〕222页。

〔23〕286页。

〔24〕185页。

〔25〕273页。

〔26〕186页。

〔27〕209页。

〔28〕394页。

〔29〕323页。

# 评冯友兰作《新理学底自我检讨》

## 一

北京解放以后，我们读了冯友兰先生的许多文章，这些文章都是和"新理学"的哲学体系不相容的，特别是最近这一篇《新理学底自我检讨》（1950年10月8日《光明日报》），更严格地执行了理论上的自我批评，这种精神是很可敬佩的。我们现在想将这篇文章中的某几点，提出来讨论一下，希望冯先生教正。

冯先生说："总结旧哲学的工作，有两种做法：一种是对以前哲学思想作一个批评的总批判；一种是对于以前哲学思想作一个同情的总了解。我以前所作的是后一种的总结。"这前面说明了是指抗战以后的工作，就是《新理学》以下的各种"新"字号的书。我们觉得：冯先生对于中国过去的哲学思想是做过一次"同情的总结"的，那就是《中国哲学史》和《中国哲学史补》的工作，而且这工作是有用的，就是说有一定进步意义的；那时也正是冯先生思想发展上的"黄金时代"。但新理学以下各书，却只是借用了一些旧日哲学思想中的名词和词汇，是很难叫做"同情的总结"的。

冯先生的《中国哲学史》上册写成于1930年，全书完成于1933年。金岳霖先生在这书的"审查报告"中说："冯先生的思想倾向于实在主义，但他没有以实在主义的观点去批评中国固有的哲学。"冯先生自己在1926年写的《人生哲学》一书中，也说他"根本意思亦有更趋向于新实在论之趋向"，"一方面承认罗素之中立的一元论，一方面仍依常识，谓有所谓物者之存在"。这以后他的思想就倾向于唯物论一方面的发展，因此如他自己所说，才会在1933年读了一些共产主义的书籍。张季同先生在《冯著中国哲学史的内容和读法》中说："最可注意的一点，即此书是很能应用唯物史观的。……如说'盖人之思想，皆受其物质的精神的环境之限制'，所以书中述哲学思想之变化，常先述其社会的根源。如论子学时代哲学所以大盛的原因，此书所说显然与梁任公胡适之等所说不同。"这看法冯先生自己也是同意的，他在《中国哲学史补》自序中说："张季同先生之文，可视为拙著之提要。"所谓对古人作"同情之了解"的态度，照我们的理解，就是客观主义的态度。首先指出《中国哲学史》的这种态度的，是陈寅恪先生。他在这书的"审查报告"中说："凡著中国古代哲学史者，其对于古人之学说，应具了解之同情，方可下笔。……所谓真了解者，必神游冥想，与立说之古人处于同一境界，而对于其持论所以不得不如是之苦心孤诣，表一种之同情，始能批评其学术之是非得失，而无隔阂肤阔之论。…今欲求一中国古代哲学史能矫傅会之恶习，而具了解之同情者，则冯君此作庶几近之。"张季同也说："本书仍有其一贯的观点，这即是客观。"这些话都是冯先生所承认的，而且似乎就是今日"检讨"中所说的渊源。这种纯客观的态度是为以前很多学者所赞同的，这书就其某一程度地应用历史唯物论的观点来整理历史，就其反对胡适之等人的主观主义的态度说，在当时是有它的贡献和价值的。1933年以后，冯先生写了《中国哲学史补》，那思想仍是向上发展的，较之

《中国哲学史》更多地应用了历史唯物论的观点和方法；虽然仍是客观主义的。如在书中《中国近年研究史学之新趋势》一文中说："中国近年研究历史之趋势，依其研究之观点，可分为三个派别：（一）信古，（二）疑古，（三）释古。信古一派以为凡古书上所说皆真，对之并无怀疑。疑古一派，推翻信古一派对于古书之信念。以为古书所载，多非可信。信古一派，现仍有之，如提倡读经诸人是。疑古工作，现亦方兴未艾。释古一派，不如信古一派之尽信古书，亦非如疑古一派之全然推翻古代传说。以为古代传说，虽不可尽信，然吾人颇可因之以窥见古代社会一部分之真相。……若依黑格尔的历史哲学来讲，则信古疑古与释古三种趋势，正代表正反合之辩证法。即信古为正，疑古为反，释古为合。""释古"的态度也就是他自己治学的态度，也就是所谓"同情的了解"的客观主义的态度。因了他对于过去史料的熟悉和充分掌握，又应用了一些进步的观点和方法，这时候他的治学成绩和思想都是向上发展的。1934年他从苏联回国后，在北京各校屡次讲关于秦汉历史哲学的题目，但其实是在讲辩证唯物论与历史唯物论，曾受到当时学生的热烈欢迎。我记得当时他在清华还讲过一次苏联印象，盛赞社会主义建设的成就，引起了同学们很大的兴味。当时他讲演历史哲学的内容大致和《中国哲学史补》中《秦汉历史哲学》一文中所讲的差不多，分为六种主要意思：（一）历史是变的。（二）历史演变乃依非精神的势力。（三）历史中所表现之制度是一套一套的。（四）历史是不错的。（五）历史之演变是辩证的。（六）在历史之演变中，变之中有不变者存。而且在说明中肯定了唯物史观是一点不错的，将来"大势所趋"一定是社会主义的社会等。这时无论就他治学的成绩（如对先秦诸子起源的新释）或个人社会活动的影响说，都可说是他思想发展上的高峰。他在"检讨"中说的"在过去有个时候，我对于新哲学有相当的爱好，它几乎要把我吸引到革命这边来"，就是这个时候。1935年春国民党政府逮捕过冯先生一次，虽然只有一天，但从此却把他思想的发展路向变成向下的了，那影响是很大的。如冯先生所说，他害怕改变他的"正常"生活，他逐渐由逃避而就范了。在这以前的著作，如《中国哲学史》及《中国哲学史补》，他是以"释古"的态度写的，我们以为是可以叫作对中国过去哲学思想的同情的总了解的；在鉴别和整理史料各点说来，也是很有贡献的。

但《新理学》以后的书就完全不能这样说，他是在讲自己的哲学，虽然说也是"继往"，但他还要"开来"，他自己也认为和过去的中国哲学不同，是无所谓"同情的了解"的。《新知言》的序说"新理学"之纯哲学系统是以《新理学》，《新原人》，《新原道》，及《新知言》为骨干，《新理学》绪论说"我们是接着宋明以来的理学讲底，而不是照着宋明以来底理学讲底"，《新原人》自序说"此书非考据之作，其引古人之言，不过以与我今日之见相印证，所谓《六经》注我，非我注《六经》也。"这种主观的态度是很难称为对历史的"同情的了解"的。《新原道》是叙述过去中国哲学的主流的，但那精神已与中国哲学史完全不同，是为了"批评其得失，以见新理学在中国哲学中之地位，所以先论旧学，后标新统，异同之故明，斯继开之迹显"。那其实是可以叫做"批判的总结"的，不过进行批判时所根据的立场观点和方法是"新理学的"罢了。《新知言》自序说"此书论新理学之方法，由其方法，亦可见新理学在现代世界哲学中之地位",是更与"同情"或"了解"不相干的。其余《新事论》讲"实际问题",《新世训》讲"生活方法",更谈不上是"同情的总结"。总之,冯先生抗战以后所写的这些"新"字号的书,所谓"贞元之际所著书",只是成全了他自己的一套"言之成理,持之有故"的系统,对于历史和过去的哲学思想是谈不到"同情的了解"。他虽然也用了好些过去的名词和词汇,甚至讲了一些过去的哲学思想,但那用意只在说明他自己的理论,完全是"《六经》注我"的主观主义的态度,和写《中国哲学史》时的态度是不同的。

## 二

冯先生说:"新理学在开始的时候,是有它的进步性的。我不相信一个完全没有进步性的东西,会在某一时能有相当的流行。就新理学说,它反对当时的实验主义底不可知论,它反对当时直觉主义底非理性主义。它提倡逻辑的分析与清楚的思想。它试从唯物史观底观点,解决中国文化问题。它底民族主义的色彩在对日抗战时期在某方面,相当地起了鼓动底作用。可是中国变得太快,不久它就失掉了进步性,而成为进步的障碍,为历史所清算。"这一段话我们觉得也是可以讨论的。第一,"新理学"三字在这里是代表一部书名呢,还是代表一个哲学的系统?如果就前者说,是不能"概括"后面所述的那些新理学的"功绩"的;例如"试从唯物史观底观点解决中国文化问题"似乎就是《新事论》一书的对象。但若就后者说,则"新理学"一词便代表四部书或六部书(包括非"纯哲学"的《新事论》和《新世训》),那就很难用"流行"来解释其中有进步性,因为有些书如《新知言》等是并没有"相当流行"的。第二,它失掉了"进步性"是否单纯因为客观现实变化得太快?如果只是这样,我们最多只能说作者没有比当时的现实看得更远,他不能负更多的责任的。

我们说写《中国哲学史补》的时候是他思想向上发展的高峰,但就在那时,也还是有阴暗的一面的。上引《秦汉历史哲学》中的第六点意思是"在历史之演变中,变之中有不变者存",他解释说:"人类的社会虽可有各种一套一套的制度,而人类社会之所以能成立的一些基本条件,是不变的。有些基本条件是凡在一个社会中的人所必须遵守的,这就是基本道德。这些道德,无所谓新旧,无所谓古今,是不随时变的。……有些道德只跟着社会而有,不是跟着某一种社会而有,所以是不变的。"他在前面肯定了历史唯物论的看法,认为历史是变的,这里他又想要由变的历史中找出不变的因素来,而不是从表面上"不变"中看出"变"来,这样就只有逃避到抽象的概念世界中了。脱离了"某种社会"而要追求一种"社会",这是他在"爱好新哲学"的时期就仍保有这一阴暗面的;但在那时,这只是他"六点意思"中的最后一点,并没有特别强调。到他在现实生活中遇到了打击,"适应"和"逃避"的心情使他在这里找到了归宿,符号逻辑的形式的概念又给了他以帮助,他对"实际"(变的世界)不愿说什么了,于是就追求"不变"的永恒的世界,这就发展成了他的"新理学"。我们觉得启示他专抽象地讲"共相"的并不是所谓"历史唯物论底影响",倒是历史唯物论的影响使得他在"实际"问题上不能完全"超世间",如《新事论》中所讲的;就是说那影响仍是正面的,这也就是冯先生所说的新理学开始时的进步性。

在《新理学》中虽"不著实际",但冯先生自己就说"当前有许多实际问题,其解决与此书有关"。而且"由知实际而知真际",在讲实际时也未完全摆脱唯物论的影响,如第六章《势、历史》到《新事论》,因为讲的对象是实际问题,这影响也比较更显著一些,这就是所谓进步性。《新理学》初问世时,一般读者对形上学是不感兴趣的,只希望作者像过去一样,在连用旧名词中讲一些新哲学;至于作者对"真际"所作的一些命题,以为只是"走私"的一种掩护,寄予了相当的谅解。但作者的思想发展却由此逐渐向下了,读者的谅解只给他添了自信和勇气。"新理学"认为形上学才是最哲学的哲学,而且形上方面本来富有,其富有不能损亦不能益,是"非可变革者"。哲学只对真际加以形式的或逻辑的肯定,是不著实际的。由此建立了他的形上学的系统。冯先生在《新理学》中说:"有思想者对于其自己之思想,皆笃信其为超时代超地域之最后底真底道理。……一时一地之有思想者,如果他是有思想者,必不是为拥护其时其地之社会制度,而有其思想。"我们相信冯先生当时是这样自信的,因为他的哲学系统完全是一些空的概念,可以说是超时代超地域的不变的道理,他之所以笃信就因为他怕变,而它可以"不变"。这理论在"实际"上,就是"凡存在者都是合理底,而且又都是合势底"。[1]这自然对统治者有利,用冯先生的话说:"某时某地之统治者,皆利于维持其时其地原有之社会制度,故对于维护其时其地之社会制度之思想,或与之相应之思想,自然积极提倡。"于是《新理学》得了伪教育部的一等学术奖金。

但作为"新理学"(哲学系统)的骨干的其他三书,那倾向更是向下的。在《新理学》一书中,只讲"以心静观真际，可对真际有一番理智底，同情底了解"（对真际，非对历史）。可以作为讲"人道"之根据，及入"圣域"之门路；到《新原人》各书中，就大大发挥了"入圣域之门路"一点，以为形上学的功用就在提高人的境界。而且还说"人不学形上学，必不能有天地境界。"[2]"专就一个人是人说，他的最高底成就是成为圣人，就是天地境界。"[3]新理学的观念是空底，超乎形象底，所以天地境界中的人是经虚涉旷底；这是圣人，也最宜作王，所以哲学是内圣外王之道；这种境界和这种哲学都是极高明而道中庸。[4]又说真正底形上学必须是"一片空灵"，对于实际无所肯定，所以是空底；对于一切事实无不适用，所以是灵底。[5]如冯先生在"检讨"中所说，"后来道家和禅宗的气味，愈来愈重"。这三部书都写在1942至1946年期间，是抗日战争的后期，那内容显然是较新理学一书更"空灵"的；里面完全不着实际了，有的只是圣功，入圣域之门路。从《新理学》到《新知言》表示了冯先生思想的一个发展线索，就是愈来愈空灵了；譬如说《新理学》中"有某种事物，必有某种事物之所以为某种事物者"一命题，到《新知言》中就改为"某种事物是某种事物，必有某种事物之所以为某种事物者"了，这一改当然更"空灵"。由此说明：使冯先生的哲学"为历史所清算"的原因，似乎不只"中国变得太快"，冯先生自己的"变"也要负一些责任的。

在《新理学》一书中的进步性，似乎就是前边说过的那些。至于"反对实验主义底不可知论，反对当时直觉主义的非理性主义"两点，则先要弄清"反对"二字的意义；如果"反对"只表示"不相同"，那除新理学以外的各种思想，包括新哲学，都是反对的。如果"反对"是普通的意思，指思想斗争说，新理学并没有反对什么。因为照"新理学"说，一个哲学家所讲之哲学系统，在形上方面，必有一本然系统与之相合。凡是实际的哲学系统，能自圆其说，能持之有故，言之成理者，都是正宗底，都无所谓异端。而且还批评了宋儒"以一种哲学为正宗"的错误。[6]因此他并不排斥异端，他以为普通所谓唯心论或唯物论，对于实际皆有所肯定，和新理学不是同一层次的。《新知言》中说："普通所谓唯心论者或唯物论者肯定所谓宇宙的本体或万物的根原是心或物，并以为决定是如此。这些种说法，都是所谓死语。持这些种论者，都应受六十棒。他们作如此底肯定，应受三十棒。他们又以为决定是如此，应更受三十棒。"因此就新理学的"反对"别种思想说，只表示了"不同"，很难谈到什么进步性。

在这些书中，《新事论》是讲实际问题的，也写于抗日战争初期，是比较有进步性的。所谓"从唯物史观的观点解决中国文化问题"的具体表现，就在他肯定了封建社会与资本主义社会的基本区别，从而肯定了中国必须工业化，以为这是一切问题的首要所在。但如何才可工业化呢，答案是信任当时的政府。他说："中国现在最大底需要，还不是政治上行什么主义，而是在经济上赶紧使生产社会化，这是一个基本。……照着我们现在已经走的路走下去，重要底矿产，重工业，以及重要底交通工具，将来大概都是国营。……而现在国营底事业，则至少有一部分是有很大的效率，且是很赚钱底。这是中国三十年来底进步，这是中国前途的希望。"书中有又多评述清末民初的思想，对五四以来的反封建的战斗认为是空谈，是"支支节节"的。而且说"共产主义或社会主义，或上所说底民治主义，在一个社会内真正实行，都是一个社会已行生产社会化底经济制度以后底事,如一个社会尚未行生产社会化底经济制度,则在这个社会里谈这些主义,都真正是不合国情,都是空谈无补。"因为工业化的一个条件是要社会秩序安定,而空谈主义是会使社会不安定的。这里和胡适之的"多谈问题,少谈主义"的观点不同,但效果和根源似乎是有点差不多的。这书中"民族观点"确是有的,他肯定了抗战建国,肯定了中国的光明前途,都是事实;但同时也以为无产阶级与被压迫民族不可能站在同一战线,"赤色帝国主义的名词并不含有矛盾",那民族观点就未免过于狭隘了。他说这本书的主要意思是说"组织社会的道德是中国人所本有底,现在所须添加者是西洋(资本主义文化)的知识技术工业",这里"道德"的意义是指如新理学所讲的不变的"社会的"道德,而不是某种社会的道德,不然这主要意思本身就是矛盾的,这矛盾多少也反映了冯先生自己思想中的情况。

冯先生所谓"新理学在开始的时候",实际是指《新理学》《新事论》《新世训》三书的;他把这叫做"贞元三书",那体系已经很完备了。《新世训》讲人的生活方法,"而不是某种社会底人的生活方法""是不随人底人生观的不同而异底"。《新事论》"可以作为讲人道之根据",《新世训》"可以作为入圣域之门路",都是辅佐新理学的。这时的似乎二元的看法正是冯先生自己所说的"逃避"心境的反映,那追求不变的永恒的抽象概念的心境;似乎与一般人所谓"纯技术观点"也有类似的社会基础;但并没有完全脱离了"实际",这也就是有一些所谓"进步性"的原因。到1942年以后写的三本书就完全"一片空灵"了,《新原人》扩大了《新世训》所讲的"入圣域之门路",而更玄虚了,他要"以鸣盛世"[7]。

这样他就不能不否定了以前写"哲学史"时的观点,《新原道》就是用他的新观点写的中国哲学史。这不是客观主义的了,他用全部哲学史的材料来注解了他的哲学系统。《新知言》又由哲学方法来证明了新理学的世界哲学中的地位,而且以为"新理学"的纯哲学系统是以《新理学》《新原人》《新原道》《新知言》四本书为骨干,没有提《新事论》和《新世训》了。这个变化是很难归咎于"中国近代史变化得太剧烈,太快"的,这是冯先生自己思想向"空灵"发展的结果。如果说新理学开始期有"逃避"情绪,到这种情绪找到归宿时就变成"陶醉"了。我们觉得后来几本书就是在这样心境下完成的。

我们不以为新理学是受了新哲学的"一般和特殊"的范畴的影响和启示,这在前面已有说明。冯先生自己也曾说:"在西洋,近五十年来,逻辑学有极大的进步。但西洋的哲学家,很少能利用新逻辑学的进步,以建立新底形上学。……在中国哲学史中,先秦的道家,魏晋的玄学,唐代的禅宗,恰好造成了这一种传统,新理学就是受这种传统的启示,利用现在新逻辑学对于形上学底批评,以成立一个完全不著实际底形上学。"[8]我们觉得在方法上这说法更近真实。因此如果说"提倡逻辑的分析与清楚的思想"是"新理学"的进步的一面,是很难讲通的。第一,新理学并没有积极提倡什么,第二,新理学用逻辑的分析只成立了一个完全不着实际的形上学。

还有一点需要说明的,是我们不以为"在某一时有相当的流行"就可以证明一种思想的进步性,这还要看所流行时的情形和所流行在的社会阶层。就在抗战期间,如冯先生所说的,实验主义,直觉主义,都有过一定幅度的流行;至于《中国之命运》、唯生论,黄色读物等就更不必说了。抽象地就"流行"估量,是不能断定一种思想的进步与否的。譬如说:当抗战后期冯先生到各处讲学的时候,这些书在大学生中流行到如何程度就是一个问题。

## 三

冯先生说:《新原人》一书中的主要意思在新社会还是有用的,而且新社会供给那个意思以更多的例证。我们觉得这个意思是可以说得通的,但并不一定就是有用的。因为就新理学的理论说,"天不变,道亦不变",社会改变必有其所依照之理,而此理不变。"如是"二字是真正形上学的开端,也是收尾;一切事物各如其是,是谓"如是",一切底如是就是实际。新理学是一片空灵,对一切事实无不适用,新社会所发生的一切新鲜事物自然也都可适用。现在如果仍以"《六经》注我"的态度讲新理学,则新社会所发生的以及将要发生的一切新鲜事物都可成为"六经"式的作注解的材料。就《新原人》一书说,讲的是入圣域之门路,使人可以有最高的境界,而且这境界并不是指某种社会的人的境界,只是专就一个人是人说的境界,那自然也可应用于新社会。这就是说,照新理学的哲学系统说,它本来是超时空的,如果它能持之有故言之成理,则在新社会还是说得通的。但这有什么意义呢?冯先生说那主要意思在新社会还是有用的,这"有用"就很难说了。就最高的天地境界说,冯先生以为"人不学形上学,必不能有天地境界","学形上说可以说是圣功的一部分"。但新社会的人大概是不会学形上学(就是新理学)的,那么天地境界是必不能有了。冯先生说新社会要把每一个人的境界都提高到道德境界，就某一方面说，是可以这样说的；但《新原人》中所讲的道德境界是"精神的创造"，而新社会中人的追求理想是以实践为基础的，这恐怕也不尽相同。新社会是主张革命的功利主义的，要目前利益和长远利益统一，个人利益与集体利益统一，这也可以说是功利境界和道德境界的统一，但那功利境界也同样不是"自然的礼物"。而自然境界，如说一个人对新社会完全无"觉解"，那如果不是阶级的敌人，就是因为多年来统治者压迫统治的结果，也并不是"自然的礼物"。而且新社会高度牺牲自我的革命精神似乎也与旧日圣人的"忘我"有别，至少那目的并不相同，而离开目的是很难抽象地赞美牺牲或忘我的。因此我们觉得：如果仍照新理学的系统讲，新社会的一切都仍可以说得通，而且是会供给以更多的例证的，因为它本来是"一片空灵"。若赋予四种境界以新的解释，使它能更"实际"应用于新社会，那就既不同于新理学系统，也不同于新哲学，是完全无此必要的。因此我们说，即使可以说得通，对新社会也不一定是有用的。

　　冯先生在答茅冥家先生的信中，说他希望以后能对中国过去的社会思想作一批判式的总结[9]；在"检讨"中又说他近来的注意力集中在学习新哲学，这都是可喜的消息。我们觉得中国还非常需要一部新的中国哲学史或思想史，这不是一件轻易的工作，在熟悉和掌握史料方面，我们对冯先生非常信任，有他过去的著作可以保证：其余立场方法等问题慢慢也自会解决，对这新著作我们是企待着的。过去冯先生对"哲学家"太有兴趣，而不大愿做"哲学史家"，但我们所希望于冯先生的倒是后者，无论是过去或现在。

我自己曾在抗战以前上过冯先生的课，是冯先生的学生，不过自己既不是专学哲学的，而且那时也是成绩很坏的一个学生；但对冯先生的尊敬和关心却是在那时所培植成的。以后只要冯先生有著作，总是先睹为快，虽然了解的也不一定完全对。最近一年多读了好些冯先生的近作，于是数年来私愿冯先生仍旧做一个"哲学史家"的希望又复萌了。现在借着这篇文章把它写出来，望冯先生教正。

\* \* \*

[1]《新理学》200页。
[2][5]《新知言》。
[3][4][8]《新原道》。
[6]《新理学》第七章。
[7]《新原人》自序。
[9]见1950年8月6日《光明日报》。

## 《中国文学论丛》后记

近来有一点空暇,遂将自己最近三四年来已经发表过的文字整理了一下,删汰荒芜,得十一篇。因为内容多半是涉及中国文学史的范围的,遂把它们收为一集,名之曰《中国文学论丛》。

这些文字都是曾经发表过的,所发表的报刊有《人民日报》《光明日报》《人民文学》《国文月刊》及《观察》等处;现在大略按所论内容,分为四辑。第一辑中的五篇是综述或申论一个有关文学史研究的问题或现象的,所占分量最多。第二辑是关于几个中国古典文学作家的研究。第三辑《念朱自清先生》一文虽是纪念性质的文字,但也是比较全面地评述朱自清先生文学创作及学术成就的文字;其实这也可以算作是作家研究的性质,不过所论是现代作家罢了。第四辑中的前一篇是关于冯友兰先生的哲学思想的批评;后一篇是十则读中国古书时的笔记,是有关中国文学史的一些小的考据文字。这篇因为是随时摘记,文中又需引用原始材料,因此写时为了体例的方便,就用了文言;现在也把它附在这里。

这些文字的内容虽所论不一,但它却的确谈到了一些问题,而且表示了作者自己对这些问题的态度和看法;这些看法虽然并不一定就很正确,但作者相信这些问题的本身却仍是值得提出和研究的。这也就是作者仍然愿意把它们来收集出版的意思,希望能够供给同道者以参考,并由此得到别人的匡正。

1952年2月10日于北京清华大学

# 《关于中国古典文学问题》后记

我国的文学有极其悠久的光荣传统，在我们历史上曾经产生过许多富有人民性和现实主义精神的古典作品。我国人民对自己祖国的丰富多彩的文学遗产感到自豪，同时也深深感到我们民族对世界文化宝库是作出了伟大贡献的。站立起来了的中国人民是祖国全部文化遗产的合法继承者，我们要建设社会主义文化和创造优美的社会主义现实主义的文学作品，就必须继承和发展我们自己的优秀的民族传统，批判地接受文学遗产。因此关于中国古典文学的研究工作，是整个社会主义文化建设中的不可缺少的一环。而且只有到了人民自己掌握政权的今天，才可以说是真正具备了对于古典文学进行科学的整理和研究的条件，而这些伟大的作品也才有可能得到正确的阐释和评价。目前古典文学作品已在读者群中引起了广泛的爱好，但关于古典文学的研究工作却显然还远远地落后于人民的要求。为了清除在古典文学研究道路上的障碍，从 1954 年 10 月起，在全国范围内曾展开了关于《红楼梦》研究问题中的资产阶级唯心主义的观点方法的批判；而且与此相联系，我们又对胡适的反动的主观唯心论思想和反科学的治学方法展开了全面的批判，并已取得了辉煌的结果。这场斗争使我们对三十年来在古典文学研究领域中胡适派的"整理国故"的反动影响有了清醒的认识，并对鲁迅先生的一些关于中国文学遗产的言论和著作引起了极大的重视。这场斗争本来是我国进入社会主义革命时期的阶级斗争形势在古典文学研究领域的反映，因而它必然会引起我们对三十年来民主革命时期的不同的政治路线及其斗争情况的重新认识；我们要对长期危害我们的胡适派的反动影响给以总的清除，同时也要对以鲁迅为代表的正确倾向予以继承和发扬。通过这一次的批判，从事古典文学研究工作的人在思想和方法上都得到了很大的提高，明确了关于中国古典文学研究工作中的许多原则性问题，这对今后研究工作的健康发展无疑地是具有重大意义的。

著者自己就深深感到在这次斗争中学习到很多东西，得到了很大的收获。这本小书中所收的一些文字，都是已经发表过的，内容大都是讨论与这次批判有关的一些问题的。其中的一些意见虽然并不一定就正确，但所谈的那些问题的性质对古典文学研究工作的开展却大都是有重要意义的，因此著者仍然愿意把它印出来，希望能由此得到读者和同志们的教正。最后两篇文章的内容是关于中国近代文学的，不属于上述范围，现在借收集之便也把它附在后面，供读者参考。

**1956年4月8日于北京大学中关园寓所**